HOT SUL

LAURA RESTREPO

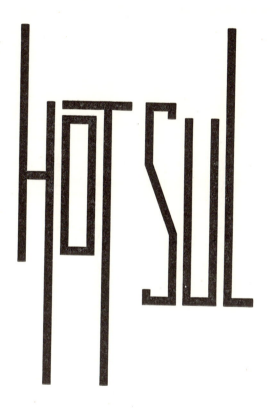

Tradução
Luís Carlos Cabral

1ª edição

Rio de Janeiro | 2016

Copyright © 2013 by Laura Restrepo

Título original: *Hot sur*

Texto revisado segundo o novo
Acordo Ortográfico da Língua Portuguesa

2016
Impresso no Brasil
Printed in Brazil

CIP-BRASIL. CATALOGAÇÃO NA PUBLICAÇÃO
SINDICATO NACIONAL DOS EDITORES DE LIVROS, RJ

R344h

Restrepo, Laura, 1950-
Hot sul / Laura Restrepo; tradução Luís Carlos Cabral. – 1ª ed. –
Rio de Janeiro: Bertrand Brasil, 2016.
23 cm.

Tradução de: Hot sur
ISBN 978-85-286-1716-0

1. Ficção colombiana. I. Cabral, Luís Carlos. II. Título.

CDD: 868.993386
CDU: 821.134.2(861)-3

16-32597

Todos os direitos reservados pela:
EDITORA BERTRAND BRASIL LTDA.
Rua Argentina, 171 — 2o andar — São Cristóvão
20921-380 — Rio de Janeiro — RJ
Tel.: (0xx21) 2585-2000 — Fax: (0xx21) 2585-2084

Não é permitida a reprodução total ou parcial desta obra, por
quaisquer meios, sem a prévia autorização por escrito da Editora.

Atendimento e venda direta ao leitor:
mdireto@record.com.br ou (0xx21) 2585-2002

A Javier, que passa os dias de sua vida
em uma prisão dos Estados Unidos

Em cima de nós já está o Sul, o abandonado e temível Sul, quinhentos milhões de seres de pele escura que falam espanhol e vêm subindo da Patagônia, se multiplicam na Colômbia, atravessam a Nicarágua, se tornam agitações no México e formam uma horda quando penetram pelos buracos da nossa fronteira vulnerável.

Ian Rose

1

Não sabiam o que iria acontecer com eles depois que entrassem e, no entanto, haviam ido até lá, sozinhos e a pé pela *Highway*, a Rodovia 285, coisa por si só absurda, isso de andar a pé a esta altura da vida pelo sul do Colorado. O mais velho dos rapazes se chamava Greg e tinha 26 anos, e o mais jovem, apenas 13, na verdade um garoto que era chamado na escola de Sleepy Joe porque tinha o hábito de dormir na sala de aula.

— Não estou dormindo, estou rezando — defendia-se diante da professora, que o sacudia toda vez que o flagrava com os olhos fechados.

Wendy Mellons acha que, mais do que irmãos, deveriam parecer pai e filho no dia em que caminharam juntos pelo acostamento daquela autoestrada tão longa que atravessa três estados inteiros. O fato é que ninguém gasta quase três horas, como eles fizeram, em um trajeto que poderia ter feito em um pulo na desengonçada caminhonete do pai.

— Estavam cumprindo uma ordem — esclarece-me Wendy Mellons. — Tinham sido advertidos de que deveriam chegar sozinhos e a pé.

Andando, andando, afastaram-se da 285 para pegar o velho caminho que vai de Purgatorio a New Saddle Rock, cruzaram o leito seco do Perdidas Creek, atravessaram um matagal, subiram por um descampado e avistaram, finalmente, a casa, pequena, branca e de adobe, afastada de qualquer outra construção e escondida atrás de um outdoor de cerveja.

— Estou com sede — disse o mais novo, diante do outdoor. — Se tivéssemos trazido pelo menos um pouco de água...

— Melhor seria se não tivéssemos vindo — respondeu o mais velho.

Nenhum dos dois disse muito mais, cada um encerrado em seus próprios pensamentos, perguntando-se como seria entrar naquela casa, o que os estaria esperando lá dentro. A cerca de cinquenta metros da fachada, havia uma cruz de pedra, e eles se ajoelharam a seus pés, embora não quisessem sujar mais ainda as calças, já pardacentas de poeira depois do percurso. Afinal, vestiam sua melhor roupa, a dos domingos e das ocasiões especiais: terno de lã, camisa, gravata-borboleta, sapatos pretos de cadarço e meias. Ninguém abriu a porta da casa de adobe, muito menos uma janela. Talvez ninguém tivesse sequer percebido que haviam chegado, mas lhes disseram que deveriam esperar ao lado da cruz e assim fizeram. Passaram-se muitos minutos antes que o velho aparecesse e caminhasse até eles tão lentamente que o rapaz mais novo esteve prestes a perder a paciência e gritar que se apressasse. O velho disse umas coisas que eles não entenderam, voltou à casa com a mesma calma de antes e, aí sim, começou para eles uma espera longa de verdade. Quando os joelhos dos dois não aguentavam mais o solo pedregoso, a porta foi aberta de novo e por ela saíram três homens, que se aproximaram.

Estavam envolvidos em capotes pretos, os rostos meios escondidos por capuzes, e mesmo assim os rapazes reconheceram dois deles — Will, o balconista do posto de gasolina, e Beltrán, que vendia souvenires na Ufo Gift Shop —, seus vizinhos da vida inteira, e, ao mesmo tempo, não; havia alguma coisa esquisita. As vestes extravagantes e as maneiras pomposas transformavam esses vizinhos em estranhos, estranhos que anunciaram com voz irreconhecível que seriam seus padrinhos e então vendaram seus olhos.

— Você apertou muito a minha venda, Will — disse Greg, o rapaz maior.

— Não o chame de Will — cortou-o Beltrán. — Se quiser se dirigir a ele, ou a mim, deve nos chamar de Penitente Brothers.

— Então afrouxe minha venda, Penitente Brother.

Foram guiados até a porta da Morada pelos Penitentes — que aparentemente trocavam o nome de tudo e os avisaram de que deveriam chamar a casa de adobe de Morada — e, cegos pelas vendas, avançaram aos tropeções até que foram avisados de que deveriam bater e pedir para entrar. A senha era uma ladainha que eles haviam aprendido; durante dias a ficaram repetindo e tentando memorizá-la com muita dificuldade, segundo Wendy Mellons, pois o espanhol não era seu idioma e quase sequer o inglês, mas sim o eslovaco falado por seus pais, vindos da região de Banská Bystrica, um casal de imigrantes que, apesar de serem brancos, eram tão pobres e tão católicos como *the gente*, que é como chama a si mesma a antiga comunidade de hispânicos do San Luis Valley, no sul do Colorado.

— Quem bate à porta desta Morada? — perguntou uma voz masculina lá dentro.

— Não é a porta da Morada, é a porta da minha consciência e eu, extremamente arrependido, venho à procura de clemência — meio que disseram os rapazes, entre esquecimentos e tropeços, seguindo em frente a duras penas e graças ao apoio dos padrinhos, que iam soprando em seus ouvidos aquelas palavras que para eles não queriam dizer nada.

— Peça então penitência. — Chegou o responso através da porta fechada.

— Penitência! Penitência! Venho procurar a salvação — disseram eles.

— Quem à minha casa dá luz?

— Meu pai Jesus.

— Quem a enche de alegria?

— Minha mãe Maria.

— Quem a mantém na fé?

— O carpinteiro José.

Seus equívocos foram ignorados e eles receberam permissão para entrar. Apesar de estarem com os olhos vendados, perceberam, pelo ar pesado e o cheiro de lugar fechado, que haviam entrado em um quarto pequeno. Ordenaram que se despissem e, como se mostraram reticentes, várias mãos o fizeram por eles. Em troca, entregaram-lhes mantas largas, ásperas, com um buraco no meio pelo qual enfiaram a cabeça, e cordões que tiveram de amarrar na cintura. Sentiram-se impotentes, cegos e nus no meio das pessoas invisíveis que os cercavam, e Sleepy Joe, o menor, recordou o ódio com que havia pouco olhara para uma enfermeira do Samaritana Medical Center, que o obrigara a se despir e vestir uma camisola verde para tirar uma radiografia. Agora também se sentia fantasiado e ridículo e quis rir por dentro, mas o riso foi se apagando diante do sopro do medo que começava a percorrer seu corpo. Cada um recebeu uma vela acesa, e lhes foi pedido que preparassem suas almas e seus corpos; estavam prestes a passar ao recinto dos Penitente Brothers do Sangue de Cristo. Chegara o momento.

— O que acontece aqui, fica aqui. — Fizeram com que repetissem três vezes, advertindo de que o segredo não poderia ser revelado, sob pena de castigo maior. E, no entanto, vim a saber de tudo isso mais tarde pela boca de Wendy Mellons.

— Talvez deva ficar calada daqui em diante — admite ela.

Quando os rapazes atravessaram a soleira da porta, suas vendas foram retiradas, e eles se viram em um quarto grande, mal iluminado por círios e saturado do cheiro intenso de defumador. Lá dentro se misturavam homens com túnicas pardas — os Iluminados, ou Irmãos de Luz, conforme anunciaram os padrinhos — e homens com capotes pretos, os Irmãos de Sangue ou Passionários, também chamados de Penitentes. No centro havia uma mesa e, em cima dela, quatro ou cinco vultos, ou o que, conforme Wendy Mellons, *the gente* chama de "vulto": santos talhados em madeira e outras imagens sacras. Greg, o maior, lamentou que tivessem tirado seu relógio de pulso no aposento anterior: agora gostaria de dar uma olhada, como se isso fosse ajudá-lo a colocar as horas em movimento ou a acreditar que tudo aquilo terminaria logo. A fumaça do defumador obstruía sua garganta, e a falta de ar começava a sufocá-lo.

Foram colocados no centro, eles dois, quase os únicos de pele clara no meio daquela congregação cheia de gente em sua maioria morena. Ordenaram que eles inclinassem a cabeça para trás e olhassem fixamente para a cruz que pendia do teto, enquanto as pessoas formavam ao seu redor dois semicírculos, túnicas pardas à direita, capotes pretos à esquerda, todos entoando hinos que chegavam a eles de longe, como se abafados por algodões, porque em seus ouvidos só retumbavam as batidas de seus próprios corações.

— Repitam comigo estas palavras para perdoar o Irmão Picador — disse-lhes um Passionário.

— Irmão Picador, eu o perdoo, lhe agradeço e também lhe suplico que sua mão não se mova com intenção vingativa e tampouco com rancor — repetiram eles.

Nesse momento, Greg tremia tanto que a cera derretida do círio que segurava começou a gotejar em seus pés descalços. O menor, por sua vez, mantinha a compostura. Outro Passionário se aproximou deles, segurando uma caixa de latão com a tampa aberta, e eles viram que havia um pano bordado que parecia envolver um tesouro ou um objeto de valor. "Talvez sejam pedras preciosas", pensou Sleepy Joe. O Picador, o único que estava com o rosto inteiramente coberto, salvo um par de orifícios para os olhos, abriu o pano e tirou da caixa uma peça de âmbar escuro afiada como navalha. Foram despidos da cintura para cima, de maneira que as túnicas ficaram pendendo do cordão.

— Vamos quebrar o Selo — anunciou um Iluminado.

Então lhes ordenaram que se inclinassem para frente e prendessem a respiração.

Greg sentiu a navalha cortar a pele de suas costas, três cortes em cada lado da coluna vertebral, na altura das omoplatas, e em seguida virou a cabeça para ver o que estavam fazendo com seu irmão menor. Quando percebeu a quantidade de sangue que saía de suas costas, empapando sua túnica, teve o impulso de deter o Picador e lhe tomar a faca, mas os três padrinhos o impediram à força.

— Estou bem — disse-lhe Sleepy Joe, apertando os olhos e suportando o castigo.

Depois entregaram a cada um uma chibata molhada, para que ficasse mais pesada, e ordenaram que açoitassem as próprias costas na área das incisões: primeiro um lado, depois o outro. Com uma corneta e um tambor, dois Passionários tocavam uma música fúnebre, que no princípio era muito lenta e ia ficando cada vez mais rápida.

— No ritmo, no ritmo! — ordenavam, para que os golpes da chibata acompanhassem as batidas do tambor. À medida que o faziam, o chicote se empapava de sangue, ficava ainda mais pesado e rasgava suas peles. Até que, enfim, Greg desabou no chão, mostrando que não aguentava mais.

O pequeno Sleepy Joe, no entanto, parecia em transe. A partir de certo momento, pareceu fora de si, dedicado à tarefa de arrebentar as próprias costas com estranho vigor ou convicção, ou talvez devesse dizer furor, e, quando a música foi acalmando, indicando-lhe que fizesse o mesmo com a chibata, parecia não ouvir mais, absorto na ferocidade da autoflagelação a ponto de não ouvir o Iluminado lhe ordenar que parasse imediatamente.

— O menino frenético, fustigando a si próprio daquela maneira! — recorda Wendy Mellons.

E enquanto isso, os outros ali, sem saber o que fazer, Iluminados e Penitentes igualmente paralisados, vendo o pequeno demônio tomar conta da situação, *beating the shit out of his back*, ganhando protagonismo, tão possesso no meio de seu arrebatamento que nem sequer seu próprio irmão se atrevia a detê-lo por medo de levar um golpe se chegasse a atravessar o perímetro daquela chibata, que silvava e estalava como uma serpente ensandecida.

Uma semana depois, entregaram a cada um dos rapazes uma pequena pedra envolta em um lenço bem amarrado, com indicações para que o desamarrassem quando estivessem sozinhos. Se a pedra tivesse uma cruz branca pintada no dorso, significaria admissão. Se não, negativa categórica, sem outra chance. Greg, o mais velho, não se surpreendeu quando desatou o nó do lenço e constatou que sua pedra não tinha uma cruz; de certa maneira esperava por aquilo e cabe dizer que, no fundo, sua reação foi de alívio.

Sleepy Joe se comportara de maneira estranha ao longo de toda a semana, mostrando-se intratável, comendo pouco e não permitindo que ninguém trocasse as bandagens de suas costas ou curasse suas chagas, sequer o irmão mais velho, a quem cortou secamente quando quis comentar o que acontecera naquele lugar. Na verdade, não voltaram a mencionar o episódio nem mesmo entre si; era como se aquilo nunca tivesse acontecido. Com sua pedra envolta no lenço e bem apertada na mão, Sleepy Joe foi subindo por uma encosta escarpada em direção a um monte chamado Olhinho de Cavalo. Ia com o passo resoluto de quem compreendera de que dali em diante teria um compromisso, uma razão de ser, uma missão a cumprir; seria o mais devoto e abnegado dos Penitente Brothers do Sangue de Cristo. Só desamarrou o lenço ao chegar ao cume, quando já começara a anoitecer. Ficou perplexo ao ver que não havia uma cruz em sua pedra, examinando-a ansiosamente de um lado e de outro, certo de que em algum lugar haveria de estar; talvez fosse uma cruz pequena que escapava do seu olhar, talvez a emoção do momento ou a fraca luz do crepúsculo o estivessem impedindo de encontrá-la. Mas não. Também não havia uma cruz na pedra do irmão mais novo.

2

Trinta anos depois, em uma floresta de bordo do condado de Ulster, no coração das montanhas Catskill, ao sul do estado de Nova York, um homem chamado John Eagles, que entregava ração para cães em domicílio, era assassinado, e seu rosto, arrancado e exposto no que parecia um ritual. A primeira pessoa que se deu conta do que acontecera foi o jovem Cleve Rose, morador do lugar, autor da história em quadrinhos *O poeta suicida e sua namorada Dorita* e professor de uma oficina de redação criativa para as detentas do presídio de Manninpox, nos arredores dali. Cleve estava voltando para casa de motocicleta e ficou surpreso ao encontrar no meio do bosque, vazia, a caminhonete do senhor Eagles. Parou para tentar descobrir o que estava acontecendo e chamou sua atenção um pano vermelho deliberadamente exposto no qual haviam colado alguma coisa que, a princípio, achou que fosse uma máscara. Levou alguns momentos para entender que aquele rosto atroz, com olhos vazios e cabelos endurecidos de sangue, poderia ser o de um ser humano. E como a caminhonete era do senhor Eagles, era provável que o rosto também fosse.

— Cleve me contou que naquele momento sentiu um mal-estar e foi vomitar em uma vala — diz Ian Rose, engenheiro hidráulico especializado em sistemas de irrigação e proprietário de uma casa na região onde ocorreu o crime. — Depois, quando meu filho se recuperou e se atreveu a encarar aquele horror, achou que sim, que no meio de tudo aquilo havia alguma semelhança com o pobre senhor Eagles. Era o rosto dele em versão Halloween, foi o que Cleve contou, ou em versão de apocalipse zumbi. Foi o que disse, me recordo perfeitamente. Meu filho era autor de histórias em quadrinhos, e, se você quer minha opinião, eu lhe diria que a série do Poeta Suicida era muito inteligente e divertida, mas, claro, essa não é uma opinião imparcial. Eu era o fã número um de quase tudo o que meu filho fazia. De quase tudo, estou dizendo, não de tudo; certas coisas me deixavam com os cabelos em pé. Mas, de uma maneira geral, para mim era um orgulho o fato de ele ter chegado tão longe em uma área em que sempre tive dificuldades. E, de qualquer maneira, suas histórias eram muito boas. De um humor sangrento, é verdade: cheias de mortos-vivos e coisas desse tipo, se é que me entende. E, no dia em que encontrou o pobre Eagles naquele estado, Cleve ficou muito impressionado. E eu também. Senti que aquilo era um presságio, uma espécie de anúncio. Afinal de contas, isso era justamente o que o assassino pretendera fazer com todo aquele estardalhaço: anunciar alguma coisa. Anunciar um terror que começou naquele dia e ainda não terminou. Cleve chamou a polícia e, algumas horas depois, quando os agentes identificaram o cadáver, encontrado alguns passos mais adiante no meio da vegetação, confirmaram que, de fato, se tratava do senhor Eagles, que era um bom homem, isso eu posso garantir, sem inimigos conhecidos. A viúva confirmou isso quando a interrogaram: disse que Eagles não tinha nenhum inimigo e que ela não sabia de ninguém que quisesse se vingar dele de maneira tão brutal. O homem simplesmente estava voltando da minha casa, onde acabara de deixar uns sacos de Eukanuba que eu tinha encomendado por telefone no dia anterior. Era um homem forte, mas pareceu não haver oferecido resistência a seu assassino ou assassinos. Chegara sozinho em minha casa; Emperatriz, a senhora que me ajuda nos meus afazeres, afirmou à polícia que não havia visto ninguém dentro da caminhonete quando Eagles saiu para entregar a Eukanuba. Ao que parece, na volta, ele parou voluntariamente, talvez até para pegar o criminoso, que teria lhe pedido uma carona. Não é possível explicar de que outra maneira o sujeito (ou sujeitos) teria subido na caminhonete. As pessoas daqui não são desconfiadas, entende? Não têm motivos para isso. Se Eagles viu alguém caminhando pela estrada, simplesmente o pegou para levá-lo pelo menos até a estrada. É uma coisa comum por estes lados. E, uma vez dentro caminhonete, o assassino o estrangulou por trás com uma corda, sem lhe dar sequer a oportunidade de se defender, e depois fez o que fez, toda essa história aterrorizante com o rosto.

Embora no começo Ian Rose não tenha me dito, sei que não voltara a conviver com Cleve desde que havia se separado da mãe do rapaz, tempos atrás. E agora que, por fim, estavam vivendo juntos, seus espaços estavam claramente delimitados na casa da montanha, uma construção ampla e antiga com dois andares e um sótão, onde haviam estabelecido tal independência que lembrava a de um prédio de apartamentos: os dois andares para o pai e o sótão, território sagrado do filho. Na realidade, não passavam tempo juntos nem conversavam muito; só agora começavam a se conhecer mais a fundo e ainda não se comunicavam com facilidade. Não que isso preocupasse muito nenhum dos dois. A convivência era mais suave do que haviam pensado que seria; compartilhavam o gosto pela floresta e pelo isolamento. Como Ian era pragmático e tinha os pés no chão, e Cleve, por sua vez, era artista como a mãe, na realidade um não se parecia com o outro, exceto por uma característica fundamental, a única que Cleve herdara do pai: ambos eram o tipo de ser humano que se sentem irmãos dos cães. Otto, Dix e Skunko eram o verdadeiro centro da casa. Os seres humanos entravam e saíam, parte de sua vida transcorria do lado de fora, de maneira que ali eram o elemento transitório. Por sua vez, os cães permaneciam; preenchiam os espaços com suas correrias e suas brincadeiras e, quando se deitavam ao lado da lareira, a casa parecia estar ali só para abrigá-los. Eram extremamente efusivos e afetuosos; cheiravam, reconheciam e protegiam tudo com seus latidos. A vassoura arrastava grandes bolas de pelo de cachorro, os móveis cheiravam a cachorro, o tapete estava destruído por dentes de cachorro e o jardim era atravessado por túneis cavados pelos cachorros. E, em contrapartida, sua presença tornava a propriedade um lugar praticamente inexpugnável; com aqueles cérberos vigiando noite e dia, não era fácil que alguém se animasse a entrar na propriedade sem a autorização dos donos. Em síntese, os cães *eram* a casa e, tanto para Cleve como para seu pai, voltar para casa significava, antes de tudo, reintegrar-se à matilha.

Rose pai não se cansava de olhar para o filho com uma emoção contida que vinha do fato de constatar que o rapaz, filho único, se transformara em uma pessoa maravilhosa. Quanto a Cleve, quando se sentia sufocado pelo excesso de presença paterna, fugia para Nova York, a menos de três horas de distância de motocicleta, e se refugiava durante alguns dias no quarto de estudante que alugava no East Village, perto da Saint Mark's Place. Voltava para a casa da montanha quando começava a sentir falta da algazarra dos cães, do silêncio da floresta e, por que não, da companhia daquele pai que começava a descobrir. Assim ambos se adaptavam à companhia um do outro sem grandes tropeços e geralmente em silêncio, acreditando que, com o tempo, a comunicação melhoraria.

Por isso foram poucas as frases que trocaram naquela noite contaminada pelo acontecimento inesperado e selvagem da tarde. Pai, filho e cães se apertavam em um semicírculo diante da lareira acesa, enquanto, às suas costas, as janelas que davam para a floresta se impunham com um negror excessivo.

— Talvez devêssemos colocar cortinas — disse Rose pai, medindo as palavras para não confessar ao filho a sensação de que aquilo que ocorrera quebrava algum tipo de equilíbrio ou danificava uma ordem.

Não encontrava palavras para se expressar, era apenas um pressentimento. Não fora amigo do senhor Eagles, com o qual a relação se limitava a lhe dar bom-dia, receber o pacote de ração, pagá-lo, comentar algumas coisas óbvias e pouco mais. E, no entanto, sentia que aquele crime rompera o tecido fino de certa lei natural que durante anos se mantivera intacta na montanha.

— Ou iluminar o jardim — disse Cleve, cansado depois de ter passado várias horas dando depoimentos à polícia e aos investigadores que agora infestavam a região. — Acho que deveríamos iluminar o jardim.

—Um bom sujeito, o senhor Eagles — comentou Ian Rose, colocando outro pedaço de lenha na lareira.

— Quem poderia odiá-lo dessa maneira, o pobre sempre com sua Eukanuba? Eu-kan-uba, nome estranho para ração de cachorro, parece mais o de um espetáculo do Cirque du Soleil.

Ficaram por um bom tempo em silêncio, tomando a colheradas uma sopa de batata com alho-poró e atentos a qualquer reação dos cães, que, no entanto, dormiam placidamente, como se não pressentissem nenhum motivo para se alterar.

— *Good boy, good boy* — disse Cleve, dando pancadinhas na cabeça de um deles e afinando a voz para imitar a do senhor Eagles. — Era isso o que ele dizia aos cães, não é verdade, pai? *Good boy, good boy*, com aquela voz aguda que tinha. Era estranha uma voz dessas em um sujeito grandalhão como ele. E lhes dava batidinhas assim, na cabeça, sem acariciá-los, só batidinhas na cabeça, como se quisesse agradar um cliente ou como se não quisesse que suas mãos ficassem cheirando a cachorro. Você acha que, no fundo, ele não gostava deles?

— Dos cães? É possível. Vivia de vizinhos como a gente, que superalimentam seus bichos de estimação com ração, comida enlatada e coisas desse tipo. Era um camponês, não devia gostar de animais muito mimados como os da gente, os urbanos.

— Matá-lo ainda vá lá, mas arrancar a cara? Puta merda, só um rato miserável pode ter feito uma coisa dessas! Um psicopata muito perigoso.

— E o culpado ainda deve estar aí fora. Apesar de que, quem sabe... Com tantos policiais...

— Umas grades até que não cairiam mal. Mas por ora umas cortinas, papai, pelo menos umas cortinas. Eu fico isolado lá em cima, mas aqui embaixo você vive como se estivesse em uma vitrine...

— Nunca precisamos de cortinas, ninguém aparece por aqui. Talvez iluminar o jardim... Vou instalar uns holofotes amanhã mesmo. Deve ser um sujeito grande. Digo, para dominar Eagles, que era bem forte, e para arrastar seu corpo... Provavelmente eram vários, pelo menos dois, um se sentou no banco da frente e o outro, no de trás. O que matou estava atrás, o estrangulou pelas costas. Mas pra que lhe arrancariam o rosto? — disse Ian Rose, procurando a lanterna para sair com os cães e fazer uma ronda ao redor da casa.

— Vou com você — disse Cleve, calçando os sapatos e correndo atrás do pai.

Dias depois, Cleve comentaria assim o assassinato de Eagles, em uma nota que escreveu livremente, com caneta-tinteiro de ponta cortada, em um caderno com capa de cartolina marmorizada:

"Uma coisa inexplicável e brutal aconteceu a dez minutos da casa de meu pai, neste pacífico canto do mundo onde nunca acontece nada. E justamente aqui aconteceu o que aconteceu, à beira do caminho, a poucos passos do laguinho de águas escuras que chamam de Silver Coin Pond. Alguém arrancou o senhor Eagles de sua caminhonete, não no meio das trevas de uma noite fechada, não, porque deveriam ser apenas quatro da tarde, ou seja, em plena luz do dia, uma fraca luz de outono, mas luz, de qualquer forma, e tampouco no domingo, quando isto aqui fica deserto, e sim no meio da semana, com certa circulação, pois a essa hora algumas pessoas descem ao povoado para pegar os filhos na escola. Não roubaram nada: nem a caminhonete nem a carteira, nada, mas é preciso ver como o deixaram. Um ato de sadismo difícil de explicar. Algo assim como o quarto caso de esfolamento no hemisfério ocidental, depois do esfolamento do sátiro Marsias por Apolo; do martírio de São Bartolomeu, cuja pele foi pintada por Michelangelo em seu Juízo Final, e da personificação que Burt Reynolds fez de Navajo Joe, o índio que agitava couros cabeludos na ponta de sua lança. Estou me referindo ao fato de terem arrancado o rosto do senhor Eagles. Exatamente. Arrancaram o rosto dessa boa pessoa, como se fosse uma máscara. Acontece que o rosto é, na verdade, uma máscara que cobre o crânio, e eu não havia me tocado disso até ver aquilo. Impossível não ver; o assassino o grudou em um pano, um pano vermelho daqueles que todo mundo carrega no carro para limpar os vidros e coisas assim. O fato é que alguém, ainda não se sabe quem, colou o rosto arrancado do senhor Eagles em um pano vermelho. Tiraram o frasco de cola no dia seguinte do fundo do Silver Coin Pond, sem impressões digitais, que também não foram encontradas no rosto sem corpo nem no corpo sem rosto. O pano vermelho com o rosto grudado foi colado, por sua vez, no tronco de uma árvore à beira do caminho, como um estandarte ou um pôster; de qualquer forma, o que fizeram com ele foi perfidamente premeditado. É claro que se quisessem ocultar o crime bastava afundar o corpo no laguinho, mas não; arrumaram tudo para que aqueles que passassem por ali não pudessem deixar de vê-lo. Inclusive, talvez, para que nós, os Rose, não deixássemos de vê-lo: poucas pessoas, além da gente, circulam por aquela área. Uma coisa estranha, arrancar o rosto do senhor Eagles. Por que teriam feito isso? Vai saber quais eram os motivos do assassino. Em geral, você desfigura a vítima quando não quer que as autoridades a reconheçam. Tira a cara de alguém, ou a esconde quando quer apagá-lo em vida (ou na morte, se já o tiver matado). Alguém sem rosto não é ninguém, é um anônimo, um zero à esquerda. Como os "desaparecidos" durante as ditaduras do Cone Sul: um capuz cego sem olhos os impedia de reconhecer ou de serem reconhecidos e os deixava no limbo. No México, os astros da luta livre escondem sua identidade sob uma máscara que os torna míticos ante os olhos da torcida fanática, como aconteceu com o Enmascarado de Plata, com Blue Demon ou com o Hijo del Santo, e a pior ofensa que um lutador pode impor ao rival é arrancar sua máscara e expor diante do público seu rosto verdadeiro, porque assim o despoja de sua aura de herói e o devolve à condição de mortal. O subcomandante Marcos faz o mesmo com seus gorros, mais ou menos pelas mesmas razões; bem, somando a isso os ossos da clandestinidade. Obrigaram o Homem da Máscara de Ferro, irmão gêmeo do rei da França, a usá-la durante toda sua vida para que ninguém soubesse que o rei, único por natureza, tinha um duplo que eventualmente poderia tomar seu lugar. E daí por diante. Tirar o rosto de alguém ou o próprio rosto, para ser outro, ou voltar a ser você mesmo, invisível ou inexistente. Embora também seja verdade que o resultado pode ser justamente o contrário, porque a coisa tem lá sua dialética. Isso sabe muito bem o assassino de Eagles, que, longe de esconder o que fez, precisava exibir. O subcomandante Marcos, lá nas selvas de Chiapas, se tornou visível e famoso no México e no mundo em boa medida graças à meia com orifícios que ocultava seu rosto. Para não falar do fenômeno de V, o superanarquista, meu herói de cabeceira: a máscara que oculta seu rosto é hoje o rosto visível de milhões de jovens do mundo inteiro. E a cara do senhor Eagles, sempre discreta e despercebida, nunca foi tão visível como quando a arrancaram e a expuseram. Ex-por, pôr à vista. Penso em uma fotografia como aquela famosa de Einstein, com os cabelos brancos flutuando em torno de sua cabeça, ou aquela outra, também mundialmente conhecida, em que Picasso crava no espectador seu olhar de águia. Ou a de Marilyn Monroe, irradiando sedução enquanto afunda no torpor, como se estivesse à beira do orgasmo, do sonho ou da morte. E a do Che, que tal o rosto de Che Guevara, o bode expiatório mais significativo dos tempos modernos, com uma boina preta no lugar da coroa de espinhos e em transe, se oferecendo em sacrifício? O que são essas fotografias, esses ícones, senão rostos subtraídos de seus donos? Rostos desprendidos do corpo. Postos a salvo do físico e do circunstancial, de tal maneira que valem por si mesmos e se tornam eternos, tão poderosos em sua carga simbólica que, década após década, reaparecem nas paredes e nas camisetas que usamos. Da mesma maneira, assim também aconteceu com o rosto arrancado do bom senhor Eagles. Correu o boato de que foi um ato isolado de brutalidade irracional cometido por garotos drogados, pessoas de fora que estariam aqui de passagem e estavam enlouquecidas pelo efeito de algum ácido. Acho que essa versão não passa de outra máscara, que servirá para que os vizinhos se tranquilizem e as autoridades lavem as mãos. Quanto a mim, não consegui parar de pensar, de ficar refletindo sobre o assunto. Estou intrigado com a teatralidade ritualística do assassino. Grudar o rosto em um pano, escolher um pano vermelho, exibi-lo em um tronco aos transeuntes: uma procura deliberada de um efeito teatral. Isso é um ritual, sim senhor. Como os de antes, como os grandes gestos sacramentais da época do Velho Testamento. Eu chamo isso de *deep play*; ou, melhor dizendo, assim o chama Sloterdijk, que define o termo como atos ritualísticos profundamente envolventes e de máximo estresse. Tenho a impressão de que o assassino de Eagles deve ser alguém que desdenha desta mediocridade dessacralizada em que vivemos agora, esta cotidianidade castrada e amansada que, segundo Slavoj Zizek, se compõe de café sem cafeína, cerveja sem álcool, alimentos sem calorias, cigarros sem nicotina, guerra sem mortos (do próprio bando) e sexo sem contato. E sacrifício sem sangue, eu acrescentaria. Garotos drogados? Eu tenho outra versão. Mas, por ora, não tenho como prová-la."

    Cleve não chegou a comentar com o pai suas suspeitas acerca da identidade do assassino de Eagles, porque, dias depois, ele próprio faleceu em um acidente de motocicleta, longe das montanhas Catskill, nas proximidades da cidade de Chicago. Outras circunstâncias, outro cenário. E, no entanto, Ian Rose, arrasado pela perda, não conseguia parar de pensar que, de alguma maneira, a morte de seu filho fora selada desde antes, desde que o assassinato não esclarecido do senhor Eagles deixara uma nuvem negra flutuando sobre aquelas montanhas.

— Bem, é normal ficar cheio de suspeitas. Um fato tão brutal em um lugar tão pacífico... É mesmo um mistério, um mistério aterrador, e os mistérios deslocam você, quebram a naturalidade do dia a dia, e mais ainda quando envolvem uma emboscada. Não foi só a gente; todos os vizinhos também ficaram mal. Alguns se afastaram por um tempo, outros providenciaram grades, ou alarmes, coisas que por aqui nunca tinham sido vistas antes. E, justo no meio desse clima de medo e de incerteza, acontece a morte de Cleve. Me perdoe, mas prefiro não falar mais disso. Me sinto mal, é uma coisa extremamente íntima para ficar comentando — diz Ian Rose, mas, de qualquer maneira, continua falando. — Olhe, ninguém está preparado para a morte de um filho, disso você não consegue se recuperar, e sobre isso não é necessário dizer mais nada, não vou dizer mais nada, tudo o que isso implica está subentendido.

Algum tempo depois da morte de Cleve, um envelope chegou pelo correio à casa das Catskill. Um envelope que fez o velho Rose tremer assim que o recebeu, em parte porque não conhecia a remetente, sequer havia ouvido falar a seu respeito, mas, sobretudo, porque o destinatário não era ele, mas seu filho Cleve. E Cleve não estava mais ali, não existia, e para Ian aquela morte ainda era inadministrável, uma ferida que não sarava, que o despedaçara por dentro e não lhe permitia se recompor. E o senhor se culpava e se afundava nessa culpa, a de ter pressentido que algo não corria bem, de que sobre eles desabava algum tipo de emboscada e, no entanto, não ter impedido que a ameaça acabasse se concretizando justamente em Cleve.

— Naquela mesma noite, depois do assassinato de Eagles, deveríamos ter saído da casa, pelo menos por um tempo — reconhece. — Não ache que não pensei nisso, mas tínhamos os cães: não é fácil encontrar um lugar para se alojar com três cães. Eles não caberiam no quarto de Cleve no East Village, é lógico. Mas deveríamos ter ido embora, foi uma dessas coisas que uma voz dentro de você lhe diz e repete, mas que você não dá importância.

Desde a morte de Cleve, Ian Rose confundia, em sonhos, o menino que não crescera com ele e o rapaz já adulto que quis se aproximar e ficara tão pouco tempo ao seu lado. Confundia o Cleve menino com o Cleve adulto, perdia o sono se perguntando por que tinha permitido que Edith, sua ex-mulher, levasse o filho para tão longe, por que ele mesmo não estivera atento, como era possível que não tivesse se dado conta de que os anos passam muito depressa, por que não compreendera a tempo que, em um piscar de olhos, um filho cresce e se torna livre, e, em um descuido seu, sobe em uma moto, vai e se mata?

— Simplesmente não conseguia suportar — diz. — Essa era a minha derrota. E o passar dos meses não ajudava. Nada quebrava o silêncio nem encurtava a distância que me separava de meu filho. Nada. E, de repente, chega esse envelope pelo correio para ele, e sou eu quem o recebe.

Um envelope que alguém enviava a Cleve como se ainda estivesse vivo, e que, de fato, por um instante o fez reviver, porque na cabeça de seu pai se acendeu uma centelha de confusão. Por um segundo o passado se apagou de sua memória e ele esteve a ponto de chamá-lo: "Desça, filho, chegou uma coisa para você!" Mas logo o feitiço foi quebrado, a morte de Cleve voltou a desabar em cima de Ian Rose e ele ficou por um bom tempo ali, parado, incapaz de se mexer, lidando com o golpe daquela dor que voltava como um bumerangue. Finalmente, não lhe ocorreu nada melhor do que subir ao sótão, onde o filho costumava dormir. Colocou em cima da cama o envelope fechado e disse, em voz alta: "Isto é para você, Cleve, foi enviado por uma mulher de Staten Island."

— Talvez o envelope não fosse nada importante — diz — Tive quase certeza de que se tratava de somente uma correspondência atrasada. Mas não consegui deixar de imaginar que era algum tipo de sinal. Uma mensagem de Cleve, me entende? Uma coisa que pertencia a ele, que saía do nada e chegava às minhas mãos, como se meu filho a estivesse enviando a mim. Olhe, eu nunca fui supersticioso nem religioso e sequer creio no além ou em aparições, nada disso. Mas a morte de Cleve me deixou às cegas, atento aos sinais. Fiquei cheio de cabelos brancos e de tiques, creio que até mais estúpido do que antes. O sofrimento mata os neurônios, sabe? Isso é um fato. De outra maneira, não conseguiríamos suportá-lo. Possivelmente o pressentimento com a história do envelope foi superstição, se quiser chamá-lo assim. Mas é que frente à morte de um ente querido não lhe resta outro remédio: ou você se resigna, o que é impossível, ou começa a acreditar em coisas, a se guiar por indícios que estão além da razão.

Talvez, por outro lado, aquilo se tratasse de algo mais simples: o envelope poderia conter informações sobre Cleve, algum tipo de informação que me ajudasse a compreender. Algo como encontrar uma carta de amor alheia ou ter acesso ao e-mail de outra pessoa.

O dia em que o envelope chegou começara como outro qualquer, e Ian Rose cumprira sua rotina de todas as madrugadas: parara diante da janela de seu quarto para admirar a vista panorâmica, cortada apenas pelo canto em que aparecia um trecho da estrada, cuja visão, que interferia na ilusão de que vivia em um lugar ao qual não se podia chegar e do qual não se podia sair, o incomodava desde a morte de Cleve. Dera início ao dia se vestindo sem tomar banho e calçando as velhas botas Taylor and Sons que o acompanhavam havia muitos anos. Tinha carinho por aqueles calçados; graças ao uso, o couro se tornara quase uma segunda pele. Depois saíra para caminhar com seus três cães pela floresta. Gostava de fazer isso. De fato, era a coisa de que mais gostava, a que continuava dando sentido a sua vida. Passear pela floresta com Otto, Dix e Skunko fazia com que se esquecesse de tudo por algumas horas, e ele se deixava ir, à toa, como um cão no meio de seus cães, por um par de horas e às vezes mais, na realidade cada vez mais; ultimamente, trabalhava cada vez menos e dava passeios cada vez mais longos. Nada grave; já estava aposentado, vivia de pensão, e, se por acaso apegava-se ao trabalho era mais por gosto do que por qualquer outra coisa. Não se envolvia mais em grandes projetos, preferindo o prazer propiciado pelas coisas artesanais e a satisfação de fazer um favor a algum vizinho que estivesse com a fossa séptica de sua casa entupida, a torneira da pia pingando ou precisasse melhorar a irrigação de sua horta.

Como já começara a fazer frio, ao voltar para casa Rose cortara um pouco de lenha, tomara uma ducha quente e vestira o de sempre, calças folgadas, uma camiseta branca e por cima uma camisa quadriculada desabotoada. Depois tomou o café da manhã. Chá com torradas e alguma fruta. Para esse primeiro chá do dia, optou por um Earl Gray com uma nuvem; o que sua mãe, que era inglesa, chamava de "uma nuvem" era uma gota de leite que se diluía no meio do líquido dourado; "*a cloud in my tea*", dizia sua mãe, e assim repetia ele: "*a cloud in my tea.*"

Depois dera Eukanuba aos cães — agora a ração era distribuída pela viúva Eagles —, com complementos nutritivos mais uma boa salsicha Scheiner's, e fora à sala para acender a lareira. Não parava de se surpreender com aquele fogo, ali, domesticado em um canto da casa, agradável e ronronando como um bom gato, quando poderia se agitar, se tivesse vontade, passar dos limites e transformá-lo em uma merdinha de ossos calcinados e cinzas. Às vezes Ian Rose achava que isso não seria ruim, virar nada, mas logo reconsiderava. "Meus cães ficariam sozinhos", pensava, seguindo então em frente com as tarefas do dia.

De quando em quando passava um tempo se lembrando de Edith, sua ex-mulher, mãe de Cleve. Quando solteiro, Ian Rose não fora nenhum playboy, nem sequer um sujeito desenvolto com as mulheres, e por isso ficou muito feliz quando Edith se mostrou disposta a sair com ele. Aos olhos de Rose, ela era o ser maravilhoso e inatingível que tocava violoncelo em um quarteto universitário chamado The Emmanuel String Quartet, enquanto ele, por sua vez, via a si mesmo como um sujeito prático, um projeto de engenheiro que assistia aos concertos das sextas-feiras no auditório do campus e se sentava no meio do público para ouvi-la. E olhá-la, porque não conseguia tirar os olhos de cima dela. Aquela mulher de corpo grande e forte, com uma cortina de cabelos escuros que caía dramaticamente sobre seu rosto pálido enquanto seus joelhos apertavam o corpo do violoncelo, era mesmo um espetáculo. O instrumento era grande; Edith não trabalharia com uma versão reduzida para mulheres. Era um *full-size* como deve ser, com o qual a incomparável Edith produzia mugidos e miados quase humanos que o excitavam. Não era uma metáfora: com seu violoncelo, Edith podia chegar a lhe provocar ereções. E aconteceu que Rose foi ficando louco por aquela mulher. Mas não se atrevia a se aproximar; achava grotesco abordá-la no camarim com um buquê de rosas nas mãos ou algo ridículo desse estilo.

Certa vez, durante um desses concertos, as mãos de Rose se entretiveram fazendo uma estrelinha com o papel prateado da caixinha de cigarros. Ali, na escuridão da plateia, enquanto se concentrava na música, ou melhor, em Edith, suas mãos, sozinhas, foram dobrando o papel até fazerem uma estrelinha, e veio a acontecer, por acaso, que, depois da função, Rose se enfiou em um café próximo ao auditório e quase caiu para trás quando viu entrar, sem mais nem menos, a prodigiosa Edith. Sozinha, além disso. Prendeu sua estupenda floresta de cabelos em um rabo de cavalo, limpara a maquiagem de forma que sua palidez se tornou ainda mais espectral e trocou o vestido de gala por jeans e um blusão de couro. Edith entra, se senta em um dos bancos do balcão e pede um dry martini. Rose, com a estrela guardada no bolso, tira forças de um uísque que termina de um gole, aproxima-se e lhe dá um presente. Ou seja, dá de presente à violoncelista a estrelinha de papel prateado. Ela lhe pergunta: "Quem é você?", e ele, em um ataque de cafonice que Edith acabará lhe cobrando anos depois, responde: "Sou um presenteador de estrelas." Então fica vermelho e sente raiva de si mesmo por ter dito tal bobagem, e, para fechar, Edith, na posição superior de quem está sentado no banco alto de um bar, olha o objeto insignificante que tem na mão e lhe diz, inclinando um pouco a cabeça: "Ora, rapaz, você me deixou em um aperto, agora não sei onde jogar fora essa coisa que você me deu".

Daí que, para Ian Rose, fora um milagre que, no meio daquela palhaçada da estrela de papel, enquanto suplicava que a terra o engolisse, Edith o tivesse convidado para tomar um drinque. E não apenas isso, mais do que isso: que, uma semana depois, tivesse aceitado sair com ele; e não só saíra, como antes de um mês lhe dissera que estava apaixonada. Por isso, quando resolveram se casar e se juraram fidelidade eterna, Rose estava cem por cento convencido do que fazia e decidido a cumprir seus votos até o final. Na lua de mel, teve um excelente desempenho do ponto de vista sexual, como a própria Edith reconheceu, e daí em diante Rose se entregou de corpo e alma a seu papel de homem casado, mantendo a determinação e o entusiasmo ao longo de seus dezenove anos de casamento. A cada amanhecer estirava o braço com os olhos ainda fechados para tocar o corpo de Edith e se alegrava ao constatar que ela continuava ali ao seu lado. Porque Rose era do tipo de homem que nasceu para estar casado, casado justamente com sua mulher e nenhuma outra. Embora Edith tivesse abandonado prematuramente o violoncelo, Rose se sentia em primeiro lugar o marido de Edith e, em segundo, todo o resto: pai de Cleve, engenheiro hidráulico, funcionário da firma inglesa que o transferira com a família para a Colômbia, onde recebia salário duplo por se tratar de um lugar classificado como altamente perigoso. Nunca, nem sequer nas piores noites de insônia, nem nas ocasiões em que por motivo de viagem ficaram separados, nem durante as brigas conjugais, passara pela cabeça de Rose que Edith pudesse conceber a relação de maneira diferente da que ele concebia. Para Rose, estava claro que, se ele era, antes de tudo, o marido de Edith, Edith era, antes de tudo, sua mulher. Por isso não entendeu nada naquela noite em Bogotá quando voltou do trabalho para casa, em que ela ficara de cama devido a uma das gripes que tinha com frequência naquela cidade fria e chuvosa, a três mil metros de altura, na cordilheira dos Andes.

— Você me trouxe o Vick Vaporub e o xarope para a tosse? — perguntara ela, e Rose tivera de confessar que se esquecera.

Por volta da meia-noite, Rose foi acordado por um barulho. Ali estava Edith, com um suéter vermelho por cima do pijama, ardendo em febre, afogada em lenços e reclamando com voz fanhosa que ele não passava de um presenteador de estrelas, que para ela Rose sempre fora só isso, um triste presenteador de estrelas que a levara para viver naquele lugar impossível onde não permaneceria nem um dia a mais. Se ele insistisse em ficar, o problema era dele, se dava mais importância à empresa do que a sua família, o problema era dele, mas nem ela nem o menino ficariam nem mais um dia naquele lugar calamitoso onde a qualquer momento poderia acontecer uma desgraça.

— Você está delirando de febre. Acalme-se, Edith, venha se deitar, está com febre. Não pode me abandonar simplesmente porque esqueci o Vick Vaporub — insistira Rose, e inclusive havia ido procurar na lista telefônica uma farmácia aberta 24 horas à qual pedira que entregasse em sua casa xaropes e pílulas antigripais. Mas ela não parou de empacotar as coisas até encher quatro maletas e duas sacolas.

No dia seguinte, Rose se viu levando ao aeroporto a mulher e o menino, que na época tinha uns 10 anos. Diante do jato da Avianca, se despediram pelo que Rose pensou que seriam alguns meses, até o fim do contrato com a empresa, quando poderia voltar aos Estados Unidos para encontrá-los, mas que, na verdade, foi para sempre, pois, pouco depois da separação,

Edith se juntara com um antropólogo chamado Ned e fora viver com ele e o menino no Sri Lanka.

— No Sri Lanka, dá pra imaginar? — me diz Rose. — Se separou de mim porque se sentia insegura na Colômbia e foi parar no Sri Lanka...

A reação de Rose havia sido de surpresa e incredulidade. E continuava um pouco na mesma desde então, surpreso e incrédulo, basicamente isso, embora a separação tivesse se concretizado havia muitos anos; embora Edith e Cleve tivessem vivido, durante todo esse tempo, com Ned no Sri Lanka e Rose instalado na casa das Catskill com os três cães; embora, durante os verões, Edith e Ned lhe trouxessem o menino e passassem as férias hospedados em sua casa, com Rose presente e de acordo; embora os quatro convivessem amavelmente durante essas semanas de verão sem que Rose conseguisse sequer dizer que sentia ciúmes ou estivesse incomodado; embora, inclusive, para lhe agradecer por sua hospitalidade, Edith e Ned tivessem lhe enviado do Sri Lanka, depois de uma dessas visitas, uma lupa com um cabo de ébano que ele colocara em cima de sua escrivaninha, onde ainda estava, como prova maior de que seu casamento de fato terminara e que não havia volta.

Rose sempre acreditara que ficaria casado com Edith até o dia de sua morte ou o da morte dela. E, no entanto, alguma coisa, ainda não sabia bem o quê, aconteceu em algum momento, não saberia precisar quando, e as coisas evoluíram de outra maneira. E Rose estava assim, ou pensando em Edith, ou cortando lenha, ou acendendo a lareira, ou preparando um chá com nuvem, na manhã em que chegara o envelope que deixara, fechado, no sótão. Rose quase não ia ao quarto do filho quando Cleve estava vivo, porque sabia que o rapaz gostava que respeitassem sua solidão. No entanto, na realidade, Rose não sabia o quão sozinho seu filho ficava lá em cima; aparentemente nem tanto, já que Emperatriz, a dominicana que vinha fazer a faxina duas vezes por semana, tentara insinuar que Cleve se trancava no cômodo com uma garota, possivelmente uma amiga ou namorada que não queria lhe apresentar. Rose a cortara secamente.

— Era só o que faltava! — dissera. — A vida privada de Cleve só interessa a Cleve e a mais ninguém. Nesta casa ninguém se mete na sua vida particular, Empera, e você deve fazer a mesma coisa.

— É verdade, vocês não se metem na minha vida privada — respondera-lhe Empera naquela vez, que não era de ficar calada —, mas não por educação, e sim porque estão pouco se lixando.

— E ela tinha razão — me diz Rose. — Empera sabia tudo sobre mim, até a cor das minhas cuecas, e, no entanto, eu não sabia nada a respeito de Empera, a não ser que era dominicana, que não tinha documentos e que entrara ilegalmente nos Estados Unidos, não uma vez, nem duas, mas dezessete vezes, ou, melhor dizendo, sempre que tinha vontade, sem que eu me atrevesse a perguntar como fazia aquilo, como conseguia realizar tal façanha que poderia constar entre os recordes do Guinness.

Mais tarde, depois da morte de Cleve, Rose começou a lamentar muito não saber um pouco mais de seu filho, não ter se aproximado mais dele quando estava vivo, não tê-lo apoiado mais, não ter averiguado seus amores; quando já não havia remédio, sentira necessidade de perguntar a Empera o que não quisera ouvir daquela vez.

— Me conte, Empera — pedira —, você chegou a conhecer a garota que, segundo diz, visitava Cleve em segredo?

Mas Empera, que aprendera a lição e estava escaldada, não ia permitir que ele lhe desse um fora mais uma vez.

— A que garota o senhor se refere? — respondera secamente, enquanto se afastava para a cozinha arrastando suas sandálias de plástico.

Então chegara aquele envelope, e durante todo aquele dia Rose teve que se ocupar de vários afazeres fora de casa, sem em nenhum momento deixar de pensar naquele embrulho que deixara fechado na cama de seu filho e que, ao voltar, esteve prestes a abrir para ver o que continha. O escrúpulo de se meter nas coisas privadas de seu filho o deteve; se havia uma coisa que Cleve detestava era que invadissem seu espaço, e por isso Rose pai desistiu de abrir o envelope e preferiu ir à cozinha para preparar um sanduíche. Mas foi tomado em seguida por uma sensação oposta: não estaria traindo seu filho ao ignorar aquele sinal? Ficou pensando, diante da lareira, enquanto comia o sanduíche com um copo de leite desnatado, que talvez não fosse tão absurdo nem tão desrespeitoso abrir o envelope que, de certa forma, era o último sinal de Cleve. Uma mensagem póstuma, para lhe dar um nome solene. De uns tempos para cá fora ganhando espaço na cabeça de Rose esse tipo de conjectura. Talvez fossem sentimentos de culpa, quem sabe pontadas de ansiedade que tinham a ver com o fato de que não se conformava com a morte do filho.

— De acordo, Cleve — disse em voz alta. — Só me deixe acabar de comer que em seguida o abrimos para ver do que se trata. Você quer que eu faça isso, certo? Me autoriza a abrir sua correspondência? Suponho que sim; a esta altura já não lhe importa mais nada.

Eram 140 folhas de algo que parecia papel de cartas cor-de-rosa. Haviam sido escritas a mão, com uma letra que à primeira vista Rose achou claramente feminina. Estavam escritas em ambos os lados e com uma letra cada vez mais apertada, como se a autora tivesse calculado que lhe faltaria papel para tudo o que tinha a contar.

— Veja, Cleve — disse Rose. — Parece que uma garota lhe enviou uma longa carta de amor.

Quem escrevera aquilo não fora a própria remetente, uma tal de Mrs. Socorro Arias de Salmon, de Staten Island, mas uma garota que queria ficar anônima e anunciava que usaria o falso nome de María Paz. A tal María Paz escrevia na primeira pessoa, para confessar alguma coisa a Cleve, referindo-se a ele como mister Rose, e Ian Rose ficou até o amanhecer lendo as 140 folhas cor-de-rosa no sótão, deitado na cama de Cleve, ainda vestido, coberto com uma manta, os dois cães maiores aos pés da cama e o pequenino, Skunko, instalado ao seu lado.

— Skunko tem essa mania — conta-me Ian Rose. — Eu não permito que suba na minha cama, sou severo nisso, mas Cleve não era. E agora, sem Cleve, a cama de Cleve era, basicamente, a cama de Skunko, e por isso não lhe ordenei que descesse. Afinal, ali o intruso era eu.

Quem quer que fosse a verdadeira autora, escrevera pensando em mister Rose, ou seja, em Cleve. A garota depositara todas as suas expectativas em mister Rose, o transformara no destinatário da história de sua vida. Rose pai me pergunta se concordo, provavelmente são meras especulações suas, não sabe muito a respeito, mas ninguém lhe tira da cabeça a sensação de que a história de uma vida é essa vida, é propriamente essa vida, que de fato só existe à medida que há alguém que a conta e outro alguém que a escuta.

— Quem sabia muito bem disso era Alexandre, o Grande, que a todas suas ações e batalhas levou com ele historiadores, porque sabia que aquilo que não se narra é como se não acontecesse — diz Rose, explicando que o fato de ser engenheiro não quer dizer que não goste de ler. — Eu diria que o destinatário de um testemunho de vida se transforma em uma espécie de consciência à qual o outro revela seus atos para que sejam condenados ou perdoados. Pelo menos isso acontece comigo quando leio um romance ou autobiografia, seja real ou fictícia. Então acontece uma alquimia estranha: enquanto seguro o livro diante de meus olhos, sinto que a vida daquela pessoa está, literalmente, nas minhas mãos. E neste caso, aquela garota, María Paz, havia escolhido para esse fim meu filho Cleve ou, melhor dizendo, o mister Rose. Acontece que eu, Ian, sou um mister Rose, e, enquanto lia o manuscrito, tinha a impressão de que a mulher também estava se dirigindo a mim, e que, ao me contar suas atribulações, estava se colocando em minhas mãos, porque, afinal de contas, dos dois mister Rose, era eu, Ian, o único que sobrevivera. Deveria ter sido o contrário, mas, por uma canalhice do destino, não havia sido eu morto no acidente enquanto meu filho continuava com tudo o que lhe restava pela frente na vida, com suas aulas, com seus desafios, com muitas outras edições do *Poeta suicida e sua namorada Dorita*. Mas não foi assim que tudo aconteceu, e naquele momento eu era o único mister Rose que podia ler o que a mulher escrevera, revelando coisas não apenas sobre ela mesma, mas, antes de tudo, sobre meu próprio filho.

Alguns trechos do manuscrito haviam sido escritos com esferográfica azul, outros com preta, às vezes até a lápis. De acordo com ela mesma, havia escrito as partes mais borradas às escuras, quando, na prisão, eram apagadas as luzes das celas. Uma vez isso havia acontecido com Rose, quando ainda vivia com Edith; ocorrera-lhe no meio da noite um complemento para um relatório que estava redigindo, um assunto técnico para a sua empresa e, para não despertar a esposa acendendo o abajur, ele escrevera um par de parágrafos na cama, no escuro. Na manhã seguinte, deu de cara com um caos como aquele de María Paz, puros garranchos e linhas encavaladas, umas sobre as outras.

A garota se expressava em um inglês salpicado de espanhol, e Rose ensaiou ler alguns parágrafos em voz alta para ouvir como soava. E soou bem; espontâneo e bem. Os dois idiomas se misturavam de maneira engraçada, como amantes inexperientes na cama. Rose não tinha dificuldade com o espanhol, que aprendera durante sua estadia na Colômbia, não muito bem, com muito sotaque, mas já alguma coisa. Edith, no entanto, não sabia quase nada; sua irritação com a Colômbia havia resultado em uma recusa a aprender a língua. Cleve, sim, a assimilara perfeitamente, à maneira das crianças, sem querer e sem se esforçar.

Do caderno de Cleve Rose

"A estadia de minha mãe na Colômbia a deixou com pesadelos recorrentes dos quais despertava gritando coisas, inclusive quando não estávamos mais lá. Sonhava que a guerrilha ia nos sequestrar, que ladrões roubavam os espelhos retrovisores do nosso carro, que os vulcões dos Andes cuspiam rios de lava, que eu engolia umas sementes vermelhas e venenosas e acabava indo parar, intoxicado, no hospital. Eu, no entanto, sinto certa nostalgia em relação àquele país, embora não saiba exatamente de quê. Sinto uma saudade terrível de alguma coisa, de algo indefinido que faz cócegas na boca do meu estômago. Talvez do cheiro intenso e úmido do verde que agitava os sentidos do menino reprimido e tímido que eu era; dos surtos de adrenalina que me atingiram quando presenciei uma briga de facão entre dois homens; quem sabe do perigo das estradas nas montanhas, dos caminhões que aceleravam de maneira suicida em curvas fechadas sobre abismos de névoa e das barracas de frutas que ficavam coladas à beira da estrada para que fosse possível comprá-las de dentro do carro. Embora a recordação das frutas exóticas seja mais do meu pai do que minha, porque eu nunca quis provar nenhuma — e confesso que naquela época, e até hoje, me dava e continua me dando medo colocar na boca alimentos desconhecidos —, recordo os nomes daquelas frutas: nomes com muitos ípsilons e muitos "as", *guanábana, chirimoya, papaya, maracuyá, guayaba*,[1] a ponto de sentir enjoo quando os pronuncio sem parar, repetindo como

---

[1] Respectivamente, graviola, fruta-do-conde, papaia, maracujá, goiaba. (*N. do T.*)

se fossem um encantamento, *chirimoya, chirimoya, papaya, papaya, maracuyá*. Recordações. *Re-cordar*; do latim *cor, cordis*, coração, ou seja, voltar a passar pelo coração; daí que recordar a infância poderia ser arrancá-la do coração, onde estaria guardada. É que estou convencido de que certas recordações da infância vão se apropriando de você, entronizando-se nos nichos de sua memória como santos antigos em uma igreja às escuras para dali emitir um brilho estranho, mítico, que pouco a pouco vai predominando sobre a matéria mental, até que elas, essas recordações de infância, se transformam em sua primeira e talvez única religião. Não sei, sinto que no fundo da minha pessoa algumas daquelas frutas reluzem e, de qualquer maneira, me arrependo de não ter tido coragem de fincar nelas os dentes, porque, possivelmente, teriam sido para mim como a comunhão para os cristãos, que comem Deus em cada pedaço de pão. Os nomes dessas frutas eram fascinantes e difíceis de pronunciar para o menino estrangeiro que eu era, e é sabido que todos os mitos se escondem no desconhecido, no que percebemos como misterioso e nos inspira pânico e fascínio. Não que agora eu reze secretamente a um deus chamado Guanábana ou que oferte sacrifícios a Chirimoya, não se trata de uma coisa estúpida como essa. Apenas me nego a acabar transformado em um simples ocidental que passa direto por frutas maravilhosas para se contentar com laranjas ou maçãs. Talvez por isso eu sinta saudade dos anos que passei nos Andes, onde a vida acontecia a uma quantidade incrível de metros de altura e era por si só incerta, e deve ser por isso que volta a minha boca o sabor do *arequipe*, um doce de leite, um melado defumado e muito açucarado que as empregadas colombianas me davam sem que minha mãe ficasse sabendo, já que ela me proibira de comer qualquer coisa que tivesse um tanto de açúcar. Mas de todas essas recordações, a melhor, de longe, é a de María Aleida, uma morena muito bonita que em sua aldeia natal havia sido coroada Rainha Regional do Currulao, uma dança típica colombiana, e que trabalhava em nossa casa bogotana como minha babá. Nunca aprendi a dançar o currulao, e, no entanto, estava claro que María Aleida era a mulher mais linda do mundo e ainda mais; além disso, chamava-me de "meu amor", o que me perturbava muito. Meu amor isto, meu amor aquilo. Significava que María Aleida estava apaixonada por mim? Isso seria possível? Que a

Rainha do Currulao, pelo menos dez anos mais velha, dona da beleza mais espantosa que eu era capaz de imaginar, gostasse do menino magricela e tímido que eu era? O assunto era confuso, difícil de interpretar, porque María Aleida não chamava de meu amor apenas a mim, mas a todos nós, os da família Rose. E o que já era complicado se complicou ainda mais no dia em que ouvi María Aleida fofocando sobre meu pai na cozinha. Eu a estava espiando — eu sempre estava — enquanto ela comentava com os outros empregados que meu pai deveria ser da CIA, porque todos os gringos que viviam na Colômbia eram de lá, embora se disfarçassem de diplomatas ou de engenheiros. Eu estava escondido atrás de um armário e a informação me surpreendeu, mas não diminuiu minha admiração pelo meu pai. Ao contrário, o tornou ainda mais admirável diante de meus olhos, ou, em todo caso, mais interessante; gostei de saber que era espião e não engenheiro. Era mentira, é claro, a história da CIA, uma das fofocas que María Aleida só se atrevia a dizer pelas costas de meu pai, enquanto na sua frente o chamava de meu amor. Bem, ela chamava todo mundo de meu amor. Álvaro Salvídar, o motorista, era para María Aleida um meu amor ou, então, meu rei, ou também gato. Dom Tuchas, o jardineiro, era outro seu meu amor. Sim, meu amor. Não, meu rei. Já vou, gato. Chamava Anselma, a cozinheira, de meu amor e minha rainha. Isso sem falar da minha mãe, que era sua principal minha rainha. Não sei, acho que me dói não ser mais o amor, nem o rei, nem o gato de ninguém. E como María Aleida ficava bonita quando tirava os sapatos para me ensinar a dançar salsa ou merengue, rindo da minha falta de jeito e de ritmo! Assim não, gato, olhe, assim, assim, querido, me indicava balançando as cadeiras, e eu, paralisado de amor, era incapaz de acompanhar seus passos. Mas, além disso, María Aleida me chamava de meu negro, que na Colômbia é um apelido carinhoso que se aplica a qualquer um, independentemente da cor da pele. Isso era o fantástico, o mais incrível de tudo, que para María Aleida eu fosse meu negro. Talvez ela chamasse todos de meu amor, mas só a mim chamava de meu negro, apesar de minha pele ser quase transparente de tão branca e apesar da aflição de minha mãe cada vez que eu saía sem camisa nem filtro solar para brincar no jardim, porque você vai fritar vivo, era o que me dizia, e pensando bem essa é uma ameaça horrorosa, e talvez venha daí o meu medo de morrer queimado. Venha vestir uma camisa, Cleve, que assim vai fritar vivo, gritava minha mãe da janela, e eu entrava em casa me sentindo vulnerável, esbranquiçado e ridiculamente infantil. No entanto, a sensação era de vitória e poder quando María Aleida me chamava de meu negro. Eu, o grande Meu Negro, Rei da Selva e do Currulao, a quem a bela María Aleida amava secretamente! Depois minha mãe e eu voltamos para Chicago e não voltou a haver caminhões suicidas em abismos de névoa, nem cheiro penetrante de verde, nem surtos de adrenalina pelas brigas de facão, nem gato aprendendo a dançar salsa, nem tampouco *maracuyá*, nem *guanábana* nem *arequipe*, e, sobretudo, nem mais a esplendorosa María Aleida me chamando de meu negro. Entre as detentas a quem dou aulas de redação em Manninpox, há uma garota que chama particularmente minha atenção. Na realidade, passei a prestar mais atenção nela a partir do momento em que fiquei sabendo que era colombiana. Acho que logo a identifiquei com María Aleida, que me ocorreu que seu rosto bonito devia ser parecido com o rosto já esquecido de María Aleida, seu riso e seus cabelos os de María Aleida e, sobretudo, a cor de sua pele. E não pude evitar imaginar aquela detenta livre, longe de Manninpox, outra vez em sua Colômbia natal, dançando salsa e batendo *arequipe* com colher de pau em uma frigideira de cobre."

O manuscrito assinado pela pessoa que se fazia chamar de María Paz exibia uma letra clara, de forma; o tipo de caracteres que alguém usa quando quer tornar sua mensagem legível. E, no entanto, às vezes Rose tinha dificuldade de decifrar os comentários espremidos nas margens e as flechas que indicavam onde deveriam entrar. Além disso, faltavam várias folhas, dezessete no total; a numeração, colocada no canto superior direito, se interrompia de vez em quando e dava saltos. Estava claro que a autora não o enviara a Cleve diretamente, mas que tivera de recorrer a um ou a vários intermediários e que o último deles fora uma tal de Socorro Arias de Salmon, de Staten Island. Por onde teria rodado o texto durante todo aquele intervalo? Por quantas mãos teria passado antes de chegar às de Ian Rose? Qual teria sido a causa da demora? Por que Mrs. Socorro teria resolvido, finalmente, enviá-lo? O que teria acontecido com as dezessete folhas faltantes, talvez perdidas ou, mais provavelmente, confiscadas? Rose não sabia. O que estava claro era que as folhas cor-de-rosa, como papel de carta para adolescentes, contrastava de maneira brutal com o conteúdo do texto. Na realidade, não se tratava de uma carta de amor, embora em certos momentos parecesse. Era evidente que a autora era uma garota latina. Colombiana, provavelmente. E a Ian Rose bastou ler um pouco para compreender que estava presa em Manninpox, onde escrevera a história da sua vida para enviá-la a quem desempenhara o papel de seu professor em uma oficina de redação para presidiárias. Esse professor da oficina de texto havia sido nem mais nem menos que Cleve, seu filho Cleve, e, por coincidência, Manninpox ficava a dez minutos da casa da montanha. O que, naturalmente, não era coincidência nenhuma; o fato de Manninpox estar tão perto fora a razão pela qual Cleve se oferecera para trabalhar lá e não em qualquer outra prisão do estado. Nada é coincidência, nunca, como tampouco é o fato de que, entre todas as detentas com as quais Cleve tivera de lidar, tivesse se aproximado justamente de uma colombiana. Aparentemente, os Andes o haviam marcado mais do que seu pai suspeitava.

Abrir aquele envelope fora como abrir uma caixa de Pandora: os fantasmas escaparam alvoroçados, subiram no ombro de Ian Rose e ali fizeram morada. Cada uma das linhas escritas pela garota mencionava Cleve direta ou indiretamente, e ler e reler aquelas páginas significara para Rose a possibilidade de vislumbrar passagens que não conhecia da vida de seu filho. Da vida e também da morte, pois aqui e acolá Ian Rose acreditava encontrar indícios, imaginários ou reais, de que a autora teria algum vínculo com a morte de Cleve. Algum vínculo, mas Rose não sabia qual. Ela tinha que saber, contudo; alguma coisa tinha que saber, embora tivesse escrito aquilo antes da morte de Cleve, embora tivesse lhe escrito achando que estava vivo, embora, na realidade, já estivesse morto sem que ela soubesse. Assim, Ian Rose escavava naquelas páginas como um arqueólogo procurando por uma pegada.

A garota mencionava, inclusive, um acontecimento muito familiar: a ocasião em que certa vez Cleve atropelara um urso. E era verdade; Cleve havia colidido em um urso em uma noite sem lua, quando voltava com sua motocicleta pela floresta de bordo. Nessa ocasião não lhe aconteceu nada, por milagre, e, aparentemente, tampouco com o urso. Quando chegou em casa e se acalmou um pouco, contou ao pai como aquilo acontecera. Disse que estava muito escuro e que depois da batida forte ficara esticado na estrada, meio tonto, perplexo, sem entender que força invisível e sobrenatural o atingira e o fizera rolar pelo chão. Até que viu uma massa negra se mexer a uns metros de distância. Era o urso, que também se levantava aparentemente ileso e se enfiava na floresta. No dia seguinte, no café da manhã, os dois Rose reiniciaram uma velha discussão. Como já fizera tantas vezes, o pai insistia que o filho comprasse um carro, oferecendo o dinheiro necessário. Não aceitaria? Bem, então que ficasse com o Toyota da mãe. Cada vez que Edith passava as férias na casa de seu ex, ao partir abandonava ali algum pertence, como se quisesse deixar claro que era a proprietária do terreno embora não o ocupasse mais. Entre esses patrimônios deixados por ela estavam o cachorro Otto, o violoncelo e um Toyota vermelho, que Rose acolhera amorosamente e dos quais cuidava com especial apreço, como se fossem a promessa de que algum dia sua dona voltaria para ficar.

O Toyota estava em boas condições e, no dia seguinte ao acidente com o urso, Ian o oferecera a Cleve em troca da moto. Mas, naturalmente, o escambo não convenceu o filho de maneira alguma. Preferia muito mais a motocicleta, foi o que disse, e nela encontraria a morte um tempo depois. Não nas Catskill, porém, e sim nas imediações de Chicago, ao perder o controle, bater com violência contra uma grade metálica e sair voando com moto e tudo. Na queda, quebrara várias partes da coluna, depois rolara quase quarenta metros pelo barranco às margens da estrada e seu corpo, maltratado pelas batidas contra as pedras e rasgado pela vegetação. Foi encontrado lá embaixo, no meio de arbustos. Por se tratar de uma rota pouco usada, não houve testemunhas nem câmaras de controle de velocidade que tivessem gravado o acontecimento. Como se tratava de uma morte acidental, só a polícia rodoviária e os paramédicos se ocuparam de lidar com o cadáver; no boletim de ocorrência, reportaram a morte como resultado de acidente de trânsito. E, no entanto, ninguém tirava da cabeça de Ian Rose que, mais do que aquilo, a morte de seu filho havia sido o cumprimento de uma fatalidade.

— Para mim, tudo estava escrito — conta-me ele. — Eu sentia que havia sido um fato previsível, possível de evitar, me entende? Algo que eu teria sido capaz de impedir.

Até a chegada do envelope, a única atitude de Rose pai diante do presídio de Manninpox havia sido ignorá-lo. Não fora tarefa fácil. Segundo me disse, são necessárias muita ioga e muitas caminhadas pelo bosque para levar adiante a própria vida quando a agonia alheia está logo na virada da esquina.

— Não é lá muito agradável ter uma prisão de segurança máxima para mulheres a algumas quadras do lugar onde você dorme — confidencia Ian Rose. — Se a ideia de homens encarcerados já é por si só perversa, a de mulheres enjauladas é extremamente monstruosa.

Havia comprado aquela casa sem saber o que ficava ao lado. A agência de imóveis não lhe avisara, certamente prevendo que perderia o cliente. E com razão, pois, se soubesse, Rose teria saído correndo e comprado uma propriedade do outro lado, bem distante. Mas ele tinha se apaixonado à primeira vista pela casa, na qual tudo parecia feito à medida de seus sonhos: a beleza do entorno, as lareiras de pedra, os pés-direitos altos, os espaços generosos, os pisos de madeira de carvalho, o silêncio e a vista esplêndida... E seus cães haviam logo tomado conta da floresta que cercava a propriedade sem querer mais sair de lá. Além disso, o preço era excepcional, e Rose aceitou a oferta sem pensar e sem investigar a razão da pechincha, que era, naturalmente, resultado da desvalorização da região por conta do presídio. Explica que aconteceu com ele o que costuma acontecer quando se pechincha, quando o comprador se faz de otário para que o vendedor não perceba a vantagem que está levando, enquanto o vendedor faz a mesma coisa com o comprador.

— Sou um sujeito liberal — esclarece —, tenho horror da ideia de castigar as pessoas trancafiando-as para garantir que a sociedade possa funcionar. Acho terrível que dois terços da população dos Estados Unidos tremam ao imaginar o dano que o outro terço possa lhe infligir, e que um décimo dos norte-americanos passe a vida dentro de uma jaula para que o restante sinta que pode viver em paz. Mas, por outro lado, se alguém tivesse me dado as chaves das celas de todas as prisões do país, e tivesse me dito "está em suas mãos colocar os criminosos em liberdade", eu certamente as teria devolvido sem usar.

Sentia muito pelas garotas de Manninpox, mas a verdade é que não teria gostado nem um pouco de encontrar uma presidiária escondida em sua garagem ou fazendo travessuras à noite em sua cozinha. Se Ian Rose não pensava em Manninpox, era porque não sabia o que pensar. O problema estava além dele. A prisão se erguia a uns doze quilômetros de sua casa, subindo pela estrada que interferia em seu ângulo de visão quando, nas madrugadas, ficava parado diante da janela olhando a paisagem. O simples nome já o deixava mal, Manninpox. Nunca havia visto as construções que a compõem, mas podia imaginá-las; como qualquer ser humano, tinha, a priori, uma noção forte e exata do que era um presídio. De onde a tirara? Talvez do cinema, da televisão, de algum livro ou quadro, de uma ou outra fotografia... Tinha a sensação, contudo, de que o assunto ia mais além, que era mais profundo do que isso.

— A ideia do cárcere está gravada tão nitidamente em nossas mentes — diz —, que parece que nascemos com ela. Com os túmulos acontece a mesma coisa. Também deve ser inata a sensação de estar debaixo da terra, com os terrores que isso implica. E não se trata de filosofia, é apenas o senso comum; sabemos o que é respirar a plenos pulmões, e sabemos o que é contar com espaço suficiente para nos movimentar. Portanto, deduzimos pela negativa o que seria não poder fazer nenhuma dessas duas coisas; podemos imaginar como seria nos sufocarmos pela falta de ar, ou morrer de claustrofobia em uma cova estreita que nos oprimisse. Túmulo, presídio: são manifestações diferentes da mesma coisa.

Tal como existira até então na imaginação de Ian Rose, Manninpox era uma série de espaços fechados imensos e desolados, como se tivessem sido desenhados por Piranesi, onde os seres humanos adquiriam o tamanho e a condição de insetos e os ecos de suas vozes ficavam ressonando para sempre porque não achavam por onde escapar. E se não era isso, eram vários andares de jaulas, seis ou sete andares de jaulas espremidas, uma contra a outra, como um zoológico vertical, com a diferença de que aos animais era concedido um mínimo necessário de espaço vital. O aspecto externo era o de um grande bloco de concreto escuro, cortado em ângulos definidos, plantado no meio da paisagem e cercado de arames farpados e fios eletrificados. Um monumento simples, impenetrável e abjeto no meio daquele verdor idílico de pinheiros, bordos e bétulas. Diante da imponência da imensa aberração cinza, nada seriam os habitantes naturais desses bosques, como o urso-negro, a raposa-colorada e o camundongo-de-patas-brancas. Esse canto do universo caíra sob a sombra da fortaleza de cimento na qual se amontoavam sabe-se lá quantas centenas de mulheres, impregnando o ar com sua angústia e constrangendo a natureza com sua presença invisível, mas sempre presente.

— Antes acontecia que cada vez que pensava em Manninpox, eu ficava arrepiado — diz —, como se as mulheres enjauladas estivessem soprando minha nuca. Saber que estavam trancafiadas me dava claustrofobia. Por isso evitava pensar em Manninpox.

No entanto, às vezes não conseguia evitá-lo, como quando seus cães latiam à noite e ele sentia que era para o espectro do presídio. E depois, de dia, evitava olhar naquela direção e esquecia sua existência. Conseguia fazer isso durante um terço do ano, mas, quando as folhas das árvores começavam a cair, desenhava-se ao longe sua presença escurecida, como uma grande queimadura no meio da floresta branca. Ian Rose sabia que não passava de uma ilusão de ótica, mas, de qualquer maneira, se sentia afetado. Nisso não era parecido com seu filho Cleve, que não era daqueles que fogem ou ignoram os problemas. Nos primeiros dias de convivência na casa, Cleve tentara conversar com o pai sobre Manninpox.

— Parecia obcecado — conta Ian Rose. —Tive de lhe pedir que parasse. Falei: "Deixe essa coisa em paz, Cleve. Já é suficientemente ruim que exista para, ainda por cima, ficar lembrando."

Mas aquele lugar parecia hipnotizar Cleve. Cada vez se aproximava mais dele em sua motocicleta, rodeando a área vigiada, e começou a frequentar uma biboca chamada Mis Errores Café-Bar, "Meus Erros", que fica exatamente na linha que divide o mundo livre e o reduto das presidiárias. Rose pai sabia que Rose filho começara a passar horas inteiras ali, naquele café com nome espanhol.

— Tinha que ser em espanhol — diz. — Certas entonações de culpa e arrependimento só podem ser conseguidas em espanhol e em linguagem católica.

Depois do acidente de Cleve e, sobretudo, devido à chegada do envelope, Rose pai começou a imaginar seu filho no Mis Errores, diante de uma xícara de café, certamente agoniado ou excitado pela proximidade daquele buraco do fim do mundo que é qualquer presídio. Conta que Cleve fora crescendo como um garoto retraído que ficava mais à vontade entre cães do que entre pessoas e nisso era parecido com o pai, embora só nisso. Rose pai sempre se considerara um indivíduo mediano, enquanto percebia em seu filho uma sensibilidade à flor da pele que lhe permitia detectar coisas que aos demais passavam despercebidas, até mesmo as percebendo antes que acontecessem. Como, por exemplo, um tremor de terra. Certa vez, quando viviam em Bogotá, Ian ouvira Cleve dizer que a terra tremeria, e dito e feito, algumas horas depois tremia escandalosamente, embora não na Colômbia, mas no Chile. Isso deixara perplexo o pai, que não soube se as antenas premonitórias do filho haviam falhado ou se, pelo contrário, eram tão sensíveis que atravessavam fronteiras. Em todo caso, estava claro que uma vibração tão intensa como a que emanava de Manninpox não podia ser ignorada por Cleve, que encontrara no Mis Errores a porta para começar a penetrar nessa outra dimensão da realidade, a das mulheres que vivem à sombra. Aquilo o atraía como um imã. Havia se proposto a atravessar as barreiras de muros e alambrados e tentara uma e outra vez até conseguir ser admitido como professor da oficina de redação criativa para as presidiárias. Como? Rose pai não sabia, mas supunha que o filho ia para lá toda vez que virava sua motocicleta à esquerda na estrada.

— Está cheirando a sopa fria — dizia a Cleve quando o rapaz entrava em casa, já de volta. — Aposto que você esteve se enfiando naquele lugar.

Do caderno de Cleve

"As intenções de se salvar através da escrita me cansam. Saio do sério diante daqueles que acham que a literatura é um culto, uma religião; os museus, templos; os romances, bíblias; os escritores, profetas. Além disso, não suporto os escritores de esquerda que pretendem "falar pelos que não têm voz" nem os famosos de direita que descem às masmorras durante algumas horas ao mês para que a América durma em paz, pensando que, afinal, os presos não vivem tão mal assim neste país, que deixaram de ser maus e se tornaram um pouco bons porque alguém teve a caridade de lhes ensinar a escrever. Há alguns anos, o preso que procurava um milagre rezava o Pai-nosso, recitava o Talmude ou pagava um bom advogado. Agora escreve uma autobiografia. E é bom que o faça, desde que ninguém queira lhe vender a ideia de que assim será feliz, enriquecerá, e será perdoado pela sociedade, que o acolherá como se fosse uma ovelha negra embranquecida pelo sacramento da escrita. Isso não é verdade. A única verdade é que estar preso é uma desgraça fodida. E, no entanto, tenho grandes expectativas, agora que me aceitaram como professor da oficina de redação para as presidiárias de Manninpox. Tem de haver uma maneira honesta de fazer esse trabalho, uma maneira limpa de servir de ponte para que elas possam fazer isso por si mesmas, contar suas coisas, arrancá-las de dentro, perdoar a si mesmas pelo que for que tenham cometido ou deixado de cometer. Walter Benjamin diz que a narrativa é a linguagem do perdão. Eu quero acreditar nisso. E gostaria de facilitar as coisas para que elas possam tentar."

Naquela mesma manhã, quando acabou de ler o manuscrito, Ian Rose desceu ao povoado, fez várias cópias dele e enviou uma pelo correio a Samuel Ming, o editor dos quadrinhos de Cleve. Ming, além de ter sido o melhor amigo do rapaz, parecia ser o resultado de um surpreendente e indecifrável cruzamento de raças: tinha aspecto de chinês, mas usava tranças rastafáris, com um par de olhinhos pequenos e oblíquos dos lados de um poderoso nariz árabe e grandes dentes quadrados no meio de lábios de uma finura quase feminina. Rose pai lhe enviou uma cópia do manuscrito com um bilhete perguntando se achava possível publicar aquilo, talvez como testemunho ou denúncia — quem sabe, até como um romance. Uns dias depois, quando Ming o avisou de que já dera uma olhada, Ian Rose dirigiu em seu Ford Fiesta até Nova York para conversar com ele pessoalmente.

— Não sei o que dizer, mister Rose — disse-lhe Ming. E de verdade não sabia; tinha pena de ver como, desde a morte de Cleve, seu pai parecia ter envelhecido dez anos. Pobre velho, pensou; não tem sentido aumentar sua dor colocando-o a par daquela história obscura e, ao mesmo tempo, como não adverti-lo de que não fuce muito naquilo, pois poderá encontrar alguns podres. Por isso resolveu se fazer de idiota e esconder do velho o fato de que estava havia muito tempo a par da história. — Vamos ver, mister Rose, como posso lhe explicar... Olhe, não vale a pena ficar pensando muito nisso. Passeie, tome um pouco de sol em uma praia, se dê de presente umas semanas em Paris, faça essa concessão a si mesmo... E, a respeito do manuscrito que me enviou, eu lhe sugiro que o deixe quieto. Veja, é claro que a garota gostaria de tornar pública a sua, digamos, biografia. E parece que Cleve gostaria que a ajudássemos a conseguir isso. Mas, na verdade, não vejo como, mister Rose. Não é um texto acabado. É uma autora desconhecida, da qual nem ao menos temos autorização. Além disso, não é o gênero com que lido...

Ming, a quem também tive a oportunidade de entrevistar, me garantiu que naquele momento se sentiu tentado a advertir o senhor Rose sobre os riscos, digamos letais, que implicaria em publicar aquele material, mas preferiu não atropelá-lo com outros dramas e parou por ali mesmo.

— Coloquei-o em uma enrascada — desculpou-se Ian Rose com o editor.

— Não se preocupe, mister Rose — respondeu Ming, dando-lhe palmadinhas no ombro, que achou muito ossudo, e pensando que deveria ser verdade a história de que há lutos que matam.

Já de volta a sua casa na montanha, Ian Rose voltou a colocar o envelope com o manuscrito na cama do sótão.

— Sinto muito, filho. Não vai ser fácil fazer com que isso seja publicado.

3

Do manuscrito de María Paz

Já vou dizendo, mister Rose, a América não está em lugar algum. A América só está nos sonhos de quem sonha com a América. Agora sei disso, mas levei anos para descobrir. E, na hora da verdade, quem descobriu não fui eu, já se sabe, mas Holly Golightly, minha heroína absoluta, a de *Bonequinha de luxo*, minha santa, meu ideal, embora não me pareça em nada com ela, ou exatamente por isso, e foi o senhor quem me ensinou que nem sequer a própria Holly se parece com Holly, porque Holly é, na realidade, Lulamae. Quando chegou a Manhattan ficou chic e sofisticada e inventou aquela história do vestidinho preto, os óculos escuros para disfarçar a cara de quem passou a noite em claro, a piteira e tal, mas a verdade é que tinha nascido em Tulip, o povoado mais ferrado do Texas, onde se chamava Lulamae. Ou seja, Holly era uma caipira como eu, e não gostei muito de descobrir isso, não me convencia a ideia de admirar uma garota muito parecida comigo. Claro que isso é segundo o livro que o senhor nos fez ler, mister Rose, mas não de acordo com o filme, e talvez se lembre de que eu armei um bafafá na sala de aula porque fiquei decepcionada com o final do romance. Achei que era uma fraude. Eu havia visto pelo menos oito vezes o filme da Audrey Hepburn, que acaba bem e você fica feliz, meio voando, meio sonhando, mas o senhor disse que não era assim na história original, porque Truman Capote não quis que no final Holly se casasse, mas sim que fosse embora. Que partisse para longe e continuasse procurando a América, sem encontrá-la em lugar algum. Além disso, o senhor disse que no filme Audrey Hepburn arregalava os olhos com exagero, como se já não fossem grandes o suficiente.

— Mas é muito bonita — defendi.

— Muito bonita sim, mas não precisava arregalar tanto os olhos. Quer nos convencer que é um pouco boba e até consegue.

— Holly é mais triste do que boba.

— A do livro. A do filme é mais boba do que triste. Capote também não gostou. Disse que não tinha nada a ver com a Holly do seu romance — disse o senhor, e a nossa conversa terminou aí porque tocou o sinal e eu tive de voltar para minha cela.

Mas agora preciso lhe pedir um favor: não revele meu nome verdadeiro. Digo, se algum dia for publicado isto que estou lhe enviando. E me perdoe se pareço muito ingênua por imaginar tal coisa, a culpa é um pouco sua, afinal de contas foi o senhor mesmo quem nos disse na aula que a vida de qualquer um merece ser contada e que as protagonistas dos romances são seres simples e comuns, como nós. Disse isso e, claro, a cabeça da pessoa dispara e fica cheia de ideias. De ilusões. De qualquer maneira, já vou lhe dizendo: nomes próprios, não. Nem de pessoas, nem de lugares, nada que possa me identificar. Me dê um nome falso, faça-me esse favor, não por mim, mas por minha irmã, que tem uma mente muito sensível e fica mal quando ouve coisas que não quer ouvir. Afinal, Holly é chamada de Holly quando, na verdade, seu nome é Lulamae, e se ela pôde mudar de nome eu também posso. Não sei se o senhor se lembra do meu, já faz bastante tempo, ou talvez não faça tanto assim, mas me parece que foram muitos anos, e desde então se abriu um abismo entre nós, o senhor aí fora e eu aqui dentro. Eu sim o tenho presente, não sabe quanto; aqui em Manninpox a memória é nosso único passatempo. Mas é melhor se o senhor já tiver se esquecido do meu nome e, em todo caso, não me convém lembrá-lo dele. Só lhe digo uma coisa, fui batizada com o nome de um país. Acha estranho? *It's an hispanic thing, you know*, essa coisa de ficar colocando nas pessoas nomes de países e de animais, de virgens e santas, o senhor compreenderá por que, já que, embora seja gringo, também não se salva; não foi por nada que lhe deram um sobrenome de flor. Assim me dê o nome que quiser, mas que continue sendo o de um país. Ou de uma cidade: faça de conta que é Roma, ou Filadélfia. Ou Samarcanda, para dizer alguma coisa. Na realidade, é uma herança que recebi da minha família, basta pensar que minha bisavó, a pobre, se chamava América María. Mas se vingou batizando suas cinco filhas com nomes também tirados do mapa-múndi: a mais velha, Germania María, depois, Argentina María, Libia María e Italia María, que eram gêmeas, e à menor, uma mulher infeliz que com o tempo seria minha avó, coube se chamar África María, um nome que, conforme parece, marcou seu destino. O costume passou para minha mãe, Bolivia María, chegou até a mim e nem sequer minha irmã menor se salvou. Os homens recebiam nomes de gente, coisas comuns, como Carlos José, meu tio; Luis Antonio, meu outro tio; Aurelito, o marido de tia Nice, meu primo Juan de Dios. No entanto, a todas nós nos impingiram topônimos, como se, em vez de uma família, fôssemos um atlas. Uma tradição extravagante, tratando-se de pessoas que nunca viajaram, todas elas camponesas enraizadas, até que minha mãe, Bolivia María, se animou a levantar voo e partiu. Ela foi a primeira a conhecer o mundo, enquanto os outros nem sequer ouviam falar, a ponto que minha tinha Libia nem sabia em que lado do planeta ficava o lugar que lhe atribuíram, e precisava ver como se irritou quando alguém lhe revelou que a Líbia era um país muçulmano e ainda por cima comunista; "estão mentindo, querem me torturar", dizia, se benzendo, ela que, de tão católica, gostaria de se chamar Fátima, ou Belém ou, no pior dos casos, Roma — mas não a Roma pagã de Nero e sim a Roma apostólica de Pedro. Como deve ter se dado conta, mister Rose, a todas nos deram María como segundo nome, para que nos protegesse a Virgem, segundo diziam. *An hispanic thing*, diziam, estou lhe dizendo, isso de infligir às pessoas um monte de nomes, ainda por cima tão estranhos, ou o mesmo nome repetido em cada um dos integrantes da família, até uma combinação das duas coisas, como aconteceu conosco. Já sei que é uma tradição provinciana, para não dizer absurda. Nem precisa me dizer. Mas ainda assim não iria querer abandoná-la, talvez porque, atrás de cada María com nome de mapa em minha família houve mulheres fortes e corajosas.

Se quiser, me chame de França. França María. Algo assim. Embora, na realidade, não tenha muita cara de França, muito sofisticado para mim, que sou de lavar e passar. Paris também não, não gostaria de ser xará de Paris Hilton, aquele desastre de garota com nome de hotel. Melhor alguma coisa tropical, como Cuba ou Caracas, algo que não seja meu nome verdadeiro, mas que seja parecido. Em relação a minha irmãzinha, vamos fazer outra coisa, vamos poupá-la dessa tradição familiar, porque ela não gosta de viajar, de aventurar-se em lugares desconhecidos. Ela perde as coordenadas quando muda de casa ou de quarto ou, inclusive, de lugar na mesa. Se você muda a cama dela meio metro para lá ou para cá, fica histérica e tem um ataque. E justo a ela minha mãe deu o nome do país mais afastado, não me pergunte qual, pois não posso lhe dizer, faça de conta que é a mais pífia das nações, às vezes penso se o nome não terá lhe marcado o destino, como aconteceu com minha avó África, e se não será para honrar o tal do país que minha irmã se comporta de maneira estranha. É preferível que lhe dê um nome de flor, que disso ela gosta: das flores, das pedras, das árvores, de tudo o que está semeado, preso na terra, o que permanece em seu lugar e não se move nem vai embora. Ponha Violeta, que é uma flor esquiva e temperamental. Assim é ela, minha irmãzinha, tímida, mas terrível. Parecem coisas opostas, tímida e terrível, mas não são, combinam bem com a personalidade da minha irmãzinha. Acho que Violeta lhe cairia bem porque é um nome doce, quase silencioso, e ao mesmo tempo está a apenas um N de violenta. É que minha irmã Violeta também pode ser violenta. Morde. Tenho marcas de seus dentes no meu braço; aquela cicatriz é de uma mordida dela. O da minha mãe deixemos como Bolivia, sempre achei que esse nome combinava com ela porque a Bolivia é uma nação forte e sem pretensões, uma sobrevivente. Claro que minha mãe já morreu. Mas, enquanto esteve viva, enfrentou a vida sem se abater nem se queixar. Minha mãe sobreviveu a todas as provas, bem, como estou dizendo, até morrer.

Mas vamos passar a limpo, como o senhor recomendava em suas aulas. Minha irmã, Violeta, minha mãe, Bolivia, e fica faltando eu. Pode me chamar de... Canadá? Não, muito frio. Holanda também não, não combina comigo, não conheço nenhum holandês. A Síria é muito confusa, com essa história do Oriente Médio. Califórnia não, é muito comprido e não combina com María. E se me chamar de Paz? Paz, simplesmente. Ou Paz

María. Ou melhor, María Paz. Eu gosto. María Paz. La Paz é a capital da Bolívia e eu, filha da minha mãe. No romance que o senhor escrever, eu poderei ser María Paz, por causa de uma cidade que fica acima das nuvens, a cinco mil metros de altura. Gosto porque ninguém fala de La Paz e ninguém vai a La Paz.

Não voltaremos a nos ver, mister Rose, por isso não poderá gravar meu depoimento, como me propôs certa vez. Melhor assim, não me sinto tranquila com os gravadores, os cassetes ficam circulando por aí e vai saber. De qualquer maneira, peço que cuide destas folhas que estou lhe enviando para que não acabem caindo em mãos erradas. É irônico que eu lhe escreva estas coisas em papel cor-de-rosa, mas não foi possível conseguir do branco. Eu queria um papel decente, não tão infantil, mas foi este que me deram e é melhor não me queixar; poderiam não ter me dado nada. Em todo caso, será conveniente que o senhor queime tudo isto depois de reescrever, digo, depois de redigi-lo à sua maneira, o senhor que é um profissional nesse assunto. Queime estas folhas para que não reste rastro de minha letra manuscrita, que seria como minha assinatura. A verdade é que há algum tempo venho sonhando em lhe contar minha história, mister Rose, contá-la toda, porque alguns pedaços o senhor já conhece.

Não sei se o senhor se lembra do dia em que tiraram nossas prateleiras. Eram duas prateleiras para cada detenta, quatro detentas por cela. Eram umas prateleirinhas de apenas cinquenta centímetros por vinte, não mais que isso, e mesmo assim nunca nos sentimos tão desmoralizadas como no dia em que as levaram. Chamam isso de PRFS: Política de Renovação para o Fortalecimento da Segurança. Usam esse nome pomposo toda vez que querem nos foder. O senhor consegue imaginar? Um palavreado desses só para tirar nossas prateleiras. Ali a gente colocava os poucos pertences que tínhamos: fotografias de família, creme para as mãos, alguma muda de roupa, um maço de cartas, um radinho, um pacote de batatas ou de biscoito, o pouco que permitem a uma interna ter. Desmantelaram as prateleiras e deixaram as paredes nuas, como se quisessem nos recordar de que aquilo não é a porra do lar de ninguém, nem sequer um projeto de lar, apenas um buraco onde nos mantêm trancadas. Como estavam fazendo uma obra, haviam nos obrigado a ficar o dia inteiro longe das celas, e quando nos permitiram voltar, descobrimos que não tínhamos mais prateleiras. Todas as nossas coisas estavam jogadas nas camas. Haviam destruído as paredes e confiscado pertences, e o pouco que deixaram estava jogado e amontoado, coberto de poeira. Como se fosse lixo. Para eles é importante convencer as detentas de que são lixo, de que aquilo que é delas é lixo porque elas deixaram de ser humanas. Eles, humanos, elas, escória: esse é o nome do jogo. No dia seguinte, teríamos a oficina com o senhor, mister Rose, mas os ânimos estavam em baixa. Ninguém lhe dava atenção, o senhor se esforçava e contava piadas ali diante do quadro negro, mas nós não o ouvíamos, estávamos furiosas e derrotadas, com a mente envenenada e a quilômetros dali. Até que o senhor interrompeu a aula e perguntou o que estava acontecendo. Como se um dique tivesse se aberto, começamos a lamentar nossa maldita sorte e a nos queixar do ultraje das prateleiras e de todos os ultrajes de todos os dias deste antro desgraçado que é o presídio de Manninpox.

O senhor disse que lamentava, com sentimento, como se sentisse de verdade. E depois, disse que podia nos oferecer um consolo, um único: a linguagem. A linguagem? Nós voltamos a olhá-lo como o olhávamos às vezes, como um rapaz desatento que fica dizendo coisas, e a cicatriz que o senhor tem no meio da testa ficou vermelha, é mesmo uma coisa bem particular, essa cicatriz incolor e em forma de raio que às vezes adquire vida relampejando em um vermelho raivoso. Suponho que essa seja sua característica mais peculiar. E como sua pele é muito branca, não consegue disfarçar e fica vermelho de tempos em tempos. Naquela vez tentou mostrar as garras explicando que a linguagem são as prateleiras onde vamos colocando todas as coisas de nossa vida, para que nossa vida tenha sentido. Disse que tínhamos que pensar bem em cada coisa que nos acontecia para ir traduzindo-a a uma linguagem, e colocando-a ali, ordenada, à vista e ao alcance da mão, porque a linguagem é uma estante, e sem linguagem tudo fica desordenado, confuso, jogado por aí como se fosse lixo. Essas foram suas palavras.

Não vou mentir lhe dizendo que seu conselho nos acalmou, mister Rose, pelo contrário, eu ficava de cabelo em pé cada vez que o senhor começava a dar sermões, nesses momentos parecia um padre, perdoe-me lhe dizer. Quem o senhor por acaso achava que era para vir com sua cicatriz de raio, seu narizinho sardento e suas camisetinhas amarelas nos explicar o que tínhamos que fazer? Ficávamos com raiva quando tentava se colocar do nosso lado, porque não, senhor, afinal de contas nem o senhor nem ninguém estava do nosso lado; lá fora, o resto do mundo, e aqui dentro, nós, sozinhas com nossa solidão.

Além disso, justamente nesse dia estávamos furiosas por causa da história das prateleiras. Umas prateleiras reais, de cimento, assim, duro, de cimento duro, me entende? De cinquenta centímetros por vinte, ou seja, umas prateleiras de verdade, e ao senhor não ocorreu nada melhor do que ficar filosofando. Mas veja que, apesar de tudo, sempre me lembrei do que nos disse naquele dia. Não esqueci, mister Rose, a história das prateleiras da linguagem. E isso serve para o bem e também para o mal, porque o que se coloca nas prateleiras fica à vista, e não me convém que certas coisas sejam vistas. Ninguém imagina as coisas que passei, e é melhor que não imaginem.

Vivo sempre sonhando que volto a encontrá-lo, mister Rose, *don't know when*, *don't know where*, como diz a canção. Em todo caso, sonho que o encontro e que lhe conto minha história para que a transforme em romance. Já conhece alguma coisa, pelos exercícios que entregava em sua oficina de redação criativa. Claro que para o senhor essa parte do "criativa" sempre soou mal, dizia que falar redação criativa era o mesmo que dizer água molhada. Gosto de imaginar que seu romance a meu respeito vira um best-seller, que desse best-seller fazem um filme e que esse filme ganha um Oscar. Não que eu almeje a fama. Por que ficaria famosa? Se querem uma colombiana famosa, já tem a Shakira, e eu, por minha vez, sou apenas a presidiária número 77601-012. O que podemos fazer se é essa a dura verdade? Também não estou atrás de dinheiro e suspeito que o senhor muito menos; se quisesse ficar milionário, não andaria enfiado nestes matadouros. Por isso lhe digo, se lhe pagarem uma bolada pela minha história, o senhor pode, mister Rose, doá-la a uma fundação para a defesa do veado-de-cauda-branca, que é um deus para os índios tarahumaras e está em extinção. Foi o senhor que nos falou sobre isso, lembra? Quase nos fez chorar com o dramalhão do veado-de-cauda-branca. Naquela época, eu já gostava de suas aulas e sentia prazer em frequentá-las. Em Manninpox eu só gostava de duas coisas, das suas aulas e do seriado do doutor House, que também era às quintas-feiras. Das 14h às 16h, sua aula, e, às 19h, episódios antigos do doutor House na televisão, e eu passava a semana inteira esperando que chegasse a quinta-feira.

Meu interesse ao lhe escrever, mister Rose, é me desfazer de tudo o que sei, como quem se confessa. Uma confissão longa, longuíssima, que me traga o perdão e a calma, que seja como jogar baldes de água e desinfetante em toda a casa. Em suas primeiras aulas, o senhor nos mandou fazer exercícios para que aprendêssemos coisas simples, como distinguir um verbo de um substantivo, e uma vez nos pediu uma lista de dez verbos que fossem importantes para a gente. Deveríamos escrevê-los depressa, colocar a primeira coisa que nos viesse à cabeça, e no meio dos dez eu anotei "pânico". Então o senhor disse que não podia aceitar porque pânico não era verbo, e eu me defendi, insisti que sim, que era verbo, bem, um pouco verbo, porque o pânico não existiria se eu não estivesse ali para senti-lo.

— Tudo bem — disse o senhor, sendo amável —, digamos que é um pouco verbo, mas só um pouco.

— Não, mister Rose. — Eu ri. — Não seja condescendente. Já entendi que pânico não é verbo coisa nenhuma.

Na aula seguinte, mandou que fizéssemos outra lista, desta vez de adjetivos, anotando na frente a definição. Um dos meus foi "panicado", e coloquei na frente: "tomado por pânico". O senhor me perguntou se por acaso estar "panicado" não era igual a "sentir pânico" e eu lhe respondi que uma pessoa como o senhor talvez "sinta pânico", mas uma como eu está fodida e "panicada". Isso quer dizer que o medo se enfiou dentro da pessoa para não sair mais, quer dizer que a pessoa e seu pânico já se tornaram a mesma coisa.

— *Touché*! — disse o senhor, então me explicou que esse era um termo de esgrima, *touché*, que significava que eu havia ganhado.

Mas na aula seguinte me deu um contragolpe, porque não pretendia deixar para trás a nossa disputa. Disse que havia um filósofo que se chamava Heidegger, e que esse Heidegger falava da diferença entre o medo e a ansiedade. Dizia que o medo é um sentimento em relação a algo ou alguém, como um cão que late para a gente ou um policial que pode nos prender, enquanto a ansiedade é um estado de espírito diante de tudo em geral e de nada em particular, simplesmente diante do fato de se estar no mundo.

— Diante disso — perguntou o senhor —, o que sente aqui em Manninpox, medo ou ansiedade?

— Medo diante do que enfrentamos aqui dentro — desembainhei rapidamente — e ansiedade diante do que deixamos lá fora.

O senhor sorriu e eu compreendi que estávamos nos entendendo. Perdoe-me dizer isso assim, tão diretamente, mas aquilo tudo me parecia muito com uma paquera. Digo, entre o senhor e eu, com tantos joguinhos de palavra, que se sim, que se não, que se Heidegger, que se Fulano, que se tal coisa quer dizer isto ou aquilo... Não sei, posso estar enganada, mas suspeito que se tivéssemos nos conhecido em uma discoteca, e não no presídio, já na época teríamos começado a nos amassar, como dizem na minha terra, ou a *se pegar*. Mas, enfim, deixemos isso como está, que é um terreno escorregadio.

Gosto de pensar que tudo o que vivi vai ficar guardado em um envelope e que colocarão esse envelope no correio para que voe até onde o senhor estiver e assim eu ficarei limpa e leve, digamos, como uma folha em branco. Pronta para o que der e vier. Em um lado, eu, e no outro, lá longe e em um envelope bem fechado, o pânico e o medo e a ansiedade. Por isso nos meus sonhos invento como quero que o senhor narre cada capítulo, cada detalhe. Prefiro pensar em tudo o que me aconteceu como se fosse um romance, não uma vida vivida. Como viva vivida, tudo está carregado de dor. Já como um romance, tudo é uma grande aventura. Perguntei aqui no presídio qual era o seu endereço, para poder enviar estas folhas. Gostaria de poder entregá-las pessoalmente, mas nos afastaram do senhor antes que fosse possível. E seu endereço? Não me deram. Quem somos nós, as presidiárias, para ficar pedindo informações de pessoas normais? Que direito temos? Para que eu iria querer seu endereço senão para extorqui-lo ou ameaçá-lo? Eu disse que era para lhe enviar o romance da minha vida, e deram uma gargalhada. Que romance porra nenhuma. E que vida teríamos nós, as presidiárias?

— E o que você acha que vai contar em sua autobiografia? Vai contar que dorme até as 18h, come às 19h e caga às 21h? — zombou Jennings, a mais podre e sarcástica das carcereiras.

Em resumo, mister Rose, não me deram seu endereço. Por isso terei de descobrir outra via para fazer isto chegar até o senhor; será como jogar ao mar uma mensagem dentro de uma garrafa.

Outra coisinha antes de começar: eu vou lhe contando e o senhor vai acreditando em tudo o que lhe contar. Aqueles que ganham a vida fazendo pesquisas, como eu, sabem que é preciso acreditar nas pessoas, porque, em geral, elas não mentem. Ou mentem, mas não muito. Essa é uma coisa que o doutor House não entende. Ele é meu preferido, aquele manco grosseiro, meu preferido de todos os tempos. Por aí me disseram que no resto do mundo já está fora de moda, que o público está de saco cheio do seu pedantismo insuportável, e é verdade, o homem se acha o rei da cocada preta. Em Manninpox, porém, sua fama é eterna, e ele para nós continua sendo o rei, talvez porque vivamos em um tempo paralisado e porque o que aqui entra aqui fica. O fato é que, de acordo com House, as pessoas sempre mentem. Por isso não acredita no que seus pacientes dizem nem nas informações dos outros médicos. Seu mau humor o leva a desconfiar e andar por aí suspeitando e lutando para flagrar os outros mentindo porque está convencido de que todo mundo mente, a qualquer hora, a respeito de tudo. E nisso ele está enganado. Mesmo assim, continua sendo meu favorito, o fodão do House, mesmo estando errado. Ninguém é melhor em diagnosticar doenças, seu faro nunca falha e ele ganha todas, mas naquele outro assunto está errado sim. Eu sei disso porque trabalhei durante anos como pesquisadora para uma empresa de pesquisa de mercado de produtos de limpeza. Claro que isso foi antes de minha vida se desfazer em mil pedaços. Eu gostava do meu trabalho e o fazia direito, e uma das coisas que mais lamento é tê-lo perdido. Tinha que ir de porta em porta perguntando coisas como "Quantas vezes por semana a senhora limpa o banheiro?" ou "Lava suas roupas íntimas na máquina ou à mão?" ou "Considera que sua casa é mais ou menos limpa que a de seus pais?". Esse tipo de coisa. Talvez pareça sem graça para o senhor, mister Rose, mas não era. As pessoas são loucas por dentro, o senhor sabe, e o assunto da limpeza desperta as loucuras. Elas dão respostas inesperadas, às vezes até divertidas. Eu trabalhava nisso com enorme prazer, até que aconteceu aquilo. Aquela coisa brutal que aconteceu na minha vida. É assim com algumas pessoas: tudo está correndo bem e de repente cai um raio e nos parte ao meio. Nem cheguei aos trinta e já passei pelo inferno, fui, voltei e fui outra vez.

Vou lhe dizer, no meu trabalho eu ficava sabendo de coisas. E vim a saber que está estatisticamente comprovado que quem responde a uma pesquisa em geral diz mais ou menos a verdade. Pode ser que exagere ou minimize, dentro de certos limites, mas sem sair do padrão. Uma senhora de classe média baixa pode lhe dizer que viaja duas vezes por ano, quando, na verdade, só viaja uma. Mas, se o lugar aonde vai é a casa de sua mãe na Carolina do Sul, ela não vai lhe dizer que vai ao Ritz de Paris. Por isso, mister Rose, se o senhor se animar a escrever minha história, tem que ser assim como estou lhe dizendo: eu lhe conto e o senhor acredita em mim. É possível que eu minta um pouco, que exagere, por isso sinta-se livre para moderar a coisa, ou para perguntar quando sentir que estou omitindo algo importante. Pode retomar o fio da meada se perceber que estou enrolando, o senhor é o escritor e tem seus direitos. Mas, basicamente, tem de acreditar em mim. Esse é o trato.

Há um romance, *O distante mundo de Christina*, inspirado em um quadro de Andrew Wyeth, um pintor americano que o senhor deve conhecer melhor do que eu. Bem, pois aqui na prisão fiquei sabendo do tal pintor e do seu quadro quando li esse romance, não uma, mas três vezes. Uma, duas, três. Três vezes completas, de cabo a rabo, antes de conhecer o senhor. O autor se chama Jordan Hess e, na capa, vinha sua fotografia, uma cabeçorra com um penteado absurdo, avultado dos lados e em cima careca, seria melhor que tivesse raspado tudo para ficar tudo igual, como Andre Agassi, o divino calvo. Não me importa que Agassi tenha confessado que cheirava metadona. Para mim continua sendo um deus calçando tênis. Enquanto lia o romance que mencionei, *O distante mundo de Christina*, preferia imaginar Jordan Hess como Andre Agassi, e até acho que fiquei apaixonada por ele. Por Jordan Hess, não por Agassi, ou melhor, por Hess, mas com a aparência de Agassi. Tenho esse problema, sabe? Às vezes não consigo distinguir minhas fantasias da realidade; acho que por isso já passei por tudo de ruim que poderia passar. Em todo caso, li três vezes esse romance, porque é um dos poucos da biblioteca do presídio. Claro que não foi por isso, embora sim, também um pouco por isso, mas, sobretudo, pelo que significou para mim a história da garota paralítica, a Christina, que na pintura de Wyeth se arrasta pelos campos secos lutando para chegar a sua casa, que está espelhada ali, ao fundo, onde ela não pode alcançá-la. O artista pintou com carinho suas pernas mortas e cada um de seus fios de cabelo longos e pretos, que flutuam ao vento, e seus braços magros. Não sei se o senhor se deu conta, mas eu também tenho cabelos longos e pretos, e, embora tenha me conhecido gordinha, depois fiquei bem magra, assim como Christina, ou mais ainda. No quadro, não se vê seu rosto porque está meio de costas, sentada sobre o pasto seco com seu vestido rosa pálido, e eu imaginava meu próprio rosto naquele corpo inválido, ela paralítica e eu prisioneira, ambas tão impedidas, mas tão determinadas, e sonhava que tudo o que acontecia com Christina estava acontecendo comigo, e repetia a mim mesma: "se ela pode, por que eu não? Se ela chega a essa casa espelhada ao longe, por que eu não posso ficar livre?"

Se falo desse livro é porque graças a ele me animei a assistir suas aulas. Me matriculei assim que anunciaram que um escritor vinha fazer uma oficina no programa de capacitação para as detentas e que as inscrições estavam abertas. Fiz a matrícula não porque acreditasse que poderia aprender a escrever — isso me parecia um sonho impossível, um sonho que nem sequer havia sonhado —, mas porque queria ver a cara de um escritor. A de um de carne e osso. Para saber como eram na realidade. Talvez o senhor se parecesse com Jordan Hess ou, melhor ainda, com Andre Agassi. Confesso que tive uma surpresa quando, finalmente, o vi. Tão alto, tão esquálido, tão pálido, com seu pequeno relâmpago na testa, suas sardas tão lindinhas e essas camisas Lacoste de manga curta, esses sapatos de lona e essas calças claras que dançavam no senhor e cairiam se não fosse o cinto apertado. Achei que parecia recém-saído da casa de sua mamãe ou dos jardins de uma universidade cara. Ou de uma quadra de tênis dos anos 1930, ou seja, de uma quadra de tênis das antigas. Fiquei preocupada com o senhor, achei que não tinha motivos para estar aqui, enterrado neste mundo obscuro, respirando este ar podre; achei que vinha de muito longe, que parecia limpo e ingênuo, sempre como se tivesse acabado de tomar banho, que caíra aqui por engano e que não aguentaria. O senhor mesmo nos contou, não naquela primeira vez, mas na quarta ou na quinta, que há 3,5 vezes mais suicídios entre os prisioneiros brancos que entre os negros e latinos, porque os brancos são menos habituados a viver em condições adversas. Claro que o senhor entrava e saía, ficava no presídio só algumas horas por semana, mas, mesmo assim, entrar neste lugar é como chafurdar na negrura de águas profundas: uma experiência à qual nem todo mundo resiste. E logo suas aulas começaram a me entusiasmar, e até perdoei sua cara de seminarista recém-barbeado e as camisetinhas amarelas, que quando não eram amarelas, eram azul-celeste e de vez em quando brancas, mas sempre da marca do jacaré. Nós até fazíamos piadas e apostávamos a cor da camisa que o senhor estaria usando naquele dia antes de cada aula. Eu apostava no amarelo e quase sempre ganhava. O mais intrigante era o raio que tinha no meio da testa, que pancada fodida deveria ter dado na moleira para ter ficado com tamanha cicatriz, que, segundo eu, era um sinal de inteligência. Alguém com um raio desses na testa só tem duas possibilidades, ou é Harry Potter ou é um ás do raciocínio, supus desde a primeira vez que o vi, embora outra detenta, a velha Ismaela Ayé, que é uma bruxa supersticiosa, tivesse dito que seu raio significava que o senhor tinha o dom da profecia. Bem, não sei, talvez como teoria não seja tão disparatada, mas, em todo caso, prefiro a minha porque não gosto da bruxa Ayé. Outras diziam que não era um raio, mas um z, como a marca do Zorro. Como está vendo, cada uma tinha sua própria interpretação.

A empresa de pesquisa de mercado me contratou imediatamente, na primeira entrevista a que compareci, quando era uma mulher livre. Não foi há muito tempo, mas tenho a impressão de que foi na pré-história, ou em uma encarnação passada. Logo perceberam minha vontade de trabalhar e minha boa disposição. Além do mais, eu era bilíngue, e o universo de pesquisados incluía gringos e latinos. Na hora da verdade, tive de lidar com todo tipo de gente: negros, latinos, brancos, quakers, protestantes, evangélicos, judeus, hippies. Até padres católicos. Certamente me contrataram por que eu era bilíngue, mas logo me tornei imprescindível ao demonstrar que era de verdade boa no ofício e que fazia tudo direito: pesquisas de porta em porta, *focus groups, pantry check*. E não ache que é fácil: se enfiar na casa das pessoas e perguntar coisas íntimas requer habilidade e desenvoltura. Você sempre está correndo riscos porque anda muito pelas ruas e, como sabemos, a rua é a rua; nas regiões pobres você é roubado e nas regiões ricas batem a porta na sua cara. Você depende para tudo de suas companheiras de trabalho, que são as únicas que lhe defendem e apoiam. A que batalha sozinha se ferra, porque fica exposta a qualquer coisa. Minhas companheiras e eu éramos, faça de conta, uma espécie de mosqueteiras, uma por todas e todas por uma, e, como lhe digo, esse é um ofício para guerreiras, no qual você tem de se fazer respeitar. Tem de ser forte para quebrar a resistência e tem de ser esperta, muito esperta e muito rápida para usar, com cada um, um truque psicológico que lhe permita estabelecer contato. Além disso, aprende-se a ser tolerante para suportar com calma e responder com educação a todos os não posso, volte depois, agora não tenho tempo, ou não estou a fim, ou vá para o inferno.

O senhor, mister Rose, me disse uma vez que eu era inteligente. Disse isso na saída da aula e para mim foi uma surpresa. Nunca ninguém havia me dito isso antes. Que era trabalhadora sim, que era esperta, que era bonita, mas inteligente, isso não. Isso ficou soando nos meus ouvidos durante toda a tarde, toda a semana e até o dia de hoje. Gosto de saber que carrego dentro de mim uma maquininha que se chama inteligência, que a minha funciona bem, que está bem azeitada. Se estou lhe contando coisas do meu trabalho de pesquisadora, é para que saiba que essa foi minha escola, a que despertou minha inteligência que, provavelmente, estava adormecida. Outras pessoas fazem carreira na universidade; eu nem o ensino médio consegui terminar. Me formei na rua como pesquisadora de casa em casa. E era a melhor da equipe; bem, uma das melhores. Mas o que fiz direito no trabalho não soube fazer em minha própria vida. Fui menos inteligente para viver do que para trabalhar. No meu trabalho tudo era precisão e eficácia, enquanto na minha vida tudo foi fantasia, desejo e confusão.

Para ser pesquisadora você tem que ter um bom estômago, isso eu lhe garanto, porque às vezes o interior das casas é de uma imundice repugnante, e, além disso, tem que ter fígado, porque algumas casas escondem coisas estranhas, que talvez a choquem profundamente. Uma vez eu estava conversando na porta com o homem que me atendeu. Tínhamos trocado apenas algumas frases quando vi uma mulher passando atrás dele, andando pela casa. À primeira vista não notei nada, mas na segunda vez que a mulher ficou em meu campo de visão, percebi que estava com as mãos amarradas com arame. Arame apertado, que cortava a carne. O senhor imagina? Eu saí de lá horrorizada e corri até a delegacia de polícia mais próxima, onde me disseram que aquilo não era assunto deles, que não podiam fazer nada. Nessa época eu tinha acabado de começar no trabalho, ignorava todas as regras, e minhas companheiras me colocaram em meu lugar e me cantaram a pedra. Me disseram: "Olhe, María Paz, grave isto na cabeça, regra número um: nunca, por nenhum motivo, chame a polícia. Aconteça o que acontecer. Seu trabalho não é delatar, nem ser leva e traz das autoridades. Quando tiver algum problema, chame a gente, mas nem pense em chamar a polícia." De qualquer maneira, esse foi um caso raro, porque, em geral, você não fica encontrando por aí garotas infelizes amarradas com arame.

O que você vê, sim, por todos os lados, é solidão. Uma solidão imensa, sem remédio. Às vezes, quando as pessoas a convidam para entrar, você se sente como se estivesse afundando em um poço. É uma sensação quase física, a solidão é como a umidade, você sente seu cheiro, gruda em seus ossos. Há ocasiões em que você pensa "meu deus, eu devo ser o primeiro ser humano com quem esta pessoa conversa em quem sabe quanto tempo". E não querem deixar você ir embora, mister Rose. Os entrevistados às vezes não querem que você vá embora. Você já terminou a pesquisa, mas lhe oferecem mais café, mostram álbuns de fotografia, qualquer coisa para prendê-lo por mais alguns minutos. Uma vez uma velha me disse: "que bom que você veio, senhorita, hoje de manhã pensei que ficaria louca se passasse outro dia sem que tivesse a quem desejar um bom dia."

E não ache que são só os pobres; os ricos também estão sozinhos. Antes de trabalhar em pesquisas, quando ainda não havia pisado em uma casa de ricos, passava de vez em quando por suas vizinhanças e os via de lá do lado de fora, da rua escura: eles cercados por jardins verdíssimos de grama recém--cortada; eles lá dentro com suas luzes acesas, flutuando naqueles espaços internos tão iluminados e inalcançáveis, tudo como se fosse um sonho, como se fosse de uma revista de decoração, como se aquela gente já tivesse morrido e chegado ao céu. Isto sim é a América, pensava eu, por fim a vejo, a América está lá dentro, na casa deles. Eu os imaginava felizes e a verdade é que nem sempre é o caso, mister Rose, a verdade é que não é bem assim. Uma das coisas que você descobre é que, no final das contas, tinham razão naquela telenovela que nos fascinava quando vivia com as Nava, aquela que não perdíamos por nada neste mundo: *Os ricos também choram.*

Os casos estranhos, pois, são isso: estranhos. E, por sua vez, a solidão acontece por toda parte. Na vez da garota do arame, aprendi outra lição importante. Aprendi a me virar com o que aparecesse, porque meu trabalho não era me fazer de boa samaritana nem andar salvando almas. Nunca voltei a procurar a polícia, nem a me meter nas histórias das pessoas, exceto quando via crianças ou animais serem maltratados; minha tolerância ia até aí. Crianças imundas por negligência dos pais, cães presos em um quintal, uivando de abandono; essas coisas. Aí sim fazia uma denúncia, pelo menos isso. Porque se há uma coisa que não suporto é a dor ou a tristeza das crianças e dos animais.

O que tem a ver com limpeza tem a ver comigo. Eu não passei todos esses anos pesquisando sobre os hábitos de higiene? De higiene e também de porcaria, que são as duas faces da mesma coisa. O senhor perguntará que graça tem andar por aí perguntando às pessoas se tiram as manchas da roupa com OxiClean ou com Shout, se compram pasta de dente com flúor ou bicarbonato. Provavelmente lhe parece uma idiotice, nada interessante, mas na verdade não era. Uma vez fiz uma pesquisa com um artista gráfico. Não era comum que os homens se prestassem a responder, mas você podia conseguir se oferecesse descontos como estímulo. Descontos para que comprassem alimentos em determinado supermercado, gasolina em determinado posto. De qualquer forma, aquele era um sujeito de uns quarenta anos, divorciado. Chamava-se Paul, ainda me lembro; seu nome ficou gravado. Estávamos na cozinha do seu apartamento e eu ia fazendo as perguntas. Nada de especial, o de sempre; se usava alvejante para as roupas, essas coisas. E o sujeito me conta o seguinte: me diz que um dia, quando era adolescente, descobriu que toda madrugada sua mãe retirava as fronhas dos travesseiros dele e de seu irmão para lavá-las. Ele e o irmão cheiravam muita coca e, devido à coca, seus narizes sangravam. Durante a noite o sangue manchava as fronhas e todos os dias a mãe se levantava ao amanhecer para lavá-las. Ele supunha que sua mãe fazia isso para que o marido não visse as manchas, ou talvez para que nem ele nem seu irmão as vissem. O sujeito não soube me explicar mais, só me contou essa história e depois ficamos os dois em silêncio.

Em outra ocasião, eu estava realizando a rotina das seis camisetas, e a entrevistada começou a chorar rios de lágrimas. A rotina das seis camisetas consiste em chegar às casas com uma bolsa que contém seis camisetas com diferentes graus de brancura. Estão numeradas, para que a pessoa as classifique, da mais suja à mais limpa. O fato é que ali estava eu com a senhora. Jovem, ariana, burguesa, da classe média. Tirei minhas camisetas e ela começou a inspecioná-las uma por uma e ia me dizendo, esta está encardida, esta tem um cheiro estranho, esta aqui está amarelada debaixo dos braços, a número três não está ruim, acho que a número três é a mais limpa de todas, ou não, talvez não, se você prestar atenção vai ver esta manchinha aqui, e aqui esta outra, deixe-me olhar melhor, talvez a mais limpa seja a número quatro. E assim por diante. Eu achava que ela estava até se entretendo com o joguinho quando começou a chorar, a chorar, a chorar, e eu não sabia como consolá-la; perguntava-lhe o que estava acontecendo, com palmadinhas nas costas e tal, não chore assim, nada pode ser tão grave. Mas ela não parava. A coisa era tão séria que liguei para a Corina, minha companheira de trabalho, uma salvadorenha que estava fazendo pesquisas no mesmo quarteirão. Cori, irmã, lhe disse pelo celular, venha me ajudar a lidar com um caso crítico de depressão aguda. Fiquei com a mulher que chorava enquanto Cori ia até a *grocery store* da esquina comprar um chá de maçã, porque disse que isso a acalmaria. Depois voltou e, quando estávamos preparando o chá, a entrevistada tirou o suéter de gola rolê que estava usando, abriu o sutiã, tirando-o também... e nos mostrou. Tinha uma mancha avermelhada que começava no pescoço, cobria todo o seio esquerdo e continuava descendo, quase até a cintura. Mas não era uma mancha lisa, vermelhinha assim e pronto, não, isso não. Era uma casca fodida, de verdade monstruosa, a pele grossa, endurecida e arroxeada, imagine a marca de Caim, uma marca terrível, espantosa. De fato uma deformação grave, tanto que Cori e eu ficamos pálidas quando vimos aquilo.

— E esta mancha, como se tira? Vocês que sabem tanto de manchas, podem me dizer como se tira esta? — perguntava ela, chorando. De repente era ela quem conduzia o interrogatório, um doloroso e fodido interrogatório que nem eu nem Cori sabíamos como responder.

E íamos vendo coisas assim, não todos os dias, mas com frequência. Cori me contou ter entrevistado uma moça que disse que seu namorado gostava que ela urinasse na boca dele, e que isso não era sujo, mas excitante.

— Você percebe? — disse Cori, mais experiente que eu no ofício. — Percebe? Cada pessoa tem sua maneira de decidir o que é limpo e o que é sujo, nesse assunto não há uma regra.

Vou lhe repetir, o melhor desse trabalho era a amizade de minhas companheiras, em particular a de seis: Cori, Jessica — embora Jessica trabalhasse em outro lado —, Juanita, Sandra Sofia, Nicole e Margo. E eu, claro, eu era a sétima, e nós sete éramos inseparáveis feito os dias da semana ou os anões da Branca de Neve. Mas minha preferida, a mais próxima de mim, era, sem dúvida, Cori. Valente, esperta, solidária, boa trabalhadora, boa amiga e com senso de humor. O melhor de Cori era isso, que sabia rir e me fazer rir. Estou lhe falando de um mulherão, essa era Cori. Corina Armenteros, ela se chamava, e continua se chamando, embora tenha voltado para Chalatenango, sua terra natal. Minha amiga Cori só tinha um calcanhar de Aquiles, um único: não era bonita. Entenda, não era feia, nem desagradável; simplesmente não era bonita, e isso complicava sua vida. Uma vida dura, como a de todas nós. Foi violentada quando tinha 15 anos, lá em Chalatenango, e disso havia nascido uma menina, Adelita, que ficou com a avó quando Cori resolveu tentar a sorte na América. Adelita era tudo para Cori: sua filha, sua vida, seus olhos, seu maior e único amor. "Socorro!", gritávamos, "vamos fugir, que Cori está andando outra vez com as fotos de Adelita". Porque elas as sacava a qualquer pretexto para exibi-las a quem quisesse. Cori não era minha amiga, era minha irmã. Ainda mais que Violeta, que é minha irmã de sangue e que amo como a ninguém, mas com Violeta não se pode contar, e não a estou acusando, ela é simplesmente assim, provavelmente por causa de sua doença. No entanto, com Cori eu contava até a morte, eu com ela e ela comigo. Mas a desgraça quis que eu não estivesse ao seu lado quando aconteceu aquilo que a marcou e debilitou nossa amizade e que foi, afinal de contas, ou pelo menos é nisso que acredito, o que determinou sua volta a El Salvador.

Nem estava a seu lado, nem me comportei à altura das circunstâncias. Ela já vinha ruminando a história da volta; desde que eu a conhecera, Cori sonhava em voltar porque não suportava ficar longe da filha, a ideia de não vê-la crescer, de não estar ao seu lado para protegê-la em caso de necessidade. Mas o que aconteceu naquela noite a ajudou a tomar a decisão.

E foi por minha culpa. O que aconteceu naquela noite, quero dizer. Vou falar uma coisa, mister Rose: Cori não merecia. Ninguém merece uma coisa ruim como aquela, e ela menos do que ninguém. Veja, não se pode dizer que Cori tinha uma vida sexual explosiva. Suponho que muitos fatores influenciavam para isso: ter sido violentada tão jovem, a falta de confiança na própria aparência, a vida dedicada ao trabalho, tudo isso a tornava uma garota de estilo recatado: pouca festa, pouca bebida, nada de cama. Greg, meu marido, gostava dela; ele, que tinha ciúmes até das minhas amizades femininas, se alegrava de ver Cori em nossa casa. Porque ela sabia como lidar com ele, fazendo-lhes perguntas sobre seus tempos de policial, conversando sobre política, Vietnã, Coreia. Estou dizendo, Cori era uma mulher inteligente e bem informada. Um dia me ocorreu apresentá-la a Sleepy Joe, meu cunhado, o irmão mais novo de Greg. Ela estava sozinha e ele também, embora com Sleepy Joe nunca se saiba, seu estado civil sempre foi incerto e inconstante. Mas, aparentemente, naquela época ele não tinha relações estáveis, pelo menos nada que fosse público. Por isso, me ocorreu a brilhante ideia de apresentá-los. Nada perderia em tentar o encontro, e comecei a tramar uma maneira de juntar um com o outro. Greg não disse nada, nem que sim nem que não, para ele tanto fazia; só fez me avisar que esse tipo de coisa não dá certo. É um gatinho, eu disse para Cori sobre Sleepy Joe, e a Joe eu disse a mesma coisa de Cori. E pelo menos a respeito de Joe não estava mentindo: puta merda, o garoto é gostoso, uma gracinha deliciosa. Branquinho, mas apetitoso, tipo Viggo Mortensen, desses que chegaram da Europa pobre. No caso dele, de um país que se chama Eslováquia. É de lá que são os pais dele, embora Joe tenha nascido no Colorado, aqui nos Estados Unidos, assim como meu Greg. Assim o descrevi para Cori quando lhe propus o encontro às cegas, mas ela não sabia quem era Viggo Mortensen, nunca havia visto um filme dele, nem ouvira mencionar a Eslováquia. Iríamos ao cinema os quatro, Greg e eu, ela e Joe.

Eu tinha minhas razões para querer arrumar alguém para o Joe, e eram razões poderosas. Talvez mais adiante, quando eu sentir mais confiança, poderei explicá-las. Por ora, mister Rose, conforme-se em saber o seguinte: não é fácil ter em casa um cunhado como aquele, ainda mais se seu marido é trinta anos mais velho do que você. Cori tinha muitos poréns, sim, não, que isso e aquilo, me dava uma desculpa atrás da outra, mas eu a incentivava e pouco a pouco ela foi se animando. Como era muito desgrenhada, eu a acompanhei ao salão de beleza para que fizessem mechas no seu cabelo e dessem um bom corte. A cabeleireira era uma portuguesa que ficou lhe perguntando *"scaladinho, scaladinho?"* com as tesouras na mão, e nós, sim, sim, *scaladinho*. E com a nossa aprovação, a cabeleireira ia enfiando a tesoura que dava gosto, e as mechas de Cori iam caindo no chão. *"Scaladinho?"* Sim, vá em frente, portuguesa, vá sem medo, *scaladinho*! No fim das contas, o corte não ficou tão bom como esperávamos. O tal do *scaladinho* ficou medonho, pouco favorável, imagine uma manga chupada, e minha pobre Cori ficou mais feia do que antes. Mas não havia mais nada a fazer além de rir do desastre. Disse a minha amiga que, para compensar, lhe daria umas calças pretas de corte maravilhoso e umas sandálias bem sexy de salto alto, porque ela era daquelas que fazem compras nas lojas do Exército da Salvação e, se a deixasse sozinha, ela iria aparecer, imagine, de terninho café, sapato branco tipo enfermeira e bolsa preta. Não sabia nada de renovar o closet, *not my* Cori, nem de tendências ou moda, porque enviava logo cada dólar que conseguia a Adelita, lá em Chalatenango.

Escolhemos uma sexta-feira para o grande encontro e naquela tarde saímos juntas do trabalho e fomos para minha casa, e lá a submeti a uma sessão de *extreme make-up*. Sombra nas pálpebras, alongador de cílios, delineador, máscara, pó de arroz, perfume, brilho nos lábios, é melhor dizer o que não coloquei nela, tirei toda a maquiagem que tinha na gaveta da penteadeira e usei de tudo, e, para concluir, emprestei a ela um par de argolas para melhorar o máximo possível o *scaladinho* que haviam arrumado em sua cabeça.

— Que tal? — perguntei quando, finalmente, permiti que se olhasse no espelho.

— Irreconhecível. — Foi tudo o que disse.

E qual foi o resultado da conspiração? Greg tinha razão, é tudo o que posso dizer a respeito. Sleepy não apareceu no cinema, ligou para se safar com qualquer pretexto e avisar que nos encontraria diretamente no restaurante, e apareceu lá, sim, mas como se não tivesse aparecido: o salafrário começou a discutir com Greg em eslovaco, porque eles eram assim; com o resto das pessoas se entendiam em inglês, mas entre eles sempre em eslovaco, que, como já lhe disse, era a língua de seus pais. E o chato do Greg, em vez de chamar sua atenção, em vez de facilitar as coisas, ficou fazendo o jogo do irmãozinho, e os dois se envolveram em sua briga particular sem prestar atenção em nós, que nos afastamos e enchemos a cara de gim-tônica. Corina me fez rir naquela noite. Como tinha uma péssima pronúncia em inglês, não conseguia fazer com que o garçom a entendesse quando pedia um gim, que dito por ela soava algo assim como *tzin*.

— *Please, one tzin* — dizia Cori.

E o garçom:

— *What?*

— *Please, one tzin.*

— *What?*

Até que Cori se irritou e lhe ordenou, em um tom já meio alterado:

— *One tzin and tonic, without tonic!*

Nunca vou me recuperar de sua ausência. Não quis recorrer a nenhuma das minhas outras amigas neste aperto em que estou agora, aqui fodida e trancada neste buraco, e, no entanto, teria ligado para Cori imediatamente, e sei que ela teria feito qualquer coisa para me tirar daqui, nem que tivesse que destruir estes muros a pontapés. Me consolo lembrando dela, repassando os dias de nossa amizade, tão brincalhona, tão divertida, tão verdadeira, e lamentando o que aconteceu naquela noite, em parte por culpa minha. Me entenda, se fosse outra qualquer talvez não tivesse ficado tão afetada, mas aquilo machucou a alma de Cori. Partiu seu coração, como se diz, e deixou hematomas em todo o seu corpo. Naquela sexta-feira, no restaurante, Greg e Sleepy Joe se concentravam em suas cervejas. Nada de interação com a gente, imagine a Torre de Babel, mas na mesa, a mesa de Babel com eles dois sentados em uma ponta discutindo na sua língua maluca e nós duas na frente, falando espanhol como loucas e nos divertindo à vontade, sobretudo em espanhol, que é o nosso próprio idioma, o que sempre é uma vantagem. Até que ficou tarde, chegou a hora de cada um voltar para casa, e o fresco do meu cunhado, que durante toda a noitada não se virou para olhar para Cori e nem sequer lhe dirigiu a palavra, de repente passa o braço em seus ombros e a leva embora. Saíram juntos do restaurante, Sleepy Joe meio que a empurrou para dentro de um táxi e a levou, ou seja, ela e eu não chegamos nem sequer a nos despedir, nem tive oportunidade de lhe perguntar o que achava da reviravolta inesperada desse encontro que já ia terminando. Digo a você, ela já estava meio alegre, mas nada de outro mundo. Quero dizer, caminhava bem e tal, embora meio alta, isso sim, com aquele *tzin* na cabeça. Greg e eu fomos a pé até nosso apartamento, que ficava a algumas quadras dali, e naquele fim de semana não voltamos a saber nada nem de Cori nem de Sleepy Joe.

— Ligo para ela? — perguntava eu a Greg.

— Deixe-a em paz, mulher — me respondia —, deixe-a em paz, que não é nenhuma menor de idade.

Na segunda-feira, Cori não apareceu no trabalho e por isso quando saí fui procurá-la em sua casa. Abriu a porta e me faz entrar, mas estava estranha. Não sei; estranha, diferente. Calada e evasiva, ela que era sempre tão alegre. Tive dificuldade de lhe arrancar algo sobre o que havia acontecido na noite da sexta-feira; de fato, naquele momento não me disse nada, demorou um pouco até que ela me contasse que Sleepy Joe a violentara.

— O estranho é que não precisava — disse —, porque eu de qualquer maneira teria deixado, estava disposta, já tinha colocado aquilo na cabeça com toda aquela maquiagem e as calças apertadas. Tanto é que eu mesma lhe sugeri que entrássemos em minha casa. Para isso havíamos armado o encontro, não é mesmo? Para isso calcei salto alto e mandei um pouco de gim para dentro. Tratava-se disso, não? *It was all about getting laid, wasn't it?* E, no entanto, seu cunhado me violentou e me maltratou, não uma, mas várias vezes, muito brutal, sabe? Eu lhe dizia que não, lhe suplicava que parasse, mas ele parecia possuído, em um momento cheguei a pensar que estava me matando.

Foi isso que Corina me disse e lhe confesso, mister Rose, que eu não sabia se acreditava, digamos que ela não era nenhuma deusa do sexo, digamos que não tinha muita experiência nesse campo, não, não tinha, e a pouca que tinha havia sido justamente aquele estupro lá em Chalatenango, quando tinha apenas 15 anos. Por isso eu tinha lá minhas dúvidas. Via que tinha apanhado, isso sim; digamos que tinha manchas roxas aqui e ali, mas nada de feridas abertas. O dano maior parecia ser o psicológico, e eu percebia que estava tão afetada, tão retraída, que a levei ao médico. E aí soube que Sleepy Joe havia a maltratado sim, machucado pela frente e rasgado por trás. Penetrou-a por todos os buracos que encontrou e deixou seus peitos, a boca e a genitália inchados. Mas o que se pode fazer? Afinal de contas, assim é o sexo quando é apaixonado, tentei explicar isso a minha amiga Corina.

— Veja, garota — dizia eu —, às vezes acontece que depois de uma boa foda você fica arrasada, quase sem poder se sentar, caminhando como um pato e com a mandíbula deslocada de tanto chupar pinto. E pode ser que seu companheiro também fique igual, machucado até os dentes, segurando os ovos, o pau vermelho, as costas arranhadas, a língua escaldada e o pescoço mordido. Isso pode acontecer. Mas nem por isso o sexo deixa de se prazeroso. Entende o que lhe digo, garota? *You understand?*

— Aquilo foi outra coisa — respondia ela.

— Você mesma não me disse que aquilo que para uns é sujo para outros é limpo? Provavelmente você achou terrível o que outras acham normal.

— Aquilo foi outra coisa — repetia.

Eu havia lido em algum lugar que uma mulher que foi violentada revive a violência toda vez que faz sexo. Esse era o quadro que estava em minha cabeça a respeito de Cori, e por isso falava com ela assim, como se fosse uma menina pequena. Eu era a sabichona, a experiente, e ela a inocente, a ignorante, a psicologicamente abalada.

— Usou um pedaço de pau — disse Cori. — Um pedaço de cabo de vassoura. Ficou enfiando um pau em mim.

— Um pedaço de pau? Ele enfiou um pau em você?

— Um pedaço de cabo de vassoura.

Mãe do céu. Então era possível sim que aquilo tivesse sido um calvário... Mas que tipo de monstro violenta alguém com um cabo de vassoura? Que prazer pode tirar disso? Eu não conseguia entender. Sleepy Joe era um maníaco sexual? Um impotente? Não parecia, a verdade é que não; não fazia sentido que fosse impotente aquele monumento à masculinidade, nem de que precisasse substituir os próprios atributos por uns artificiais. Fiquei pensando na coisa e, finalmente, resolvi perguntar a ele diretamente, que, é claro, negou tudo.

— Sua amiga é uma careta — me disse. — Não sabe se divertir, é ruim de jogo.

Eu não sabia em quem acreditar. Tudo podia ter sido produto de seus medos, eu dizia e repetia para Cori, e ela acabou admitindo que era possível. Talvez tivesse feito isso para que eu a deixasse em paz com o assunto, porque não gostava de ficar falando daquilo. Vá saber em que parte da memória ela o arquivou, e a duras penas soltava alguma frase, bem de vez em quando.

— Acho que rezava — me contou, em um desses dias.

— Rezava? Quem rezava?

— Seu cunhado.

— Você quer dizer que rezava naquela noite, em sua casa? Antes de lhe fazer o que fez? Ou depois?

— Ao mesmo tempo. Era como uma cerimônia.

— É claro. Esses eslovacos são mais rezadores do que a gente, os latinos. Para eles, a religião é uma mania; se benzem, se ajoelham, carregam o rosário no bolso, crianças sonham em ser papa e adultos economizam para peregrinar ao santuário da Virgem de Medjugorje. São chamados de fanáticos. Está entendendo? Cada nacionalidade tem seus defeitos.

— Não, María Paz, não é isso. O que fez comigo foi uma cerimônia feia.

— Uma cerimônia feia?

— O que ele estava fazendo. O que estava fazendo comigo. Feio, muito feio. Me refiro sobretudo ao medo.

— Já sei, minha santa, você devia estar muito assustada, minha pobrezinha, o erro foi todo meu, por soltá-la com um troglodita daquele.

— Aquele homem sabe como fazer você sentir medo. Sente prazer fazendo você tremer de medo, María Paz, durante horas. Vai levando-a ao limite, pouco a pouco, sistematicamente. É especialista nisso...

Eu insisti em consolá-la e mimá-la como se fosse uma menina assustada, e a partir daí Corina não conseguiu ou não quis me contar mais nada, certamente decepcionada porque eu não dava a devida importância àquilo, e depois não voltei a vê-la porque pediu demissão e voltou a Chalatenango, El Salvador. Tudo assim sem mais nem menos, de repente, sem aviso prévio, sem me dar uma chance de ir procurá-la, de lhe suplicar que ficasse, que não me abandonasse, que éramos como irmãs, que meu maior amparo era ela, e eu gostaria de lhe dizer que um incidente como aquele não podia liquidar uma amizade tão forte e duradoura, porque essas coisas acontecem e são esquecidas, enquanto a amizade fica. Mas não, não houve oportunidade, Corina tomou sua decisão de um dia para o outro e isso não teve volta. Mas me advertiu. No momento do adeus, por telefone, e do aeroporto, minutos antes de pegar o avião.

— Abra os olhos, María Paz — disse ela. — Abra os olhos e tenha cuidado. Esse rapaz é doente, eu sei por que digo isso.

Doente, meu cunhadinho? Pois naquela época, quando estava recém-casada, eu teria dito exatamente o contrário, eu o achava muito animado. Estranho, sim, e safado e bandido, mas que jovem de bairro pobre não tem esse perfil na América? Corina havia sido minha professora, mister Rose, negar isso seria absurdo e falta de consideração. Assim como o senhor me ensinava a escrever, ela me ensinava a viver. No trabalho, na rua, no trato com a gente, na maneira de me comportar na América e de ser aceita pelos americanos, nos compromissos da amizade: ela era a mestra e eu, a aprendiz. Mas neste caso tão particular e tão delicado, o episódio que tinha a ver com Sleepy Joe, eu estava convencida, dizendo melhor, sabia que quem tinha razão era eu. Ela a novata e eu, a veterana.

Cori nunca me perdoou por não ter acreditado nela, não tê-la apoiado, não ter lhe dito "você tem razão, amiga, estou contigo, sei do horror que viveu naquela noite, me dói como se tivesse acontecido comigo, meu cunhado é uma merda de sujeito, um lixo, um triste monte de merda de cachorro, pedirei ao meu marido que não o deixe voltar a entrar em nossa casa". Porque era isso o que Cori esperava de mim, e eu sabia disso. Mas tinha meu próprio parecer. Sleepy Joe me fascinava, apesar de suas esquisitices e de sua brutalidade, era essa a verdade. Pior ainda, com frequência sonhava que ele e eu fazíamos amor e nesses sonhos não tinha nenhum cabo de vassoura, pois com seus próprios dotes o garoto tinha um desempenho maravilhoso.

O que vou fazer? Não vou conseguir mais recuperar Cori e, por outro lado, tenho de continuar arrastando minha própria vida, ou seja, mais vale que me esforce nessa história de escrever, porque contar ao senhor minhas coisas me dá algum alívio e abre um pouco minha mente, e é bom que saiba que hoje em dia esse é meu único suporte, além da minha Virgem do Agarradero.[2] Então sigo em frente com a tarefa, e o senhor preste atenção nesta outra história, uma coisa que ouvi de uma viúva que fui entrevistar e que disse que não lava os lençóis porque neles tinha dormido seu esposo, falecido havia sete meses, e que à noite ela queria reencontrar seu cheiro, sua presença na casa. Diante disso não pensei em nada para dizer, precisava entrar com cuidado naquele drama, e por isso fui lhe perguntando com manha: e como a senhora faz? Esses lençóis já não estão muito encardidos, depois de tanto tempo? E ela me respondeu que não, que estão como ele os deixou, porque quem se lavava era ela, toda noite, antes de se deitar. Toda noite tomava um banho completo, lavava até os cabelos, e vestia uma camisola limpa, e assim nunca tinha que lavar os lençóis. Não é incrível? Cori tinha razão, entre o limpo e o asqueroso cada um traça seu próprio caminho. Sabe o que dizem os árabes das pessoas como o senhor ou como eu, que usamos papel higiênico? Eles, os árabes, se lavam bem com água depois de fazer o número dois, e a coisa do papel lhes parece um costume ocidental muito sujo. E devem até ter razão.

    Eu me pergunto se o senhor conseguirá me ver com cara de personagem, depois de ficar sabendo destas coisas do meu cotidiano. Digo, em seu romance. O senhor nos apresentou a Lizzy de *Orgulho e preconceito*, e a Eleonora de Poe. Essas são protagonistas, eu sou apenas uma mulher como milhões de outras, nem sequer isso, sou apenas a número 77601-012 no último buraco da Terra. Bem, além disso sou alguém que teve de viver um dramalhão, mas não acredito que isso baste para aparecer num livro. Também me pergunto se alguém, alguma vez, conseguirá ler sobre mim com a mesma paixão que eu li sobre Christina, o senhor sabe, a de *Distante mundo*. Quando lhe disse que esse livro havia me fascinado, o senhor torceu o nariz e me disse que era literatura menor. Eu lhe respondi que, de qualquer forma, tinha sido meu primeiro romance e isso para mim o tornava maior, incomparável. Até hoje mantenho minha opinião e me con-

---

[2] Dito muito popular na Colômbia que se refere, em verso, a uma Virgem que não existe, mas que é invocada em momentos de perigo ou de grande tensão: "Virgem do Agarradero, agarre a mim primeiro." (*N. do T.*)

formaria em ser protagonista de um romancezinho menor, alguém assim como Christina. Não desejo mais. Gostaria que Jordan Hess soubesse que li seu livro em estado de transe, de máxima tensão, como é de se esperar de uma presa que devora um livro em sua cela, bem, uma presa que gosta de ler, como eu, porque há outras que desprezam ou até têm medo dos livros. De qualquer maneira, suspeito que um escritor não tem a menor ideia de como pode ficar íntimo de um leitor ou de uma leitora. Creio que até se espantaria se chegasse a saber. Porque um livro não é feito só de histórias e de palavras, mas, além disso, é uma coisa física que uma pessoa tem. *O distante mundo de Christina* ficou trancado na cela comigo, deitou na cama comigo e quando, finalmente, me permitiram ir ao pátio, se sentou comigo ao sol. Aquele livro absorveu minhas lágrimas, ficou salpicado com minha saliva e se sujou com meu sangue; não estou exagerando, é verdade, mais adiante o senhor vai saber por quê. Eu acariciava aquele livro. Certamente Jordan Hess ficaria incomodado se ouvisse tudo isso e, provavelmente, o senhor também, porque os escritores devem achar que os leitores são fantasmas. Umas sombras por ali, distantes, sem nome, apagadas, a respeito das quais eles nunca vão saber nada. Um escritor chega a uma livraria e pergunta, quantos exemplares foram vendidos do meu livro? Duzentos e cinquenta mil? Então é isso: 250 mil leitores. Mas não é assim. Cada leitor é uma pessoa, e cada pessoa é um nó de ansiedades. Enquanto lia *O distante mundo de Christina*, eu aproximava o nariz das páginas para cheirar o papel, mas também para cheirar o próprio Jordan Hess. Queria poder lhe dizer que gostava de seu livro e reclamar, porque o final não me convenceu, esse também, porque sempre fico insatisfeita com os finais, vivo sempre esperando algo mais, uma espécie de revelação que acaba não se realiza. Acontece comigo quando termino, os livros me deixam frustrada, com a sensação de que ali havia algo importante, mas sem saber exatamente o quê. Deve ser difícil essa coisa de terminar um romance. Fico me perguntando que final o senhor colocará no meu e espero que não seja trágico. De qualquer forma, prefiro tranquilo a trágico, vou logo avisando.

 Um dia o senhor me fez rir na sala de aula, e volto a rir cada vez que me lembro do episódio. Estávamos havia várias semanas trabalhando em um conto que o senhor nos havia pedido e eu queria terminar de qualquer jeito, mas minha história tinha muitos personagens e com cada um deles aconteciam muitas coisas e por isso não conseguia terminar a história.

— Leia-o, mister Rose — pedi —, e me dê um conselho, diga-me como devo terminar.

— Não sei, María Paz, realmente não sei — me respondeu o senhor —, isto que você escreveu está de fato muito enrolado.

— Só me dite um final — insisti. — Já estou desesperada.

— Tudo bem. Vou lhe dar o conselho que dá meu amigo Xavier Velasco para esses casos insolúveis. Tem um lápis? Então anote: "E morreram todos."

Mas estava lhe contando que queria manifestar meu protesto a Jordan Hess. Como chegar a ele se não o conhecia, se não sabia o número do seu telefone e nem sequer seu e-mail? Afinal, a única coisa que tinha eram as palavras que ele havia escrito. Por mais perguntas que lhe fizesse, ele nunca iria respondê-las, e isso era tão decepcionante quanto rezar para Deus. O verdadeiro milagre foi o senhor ter aparecido, mister Rose; um presídio estatal de mulheres é o último lugar onde se espera encontrar um escritor. Por isso lhe dou de presente esta história, que escrevi para o senhor. Para que a corrija, se quiser, e a publique com seu nome, se não a achar ruim. Pelo menos que a leia; se o senhor a ler, já ficarei contente. Faça de conta que é um dos exercícios que dava nas aulas, só que desta vez saiu mais longo do que de costume.

E agora me deixe falar um pouco de minha irmã Violeta. Linda e estranha, só faz o que lhe dá na telha, não ouve ninguém e não está nem aí para o senso comum. Diferente. Às vezes insuportável, às vezes adorável, às vezes tímida, às vezes selvagem. Eu era quase uma adolescente e ela, uma menininha quando, finalmente, pudemos nos conhecer, ou melhor, nos reconhecer, no avião que nos levava para a América. Cinco anos antes, Bolivia, minha mãe, havia partido para a América a fim de realizar seu sonho e conseguir dinheiro, porque não conseguia nos sustentar. Queria nos dar uma boa vida, isso dizia Bolivia, e a vida boa só estava lá, na América. Ou, melhor dizendo, *aqui*, porque naquela época para nós a América era um *lá* muito distante e inalcançável. Violeta era minha única irmã, ela com um sobrenome e eu com outro, mas as duas com nome de mapa, como todas as mulheres da minha família. Conheci minha irmã no avião; bem, na realidade algumas horas antes, no aeroporto. Naquele dia ela já abraçava uma girafa de pelúcia como se sua vida dependesse daquilo e não queria me abraçar, nem sequer se virando para me olhar, embora sua madrinha lhe dissesse, vamos, cumprimente-a, é sua irmã María Paz. Mas ela parecia não precisar de nada além de sua girafa e não prestou atenção quando lhe mostrei a correntinha que pendia do meu pescoço.

— Olhe, Violeta — falei, insistindo que a olhasse —, você tem uma igual.

E estiquei a mão para segurar sua correntinha, isso foi tudo o que fiz, tentar tocar sua correntinha para mostrar que era como a minha, e foi aí que ela, que até aquele momento me parecia uma criatura angelical e ensimesmada, se virou como um raio e arranhou meu rosto. Me deu um tremendo arranhão, precisava ver, me tirou sangue com as unhas, como se aquela fosse a reação explosiva de um gato com raiva. Aí vim a saber que minha irmã mais nova era assim: um lindo gatinho quase sempre indiferente, mas de repente feroz.

Aquele foi nosso primeiro encontro. Tivemos que esperar cinco anos para que acontecesse. Bolivia não conseguira nos levar com ela para os Estados Unidos porque havia partido ao deus-dará, arriscando a sorte sem documentos e nos deixando com a promessa de que em alguns meses mandaria nos buscar, buscar assim que tivesse visto, teto e trabalho. Algumas das meninas da minha escola, lá no meu país natal, saíam para exibir calças de lycra tipo chiclete, tênis Nike ou camisetas de marca com corações brilhantes ou lantejoulas prateadas. E para que perguntar? Era evidente de onde vinham aqueles tesouros: isto é americano, diziam, me trouxeram de Miami. E eu não tinha quem me trouxesse nada de Miami, nem sequer bonecas Barbie, no entanto sabia que Bolivia andava por aqueles lados e que um dia nos levaria com ela, eu e minha irmã, e ia encher nosso closet com roupas americanas. Às vezes eu juntava dinheiro para comprar um chocolate Milky Way. Eram contrabandeados e vendidos na saída da escola e eu os saboreava com os olhos fechados e sem me atrever a mastigá-los, pensando "este é o sabor da América a primeira coisa que vou fazer quando chegar na América é pegar uma porção de Milky

Ways, vou comprar, só para mim, um pacote inteiro daqueles que vêm em tamanho mini", meus favoritos, porque podia enfiá-los inteiros na boca e sonhar com minha mãe e com a América.

Bolivia havia deixado cada uma de nós em uma casa diferente, aos cuidados de uma família diferente, em duas cidades afastadas. Não queria nos separar, mas nos separou. Não conseguiu encontrar ninguém que pudesse cuidar de suas duas meninas ao mesmo tempo. Estou lhe dizendo, quando ela partiu, eu tinha 7 anos e Violeta só alguns meses de nascida; eu, filha de um homem, Violeta, filha de outro, e minha mãe brigada com os dois. Quem eram esses homens, que tipo de criatura, qual era a cor de seus olhos e seus cabelos, que tão boas pessoas seriam ou tão péssimas? Só minha mãe sabia; esses eram seus segredos. Veja como são as coisas, nunca soube nada do homem que me deu a vida, e agora tampouco sei muito a respeito do senhor, a respeito daquele que vai escrever minha biografia. Sei que uma vez atropelou um urso quando passava de motocicleta por uma estrada da montanha, sei porque contou na aula. Tento recordar como eram suas mãos. Grandes, brancas? É de se supor que sim, seria apenas óbvio, mas, na realidade, não sei. Creio que já esqueci, ou talvez nunca tenha olhado para elas, embora fosse estranho, gosto de mãos masculinas e em Manninpox não tenho muitas oportunidades. Quando me esqueço também do seu rosto, o imagino como o de Andre Agassi. Espero que isso não o incomode.

Ah, Bolivia! Em que momento Bolivia foi enfeitiçada pela América? Na verdade, nós também vivíamos na América, na América Latina. Mas essa não era a América; a do Norte havia ficado até com o nome. Bolivia me dizia pelo telefone, aqui as ruas são seguras, filha, os caminhões recolhem o lixo quase todos os dias e não há quem não tenha carro. Isso dizia Bolivia, garantindo que a América cheirava a limpo, e eu acreditava, porque é preciso acreditar nas pessoas, e sonhava com esse cheiro e com o sabor do Milky Way. Além disso, dava como certo que Bolivia tinha carro; se todo mundo tinha um, por que não minha mamãe? Ela ligava todos os meses sem falta, uma vez por mês, e mandava dinheiro para nosso sustento. Também ligava para Violeta, embora no princípio fosse muito bebê, e depois cresceu, mas, segundo parece, nunca quis atender o telefone. Esquisitices de Violeta, digo eu, que é tão linda, mas tão fechada em seus silêncios — exceto quando desanda a falar ou gritar, quando então ninguém fala tanto nem grita tão alto quanto ela.

Já estávamos na América e Violeta devia ter uns 13 anos quando começou a gritar em um museu ao qual a levei num domingo. Começou a berrar de repente, tudo por causa de um quadro que viu. De uma santa, não sei de qual pintor. Uma pintura escura e antiga, em todo caso. Era meio terrível, não vou negar. A santa era Santa Ágata e seus peitos estavam sobre um prato. Brancos, redondinhos e delicados, um ao lado do outro em uma bandeja que parecia de prata. Alguém os cortara para atormentá-la e ela os exibia para que a humanidade tomasse nota de sua fé inquebrantável. A culpa foi minha; não devia ter contado aquilo a Violeta. Ela me perguntou: o que essa mulher carrega nesse prato? E eu disse a verdade, sendo que podia mentir, poderia ter dito que carregava um par de pudins de coco. Claro que ela teria começado a perguntar: e para quem são esses pudins de coco, e por que não come os pudins? É uma história que nunca acaba. Quando alguma coisa a inquieta, Violeta não para de perguntar. Às vezes parece que, finalmente, esqueceu o assunto e passa um mês, até dois, sem mencioná-lo, mas, de repente, bem de repente, do nada volta e começa: e porque carrega nesse prato pudins de coco? E quando isso acontece, você nem se lembra do que ela está falando, mas para Violeta é como se nunca tivesse se interrompido a conversa de antes: e por que são de coco, e por que não come os pudins, e por que são dois e não um... Ela, Violeta, é assim. Ou fica calada semanas inteiras, ou fica tão falante e perguntona que enlouquece até a pessoa mais calma. Agora que paro para pensar, ela, tão perguntadora, nunca perguntou por que cortaram os peitos de Santa Ágata. Só começou a gritar; não perguntou nada.

Bolivia dizia no telefone que a América cheirava a limpeza e eu imaginava ruas radiantes, resplandecentes, quase celestiais. Preferia deixar que cortassem meus peitos a negar o prodígio da América. Mas o que realmente cheirava a limpeza era ela, minha mãe. Sempre estava bonita e fresca, como se estivesse recém-saída do chuveiro. Mesmo no verão mais pesado, Bolivia cheirava a limpeza e a juventude. Cheirava a café da manhã em uma toalha quadriculada em um terraço, embora nunca tivéssemos tido um terraço e, agora que penso bem, nem mesmo uma toalha quadriculada. Além disso, como já disse, o próprio corpo de minha mãe também era algo alheio; havia algo nele que não era doméstico, que se movimentava da porta para fora, como uma janela que fica aberta à noite e deixa a casa exposta. Isso era Bolivia, aquela que se matava para conseguir quatro paredes e um teto que nos abrigassem e, ao mesmo tempo, tornava essas quatro paredes vulneráveis, deixando a porta aberta. Parece uma confusão tudo isto que hoje lhe escrevo, mas, no fundo, só quero dizer uma coisa simples, imagine um dia do meio de semana, suponhamos uma quarta-feira de manhã cedo, já na América, já juntas, finalmente, as três, minha mãe e eu fingindo que nos conhecíamos, e que, apesar de tudo, éramos uma família, digamos que sentadas à mesa do café da manhã e realizando nosso sonho, porque, embora não tivéssemos uma toalha quadriculada, tínhamos sim suco de laranja e cereais e copos de achocolatado, essas coisas comuns que são o bem-estar de uma mamãe com suas duas filhas, que se apressam para ir à escola, quando, de repente, do quarto escuro de Bolivia sai um sujeito com os cabelos revoltos, sem camisa, recém-acordado, com o sono ainda pesando em suas pálpebras. Meninas, diz Bolivia nesse momento com voz festiva, este é Andrés, ou este é Nat, ou este é Jonathan, meu namorado, de agora em diante vai viver conosco e dentro de um tempo vamos nos casar. Andrés, ou Nat, ou Jonathan, venha cá, *please*, jogue um pouco de água na cara que vou lhe apresentar minhas filhas, esta é María Paz e esta é Violeta, uma dupla de meninas adoráveis, e aproveito que estamos por fim reunidos para lhes assegurar que de agora em diante vamos viver muito bem os quatro, como uma família unida e de verdade. Vem, sente-se com a gente, Andrés, ou Nat, ou Jonathan, vamos tomar o café todos juntos, vão ver como vai ser bonito viver em família. Em uma semana Bolivia já está casada, ou amancebada, mas em seis ou sete meses não estavam mais na prateleira as camisas nem as cuecas de Nat, ou de Jonathan, mas agora tínhamos as de Andrés, ou as de Mike, que também acabaram desaparecendo da prateleira que ficou livre para que algum outro pudesse colocar ali sua roupa. E assim sucessivamente. Agora entende a que me refiro?

Bolivia gostava de se vestir de branco. Quando éramos paupérrimas e depois também, quando já não éramos tanto. Quando não estava de branco, usava cores claras: lilás, azul-celeste, rosa. Na América trabalhava quatorze horas por dia, todos os dias até a data em que morreu, e, no entanto, se virava para cheirar a jardim. E se dava um luxo extravagante para uma mulher como ela, o sabonete Heno de Pravia, que, segundo dizia, embranquecia a cútis e deixava a pele sedosa. Em casa não podia faltar Heno de Pravia, mesmo que não houvesse açúcar no açucareiro ou pão na cesta. Quando Bolivia partiu da Colômbia nos deixando ali, comecei a pensar que a América cheirava a Heno de Pravia. Sentia falta, desesperadamente, de Bolivia, e pensava que a América devia cheirar como ela. Claro que ao chegar à América me dei conta de que havia coisas em Bolivia que a mim, *teenager*, matavam de vergonha. Por exemplo, que ela, sempre tão elegante, jamais conseguisse entender o *casual look* americano. Faça de conta que sua mamãe, quero dizer, a sua, a do senhor, aparecesse em uma reunião de pais e mestres com um *bouquet* de orquídea natural preso na lapela; me diga se o senhor não teria preferido que a terra o engolisse. Bem, é a isso que me refiro, a esse tipo de coisa. Quero dizer que Bolivia jamais comprou um único trapo em uma loja americana; não, ela não. Deus me livre! Ela permaneceu fiel até o fim de seus dias a uma lojinha de bairro onde costuravam roupa sob medida e que se chamava, assim em espanhol, "Las Camelias, Prendas y Accesorios para Dama". Vamos ver se estamos nos entendendo.

    Sinto curiosidade de saber como o senhor vai me retratar no romance. Fisicamente, quero dizer. Como vai me retratar fisicamente. Agora estamos muito distantes um do outro e não pode me ver, e duvido que naquela época tenha me olhado com atenção, ou sequer tenha me olhado. No emaranhado que tenho na cabeça, sei que o senhor prestou atenção, isso eu sei, o senhor se surpreendia com minha maneira de pensar, às vezes meus exercícios de texto o faziam rir, e eu era a sabichona que respondia primeiro as suas perguntas. Mas chegou a prestar atenção alguma vez em meu aspecto físico? Se deu conta de que eu estava doente? Já havia começado esta hemorragia que não para. Uma vez estive prestes a desmaiar na sala de aula, na sua frente, e creio que às vezes a perda de sangue me fazia ter alucinações. Mas eu fingia, me fazia de louca e dissimulava; não era tão difícil neste lugar muitas parecem doentes ou perturbadas. E eu não ia permitir que meus ataques me impedissem de ir à aula. Por nada deste mundo teria perdido uma aula sua, nem tampouco um episódio do doutor House. Então tome nota, mister Rose. O principal da minha aparência é essa hemorragia que me mantém com olheiras como a namorada de um vampiro e abatida como uma punk. Em segundo lugar vem o ar latino. Eu era uma das seis latinas que frequentavam seu curso. Éramos apenas seis; possivelmente outras também gostariam de frequentá-lo, mas não falavam inglês suficiente. Isso se tornou um drama depois que a direção proibiu o espanhol, intimidando-nos quando nos ouvem falar em nossa própria língua. *This is America*, gritam, *here you speak in English or you shut up*; até as guardas latinas, desgraçadas, traidoras, se fazem de loucas e não respondem quando você pergunta alguma coisa em espanhol. Nós as chamamos de vendidas e elas gritam de volta *go get fucked, you motherfucker*. Mas aqui na verdade não são muitas as guardas latinas. Quase todas as presas são escuras, e as guardas, quase todas brancas. E os merdas da direção estipularam que até na hora da visita se deve falar inglês. Aqui as visitas são através de um vidro e a voz por microfone, para que a direção possa monitorar tudo o que é dito. É claro que, se você falar espanhol, não vão entender. Então simplesmente proibiram. Proibiram que falemos espanhol durante a visita dos nossos familiares. Quem por acaso acham que somos? Como querem que falemos, em grego? O vidro impede o contato; nem abraços, nem um beijo, nem mesmo o toque de uma mão. E agora nos violentam ao nos obrigar a falar com os nossos entes queridos em um idioma que não é o nosso, um idioma que nossa gente nem sequer sabe falar.

O dia de visitas sempre foi por si só muito delicado. Às 17h, os familiares partem levando com eles qualquer ilusão de calor e carinho, e nós, as presidiárias, voltamos a ficar sozinhas, entregues à nossa fria realidade. E alguns minutos depois, às 17h15, 17h20, começa o pior momento da vida na prisão, porque as presas começam a cometer atos desesperados. É como se ficassem vazias por dentro, ainda mais desoladas do que antes; como se seu coração, suavizado pela visita daqueles que amam, ficasse mais vulnerável à solidão. E então muitas ficam rondando por ali como malfeitores, cometendo atos de desespero. Às vezes são punhaladas. Às vezes, navalhadas, estupros, esse tipo de coisa. Mas, na realidade, nem tanto isso, que não acontece todos os dias; estou falando mais de atos gratuitos de intimidação. Imagine que, por conta de nada, alguém que eu sequer percebi, alguém que para mim não é ninguém, passa ao meu lado e me empurra, ou bate embaixo da minha bandeja fazendo com que minha comida voe pelos ares, ou pega na minha bunda, ou me diz uma obscenidade. Não é tão grave como uma punhalada, nem chega a ser grave fisicamente, mas me toca fundo, arrebenta os nervos, dispara meus alarmes, porque é uma mensagem clara. Uma mensagem que me faz saber que aquela pessoa me odeia, não me suporta, que se sentiria melhor se eu não estivesse ali. Por quê? Ora, porque sim, porque sente que eu roubo seu ar. Aqui dentro a sensação de asfixia é permanente; o ar não circula nestes espaços fechados, por isso você tem que disputar cada gota de oxigênio com as outras. Digamos que essa pessoa o empurrou, ou mordeu seu lábio. Nas brigas das detentas pode acontecer que uma arranque o lábio da outra com os dentes, é o que aqui chamam de *swiss kiss*. Essa pessoa lhe faz saber que você está reduzindo seu espaço, que você exaspera o desespero que ela por si só carrega por dentro. Por isso, aos sábados, às 17h30, depois que as visitas vão embora, o melhor é se proteger, ficar invisível em algum canto, não cruzar com ninguém nem procurar pelo em ovo. E, para completar a merda, a direção determinou que as visitas têm de ser em inglês, só em inglês, nada de espanhol, e desligam o microfone de quem não obedece, e ali ficam os pobres familiares, mexicanos, porto-riquenhos, colombianos, que muitas vezes vêm de longe, não falam uma palavra de inglês e começam a chorar de impotência quando são impedidos de falar em espanhol com aquelas filhas que só podem ver através de um vidro blindado. Nem as palavras restam, nem os abraços: todas as formas de comunicação foram destruídas, e só resta a feroz frustração, a ansiedade desses olhares que se cruzam de cada lado, dessas mãos que querem se tocar através do vidro. Eu sei o que uma visita significa para uma detenta, eu sei, embora nunca ninguém tenha me visitado. Quando se está aqui dentro, encontrar um ente querido é sua razão de viver, seu esteio hora após hora, a única esperança de toda a semana. E, se a roubam, a única coisa que você quer é matar ou morrer. A proibição do espanhol foi o pior, mister Rose, o mais duro de tudo, uma arbitrariedade que queima por dentro e põe o sangue para ferver. Uma injustiça que revira o estômago. Quando ficaram sabendo disso aí fora, as pessoas dos direitos humanos fizeram a denúncia. Mandra X, que é a nossa porta-voz, colocou a boca no trombone, e o escândalo está rondando pelos jornais. Por isso, a diretora deste antro se viu obrigada a dar declarações. Anda dizendo que nós, as latinas, usamos nossa língua nativa para traficar e fazer acordos ilegais com os familiares sem que a direção fique sabendo, ou, como a Jennings gritou para a gente outro dia; "quem garante que vocês não estão dando em espanhol a ordem de matar alguém lá fora?" "Sua mãe deve ser uma matadora de aluguel", respondeu uma, "a minha é uma velhinha honrada." Não sei por que me ocorre que os dias da ratazana da Jennings, que vive enfiada no lixo, devem estar contados. A direção também argumenta que usamos o espanhol para insultar as guardas sem que elas percebam. Imagine, vir com essa, embora nesse ponto não lhe falte razão. É verdade que em inglês respondemos a tudo com *yes, ma'am, no problem, ma'am, I'm sorry, ma'am, I won't do it again, ma'am*. Mas logo em seguida lhes cuspimos em espanhol, entre dentes, um enfie um dedo no cu, velha desgraçada, ou vá comer merda, safada, cada uma em seu dialeto, porque aqui o espanhol se defende em todas as línguas, em che, em guanaco, em chapín, em catracho, em nica e em tico, em paisa ou em rolo, em costeño, em veneco, em boricua, em niuyorrican, em chicano, em chilango.[3]

No meio desse tiroteio aconteceu o seguinte, mister Rose: como sua oficina era em inglês, assistir às aulas parecia uma traição aos olhos de nossas próprias irmãs latinas, que começaram a nos acusar de vendidas e a bloquear a porta da sala de aula. Nós, as seis, lutávamos para lhes explicar: o gringo ensina a escrever, não importa em que língua ou idioma. Não há ofensa, dizíamos, mas elas achavam que era enrolação.

— Pois a partir de agora vou dar metade da aula em inglês e metade em espanhol — anunciou o senhor, quando ficou sabendo de como as coisas estavam.

---

[3] Gentílicos em gíria: *che* (argentino), *guanaco* (salvadorenho), *chapín* (guatemalteco), *catracho* (hondurenho), *nica* (nicaraguense) *tico* (costa-riquenho), *paisa* (de Antioquia, Colômbia) *rolo* (de Bogotá, Colômbia), *costeño* (do Caribe), *veneco* (venezuelano), *boricua* (porto-riquenho), *niuyorrican* (de Nova York), *chicano* (como os latinos são chamados nos EUA), *chilango* (da Cidade do México). (*N. do T.*)

— Mas como, em espanhol? — encresparam as alunas que só falavam inglês, a maioria. — O senhor não fala espanhol e nós também não.

— É claro que falo. — O senhor se plantou em uma posição de desafio e falou em um espanhol tão impecável que deixou a gente, bem, nós, as latinas, boquiabertas. De onde o gringo tirava aquilo, como lidava tão perfeitamente com a língua de Cervantes? E daí o senhor deu metade da aula em nosso idioma, embora as arianas ficassem perdidas, sem entender nada do que estava acontecendo.

E depois que acabou a aula, o senhor se despediu e foi embora sem ver como nós, as latinas, nos alinhávamos em um lado do salão, de costas para a parede e eriçadas como galos de briga: estava desabando em cima da gente a vingança do norte, estávamos esperando por ela desde antes de o senhor partir, e vá saber o que teria acontecido se não tivesse se metido no meio uma tal que chamam de Lady Gugu, uma ativista radical branca que anda com sua própria quadrilha pregando que é perder tempo ficarmos nos estapeando com outras raças e, como tem boa lábia e sabe fazer palhaçadas, anunciou que ela também daria aulas em espanhol e começou a disparar frases inventadas e dementes que quebraram a tensão e fizeram os dois bandos irem embora às gargalhadas. Quem sabe o que tanto dizia aquela louca com um sotaque americano dos piores? Dizia *tu culo es um grande sombrero*, dizia *Buenos días enchiladas, Antonio Banderas me come el coño*, ia dizendo qualquer coisa, *mucha señorita puta, ricos tacos de mosquito, mucho gusto amigo mío*, o que lhe passasse pela cabeça, *I am very mexicana, I am very pretty coconito*, e nós ficamos neutralizadas, paradas, porque era impossível saber quem Lady Gugu estava insultando, se as brancas ao falar em espanhol ou as latinas por falar brincando. E foi assim que nos livramos da confusão naquela tarde.

O que foi péssimo é que desde então não voltamos a ver o senhor. Isso aconteceu numa quinta-feira, e na terça-feira seguinte nos anunciaram que o curso fora cancelado. Só disseram isso, que fora cancelado, *it's been canceled*, é assim que nos avisam as coisas aqui, é esse o estilo, não se dignam a esclarecer quem ou por que *it's been canceled*, quem cancelou foi Deus ou um fantasma, se cancelou sozinho, neste lugar é assim, gostam de fazer com que sintamos que as desgraças acontecem por si só e dessa maneira lavam as mãos. Mas também não era necessário que dissessem algo mais, para a gente os motivos de sua demissão eram claros.

Desde que começaram a nos foder com a história do espanhol, nós, as detentas latinas, ficamos iradas, prontas para arranhar a cara de qualquer um, nossos corredores sempre à beira da explosão. Serão obrigados a costurar nossas bocas se não quiserem que falemos em nossa própria língua; afinal de contas é a única coisa que não podem nos tirar. E assim continuamos na farra. Às vezes ficam mais rigorosos e às vezes relaxam as regras porque se dão por vencidos, mas aí continua a foda, e quando, no sábado, desligam o microfone de alguma durante a visita, o mal-estar volta a ferver, a temperatura vai subindo e a raiva dispara. E o que não teve volta, mister Rose, foi a história das suas aulas. Foram canceladas sem mais nem menos, mas eu nunca esquecerei aquela quinta-feira em que a Lady Gugu começou a falar em espanhol, dizendo *culo* e *sombrero* e essas bobagens. Foi um momento de euforia, mister Rose, precisava ter visto, uma espécie de pequena vitória, alguns minutos de brincadeiras e chacota de latinas com as brancas, uma coisa muito rara por aqui; foi como se as presas de todas as cores tivessem feito um acordo para dar uma bofetada na cara de todos os que nos odeiam.

Mas à noite, essa sensação havia desaparecido. A pessoa que está presa tem que desconfiar desses momentos de entusiasmo porque tudo muda rapidamente e, quanto mais alto você pula, maior é sua queda. Seu ânimo parece um ioiô, para cima e para baixo, para cima e para baixo, em um instante você acha que se salvou e no seguinte entende que está condenada. Foi o que aconteceu comigo naquela noite, depois da sua aula que seria a última, embora ainda não soubéssemos. Eu, sozinha em minha cama, fiquei desanimada, e aquilo que algumas horas antes me parecera fantástico de repente me parecia uma palhaçada, que *sombrero* o quê, que *enchiladas* o quê, nunca na vida havia comido *enchiladas*, nem sequer sabia de que eram feitas, certamente de algo desagradável e picante pra caralho. E, além disso, Banderas é um péssimo ator. Que orgulho era aquele pelo espanhol, um idioma que eu nem sequer falava direito porque o estava esquecendo? Que orgulho era aquele de ser latina, eu, que uns meses antes estava nas nuvens por estar casada com um americano? Vou lhe dizer, tudo me pareceu muito forçado. Comecei a pensar: enquanto estive em liberdade, minha meta era apagar meu lado latino como se fosse uma mancha, e desde que fui presa venho ficando uma fundamentalista da latinidade. Mas o que vou fazer? Por um lado sai espontaneamente, é a cara da minha raiva, e por outro preciso disso para sobreviver, simples assim. Aqui você é obrigado a tomar partido para não ficar como um sanduíche na guerra permanente entre as raças.

Nós, as presas latinas, temos um nome para essa queda de ânimo: a *causa*. A causa desaba em cima de você como um balde de água gelada, empapa seus ossos, o afoga na desesperança. A causa desabou em cima de mim, dizemos aqui, ou estou com a causa na cabeça, ou não fale comigo, que estou com a causa. A causa é o pior, você quer morrer, nada lhe interessa, só quer ficar quieta, isolada, como encerrada dentro de si mesma, como morta em vida. A causa é introversão, mais desânimo, mais pessimismo: tudo isso junto em um coquetel mortal. Na segunda ala onde estive, a 12-GPU, havia uma cubana negra que estava sendo processada. Ela estava sempre jogada na cama. Uma mulher enorme, abandonada naquela cama estreita onde mal cabia, como uma montanha que tivesse desabado. Seu nome era Tere Sosa e, como não se mexia, a chamávamos de Pregui-Sosa. Para as demais, a causa chegava e ia embora, mas a ela havia engolido inteira. Não se levantava nem para comer e, a partir de certo ponto, nem para ir ao banheiro; se sujava e exalava um fedor que não era mais humano, como se tivesse decidido se transformar em uma pilha de merda, em uma montanha de lixo. As guardas não conseguiam obrigá-la a se levantar, nem sequer à força, porque não há força mais poderosa do que a causa. E então a banhavam com a mangueira e a deixavam ali, empapada e tremendo de frio. Mas nem assim ela se levantava; molhada, cagada ou morta de fome, para ela tanto fazia. Eu, recém-chegada àquela ala, ainda acanhada e sem conhecer as leis do lugar, passei na frente de Pregui-Sosa e me ocorreu lhe perguntar o que fizera para estar tão mal, por que estava presa. Mas para quê fui abrir a boca? Logo senti um empurrão, alguém me atirou contra a parede, pressionando meu corpo com o peso de sua robusta pessoa. Depois fiquei sabendo que esse alguém era nem mais nem menos que Mandra X, uma das chefonas da prisão, uma valentona machona que liderava umas seguidoras poderosas, segundo me informaram então.

— Ouve bem — disse naquela vez Mandra X, esmagando meu nariz contra sua peitaria. — Não sabemos o que terá feito essa Tere Sosa. E você sabe por que não sabemos? Porque não perguntamos. Aqui não se pergunta nada, minha rainha, e na próxima vez em que ouvir você perguntando alguma coisa, arrebento sua fuça.

O remédio para a causa é o trabalho. Trabalhar sem parar, em artesanato, gravura em couro, crochê, objetos de madeira, o que for, assim você pode se mexer no compasso do zum-zum-zum da rotina de suas mãos e deixar que elas pensem por você, para que não haja em você outro pensamento além desse pequenino e tranquilo que as mãos conhecem. É o melhor remédio contra a causa. Mas é difícil que lhe deixem trabalhar. Se não confiam em você, não lhe dão as ferramentas, que poderiam se transformar em armas, como é sabido, e por isso só as entregam, se é que as entregam, por poucas horas e sob estrita vigilância. Só uma pequena porcentagem das presas goza do privilégio de poder fazer trabalhos manuais, e essas são quase todas brancas, porque nós, as negras e latinas, inspiramos desconfiança. A mim permitem fazer mochilas de fibra de poliéster, amarrando a fibra com as mãos. Isso me alivia e, além disso, é mais fácil que me deixem fazer, porque é um trabalho que não requer ferramentas. Fazer nós e mais nós durante horas e horas é uma compulsão que pode salvá-la se você foi vítima da causa: pelo menos comigo funciona. Estou quase viciada, poderia amarrar fibras de poliéster daqui até a eternidade, com a cabeça nas nuvens. O outro recurso contra a causa é se inscrever para passar o esfregão nos corredores. Sempre precisam de voluntárias, porque na minha vida já vi pisos mais brilhantes. A qualquer hora há alguém limpando o cimento, alguém limpando o que não é possível limpar. Por mais água sanitária que usem, o cheiro está sempre lá; sempre flutua na penumbra o fedor da urina, do suor e da merda das detentas que há mais de um século habitam este lugar, os miasmas do grande esgoto que corre sob estes pisos que todos os dias escovamos e voltamos a escovar até deixá-los brilhando.

Eu, de minha parte, comecei de bom grado com a coisa das mochilas de fibra de poliéster e também com o esfregão, mas a hemorragia vai minando minhas forças e cada dia me derrota. E já me enrolei na história outra vez. Eu começo a lhe contar uma e vem um vento que me arrasta e não sei onde vou parar. Eu estava lhe perguntando, mister Rose, ou melhor, estava perguntando a mim mesma, como o senhor iria me descrever fisicamente no romance, porque nas aulas não parecia que nos olhava nem que demonstrasse interesse, nem por mim nem por nenhuma; nem sequer ligava quando sentávamos na primeira fila e cruzávamos provocativamente as pernas. Já estávamos achando que era homossexual quando nos falou de uma namorada que tinha e disse que era professora de surdos-mudos. Na saída ficamos fofocando, falando que eram um casalzinho de jovenzinhos santos, ela lidando com surdos-mudos e o senhor, com presidiárias. Mas o que eu acho é que o senhor, por ser correto, nunca nos submeteu a uma inspeção ocular, o que se chama de despir com o olhar, e, além do mais, já se sabe como os gringos são cuidadosos com a coisa do *harassment*. Por isso eu mesma terei de lhe dizer como sou, descrever minha aparência, para o caso de não se lembrar.

Perdoe-me se pareço convencida, mas acho que sou uma mulher bastante bonita. Bela não, e menos ainda divina, mas bonita sim. Tenho cabelos cor de café, longos e volumosos. Muitos cabelos, melhor dizendo: um cabelão. É o que há de melhor em mim, a única coisa que não se deteriorou com a hemorragia e a vida na prisão. De resto, tenho traços aceitáveis, um sorriso sedutor, mas não perfeito, porque nunca usei *brackets*, a pele queimada, a chamam de canela, e um corpinho agradável. Foi o que me disse uma vez um namorado; na primeira vez em que me viu nua me disse que eu tinha um corpinho agradável. Achei o comentário inadequado, sobretudo no meio do que se supunha que era uma tórrida cena de amor, mas é provável que o homem não quisesse me ofender e só estivesse fazendo uma "descrição objetiva com uso comedido da adjetivação", como o senhor teria recomendado em uma aula de *creative writing*. Ou seja, não sou nenhum mulherão, mas tampouco me falta graça. Bem, tenho um corpinho agradável quando estou magra, embora não tanto como agora, pois estou parecendo um animalzinho raquítico; além disso, confesso que em certa época estive gorda, mas gorda bochechuda e bunduda, sobretudo depois que me casei; a vida matrimonial foi se acumulando nas coxas e no traseiro. Agora estou muito magra, pareço anoréxica, com as faces marcadas e os olhos tão salientes que pareço um bicho noturno da montanha. Devido à anemia, minhas mãos estão transparentes; quando as coloco contra a luz, tenho a impressão de que vejo os ossos, como numa radiografia, e, embora meu atual aspecto me choque, acho que despertaria inveja em Kate Moss.

Uma vez, já na América, tive que preencher um formulário para pedir trabalho. Estava com minha amiga Jessica Ojeda, que, como nasceu em New Jersey, falava inglês melhor do que eu, embora isso não seja uma garantia; o que eu aprendi quando menina aprendi tudo na Colômbia, no Colégio Bilíngue Coração de María, das Madres Clarissas, que frequentei com as Nava e onde a madre Milagros nos dava aulas intensivas de gramática, pronúncia e literatura inglesa durante cinco dias por semana. Depois cheguei à América e dos 12 aos 18 anos fiquei rodando por bairros latinos, onde pouco ou nada ouvia de inglês. Minha primeira grande decepção ao chegar à América foi descobrir que Bolivia não tinha carro; a segunda, que na América fazia tanto calor; e a terceira, que na América só se falava espanhol. Quer saber quais eram os letreiros dos negócios do meu primeiro bairro aqui na América? Vamos lá: La Lechonería; Pasteles Nelly; Rincón Musical; Pollos a la Brasa; Tejidos el Porvenir; Pandi e Panda Ropa a Mano para Bebé; Papasito Restaurant; Cuchifrito; Sabor de Patria, Fútbol en Directo; Cigarrillos Pielroja; Consultorio Pediátrico para Niños y Niñas. E assim por diante. Mas, voltando à história do formulário, esse que eu e Jessica Ojeda preenchemos. Ela percebeu que onde perguntavam "olhos e cabelos", eu colocava *coffee*. "Cor dos cabelos": *Coffee*. "Olhos": *Coffee*. "Pele": *Coffee with milk*. Foi o que escrevi, porque nós chamamos essa cor assim, café, ou dizendo melhor, usamos três nomes, conforme o tom: trigueiro, ou seja, cor de trigo, canela e café.

— Esses nomes são de comida — censurou Jessica. — Aqui não fale assim, porque as pessoas ficam ofendidas, aqui você deve dizer latino quando perguntarem por seu *ethnic group* e *brunette* quando perguntarem pelos olhos e o cabelo, pare com essas coisas e coloque que você é *brunette*, pare de contrariar.

— Você não está entendendo — expliquei. — Nós da zona do café temos os olhos e o cabelo *coffee*, ou seja, da mesma cor do café quando está escuro e brilhante na xícara, ou seja, do café quando tem uma magnífica cor de café, e nossa pele é da cor do café quando você coloca leite e açúcar e o bebe bem quente.

— Bem — disse ela, querendo negociar —, então coloque *dark brown*.

— Nada de *dark brown* — insisti —, *coffee*, com muita honra, e não se fala mais nisso.

Vamos ver, mister Rose, que outra coisa quer que diga a meu respeito? Tem interesse em saber se tenho sinais particulares? Várias cicatrizes, que aqui na prisão chamam de *bordados*. A do braço por uma mordida de Violeta, já falei dela. Outra da operação de apêndice; a obrigatória sobrancelha partida pela queda de bicicleta; um sinal a dois centímetros do canto da boca, do lado direito. Até aí tudo normal, mas também tenho uma ou outra coisa inconfessável. Por exemplo, estrias nas coxas por todos os quilos que ganhei e depois perdi; muita penugem nas pernas e um matagal cor *coffee* no púbis; um dos buracos das narinas, ou seja, a fossa nasal, é alguns milímetros mais alto que o outro, e, embora pudesse mentir que tenho seios túrgidos, como nos romances, a verdade é que só preencho um sutiã PP. Afora isso, meço 1,65, calço 36, tenho as mãos transparentes por causa da anemia, isso também já lhe disse, e um par de orelhas, essas sim túrgidas, que por sorte ficam escondidas sob os cabelos soltos.

Gostaria que no seu livro o senhor contasse que a partida de Bolivia para a América foi triste, mas também alegre, porque tomamos banho juntas no chuveiro de água quente, uma coisa que nunca havíamos feito. Ela lavou meus cabelos com um xampu de ervas que ela mesma fabricava na cozinha de casa, e como eu tinha um corpo miúdo e escuro, o dela me pareceu um prodígio, tão redondo e cheio, tão branco e generoso. Embora para mim sempre tivesse sido motivo de desconfiança. Eu era muito pequena, mister Rose, e não sabia nada da vida, mas sabia sim de um assunto: sabia que minha mãe fazia coisas com seu corpo. Eu não seria capaz de dizer exatamente o que, mas havia uma coisa que me inquietava. Sentia como se o corpo de minha mãe não estivesse guardado, não era privado, saía de casa, se mostrava; havia alguma coisa no corpo de Bolivia que me fascinava e me espantava ao mesmo tempo. Naquele dia ela havia passado minha blusa de babados e meu melhor vestido, um bem solto, com alças, amarelo, que naquela época era minha cor favorita. Bolivia sabia engomar de uma maneira primorosa. Quero dizer com isso que o tecido ficava cheiroso e fresco, como novo. Parece que é uma coisa que lhe veio de família porque a mãe dela também passava, aquela vovozinha África María tão infeliz, pobre alma penada; dizem que ela também passava. E, ao que parece, minha mãe também havia me ensinado, acho que foi uma das poucas coisas que conseguiu me ensinar antes de nos deixar, embora, pensando bem, devo ter inventado isso; ninguém ensina uma menina de 7 anos a passar. Seria uma selvageria: uma menina se queima com o ferro. De qualquer forma, gostaria que essa recordação fosse verdadeira, provavelmente é, e que bom pensar que Bolivia me ensinou alguma coisa, que me deixou alguma coisa de antes de partir para a América, digamos que algo mais do que a terça parte de uma moeda que ela chamava de *coscoja* pendurada no meu pescoço, bem, aquela que usava antes de ser confiscada quando entrei em Manninpox.

Não sabe o que é *coscoja*? Não se preocupe, eu também não sabia e quando fiquei sabendo não gostei nem um pouco, logo enfiei no álcool minha moeda e a deixei ali toda a semana, eu que antes de saber a passava na boca, que nojo. Coisas da minha mãe, a *coscoja*; sempre era preciso ter cuidado com minha mãe. Mas tenha paciência, que aos poucos vou explicando.

Em todo caso, na data da partida, Bolivia vestiu jeans, sapatos sem salto de cadarços e camisa quadriculada, como se estivesse indo a uma excursão na montanha. Olhei-a pintar os olhos, que eram café como os meus, de pestanas longas. Muitos anos depois, também ficaria observando-a, no dia de sua morte, ela com a cabeça apoiada em uma almofada de cetim, no meio de seu caixão de madeira escura. Estava de novo bonita, rejuvenescida, porque em seus últimos tempos o cansaço e as preocupações a atropelavam, mas nesse dia voltara a ficar serena, como se o Heno de Pravia tivesse devolvido a luminosidade a sua pele. Parece que estou vendo a sombra de suas pestanas, produzida pela chama dos círios, dançando suavemente em suas faces, dando a sensação de que a morte a tratava com doçura. Já tinha visto outros cadáveres e, embora não tenham me deixado assistir ao velório do meu marido, já estivera antes em vários outros, mas nunca vi uma morta tão linda como ela. A senhora Socorro e as outras comadres prepararam peru e salada russa para atender os amigos, e comemos todos. Todos, menos Bolivia, ela que soubera se virar para que nunca faltasse peru nos invernos da América. Na véspera do Dia de Ação de Graças e do Natal, ela nos levava à paróquia, onde distribuíam perus de graça para que ninguém ficasse sem uma boa ceia nessas datas e onde fazíamos fila para receber nosso peru. No outro dia voltávamos para fazer nossa trapaça, e também no seguinte, de manhã e à tarde, e a cada vez pedíamos um peru como se ainda não tivessem nos dado nada, e outro peru, e mais outro, e na vez que essa tática funcionou melhor conseguimos seis perus em um único Natal.

No dia de sua viagem para a América, eu olhei para Bolivia e pensei, que sorte a minha ter uma mãe tão linda e, ao mesmo tempo, fiquei desconsolada, porque estaria longe de mim toda a maravilha radiante que era minha mãe. Depois demos banho no bebê Violeta, que havia herdado sua pele branca e tinha os olhos mais verdes já vistos em nosso bairro, onde não era comum esse tipo de olhos e até desconhecidos nos paravam na rua para admirá-los. Mamãe, de onde Violeta tirou esses olhões verdes? O pai dela tem olhos verdes? Bolivia não respondia. Fechava a boca quando eu perguntava pelos seus homens. No dia de sua viagem, enxugamos Violeta com uma toalha que havíamos deixado em cima do aquecedor para amorná-la, passamos talco Johnson's, colocamos fraldas limpas e uma bata de lã de baby alpaca. Naquela época, Violeta nunca chorava, vivia como se estivesse perdida em uma fantasia. Perguntei-me se veria todas as cores verdes, com aqueles seus olhos. Eu quis brincar com um chocalho de chaves de plástico e o balancei diante de seu rosto, mas ela não deu atenção.

— Mamãe — perguntei —, para que serve Violeta ter esses olhos se não olham?

— Olham sim. O médico me garantiu que não há nada de errado com os olhos dela. O que acontece é que são muito verdes — respondeu ela, e eu me conformei com a explicação.

A bolsa de Bolivia já estava pronta e também as caixas de papelão com nossa roupa. Antes de sair à rua, ela anunciou:

— Agora vamos fazer uma pequena cerimônia de despedida e breve reencontro.

Eu, que não sabia o que era uma cerimônia, fiquei surpresa e encantada quando ela abriu três caixinhas de veludo azul e tirou três pingentes de metal gasto que pendiam de suas respectivas correntinhas de ouro.

— O que é isso? — perguntei num sussurro, sabendo que estávamos fazendo algo solene, que aquele momento era único e que os pingentes, fossem o que fossem, representavam alguma coisa. Na realidade, não gostei tanto daqueles pingentes de metal escuro arranhado; o que era mesmo lindo era a correntinha dourada. De qualquer maneira compreendi que os pingentes também eram uma coisa importante.

— São três partes de uma mesma moeda — respondeu ela, em seguida me mostrando como, ao juntá-las, formavam um todo.

Um dos lados da moeda não tinha nada, apenas sulcos na prata desgastada, e no outro podia-se ver uma cruz de oito pontas com a palavra "*lazareto*" escrita no centro. Ao redor da cruz, no alto, estava escrito "dois centavos e meio" e, embaixo, "Colômbia 1928". Bolivia pendurou no meu pescoço um dos pingentes, levantando meus cabelos para poder abotoar a correntinha na nuca. Colocou o segundo pingente no bebê Violeta e ficou com o terceiro. É claro que eu também não sabia o que significava "*lazareto*", nem sequer me ocorreu perguntar, deve ter me parecido uma palavra mágica que tornava aquele pingente um amuleto protetor. Anos depois, já na América, Bolivia me contaria que moedas como aquela haviam sido cunhadas nas primeiras décadas do século XX para circulação restrita nos leprosários com o objetivo de evitar a contaminação do resto do país. Eram chamadas de *coscojas*, e a figura octogonal que estava gravada era a cruz da Ordem de São Lázaro de Jerusalém, também conhecida como cruz templária ou das oito beatitudes. Ali fiquei sabendo que tipo de horror era a lepra, e me foi revelado o grande segredo familiar. Soube que minha avó África María terminara seus dias devorada pela doença, reclusa na aldeia leprosário de Agua de Dios, onde se escondera do olhar do mundo. Nem seu marido nem seus filhos voltaram a vê-la durante os nove anos seguintes, até que lhes anunciaram sua morte e então foram buscá-la, mas só para acompanhá-la durante o enterro. Bem, ao que parece, seu marido, meu avô, lhe mandava artigos de primeira necessidade. Embora nunca tivesse ido visitá-la pessoalmente, enviava todos os meses uma mala com comida e outras coisas, com um bilhete com instruções para que a mala não fosse devolvida. Segundo Bolivia me contou tempos depois, vovô preferia comprar todos os meses uma mala nova e perdê-la a receber de volta aquele objeto infectado. No meio do conteúdo da maleta fora enviado certa vez um ferro elétrico que, segundo se soube, a avó leprosa nunca usou porque preferia um dos antigos, pesadões, daqueles que se enche com carvão em brasa. Com isso passava sua roupa vovó África lá na sua aldeia de enfermos; sua carne caía aos pedaços, mas cuidava da roupa com esmero.

Minha mãe, que era uma adolescente quando a mãe dela morreu, me disse que chegaram a Agua de Dios cansados depois de dois dias na estrada, atordoados pelo calor e pelo zumbido dos insetos, já que o lugar ficava no meio do pântano. Não permitiram que se aproximassem dos leprosos, que acompanhavam o enterro do outro lado do alambrado. Minha mãe recordava que podia vê-los de longe, eles, os leprosos, mas não as suas caras, que estavam cobertas com farrapos, e que a estremecera a ideia de que aqueles seres haviam sido a única companhia de sua mãe ao longo de tanto tempo.

As autoridades sanitárias obrigaram os membros da família a tapar o nariz e a boca com um lenço empapado em álcool. O cadáver de vovó foi incinerado junto com seu colchão e outros pertences, e Bolivia ficou ali parada, coçando as picadas de mosquito que inchavam suas pernas e olhando as chamas engolirem alguém que era supostamente sua mãe, mas que estivera por tanto tempo enterrada em vida que quase se apagara da memória de seus filhos.

— Como posso explicar? — disse-me Bolivia. — Não era que, para nós, seus filhos, minha mãe não tivesse estado sempre presente. Sim, esteve, mas não como pessoa e sim como medo, como sombra.

Quando o fogo se apagou e as brasas se extinguiram, a garota que Bolivia era naquele momento viu um brilho metálico no meio das cinzas. Livrando-se do controle de seu pai, correu até o lugar onde ardera a fogueira e, apesar dos gritos de advertência, puxou com um galho seco aquela coisa pequena e brilhante que havia chamado sua atenção. Era a *coscoja*, que talvez estivesse em um dos bolsos da roupa incinerada de minha avó.

— Veja, María Paz, veja só como é a mente — disse Bolivia, já na América. — No dia do enterro da minha mãe, a mente me levou a imaginá-la cercada de doentes, mas sã. Sã, com o penteado antiquado e luzindo sobre os ombros a manta tecida com que aparecia no retrato da sala de casa.

Ou seja, só aos poucos Bolivia foi compreendendo a verdade que haviam ocultado dela e de suas irmãs durante muito tempo. Depois do enterro, que, na realidade, não foi enterro, mas cremação, permitida pela Igreja em caso de morte contagiosa, a família teve que pernoitar, três em cada cama, em uma pousada na metade do caminho de volta, e só ali, na insônia daquela noite quente, Bolivia percebeu plenamente que, durante todos os anos de ausência, sua mãe deveria ter sido como eles, aqueles doentes que escondiam com trapos a pele apodrecida.

Por que, tantos anos depois, minha mãe escolhia justamente esse objeto, a moeda de vovó África, para a cerimônia de nossa despedida? Nunca me explicou, e quando eu lhe perguntava ela me cortava secamente com um pretexto qualquer. Você quer mais leite com chocolate? Ligue a televisão, María Paz, que está na hora da novela. Por isso tive de procurar sozinha minhas próprias explicações. E lhe garanto, mister Rose, que aquilo que ia descobrindo era pouco tranquilizador. Minha mãe me revelara o que chamou de grande segredo de família, a doença inominável de vovó África. Mas esse era só o começo. O verdadeiro segredo, o segredo por trás do meu segredo, tive que deduzi-lo eu mesma, e tinha a ver com um poço negro e sem recordações. O poço negro dos anos durante os quais minha mãe e seus irmãos cresceram na ausência de sua própria mãe, aquela mulher desaparecida e renegada, a mãe cujo nome o pai jamais voltou a pronunciar, a morta-viva sobre a qual seus filhos não podiam perguntar, a orfandade não declarada, a ausência de amor materno que nunca foi explicada, o pesadelo mudo, a intuição do horror. Esse ponto cego, de pânico e de trevas, na cabeça e no coração de umas crianças a quem ninguém nunca achou necessário esclarecer nada. Não consigo evitar imaginar minha mãe aos 16 anos, a menina espichada e bonita que deve ter sido, resgatando das cinzas da vergonha aquela moeda que encerrava alguma mínima forma de memória, ou talvez de cura, de redenção. Tampouco consegui evitar pensar em minha mãe, uma mulher já feita e madura, partindo em três a moeda da avó abandonada, para deixá-la como legado às filhas que estava prestes a abandonar.

Bolivia pagara a uma joalheria para que partisse a moeda em três e colocasse em cada terço uma argolinha para passar uma corrente. Até aqui aconteceu o que ela decidiu, digamos que claramente decidido; o resto, o que vou lhe contar agora, aconteceu ao azar como tudo o que aconteceu comigo na vida, e o senhor que é professor e, além disso, escritor, sabe melhor do que ninguém que a palavra azar, além de má sorte, significa sorte, acaso, destino, casualidade, algo que lhe acontece não porque você queira, mas porque assim quer o destino. Não pense que não procurei nos dicionários. Porque isso foi exatamente o que aconteceu, que a palavra lazareto, gravada na moeda, ficou dividida assim: L-AZAR-ETO, e como a mim coube a parte do centro, então a minha dizia, e ainda diz, AZAR. Deduza o senhor mesmo as consequências. Só pense em tudo o que pode lhe acontecer a partir do momento em que sua própria mãe a marca com essa palavra, AZAR, pendurando-a no seu pescoço.

    Depois da nossa cerimônia, e cada qual com sua medalha, saímos as três à rua, limpas e recém-passadas por fora e cheias de agouros por dentro. Deixamos Violeta com sua caixa de papelão na casa de dona Herminia, sua madrinha, que cuidaria dela. Passou impassível dos braços da mãe aos da madrinha e isso não nos surpreendeu, como já começávamos a intuir que Violeta era Violeta. Mas o que Bolivia sentiu ao deixar seu bebê, tão linda e tão bobinha, nas mãos de outra pessoa? Isso eu nunca soube. Muitas coisas foram deixadas de lado. É verdade que Violeta era assim, estranha, desde antes da partida de Bolivia para a América? Ou ficou estranha por alguma coisa que não sabemos e que pode ter acontecido na casa de dona Herminia, onde ninguém a teria defendido nem estaria ali para acompanhá-la? Essa era uma das feridas em que Bolivia nunca quis tocar, sempre encontrando pretextos para tirar o corpo fora dessas verdades. O leite achocolatado, a telenovela, qualquer coisa lhe servia para se fazer de desentendida. O passado, o nosso passado, o dela própria, o que tivesse acontecido durante os anos de separação, nada disso era assunto que ela aceitasse abordar. Fazia de conta que a página estava em branco: zero recordações, zero remorsos. Como se nossas vidas tivessem começado no momento da segunda cerimônia, depreciada pelo calor e o cansaço, que fizemos cinco anos depois no aeroporto John F. Kennedy da cidade de Nova York, quando, finalmente, conseguimos juntar as três partes da moeda. As dores não existem quando não são mencionadas, era essa a filosofia de Bolivia; para ela, a terra natal ficara para trás. E o passado, esquecido. Minha mãe não era mulher de nostalgias nem apostava no impossível. Gabava-se de ser prática; persistente, dizem. *Pra frente que atrás vem gente*, dizia, e ia se empenhando em nos levar adiante sem muitas complicações. Tinha que nos alimentar? Conseguia comida. Precisávamos de teto? Conseguia teto. Para seguirmos em frente, assim dizia, e suspeito que nunca se deu conta de que caminhamos torto e para trás. Há muitas coisas que nunca soubemos, nem conversamos a respeito, e ardem dentro da gente com um brilho escuro. Moedas perdidas no meio das cinzas, digo eu. Estou lhe contando esse lado da minha mãe, mister Rose, porque sei que devo escrever sem rodeios. É bom que saiba que por culpa disso, dos silêncios de Bolivia, foi difícil crescer ao lado dela, afirmar-se, virar adulta. Pense, além disso, que depois de cinco anos de distância chegamos aqui para conviver como desconhecidas. Não se tapa o sol com a peneira, nem os pedaços realinhados de uma moeda mudaram o fato de que nenhuma de nós três sabia, na realidade, quem eram as outras duas. Leve isso em conta quando estiver escrevendo sobre todas essas coisas. Aquilo que calávamos nos obrigava a ficar meio encolhidas, guardadas dentro de uma caixa apertada. Às vezes penso se não foi nesse embrulho de pequenas e grandes mentiras que a cabeça de Violeta ficou estranha.

É só por uns meses, disse Bolivia a dona Hermínia ao lhe entregar Violeta, cuide dela como se fosse sua filha, que eu saberei recompensá-la. Depois descemos as duas, Bolivia e eu, ao terminal. Em um dos muitos ônibus amarelos com faixa vermelha que estavam estacionados ali, eu viajaria sozinha até a cidade onde Leonor de Nava, uma parente da minha mãe, vivia com suas filhas Camila, dois anos mais velha do que eu, e Patrícia, que tinha a minha idade. Eram chamadas de Cami e Pati e como seu sobrenome era Nava, ficaram desde pequenas conhecidas como Caminhava e Patinava. Vivi com elas até reencontrar minha mãe e minha irmã na América. Apertando na mão meu cordão com a moeda, olhei pela última vez para Bolivia pela janela do ônibus. Pensei que parecia muito jovem com sua bolsa, sua camisa quadriculada e sem suas filhas, e por um instante suspeitei de que estava se desfazendo da gente. É só por poucos meses, me disse sua boca, articulando bem as palavras para que eu pudesse vê-las através de um vidro que me impedia de ouvi-las. Só por poucos meses. E depois, América!

Só por poucos meses. Mas não foram poucos, e tampouco foram meses. Tiveram que se passar mais de cinco anos para que eu voltasse a ver Bolivia e Violeta.

4

Entrevista com Ian Rose

— O que me resta é andar por aí, em matilha com meus cães, mais um animal entre animais — me diz Ian Rose, que aceitou tomar café da manhã comigo na cafeteria do Washington Square Hotel, onde me hospedo agora que vim a Nova York com o objetivo de entrevistá-lo para este livro.

Afirma que, quando percebem sua tristeza, seus cães se esforçam para serem solícitos e ficarem *sorridentes* (a palavra é dele), que agora vivem atentos a cada um de seus movimentos, como se quisessem lembrá-lo de que, apesar de tudo, a vida vale a pena. Quase todos os dias, lá nas montanhas Catskill, Rose sai para passear com eles pelas trilhas da floresta, em fila indiana e sempre na mesma formação, que é quebrada quando aparece um esquilo ou quando uma salamandra relampeja e eles enlouquecem, ou quando disparam a mil atrás de um coelho ou de um rato do mato. Rose gosta de ver como seus três cães se esquecem de seus modos na montanha, se tornam terrivelmente caninos, liberam os instintos e grudam o nariz no chão para seguir o rastro de quem sabe que eflúvios sexuais ou se entusiasmam com qualquer cocozinho que encontrem por ali. Os excrementos de outras criaturas são uma coisa decisiva para eles, ele diz; dali obtêm mais informações sobre um sujeito do que o Pentágono com seus espiões. Quando a caravana recupera a calma, parte outra vez atrás de Skunko, o mais ordinário e descabelado dos três, que conquistou o posto de líder graças a seu instinto quase infalível de sempre encontrar o caminho de volta; não importa quão longe ou perdidos estejam, Skunko dá um jeito de guiá-los de volta para casa, embora depois de uma boa quantidade de voltas desnecessárias. Atrás de Skunko sempre está Otto, o grandalhão tranquilo que Rose herdou de sua ex-mulher, e, na retaguarda, grudada em suas pernas, a cadela Dix. Vão todos os quatro, inclusive Rose, levantando ao mesmo tempo o nariz para os céus quando sentem o cheiro da fumaça de alguma queimada ou a proximidade da água; vão urinando nas pedras e nos troncos. Evitam, supersticiosamente, a curva do caminho onde Eagles apareceu escalpelado, guardam um silêncio expectante diante do rastro de um urso ou de uma raposa, pisoteiam com suas patas os mantos intactos e radiantes de neve que se espalham pelo campo, distinguem os cogumelos comestíveis dos venenosos e se deitam sobre o musgo nas clareiras da floresta, ao abrigo do sol pálido que penetra entre os galhos. Assim também iam naquela madrugada, vai contando Rose enquanto compartilhamos chá com torradas.

— Você me entende? — pergunta. — Quando Cleve morreu, eu soube que a partir dali só me restavam meus cães. Meus cães e minha floresta.

Mas às vezes os cães passavam dos limites e lhe causavam problemas, sobretudo a bela Dix, uma fêmea explosiva e jovial de pelo negro azeviche, filha de labrador e pastor alemão, louca e incontrolável por natureza, como qualquer bastardo nascido do cruzamento de raças nobres. Velhos combates a haviam deixado marcada com cicatrizes, e sua diversão era assaltar galinheiros e contribuir para a extinção de patos silvestres e outras espécies. Nessas ocasiões Rose a repreendia, sim, mas de mentirinha, no fundo se sentindo honrado quando ela lhe trazia uma presa na boca. Até que um dia Dix lhe trouxe Lili, a gata da senhora Galeazzi, uma de suas vizinhas. Lili era um cotonete suave e branco que não fazia mal a ninguém, nem sequer aos ratos, e ao vê-la transformada em uma merdinha de nada Rose teve a princípio a esperança de que se tratasse na verdade de uma pomba, mas, pelo colar, soube com certeza que era Lili, o grande amor da senhora Galeazzi, a amável senhora Galeazzi, outro cotonete branco e suave que tampouco fazia mal a ninguém. Ou seja, que aquele farrapo nos dentes de Dix era de fato Lili, e Dix a colocou, ritualmente, aos pés de Rose, olhando para cima com uns olhos doces e mansos que pediam aprovação.

— Dix, sua filha da puta — disse Rose, chorando de raiva ou de compaixão, e já estava pensando em como castigá-la quando Cleve, que ainda estava vivo e às vezes os acompanhava nas caminhadas, interferiu.

— Não a castigue, papai — pediu o jovem.

Para Cleve estava claro que havia algo de sagrado e ancestral naquela expressão da cadela, naquela conduta ritual, herdada de seus antepassados caninos e, no entanto, marcadamente humana, essa coisa de escolher uma vítima, caçá-la e sacrificá-la, mas não para comê-la; segundo ele, o esplêndido da história era a ausência de uma finalidade prática, tratava-se de algo mais complexo, da ratificação de toda uma ordem de coisas mediante o gesto de fazer uma oferenda a seu amo. O que motivava Dix? Cleve não sabia exatamente. Mas ela parecia ter claro que dessa maneira selava um pacto com um ser superior, neste caso Rose, que perante os olhos dos demais podia passar por engenheiro hidráulico, mas diante dos olhos de seus cães, era uma espécie de deus.

— Merda, Cleve — disse Rose. — Entendo a intenção da maldita cadela, mas, caralho, poderia ter me trazido um coelho.

— Ela entende que quanto mais valiosa a presa que entrega, mais homenagem lhe presta — argumentou Cleve.

— Tá bom, tá bom. Já que você domina o reino animal, explique a Dix que seu Deus só aceita coelhos. E me tire desta confusão. Se enterrarmos Lili sem dizer nada, vamos ver a pobre Galeazzi desesperada, procurando a gata por todos os lados. E se lhe confessarmos, a junta de moradores vai exigir que sacrifiquemos a Dix. Vão nos dizer que a próxima vítima vai ser uma criancinha, e suas teorias, Cleve, não vão nos servir para defendê-la.

Cleve o tranquilizou afirmando que havia uma terceira via e começou a recolher o que restava de Lili: só um nadinha com pelos. Em uma operação sigilosa, colocou os restos e o colar no asfalto justo diante da casa da senhora Galeazzi e os esmagou com uma pedra que depois atirou longe. Para que encontrassem Lili e achassem que fora atropelada por um carro.

— Se tivesse visto Cleve naquela noite, bolando o plano bandido... — diz Rose, com um sorriso tristonho. — Só lhe faltava a máscara. Mas eu me senti mal com a traquinagem. Na verdade, me senti um merda. Cleve não. Cleve tinha outra maneira de lidar com tudo. Olhe, sou um sujeito simples, sou isto que você está vendo aqui e não muito mais; no entanto, muita coisa fervia dentro de meu filho. Eu não sei nada de cerimônias e simbolismos, posso lhe dizer que meu melhor ritual deve ser esta nuvenzinha que, em homenagem a minha mãe, coloco no meu chá. O que quer que eu faça? Minha profundidade vai até aí. Por sorte a senhora Galeazzi já conseguiu outra gata, que vigia dia e noite e proibiu de sair de casa.

Ian Rose sabe muito bem que em certas circunstâncias seus cães podem chegar a ser temíveis, e não apenas Dix, mas todos os três. Sempre brincalhões e domesticados, viram feras quando farejam uma ameaça ou percebem que alguém invadiu seus domínios. Acontece raramente, mas acontece, e me diz que nessas ocasiões é assustador e até admirável ver como se agacham e se eriçam, como seus olhos ficam brilhantes e oblíquos, as articulações flexíveis e toda sua anatomia moldada à agilidade desapiedada de caçadores. Ou seja, regridem, transformam-se, em questão de segundos, nos lobos que um dia foram e começam a agir como uma matilha, com Dix à frente, transformada em amazona; o grande Otto atrás, como um tanque de guerra, e Skunko, o pequenininho, como um verdadeiro carrasco especializado em atingir jugulares. Mais de uma vez Rose teve de salvar do assalto de seus guerrilheiros caninos algum incauto que penetrou em sua propriedade ou até algum amigo que, estando na casa, fez um gesto brusco ou riu com muita força. Claro que basta que Rose acalme seus cães, acariciando suas costas e lhes dizendo pronto, pronto, tudo bem, cachorrinhos, para que imediatamente eles agitem o rabo, voltem a ser cães inofensivos e liberem a vítima que estavam prestes a destroçar. Que lhe sirva de advertência, diz Rose ao intruso, se for esse o caso, e, quando se trata de um amigo, recomenda que respire fundo, lhe dá um copo de água e pede mil desculpas pelo susto e pelo mau bocado que acabou de passar.

Naquela madrugada em particular, pouco depois da chegada do manuscrito, Rose e seus três cães haviam saído para o bosque, como sempre atrás de Skunko e sem saber muito bem para onde iam, e estavam havia duas horas caminhando quando toparam com uma ferrovia abandonada, meio camuflada na vegetação. Obedeceram como por instinto àquela espécie de ordem que os velhos trilhos impõem, a de ir seguindo seu percurso de nenhum lugar para lugar nenhum. Foram se deixando levar por ali, como se estivessem hipnotizados pela sequência de dormentes escorregadios cheios de mofo, e Rose tentava não pensar em nada que não fosse em como a distância entre os dormentes era a mesma de seus passos.

— Ou talvez pensasse um pouco na minha infância ou então na de Cleve — diz a mim. — Você está vendo como é isso; as velhas ferrovias nos trazem recordações da infância, mesmo se quando crianças não tenhamos visto nenhuma e sequer viajado de trem.

O primeiro indício de que o feitiço se quebrara foi o pelo eriçado dos cães, que levantaram as orelhas e começaram a agir nervosamente, como se farejassem no ar sinais que não conseguia decifrar. Pouco depois encontraram letreiros que advertiam *No Trespassing, Violators will be Prosecuted* e holofotes potentes que rasgavam a penumbra do bosque com jatos de luz. Rose chamou os cães com um assovio para que dessem marcha a ré e, ao abandonar a via férrea para voltar à trilha, topou com uma radiopatrulha taciturna que espreitava atrás de uma curva, com os vidros embaçados pela respiração dos policiais que, lá dentro, tomavam café em uma garrafa térmica. Depois de cinco minutos apareceu outra radiopatrulha e mais abaixo uma terceira. "Para casa! Já para casa!", gritou Rose para os cães e acelerou o passo, afastando-se depressa daquela zona vigiada onde por nada gostaria de estar.

Quiseram pegar um atalho, mas não deu certo, de modo que andaram perdidos por um bom quarto de hora até saírem na estrada asfaltada, onde toparam com a prepotência de uma barreira que impedia a passagem de veículos e pedestres. Estava sob custódia de uma dúzia de guardas tipo ciborgue, vestidos de preto ao estilo Darth Vader, mas com fuzis em lugar de sabres de luz. Sobre a barreira, um grande letreiro atravessava a via de lado a lado e, ao lê-lo, Rose sentiu que percorria seu corpo um calafrio semelhante ao que deveria sentir um caminhante da Idade Média quando ouvia os chocalhos dos leprosos se aproximando. O letreiro só dizia "Manninpox State Prison", mas para Rose, que dava seus primeiros passos na leitura de Dante, soou *Lasciate ogni speranza, voi ch'entrate*.

Sem querer, caminhara até o presídio de Manninpox. Havia anos que o estava driblando, evitando mencioná-lo e ignorando sua presença, e agora, sem mais nem menos, dava com a cara nele, como se um ímã o tivesse atraído até suas portas, como se aquele manuscrito da presidiária começasse a ter o efeito de um encantamento. Nos dois lados da estrada, da barreira para baixo, brotara uma coleção díspar de construções precárias, evidentemente destinadas à passagem e à estadia dos familiares das presas: um impessoal Best Value Inn, um restaurante engordurado que oferecia cozinha *fusion* e *thai*, um Best Burger, um Mario's Pizza, uma lavanderia e um desbotado salão de beleza chamado The Goddess Path, que anunciava cortes de cabelo, depilação e massagens. Nome estranho esse, "o caminho da deusa", sobretudo tratando-se da passagem de tantas garotas para o inferno. Além disso, havia um estande de revelação de fotografias, anunciado com a grande foto desbotada pelo sol de uma noiva empacotada em metros e metros de tule. Rose se dirigiu ao posto de gasolina e, ao entrar na loja de conveniência anexa, uma coisa chamou sua atenção.

Além dos sorvetes, dos refrigerantes, das revistas, dos chicletes, dos *snacks*, dos cartões de presente, cartões telefônicos, dos preservativos, estava à venda uma série de objetos peculiares, digamos que fora de série, trabalhos manuais tão elaborados como rebuscados e que pareciam provir de um submundo desprovido de noção estética e de senso prático. Estavam isolados em uma vitrine própria, bastante empoeirada, e cada um deles era uma pequena peça única de dolorosa inutilidade. Tratava-se de capas para Bíblia em couro trabalhado; círculos de madeira talhada representando mandalas; medalhões de contas com a insígnia do movimento Paz e Amor; capinhas bordadas para telefones celulares; chaveiros com os signos do zodíaco; sacolas de compras tecidas com fibra de poliéster. As etiquetas os identificavam como artesanato feito pelas internas de Manninpox. Rose examinou cada um dos objetos com cuidado, um a um, sacudido pela evidência de que aquilo provinha de lá de dentro. Tratava-se de partículas de um mundo hermético que haviam conseguido traspassar grades e muros para chegar até o seu lado da realidade. Assaltou-o a dúvida de se algum daqueles objetos teria passado pelas mãos de María Paz. Um dos medalhões, talvez? Uma mandala? Uma das sacolas de fibra de poliéster? Aquela bolsa azul, branca e vermelha teria sido fabricada por ela? Provavelmente María Paz havia acalmado a ânsia de seus dias na prisão ocupando suas mãos nessa série de nós que aplacariam seus nervos ou a ajudariam a matar o tempo. Precisamente essa sacola? Era uma possibilidade em um milhão, mas, de qualquer maneira, Rose a comprou. Comprou a sacola azul, branca e vermelha, pagou por ela oito dólares e cinquenta centavos mais impostos. Não sabe me dizer por que escolheu precisamente essa e não qualquer outra coisa; poderia ter levado um chaveiro de Aquário, que era seu signo, ou uma capinha para o celular que nunca quisera ter. Mas escolheu a sacola, para deixá-la em cima da cama de Cleve.

— Contado assim soa perturbador, não é? — diz para mim. — Mas é que por conta da morte de meu filho para mim tudo se transformara em sinal. Ou em amuleto, sei lá. Era como se cada coisa tivesse um significado oculto que eu tinha urgência de decifrar. Eu me aferrava ao que fosse para me aproximar de Cleve, entende? Não consigo explicar direito. Em todo caso, comprei a sacola para levá-la a ele. Claro que acabei desistindo de deixá-la lá em cima, em seu sótão; como lhe digo, era meio perturbador. No entanto, guardei-a na gaveta das minhas meias. Suponho que a escondi ali porque imaginei o que meu filho teria me dito se me visse entrar com aquele objeto. "Você enlouqueceu, pai?", era o que teria me dito. Mas eu andava mesmo um pouco louco. Muito louco. Depois de sua morte, como não poderia estar?

Do caderno de Cleve

A presidiária colombiana me surpreende, é foda de inteligente, tem uma mistura de bom senso e espertaza das ruas que me desconcerta. Está realmente empenhada em aprender a escrever, segundo diz para poder contar a história da sua vida. Não sei que crime terá cometido e me custa imaginá-la assim. Naturalmente, aqui isso nunca se pergunta: você não pergunta a ninguém por que caiu. Às vezes elas próprias lhe contam, ficam agoniadas em confessar e aí soltam tudo. Mas, em geral, são muito reservadas. É uma questão de princípio não se meter: cada detenta está pagando suas contas pendentes com a justiça, e daí em diante é simplesmente um ser humano. Nem inocente nem culpado: um ser humano e ponto. No entanto, quanto mais gosto dessa María Paz, mais me perturba a possibilidade de que seja mesmo uma criminosa. É, mais que uma possibilidade, uma probabilidade;

afinal de contas, a conheci na porra de um presídio, não em um convento. Claro que seu delito, se é que o cometeu, pode ter a ver com drogas; Colômbia e cocaína, cocaína e Colômbia são palavras que andam juntas. E isso de alguma maneira seria um atenuante. Certamente um grande chefe, um matador de cartel, um agente corrupto da Agência de Repressão às Drogas ou um banqueiro lavador de milhões seriam incompatíveis com meus parâmetros morais, mas uma linda garota cumprindo três ou quatro anos de prisão por trazer de avião uns quantos gramas de coca escondidos no sutiã? Esse pecadinho poderia ser perdoado. Quem seria eu para julgá-la, exatamente eu, que na adolescência fumei toda a erva do mundo, e ainda mais da marca Santa Marta Gold, que vinha exatamente da Colômbia? Quem seria eu para menosprezá-la se incorreu em narcotráfico, eu, que de vez em quando cheiro meu bocadinho de pó, que, além do mais, posso comprá-lo em plena Washington Square, ali debaixo do arco e embaixo do nariz da polícia? Isso no caso de ser verdade que ela caiu por traficar. Mas não sei. Talvez não tenha sido por isso e ou assunto seja mais sério. Mas, caralho, como é bonita, que rosto bonito tem a morena... Eu me faço de louco, faço o possível para disfarçar, seria grotesco usar meu trabalho para tentar transar com uma detenta, nem pensar, isso seria enfiar os pés pelas mãos, uma cagada interplanetária. Acho que até agora ninguém se deu conta do quanto gosto dela, nem sequer ela mesma, embora... Quem sabe? É que são umas malditas, ela e suas amigas. Olham para mim com ironia e sinto que durante a aula me comem vivo com os olhos. São perigosas e sedutoras como umas Circes, todas elas, jovens ou velhas, gordas ou magras, brancas ou negras. Eu, uma criança de peito, e elas, por sua vez, totens centenários. Não é à toa que Homero descreve a morada de Circe como uma mansão de pedra no meio de uma floresta densa. E que outra coisa é Manninpox? Sinto que a colombiana tem muitas expectativas em relação a mim e me fode saber que vou decepcioná-la, isso não tem remédio por mais que eu tente outra coisa. É como se ela esperasse tudo de mim, quando não está em minhas mãos lhe dar nada. Gosto desses exercícios escritos que me entrega na aula, me sinto bem sentando aqui, sozinho no meu sótão, lendo suas histórias; as loucuras que conta me ajudam a suportar o silêncio desta montanha. Gostaria de lhe poder dizer que a poderosa é ela, que eu bebo de sua força, que é ela quem cuida de mim, ali de sua cela, e não o contrário. Poderia jurar que, de nós dois, quem vai sobreviver é ela. Suas histórias são meio lúgubres, mas ela lhes imprime uma carga humana que as ilumina, e sua voz de Sherazade vai me levando de noite em noite. Que engraçado, escrevo "Sherazade" e o corretor automático do meu computador troca a palavra por "choradeira". Volto a escrever Sherazade e volta a aparecer choradeira. Tudo bem, me rendo, ele tem razão; está tentando chamar minha atenção sobre a cafonice da frase. Digamos, então, que a garota colombiana se transformou em minha choradeira noturna.

Entrevista com Ian Rose

Ao lado da prepotência branca e iluminada do letreiro que anunciava a Manninpox State Prison, Ian Rose viu outro, pequeno e humilde, que dizia em espanhol, em letras já borradas, Mis Errores Café Bar. O café de Cleve. Rose e seus cães haviam ido parar nem mais nem menos que no café que Cleve frequentava. À merda, pensou Rose, é como se tudo estivesse predeterminado. Caminhou até a porta e entrou como um detetive na cena do crime, como se temesse apagar alguma pegada que seu filho tivesse deixado flutuando por ali. Mas o lugar estava deserto e sem graça e, na realidade, não lhe disse muito. Em cima das mesas pendiam os semicírculos vermelhos de umas lâmpadas plásticas cagadas pelas moscas, e a lona azul que forrava os bancos estava desgastada nas costuras, deixando aparecer as tripas de espuma de borracha. No balcão, Rose pediu uma Coca Zero para si e água para os cães, sentindo vontade de pedir também um pingado para Cleve. Era o que seu filho sempre pedia, um pingado, colocando uma pitada de açúcar.

— Olhe para elas — disse o barman, apontando com o queixo as mulheres do salão de beleza que ficava no outro lado da rua, bem na frente do Mis Errores. — Está vendo? Não só te penteiam, irmão, também te pelam. Preste atenção na mais alta. Antes de trabalhar ali, ficou presa em Manninpox. E não ache que é a única, fiquei sabendo de várias que ficam livres, mas não sabem aonde ir nem o que fazer, porque não têm casa nem profissão, nem família que as queira nem cachorro que lata para elas. Essas ficam aí, plantadas onde as largam. Juntam-se e dividem um quarto de tarifa mensal no Best Value e, quando não estão muito arrasadas, chegam no Goddess Path para trabalhar como manicures ou massagistas. Nem preciso dizer que tipo de massagens, se é que me entende.

— Na verdade, não me interessa — disse Rose, cravando a vista em seu copo e agitando-o para fazer soar as pedras de gelo, em sinal de que não queria se meter em nenhum tipo de conversa.

— Quer ver a prisão? — O sujeito insistia em puxar assunto. — Da estrada não dá para ver, mas do sótão daqui se vê sim. É um espetáculo, eu garanto.

Rose respondeu que não, mas o barman continuou pressionando, querendo tranquilizá-lo dizendo que não cobrava nada, que antes sim, cobrava, quando tinha binóculos à disposição do cliente, mas não mais.

— Eu cobrava dos turistas — continuou dizendo o sujeito, embora Rose evitasse seu olhar. — Muita gente sobe pela estrada até aqui só para conhecer o presídio, e não me refiro apenas aos familiares das presas. Estou falando de pessoas normais, turistas que ficam decepcionados quando se dão conta de que Manninpox fica escondido atrás de todas essas árvores. A ideia de deixar uns binóculos no sótão para a clientela foi do meu amigo Roco. Uma ótima ideia, isso eu garanto; ganhávamos um bom dinheiro extra. Cobrávamos um dólar por cada três minutos de observação. Daqui onde está me vendo, eu sou dono deste estabelecimento, supervisionava tudo e atendia no bar, enquanto Roco se encarregava de cronometrar e cobrar pelos binóculos. Como essa atração tinha boa demanda, o local ficava cheio e aumentava o consumo de bebida e comida. Um espetáculo. Com sorte, era até possível ver as presas sendo encaminhadas aos ônibus para serem levadas à audiência. O detalhe humano, entende? São encaminhadas em fila indiana, cada uma amarrada pelos pulsos, cintura e pés e além disso acorrentada às demais. Um verdadeiro espetáculo, acredite; nem Houdini conseguiria se safar. E elas mal conseguem caminhar assim, parecem patos avançando aos pulinhos. É a *fish line*, como a chamam, e daqui dava para ver todas como de uma tribuna de honra. Agora não mais; isso era quando tínhamos os binóculos. Recordo uma detenta em particular, uma mulher jovem, linda, que chorava ou fungava e tentava limpar o nariz com um lenço que tinha na mão, mas, claro, a corrente a impedia, eu gostaria de poder ajudá-la, juro, e se pudesse a teria soltado, pelo menos se limparia. Os binóculos eram alemães, quer dizer, bem finos, que comprei de segunda mão, mas estavam em perfeito estado, com tudo nos trinques e um estojo de couro de leitão, mas as autoridades resolveram confiscá-los, ameaçando me prender se continuasse xeretando o que acontecia no presídio, e assim foderam o meu negócio. Mas se você quiser subir ao sótão, então suba, vá em frente, o edifício pode ser visto a olho nu. Perde-se o detalhe humano, mas dá para ver a arquitetura. Manninpox é um verdadeiro monumento, vale a pena, não vai se arrepender. Foi construído em 1932 por Edward Branly, um gênio da época, o senhor não deve ter visto nada parecido com o que esse homem foi capaz de idealizar, pelo menos não deste lado do Atlântico. Se conhece a Europa talvez sim, mas neste país? Neste país não verá nada igual.

— Finalmente aceitei e subi — conta Rose. — Talvez porque precisasse fazê-lo, embora recusasse. Tinha que ver tudo aquilo com os olhos do meu filho. Não foi por morbidez, eu lhe garanto. Suponho que os turistas soltassem o dinheiro por três minutos de voyeurismo. Mas eu não. Eu aceitei porque, finalmente, ia conhecer o lugar que monopolizara as atenções e a paixão de Cleve durante os meses que antecederam sua morte. Por isso aceitei, porque aquilo me falava do meu filho, e também porque ali continuava presa aquela menina, María Paz, e ultimamente eu andava matutando sobre sua história, relendo o manuscrito e me perguntando sobre sua autora.

O fato é que Rose subiu ao sótão do Mis Errores e ficou observando. Teve que admitir que o dono do estabelecimento tinha razão. Aquilo não era nenhum bloco uniforme e cinzento, como havia imaginado; era uma verdadeira ousadia arquitetônica no meio da floresta, em forma de castelo europeu de estilo incerto, a meio caminho entre o medieval e renascentista. Diante de seus olhos surgiu um imponente castelo de pedra com paredes maciças, um par de torreões sólidos, portões de arco de meio ponto, janelas estreitas com barras de ferro terminadas em ponta de lança, sacadas, capela e fosso seco ao redor. Quis relacioná-lo com alguma coisa que lhe fosse familiar e achou que aquilo era uma espécie de réplica americana da fortaleza de Pinerolo, onde ficou trancado o infeliz da máscara de ferro, ou uma versão tipo Novo Mundo da Torre de Londres. Todo o conjunto recriado com uma obsessão mórbida pelo detalhe. Algo como uma Disney World do horror, e Rose achou que só faltava um *hit parade* com as detentas levantando as pernas em uníssono, como as Rockettes no Radio City Hall, mas de minissaia de listras brancas e pretas. Para completar o quadro de doentia hiper-realidade, só faltava que acrescentassem uma visita guiada à câmara de tortura, ou um espetáculo de som e luz sobre um cadafalso público que fascinasse a multidão. Aquilo lhe deu a impressão de que a construção era um museu de cera, em que cobravam 25 dólares pela entrada de adultos, quinze de crianças e nada para maiores de 70 anos e menores de 4: "Visite uma escura prisão da Idade Média, *unique experience, don't miss it!*" Com a atração adicional de que não estaria povoado por figuras de cera, mas por presas de carne e osso. Vista de fora, a prisão de Manninpox era um *ersatz*, um *trompe l'oeil* concebido e construído antes de tudo para atrair a atenção, para impactar o público, enfim, para entreter.

Rose não sabia como descrever mais aquilo, nem como explicar a razão de ser daquela espetacular demonstração de poder justiceiro e de força coercitiva, aquela demonstração da grandeza dos juízes, das autoridades, dos promotores, dos zeladores, dos guardiões, dos vizinhos honestos e dos demais cidadãos de bem, diante da presumível insignificância e infâmia dos prisioneiros. Alguém, mais exatamente o Estado americano, havia se dado ao trabalho e investira milhões de dólares para construir aquele monstro com o objetivo de impressionar e dar lições. Mas a quem? Difícil decifrar neste caso, levando-se em conta que a prodigiosa construção não era visível a ninguém, ao menos que você subisse ao sótão do Mis Errores. Começando pelas próprias detentas, destinatárias do castigo, porque uma vez lá dentro não poderiam contemplar a fachada; a veriam, em suma, uma vez, fugazmente, no dia em que chegavam para ser encarceradas, e, com sorte, uma segunda vez, na data de sua libertação, quando Manninpox estivesse refletida no espelho retrovisor do ônibus que as afastava dali.

Do caderno de Cleve

Matamos as pessoas que matam para que os demais saibam que não é bom matar? Quem fez a pergunta foi Norman Mailer, e é uma boa pergunta. E sem falar da prática de exibir o castigo de uns como espetáculo para os demais. Assim somos. A humanidade civilizada presenciou os últimos casos de enforcamento em praça pública há relativamente pouco tempo — o século XX já estava bem avançado quando foi registrado o último —, e, afinal, que avanço significou a injeção letal, essa hipocrisia asséptica que exibe o condenado atrás de uma vidraça diante de um público circunspecto acomodado em um teatrinho para testemunhar sua morte? E qual é a distância entre o antigo penitente pregado na cruz e o réu de hoje, amarrado com correias de couro a uma maca com os braços esticados, também em cruz? Sinto nojo da grotesca falta de sentido de Manninpox, mesmo como construção: me causa repugnância sua arquitetura estrambótica e pretensamente aristocrática. E, afinal de contas, quem somos? *How fake can we get?* A quanta palhaçada ou a quanta crueldade estamos dispostos a recorrer com o objetivo de nos ancorarmos a um passado prestigioso que não temos?

Entrevista com Ian Rose

Rose percebeu que, diante da altura e das dimensões da fortificação insólita que era Manninpox, o Best Value Inn e as construções limítrofes pareciam casinhas de papelão, e que o Mis Errores era ínfimo e arruinado, um lugar realmente miserável, como se toda a desolação do mundo se concentrasse em umas poucas mesas, ou como se todas as moscas do mundo tivessem feito um acordo para irem cagar naquelas lâmpadas vermelhas de acrílico, que produziam uma luz tão branda que de fato encolhia a alma.

— Hoje não há ninguém por aqui porque não é dia de visita. As únicas visitas são aos sábados, às 14h, e isto aqui fica abarrotado de pessoas que vêm ver as garotas. Em outra época vinham de trem, mas não há mais trem, e por isso vêm de carro particular. Ou de táxi. — O dono do bar ia repetindo às costas de Rose uma ladainha semelhante à de um guia turístico. — Muitos chegam de táxi, passam a noite no Best Value e esperam até a uma, quando são recolhidos por minivans brancas da prisão e levados até lá dentro. Dá pena vê-los; os guardas os tratam exatamente como se eles também fossem delinquentes, não têm paciência, jogam insultos quando não entendem as instruções. É que a maioria das presas são *spics*. Ou *african american*. Negras ou latinas, a grande maioria; não espere encontrar muitas brancas. Alguns familiares vêm de longe, sobretudo do México, da República Dominicana ou de Porto Rico. E da Colômbia. Cada dia há mais presas colombianas, flagradas com drogas, sabe, Pablo Escobar, os cartéis, essa história. Às 18h os familiares já estão aqui de volta, pois a visita termina às 17h. É uma desgraça ser parente de uma detenta. As pessoas têm pena delas, mas não pensam nos familiares, quase sempre velhos com crianças. Muito filho de presa fica com os avós. Imagine, eles têm de pagar aos taxistas para que os tragam até aqui, fiquem esperando e depois os levem de volta. Os taxistas são meus melhores clientes, os que mais consomem; ficam aqui vendo uma partida de futebol na televisão ou jogando cartas, e com o que ganham pela corrida podem pedir tudo que está no cardápio. Por sua vez, os familiares às vezes são uma praga, já digo, chegam duros depois de gastar com a viagem, a começar pela passagem de avião, e quem acaba pagando o pato? Ora, eu, quem mais? Usam meu bar como antessala e ocupam as mesas durante horas, usam o banheiro, fazem a barba ou se penteiam no lavabo, adormecem nos bancos e mal tomam um café ou um refrigerante, porque não consomem muito mais do que isso. Os piores são os pueblanos, ou seja, os que vêm de Puebla. Chegam às dúzias e trazem comida de sua terra, pimentas e coisas picantes e, sobretudo, tortilhas, que mania com as tortilhas, eu tenho que proibi--los de entrar com comida e até pendurei um cartaz na entrada com um o aviso, pode vê-lo lá fora. Diz: "Prohibido entrar con comidas o alimentos", assim em espanhol, porque o coloquei basicamente para que os pueblanos ficassem sabendo. Quem o redigiu foi Roco, e eu pintei as letras na tábua; digamos que ele foi o autor intelectual e eu o autor material desse cartaz, que na hora da verdade não tem adiantado tanto assim. Ouça, senhor, tento explicar aos pueblanos, "eu vender comida, você comprar". Desde que

Roco se foi, ele que sabia espanhol, vem sendo difícil me fazer entender. Ficam loucos e pedem um único prato, como espaguete ou almôndegas, uma única porção para dividir entre vários. Você tem que entender o meu lado quando digo que isso para mim não é negócio, e o pior é que deixam em um lado a massa, tiram do embornal tortilhas e *feijõezinhos* e com minhas almôndegas fazem tacos, não há quem lhes tire essa mania. Por isso me entendo melhor com os taxistas, sim senhor, muito melhor. Dá até para conversar com os taxistas. É bom lidar com gente que fala seu próprio idioma e que se comporta normalmente, gente na qual você pode confiar, sabendo que se pedir espaguete com almôndegas vai comer as almôndegas e também o espaguete.

— E o nome? — perguntou Rose, recordando que certa vez havia visto este nome em algum lugar, Mis Errores Café Bar, talvez em uma das histórias de Cleve.

— Não fui eu quem o colocou, foi Roco. Os pais dele são da Costa Rica. A ideia foi de Roco.

Ao voltar para casa, Rose escondeu a sacola de poliéster na gaveta das meias e depois foi ao sótão para revirar os documentos de Cleve. Nunca antes fizera aquilo, nem sequer passara por sua cabeça — parecera-lhe antes uma invasão de privacidade, mas agora estava dominado pela necessidade de saber mais. Sua cabeça queria entender em que espécie de mundo seu filho esteve enfiado, um mundo no qual prisioneiras pirogravavam mandalas em couro nas torres de um falso castelo medieval. Cleve era um rapaz organizado que arrumava meticulosamente suas coisas; não seria difícil encontrar os papéis dos tempos em que era professor da oficina em Manninpox.

A tarefa não consumiu mais de uma hora de Rose. O prenome verdadeiro de María Paz estava ali, e também seus sobrenomes, seus dados, sua idade, sua nacionalidade, até seus exercícios e tarefas para as aulas de Cleve, páginas e páginas manuscritas com novos fragmentos autobiográficos que completavam o que Rose já havia lido. Havia até fotos da garota em uma cópia da ficha de registro da prisão. Eram as famosas fotos de frente e perfil com plaqueta numerada no peito e exibiam uma mulher bastante impressionante, de olhar sombrio, boca grande e cenho tão franzido que as sobrancelhas se encontravam. Esta, então, era María Paz, e por fim podia vê-la: desafiadora, despenteada e contrariada. Tomada pelo demônio. Esta ferinha deve lhes dar trabalho, pensou. Mas, ao mesmo tempo, era atraente. Rose teve de reconhecer que era uma jovem sedutora, e que isso certamente não teria escapado a Cleve. Era morena, de traços latinos bem-definidos e cabelos indômitos que se negavam a ficar presos atrás, tal como devem ter lhe ordenado, para que suas orelhas ficassem expostas na foto. Mas aquela não era uma cabeleira que ficasse quieta ou obedecesse ordens de quem pretende classificar as pessoas pela forma de suas orelhas. Aquela era uma cabeleira que escapava em chumaços rebeldes como plantas trepadeiras, ou cobras-d'água que podem picá-lo se você se aproximar. Uma cabeleira como a de Edith, pensou Rose.

— Mãe de Deus, Cleve, que criatura... —, disse em voz alta, observando a foto. — Que olhar de não se meta comigo o da sua amiguinha. Este é um animal encurralado que acaba de compreender que a luta é mortal.

Rose acabara de ficar sabendo a verdadeira identidade da mulher, havia visto sua foto, já conhecia sua aparência e agora precisava saber mais. Tinha pressa de se inteirar de qual fora seu crime; talvez tivesse algo a ver com a morte de Cleve. Em um primeiro momento, a internet não lhe revelou nada sob o nome real, mas não se deu por vencido e continuou procurando.

— Não estou dizendo que a culpava pela morte de meu filho — diz a mim. — Nem poderia fazê-lo, pois ela devia estar presa quando aconteceu o acidente com a moto. Ou talvez não. Eu me deixava guiar pelo olfato, e tudo parecia me indicar que andava atrás das pistas de alguma coisa.

"Quer ver a única informação que encontrei na internet sobre o crime de María Paz? — pergunta-me então. — Havia aparecido meses antes no *NY Daily News* e eu a encontrei com o Google, imprimi e a tenho aqui. Leia se quiser; referem-se a María Paz como "a esposa do assassinado" e a acusam diretamente de ter liquidado o marido. Pode ficar com ela. Só lhe peço uma coisa: se a divulgar, tire os nomes próprios. Já sei que aparecem na internet, mas pelo menos que não seja por minha culpa. Cleve não teria me perdoado. Tire os nomes próprios e os substitua por XXX.

EX-POLICIAL BRANCO ASSASSINADO, VÍTIMA DE ÓDIO RACIAL. Na noite de quarta-feira, na esquina de XXX com XXX, foi encontrado sem vida o corpo do ex-policial XXX, assassinado com arma de fogo por uma suposta quadrilha motivada pelo ódio racial. De acordo com repórteres policiais, a vítima foi atingida sete vezes e um dos tiros atingiu seu coração, penetrando no ventrículo esquerdo e causando a morte. O exame do cadáver revelou que apresentava outras cinco feridas infligidas *post mortem* com arma branca, uma no peito, uma em cada mão e uma em cada pé. O ex-policial de 57 anos estava havia oito aposentado do serviço público e trabalhava ultimamente como segurança de uma empresa de pesquisas de opinião. Na noite do crime, estava desarmado e de pantufas. Antes de fugir, os assassinos escreveram em uma parede a frase *Racist pig*. XXX, esposa do assassinado, foi detida horas depois no apartamento que o casal compartilhava a poucas quadras do local do crime, onde foi encontrado o punhal Blackhawk Garra II com o qual a vítima foi ferida e que agora consta como evidência física em custódia das autoridades pertinentes. O punhal havia sido embrulhado em papel de presente, com um cartão de aniversário em nome da vítima. A mulher, de 24 anos de idade e origem colombiana, trabalhava como pesquisadora na mesma empresa onde a vítima era segurança. Lá se conheceram anos atrás, e quase em seguida contraíram matrimônio pelo ritual católico. Comprovou-se que, não tendo documentos, XXX se fez contratar apresentando à empresa documentos falsos e, posteriormente, legalizou sua situação migratória mediante matrimônio com o policial aposentado, este sim cidadão norte-americano e 37 anos mais velho do que ela.

Merda, as pantufas, pensara Rose ao ler aquilo. O que mais o impressionou foi o "detalhe humano", como teria dito o dono do Mis Errores. Um velho policial que sai de pantufas ao encontro da morte. Rose se perguntou se Cleve teria sabido, ou pelo menos suspeitado, de que a amiga gatinha era uma assassina de sangue frio. Mas a mínima dignidade que deve se dar à vítima não é a de morrer vestido e calçado? O detalhe humano. E sem falar do toque arrepiante de embrulhar para presente a arma homicida, dedicando-a à vítima exatamente no dia de seu aniversário. Que tipo de animal era a tal da María Paz?

— Ora, ora, sua colombiana é uma bandida perigosa... Onde você andava metido, garoto, com quem se misturava... — disse Rose pai à memória do filho, em seguida voltando a mergulhar no Google para pesquisar sobre punhais do tipo Blackhawk Garra II, como o que haviam encontrado na casa de María Paz embrulhado em papel de presente. E apareceu no Google, porque no Google aparecia tudo; segundo as fotos do catálogo, tratava-se de um objeto repugnante: uma navalha curva, automática, que, como seu nome indica, tinha a forma de garra, garra que desgarra, terminada em uma unha que espeta e penetra. De aço negro, aquela coisa asquerosa, quase azul, extremamente afiada, com uma empunhadura torneada para que os dedos se apoiem em um grip perfeito, um brinquedinho sádico que em um piscar de olhos deve ter traspassado a carne do policial, cortando como se fosse manteiga a sola felpuda de suas pantufas, a planta de seus pés e a palma de suas mãos.

Era imaginável e até compreensível que uma garota bonita se entediasse com um marido velho, que o tivesse usado para legalizar sua situação e que odiasse o preço que tinha de pagar por isso, como a dependência do Viagra e outras limitações. Até aí a coisa tinha certa lógica. Mas chegar ao ponto de apunhalá-lo de pantufas? Juntar-se com meia dúzia de amigos escuros e jovens como ela e também dançarinos de salsa para espetar o pobre gordo até a morte com uma Blackhawk Garra II? Rose se sentiu incomodado em seu próprio quarto, a caverna agradável em que se refugiava desde que fora abandonado por Edith; não de todo incomodado, na verdade, porque, afinal, dormir sozinho tinha lá suas vantagens, ele era uma pessoa que à noite roncava, tossia e peidava, e era mais cômodo fazê-lo sem testemunhas. Mas naquela noite nem seu quarto lhe dava sossego, e ele dormiu aborrecido com toda aquela história turva de um policial massacrado por sua própria mulher; o angustiava horrores a possibilidade de que seu filho Cleve tivesse alguma conexão com aquilo, mesmo que fosse indireta e remota.

Foi acordado à meia-noite pela suspeita de que Emperatriz, sua faxineira dominicana, talvez o odiasse como a colombiana odiara seu marido, o ex-policial branco. Que Empera fosse amável e serviçal só para manter as aparências, que lhe entregasse as pantufas com intenções nefastas e que às suas costas murmurasse os motivos de seu desprezo por ele, aquele branco que a escravizava por um punhado de dólares, algo do tipo. E depois foi assaltado por uma dúvida ainda pior: Edith teria tido razão naquela época, ao se afastar e afastar o menino de Bogotá? Todos os seus empregados os teriam odiado, a eles, os branquinhos e riquinhos para quem tinham que dirigir o carro e esfregar o chão e ir ao mercado e cozinhar e lavar banheiros e cuidar das plantas...? Rose e sua família teriam lhes provocado uma ira secreta e uma violência inconfessável, como Edith suspeitava? Uma coisa era certa: entre os operários da companhia, havia guerrilheiros infiltrados, dispostos a sequestrar o primeiro chefe gringo que se descuidasse. Para os Rose não fora fácil viver com a espada de Dâmocles e por isso Ian não tentara dissuadir Edith quando ela anunciou que chegara ao limite de sua resistência. E tantos anos depois, já nas montanhas Catskill e às 2h da madrugada, no meio da insônia e da confusão de lençóis, o complô latino ia crescendo em ritmo exponencial na cabeça reaquecida de Rose. María Paz, Empera e os empregados bogotanos confabulavam com operários e guerrilheiros para atentar contra os anglo-saxões, que planejavam assaltar e apunhalar assim que se descuidassem e calçassem suas pantufas, ou adormecessem de todo. Não havia defesa possível — todo o Sul estava desabando em cima da civilização ocidental, o explosivo e atrasado Sul, o abandonado e temível Sul, com seus milhares de ferozes inimigos de gringos que vinham subindo em hordas encabeçadas por María Paz e Empera, que eram as líderes dessa grande invasão que avançava pelo Panamá, atravessava a Nicarágua, se deixava vir como um tsunami pela Guatemala e o México e se tornava irreprimível quando penetrava pelos buracos da vulnerável fronteira americana. A maré negra do Sul já estava em cima dos do Norte, estava dentro, limpando suas casas, servindo comida em seus restaurantes, colocando gasolina em seus carros, colhendo suas abóboras na Virgínia e seus morangos em Michigan, dia após dia lhes dizendo *have a nice day* com péssimo sotaque e sorriso falso... e escondendo Blackhawks Garra II no bolso, invejando seu sistema democrático e dispostos a lhes arrebatar seus bens. Os bons, que já haviam perdido o Texas, a Califórnia e a Flórida, agora perdiam também o Arizona e o Colorado. O Novo México e Nevada já eram bastiões do inimigo, e pouco a pouco os outros estados iriam caindo nas mãos dos maus. A menos que Ian Rose conseguisse reagir e apaziguar as investidas de suas crises de ansiedade. Assim lhe dissera o médico que se chamava aquilo, crises de ansiedade. Haviam começado devido à morte do filho e, para controlá-las, lhe receitara Effexor XR, de que Rose não gostava porque o deixava meio tonto e porque tinha a esperança de que com o tempo a coisa fosse melhorando por si só.

Como sinto calor, pensou, trocando o pijama empapado de suor. Precisava se acalmar, recuperar o ponto de equilíbrio. Melhor sair do quarto, que havia sido o congestionado cenário de seu pesadelo, e ir para a cozinha, sempre mais fresca, para pisar com os pés descalços nas lajotas frias, abrir bem as janelas, trocar a água da tigela dos cachorros e tomar um bom copo de suco de maçã com muito gelo. Voltou para a cama, mas não queria dormir por temer que voltassem as alucinações e por isso ligou a televisão e assistiu pela enésima vez a *Sinfonia de Paris*, com Gene Kelly. Lutava contra o sono também por outra razão: suspeitava que, se adormecesse, iria parar de novo em Manninpox, aquele lugar que o repugnava e ao mesmo tempo começava a seduzi-lo, como seduzira Cleve. Acordado, poderia evitar sua influência, mas, adormecido, quem sabe, adormecido corria o risco de deixar se levar até lá, sonâmbulo, como hipnotizado no meio da floresta, traído por seus próprios passos, que o transportariam até aqueles muros porosos e o obrigariam a atravessá-los, a penetrar contra sua vontade no meio das pedras, a cruzar os pátios escuros e a percorrer os corredores lúgubres, que cheirariam, como os circos, a uma péssima mistura de urina e creolina; suas até agora nobres botas Taylor & Sons, em um ataque de teimosia, iriam conduzi-lo até as próprias entranhas daquela construção, até seu coração ardente, ou seja, às apertadas fileiras de celas, onde a respiração feminina estaria grudada nas paredes como manchas de umidade, e onde o bando de leoas enjauladas estaria o esperando, a ele, Ian Rose, para lamber sua cara ou destroçá-la com uma patada. Apesar do suco de maçã, os pesadelos não cediam, e Rose não teve outro remédio a não ser tomar o Effexor que tentara evitar naquele dia. O sono foi vencendo-o ao amanhecer e ficou profundo na metade de *Quanto mais quente melhor*, outro filme que também sabia de cor. Depois não soube como conseguira se defender, apesar de seu estado de inconsciência, nem a que mastro se agarrara, como Ulisses, para se conter diante dos cantos de sereia das detentas de Manninpox; o fato é que, já bem entrada a manhã, acordou são e salvo em sua própria cama, ou melhor dizendo, o despertaram os seus cães, que não entediam por que àquela hora ainda não haviam comido nada nem passeado.

Mais tarde, embaixo do chuveiro, uma ideia surgiu na cabeça de Rose, embora "ideia" não fosse a palavra certa: foi mais bem o clarão de uma imagem que o assaltou junto com uma inquietação vinda do passado, de seus anos na América do Sul: a figura solitária de um homem cravado em uma cruz, um condenado à morte. Um crucificado. Era isso, entendeu imediatamente. O assassinato do policial não fora motivado pelo ódio racial, como dizia a notícia do jornal. Aquela frase, *racist pig*, bem poderia estar no muro desde antes do assassinato; deveriam existir muitos grafites do estilo em um bairro multirracial e conflagrado como o de María Paz; não à toa os vizinhos andavam protestando. O assunto do *ex-cop* era outra coisa. Havia sido uma crucificação. Uma crucificação sem cruz. As feridas feitas com um punhal no corpo do morto eram as mesmas do Cristo crucificado, uma em cada mão, uma em cada pé e a quinta no tórax. São os estigmas, compreendera Rose de repente, ali mesmo, sob o jato de água quente. Sabia bem o que eram os estigmas, teve de aprender em Bogotá. Rose não era um homem religioso e jamais se interessara por essas coisas, mas o assunto se tornara premente a partir do momento em que seu filho Cleve, então com 7 anos e certamente devido aos ensinamentos recebidos no colégio bogotano, anunciou que dali em diante ia ser católico e, além disso, padre. Edith ficara horrorizada, para ela fora mais um pretexto para odiar Bogotá. Ian, por sua vez, não o havia levado a sério, faça o que quiser, meu filho, dissera a Cleve, você decide, pode ser católico se gosta disso, desde que não chegue a Papa. Mas quando o menino começou a jurar que via o Coração de Jesus nas cascas das árvores, Ian Rose achou que o problema ficara sério e começou a pesquisar. O Cristo que conheceu então nas igrejas barrocas do centro colonial de Bogotá não tinha nada a ver com o bom burguês incorpóreo e equânime que havia recebido como herança de sua família protestante. O Deus sul-americano era, por sua vez, um sujeito de origem popular, um herói plebeu que atraía as multidões com seus arroubos melodramáticos, um pobre entre os pobres que sofria e sangrava assim como eles, um Senhor das Chagas, um Amo das Dores, que fascinava as multidões com seu dom de exibicionismo masoquista. Assustou-o que seu filho fosse educado nessa mentalidade, a seus olhos extremamente distorcida, e essa foi uma das razões para que não opusesse que Edith tirasse o garoto da Colômbia. E agora, tantos anos depois, Ian Rose achou de repente, ali embaixo do chuveiro em sua casa das Catskill, que Greg, o ex-policial, fora assassinado através da crucificação, mais ou menos. Seu assassinato havia sido um ritual, aí estava a chave, e não uma questão racial, como alegavam os jornais. E, em todo caso, por que Rose haveria de acreditar nos jornais? Desde quando dava atenção a suas manobras? María Paz dera uma versão diferente dos fatos e por isso, de toalha e ainda espalhando água, Rose caminhou até a escrivaninha, tirou o manuscrito da gaveta e releu um par de vezes essa parte. Ela afirmava que era inocente, e seus argumentos não deixavam de parecer convincentes. Mas então, se era esse o caso, quem, afinal, crucificara seu marido? Um bando de antibrancos irados, como alegava o *New York Daily*, ou de fanáticos religiosos? E o Blackhawk embrulhado para presente que encontraram no apartamento?

Do caderno de Cleve

Paz: é assim que María Paz quer que a chame. Paz. "Minha Paz", escrevi outro dia. Não sei com que direito usei o possessivo me referindo a ela, que é tão de si mesma e tão de mais ninguém. "Minha paz lhes entrego, minha paz lhes dou", assim rezava o padre colombiano nas missas das sextas-feiras no colégio de Bogotá, de repente me recordo. É espantosa a quantidade de recordações daquela época que estou recuperando nesses dias. "Minha paz lhes entrego, minhas paz lhes dou", rezava o padre, e eu achava que estava dizendo "meus passos lhes entrego, meus passos lhes dou" enquanto repetia a frase com voz gutural, sentindo-me sintonizado com os outros e tão católico quanto eles. E então haveria ali um cântico litúrgico muito sensível que era meu favorito, que tratava da ânsia da alma e que em suas notas altas dizia "eu tenho *sede* ardente, eu tenho sede de Deus". E o neocatólico em que estava me convertendo, fanático como qualquer converso, cantava "eu tenho *seda* ardente". Seda ardente, assim me soava e assim eu repetia, de joelhos e com os olhos fechados, consumido pela emoção, em plano místico total, ao ponto que um dia confrontei meus pais, que são protestantes, suponho, não sei, talvez não sejam nada, em todo caso os confrontei ao informá-los que eu pessoalmente seria católico, apostólico e romano. Minha mãe ficou muito alterada, mas meu pai simplesmente riu. E, embora nunca tenha me tornado católico — e, se vier ao caso, tampouco protestante —, de qualquer forma continuo um pouco possuído pela sede ardente, ou a seda ardente, e me debato contra a tendência universal de substituir os deuses do Olimpo pelas estrelas de Hollywood. Coisa péssima essa tendência generalizada de dessacralizar. Digo, para mim: coisa péssima para mim, que quero ser romancista e estou convencido de que, no fundo, todo bom romance não passa de um ritual camuflado cujo único grande dilema é a condenação ou o perdão. E que basta escavar nele para encontrar entre seus personagens a vítima e o algoz, o crucificado e o crucificador. Também creio que seu argumento, sejam quais forem as variantes, sempre trata mais ou menos do mesmo: culpa e expiação. Se não, perguntem a Fedor.

Entrevista com Ian Rose

Já um pouco mais sereno, Ian Rose chegou à conclusão de que para sair do tormento das dúvidas e afugentar os fantasmas a única opção era se armar de coragem, tentar encarar o fato irreversível da morte de seu filho e começar a averiguar as circunstâncias não inteiramente claras que a cercavam. Vou enlouquecer se não fizer isso, pensou, se continuar assim vou parar no manicômio e então quem vai cuidar dos meus cães? Por isso, às 8h da quarta-feira seguinte estava pedindo suco de laranja, *cappuccino*, panquecas com xarope de bordo e ovos fritos com salsicha no Lyric Diner, que servia o café da manhã favorito de Cleve em Nova York, uma lanchonete dos anos 1950 na Terceira Avenida com a rua 22.

— Você vai ver, papai — assegurara Cleve na primeira vez que o levara àquele lugar. — Aqui só demoram seis minutos para servir todos os triglicérides que pedir.

E era verdade: os garçons não haviam demorado mais do que isso, seis minutos exatos, para trazer tudo à mesa. Cleve cronometrara o tempo para provar a seu pai que era verdade o que estava dizendo, e, além disso, os garçons eram tão eficientes como austeros, coisa que Ian Rose apreciou, porque nada o desagradava mais do que aquela amabilidade interesseira e melosa que se espalhara pela cidade. Mas não no Lyric, ali não o recebiam com um sorriso impostado nem se despediam com um gélido *have a nice day*. Os rapazes do Lyric iam das mesas à cozinha dizendo "olhos cegos!" para pedir ovos pochê; "virados", quando se tratava de fritos estrelados ou "destrocem-nos!", quando o cliente queria ovos mexidos.

Desta vez Rose estava sozinho e sem muito apetite e por isso só comeu menos da quarta parte da montanha de comida que lhe trouxeram antes de afastar os pratos com os restos para o lado e pedir uma folha de papel e uma esferográfica para anotar o que em algumas horas teria de perguntar a Pro Bono, o advogado de María Paz. Depois sentiu que os austeros garçons do Lyric o fulminavam com o olhar; não haviam gostado que tivesse transformado a mesa em escrivaninha, porque, se eram rápidos para atender, da mesma forma o expulsavam dali com o último bocado ainda na boca, para que o próximo freguês ocupasse seu lugar. Rose recolheu seus pertences sem que tivesse escrito nada no papel, porque afora o óbvio não sabia o que mais perguntar ao advogado, e, além disso, que tanto você pode perguntar em dez minutos, nos dez minutos que lhe haviam sido concedidos para a entrevista, na realidade quase nada, apenas *hello-goodbye* e fora. Ao sair do Lyric, caminhou até a Strand, a livraria que costumava vender os trabalhos de Cleve, e entrou para checar se ainda havia algum por ali. Encontrou uma pilha deles em um canto perdido, em promoção: de doze dólares para 3,50. Sentiu uma pontada no peito. Enfiou todos em um carrinho e se dirigiu ao caixa, eram quinze no total e compraria todos, os levaria com ele e os conservaria em casa porque lhe havia doído vê-las em promoção e largadas. Sentira aquilo como uma imensa degradação, um prematuro empurrão em direção ao esquecimento.

— Que bom — disse o caixa ao ver todos aqueles exemplares de um mesmo livro. Era um jovem magro como um caniço, com um lenço rubro-

-negro amarrado no pescoço e um pequeno dragão tatuado no braço. — Estou vendo que o senhor também é fã do *Poeta Suicida*...

— Eu também? E você também? — gaguejou Rose, não conseguindo evitar que seus olhos se umedecessem.

— Mas é claro, é minha leitura de cabeceira! E acredite que não sou o único, vão se decepcionar uns quantos quando virem que já não temos mais nada.

— Então só vou levar dois — disse Rose, pagando e sentindo um calorzinho de gratidão no peito, justo no ponto onde antes ardera a dor. — Tome, lhe devolvo o resto, não quero monopolizar.

Saiu para a Broadway com seus dois livros debaixo do braço e subiu até a Union Square, onde pegou o *subway* que o levaria a Brooklyn Heights, ao escritório do advogado. No manuscrito de María Paz, o sujeito aparecia mencionado por nome e sobrenome, os mesmos que aqui se omitem e são substituídos pelo pseudônimo Pro Bono, porque, conforme vejo, nesta história todos têm alguma coisa a esconder e preferem não mostrar a cara. María Paz fazia alusão ao fato de que seu advogado de defesa já estava aposentado e, a julgar pelo fascínio limítrofe ao amor com que se referia a ele, em um primeiro momento Ian Rose imaginara um velho rábula metido a Don Juan, com peruca para esconder a calvície e penetrante colônia masculina para disfarçar o cheiro azedo dos anos, rematado com um par de sapatos pretos e brilhosos ao estilo Fred Astaire. Um fulano assim, de meia-tigela e tal, mas bonitão a sua maneira; um sedutor tresnoitado, um galã de outrora, um *silver haired daddy* como o da canção,[4] que atenderia a seus clientes em uma biboca sebenta, o tipo de lugar ao qual, supunha Rose, os hispanos pobres teriam acesso.

— Nada a ver, Mr. Rose — havia esclarecido Ming, amigo e editor de Cleve, que lhe fizera o favor de acertar o encontro. — Esse advogado tem lá sua fama. Fama internacional, além disso. Não é nenhum desenho na parede, é o dos que jogam pesado.

Ming, que já ouvira falar de Pro Bono, completara o que já sabia perguntando aqui e ali, e, através dele, Rose veio a saber que, em seus bons

---

[4] *Silver Haired Daddy Of Mine*, de Billie Joe + Norah. (*N. do T.*)

tempos, Pro Bono havia sido o bicho-papão dos litígios mundiais em torno da água, atuando como defensor das comunidades contra as multinacionais que comercializam recursos naturais. O homem soubera atravessar o caminho de vários projetos multimilionários de privatização da água em lugares como a Bolívia, a Austrália e o Paquistão, e também em casa, na Califórnia e em Ohio. E não haviam sido processos pequenos: Pro Bono se especializara em chutar a bunda de gente graúda, e, inclusive, uma vez, em Cochabamba, na Bolívia, fora vítima de um atentado frustrado por atuar como porta-voz de uma mobilização maciça de mulheres indígenas, que não iam deixar tirar a água de seus poços milenares porque os banqueiros tinham vontade de impor a privatização como condição de renegociação da dívida externa do país.

— Ora, ora — disse Rose a Ming. — Quer dizer que vou conversar com o paladino dos sedentos do mundo?

Como era de se esperar, nem tudo no advogado havia sido altruísmo, porque os processos que vencera também lhe haviam proporcionado grandes compensações financeiras. E, assim, se aposentara aos 75 anos, já cansado de aventuras filantrópicas e com os bolsos cheios e, diante da perspectiva de ficar em casa cultivando rosas, optara, naturalmente, por se dedicar pro bono a causas menores, ou seja, a ajudar em troca de nada pessoas como María Paz, que não podiam pagar um defensor particular.

— É esse o personagem — disse Ming. — Além disso, é inconfundível, por causa de sua aparência. O senhor mesmo verá.

— O que ele tem?

— Um probleminha. Bem, uma particularidade. Digamos que perceptível.

— Deve ser cego. Para que lhe deem a medalha ao mérito, só falta que ainda por cima seja cego.

— Não é isso.

— Surdo-mudo? Manco? Lábio leporino?

— Corcunda.

Corcunda. A mera palavra era tabu e, portanto, impronunciável. Filho único, mimado e protegido por seus pais, o próprio Pro Bono não havia se dado conta das implicações de sua deformação até os 6 anos, quando entrou no colégio e os outros começaram a apontar. Mas desde pequeno demonstrara ter recursos para se defender. Um dia se cansou de um garoto que o olhava de cima, chamando-o de camelo.

— Não me chame de camelo, ignorante, ou não sabe que o camelo tem duas corcovas e eu apenas uma? — gritou Pro Bono, para então derrubar o menino no chão com um empurrão.

Ser inteligente e pertencer a uma família tradicional e rica da Costa Leste haviam sido bons escudos contra qualquer complexo que pudesse diminuí-lo como pessoa. Na adolescência, o fato de que seu defeito fosse tabu agiu nele como estímulo para ostentá-lo sem pudor. Nunca se negou a se observar no espelho; pelo contrário, parava diante de um dos grandes de forma a fazer as pazes com aquele corpo estranho, quase mitológico, que a sorte lhe dera. Repetiu para si mesmo a palavra "corcunda" até se apropriar dela e senti-la humana, e também os sinônimos insultantes — giboso, camelo, anormal, dromedário, corcovado, corcunda — até lhes arrancar os espinhos e neutralizar a degradação que implicavam. Repetia também os eufemismos que pretendiam amenizar sua condição — deficiente, especial, incapacitado —, porque sabia que, mais que o próprio defeito, o que poderia derrotá-lo era o estigma social, o silêncio protetor e as metáforas piedosas. Através da leitura, havia desenvolvido certo orgulho pela excepcionalidade de fazer parte da família de Quasímodo, o corcunda de Victor Hugo, de Caliban, de *A Tempestade*, de Aminadab, de Hawthorn, e de Daniel Quilp, de Dickens, e o comprazia saber que Homero havia destacado Tersites dotando-o de uma corcunda, como também Shakespeare a seu Ricardo III. A literatura quisera apresentar esses seus primos-irmãos, seus confrades, corcundas e perversos, tornando seu defeito físico a manifestação visível de um defeito moral. Mas não era verdade. Pro Bono os conhecia bem e os encarava de outra maneira: tinha carinho por todos eles, compreendia suas razões e, desde adolescente, se propusera a sair em sua defesa e limpar seus nomes, deixando claro que um corcunda não era um miserável. Ele iria provar com sua própria vida que um corcunda podia ser um bom sujeito, compassivo e solidário, útil à sociedade.

Para María Paz, que ainda não contava com um advogado de defesa, o aspecto físico de Pro Bono fora, realmente, o de menos. Não ter um defensor nas circunstâncias críticas em que estava significava, para ela, entrar na guerra sem arma nem armadura, sem saber quem era seu inimigo nem de que a estavam acusando; pior ainda, sem ter certeza dos fatos em que estava envolvida. Concentrada no meio da bagunça da antessala do tribunal, María Paz nem sequer ouvira seu nome quando a chamaram pelo alto-falante para que comparecesse, só se salvando porque outra detenta, que ouvira, correu para avisá-la de que chegara sua vez. Uma vez diante do juiz, não conseguia entender o que lhe perguntavam. Em sua cabeça ecoavam palavras ocas, como se tivesse esquecido de repente o inglês, e respondia qualquer coisa. Morria de nervosismo, gaguejava, se contradizia. E assim ia afundando, afundando e se inculpando, até um ponto quase sem retorno. E justo nesse momento, como se tivesse caído do céu, apareceu Pro Bono, advogado veterano e reconhecido, *expert* nas artimanhas do ofício, que aceitara cuidar daquele caso complicado, que parecia perdido de antemão: o da colombiana acusada de seduzir e depois assassinar um ex-policial norte-americano.

— *Take it easy, baby, I'll take care of you* — dissera Pro Bono a María Paz nesse primeiro dia, assim de cara, passando um braço em suas costas e apertando suavemente seu ombro, apenas o suficiente para que ela se sentisse protegida pelo calor de outro ser humano e recebesse como uma bênção o gesto espontâneo, que permitia que soubesse que não estava sozinha. E no meio do ruído e da confusão da antessala, haviam chegado milagrosamente aos seus ouvidos essas palavras únicas, as que qualquer ser gostaria de ouvir no meio de suas atribulações: *I'll take care of you.* Oferta generosa, poderosa, ainda mais neste caso, por vir de um desconhecido que não pedia nada em troca, um homem de aspecto estranho, mas sem a menor dúvida respeitável, digamos que extremamente elegante de uma maneira peculiar, alguém que cheirava a limpo e a fino no meio do denso futum do caos reinante, um homem de estrutura magra e de ossatura larga, com rosto anguloso, ar de velha autoridade, rastros de velhos vícios abandonados, uma certa beleza consumida pelos anos e uns olhos amarelos e temíveis, como de garça-imperial. Um corcunda, sim, também isso, um velho cavaleiro dobrado sob o peso de sua corcunda; uma pessoa dolorosamente diminuída em sua estatura e lesada em sua condição de *Homo erectus* pela deformação de suas costas. O que María Paz percebeu nesse primeiro contato, contudo, foi que acudia em sua ajuda um cavaleiro. Um *fidalgo*, dizia-se em castelhano. Um *gentleman* que respirava serenidade e autoconfiança e que despertou nela uma sensação de alívio, como se, de repente, tivesse ficado leve a carga insuportável que ela também carregava nas costas.

Ian Rose queria chegar pontualmente ao escritório de Pro Bono, não iria desperdiçar sua cota mínima com um atraso, e a 12h20 estava sentado em uma boa cadeira estilo chippendale forrada de *velour* verde-garrafa na sala de espera de um escritório que ocupava um andar inteiro de um edifício tradicional de Brooklyn Heights, um velho *brownstone* estupendamente reformado. O escritório havia sido mobiliado com pesados móveis de caoba, tapetes persas sobre piso de parquê, vaso com rosas frescas no vestíbulo e muitas gravuras com motivos hípicos: cinzeiros de motivo hípico, cortinas e almofadas de motivo hípico, vários objetivos de motivo hípico; um daqueles lugares que querem parecer britânicos e têm cheiro de couro e madeira, embora, na realidade, não cheirem a nada. Melhor dizendo, um fortim de jurisconsulto da velha escola, mais de sessenta anos de experiência litigando assuntos criminais em Nova York e outras cidades do mundo, altíssimo perfil, *assertive and agressive*, conduta ética e profissional, com fama consolidada de saber de cor as leis, conhecer a fundo o sistema penal e prometer pouco e conseguir muito. Essa firma tinha por nome três sobrenomes enfileirados, tipo Fulano, Beltrano e Sicrano, o primeiro o de Pro Bono, que era o integrante principal e mais antigo, e, embora já estivesse aposentado, seus sócios, mais jovens do que ele, continuavam usando seu prestígio e o haviam honrado com o uso de seu escritório de sempre, o mais amplo e o único com vista panorâmica da Ponte do Brooklyn. Ming havia contado a Rose que o tal de Pro Bono tinha um apartamento nesse mesmo edifício, no andar de baixo, onde ficava sozinho sempre que era muito tarde para dirigir até sua casa de Greenwich, Connecticut, onde vivia com sua esposa, a uma hora de Nova York. Que sujeito! Há gente assim, pensou Rose.

Enquanto esperava, Rose começou a ler um dos exemplares que tinha levado do *Poeta suicida e sua namorada Dorita*. Meus Deus, como meu garoto era talentoso, pensou, outra vez ficando com os olhos marejados e logo se apressando a enxugá-los com a manga do paletó.

— Virei um velho chorão, Cleve — disse em voz alta; mas estava sozinho na sala e ninguém o ouviu.

Depois de vinte minutos de espera, o dobro do que lhe haviam prometido para a entrevista, pensou que o tal advogado no fundo deveria ser um fanfarrão. Quem ele achava que era? Como se Rose não soubesse que estava aposentado e sem muito o que fazer além de cruzar os braços e esquentar a cadeira do escritório.

— Sou Ian Rose — apresentou-se, finalmente, ao personagem.

— Eu sei, mister Rose — respondeu Pro Bono, imprimindo a suas palavras certo tom que Rose não percebeu. — Veio me procurar pela história de María Paz, a colombiana. Olhe, amigo, não perca tempo com isso. Ela está bem. Bem na medida do possível, se me entende, e, de qualquer maneira, não há muito que o senhor possa fazer por ela.

— Só quero saber se é verdade que matou o marido — pediu Rose.

— Sinto muito — disse Pro Bono, mas Rose teve a impressão de que não sentia nem um pouco.

Rose não havia sido tocado nem um pouco pelo suposto encanto daquele advogado que fora tão gentil com María Paz. Ming já o advertira de que era bem provável que o sujeito não estivesse disposto a quebrar o sigilo profissional diante de um estranho. E isso teria sido compreensível, mas o fato era que, além disso, circulava por ali uma carga de agressividade que Rose não conseguia entender.

— Se é só isso, mister Rose, permita-me acompanhá-lo até à porta — disse Pro Bono, apontando a saída.

— O senhor me ofereceu dez minutos, advogado, e não se passaram nem dois.

— É verdade. Podemos ficar em silêncio ao longo dos oito que faltam. Ou conversar sobre o tempo. O senhor escolhe.

Aparentemente, isso seria tudo. Para Rose um fracasso, uma perda de tempo e, de certa forma, uma ofensa. O silêncio estava tenso, e a atmosfera, pesada. Pro Bono havia parado diante de uma janela e à contraluz se via que consultava no Cartier Panthere que usava no pulso os minutos que faltavam para que o impasse terminasse. Rose ordenava a sua cabeça que pensasse em alguma coisa, mas ela permanecia vazia. Esperara encontrar algum consolo por parte do advogado, ou pelo menos um roteiro para suas investigações, e, no entanto, estava sendo tratado como um indesejável. Quem era, afinal, este Pro Bono e qual era seu papel naquela história? Podia ser um ótimo paladino dos sedentos do mundo, mas algo cheirava mal no reino da Dinamarca. Rose não conseguia entender por que o expulsava a pontapés. María Paz dizia a seu respeito coisas tão elogiosas e tinha por ele tal veneração e gratidão que Rose chegara a suspeitar que alguma coisa deveria ter acontecido com aquela dupla, alguma coisa à margem da relação profissional de um advogado com uma cliente. Algo no tom da garota deixava patente o tipo de intimidade que quem compartilhou lençóis não consegue dissimular. Era isso, então? Uma confusão de lençóis? Era provável que tudo se limitasse a isso. Mas ao ver recortada contra a janela a silhueta do corcunda e ao levar em conta a diferença de idade entre o sujeito e sua cliente ser enorme, ocorreu a Rose que o segredo que aqueles dois compartilhavam talvez não fosse de cama, embora não deixasse de ser um segredo. Pensou que Pro Bono parecia suficientemente respeitável para não ficar dando escapadas com uma detenta pelas costas dos guardas. Mas alguma coisa havia entre aqueles dois, talvez uma cumplicidade mais sutil do que o sexo, embora, quem sabe, existissem coisas. Era provável que a colombiana tivesse ficado seduzida pela energia varonil que o sujeito conservava, por suas caras roupas de almofadinha, pelas chaves do Aston Martin ou da Ferrari que deveria estar estacionada lá fora e, sobretudo, pela digna solenidade de velho camelo com que carregava nas costas sua protuberância.

Já no término do *deadline*, Rose conseguiu se recompor o suficiente para tentar uma cartada. Se este homem guarda segredos, pensou, não vai querer que sejam divulgados, e disse a Pro Bono que tinha em seu poder um manuscrito no qual María Paz fazia confissões sobre sua própria vida.

— Menciona o senhor, prezado Pro Bono... — disparou esse detalhe para que o outro o considerasse como quisesse, revelação ou ameaça.

— A que se refere?

— A um manuscrito dela. Longo e detalhado, que o menciona. Várias vezes. Está aqui...

— Quer me fazer o favor de me emprestar isso?

— Só se me disser do que está sendo acusada.

Pro Bono suspirou, tomou vários goles de um café que não oferecera a Rose, fez uma careta de coelho, enrugando o nariz e exibindo os dentes, e depois falou.

— De acordo, mister Rose. O senhor venceu. O que vai ouvir é *off the record* — avisou, depois de ver o manuscrito e dar uma rápida olhada. — Bem. Vou contar os fatos, mas uma única vez. Não me peça que diga mais ou que repita. Se não está familiarizado com os termos legais, não se dê ao trabalho de perguntar, porque não vou lhe explicar. Entenda o que puder e guarde tudo em sua memória, porque não lhe permito gravar nem tampouco tomar nota. Está claro?

Bingo!, felicitou-se Rose. Pro Bono mordera a isca.

Rose, que não conhecia os termos legais, não conseguia entender direito a ladainha que o advogado começara a disparar, mas, de qualquer forma, sentia que, em geral, o quadro ia ficando mais ou menos claro. María Paz, uma jovem colombiana sem documentos, se casa com Greg, um ex-policial branco e norte-americano, e por essa via obtém o direito de residir e trabalhar nos Estados Unidos. Pelas suas costas, o sujeito anda envolvido com tráfico de armas, contando com a cumplicidade de outros agentes e ex-agentes da polícia; na realidade, o tal do Greg é apenas um elo do que pouco a pouco vai se revelando como uma gigantesca cadeia de tráfico de armas dentro da corporação. Na noite de seu aniversário, Greg vai à rua e é assassinado a tiros e punhaladas. O punhal, uma das armas usadas no homicídio, ou que parece ser, é encontrado no apartamento que o casal compartilha, e a colombiana é presa, interrogada e espancada por agentes do FBI, que, agindo à margem das garantias processuais e dos direitos humanos, a mantêm vários dias em confinamento, sem ler seus direitos, sem avisar ao consulado de seu país nem lhe oferecer um intérprete; sem permitir que entre em contato com um advogado nem ligue para seus familiares. Literalmente, desaparecem com ela enquanto a maltratam e interrogam. Depois a acusam oficialmente de ter assassinado o marido. Primeiro alegam que a motivação do crime foi o ódio racial e, depois, a versão se inclina para o crime passional. Pro Bono leva ao tribunal quatro vizinhos que afirmam ter visto a ação dos assassinos, três homens altos, todos afro-americanos. Assim fica prejudicada a versão segundo a qual havia sido morto por uma mulher latina de baixa estatura. De qualquer maneira, resta o assunto do punhal que foi encontrado em seu apartamento e que se transforma na prova principal e objeto central da atenção da promotoria. Mas, na verdade, se trata de uma prova escorregadia. Por um lado não tem impressões digitais nem marcas de sangue, como se tivesse sido limpo meticulosamente, e, no entanto, está escrito em um cartão: "Para Greg de seu irmão Joe." Não incrimina diretamente María Paz. Por outro lado, na verdade não é a arma do crime: os cortes de punhal não são profundos e foram feitos depois que os tiros provocaram a morte instantânea da vítima. Ou seja, o punhal, que era o principal objeto de toda a investigação, passa, pouco a pouco, a ser desprezado.

— Acontece com frequência — disse Pro Bono a Rose — que uma evidência que, em um determinado momento, deixa todo mundo excitado vá sendo desprezada e esquecida porque, na realidade, não leva a lugar nenhum.

Graças aos testemunhos dos vizinhos, a colombiana é declarada inocente de assassinato agravado por premeditação e crueldade excepcional. Mas, embora as autoridades tivessem evitado revelar o assunto da corrupção interna e do tráfico de armas dentro da polícia, este acaba vindo à luz, e Pro Bono não consegue impedir que a colombiana seja declarada culpada de algum grau de coparticipação, embora não haja maiores evidências, afora ter atendido ligações telefônicas no apartamento e esse tipo de coisa. Atribuem-lhe, também, pecados do passado, como ter falsificado papéis e trabalhado ilegalmente usando documentos falsos. Uma vez terminado o julgamento, ela volta à prisão. Pro Bono solicita então ao juiz que refaça o procedimento para que tenha o direito fundamental de uma defesa digna e suficiente. Ou seja: Pro Bono pede que se declare nulo o primeiro julgamento e que se recomece do zero. O juiz aceita e na realidade não pode negar, porque seria difícil imaginar um procedimento mais destemperado do que aquele que foi aplicado à mulher. Então recomeçam do zero. María Paz volta a ter esperanças; mas, até o novo julgamento, deve permanecer encarcerada.

— Então ela não matou o marido — diz Rose, depois de se esforçar para entender tudo o que o advogado acabara de lhe dizer.

— É uma bela mulher. Admirável, também, em certo sentido. E não, não acredito que tenha matado ninguém.

— E quem o fez, então?

— Não se sabe.

— O irmão do morto?

— É de raça ariana, como o próprio morto. Ficou descartado desde o primeiro momento.

— Mas e o punhal?

— Você insiste com essa história do punhal.

— Então não foi um crime passional...

— Você especule como quiser e guarde suas opiniões.

— Um crime relacionado com o tráfico de armas?

— Talvez, mas quiseram apresentá-lo como de ódio racial, primeiro, e depois como crime passional. Para esconder, amigo. Fariam qualquer coisa com o objetivo de esconder. A polícia não gosta que saibam que está afundada na merda.

— E ela, continua em Manninpox?

— O senhor deve saber.

— Eu? Por que saberia...?

— Está querendo me gozar?

— Só estou perguntando.

— Naturalmente, não está em Manninpox.

— Foi colocada em liberdade?

— Não disse isso.

— Transferida para outro presídio?

— Ouça, amigo, eu suponho que você saiba e, se não sabe, averigue — disse Pro Bono, apontando para seu Cartier Panthere para indicar que o tempo havia se esgotado.

— Foi uma crucificação — conseguiu dizer Rose. — Uma crucificação sem cruz. O marido foi crucificado.

— O que o leva a pensar em semelhante besteira?

— Uma ferida em cada mão, uma em cada pé e a quinta no tórax. As cinco feridas de Cristo...

— A coisa do punhal foi apenas um detalhe truculento, para desviar a atenção.

— Eu, pelo contrário, acho que foi importante... E por acaso as testemunhas não viram nada? O uso do punhal, digo, não viram essa parte?

— São quatro membros de uma mesma família. Saem ao mesmo tempo do edifício, testemunham o crime e voltam a entrar; não iriam ficar ali, como loucos, esperando que os assassinos acabassem com eles também. Chamam a polícia de seu próprio apartamento, que não dá para a rua, mas para o pátio dos fundos, e por motivos óbvios não voltam a se meter. Não veem nada do que acontece depois. De acordo? Muito prazer, então. Até outro dia — disse Pro Bono, dando por terminada a entrevista.

— Não se esqueça de que eu tenho o original disto — disse Rose, sem saber de onde tirava coragem no último instante para pressionar o advogado, abanando-se com um envelope que continha outro maço de papéis idênticos ao que estava na mão de Pro Bono.

— É uma chantagem? — perguntou-lhe Pro Bono, olhando-o com olhinhos que faiscavam de raiva.

— Digamos que é um favor que lhe peço. Só quero que me diga onde ela está.

— Tudo bem, você ganhou outra vez — disse Pro Bono. — Procure-a no hotel Olcott, 27 West, rua 72.

Rose anotou esses dados e já se retirava gaguejando agradecimentos quando ouviu a gargalhada que Pro Bono soltava as suas costas.

— O hotel Olcott não existe mais — gritava —, foi fechado há alguns anos. Vá, procure-a lá, amigo, vamos ver se a encontra!

Do caderno de Cleve

Paz diz que o trabalho é a coisa de que mais sente falta da vida que levava antes de ir para Manninpox. Fazia pesquisas sobre hábitos de limpeza e os episódios que conta são bem interessantes, no fundo se referem a toda uma hierarquização social, ética e estética do mundo, de acordo com os padrões de sujeira/limpeza. Eu a tenho incentivado a escrever sobre seu trabalho, sobre suas pesquisas, sobre as pessoas que conheceu, mas ela resiste. A princípio se negava imediatamente, dizia que esse "não era um assunto". Perguntei qual assunto "era assunto" e me respondeu que o amor. Que todos os romances que não contavam uma história de amor eram chatos. Foi isso que me disse, e suponho que tinha razão. Em todo caso, aos poucos fui conseguindo que escrevesse sobre seu trabalho; vejo que se transforma quando o faz, é como se viesse à tona o ser humano íntegro que uma vez foi antes de ser triturada pelos dentes da autoridade e da justiça. Andou fazendo pesquisas sobre os hábitos de limpeza em Staten Island durante um tempo e outro dia contou na aula um caso terrível que, no entanto, nos fez rir, suas companheiras e eu. Disse que estivera batendo na porta dos moradores de West New Briton, um dos lugares mais fedorentos da ilha, porque faz fronteira diretamente com o depósito de lixo de Fresh Kills. Uma das perguntas que tinha de fazer a esses habitantes era em quantos por cento eles achavam que sua vida piorara por conta do mau cheiro. Contou que nesse ponto específico, o do mau cheiro, noventa por cento dos entrevistados se sentiam drasticamente afetados pelo problema e trinta por cento o atribuíam não à proximidade do lixão, mas à crescente invasão de imigrantes. Uma senhora lhe disse que estava pensando em se mudar porque não suportava o cheiro da comida que seus novos vizinhos, que eram de Gana, preparavam. A senhora ouvira dizer que comiam carne de gato e, embora ela não soubesse se era verdade, de qualquer forma o cheiro que chegava à sua cozinha lhe tirava o apetite ao ponto de que havia perdido mais de seis quilos desde o dia em que aquela gente de Gana se mudara para a casa contígua. María Paz comentou na aula que era incrível que os brancos de West New Briton suportassem o aterro sanitário, mas não os africanos. Perguntei-lhe a que atribuía isso e ela me respondeu, muito no seu estilo, que o problema, como sempre, era o peido alheio, porque ninguém acha fedorento o que sai de seu próprio cu. Todas suas histórias sobre limpeza me fazem pensar, e li muitas teorias a respeito. Outro dia, inclusive, fui até Staten Island, porque fiquei curioso a ponto de tentar conhecer Fresh Kills. Queria ver com meus próprios olhos que coisa era aquela. Em parte porque é um assunto inquietante, como já disse, e em parte, suponho que a maior parte, porque me inquieta tudo o que tenha a ver com María Paz. Não é ela quem diz que uma história só é boa quando é uma história de amor?

A verdade é que Fresh Kills não se destaca apenas por ser o maior aterro sanitário da história — de fato é um monumento ciclópico que ganha de todos por ser mais maciço do que a Grande Muralha da China e mais alto do que a Estátua da Liberdade. Conseguiu-se essa proeza jogando naquele terreno 13 mil toneladas diárias de lixo ao longo de meio século, e não deixa de ter seu simbolismo e sua truculência o fato de que a maior obra da humanidade tenha sido precisamente esta incomensurável montanha de porcaria e que, em última instância, tenha ficado ali como uma verdadeira marca registrada da gente, os norte-americanos, como selo que legaliza nossa propriedade sobre toda esta região do planeta, porque, oh, paradoxalmente, quanto mais sujamos mais possuímos e, como diz Michel Serres, o que está limpo não é ninguém. Imaginem um quarto de hotel que espera vazio entre um hóspede e outro, recém-arrumado e desinfetado pelas camareiras, e que só se transformará na habitação 1503 do senhor Fulano ou a 711 da senhorita Beltrana quando esse Fulano ou essa Beltrana deixarem impresso o suor de seu corpo nos lençóis, os fungos de seus pés no piso do box, seus cabelos presos no ralo, suas roupas nas prateleiras, as guimbas de seus cigarros no cinzeiro, os pacotes e recibos de suas compras na lata de lixo, sua baba na fronha do travesseiro; porque assim é a coisa: só possuímos o que sujamos, e o que está limpo não é de ninguém. Levando o raciocínio ao extremo, chega-se à conclusão de que esta grande porção de terra, céu e água que chamamos de América está semeada até os ossos com nosso lixo, nossa merda, nossos cheiros e nossos dejetos. Por isso é nossa, mais além dos títulos de propriedade, das invasões e agressões defensivas contra outras nações e das operações dos guardas de fronteira. Aqui temos depositado a porcaria que geração após geração tem saído ou passado por nossos corpos; refiro-me a quantidades industriais de sêmen, a rios de sangue, a toneladas de absorventes, lenços e preservativos usados, a fraldas descartáveis e a computadores e televisores obsoletos, guardanapos de papel, automóveis velhos, sacolas de plástico e rolos de papel higiênico. E, sobretudo, cocô. Sinto vertigem ao imaginar essa quantidade inconcebível de cocô, porque, assim como os tigres e os cães marcam território com sua urina, nós temos conquistado uma pátria a base de merda. De lixo e de merda. Naturalmente, isso não é exclusividade nossa; todos os outros povos da Terra fazem igual, mas nenhum com nossos níveis de magnificência e abundância. Aqui estão enterrados nossos mortos; sua decomposição e fetidez adubam esta terra, sobre cuja superfície se solidificam, em camadas geológicas, as cordilheiras de escória que nossa civilização foi deixando ao passar. Portanto, esta terra é nossa. Minhas especulações acabam de demonstrá-lo. Mas, além disso, há o nome, Fresh Kills. Aquele mega aterro sanitário se chama exatamente assim, Fresh Kills, ou seja, matanças frescas, porque, antes de ser o que é hoje, deve ter sido um matadouro, quer dizer, terreno banhado e impregnado pelo sangue de milhares de animais sacrificados ali pelo homem. Como qualquer santuário da antiguidade, desde o grande Templo de Jerusalém até as pirâmides de Teotihuacán: tingidos de vermelho e hediondos de sangue. Tudo o que demonstra (que descoberta!) que bem a propósito ou por simples necessidade Fresh Kills deve ter sido zona sagrada, ou seja, santificada mediante o sangue do sacrifício, e que sobre essa terra santa construímos nosso templo, ou seja, nosso imenso aterro sanitário, a catedral absoluta do lixo, a mais alta e maior que em toda sua trajetória sobre o planeta o ser humano conseguiu construir. A Notre Dame da porcaria, a Sagrada Família da imundície. E aí está T. S. Eliot, claro, citá-lo é obrigatório, *what are the roots that clutch, what branches grow out of this stony rubbish...*

PS.: Ontem à noite me animei a apresentar minha teoria acerca de Fresh Kills a meu pai, aquilo das matanças frescas, e, como era de se esperar, ele a jogou por terra em um piscar de olhos. Segundo ele, Kills não quer dizer matanças. Diz que o termo vem dos tempos da ocupação holandesa de NYC e quer dizer, simplesmente, água, ou arroio. Água fresca, ou algo assim. Pena; a minha versão soava melhor.

Entrevista com Ian Rose

Ao sair do escritório de Pro Bono, em Brooklyn Heights, Rose resolveu atravessar a ponte do Brooklyn para Manhattan pela faixa de pedestres. *Very nice*, aquilo. Vista esplêndida, engenharia imponente, som amável, belas garotas que passavam ao seu lado fazendo jogging e dificultando sua concentração. Olhe, Cleve, disse, quanta garota bonita, todas da sua idade. A brisa morna e o dia radiante compensavam em parte o gosto azedo daquele encontro hostil, e, reconsiderando, Rose entendeu que o mais difícil não havia sido suportar a incompreensão do sujeito — afinal de contas, conseguira arrancar boa parte das informações de que precisava —, mas ficar sabendo que María Paz não estava mais em Manninpox. Até aquele momento não lhe ocorrera sequer ir visitá-la, pelo menos não como uma ideia séria, mas a notícia que Pro Bono acabara de lhe dar o fizera sentir que de repente a perdia, que seu rastro se afundava, e experimentara uma dessas repentinas sensações físicas de uma espiral em direção ao vazio. Em seu texto, ela confessava que no meio de tudo havia sido um alívio que a tivessem registrado em Manninpox com número e foto, porque lhe permitia voltar a existir no mundo, ter de novo uma identidade, mesmo que fosse a de uma presa, e um endereço, mesmo que fosse o de um presídio. E se sair de Manninpox tivesse significado para ela voltar ao limbo dos desaparecidos? Era uma possibilidade preocupante. Perder seu rastro significava, para Rose, perder Cleve em definitivo.

Tinha um segundo compromisso a cumprir, e a hora se aproximava. No canto superior esquerdo do envelope de papel-pardo em que Socorro Arias de Salmon havia enviado o manuscrito estava seu próprio endereço, o número 237 da rua Castleton, Staten Island, NY 10301, e Rose lhe enviara um bilhete pedindo permissão para visitá-la. Depois de poucos dias, encontrou sua autorização na caixa de correio; a senhora Socorro o receberia em sua casa. Depois da experiência antipática com Pro Bono, Rose teve de fazer um enorme esforço para embarcar na balsa cor de tangerina que saía da rua Whitehall, em Lower Manhattan, e que em menos de meia hora o deixaria em Staten Island, aquela ilhota tristemente célebre porque albergava o mega aterro sanitário de Fresh Kills.

No vaivém da balsa, sentindo no rosto o roçar da névoa fria que subia da água, Ian Rose não conseguia parar de pensar justamente nisso, na lixeira que se estendia ao longo da costa à sua esquerda. María Paz a mencionava em seu texto; contava que estivera em Staten Island fazendo pesquisas sobre hábitos de limpeza na época em que desempenhara esse ofício. Havia sido exatamente a senhora Socorro Arias de Salmon quem aceitara lhe apresentar suas vizinhas, servindo de contato para abrir o terreno, porque era indispensável uma madrinha que vivesse no lugar e a recomendasse; do contrário, as portas se fechavam na sua cara e não era possível fazer o trabalho.

A casa da senhora Socorro, uma das construídas em série nos anos 1920, era de madeira envelhecida, de dois andares e telhado de duas águas, com um pequeno toldo de lona amarela sobre uma varanda e um pequeno jardim dianteiro onde crescia um par de arbustos podados em forma de cisne. Socorro, uma mulher de pouca estatura e rosto indescritível, por ser inexpressivo, vestia um conjunto bege de material sintético e brilhante e blusa branca de renda. Estendeu a Rose uma mão pequenininha e fria enquanto com a outra espargia aroma floral com um aromatizante de ambiente para tentar dissimular os vapores tóxicos que chegavam de Fresh Kills. O interior estava muito limpo como uma casa de bonecas que uma menina diligente mantivesse arrumada e impecável, levando Rose a pensar no contraste entre a limpeza de dentro, do privado, com a onipresença do aterro sanitário público, como se a contraposição sujo/limpo fosse apenas outra expressão da luta entre o público e o privado.

— Viu a Estátua da Liberdade? — perguntou-lhe a senhora.

É claro que a havia visto, impossível não vê-la, pois a balsa passava ao lado. Enorme, a senhora Liberdade, com sua túnica cor verde tempo ou pátina — tanto fazia, e Rose pensara que não precisava se esforçar para descrever aquela cor, porque não deveria existir no mundo ninguém que não a tivesse visto, mesmo que fosse na televisão ou em cartões postais. Observando a mega estátua de perfil, à medida que a balsa se afastava, achou que parecia fantasmagórica e melancólica no meio das ondulações daquela bruma lenta que a ia envolvendo e por momentos quase a escondia. Rose imaginara que María Paz também teria visto a estátua emblemática e inclusive a visitado, comprado suvenires e até pagado os dez dólares que cobravam para visitar a parte da coroa, embora, segundo acreditava, depois do atentado às Torres Gêmeas tal coisa só pudesse ser feita por *tour* virtual. Perguntou-se que espécie de símbolos seriam, atualmente, a Estátua da Liberdade, a Ellis Island ou mesmo as Torres Gêmeas para uma imigrante que viera à América só para acabar trancada em um lugar como Manninpox.

— Bolivia e eu fazíamos oferendas à Libita... — ouviu a voz da senhora Socorro dizer.

— A quem, perdão?

— A Libita. Quem seria? A estátua da Liberdade. Na minha terra, chamamos de Libita quem se chama Liberdade. De qualquer maneira, fazíamos a oferenda nas primeiras semanas da primavera, jogando da balsa um bonito ramalhete de astromélias no mar, porque ela, afinal de contas, se comportou com a gente como uma mãe e nos abriu as portas da América. Na realidade, não voltei a fazer isso desde que eu e Bolivia nos afastamos, digo, jogar flores no mar; porque essas coisas só têm sentido quando a pessoa está acompanhada, caso contrário é deprimente. O senhor veio até aqui por isso, não é verdade? Falar de Bolivia. Achei que entendi isso pelo bilhete que me mandou. Bem-vindo à minha casa, mister Rose. Bolivia foi uma amiga de alma, como uma irmã, minha única irmã porque não tive outra, em minha família só nasceram homens e eu fui a única mulher. Como irmãs, sim senhor, eu e Bolivia éramos como irmãs... até que nos afastamos por coisas da vida, que tristeza. Mas continue, me faça o favor, sinta-se em casa e sente-se aqui na sala, que a história é longa e o senhor deve estar cansado.

— Bem, na realidade venho conversar, naturalmente, sobre María Paz, a filha de Bolivia...

— Mas claro, María Paz... Não me diga que vão publicar o livro. Eu sabia! Que emoção! Que bom que lhe enviei todas aquelas folhas. Tinha muitas reservas e por isso demorei, sabe; a garota revela coisas que é melhor que não se saibam, supus que Bolivia se reviraria no túmulo se a roupa suja de sua família viesse à luz, e, sobretudo, em um livro que todo mundo lê, porque há aqueles que se tornam best-sellers e vendem milhões, não é? Quanto pode ganhar alguém como o senhor, que escreve best-sellers? Um milhão? Mais? Tomara que a garota ganhe na loteria, quem poderia imaginar que tinha habilidade para escrever? Então vão publicar o livro? Me alegra tanto ter tomado finalmente a decisão de enviá-lo ao senhor. Ela o admirava muitíssimo, dizia que suas aulas haviam aberto seus olhos, que o senhor é maravilhoso não apenas como professor, mas também como escritor.

— Na realidade, ela não me admirava, admirava meu filho Cleve — conseguiu dizer Rose, em uma pausa que Socorro fez para respirar. — Meu filho Cleve morreu há alguns meses, eu sou o pai; ele era o escritor, não eu, e a senhora enviou o envelope a ele, mas quem o recebeu fui eu.

— Então o senhor não é o autor daqueles quadrinhos famosos?

— Como já lhe disse, esse era meu filho Cleve. Mas ele morreu.

— Ah, como sinto, sinto muito mesmo, de verdade, ah, sim. Nunca tive filhos e melhor assim, não teria suportado a tristeza de vê-los morrer. Sinto muito, de verdade, me desculpe. Quer dizer, então, que o senhor não conheceu María Paz?

— Quem conheceu María Paz foi meu filho e, desgraçadamente, quem está vivo sou eu.

— Essas coisas acontecem, mister Rose, lamento tanto... Mas se o senhor está aqui deve ser porque está pensando em ajudá-la com o livro. Ou estou enganada?

— Não sei se posso. Na verdade, meu interesse é mais por... — Não conseguiu terminar a frase, pois sua interlocutora já o sufocava com um novo bombardeio.

— Claro, claro — dizia Socorro —, o senhor tem o direito de avaliar e pensar bem. Mas que distraída que eu sou, está me dizendo que seu filho morreu e eu sequer lhe dei os pêsames. O senhor deve estar desolado, pobrezinho, eu sei o que significa a morte de um ente querido... Aqui mesmo, se visse o quanto chorei a morte de Bolivia, que descanse em paz, e olha que não devo chorar porque meus olhos ficam inchados horrores e em volta fica tudo vermelho. Venha, deixe-me abraçá-lo, consolá-lo por sua perda, quem poderia imaginar que iria morrer um homem tão jovem, mas não me entenda mal, o senhor também é muito jovem, é só que...

— Espere um momento, dona Socorro. Espere. Primeiro me diga por que o manuscrito estava com a senhora...

— Ora, porque María Paz o deu a mim. Uma vez fui visitá-la naquele presídio, uma única vez e às escondidas de meu marido, que havia me advertido para não me meter nisso, que se a filha mais velha da Bolivia queria levar vida de foragida, problema dela, se era essa sua decisão, problema dela, que este é um país livre e aqui cada um tem liberdade de fazer o que bem entender. Mas eu não tenho nada a ver com essa história. Meu marido insistia que eu não tinha por que meter o nariz nisso, e que além disso, como estrangeira, não me convinha porque poderiam me fichar, nunca se sabe o que pode acontecer com você se o associarem a uma quadrilha. De qualquer maneira, na vez em que a visitei ela me entregou o envelope, melhor dizendo, me entregaram na portaria a pedido dela, isso sim, depois de examiná-lo muito bem examinado. Já lhe digo que ela estava triste porque não ia voltar a vê-lo, mister Rose, e me disse isso com todas as letras, que estava muito triste por isso. Alguma coisa havia acontecido lá na prisão e haviam acabado com suas aulas...

— Minhas não, de meu filho. Ele se chamava Cleve, eu me chamo Ian, e, obviamente, temos o mesmo sobrenome, Rose.

— Sim, claro, o senhor não é ele, mas o pai dele, e ele não é o senhor, mas seu filho. Já entendi, e sinto muito, mesmo, receba minhas sentidas condolências, mesmo, é que, de qualquer maneira, María Paz havia redigido tudo aquilo que está no manuscrito para dar ao seu filho, que era professor de escrita dela, mas como não iria mais vê-lo me deu os papéis dentro de um envelope pedindo que eu o fizesse chegar ao filho do senhor.

— Quando foi isso? Há quanto tempo María Paz lhe entregou os papéis?

— Ah, *heavens*, há vários meses, na realidade há muito tempo, não recordo exatamente... Ela me pediu encarecidamente que o fizesse chegar o quanto antes, mas o senhor sabe, eu tinha minhas dúvidas, meus temores, não é conveniente ficar entregando recados de um presidiário porque você não sabe com o que está se envolvendo, e, além disso, que quantidade de grosserias e palavrões diz essa garota, solta pelo menos dois em cada frase, deveria ter vergonha. Felizmente superei tudo isso e colaborei com ela na encomenda, investi uns quantos centavos nos selos, mas o corajoso de minha parte foi, antes de tudo, a decisão, digo, a decisão de colocar o envelope no correio apesar de tudo. Espero que ela se lembre de mim quando começar a ganhar uma montanha de dinheiro por conta de seu livro...

— Não, as coisas não são bem assim. — Rose tentava afastá-la de seu equívoco. — Ainda não foi publicado, senhora, digamos que vou continuar tentando, sei que meu filho gostaria e, naturalmente, ela também, mas ainda não foi possível fazer nada, acredito que...

— Não tenha pressa, mister Rose, se está em suas mãos a coisa vai funcionar. Estou percebendo que o senhor tem olfato — disse-lhe a senhora Socorro, piscando um olho. — Minha vizinha Odile leu todos os livros do mundo e certamente os de seu filho também, eu ainda não, não sou uma mulher de letras, mas, agora que tive a honra de conhecer pessoalmente o pai de uma personalidade, é claro que vou ler, vou pedir a Odile que me empreste. Com certeza ela os tem, porque não existe livro que não tenha comprado e, como ela mesma diz, só não leu o que ainda não foi escrito, de forma que, quando o senhor voltar a esta casa que é sua, aqui os terei para que os autografe, não importa que não seja o autor, mas é o pai dele, o que também é importante.

— Cleve não escrevia livros, senhora, apenas quadrinhos — disse Rose, mas não foi ouvido.

— E que emoção imensa! — Socorro não parava. — Posso imaginar María Paz já refeita de sua dor e de seus problemas legais autografando livros feito uma verdadeira estrela. Posso ver a foto dela na revista *People* com uma manchete dizendo "De presidiária a autora famosa". Que pena que Bolivia não tenha vivido para ver o sucesso de sua garota. Quem a viu e quem a vê, agora escritora, ela que parecia desencaminhada...

Não havia maneira de calar a boca daquela mulher, e Rose havia pensado em passar em sua casa dez ou quinze minutos, apenas o suficiente para conseguir algum indício sobre as atividades de Cleve antes de sua morte. Mas não, aquela visita a Staten Island ameaçava se prolongar, tornar-se eterna, porque não havia quem detivesse a língua de dona Socorrito uma vez solta e posta a falar, e lá estava Rose, de pés e mãos atados, apesar de que, mesmo antes de entrar, tivesse se arrependido de ter ido. Começou a se sentir mal. Ficou incomodado de estar ali quase tanto como ficara no escritório de Pro Bono, e até sentiu náusea, como se, de repente, partículas do lixo de Fresh Kills tivessem descido por sua garganta. O que afinal estou fazendo aqui, começou a se perguntar, se a única coisa que quero é estar em minha casa com meus cães? E respondeu a si mesmo, para poder recuperar o senso de realidade: faço isto por Cleve, ou melhor dito, por mim, para poder entender o que aconteceu com ele.

— Bolivia e eu gostávamos de ver como as ondas iam levando nossas astromélias, até que as engoliam — voltava Socorro ao assunto. — Eram simples, não ache que grandes coisas, mas o importante era o gesto, nossa forma de demonstrar gratidão por estarmos neste país.

Enquanto Rose se perguntava quantos anos poderia ter aquela mulher — sessenta, bem mais? —, ela o fez se sentar em uma das poltronas da pequena sala, forradas de jacquard branco protegido por forros de vinil transparente, e então lhe contou com lágrimas nos olhos que Bolivia, a mãe de María Paz, havia sido a mulher mais esforçada e trabalhadora que alguém pudesse imaginar, e que não merecera a sorte que tivera com suas duas filhas, as duas tão bonitas, à sua semelhança e imagem, tal mãe, tal filhas. Cantarolou alguma coisa em espanhol segurando as mãos de Rose com as dela, tão pequenininhas e frias e com unhas longas e largas, porque, como Rose bem sabia, os latino-americanos se tocam muito, ou seja, tocam as pessoas, os outros, inclusive abraçam e beijam os desconhecidos porque não temem a pele alheia. Socorrito soltou suas mãos depois de um tempo que Rose achou excessivo, porque, embora admirasse esse belo costume de ficar se tocando, na verdade não costumava praticá-lo; digamos que não se destacaria como militante do movimento "Abraços Grátis", aqueles rapazes carinhosos e aquelas garotas amorosas que andam distribuindo abraços e calor humano pelas ruas a pessoas que não se mostram nem um pouco interessadas. E depois Socorro lhe perguntou se não gostaria de um *tintico*, esclarecendo que tinto era como chamavam o café em sua terra, coisa que ele sabia por experiência própria.

— As duas filhas de Bolivia, tão belas mas tão desafortunadas. A mais velha perseguida pela justiça, a menor doentinha da cabeça — disse a senhora, desaparecendo pela porta da cozinha para preparar um tinto, enquanto Rose aproximava o nariz de suas próprias mãos, agora impregnadas pelo forte perfume do creme hidratante que Socorrito passava nas dela.

Ficou olhando em volta, meio mareado pela grande quantidade de porcelanas que havia ali; todas as paredes tinham prateleiras, e todas as prateleiras estavam lotadas de porcelanas, objetos fossilizados de uma impensável época pastoril, garotas com grandes chapéus de palha ninando gansos nos braços, casais de namorados se olhando nos olhos em um banco de jardim, casinhas de chocolate, meninas pobres, mas lindas, calçando tamancos de madeira. Era estranha a sensação de estar no meio daquele pequeno mundo de porcelana, mas Rose foi se adaptando e, depois de um tempo, ele e a senhora já conversavam como se se conhecessem desde antes, duas velhas comadres tomando *tintico* em suas respectivas poltronas de jacquard branco, protegido do bolor por forros de vinil.

— Destinos paralelos — dizia-lhe Socorro —, o de Bolivia e o meu, mas, ao mesmo tempo, nem tanto, nem tanto assim. Acredite, mister Rose, talvez destinos cruzados. O senhor mesmo julgue; faça um diagnóstico.

As duas, Bolivia e Socorro, haviam nascido na Colômbia, no mesmo povoado e no mesmo ano. Frequentaram juntas a escola primária das freiras salesianas e ficaram amigas logo no começo. Mais adiante, a família de Socorro, de melhor status, se mudou para a capital, enquanto a de Bolivia ficou parada em seu rincão provinciano. Socorro terminou o ensino médio e sua família comemorou o evento com uma festa de smoking e vestido longo em um clube social.

— Mandaram confeccionar para mim, sob medida, um traje de gala em xantungue de seda — contou a Rose — e me fizeram um coque caracol. Naquela época se usavam coques caracol, imensos, e usei os brincos de água-marinha que me deram de presente para a ocasião. A esta altura, Bolivia tinha resolvido começar a trabalhar, não sei se me entende, teve de abandonar os estudos antes de chegar ao terceiro ano. Tornou-se costureira, manicure e depiladora e foi contratada para trabalhar de manhã no salão de beleza D'Luxe e à tarde como auxiliar em uma loja de roupas.

Mas passavam as férias de dezembro juntas, como quando eram pequenas, e não viam a hora de se reencontrar em sua velha vizinhança para participar de festas e novenas, sempre compartilhando um sonho: o de sair algum dia do país. As duas imigrariam, viajariam, procurariam destino em outros lugares, voariam para muito longe e realizariam o sonho. Ambas foram parar em Nova York, embora com mais de meia década de diferença: Socorro primeiro e Bolivia sete anos depois. Reencontraram-se em Nova York, só faltava que não fossem se procurar. Socorro já havia se estabelecido na América e, assim, como não ajudaria a outra, que era sua irmã e estava recém-chegada? Por isso lhe disse: *mi casa es su casa*, fique aqui até encontrar seu próprio caminho, esta é a terra dos caminhos abertos, caminhante não há caminho, todos os caminhos levam a Roma, não importa chegar, o importante é caminhar, disse essas frases motivacionais e outras do estilo enquanto lhe cedia três das gavetas de sua própria cômoda e a ajudava a desfazer as malas. Até aí tudo bem, duas amigas que se gostam e um sonho comum realizado, mas logo começaram as divergências, os pequenos mal-entendidos, apesar da grande cumplicidade, e Socorro foi lhe soltando meio com desprezo outro tipo de ditado, como cada um na sua, ou inclusive aquele outro: a porta da rua é a serventia da casa.

— Estou indo passo a passo — disse Socorro a Rose —, para que o senhor me entenda direito. Bolivia sempre foi uma mulher bonita, baixinha, mas exuberante, de olhos sonhadores e pestanas de boneca e eu, por minha vez, nem tanto; minha beleza é mais interna, como diz meu marido. O senhor mesmo está vendo: eu nunca fui, propriamente, uma lindeza. Sou o que se chama de mulher de intelecto.

E, no entanto, Socorro havia se casado com um sujeito endinheirado; ou que pelo menos vivia bem. Era bombeiro hidráulico, exercia seu ofício com profissionalismo, ganhava bem, queria construir uma família e se apaixonou logo por aquela colombiana que lhe apresentaram na Wonder Wheel, a roda gigante de Coney Island, na época a mais alta do mundo. Tiveram a sorte de compartilhar o assento e que medo Socorro sentira da altura! Como tapava os olhos e gritava! Isso bastou a ele para saber que aquela mulher estava destinada a ser sua esposa. No segundo encontro, lhe deu de presente um exemplar encadernado em couro de *O profeta*, de Khalil Gibran, o mesmo que Socorrito tirou de uma gaveta para mostrá-lo a Rose, orgulhosa da dedicatória, que dizia em tinta verde e palavra por palavra, "A Socorro, que tanto me ama, assinado Marcus Clanci Salmon". Rose achou a dedicatória estranha, pensou que talvez quisesse ter dito "A Socorro, que amo tanto", mas Salmon tinha seu próprio estilo e estava claro que sabia tirar proveito dele, porque, no terceiro encontro, durante um passeio pelo jardim botânico do Brooklyn, diante do lago japonês, saiu vitorioso ao pedir Socorro em casamento, que aceitou encantada o brilhante de 0,10 quilates que selaria a união.

— Ele era jamaicano, eu colombiana, e ninguém sabe como conseguíamos nos comunicar, porque nem ele sabia espanhol nem eu vislumbrava o inglês, e talvez por isso mesmo a coisa tenha funcionado. O senhor sabe como é... — Socorro voltou a lhe piscar um olho. — A linguagem das carícias e dos mimos é mais bonita do que as razões e as discussões, me diga se não tenho razão.

A esta altura das confissões, Rose se animou a perguntar por que Bolivia, tão bonita, não se casara.

— Como não? Tentou pelo menos três vezes — disse Socorro —, mas sempre acabava saindo correndo; naturalmente a própria beleza a prejudicou, veja só. Eu sempre vivi feliz com meu jamaicano, Marcus Clanci Salmon, que assim se chama; eu sempre satisfeita e orgulhosa de ser Mrs. Salmon, embora o senhor saiba que o sobrenome não é dos melhores, já que tanto em inglês como em espanhol é nome de peixe. Mas Bolivia? Bolivia não, Bolivia sempre andava procurando alguma coisa diferente, outra coisa, alguém mais. Eu nunca consegui saber qual era a insatisfação que a afligia e que a levava a correr atrás de uma ilusão, vá saber qual.

E assim continuava a história daqueles destinos que de tempos em tempos se encontravam para se bifurcar depois, Socorrito bem casada e Bolivia não, mas, em troca, Bolivia conseguira ser mãe e Socorrito não.

— Bolivia teve duas filhas — disse Socorro —, e não vou lhe negar que a invejei muito, cheguei a amar as meninas como se fossem minhas, sobretudo Violeta, a menor; vinham me visitar e a menina adorava minhas porcelanas, passava horas olhando para elas, gostava de limpá-las com um pano úmido e eu permitia, desde que o fizesse com cuidado para não quebrá-las. Claro que é um pouco psicótica, minha menina Violeta, talvez bipolar, como dizem agora, ou nervosinha, não saberia precisar, mas de qualquer maneira uma boneca. Precisa ver os cabelos claros e os olhos verdes que tem na cara e que iluminam como dois faróis; é apenas questão de saber levá-la, de seguir sua corrente. Para acalmá-la, sabe? Por sua vez, com María Paz, a mais velha, as coisas sempre foram enroladas: quando pequena era rebelde e difícil e depois que cresceu ficou ainda pior. Bem, digamos que é uma garota temperamental e deixemos assim, para não começar a julgar. Meu marido me advertiu desde o começo, atenção na filha mais velha de Bolivia, me dizia, vai acabar tendo problemas, você vai ver, quem semeia vento colhe tempestade. Talvez fosse paranoia dele, o senhor sabe como os imigrantes vivem neste país, com muito medo de fazer alguma coisa errada, de se comportar de maneira indevida, de chamar a atenção dos vizinhos ou das autoridades, tudo vira pânico de que o desprezem e olhem feio. Talvez seja uma coisa mental, daqui de cima, me entende? Problema de cabeça. Mas mesmo assim a pessoa fica com essa psicose, é inevitável, basta que a grama de seu jardim esteja um pouco descuidada para que logo sinta que podem deportá-lo. Veja, mister Rose, não julgue o meu Marcus, que tem se comportado muito bem comigo, mas é verdade, me impõe condições e nisso é taxativo, não permite discussão.

Salmon ficara feliz quando María Paz resolveu se casar com um policial americano. Disse a Socorro que era bem possível que a garota estivesse se reabilitando e aceitou gastar um bom dinheiro em um presente de casamento, um jogo de taças de cristal tcheco. Mas quando aconteceu a história da prisão, Salmon disse à esposa que a filha mais velha de Bolivia não voltaria a pisar em sua casa. "E se ela não teve culpa do que aconteceu?", atrevera-se Socorro a perguntar. "Alguma coisa ela fez", foi a resposta definitiva do senhor Salmon.

— Mas me diga, Socorro, quando eram pequenas as duas meninas de Bolivia chegaram a viver nesta casa, aqui com você em Staten Island? — perguntou Rose.

— Não. Bolivia demorou muito para trazer suas meninas. Mais de cinco anos. E quando, por fim, as trouxe, não vivia mais aqui comigo. Mas vinham de visita de quando em quando. Às vezes passavam o fim de semana e tentávamos passar juntas o Dia de Ação de Graças ou o Natal. Entenda, Bolivia e eu continuávamos amigas, mas alguma coisa invisível e fina como uma lâmina de gelo tinha esfriado por dentro o que foi nossa irmandade. E pouco depois ela morreu. E talvez não tenha me comportado muito bem com a filha mais velha, isso eu reconheço e espero que Bolivia não me cobre isso do além — disse Socorro enquanto olhava para baixo como quem se confessa, cravando os olhos contritamente em seus sapatos de verniz. — Mas não culpe só a mim. Leve em conta as convicções do meu marido...

— Suponho que esta visita, o fato de eu estar aqui neste momento, também é uma coisa que está acontecendo às escondidas de seu esposo — arriscou Rose.

— Bem, o senhor veio reviver fantasmas que importunam meu esposo... me perdoe, mas não seria bom tirar a poeira de certos episódios que colocaram em xeque meu matrimônio. Marcus é um homem em dia com a lei; é generoso mas não perdoa a delinquência nem a má conduta, nada que atente contra a ordem e a segurança e muito menos contra a moral.

— Mas a senhora mesma admite que é possível que María Paz não seja culpada.

— Vá explicar isso a Marcus, que é um homem de princípios inalteráveis. Jamais me perdoaria uma coisa dessas.

— Dessas como?

Socorrito começou a se enrolar com as palavras, se arrependia de sua falta de caráter, se desculpava por sua submissão ao marido, se sentia na obrigação de se justificar àquele desconhecido que viera interrogá-la. Sempre havia sido fraca, de pressão alta e saúde frágil. Quais as doenças que não a haviam afligido? Pelo menos uma dúzia das que faziam parte da relação do Medical Care — daí foi lhe fazendo, diretamente, a lista de todos seus males, enumerando-os com seus dedinhos finos de longas unhas pontiagudas: câncer de mama, sinusite, alergias, erupções, ataques de soluço que podiam durar semanas. Tanta visita ao médico, tanta passagem pelo hospital, tanta fadiga crônica não a haviam deixado parir nem trabalhar. Bolivia, por sua vez, era incansável para o trabalho e forte como um carvalho, não se permitia nem um dia de descanso e não havia sequer uma gripe em todo seu histórico. Mas Socorrito continuava viva e Bolivia, em troca, morrera e fora enterrada antes de completar 52 anos. Socorrito nunca tivera de trabalhar, mas não lhe faltava dinheiro; Bolivia, que nunca parara de trabalhar, era daquelas que não conseguem juntar nem para o aluguel do mês. Na sala de tratamento intensivo do Queens Hospital Center, uma hora depois de uma apoplexia fulminante ter fritado o cérebro de Bolivia, Socorro parou ao pé do leito da amiga, que jazia inconsciente, mas ainda viva, e lhe jurou pela Santíssima Virgem e com a mão em cima do coração que dali em diante, ela, Socorro Arias de Salmon, cuidaria das meninas. Pode morrer tranquila, amiga, que eu cuido de suas filhas, disse. E até agora havia cumprido a promessa direito, meio direito, digamos que direito em relação à Violeta e não tão direito com María Paz, e revelou a Rose que havia idealizado um mecanismo especial de poupança para poder continuar cumprindo a promessa que fizera a Bolivia em se tratando de Violeta quando nem ela nem Mr. Salmon estivessem vivos.

— Quase todas estas porcelanas que está vendo aqui são Royal Doulton — disse. — Valem uma fortuna. Veja, esta é uma peça única, oferecerão pelo menos sete mil dólares a Violeta quando quiser vendê-la.

Debaixo de chave, atrás de um vidro, tinha também meia dúzia de peças Capo di Monti, e ela perguntou a Rose se sabia avaliá-las, se percebia que eram originais, ou seja, com selo de originalidade e tudo, e que estavam em ótimo estado.

— Veja, só com esta que está vendo aqui, a menina doente da Bolivia tem o suficiente para viver pelo resto da vida. Veja — pediu Socorro.

E Rose olhou: era uma peça de bom tamanho, formada por duas figuras colocadas sobre uma espécie de nuvem, uma mulher e um homem, a mulher com ar imperial, como uma María Antonieta ou uma Madame Pompadour, em traje com babados e véus, inclinando-se sobre um mendigo ajoelhado aos seus pés. Mendigo ou, talvez, uma pessoa pobre, que contemplava com arrebatamento quase místico o generoso decote da senhora. Poder-se-ia dizer que devorava com os olhos aquele par de peitos de porcelana. De qualquer maneira, Rose ficou incomodado com o sujeito, aquele mendigo, porque havia algo abjeto em sua atitude.

— Bela peça — disse, porque não pensou em outra coisa para dizer.

— Como Marcus e eu não temos filhos — disse Socorro, com uma ponta de frustração —, Violeta será a única herdeira de todos estes tesouros. É uma dívida que tenho com Bolivia, com minha querida Bolivia, porque nem sempre me comportei bem com ela, nem sempre me comportei bem. Talvez por ciúme ou por inveja, ninguém é perfeito, como se sabe, e eu menos que ninguém. E, na verdade, Bolivia tampouco: não era nada perfeita, minha amiga Bolivia, dê isso como certo.

Embora Socorro não lhe confessasse, Rose ia chegando à conclusão de que aquela mulher não conseguia suportar que seu marido olhasse tanto para Bolivia, que a amiga fosse fértil e ela não, e que sofria ao comparar sua figura pequena e magra com as formas redondas e o sorriso esplêndido da outra. Era verdade que Bolivia se dera conta, que percebera que alguma coisa andava mal, e não à toa com o passar dos meses a tensão fora ficando mais que evidente, quase tangível, conforme disse dona Socorro, até que uma noite, quando ela e seu jamaicano voltavam da matinê, descobriram que Bolivia havia ido embora com mala e cuia, deixando um bilhete que dizia *"Love you, thank you very much for everything*, obrigada e até sempre e que Deus lhes dê muitos anos de casamento feliz". Daí em diante, Socorro só voltou a vê-la de vez em quando, e de sua história e aventuras não voltou a saber mais do que fragmentos. Era uma sobrevivente, era isso que Bolivia era, uma sobrevivente, repetiu várias vezes a Rose, e este, que se lembrou de ter lido a mesma frase no manuscrito de María Paz, se perguntou o que aquilo significaria exatamente, e se acaso não teria algo a ver com as dezessete páginas que faltavam no manuscrito de María Paz.

— Faltam dezessete páginas?

Socorro quis fingir que não sabia, mas ficou vermelha e algumas gotas de suor umedeceram a penugem oxigenada que tinha entre a boca e o nariz.

— Sabe, por acaso, o que aconteceu com essas páginas?

— Na verdade não. Quem sabe, às vezes as coisas se perdem, o senhor sabe...

— Socorrito, eu lhe agradeceria se me contasse a verdade.

— Entenda, mister Rose, essas páginas eram a parte mais comprometedora da história, eu tinha medo de que... enfim. Veja, senhor Rose, a verdade é que as queimei.

— Queimou...

— Sim. Confesso que queimei. Faziam referência a coisas íntimas e graves, que me dizem respeito diretamente. Coisas que para mim são dolorosas. E outras que não recordo. Coisas inconvenientes para a memória da minha melhor amiga, *you know what I mean*, e não insista mais, senhor Rose, por favor.

— Tudo bem, vamos deixar como está. Só mais uma pergunta, a última, antes de me despedir. Diga-me o que a levou a decidir, por fim, enviar o manuscrito.

— Essa pergunta, sim, tem uma resposta fácil: o fiz porque a própria María Paz me pediu e não me senti como o direito de contrariar sua vontade.

— Mas demorou muito a colocar o envelope no correio...

— Suponho que fui vencida pelo arrependimento, que corrói por dentro, o senhor sabe, e não tive outro remédio além de procurar seu endereço, mister Rose, nisso me ajudou Odile, minha vizinha, que lê e sabe muito, lida com o computador e encontrou suas informações nessa coisa Gugu, ou como se chame, e então, sim, enviei ao senhor o escrito, antes tarde do que nunca. É ou não é?

— Não terá feito isso temendo que María Paz ficasse sabendo que não o havia enviado?

— E o que o leva a pensar isso? Não vejo María Paz há muito tempo. Não voltei a vê-la desde que a visitei na prisão. A pessoa faz favores... Na medida do possível a pessoa faz favores... Eu dei a María Paz nada mais nada menos do que um casaco de *mink* para que não passasse frio no inverno, por acaso isso não conta? Ou para que o vendesse, se preferisse, e ficasse com o dinheiro. Não vou lhe dizer que o *mink* estivesse em boas condições, mas, de qualquer maneira, foi um belo gesto de minha parte, porque na medida do possível a pessoa está disposta a ajudar. E sabe quem foi que conseguiu o primeiro trabalho de Bolivia aqui nos EUA, quando chegou sem documentos? Sim senhor, fui eu. Fui eu que consegui. Era um trabalho humilde, mas, enfim, trabalho, como faxineira no apartamento de uma idosa que vivia em Manhattan, lá pela 55 Oeste. Estou deixando o senhor entediado ou quer que lhe conte?

— Se não remontar aos persas, dona Socorro...

— Persas não, judeus. A senhora se chamava Hannah, era judia, e Bolivia não precisou de muito tempo para perceber que, quando chegava ao apartamento, a senhora já o limpara e arrumara tudo. Bolivia um dia lhe perguntou, mas como quer que eu faça o meu trabalho se a senhora se adianta? E a idosa lhe respondeu: "bem, é que eu não suporto a ideia de que alguém entre em minha casa e a encontre suja". Então Bolivia compreendeu que o que sua patroa queria era, basicamente, companhia, porque não há nada pior do que a solidão, o senhor deve saber, mister Rose, e por isso Bolivia não voltou a perguntar e aprendeu a limpar depressa o que já estava limpo e a arrumar o que já estava arrumado. Depois iam juntas passear no Central Park, onde sempre falavam da mesma coisa: da cor das folhas das árvores de acordo com a estação do ano.

— Eu diria que esta folha é de álamo e tem uma cor *viridiana* — sentenciava a senhora Hannah.

— Não sei o que é *viridiana*, eu diria que talvez verde-esmeralda — opinava Bolivia.

— É a mesma coisa, Bolivia, *viridiana* e esmeralda são o mesmo verde. E esta folha de salgueiro-chorão, não será verde cromo?

— Provavelmente verde lama.

— Que tal verde pântano?

— De acordo, senhora Hannah, verde pântano.

E assim acontecia todos os dias, com sicômoros, bordos e olmos, trocando ideias sobre a variedade de tons de verde, verde limão, verde menta, malaquita. Mais adiante no ano elas se debruçavam nas possibilidades dos ocres e dourados do outono e no inverno só lhes restavam o cinza e o branco.

— Você sabe que os esquimós distinguem nove tons de branco e têm um nome para cada um deles? — perguntava a senhora.

— Nossa Senhora, que exagero, nove tons de branco?

Depois do passeio matinal pelo Central Park e já com fome, as duas mulheres, a colombiana sem documentos e a americana solitária, caminhavam de braços dados até a Carnegie Deli, onde pediam pastrami e pepininhos ou *matzoh balls* e terminavam com um *cheesecake* de morangos. A senhora Hannah sempre pagava e, como nenhuma das duas comia muito, vinham cheias de comida que o garçom embrulhava em papel-alumínio e Bolivia levava no *subway* 7, diretamente do Times Square quase até a porta de sua casa, um quarto que compartilhava em Jackson Heights com uma dominicana e sua sobrinha, que, por sua vez, recebiam ali mesmo visitas temporárias ou permanentes de familiares ou conhecidos. O interessante é a cadeia alimentar gerada a partir daí, porque naquele quarto de Jackson Heights jantaram, todos os dias, uma média de cinco pessoas durante quatro meses e meio sem que nenhuma dela colocasse o pé em um supermercado; bastava-lhes a água de torneira e as quentinhas que Bolivia trazia da Carnegie Deli.

— Uma péssima influência sobre Bolivia — disse Socorro a Rose. — Eu sei porque lhe digo isso. Uma péssima influência, a dessas dominicanas. Se chamavam Chelo e Hectorita e eram tia e sobrinha. Estiveram aqui umas vezes com Bolivia. Chelo era a tia, e Hectorita, a sobrinha.

Bolivia enviava quase todo o salário que recebia na rua 55 à Colômbia, para o sustento das filhas. Vivia com o pouco que lhe sobrava e poupava o resto. Mas o resto não era nada, nunca lhe sobrava para seu objetivo único e principal: pagar o visto e as passagens das meninas. Para esse fim havia aberto uma conta-poupança que não engordava, pobre conta anoréxica que se esvaziava cada vez que alguma das meninas adoecia, ou fazia aniversário, e quem cuidava delas pedia dinheiro extra para enfrentar a emergência.

— Não vai haver ano em que suas meninas não adoeçam ou não façam aniversário pelo menos uma vez — desafiavam as dominicanas. — Enquanto continuar trabalhando como empregada, nunca vai conseguir economizar. Largue essa pedreira, garota, saia dessa, você consegue coisa melhor.

— E a pobre senhora Hannah? — protestava Bolivia.

— A pobre senhora Hannah é rica. A pobre é você.

— E o que vamos comer, sem o pastrami e sem as quentinhas?

— Aí veremos, nos ajeitamos.

— Mas a senhora Hannah e eu somos amigas...

— Amigas uma ova. Demos nomes aos bois. A senhora Hannah é a senhora. Você é a criada. Mas, daqui em diante, vai ser operária.

— Operária?

— Vamos levá-la ao encarregado da fábrica onde a gente trabalha. Vai ser contratada e vamos tomar um porre para comemorar.

Era uma fábrica de jeans, uma dessas *sweat-shops* ou redutos de semiescravidão que supostamente haviam sido perseguidos e fechados muito tempo antes na cidade de Nova York, mas que, na realidade, continuavam funcionando a todo vapor. Para que Bolivia chegasse bem a sua entrevista de trabalho, as dominicanas a prepararam psicologicamente, a tranquilizaram com gotas homeopáticas e a instruíram nas perguntas que teria de responder. Você os agarra recorrendo à suavidade, aconselharam para que não se deixasse intimidar pelo caráter azedo do encarregado, que se chamava Olvenis e era um desses sujeitos secos e mal-humorados, de barba eriçada que, se roça em você, arranha; um origami de lixa, assim era Olvenis, o capataz.

— Quando lhe perguntar se você sabe manejar máquinas industriais, diga que sim.

— Mas como, se não tenho a menor ideia? — resmungava Bolivia. Nunca vi uma na vida.

— Não leve isso em conta e diga que sim.

— E como respondo? Com este inglês de merda?

— *No problem*, o dele é pior, porque não é americano. A dona do estabelecimento sim, é nada mais nada menos do que Martha Camps, sabe quem é ou não sabe? Em que mundo você vive, garota? Martha Camps, a estrela de televisão! Mas Martha Camps nem aparece, para isso é que tem o encarregado, que quase não fala inglês. Aqui em Nova York, se seu inglês é ruim, não dê bola, sempre vai encontrar alguém que fala pior do que você. Não sabe dizer *yes*? Qualquer coisa que lhe perguntar, você diz *yes*. Ou acha que é muito difícil dizer *yes*? *Yes, mister Olvenis, yes, yes. Yes, of course, mister Olvenis, thank you mister Olvenis, thank you very much.*

— E quanto peço para me pagar?

— Não peça nada, aceite simplesmente o que lhe oferecer. Todas começamos assim, depois vai melhorando e, se não melhorar, vá procurar em outro lugar. A vida das clandestinas funciona assim por aqui.

— E se perguntar se tenho documentos?

— Não vai perguntar, sabe que nenhuma de nós tem documentos. Essa é a questão, é esse o negócio: como não temos papéis, pode nos pagar mal, depende de como a bílis estiver agitada esse mês.

Foi levada a um edifício fechado e lacrado com fita plástica amarela, daquelas que dizem *police line do not cross*. Na fachada, comunicados oficiais anunciando embargo por falta de pagamento de impostos; na frente, uma lixeira cheia; os vidros quebrados e as janelas tapadas com tábuas e, se você passasse por ali desprevenido, poderia jurar que naquele lugar só viviam ratos e poeira. É aqui, disseram. Aqui? Venha, a entrada é por trás. Atravessaram quase às escuras um depósito de madeiras anexo à parte traseira do edifício, Chelo e Hectorita na frente, Bolivia atrás, e depois tatearam degrau por degrau, subindo uma escada que rangia. Jesus Cristo! Quantos andares faltam? Ânimo, garota, já foram cinco e faltam quatro, e quando Bolivia já estava sem fôlego ouviu, vindo do fundo, o ronronar de máquinas. E nenhuma voz humana, como se as máquinas funcionassem sozinhas. Chegamos, é aqui. Abriram uma porta metálica e um golpe de luz as cegou. Quando as imagens se delinearam no meio do clarão, conseguiu distinguir a presença silenciosa de umas vinte mulheres, todas jovens, espremidas em mesas longas, cada uma concentrada em sua máquina de costura como se não existisse mais nada no mundo. Parecem zumbis, pensou, só conseguindo tirar o casaco quando já a haviam sentado entre duas mulheres, diante de sua própria máquina. Para cada *jeans* que deveria confeccionar lhe deram doze peças de denim, seis rebites, cinco botões, quatro etiquetas, um zíper e uma única instrução, que o chefe deu uma vez e não repetiu mais: tinha trinta minutos para terminar cada par. As dominicanas haviam feito a conta, trinta minutos por par, vinte pares por trabalhadora em jornadas de dez horas de trabalho, menos falhas mecânicas, erros humanos, *lunch break*, eventuais quedas de luz e paradas para fazer xixi, um total de 300 a 320 pares de *jeans* confeccionados e empacotados ao final de cada dia do ano.

— Mãe do céu — suspirou Bolivia. — Quem anda por aí usando tanta calça...?

Tentou se recordar das orientações teóricas que suas amigas lhe tinham dado sobre como funcionava aquilo, benzeu-se, disse "por minhas filhas" e apertou o pedal com o pé direito. Constatou em seguida que um aparelho industrial como o que estava diante dela era um monstro com vida própria, um cavalo descontrolado que devorava o tecido e enredava os fios antes que conseguisse sequer tirar o pé do pedal. Às vezes a agulha feria seus dedos e passava por cima deles tão depressa que quando ela via as manchas no denim nem sequer sabia de onde provinham. No terceiro dia, Olvenis a chamara a sua sala e falara alto, severo, gritara grosserias naquele inglês dele, muito parecido com seu estranho idioma natal, e, embora Bolivia não o entendesse, bem que adivinhou do que se tratava. Estava sendo despedida por ser descarada, mentirosa, porque jamais lidara com uma máquina industrial. Seu sangue subiu ao rosto e depois desceu todo de supetão. Ficou muito pálida, a visão turva, os ouvidos apitando, sentiu que ia sujar as calças e caiu no chão, inconsciente, ali mesmo, no chão de cimento do escritório do encarregado.

— Fiz um papelão muito ridículo — lamentou naquela noite para suas amigas, deitada no colchão e com compressas de álcool na testa.

De manhã voltou a procurar a velha da rua 55, pediu perdão por tê-la deixado sem aviso prévio e suplicou que lhe desse uma segunda oportunidade. Mas a senhora já havia contratado uma garota oriental. À noite, porém, as dominicanas trouxeram boas notícias ao quarto de Jackson Heights.

— O desmaio funcionou, Bolivia — disseram. — Olvenis ficou com pena e mandou lhe dizer que vai admiti-la de novo, mas só que você vai ficar passando.

Passar era o trabalho mais mal-remunerado e duro, sobretudo por causa do vapor e do calor. Tinha que passar *jeans* durante toda a jornada em um quartinho de dois por dois, quente como um forno, nada de janelas e pouca ventilação. As janelas não eram tapadas por acaso, os donos evitavam que a oficina fosse vista de fora. Era verão e Bolivia se asfixiava no meio das montanhas de jeans. Em uma semana achou que estava morrendo, em quinze dias, ressuscitando; em um mês, voltou a desmaiar. Mas a recordação de suas duas filhas a mantinha em pé. Não aguentava mais, resolvia desistir, mas não desistia, devia suportar para trazer suas filhas o quanto antes, as traria, custasse o que custasse, mesmo que caísse morta as traria, e uma vez por mês, antes de voltar à noite ao seu quarto, dava uma passada pela Telecom Queens da Roosevelt Avenue, onde dúzias de colombianos faziam fila diante de cabines telefônicas a fim de ligar para sua pátria. Dali falava com sua filha mais velha e chorava com ela, depois discava outro número para falar com a filha menor, mas nunca conseguia, a senhora que a atendia dava alguma desculpa, hoje Violeta não está por aqui, ou já está dormindo, ou é tímida, dizia à Bolivia, você precisa entender, faz muito tempo que não vê a mãe, recuperar sua confiança não vai ser fácil, não vai ser uma coisa de uma hora para outra, tenha paciência com a menina, ela está com confusão na cabeça, seja paciente que logo vai passar.

E no dia seguinte, às 7h, Bolivia voltava à fábrica e ao ferro e ao calorão, desde cedo com meia hora de descanso para o *lunch break*, só café com leite e *donuts*, que lhes trazia um mensageiro e elas tinham que comer ali mesmo, porque não tinham permissão de descer àquela hora à rua e, além de tudo, tinham que pagar do próprio bolso, o mesmo cardápio, café com leite e *donuts*, para todas as vinte operárias todos os dias da semana, e depois à tarde Bolivia continuava trabalhando até às 17h15. E o que ela fazia ali, quinze minutos a mais do que as demais?

Socorro de Salmon contou a Rose que uma das páginas que tivera de queimar se referia a isso.

— Lá naquela fábrica, depois das cinco da tarde — fofocou —, quando suas amigas, as dominicanas e todas as outras, já tinham ido para casa, Bolivia não passava mais. A pobre tinha de fazer outro tipo de trabalho manual.

— Com Olvenis?

— Algo assim.

— Escrava laboral e escrava sexual.

— Era essa a desgraça.

— E sua amiga Bolivia nunca se divertia? — perguntou Rose. — Nem sequer ia ao cinema? Dançar de vez em quando...?

— Bem, precisava de todo o dinheiro extra que pudesse conseguir...

— Para trazer as filhas à América.

— Sim, é isso. Jure que não vai repetir, mas a verdade é que em um momento crítico Bolivia chegou até a ser *teibolera*.

— O quê?

— *Teibolera*. Eu tampouco conhecia a palavra, *teibolera*, ou seja, a mulher que dança em cima da *teibol*, da mesa. De topless, como chamam, e o senhor sabe como é isso... — Socorrito abaixou a voz, como se fosse sussurrar um segredo. — Com os peitos balançando no ar. Os de Bolivia eram bem fartos, e com razão podia explorá-los. Tudo para trazer suas filhas à América.

— Tem uma coisa que não entendo, dona Socorro — comentou Rose. — É muita abnegação. Em primeiro lugar, por que deixou as meninas?

— Não era propriamente uma questão de fome, não era um desses casos em que a pessoa não tem o que dar de comer a suas crias. Não chegava a isso. Lá no seu povoado, Bolivia levava uma vida mais ou menos, posso lhe dizer, com uma família que a apoiava, todas aquelas tias e primas com nome de mapa, mais dois trabalhos e vários namorados, incluindo os pais desconhecidos de suas filhas, e, modéstia a parte, não lhe faltava a minha amizade; eu tinha recursos e de vez em quando a ajudava...

— Entendo — disse Rose. — Não era propriamente um cenário de fome e miséria extrema...

— Veja, senhor Rose, o que ela queria era levar uma vida de sonho. E saiu correndo atrás de um sonho, sabe o que é isso?

— A ponto de deixar as filhas sozinhas durante cinco anos.

— Foi o que aconteceu.

— Não terá deixado as filhas lá longe porque a incomodavam?

— Cale essa boca, senhor Rose. Como lhe ocorre dizer tal coisa se Bolivia se matou durante anos para poder trazê-las...?

— Abandonar os filhos provoca dores de consciência em qualquer um. Eu sei por que lhe digo isso. Bolivia se castigava trabalhando noite e dia e assim matava a culpa de tê-las abandonado. Certas coisas uma pessoa entende porque as viveu, mas tenho certeza de que as páginas que faltam diziam algo mais.

— Pois sim, diziam algo mais. O mais horrível para mim. Essas páginas mencionavam meu marido.

— Deixe-me adivinhar... Bolivia e o senhor Salmon? Daí sua bronca contra sua amiga, Socorro?

— Bolivia vivia se virando... E a filha também é assim. Tal mãe, tal filha, e não estou caluniando. Antes de acabar com o pobre policial, María Paz já havia depenado alguns outros.

— A senhora tem certeza, Socorro?

— Certeza não tenho, mas não é difícil adivinhar. Se você faz uma vez, pode voltar a fazer... Como estou dizendo, não tenho certeza, é claro que essa garota é terrível...

— Está falando com raiva, Socorro, estou achando que a ferida está sangrando. Bolivia a feriu e a senhora está indo à forra com sua filha. Não será isso? Para mim, é muito importante saber a verdade; pense bem, por favor, tem base para dizer isso que está insinuando?

— "Base para isso que está insinuando", mãe do céu, o senhor está me parecendo detetive, está me assustando...

— Perdão, não era essa a minha intenção, só preciso esclarecer os fatos, mas não se preocupe, é por motivos inteiramente pessoais.

— Que tal tomarmos outro *tintico*...

— Está bem, outro *tintico*.

— E se eu envenená-lo?

— Como disse?

— Se batizar o tinto com um pouquinho de aguardentizinha?

— Tudo bem, Socorrito, batize o tintico, mas me ouça, o advogado de María Paz diz que ela não fez aquilo.

— Ave-Maria, o advogado era um homem corajoso. Trouxe um dia a garota até aqui naquele carro vermelho esportivo que tem, eu se fosse o senhor não acreditaria muito nesse advogado, que, digamos, não me parece muito profissional.

— María Paz andava com o advogado em um carro esportivo vermelho?

— É isso que estou lhe dizendo. Em um carro esportivo vermelho.

Quando trabalhava na fábrica clandestina, Bolivia havia percebido que raramente alguém passava pelo quarto de passar, ninguém ia até lá atrás, e por isso, em uma manhã de calor horrível, resolveu tirar a blusa. No dia seguinte, tirou a blusa e a saia, e cada vez foi ficando mais audaciosa, até que acabou passando roupa de sutiã e calcinha e depois sem nada, com o corpo no molhado de suor e os cabelos gotejando.

— *Teibolera*, ao fim e ao cabo — sentenciou Socorro. — Meu marido diz que com isso não se brinca. Os seios, como os cães bravos, só podem ser soltos à noite e em casa.

Com o borrifador que usava para passar os *jeans*, Bolivia jogava água no rosto e, nos piores dias de sufoco, chegou até a ficar em pé dentro de uma tina de água fria. Acomodou-se bem ali, no quartinho de passar, o único lugar onde podia se refrescar no verão e se aquecer no inverno, enquanto as outras tiritavam de frio na sala sem calefação e, além disso, sempre gostara de passar, desde menina passava bem, sua avó América lhe ensinara a engomar o tecido, a aromatizá-lo com água de lavanda e a passar com um daqueles pesados ferros enchidos com carvão em brasa, porque insistia em continuar usando-o apesar de já terem lhe dado de presente um ferro elétrico e, com esse mesmo ferro a carvão, ensinou o ofício a sua neta Bolivia, que, anos mais tarde, recorreria a ele para sobreviver nesse país de sonho, que não à toa tinha o mesmo nome de sua avó América. Assim Bolivia, enquanto lutava com os zíperes dos *jeans* no quartinho de passar, recordava sua avó e isso a deixava feliz, esmerando-se para que cada par ficasse perfeito. Olhe, vovó, lhe dizia, este ficou bom, agora faltam quarenta, e a avó parecia lhe responder do além: "Ânimo, minha menina, não se canse ainda que já são apenas trinta, e vinte, e dez, e está quase acabando." Ali sozinha, naquele espaço pequeno e fechado, milagrosamente privado, Bolivia conseguia até sonhar, podia ser dar ao luxo de pensar nas filhas, imaginar o reencontro, uma e outra e outra vez, vislumbrava mil vezes cada detalhe do momento em que, por fim, voltariam a se juntar e ser de novo uma família.

— Mas eu estou cansando o senhor, mister, deve estar entediado com essas minúcias de mulheres, a goma, o ferro, a água de lavanda, a máquina de costura... Qual é o interesse que o senhor pode ter em tudo isso?

— Não são minúcias, são coisas de trabalho que me interessam sim. São trabalhos que uma pessoa faz para sobreviver. E não são coisas de mulheres, são coisas de seres humanos. Continue, Socorro, me interessa sim. Até quando Bolivia trabalhou nessa fábrica?

— Até morrer, senhor, até morrer. Pobre da minha amiga Bolivia, tomara que tenha conseguido descansar em paz.

— Uma última coisa, Socorro... A mais urgente. O verdadeiro motivo desta visita: pode me dizer onde ela está?

— Como não, está enterrada no St. John Cemetery. Se quiser visitá-la, eu de repente o acompanho, faz muito tempo que...

— Espere um momento, dona Socorro... Está me dizendo que María Paz morreu?

— María Paz não, senhor! Deus me livre. Estava me referindo a Bolivia. Bolivia morreu faz tempo, já lhe disse como, e está enterrada no St. John. No St. John Cemetery, do Queens.

— Então María Paz está viva...

— É claro que sim, até onde eu sei.

— Por favor, dona Socorro, me diga onde posso encontrá-la. Para mim é muito importante, por motivos difíceis de explicar.

— Quer encontrá-la por causa do livro, não é mesmo?

— Não exatamente. Mas, se fosse pelo livro, me diria onde está?

— Ah, meu amor, se eu soubesse... Mas não tenho a menor ideia, juro. Não lhe disse que a última vez que a vi foi quando lhe fiz aquela visita no presídio?

— Não disse que um dia o advogado a trouxe até aqui em seu carro esportivo vermelho?

— Ah, mister Rose, lhe peço mil desculpas, mas é melhor que vá de uma vez. E não se sinta ofendido. Se fosse por mim, teria muito prazer em continuar com esta conversa tão agradável. Mas meu marido vai chegar, o senhor sabe...

Durante a volta na balsa de Staten Island, Rose ficou em pé na coberta, afastado dos outros passageiros, com o olhar cravado na larga esteira de espuma que o barco ia deixando na água cor de alcatrão. Comprou um saco *extra-large* de pipoca e foi jogando-as na água sem comer nenhuma e no final também jogou o saco e viu o redemoinho o engolir com um puxão. Naquela noite, ficou no apartamento de estudante deixado por seu filho Cleve, um quarto com banheiro, closet e cozinha compactados em menos de dez metros quadrados em um edifício decadente da Saint Mark's Place, e não haviam passado doze horas desde que se despedira de Socorro de Salmon, ou, melhor dizendo, desde que Socorro de Salmon o despedira, quando ouviu o telefone tocar. Ainda não amanhecera. Rose respondeu em meio a sonhos e sem saber de quem poderia ser aquela voz masculina que falava com ele tão fora de hora.

— Estava dormindo? — perguntou a voz.

— Até que você me acordou.

— Pois se apresse, amigo, é urgente. Temos que sair em uma hora — ordenou alguém que Rose, por fim, reconheceu: era Pro Bono.

Do caderno de Cleve

Paz se transformou em uma perturbadora criatura com duas cabeças, uma espécie de monstro bicéfalo que tenho urgência em decifrar para tentar entender o emaranhado de sentimentos que desperta em mim. A Paz da primeira cabeça vem de um mundo distante, mas que certa vez, lá na Colômbia, me abriu as portas, alguém que eu sinto que se parece comigo, ou que é igual, ou até mesmo melhor; uma garota rude e dura que vive a vida com mais intensidade do que eu, que é mais hábil para lidar com a outra face da moeda, ao mesmo tempo mais aberta à alegria, alguém com quem gostaria muito de ter a liberdade de me sentar para conversar durante horas. De ir ao cinema e depois sair para jantar. Ou compartilhar a cama, sobretudo isso, por que não? O que tem de estranho desejar loucamente uma garota bonita, mesmo que seja sua aluna, ou esteja presa, ou seja delinquente? Desta Paz da primeira cabeça posso dizer que é morena e escura sem temer ofendê-la, negra de pele e negra dela mesma, porque é impenetrável, e, por isso mesmo, inquietante. É alguém que me afasta do cansaço que arrasto diante do óbvio, do claro e limpo e codificado. Meu amigo Alan Reed, que vive em Praga, me convidou há alguns anos a visitar a cidade, mas venha logo, me apressava em sua carta, antes que o capitalismo acabe de polir tudo. Provavelmente procuro isso em Paz, uma pessoa que ainda não foi polida pelo capitalismo. Gostaria de tocar sua pele, que é diferente da minha, sentir sua pele contra a minha, enfrentar as ameaças e as promessas desse contato, submeter-me à iniciação pavorosa e quase sacra que isso implica. Atravessar o umbral. O *cântico dos cânticos* fala de se unir a uma mulher que é "bela e negra como as tendas de Qedar". É assim que vejo esta primeira Paz, escura como as tendas de Qedar e negra também como Otelo, a quem Iago chama de Mouro (a palavra morena vem de Mouro), e certa vez li em uma revista de esportes algumas palavras, quase um conjuro, de Boris Becker, o tenista branco como leite, que se casou com uma mulher negra e confessava, maravilhado, que não percebera quão negra era sua pele até o amanhecer de sua primeira noite de amor, quando a viu nua em cima dos lençóis brancos.

    O caso da segunda cabeça é mais complicado porque está enraizado em velhos temores e preconceitos generalizados dos quais não posso dizer com honestidade que estou de todo isento. Esta Paz da segunda cabeça é a mesma de antes, mas vista com outros olhos e com um abismo no meio, alguém vindo de um universo incompreensível e distante de terras empobrecidas, famintas e violentas, as que se deram mal na distribuição. Além disso, é uma pessoa de outra raça, e aí estaria a chave; uma pessoa com um letreiro na testa que indica sua raça, que não é a mesma que a minha, e com uma cor diferente da minha. Uma pessoa com quem eu teria medo de ir para a cama porque, na intimidade, poderia se comportar de maneira diferente, teria outros hábitos sexuais e talvez exalaria um cheiro forte e desconcertante. Uma pessoa que se alimenta de coisas que eu sequer me atrevo a provar. Uma pessoa com contas a acertar com a justiça, capaz de cometer atos impensáveis no meu caso. Outra espécie de ser humano, como os que andam descalços em procissões religiosas pelas ruas empedradas de uma aldeia, os que cultivam milho em uma pequena gleba para alimentar seus inúmeros filhos, os que se metem na guerrilha e são torturados por algum ditador militar. Como se fosse pouco, esta María Paz da segunda cabeça tem um olhar muito intenso que consegue me penetrar, pois, no fundo, para nós, as pessoas de olhos claros, os olhos negros podem conter alguma coisa perversa, alguma coisa bela, mas também perversa, como se fossem uma armadilha; basta observar Penélope Cruz quando anuncia rímel em um painel publicitário para se dar conta de que esse tipo de olhos bem poderiam hipnotizá-lo para depois violentá-lo ou pelo menos roubar seu celular ou sua carteira; supõe-se que uma pessoa de olhos azuis como eu deveria pensar duas vezes antes de confiar um filho ou um cartão de crédito a uma pessoa de olhos tão escuros como os da minha Paz. Antes de uma pessoa, esta segunda María Paz seria uma estrangeira, com as implicações de receio e rejeição que esta palavra contém; não à toa provém do latim *extraneo*, deserdado, ou *extraneus*, externo, da parte de fora, estranho, raro, que não é familiar. É uma *foreigner*, do latim *foras*, afora, de fora, alguém vindo de longe, do exterior. Ou forasteira, de *foris*, porta, entrada: alguém que permanece do outro lado da minha porta fechada, que não traspassa minha entrada. E forasteira do latim *foresta*, floresta, selva: alguém que vem da floresta, um ser selvagem, selvático, e, portanto, alheio à paz e à segurança de minha casa e do que é meu. Uma pessoa, enfim, que mantemos encerrada em uma prisão como Manninpox, a ela como a tantos milhares de latinos e latinas, negros e negras, basicamente pela razão de que têm as características que acabo de enumerar.

5

Do manuscrito de María Paz

O senhor tinha um cheiro, mister Rose. Eu tentava me aproximar, não para tocá-lo, nem me atreveria, mas para cheirá-lo. O senhor era gente boa e se esforçava para parecer calmo, fazia cara de que tudo bem, aqui não há problema, mas a tensão que trazia por dentro o devorava vivo e formava uma zona de alarme ao seu redor. Acho que teria soltado faíscas se qualquer uma de nós, as detentas, sequer o tivesse roçado. Parecia elétrico, mister, sobretudo no começo. Nas primeiras aulas, estava tão tenso que quase tremia dentro de suas camisetinhas Lacoste. É compreensível. Acontece com qualquer um quando anda desprotegido neste covil de ladras. Mas nem todas somos assim, que isso fique claro, aqui as perigosas são minoria. Mas também tem cada tipo, por que negar, mulheres piores que o cão! E não é exagero: há uma tal de Melissa que vai pagar prisão perpétua por ter matado a mãezinha batendo na sua cabeça com uma torradeira, melhor dizendo, torrou, torrou sua progenitora, veja logo de que grau de maldade estamos falando. Não o culpo por se borrar de medo, eu mesmo sou a primeira a proteger minhas costas para que não me ataquem por trás e me machuquem. De qualquer maneira, eu gostava que o senhor tivesse cheiro do mundo lá de fora. As guardas também saem e voltam a entrar, fazem isso todos os dias, mas não trazem grudado esse pouco de ar fresco, estão tão impregnadas de prisão como nós; é que, afinal de contas, elas também são prisioneiras, ou quase, ou talvez ainda pior: pelo menos nós estamos aqui à força, e elas por decisão própria. Seu cheiro, mister Rose, me trazia notícias de coisas tão fora do meu alcance que eu achava que nem sequer existiam, que as inventava, que só viviam em minha nostalgia. Não há janelas nesta área restrita em que me segregaram há uma semana, nenhuma janela. No entanto, no 12-GPU, onde estava antes e para onde espero voltar logo, há uma janela que dá para a rua. Entenda-me, há várias janelas, mas todas internas. Essa é a única que dá para a rua. Lá no alto da parede, perto dos banheiros, como um olho que olha para fora ou um barquinho que navega para o além. Pequena, a janela, não vá achar que é grande coisa, e quase tapada pela grade. Mas se você escalar a banqueta, a janelinha fica na altura dos olhos e lhe permite ver um pedaço da rua. Um recorte, nada mais, à distância, nada de especial, sem transeuntes, nem sequer uma árvore, nem um letreiro, apenas um pedaço de asfalto e um pedaço de muro, imagine uma fotografia em branco e preto, dessas que são tiradas por engano, quando não está se focando nada nem ninguém. Só se vê isso e, no entanto, há sempre uma detenta parada em cima da banqueta e olhando para o além, os olhos fugindo para isso que chamam de mundo de fora, a mente voando para um filho, ou uma mãe, ou uma casa, o que for, qualquer coisa agradável de sua vida de antes, talvez um jardim, digamos uma planta que regava todos os dias e agora deve estar seca. Ou um namorado, tem umas aqui dentro loucas por conta de algum sujeito que está daquele lado. É que alguma coisa resta até à mais miserável, algo que a está esperando e que se espelha no vidro dessa única janela, no 12-GPU, perto dos banheiros. Sempre há uma detenta em pé na banqueta e outras cinco ou seis esperando sua vez. Se alguma se impacienta e começa a gritar com a que está em cima, desça já, filha da mãe, as outras logo a calam. Esse momento se respeita. É preciso saber esperar com calma, senhor, para poder olhar por aquela janelinha e suspirar um pouco. Observando esse retalho de rua, eu me pergunto se essa será a América. Melhor dizendo, eu faço a pergunta a Bolivia, a falecida, porque ultimamente dei para conversar com ela. O que você acha, mamãe, você é quem sabe, afinal se trata de um sonho? Ou a América é, na verdade, isto daqui de dentro?

    O senhor se perguntará se eu me pergunto como fugir. Sim, me pergunto. Atualmente, é a única pergunta que me importa. Mas rebate, nem acabei de formulá-la e já está de volta. Fica encerrada dentro de minha cabeça e ali ressoa e retumba porque aponta para um objetivo cego. Não há como sair de Manninpox, essa é a verdade, não há por onde. Por mais que fique pensando, não consigo imaginar uma fuga possível. Embora sim, sim, a imagino, meus neurônios e minhas células confabulam, vão tramando alguma coisa e de alguma forma logo começarão a colocá-la em prática. Está claro que de corpo inteiro não conseguirei escapar, quero dizer, com tudo, com meus olhos, meus cabelos, meus ossos, minha carne. A única coisa minha que pode sair é meu sangue, que corre livre e não para até ficar longe. E lá vai, lá vai a pequena trilha do meu sangue, jorrando, jorrando, escorregando, escorrendo, gota a gota à procura da luz do dia, encontrando buracos por onde se infiltrar, escapulindo no meio das pedras, traspassando grades e frestas, atravessando muros, deslizando sob os pés das guardas, sem pedir permissão nem chamar a atenção, sem fazer soar os alarmes. Assim, e só assim, é possível para mim voltar ao mundo livre. Transformada em fio de sangue atravesso o campo, corro suavemente pelas autopistas e depois desço pela floresta até chegar ao internato para adolescentes especiais onde está minha irmã Violeta. De longe a vejo sentada à sombra daquelas velhas árvores que a apaziguam e assim fico por um bom tempo, eu a olhando e ela olhando para seu próprio interior, e depois me aproximo para lhe pedir perdão, tudo é culpa minha, Violeta, lhe digo, virei buscá-la, irmãzinha, vou levá-la comigo, de agora em diante nós duas ficaremos juntas para sempre, nada nem ninguém vai atrapalhar nossos planos, juro por Bolivia que vou cumprir minha promessa, se você me perdoar. Vou lhe fazer essa promessa solene: virei buscá-la. É o que lhe digo e peço que me espere alguns dias mais, que tenha paciência enquanto corro ao lugar semeado de cruzes coberto de neve onde minha mãe repousa, mamãezinha linda, digo a ela também, venho lhe pedir perdão, de quê, não sei, se não lhe fiz nada, sou inocente do que me acusam, mas você sabe como funciona a cabeça, a culpa é grande embora não haja culpa, e por isso venho lhe pedir perdão e se acaso lhe deixar umas rosas e isso será tudo, suponho, porque, afinal de contas, como você está morta não pode fazer grandes coisas, e como posso esperar tanto de você, se por mais que lhe fale não me responde? Ou, possivelmente, que engraçado, gravo em sua lápide algo assim como "Mamãe, não a mereço, mas preciso de você", a frase que Margarita tem tatuada no braço, Margarita, uma detenta peruana que é tão sentimental quanto você, e aqui todas zombam dela por isso. E depois continuo correndo, feito uma trilha de sangue, já um pouco mais viva, um pouco mais leve, até chegar à minha casa, abrir a janela e deixar que entrem o sol e o ar, e fico um tempo olhando minhas coisas, meu diploma do ensino médio, as cartas de Cami e Pati, as fotos de quando éramos pequenas, meus almofadões de crochê em fio branco, meu quarto decorado de verde menta, minhas pérolas cultivadas, a caixa de chocolates suíços que minhas companheiras de trabalho tinham acabado de me dar de presente. E peço perdão a meu cachorro Hero. Sobretudo isso, que Hero me perdoe porque não sei se terá conseguido sobreviver ao abandono — pergunto quem lhe dá de comer desde que fui embora, venha cá, cachorrinho, digo, nunca mais voltarei a partir, lhe garanto coçando sua barriga. Ele acredita no que digo e já está mais tranquilo e adormece na minha cama. Enfim. É isso que farei lá fora, mister Rose, quando me soltarem ou quando conseguir fugir: levarei comigo Violeta e Hero e juntos viveremos a vida de todos os dias, ou seja, a boa vida. Isso é o que farei: o mesmo de sempre. Porque aqui dentro são essas coisas normais, as rotineiras, que matam você de saudade. Mas não vai ser fácil. Quando sair daqui, lidar com o mundo não vai ser fácil. Os homens que invadiram meu apartamento destruíram tudo; o que tocaram, o que sujaram. Mijaram no colchão e no sofá, jogaram meus pertences em sacos pretos de plástico que levaram dali como quem arrasta mortos, arrancaram o carpete, as cortinas e os forros dos móveis, arrebentaram as fechaduras, esvaziaram as gavetas e deixaram minha casa quebrada e aberta, a entrada como porta de bar, para que a empurre e entre quem quiser. Mas disso pouco recordo, e se não recordo é porque não aconteceu, prefiro acreditar que minha casa está me esperando tal como gostava de deixá-la quando saía de manhã: a cama arrumada, cada coisa em seu lugar, a roupa passada, o terraço limpo, o tapete aspirado, o banheiro impecável. A primeira coisa que farei ao regressar, bem, um segundo depois de me ocupar de Hero, será preparar um café da manhã impressionante para aplacar a fome acumulada. Suco de laranjas recém-espremidas, café com leite, *hotcakes*

Aunt Jemima com xarope e frutas, muitas frutas, morangos e pêssegos e maçãs e papaia e manga e chirimoya e também um par de ovos mexidos à colombiana, bem batidos e com picadinho de tomate e cebola, além de *bagel* com queijo cremoso e também pão recém-torrado com manteiga e *peanut butter*. E um bom copo de Coca Light com muito gelo. Tudo isso? Sim tudo isso. Vou colocar tudo isso em uma bandeja com toalha daquelas bordadas à mão que herdei de Bolivia, e vou tomar o café na cama, como às vezes fazia aos domingos, sem pressa nem sobressalto, de pijama e vendo velhas temporadas de *Friends* na televisão. E outra coisa. Quando sair daqui, irei procurar Greg? Gostaria de voltar a ver Sleepy Joe? Boas perguntas. Confesso: acho que a resposta é não. Nem um, nem outro. Nem sequer penso no reencontro com Greg ou com Joe. Recordo deles a duras penas, talvez porque os culpe de muitas coisas. Minha memória se tornou caprichosa, mister Rose, fica com o que é claro e apaga o confuso, se apega ao passado e rejeita o recente e, segundo me parece, vai se livrando do que acha chocante ou incompreensível. Será melhor deixar Greg e Sleepy Joe onde estão, devorados pela névoa. Todo o meu pensamento, ou quase todo, se dirige a minha irmã Violeta, ela ocupa por inteiro minhas recordações, as do passado e as do porvir. Estou em dívida com ela, entende? Com Violeta. Uma dívida grande, enorme, esmagadora. Tenho que tirá-la daquele internato para adolescentes autistas onde a deixei contra sua vontade. Tenho que sair daqui, de Manninpox, para cuidar de Violeta. E atenção, mister Rose, que este plano não é impossível. Digo, meu plano de fuga. Aqui onde me vê, creio que já comecei a executá-lo. De acordo com o que tudo indica, me esvair em sangue é um fato que vai se cumprindo.

 É como se tivessem me tirado um tampão e eu fosse me esvaziando por aí. Como se, não podendo sair destes muros, tivesse decidido sair de mim mesma. Mas não pense que gosto da ideia de morrer. Tentei parar a hemorragia, não acredite que não, com compressas, drogas, bruxarias, ioga, conjuros, orações, até com algodões embebidos em arnica e gengibre. Nada deu certo. Comecei com este drama assim que cheguei a Manninpox, no refeitório, na hora do almoço. Haviam me designado um lugar fixo em uma das mesas, que são longas, para oito ou dez reclusas, e em cada lado há bancos sem encosto. Nesse dia acabei de comer, peguei minha bandeja e fui até o lugar onde devemos entregá-la antes que a campainha toque. Estava fazendo isso quando me pareceu que as demais detentas abriam caminho, se afastando de mim. Já haviam me advertido de que um dos momentos traiçoeiros aqui dentro é quando você caminha com as duas mãos ocupadas sustentando a bandeja e podem aproveitar para derrubá-la. Se alguém quer fodê-la, é o momento indicado, a espeta pelas costas e depois desaparece na multidão. Não sei se o senhor chegou a saber, mas a Piporro (lembra-se dela, a Piporro que foi a sua oficina umas vezes?), bem, pois a Piporro ia com sua bandeja quando lhe perfuraram a pleura com o cabo afiado de uma colher de plástico. Nada do estilo estava acontecendo comigo, provavelmente a angústia veio ao contrário, quando percebi que as outras se afastavam para o lado e me deixavam passar. Senti que me olhavam com nojo e pensei, vão me pegar. Foi essa a sensação que tive. Na prisão, essas intuições chegam de repente, como uma descarga. A certeza do perigo é física, quem dá o aviso é o corpo, não a mente. Nessa época eu ainda vivia preocupada com os olhares das outras, me aterrorizava que me olhassem com ódio ou que me olhassem demais. Precisava ver como me olhavam para saber o que esperar. Com o passar dos dias, você aprende que os olhos interessam menos do que as mãos. O que você não deve descuidar em nenhum momento são as mãos das outras, porque é dali que vem a agressão. Atenção com a que tiver as mãos para trás, ou nos bolsos. O verdadeiro perigo está sempre nas mãos.

Mas eu ainda não sabia disso nem havia feito amigas que pudessem me defender. Não tinha aliadas nem fazia parte dos bandos e minha irmandade com Mandra X ainda não começara, ou seja, andava sozinha e entregue a minha sorte.

Já haviam me prevenido contra ela, contra Mandra X. É a chefe das que derramam leite, me disseram. Eu imaginei qualquer coisa, as que derramam leite? Soava como alguma coisa sexual, mas provavelmente de homens. E logo pude ver com meus próprios olhos. Fazendo-se de tolas, derramavam sua caixa de leite no chão no refeitório. As Nolis, assim são chamadas as garotas de Mandra. São seu clã, suas *buddies*, a seita de suas escolhidas. Você ia se servir e tudo estava encharcado de leite, as mesas, os bancos, as bandejas. No começo, pensei que faziam aquilo para foder as outras, mas depois entendi que era sua maneira de pressionar a direção para que trocasse o leite comum pelo leite sem lactose. Por causa dos peidos, entende? Aqui as celas são de duas, de três e até de quatro, muitas reclusas têm alergia à lactose e se a ingerem, seu bucho se incha e aí começam os torpedos, ou seja, o leite produz flatulência. Pode imaginar o que é passar a noite trancada em um quarto de três por três metros com outras três garotas peidando? Uma câmara de gás, me perdoe a péssima piada. Também diziam que Mandra X era mulher-macho e quando chegava a gostar de alguma a pegava por bem ou por mal. É isso o que diziam; eu não sabia de nada. Havia visto, isso sim, seu tamanho de mulher grandalhona; em Manninpox, aquela que se esforça no *workout* e se impõe disciplina pode virar um touro sem sair da cela, com uma rotina diária de esteiras, barras, flexões e abdominais. Era o caso dela, de Mandra X, tão robusta que dava até para suspeitar de que tivesse um par de ovos pendurado. E era estranha. Estranhíssima, se a visse! Também me contaram que encabeçava a resistência aqui dentro. Que era uma guerreira, o que aqui chamam de guerreira, ou seja, uma detenta de choque. A que coloca a cara diante da direção para fazer exigências quando as presas se alvoroçam e passam dos limites. Ouvira dizer tudo isso, mas até aquele momento só havia topado fisicamente com ela na vez do corredor, quando veio para cima de mim porque eu estava fazendo perguntas. Também diziam que as Nolis faziam pactos de sangue. Que tinham suas teorias. Que tinham todo um discurso, ou seja, uma filosofia própria, e praticavam rituais e até sacrifícios. Era o que diziam, dela e de seu grupo, e a mim isso soava bem e mal, mal por um lado e bem por outro, sobretudo porque me sentia indefesa e tinha urgência de me afiliar a alguma coisa. Porque aqui as solitárias apanham e podem ser forçadas a fazer coisas feias, como ser a mulher de alguém. Ou a criada de alguém. De agora em diante, você é minha mulher, lhe diz alguma das mulheres-machos, e se você não reage arrancando seus olhos vira escrava sexual. Ou aparece uma cacique e lhe comunica, ouça, você, vá ficando, de agora em diante é minha serva. Ou você lhe quebra os dentes ou vai passar a vida inteira lavando sua roupa, esticando sua cama, entregando dinheiro, conseguindo cigarros, limpando a cela, escrevendo cartas para seus filhos e namorados. Até a obriga a cortar as unhas de seus pés e fazer a manicure. Ou também o minete, que aqui chamam de *cuni*, cunilíngua. Tudo isso pode acontecer com você quando não está afiliada a nenhum bando. Mas, de qualquer maneira, eu fugia de Mandra X e de suas Nolis, para que não me violentassem nem me forçassem a participar de suas besteiras satânicas. Havia outras opções a considerar, como as Children of Christ, que tomam um ácido que chamam de *angel dust* e ficam vendo Cristo, mas, como era uma irmandade negra, não iria me aceitar. Há também Las Netas, mas são porto-riquenhas, e as Sisters of Jamiyyat Ul, muçulmanas, e o Wontan Clan, esse muito menos me aceitaria, porque agrupa extremistas da supremacia branca.

Fui percebendo que, aqui dentro, Mandra X era uma instituição e que pertencer a seu grupo era uma coisa conveniente. E hoje em dia pertenço. Bem, mais ou menos, tampouco vá achar que sou das fanáticas. De qualquer maneira ela se tornou minha protetora e conselheira, minha irmã, minha *brotha*, e eu, sua *sweet kid*, sua protegida. Uma de suas protegidas, porque tem várias. Com Mandra X ninguém se atreve: nem a autoridade, nem as brancas, nem as negras. E eu tampouco, claro; com ela é preciso ter tato. Nas coisas dos amores é impositiva, ciumenta, fogosa, infiel, conquistadora, calculista, melhor dizendo, tem todos os defeitos de um péssimo homem, e outros tantos. No entanto, na camaradagem é firme como uma rocha. Não há amante mais perigosa do que ela, nem parceira mais solidária. Não vou lhe dizer que é minha amiga, ela não é amiga de ninguém, ela faz sua autoridade de escudo e não permite intimidades. Como posso lhe dizer? Mandra X é uma fortaleza dentro da prisão, um refúgio para suas protegidas, um terror para suas inimigas, um namorado para suas amantes, uma líder para suas seguidoras.

Uma vez lhe disse que me sentia muito sozinha. Foi uma ingenuidade de minha parte.

— Sozinha? — me respondeu com voz de briga e começou a me censurar. — Que porra é esta de dizer que está sozinha se passou a engrossar o grupo da terceira parte da população dos Estados Unidos, que é a que está atrás das grades? Sozinha? Muito sozinha, minha boceta triste, minha morde-fronha? Pois acorde, safada, porque você faz parte da quarta parte de toda a população penitenciária mundial, que está aqui, nos Estados Unidos.

Agora sei que aqui você não deve dizer besteiras nem se deixar levar por sentimentalismos. Fui aprendendo a suportar meus dias, alguns péssimos, mas outros nem tanto. Às vezes a hemorragia me paralisa. Desaparece quase por completo por uma semana ou mais, como se o registro das minhas veias tivesse se fechado. Então sinto a vida voltar, sinto que recupero as energias, e até a alegria, quem poderia acreditar, alegria apesar de tudo. Nesses dias me alimento bem, tento recuperar as forças, faço exercício, escrevo páginas e mais páginas, até me tranquilizo pensando que em algum momento tudo vai se esclarecer e vou sair daqui, que vou direto procurar Violeta, e me entretenho sonhando que comprarei uma casa com jardim para ela, para Hero e para mim, vá saber com que dinheiro, embora na realidade não importe; nos sonhos o dinheiro não existe.

E Mandra X, quem é Mandra X, de onde saiu? Ninguém sabe, ela não dá com a língua nos dentes. É branca, mas fala espanhol, é macho, mas tem vagina e seios, é justiceira e *writ writer* e sabe tudo o que é possível saber a respeito de leis, pragueja contra a justiça norte-americana, diz que é a pior e mais corrupta do planeta. Mas a conhece de cor e salteado, imagine, trancada aqui há décadas, estudando o Código Penal, procurando falhas, descobrindo brechas e recursos. Por isso pode dar assessoria legal a quem lhe pedir. Mas, quando se trata dela mesma, todo esse conhecimento legal de nada tem lhe valido, porque foi condenada à prisão perpétua e disso ninguém, nem ela mesma, conseguiu salvá-la. Não admite perguntas sobre sua pessoa nem está para brincadeiras e, no entanto, sabe de tudo. É a memória viva deste lugar; segundo ela, o esquecimento e a ignorância são os piores inimigos de uma detenta. Veja meu caso. As coisas mais duras que me acontecem são as primeiras que esqueço. A partir da noite do aniversário de Greg, meu marido, vivi uma cadeia de horrores, mas tenho um apagão onde deveria estar ordenada a sequência dos fatos, como diria o senhor, organizados e à vista em suas respectivas prateleiras. Mas não, eu não. Eu guardo pura dor, pura confusão e zonas de névoa. Mandra X não aceita isso, não tolera. Obriga-me a escrever sobre o que me aconteceu e a repassá-lo, a encará-lo, a tirar conclusões. Ela arquiva dados de uma pessoa que a memória da própria pessoa apagou e depois os devolve, obrigando-a a olhá-los de frente. Confronta você com sua própria história. Isso aqui dentro é estranho, porque aqui você está programada para se afastar de si mesma, para se dividir em duas e esfregar o chão com ambas as metades.

Encontraram uma substituta para o senhor, mister Rose, uma senhora com muitos títulos que ocupou seu posto duas ou três semanas depois de sua partida. Nós, que havíamos feito a oficina com o senhor, nos apresentamos, não ache que para traí-lo, só para dar continuidade ao que nos havia ensinado. Bem, pois a tal senhora começou falando de metas, de objetivos, de estímulos, de conquistas e de avanços, segundo ela tudo era uma corrida luminosa e possível em direção à superação, parecia que estava se dirigindo a honoráveis aspirantes a um doutorado em Harvard, e não a umas detentas fodidas, abandonadas pela sorte, sem outro avanço além de dar uns passos em círculo nem outro objetivo além de bater com o nariz em uma grade. Que chatice com as metas, que coisa fodida isso de autoajuda e a superação — querem embebedá-lo com isso e esperam que você acredite. Bem, então essa doutora que trouxeram para substituir o senhor, mister Rose, é a própria rainha do autolixo e, para arrematar, veio com uma advertência que era, como disse, extremamente séria: escrevam sobre o que quiserem, garotas, nos disse, o tema é livre, vocês podem escrever sobre qualquer coisa que lhes passe pela cabeça, o que tiverem vontade, qualquer coisa é bem-vinda, salvo o que acontece dentro deste presídio. Isso está terminantemente proibido. Não admito textos sobre a vida na prisão, episódios da prisão, críticas ou queixas a respeito do que acontece aqui.

— Ouça, senhora — perguntamos —, onde acha que nós vivemos? Acha que andamos de farra pela cidade e que só aparecemos em Manninpox para lhe entregar deveres de casa sobre como nos divertimos lá fora?

Uma imbecil, a senhora. Disse que havia muitos outros temas, que poderíamos escrever sobre nossas recordações de infância, sobre a vida que levávamos antes da prisão, nossos entes queridos, nossos sonhos, coisas construtivas e lembranças positivas. Nós lhe dissemos que com o construtivo e o positivo fazíamos supositórios e não voltamos a sua oficina. Pelo menos eu não voltei, e outras tantas também não. Agora, minha assessora para questões de texto é Mandra X. Ela me obriga a pensar com seriedade, a aprender novas palavras, a chamar as coisas pelo nome. Provavelmente é verdade que não há mal que não venha para o bem, porque aqui em

Manninpox tive os melhores professores da minha vida: o senhor, mister Rose, e Mandra X. Ela não tem familiares que a visitem, só pessoas de movimentos de direitos humanos e outros defensores de presidiárias que passam para vê-la e tramar coisas com ela; suponho que Mandra X seja seu contato aqui dentro. Trabalha para eles, creio, ou talvez seja o contrário.

De qualquer forma, foi ela, Mandra, quem me colocou em contato com meu divino advogado, meu santíssimo advogado, meu protetor competente e inteligente, meu velho querido. O que faria eu nesta vida sem ele? É o que lhe digo sempre que posso, o senhor é o homem da minha vida, digo, e ele apenas sorri, consiga um da sua idade, um que ande direito, e não um velho corcunda como eu. Mas se é o senhor de quem eu gosto, lhe digo, o senhor e só o senhor, sempre tão fiel ao seu próprio estilo, sempre fiel a si mesmo, diferente de todos os outros, e mais digno e elegante do que qualquer um. *Hi, baby*, disse na primeira vez que me viu, ali no meio daquela tropa que se arma na antessala dos Tribunais. Disse assim sem mais nem menos, sem nem sequer me conhecer, *hi there, baby*, uma breve saudação carinhosa, generosa, brincalhona, e eu comecei a chorar como uma Madalena arrependida. Porque de repente voltei a me sentir pessoa, não mais uma criminosa à beira da forca, mas uma simples pessoa com problemas que merece ser ajudada. Desde então o velho se transformou em meu defensor, meu amigo, meu consolo, meu aliado, meu poderoso advogado, e nele deposito todas as minhas esperanças. Diz que vai me tirar daqui, cada vez que nos vemos me garante que vai. E eu acredito, me agarro a suas palavras como se fossem o Pai Nosso. Embora, claro, o que é o Pai Nosso além de uma sucessão de palavras?

Mandra X não é dessas que andam dizendo onde nasceram e onde viveram, que tipo de vida levaram, falando de suas dores, do pé que torceram. Quando ainda era livre, tinha marido ou mulher? Mistério. Alguma vez teve filhos? Corre por aí uma história que é melhor não repetir. Mandra X. Que tipo de nome é esse, que parece de bicho, de robô, de remédio contra enxaqueca? Uma porcaria de nome para uma porcaria de mulher. Era o que eu pensava no começo, antes de conhecê-la. Suas tatuagens e suas excentricidades dariam o que falar, se alguém se atrevesse. E olhe que aqui quase todas se riscam. Se riscar quer dizer se tatuar, na prisão isso se chama assim e se vê de tudo nos desenhos, corações partidos ou atravessados por adagas, nomes de homem e de mulher, rosas, Cristos, Santas Mortes, Meninos e Deuses. Uma tatuagem é o único luxo e o único adorno que uma detenta pode se permitir, e então dá-lhe pintar olhos nos ombros, teias de aranha nas axilas, lágrimas nas bochechas, mariposas, caveiras, dragões, passarinhos, retratos da pessoa amada, Miquimauses, Betibups, autorretratos. Tudo o que lhe ocorrer, até iniciais nas plantas dos pés e garranchos nas nádegas. Há aquelas que chamam a si mesmas de artistas e são especialistas em riscar, montam um negócio com tintas e agulhas e não pense que vão mal, até agenda elas têm para acertar as sessões, clientes não lhes faltam porque aqui todas gostam de usar sua própria pele como caderno. Umas escrevem poemas nas coxas, ou lemas revolucionários. Uma, apelidada de Panterilla, mandou riscar uma estrofe inteira de *Imagine*, de John Lennon, de cima a baixo nas costas, e Margarita, a peruana que mencionei, tem escrito no braço aquilo de "Mãe, não a mereço, mas preciso de você". É que em Manninpox seu corpo é seu único pertence, não podem lhe impedir de fazer o que bem entenda com ele. Por isso muitas o espetam, atravessam com ganchos, cortam, riscam. Existem até aquelas que chegam a se automutilar, algumas fazem isso, e Mandra X é a capitã nesse terreno. Isso me faz tremer, me deixa sem fala. Não posso engolir que alguém, por vontade própria, chegue a amputar um dedo, como aconteceu outro dia no pavilhão das brancas. Mas Mandra não desaprova. Diz que são gestos de liberdade e soberania, e que aquilo que, quando se está em liberdade, pode ser ruim, ou até mesmo atroz, na cela de uma prisão adquire sentido contrário. É o que ela diz e eu fico ouvindo. Diz que, nas nossas circunstâncias, as orgias, os pactos de sangue e o próprio suicídio podem ser atos de resistência.

— Então me deixe dessangrar — eu lhe peço, quando o cansaço da anemia me torna dramática. — Ora, Mandra, digamos que é um ato de resistência.

Mas ela me obriga a parar. Consegue algum remédio e me faz assinar cartas à direção exigindo atendimento médico qualificado e imediato.

— Me deixe — suplico —, aqui estou bem, gostaria de descansar um pouco.

— Você está se entregando. — E me sacode. Traz neve do pátio dentro de uma sacola de plástico, amarra-a bem e a coloca na minha barriga, para parar o sangramento.

Seu bando, melhor dizendo, o nosso, se chama "Noli me tangere"; por isso somos chamadas de as Nolis. É uma frase em latim, *Noli me tangere*. Quem a disse foi Jesus recém-ressuscitado para Maria Madalena e quer dizer não me toque. Não se aproxime, me deixe em paz, não se meta comigo. Está vendo? Aprendemos coisas. Até em latim. Agora que sou uma Noli, sei o significado de palavras como choque, soberania, liberdade, rebeldia, direitos, resistência. Bem, também aprendi a palavra clitóris, tenho vergonha de reconhecer, mas é verdade, consegue imaginar? Anos e anos esfregando esse botãozinho sem saber sequer como se chamava. Mas, voltando ao de antes: eu não tenho tatuagens. Nem uma sequer, em nenhuma parte do corpo. Escrevo, mas só no papel, muitas folhas de papel porque é muito o que tenho a dizer. Provavelmente, se não escrevo na minha própria pele é pelo medo das agulhas. Às vezes penso que gostaria de fazer; seria mais corajoso de minha parte, mais audacioso, mais permanente. Mas e se me arrepender depois? E se achar uma baboseira o que um dia antes me parecia extraordinário? Suponho que o senhor, mister Rose, sente o mesmo medo quando publica suas coisas. Aqui há uma detenta a quem tatuaram no ombro uma frase: "valor na vida." Mas escreveram "valô" em vez de "valor" e por isso será obrigada a andar com seu *valô na vida* até o dia de sua morte. Pense, por exemplo, em Greg e Sleepy Joe, que são eslovacos de origem e andam marcados com uma tatuagem no peito que diz "Relâmpagos sobre os Tatras". Relâmpagos sobre os Tatras? E que diabos é isso? Eu não, muito obrigado. Fico com o papel e o lápis, assim pelo menos posso apagar, ou riscar, jogar no lixo e começar de novo. Mandra X me incentiva, me conta que Miguel de Cervantes estava trancado numa cela quando inventou dom Quixote. Além do senhor, mister Rose, ela é a única pessoa que sabe que escrevo, e a consulto sobre minhas dúvidas de ortografia e de todo tipo. O senhor era um professor complacente, aceitava qualquer coisa, me elogiava por tudo, no entanto ela não deixa passar uma, me desafia, exige que enumere por escrito cada um dos episódios vividos e que os descreva com detalhe, mesmo que doam, mesmo que ardam. Mas eu esqueço, não sei se é por conta da anemia.

— Não me lembro, Mandra — me desculpo —, não está claro para mim esse pedacinho, não sei bem o que aconteceu naquele momento.

— Você é uma mulher e se comporta como uma menina — me diz e vai embora.

As tatuagens de Mandra X? São diferentes. Imagine cobras azuis que cruzam suas costas, abraçam a barriga, descem pelas coxas e pelas panturrilhas, misturando-se como uma trama de cordas. Alongam-se até seus pés e percorrem os braços até chegar aos dedos. Sua pele é como um desses desenhos de veias que vemos nos livros de anatomia, mas, de acordo com algumas que acreditam conhecê-la, não se trata de veias nem tampouco de artérias, mas de rios, todos os rios da Alemanha com seus respectivos nomes, como se fosse um mapa de sua terra natal. Difícil acreditar que Mandra X pertença a outro lugar que não seja este presídio, chegou aqui antes de todas e continuará aqui quando as demais já tiverem partido. De acordo com essas versões, sua pele muito branca é um mapa vivo que ilustra o curso dos rios. Ou talvez ela tenha descoberto que suas veias e os rios de seu país são a mesma coisa. O Reno, o Alster, muitos outros que não lembro, e o mais importante e largo, o que desce pela espinha dorsal de Mandra, o Danau.

— Em espanhol é Danubio — diz ela.

— Ah, sim, o Danúbio — eu lhe digo. — Greg, meu marido, me fala desse rio, mas para ele se chama Dunaj.

— Não ligue para isso, seu marido era eslovaco e por isso dizia Dunaj. Mas o rio se chama Danau e seu marido morreu. Foi morto.

Eu logo mudo de assunto. Andam dizendo que Greg foi assassinado na noite de seu aniversário. Mas eu não consigo acreditar. Se também dizem que quem o matou fui eu e eu não o matei, como querem que acredite?

— Veja, Mandra, e esse Danúbio, ou Dunaj, ou Danau, que corre por suas costas e desce até lá embaixo, se enfia pelo buraquinho do seu cu? Essa é a sua desembocadura? E uma vez lá dentro as águas desse rio encontram leito nas suas veias? — Gostaria de lhe perguntar, mas não me atrevo, é melhor ficar com a dúvida, para que ela não se enfureça e me derrube com uma porrada.

E lá fui eu outra vez mudando de assunto. O que quero acabar de lhe contar, mister Rose, é o que aconteceu naquele dia no refeitório. As demais mantinham a distância, como se tivessem feito um acordo para traçar um círculo a minha volta. Eu era o motivo da bronca coletiva, isso estava mais claro que a água, mas não sabia por que motivo. Senti enjoo e minha vista ficou borrada. Alguma vez esteve prestes a desmaiar? Então imagine. Esses foram meus sintomas. Pensei, vou cair. Vou desabar aqui mesmo e todas vão me chutar. Não, não caia, caralho, ordenava a mim mesma, seja o que for, não caia. À medida que avançava, a massa de mulheres se abria diante de mim. Entreguei a bandeja no meio daquele silêncio que precede o disparo. Mas o golpe se fazia esperar. Ao passar ao lado do banco onde estivera sentada, pude ver que estava vazio; minhas vizinhas de mesa haviam se retirado e no meu lugar havia uma poça de sangue. Merda, me espetaram e não me dei conta, foi a primeira coisa que veio à minha mente. Haviam me enterrado alguma coisa, um estilete, um punhal, alguma coisa tão afiada que nem sentira. Foi o que pensei, mas logo compreendi que não. Passei a mão por trás e percebi que estava com o uniforme empapado por um líquido morno. Olhei a mão e vi que estava vermelha. Era a hemorragia. Ninguém havia me espetado, o sangue corria sozinho.

 O senhor viu na televisão como os tubarões enlouquecem diante do sangue e atacam? Pois aqui dentro acontece o contrário, diante da visão do sangue, o instinto das presas é o de se afastar, ficar o mais longe possível do contágio. Eu sozinha com meu sangue e as outras me olhando com nojo. E nesse momento quem aparece? Pois aquela que chamavam de Mandra X, até aquele momento para mim uma espécie de monstro. Fica as minhas costas e caminha atrás de mim. E assim saímos do refeitório, eu na frente e ela atrás, escondendo minha roupa manchada da vista das outras.

 Provavelmente me convém permanecer em sua seita, falta ver se me aceita ou não e se não vai me cobrar o favor em espécie, disse a mim mesma quando o susto já havia passado. Estranha, a experiência: meu próprio sangue me marcava e ao mesmo tempo me protegia. O motivo? O horror que tanto as presas como as guardas sentem diante do sangue alheio. Neste lugar que ferve de violência, onde o desumano é lei, não há, no entanto, nada que inspire tanto pavor como o sangue humano. Estas mulheres viveram tudo, não há horror que não conheçam, a rua as iniciou no pior, e o que não aprenderam lá fora vieram aprender aqui dentro. Toleram todas as imundices, o vômito das bêbadas, as urinas dos incontinentes, a sujeira das mendigas, a prostituição dentro da própria prisão. Aqui qualquer sujeira é aceitável, ou melhor, a sujeira é seu elemento, as palavras abjetas, *dirty words*, *filthy talk*, ameaças, insultos, agressões, loucura, gritos. Tudo se tolera, menos o sangue, que é o limite da paciência. O sangue humano é tabu. Uma única gota é suficiente para o contágio, uma única, e mesmo assim o sangue não se contenta em aparecer gota a gota, mas se empoça no meio do pátio e dos corredores. Cada pessoa traz por dentro litros de sangue que pode estar contaminado, que muito provavelmente está contaminado, e é de lei levá--lo bem guardado dentro do próprio corpo. Cada qual se consome em sua própria infecção, problema dele, não diz respeito a ninguém, desde que não ande por aí espargindo o contágio. A praga está no sangue. Em Manninpox, chamam a aids assim, a praga; a chamam por seu verdadeiro nome em vez de escondê-la sob uma sigla. E eu vou flutuando como no limbo, com meu sangue drenado que forma ao meu redor um fosso protetor. Inspiro ódio, mas também medo; meu sangue está me matando, mas também me salvando. Ouço Mandra X começar a cantar. Canta com voz de homem uma canção melancólica que se chama *Luz de luna*, eu quero a luz da lua para minhas noites tristes, assim diz a letra, segundo dizem é uma espécie de hino das lésbicas, e como Mandra coloca na coisa uma força profunda, todas as que a ouvem, lésbicas ou não, sentem desejo de ser abraçadas. Algumas choram porque a canção lhes recorda que a lua existe. Aqui você nunca a vê; quando aparece no céu, você já está há muito tempo trancada em sua cela.

Agora estou mais uma vez no *solitary confinement* e não posso saber se lá fora chove ou faz sol, se é de dia ou de noite. O tempo só existe no relógio redondo que me encara do fundo do corredor e que, ao fim e ao cabo, serve como se não estivesse lá, em suma, se nada muda, se tudo se repete, o que vou ganhar se ficar olhando para ele? Melhor deixar que fique sozinho dando voltas e mais voltas; aqui o tempo não existe, não serve para nada, o tempo é só a espera de alguma coisa que não chega. Digamos que aqui as horas correm para trás, para o passado, e que os minutos não passam, só passam as recordações.

Todas as recordações, que para mim são muitas. Excessivas, diria eu. Vão se acumulando umas sobre as outras até que não cabem comigo em minha cela, ocupam meu espaço, absorvem meu ar, roubam minha paz. Ou saio de todas elas ou saio eu e deixo-as aqui dentro. É que aqui em Manninpox tive que mudar, mudei tanto que me transformei em outra pessoa, não sei se melhor ou pior, de qualquer maneira diferente. E o que fazer com a imensidão de recordações daquela outra María Paz, a de antes? Em que canto da minha cabeça as guardo? Onde cabem, a que arquivo pertencem?

Estou me referindo, por exemplo, à recordação do dia em que Bolivia por fim nos mandou chamar para que viéssemos para a América. Ela já tinha no bolso aquele objeto mágico tão desejado, o *green card*, que na verdade nem sequer é verde, mas que, atualmente, vem sendo o Santo Graal. Anos depois ela mesma me contou como havia feito para conseguir o *cardzinho* do seu coração. Marcaram com ela numa terça-feira e demorou horas se aprontando. Tomou banho com seu Heno de Pravia, se maquiou com mais esmero que de costume e borrifou perfume atrás das orelhas e nas munhecas, onde o pulso bate. Ela, que era cheinha e saudável, se enfiou nesse dia em um suéter com decote em V, deixando aparecer apenas o caminho entre os peitos. Sim, senhor, minha mãe era uma mulher de pouca estatura e muita voluptuosidade, coisa que sempre soube aproveitar. Eu sei que, de vez em quando, ou talvez com frequência, Bolivia usou seu corpo para seguir em frente na América, isso nunca me confessou, mas eu sei disso e aprendi e lhe garanto que fui uma boa aluna, ela tinha um ditado que eu repito: "A necessidade faz o sapo pular." Suponho que assim sou eu, como um sapo que faz o que é necessário para sobreviver, nada mais do que isso, mas tampouco menos. Para que nos enganar? A verdade é que na América um recém-chegado tem de enfrentar a morte e se fode bem fodido quando não lança mão de todas suas ferramentas. Fazia Bolivia, fazia Holly Golightly, por que eu não vou fazer? E, a propósito, tenho uma dúvida, mister Rose, uma pergunta que não consegui lhe fazer. É sobre Holly. Gostaria que me esclarecesse o que ela era, ao fim e ao cabo. Amante do Sally Tomato, acompanhante de cavalheiros ou simplesmente puta? Ou talvez as três coisas juntas e misturadas?

Quando Bolivia conseguiu um trabalho passável e estável, pôde dedicar todas suas energias à legalização de sua situação. Juntou os 2 mil dólares de que precisava para o advogado e, depois de muitos papéis e muitos trâmites, recebeu a convocação para se apresentar. Estava se preparando mentalmente havia meses para o teste máximo, estudando, lendo, decorando a relação completa dos presidentes dos Estados Unidos com suas respectivas esposas; as dez emendas da *Bill of Rights*; os cinquentas estados da União e suas capitais; a população e o idioma dos sete *Commonwealths* e Territórios e não sei quantas coisas mais que alguém lhe disse que iriam lhe perguntar e que, afinal de contas, não lhe perguntaram. E teve um detalhe. Antes de viajar para a América, Bolivia havia sido fã e seguidora de Regina Once, uma líder espiritual e política que minha mãe achava muito admirável, dotada de poderes incríveis e mestre em várias ciências. Na minha opinião, a tal da Regina Once era uma farsante que dominava as pessoas com a força do seu olhar, usando uma fórmula que chamava de *lançar as luzes. Lançar as luzes* a uma pessoa significava olhá-la fixamente, mas não nos olhos, aí estava a chave, porque, segundo dizia a suas discípulas, olhar com olhar se neutralizam, se você olha o outro nos olhos e o outro sustenta seu olhar, a coisa acaba empatada e, por isso, o que funcionava era cravar o raio de seus olhos em um ponto médio entre os do outro, para nublá-lo com seu poder mental até obrigá-lo a fazer sua vontade. No momento em que Bolivia se sentou diante do funcionário da migração, cravou seu olhar no meio de seus olhos à maneira de Regina Once, digamos, *lançou as luzes* para penetrá-lo e conquistá-lo para sua causa, porque ele tinha nas mãos uma pasta com todas as informações e dele dependia o sim ou o não que marcaria o destino dela e, como consequência, também o nosso, o de suas filhas.

— Como você entrou nos Estados Unidos? — foi a primeira coisa que o sujeito lhe perguntou.

— Ilegal — respondeu ela, lançando raios intensos com os olhos.

— Como viveu durante todo este tempo?

— Ilegal.

— Tem trabalhado?

— Sim, senhor.

— E não sabe que é proibido por lei?

— Sim, senhor, sei sim, mas não tinha alternativa.

O homem continuava perguntando isto e aquilo sem nenhuma comiseração, sem demonstrar simpatia, provavelmente o contrário, com a autossuficiência de quem se sente com o direito de pisotear por ter chegado antes, e ela ali, firme, sem se deixar intimidar, consciente de seu suéter esticado, de seu rosto bonito e da própria força interior. O sujeito falou com ela em *spanglish*, mas me entenda, mister Rose, estou me referindo ao *spanglish* de Bolivia que, sendo eu menina, me fazia ficar vermelha de vergonha e que nunca foi nada além de um espanhol com um *Ok* aqui e um *thank you* acolá, muitos *Ohs!* e *Wows!*, esvoaçar de pestanas e sinais com as mãos. Mas preste atenção em qual era o truque de minha mãe, o lançamento de luzes, como chamava. Enquanto respondia ao sujeito da imigração, ia repetindo mentalmente uma frase, uma frase, uma frase, minha mãe concentrada, poderosa, decidida, batendo no intercílio do homem com o disparo dessa única frase, como quem dispara uma flecha, para que ele sentisse que estava recebendo uma ordem que teria de obedecer: Me dê o *green card*, filho da puta, me dê o *green card*. Me dê o *green card*, filho da puta, me dê o *green card*. E o homem deu.

— De agora em diante, comporte-se direito — lhe disse —, nada mais de irregularidades, porque, caso haja alguma, você vai presa.

Bolivia saiu dali e foi colocar flores em uma foto de Regina Once, embora eu ache que, mais do que as bruxarias, o que funcionou foi a honestidade com que respondeu. Já com seu *green card* plastificado, passou a trabalhar muito mais do que trabalhara sem ele, e se o senhor me perguntar de que minha mãe morreu, tão jovem, eu terei de lhe responder que se arrebentou trabalhando. Mas, além do *green card*, já tinha trabalho meio estável e casa onde nos enfiar, de modo que pôde nos enviar as passagens de avião e os documentos para que nos dessem o visto americano. Esperei tanto por esse momento que nunca chegava e de repente Bolivia me anuncia por telefone que era a hora. Por fim chegara o momento de me reunir com ela na América.

— Já? — foi tudo o que consegui lhe dizer.

Me garantiu que sim, que já mesmo, fazendo uma voz que me soava estranha, suponho que uma voz quebrada pela emoção. Na próxima quarta-feira, dizia e soluçava, esta quarta-feira vou estar no aeroporto com os braços abertos! Era o que dizia, vou receber vocês, minhas meninas, minhas meninas! Deus santo e bendito, finalmente minhas duas filhas!

Você consegue acreditar, María Paz, você consegue acreditar? E depois voltava e dava graças a Deus.

— E o colégio? — perguntei. — Posso concluir o semestre aqui, no meu colégio?

— Você não ficou feliz com a notícia? — disse, porque certamente percebia minha desilusão.

— Sim, Bolivia, fiquei feliz.

— Você me chama de Bolivia? Não diz mais mamãe?

— Sim, mamãe, a chamo de mamãe e estou feliz — menti.

Entenda, mister Rose, até aquele momento eu tivera, sim, certeza. Até aquele momento o que eu mais queria era me encontrar com ela e conhecer a América. Durante os primeiros quatro anos, teria ficado louca de felicidade se recebesse aquela notícia, porque a esperara dia após dias, hora após hora, com meu pedaço de moeda pendurado no pescoço, me escondendo na garagem das Nava para escrever à Bolivia cartas eternas enquanto chorava mares. Mas ultimamente me sentia confortável, chamando Leonor, a dona da casa onde vivia, de mamãe; que Bolivia me perdoe por isso, onde quer que esteja, que me perdoe. Além disso, no colégio eu não desmentia aqueles que achavam que Caminhava e Patinava eram minhas irmãs; pelo contrário, fomentava essa confusão. É que existem coisas. Alguém veio me contar a fofoca de que na América Bolivia trabalhava, ou havia trabalhado, limpando casas, e eu não gostei disso. Depois me disseram que passava para fora, e achei péssimo. Eu a imaginava dirigindo seu automóvel novo por grandes avenidas com palmeiras, e agora me vinham com a história de que andava fazendo faxina. E Leonor de Nava era uma senhora que podia pagar uma empregada, até duas — a da cozinha e a da limpeza —, entende a diferença? Além disso, era viúva de um suboficial do exército, recebia pensão vitalícia e nos finais de semana podíamos ir ao clube militar, um motivo de orgulho e prestígio ali em Las Lomitas, o bairro em que vivíamos. E, em troca, minha mãe trabalhando de passadeira, ou de servente. Trabalhos humildes, mas, no fim das contas, na América, o senhor me dirá, mas eu lhe respondo: melhor ser cabeça de sardinha que rabo de tubarão. Embora esse ditado não pinte o quadro completo, porque a verdade é que minha mãe na América era rabo, mas de sardinha. Deve ser por isso que eu me sentia mais gente chamando Leonor de Nava de mamãe e Caminhava e Patinava de irmãs, e por isso andava meio em outra onda quando, por fim, me entregaram a passagem de avião que Bolivia me enviara para o reencontro na América. Eu já completara 12 anos, a menstruação havia chegado, era a melhor aluna da aula de inglês, tinha amiga aos montões e, embora ainda não fosse a festas com garotos, praticava passos de merengue e salsa e era fã de Celia Cruz, de Fruco y sus Tesos, de Juan Luis Guerra e dos 4.40 e vivia alisando os cabelos com secador e escova redonda e depois espalhando pela cabeça bobes dos grandes. E, além disso, havia me apaixonado por Alex Toro, um garoto do bairro que pagava os estudos trabalhando como entregador noturno na Drogas La Rebaja. Leonor perguntava aos gritos, do banheiro, para que outra garrafa de álcool? Ou quem toma tanta aspirina? Ou quem comprou mais Merthiolate? E havia sido eu. Ligava para La Rebaja e pedia coisas em domicílio só para ver Alex. Ele colocava a cestinha em sua bicicleta, me trazia de presente histórias em quadrinhos do Condorito e eu lhe emprestava discos de Roberto Carlos, não fazíamos mais do que isso, mas para mim parecia que isso era amor, o amor da minha vida, e por isso quis dar pra trás com a grande notícia de que, finalmente, América. Como lhe disse, não era que não sonhasse mais com Bolivia e com a América. Mas para mim esse sonho ia se tornando exatamente isso, um sonho. Um sonho distante. Para mim Bolivia se transformara em algo assim como a Virgem Santa, e a América em algo assim como o Céu. Mas minha terra firme era Caminhava e Patinava, Alex Toro, as aulas de inglês, o clube militar nos fins de semana e a salsa e o merengue pelo rádio à tarde, depois do colégio.

 É bem provável que ter um sonho e ter uma decepção sejam a mesma coisa, as duas faces da moeda, o sonho que vem primeiro e a decepção que chega depois. E assim gira a roda, volta a começar uma e outra vez, do sonho à decepção, da decepção ao sonho. Parece uma estupidez, mas leva anos admitir que na vida você não avança em linha reta, mas que se esgota fazendo círculos. É o tipo de coisa que tive de aprender na prisão, porque aqui tudo é intenso, mais intenso do que lá fora, como, quando criança, lhe davam um caderno para colorir e em vez de passar o lápis por cima, suavemente, você começava a pintar forte, assim dizíamos, pintar forte, e isso significava molhar na saliva a ponta do lápis para que a cor saísse forte, brilhante e uniforme. Pintada forte. Aqui na prisão as coisas se veem assim, pintadas forte. Aqui em Manninpox eu vim a entender que se minha mãe foi rabo de sardinha, meu papel nesta história tem sido o dar um passo ainda mais para baixo, até afundar toda a família na categoria cocô de sardinha.

Todos os dias, às 7h, a menos que chova ou você esteja numa solitária, somos levadas a um pátio interno que chamam de O.S.R.U., *Open Space Recreation Unit*. Não sei se o senhor chegou a vê-lo, acho que nunca entrou lá. Por cima, o céu aberto, por baixo, piso de cimento; mede apenas treze por cinco metros. Na verdade, um espacinho do caralho, terrivelmente apertado para as 130, 150 presas que o compartilham, mas não importa, porque então você vê o céu, um glorioso retângulo azul, e o ar chega a você, seus pulmões se enchem de ar livre e pode por fim respirar. No inverno, o pátio amanhece coberto de neve e é como se fosse um milagre caminhar antes de qualquer pessoa nesse tapete intacto, tão branco e tão suave, tão resplandecente e caído do céu, deixando ali as marcas dos meus pés. Desde pequena sou fascinada pela neve, que vim conhecer só aqui na América. Já lhe disse, a Colômbia fica no trópico e no trópico não há inverno. Sempre perguntava a Bolivia, sempre que me ligava na casa das Nava, me diga mamãe, me diga como é a neve. Como sorvete de limão, me respondia. Apesar de tudo, desde a primeira vez chamou minha atenção ver todas as detentas dando voltas ao redor do pátio. Caminhando depressa, depressa, em círculo, ao pé daqueles muros de pedra que as prendiam, o senhor sabe como é isto aqui, um ridículo castelo do Drácula com paredes de pedra reforçada, sem uma pequena ranhura sequer que permita sonhar em fugir. E ali estavam todas, 100 ou 150 mulheres dando voltas, uma atrás das outras, de duas em duas no fundo, ou de três, em sentido contrário ao dos ponteirinhos do relógio, como sonâmbulas presas em seu próprio sonho. Aquilo não parecia uma prisão, mas um manicômio. E, no entanto, antes de uma semana eu estava na mesma, também possuída pelo afã de dar voltas, sem poder parar sequer para me perguntar por que estava fazendo aquilo. É como se você precisasse quebrar um cadeado. O que o impele a caminhar em círculos, creio, é a urgência de sair dali. Imagine um tigre enjaulado. O senhor já viu animais de zoológico? Dão voltas e voltas grudados nas grades, circundando o espaço que os prende. Nós jamais conseguiremos traspassar os muros desse pátio, a menos que desabem por obra e graça de umas trombetas como as de Jericó. A mulher-aranha que conseguir trepar até lá em cima será esperada por focos de luz e uivos de sirenes, rolos de arame farpado, enxames de punhais e redes eletrificadas que vão furá-la, talhá-la, cortá-la em pedaços, eletrocutá-la e queimá-la até que desabe de volta no chão transformada em farrapos. Por isso mesmo damos voltas, creio. Talvez com essa coisa de ficar dando voltas grudadas nos muros o que queremos é cercar o que nos cerca, trancar o que nos tranca. Dizem que aquele que chega a uma ilha, mais cedo ou mais tarde começa a dar voltas por ela. Chamam isso de *rock fever*. Nós também adoecemos de *rock fever* aqui dentro de Manninpox, e aqui estamos todas, todos os dias na mesma.

Talvez tenha chegado a hora de lhe explicar por que me trancaram aqui. Claro que explicar não vai ser possível, porque eu mesma não consigo entender. Só posso lhe contar que minha cadeia pessoal de equívocos na América começou quando me apaixonei por um policial. Ou quando não me apaixonei suficientemente por ele, porque não vou lhe mentir, mister Rose; me apaixonar, não me apaixonei. Morrer de amor, como dizem, não, isso não me aconteceu. Me pergunto se o senhor estará loucamente apaixonado por essa garota que atende a surdos-mudos; eu pensaria que sim, pela maneira como se referiu a ela, mas com os norte-americanos nunca se sabe, têm a mania de falar como se estivessem diante das câmeras, aqui não importa o que se diga, desde que se diga com um sorriso e um *have a nice day*. Como detesto o *have a nice day*! Nem o conhecem, estão se lixando para o que seja sua vida, você pode cair morto diante deles e mesmo assim lhe soltam um *have a nice day* com um sorriso pré-fabricado.

Vou colocar o assunto desta maneira, para que em seu romance a meu respeito fique exato: minha perdição foi me casar com Greg, ex-policial, norte-americano, muitos anos mais velho do que eu. Trabalhava na minha empresa como segurança diurno. Ou talvez meu erro foi desejá-lo, porque não devo ter amado Greg, mas sim o desejado. Em seus tempos deve ter sido um sacana, um filho da puta daqueles que arrebentam a pontapés latinos e negros, ou talvez não, nunca ficou claro para mim, em todo caso estava suavizado quando a vida o colocou no meu caminho, já velho e gasto, com um meio sorriso que era sua bandeira branca, a que usava para dizer chega de guerra, me rendi há muito tempo. Além do mais, era viúvo, essa foi a chave, que o homem era viúvo, o tipo de viúvo com ar de órfão que parece suplicar que apareça uma boa mulher para cuidar dele. Aparentava ter sido um touro, mas vinha dobrando a esquina e parecia um boi cansado. Um sujeito amável, acredite, com barriga de cerveja e sapatos pretos sempre recém-engraxados. Mas o que me atraiu nele, confesso, embora soe feio, é que era alto, branco, de fala inglesa e louro; bem, louro é uma maneira de dizer, louro em seus bons tempos, porque ultimamente andava calvo. Me conquistou o fato de que usava o boné azul e branco dos Colorado Rockies quando se sentava para comer, que derramasse meio frasco de ketchup em tudo e que acreditasse que se a pessoa era colombiana certamente conhecia um amigo dele que vivia em Buenos Aires. Alguém assim era meu *dream come true*, exatamente o que andava procurando desde os tempos em que mastigava Milky Ways sonhando com a América. Eu já tivera vários namorados de origem latina, mais um hondurenho e outro peruano, mas essa seria a primeira vez, em todos esses anos, que um gringo-gringo prestava atenção em mim com propósitos sérios, como diria Bolivia, ou seja, com outro interesse além de farra e cama. Comece o senhor a pensar, mister Rose, o que para uma garota latina e pobre significa estar, por uma vez na vida, não mais ao lado das minorias violentas e dos *superpredators*, mas ao lado da lei e da ordem e dos CSI *special victims unit*.

Era uma terça-feira e eu estava indo para o escritório com 38 pesquisas diligenciadas, devendo entregar quarenta. Faltavam duas e isso era um drama, porque só nos pagavam por trabalho terminado, cheque mediante a entrega da planilha cheia. Antes de entrar, consegui entrevistar por telefone um contato, coisa proibida, porque qualquer pesquisa deveria ser feita pessoalmente e no respectivo lugar de residência, ou seja, nós só fazíamos pesquisas presenciais, mas desta vez se tratava de uma absoluta emergência, em geral eu fazia bem meu trabalho, digamos que muito bem, nada de procedimentos rotineiros como a maioria de meus companheiros. Eu não, eu me empenhava a fundo em cada entrevista, dando ao assunto brios de repórter e perguntando mais do que deveria, de brincadeira, suponho, ou porque me entusiasmava com as histórias das pessoas. Confesso-lhe esse pecado, gosto de enfiar o nariz na vida dos outros, ficar sabendo o que acontece nos quartos e nas cozinhas, bem, e agora, pelas circunstâncias, sobretudo nas celas. Desde pequena tenho a mania de me meter nas conversas privadas, tento entender os sonhos das pessoas, suas misérias, me fascinam as histórias de amor da vida real e as acompanho como se fossem telenovela. O fato é que nesse dia eu não havia conseguido mais uma entrevista, completara 39, mas ainda me faltava uma para chegar a 40. Entrei no bar da esquina para tomar o café da manhã, um bar que ficava bem na diagonal dos nossos escritórios, muito preocupada porque pela primeira vez ia entregar um trabalho incompleto. Pedi café e torradas no balcão e quem foi que vi? Pois Greg, o segurança. O cara estava ali parado com uma xícara de café na mão, dando pedaços de sanduíche de presunto com queijo a seu cachorro Hero, um bichinho mutilado que era o mascote de todos nós, os empregados da companhia. Greg é meu homem, disse, o céu o está enviando para mim, e me aproximei, educadamente, com o formulário da pesquisa. Nunca antes havíamos conversado, digo, além de nos dizer *have a nice day* e de trocar umas frases a respeito da saúde de Hero.

— Pago outro sanduíche para Hero se me responder umas perguntas — propus.

— Sobre o quê?

— Ora, sobre seus hábitos de limpeza, o que seria?

— Não são muitos — me disse, mas foi respondendo uma questão depois da outra com honestidade, quase com humildade, e foi assim que comecei a conhecê-lo. Contou que antes de entrar na polícia não tomava banho diariamente.

— Semanalmente, então?

— Digamos que um par de vezes por semana. No entanto, na polícia me exigiam que tomasse banho todos os dias com água gelada.

— O senhor nunca toma banho com água quente ou morna?

— Isso é coisa de *sissies*, de mariquinhas — me disse, e em seguida me confessou que não sabia nadar, que quando menino ficara com medo da água porque crescera no Colorado, onde seu pai era boia-fria em plantações de cevada da Coors.

— E o que isso tem a ver?

— Tem tudo a ver, não havia muita água por lá, e a que havia era usada para regar a cevada.

Além disso, sua mãe achava que a água era perigosa porque abria os poros, e pelos poros abertos penetravam no corpo infecções e doenças. A senhora só havia tomado dois banhos de corpo inteiro em toda sua vida e se orgulhava disso, porque, para ela, a limpeza não era coisa de banho, mas o contrário, achava que se a pessoa não estava suja não tinha por que se banhar, e que os que se banhavam muito deveriam esconder alguma doença inconfessável, porque de outra maneira não conseguia entender.

— Então, segundo sua mãe — falei —, os mais limpos são aqueles que menos se lavam.

— Algo assim.

— O senhor disse que sua mãe tomou dois banhos de corpo inteiro. Recorda em que ocasiões?

— O primeiro, no dia do batismo, aos 11 anos. Em seu povoado natal batizavam as crianças mergulhando-as no Dunaj.

— E o que é o Dunaj?

— O Dunaj, o Dunaj! Você não sabe, garota? Não sabe que o Dunaj é o maior rio do planeta?

— Quando se trata de rios grandes, o maior é o Amazonas. — Eu saí em defesa do que era meu. — O Amazonas, que corre pela minha terra. Mas ninguém tem a ideia de enfiar uma menina no Amazonas para batizá-la. Seria devorada pelas piranhas. Deixemos isso assim, cada um tem o direito de achar que seu próprio rio é o maior de todos. É melhor me dizer qual foi o segundo banho que sua santa mãe tomou.

— Não sei. Não me lembro de ter me contado, mas, de qualquer maneira, só foram dois, tenho certeza, a ouvi dizer isso muitas vezes. Lavava a mim e a meus irmãos por partes, pés e mãos, cara, orelhas e pescoço, mas não nos enfiava em uma banheira; isso, segundo ela, era para leprosos e doentes da pele.

— Não se preocupe, Greg — falei, porque achei que percebia angústia em sua voz, como se aquelas recordações não fossem agradáveis.

Na verdade, não faltava muito tempo para que eu descobrisse que o problema não era apenas a mãe. Também o próprio Greg, já adulto, era avesso ao banho. Algumas das minhas companheiras de trabalho se gabavam de que seus maridos lavavam as partes antes de fazer suas coisas na cama e tomavam uma ducha depois. Esse não iria ser meu caso: nem antes, nem depois. Mas, naquele momento, eu ainda não sabia de nada e comecei a lhe aplicar a forma de consolar que consiste no seguinte: quando alguém lhe conta um episódio triste de sua vida, você apresenta outro ainda mais triste da sua própria.

— Com todos nós acontecem coisas parecidas — disse eu, com batidinhas no ombro. — Veja que a tia Alba, Alba Nava, cunhada de Leonor de Nava, a mãe de minhas quase irmãs, era uma senhora rica, sem filhos, que vivia em uma casa imensa.

— Quem vivia em uma casa imensa?

— Ora, Alba Nava, a cunhada de... Enfim, não importa, uma senhora rica lá do meu povoado. Eu nasci em um país que se chama Colômbia. De qualquer maneira, esta Alba Nava mantinha sua casa imensa bem arrumada, com uma piscina azulejada entre a sala de estar e a sala de jantar, um tanque para peixes, só que dentro não havia peixes, nem sequer água. Ficava desocupada toda a semana, salvo às quartas-feiras, o dia em que minhas meias-irmãs e eu acompanhávamos Leonor de Nava na visita que fazia a Alba, sua cunhada. Então a piscina se enchia, mas conosco, nós três.

— Quais três? — perguntou meu Greg, que era daqueles que vivem pensando em outra coisa.

— Ora, nós três, eu, Cami e Pati Nava, que chamávamos de Caminhava e Patinava, uma piada em espanhol que nem vou tentar lhe explicar. Enfiavam nós três, as três meninas, às quartas-feiras dentro do tanque.

— Na água, com os peixes?

— Já lhe disse que não havia água nem peixes. O que quero que perceba é que a tia Alba nos obrigava a nos enfiarmos ali, no tanque vazio, enquanto durava a visita. Para que não sujássemos sua casa, *capisce*? Na hora do chá, nos trazia três xícaras de *cocoa* e biscoitinhos cream cracker com manteiga e geleia, que tínhamos de comer ali mesmo, no tanque, tendo o cuidado de que nenhuma migalha caísse do lado de fora.

— É uma história muito triste — disse Greg.

— O que quero lhe dizer é que é tão desagradável ser sujo como ser muito limpo.

A fórmula do consolo deve ter surtido efeito, porque duas semanas depois o homem estava me pedindo em casamento. Imediatamente lhe respondi que sim, sem pensar duas vezes, e disse a mim mesma, María Paz — só que não María Paz, mas meu verdadeiro nome —, você conseguiu, garota, e me autofelicitei com palmadinhas nas costas, me disse *have a nice day*, María Pazinha linda, você foi finalmente coroada, vai se casar com um gringo e entrar na América agora sim de verdade, por isso de agora em diante *have a very nice day every fucking day of the rest of your life*. É que minha mãe havia conseguido chegar à América, mas nunca conseguira entrar na América. Violeta e eu crescemos na América, mas também para nós era como se tivéssemos ficado na porta, sem conseguir pisar no hall enorme e iluminado que se abria uns passos mais além. Havíamos chegado, mas ainda não estávamos. Porque chegar à América não é aterrissar em Phoenix Arizona ou em Dallas Texas, nem terminar a *high school* com honra e nem sequer falar inglês sem sotaque. A América está escondida dentro da América, e, para penetrar nela, não basta o visto nem o cartão Visa, nem o *green card* nem o Master Card. Tudo isso ajuda, mas não é definitivo. Para mim, Greg significava o acesso pela porta da frente. Por fim eu iria ser cem por cento americana. Sabe o que isso significava em matéria de papéis? Bolivia conseguira tirar o *green card* para ela, mas foi negado para nós, as filhas. Finalmente ela conseguiu que a situação de Violeta fosse regularizada, com o apoio de um instituto de saúde mental que atestou que a menina era autista e não podia ser deportada porque não conseguiria se virar sozinha. Mas eu fiquei na porta. Bolivia também queria me fazer passar por problemática mental, mas não permiti. Por isso me comportei normalmente nos testes psicológicos e na avaliação disseram que eu não tinha nada. Haviam dado o *green card* a Bolivia de boa vontade, mas os tempos eram outros quando eu pedi o meu, e me foi negado. Por isso tive que usar documentos falsos quando comecei a trabalhar como pesquisadora de produtos de limpeza. Aqui é fácil consegui-los, talvez o senhor não saiba, mas o tráfico de documentos falsificados nos Estados Unidos é um negócio multimilionário, o problema é que o peguem e você acabe na prisão. Mas eu estava salva, o casamento com Greg ia me dar papéis autênticos e o direito a residência e trabalho. Ia me casar com um gringo, o que mais poderia querer? Ia me casar conforme a lei e com um branco norte-americano.

Claro que depois vim a saber que na realidade era eslovaco. Greg: eslovaco. Da Eslováquia, um país que eu até aquele momento nem sequer sabia que existia, e que ainda confundo com a Estônia e com a Eslovênia. Greg era nascido na América, mas de sangue eslovaco. Seu pai, o boia-fria da cevada no Colorado: eslovaco. Sua mãe, a senhora que não tomava banho: eslovaca. Tudo engraçado, afinal de contas. Depois de ter sofrido tanto por me sentir estrangeira, vim a descobrir que se você sonda um pouco, todo americano acaba sendo outra coisa, vem de outro lado, sente saudade de não sei que lugar do Japão, ou da Itália, ou de alguma montanha do Líbano. Ou da Eslováquia. Quanto a Greg, sua maior nostalgia era a *kapustnica*, uma sopa típica de repolho fermentado, e seu orgulho era saber prepará-la como fazia sua mãe, e como a havia feito sua avó, e antes sua bisavó e daí para trás até Eva. Greg e sua *kapustnica*. Para mim era um pesadelo, porque, como lhe disse, não gosto de comidas estranhas, os refogados com surpresas, vamos ver o que vem na colher dessa vez nessa pesca milagrosa, nada pior do que essas sopas que são como o mar, turvas e cheias de bichos. Isso não combina comigo. Preciso saber exatamente o que estou comendo, se é arroz, arroz, se são feijões, feijões. Porque minha língua é um ser medroso que se esconde em sua toca e se aterroriza quando lhe apresentam sabores fortes e texturas estranhas. Todo medo que minha pessoa não tem, minha língua tem. Encaro qualquer coisa, menos um bocado que não reconheça. Nisso éramos iguais, Greg e eu; ele também tinha fobia de comidas desconhecidas e suspeitas, mas, claro, não classificava a *kapustnica* nessa categoria, para ele a *kapustnica* era o máximo, uma coisa única, a rainha das sopas e a oitava maravilha. Certa vez tentei preparar um prato típico da minha terra só para que ele o experimentasse, para que se inteirasse um pouco de onde eu vinha. Preparei-lhe um guisado bogotano com tudo e seus três tipos de batatas, bem, consegui dois tipos de batata em um mercado de produtos colombianos e substituí a terceira, nossa batata criolla, que é pequena, amarela e muito saborosa, pela batata pálida e adocicada de Idaho, mas Greg nem iria perceber, tanto fazia o que lhe desse, e em vez das *guascas*, que é uma erva nossa que usamos no guisado, coloquei umas folhas de marijuana, também colombiana e mais fácil de conseguir por aqui do que as *guascas*. E, além disso, tudo em ordem e segundo a receita, a espiga de milho, o frango, as alcaparras, o creme de leite e o abacate. Cozinhei com emoção, quase com lágrimas nos olhos, juro, é uma verdadeira cerimônia isso de preparar sua própria comida em terra estranha, é algo patriótico, como cantar o hino ou içar a bandeira, você sente que aquilo que está fervendo na panela é você mesma, seus antepassados, sua identidade. O fato é que passei todo um sábado procurando os ingredientes e depois a manhã do domingo preparando-os e até me dei ao trabalho de explicar a Greg de que se tratava de um prato pré-colombiano, e depois também tive que lhe explicar o que significava pré-colombiano.

— É uma coisa que vem dos nossos ancestrais indígenas — lhe disse.

— Estou entendendo — assentiu. — Algo asteca.

— Bem, asteca não, não exatamente, pense em algo mais embaixo no mapa, vá pela América Central e desça até a América do Sul, está me acompanhando? Embora o surpreenda, existem três Américas, a do Norte, a Central e a do Sul, e não apenas a do Norte, que é a sua. Os astecas são do México. Nós, os colombianos, somos chibchas. Eu sou chibcha e não asteca. Não é a mesma coisa.

— Mas quase.

De qualquer maneira meu guisado foi um fracasso. Greg mal o provou, não mais que duas colheradas, porque teve um ataque de soluço e me disse coisas ofensivas que eu realmente não esperava, eu que sempre disfarço quando se trata da sua *kapustnica*, que me parece horrorosa, mas não lhe digo na cara, e em troca ele é dos que vão dizendo de frente cada barbaridade, e me disse que meu guisado era uma comida muito primitiva, o que o senhor acha, mister Rose, o rústico do Greg chamando a minha comida de primitiva?

— Não é primitiva — quis esclarecer —, é ancestral, o que é diferente, por isso respeite, já lhe expliquei que preparamos esta sopa desde antes de Colombo, ou seja, desde os tempos dos povos pré-colombianos, que em muitas coisas eram mais avançados do que os europeus.

— Ah, sim? — me desafiou. — Diga-me uma única coisa em que vocês foram mais adiantados do que os europeus, uma única, e, é claro, não em sopas. Na Europa, isto que você preparou seria um caldo que os camponeses pobres tomam no inverno, quando já acabaram todos os alimentos e na despensa não lhes resta nada além de batatas.

Poderia ter argumentado que as batatas eram originárias da América, que sem a América seus tais camponeses não teriam conseguido comer nem batata, mas achei melhor morder a língua para não irritá-lo, e isso que também teria podido lhe perguntar se achava um belo manjar dos deuses seu vulgar cozido de repolho fermentado. Mas me segurei. Na realidade, sempre me segurava, para não provocá-lo. Meu Greg era um sujeito tranquilo, quase apático, mas quando se enfurecia me fazia sua ameaça maior. Deixava-a brilhar com facilidade, como quem desembainha uma faca: dizia que faria com que me tirassem o *green card* porque graças a ele me fora outorgado. Diante dessa chantagem eu me encolhia, ficava mansa, abaixava a cabeça e suportava até que dissesse que o guisado colombiano era asqueroso, porque, no fundo, foi isso o que disse, que lhe dava um pouco de asco, e o que produz asco se chama assim, asqueroso. Estou lhe dizendo, mister Rose, Greg era um sujeito agradável, mas havia coisas que o descontrolavam, e o assunto das comidas era uma dessas coisas. Não sei por que a comida desperta tantas susceptibilidades, talvez porque tenha a ver com o que você tem por dentro, no meio das tripas, e também com o que caga, ou seja, uma coisa que o percorre inteiro da boca ao cu, o que entra pelo buraco de cima e sai pelo de baixo, ou seja, o que você é de verdade, para falar claramente.

Não se preocupe comigo, mister Rose, não ache que estou enrolando se me demoro lhe contando estas coisas, ao contrário, por aí vamos direto ao ponto que o senhor certamente está esperando, a razão pela qual vim parar na prisão nos EUA. Achará que a *kapustnica* não tem nada a ver, mas tem sim. Tem tudo a ver, está quase no coração do problema. Eu sei que o senhor não sabe por que me enfiaram na prisão, sei por ter perguntado na primeira aula os nossos nomes e nada mais; disse que o que tivéssemos feito ou deixado de fazer ou a razão pela qual estávamos ali dentro era assunto exclusivamente nosso com a justiça. Disse isso. E acrescentou que para o senhor isso não tinha nada a ver e que não era necessário que esclarecêssemos nada. Estou quase chegando ao ponto. Estamos indo bem, mas antes me deixe falar um pouco de Hero, o cachorro que andava conosco por todos os lados, quando não em casa, no trabalho com meu marido. Aleijadinho, o Hero, como a Christina daquele romance. Ruim das patas traseiras, como ela, porque, segundo parece, o usavam para detectar explosivos plásticos no Alasca, onde ainda restam separatistas que colocam bombas. E eles explodiram as patas de Hero que, devido ao acidente, andava em um carrinho especial que o próprio Greg fabricou para ele, tendo o cuidado que pesasse o menos possível e que não lhe fizesse feridas em nenhum lugar. A parte danificada de Hero se encaixava bem no carrinho, que ele impulsionava com as patas dianteiras e como se não tivesse nada, nunca vi um cão mais ágil nem mais alegre, mais enlouquecido correndo atrás da bola, e, mesmo que a jogássemos cem vezes, ele sempre queria outras cem. De resto era só um cachorrinho como outro qualquer, o que quer que diga? De tamanho normal, suponho, antes de o terem transformado em um meio cãozinho, e de três cores, preto com amarelo e um pouco branco no focinho. Nós o adorávamos. A Sociedade Protetora dos Cães Policiais Aposentados o havia condecorado por serviços caninos à pátria e o entregara para adoção ao bom Greg, que quis manter o nome que trazia do Alasca, Hero, embora eu sempre tivesse vontade de mudá-lo. Não ficava claro para mim que nosso Hero tivesse lutado do lado dos bons — suspeitava que os separatistas do Alasca podiam ter certa razão em suas reivindicações, como os quatro irmãos de Alisette, minha amiga porto-riquenha, todos eles combatentes da causa Porto Rico Livre. E, de qualquer maneira, eu teria preferido para Hero um nome sem tanta história, como Tim ou Jack, ou talvez Astro, assim se chamava o poodle *toy* das Nava, Astro.

Todos os dias, durante doze horas, das 8h às 20h, Hero e Greg ficavam na entrada do edifício onde trabalhávamos, revistando bolsas, pedindo documentos, permitindo a entrada, sempre cordiais e bonachões. Greg e seu cãozinho. O cãozinho e seu carrinho. E eu, que me desgastara anteriormente em uns quantos amores tormentosos de final desagradável, disse a mim mesma, María Paz, garota, está na hora de pensar melhor nas coisas, este eslovaco não é nenhum Adônis nem é um americano autêntico, mas será suficiente que lhe seja fiel como a seu cachorro. Quem, na realidade, era Greg? Para mim, sempre um enigma. Um bom policial? Mas quão bom?

Nunca soube. Ele jurava que não era racista, mas era sim. Quando via uma branca com um negro, dizia que deveria ser prostituta, e se via um negro dirigindo um carro caro, afirmava que o havia roubado. E, no entanto, se casou comigo, que sou latina e morena. Na igreja, em uma cerimônia a qual não faltou nada. Houve sacerdote e coroinhas, açucenas, rosas brancas, bolo de três andares, canapés variados, *hot and cold buffet* que incluía lagosta, vestido de noiva com véu e grinalda de flor de laranjeira, e até anel de zircônio que parecia de diamante. Porque Greg quis que fosse assim, eu nunca fui muito praticante, e em troca ele era tão católico que até pendurou o crucifixo em nossa alcova matrimonial. Ele pagou toda a festa com o dinheiro de sua aposentadoria, a igreja, a recepção, a lua de mel no Havaí, até suas próprias roupas pagou, um smoking azul royal (ou real) com gravata borboleta no pescoço e faixa de seda bem ajustada cor de vinho tinto para disfarçar a pança, não sei se me entende, e meu vestido de noiva também saiu do bolso do Greg, e o vestido de minha irmã Violeta, que seria a madrinha, e até os das damas de honra, quatro de minhas companheiras de trabalho. Bem, como Bolivia não vivera para vê-lo, eu havia pedido a Violeta que fosse minha madrinha. Mas no final não quis, no último momento se negou a assistir, largando em nossas mãos um vestido longo de xantungue cor de amêndoa, que havíamos mandado fazer sob medida para ela e que fazia par com o meu, que não era de xantungue, e sim de renda, mas também cor de amêndoa. Mas, enfim, Violeta é um capítulo a parte e requer muitas explicações, por isso é melhor falar dela mais adiante; só leve em conta desde agora que ela é o coração de toda a minha história. Mas no momento só digo que teria preferido me casar em uma cerimônia simples, definitivamente mais privativa; não ache que me sentia como uma das Panteras passeando pelas praias do Havaí com um velho barrigudo como meu Greg.

Nossa relação começou conforme a lei, porque ele quis que fosse assim. E a mim conveio, naturalmente, porque, depois de tanta angústia e de tanto esforço, por fim conseguia a cidadania americana. Ponha-se no meu lugar. A partir do momento em que minha mãe morreu, a única pessoa que cuidava de Violeta era eu, e podiam me deportar a qualquer momento. Entende agora por que faltou pouco para que me ajoelhasse na cafeteria na noite em que eu e Greg fomos ali para depois ir ao cinema e ele tirou do bolso uma caixinha de veludo preto por fora e de seda branca por dentro, imagine a miniatura de um caixão, e dentro da caixinha estava o zircônio engastado em ouro branco? Não era da Tiffany's, mister Rose, como Holly Golightly teria gostado, mas para mim era como se fosse. Sempre generoso, meu pobre Greg. O homem tinha suas economias. Em casa nunca nos faltava para a comida nem para as contas, e desde que nos casamos pagávamos todos os meses o aluguel antecipadamente. Mas não era muito o que tínhamos que pagar; teriam que ser cara de pau para cobrar mais. O bairro é bem decadente e o edifício bem deprimente, estou lhe falando de uma dessas zonas do *white flee*, melhor dizer que por ali fazia muito tempo que não se via um cara-pálida, meu Greg era uma raridade de museu no meio de tantos morenos, negros, mestiços e mulatos, na realidade ele sempre se sentiu como um peixe fora d'água entre a gente, não via a hora de irmos embora dali, só estava esperando que saísse sua aposentadoria para que fôssemos para a casa do caralho, àquela aldeia de brancos pobres onde tinha sua casa, onde o peixe fora d'água seria, naturalmente, eu. O que estou tentando lhe dizer é que meu bairro era decadente, estou falando sério. Basta lhe dizer que certa vez, anos atrás, o próprio dono do prédio quis queimá-lo para receber o seguro, e teria conseguido o que queria se os bombeiros não tivessem apagado o fogo a tempo, e até o dia de hoje o primeiro andar continua desabitado e com as paredes enegrecidas, chamuscadas. Mas meu apartamento era outra coisa. Entrar no meu apartamento era como chegar a outro mundo. Recém-pintado, acolhedor, com todos os eletrodomésticos, persianas em bom estado, tapete branco. Eu sempre mantive meu apartamento reluzente, Bolivia diria que era como uma tacinha de prata. E Greg me ajudava, tinha uma caixa de ferramentas e sempre estava atento para reparar qualquer defeito. A última coisa que conseguiu fazer, meu pobre velho, foi ampliar a *barbecue* do terraço, disse que era para que coubessem mais hambúrgueres e espigas de milho, uma gentileza de sua parte. Uma gentileza meio inútil, é verdade, porque nunca convidávamos ninguém, a não ser o Sleepy Joe, e esse se convidava sozinho. O que quero que saiba é que até isso tínhamos em meu apartamento, terraço com *barbecue*, me diga se não é o próprio *American way of life*? E, além disso, uma vista esplendorosa de lá de cima, acho que com binóculos teríamos conseguido avistar o Empire State. Bem, o que se via a olho nu era nosso bairro espalhado ao redor, uma visão não tão estimulante, posso lhe dizer, um setor meio decadente, mas, de qualquer maneira, tínhamos a *barbecue*. Só que nunca chegamos a estrear a remodelação feita por Greg.

Meu marido tinha suas coisas. Manias de ex-policial, mas de ex-policial católico. Pertencia a uma fraternidade de agentes aposentados que se chamava O Santíssimo Nome de Jesus. Assim mesmo, *The Most Holy Name of Jesus*. Me levava até lá no primeiro domingo de cada mês para receber a comunhão e depois tomar o café da manhã com seus velhos colegas, os policiais católicos, e eu ficava sentada ali, calada, ouvindo-os conversar sobre como era necessário agir na vida para não ofender o santíssimo nome de Jesus. Afora isso, três ou quatro vezes por ano assistíamos a cerimônias noturnas em que eles se premiavam uns aos outros pela coragem, a tenacidade e o mérito. O mérito, a tenacidade e a coragem. Nessas ocasiões, Greg se enfiava em seu uniforme, que, apesar dos consertos, já quase não lhe cabia, e eu recolhia meus cabelos em um coque e vestia um longo. As cerimônias acabavam em jantares dançantes com fogos de artifício nos quais eu parecia a filha mais nova dos casais presentes, e Greg me exibia, orgulhoso. No verão, participávamos com o mesmo grupo de um piquenique comemorativo em algum dos parques nacionais, e isso era mais ou menos tudo. Mas era obrigatório, não podíamos evitar esses rituais, meu Greg não dispensava a hóstia consagrada dos primeiros domingos nem os sanduíches nos parques nacionais nem os canelones gratinados dos jantares dançantes.

Por que se casou comigo, e não com uma branca? Primeira resposta, óbvia: porque eu era jovem e bonita. Duvido que uma branca jovem e bonita tivesse encontrado estímulo para se casar com um sujeito como ele. Além disso, tinha pânico de ser chifrado e achava as jovens brancas muito putas. E não era que tivesse um mau conceito das putas. Havia pertencido a uma *anticrime unit* de policiais vestidos à paisana, daqueles que andam pelas ruas, se infiltrando. Os elementos mais fodidos e descontrolados de toda a instituição, mas só digo isso ao senhor, não teria dito uma coisa dessas na frente de Greg. Só foi rude comigo uma única vez, ele, que sempre era manso e delicado. Uma única vez, e pelo motivo mais inesperado. Deviam ser oito ou nove da noite, eu estava deitada no sofá, vendo um filme que acabara de alugar na Blockbuster, e ele chegou em casa muito amável, como sempre, me perguntando o que queria jantar, porque, como lhe disse, era ele quem cozinhava. Ou seja, até aí tudo bem. Mas seu rosto se desfigurou quando se deu conta de qual era o filme, um com Nick Nolte, que aparecia de bigodinho e cabelo cheio de gomalina fazendo o papel de policial maldito. *Sem lei, sem justiça* se chamava, se lembra dele? Nada de especial, uma trama extremamente enrolada, fazia tempo que eu havia perdido o fio da meada e me limitava a olhar as imagens, pensando em outra coisa. Bem, pois Greg avançou sobre a televisão para desligá-la, tirou com raiva o disco e foi devolvê-lo à Blockbuster, gritando que não iria permitir que aquela coisa permanecesse mais um minuto em sua casa. Que, a propósito, não era sua casa, mas minha casa, e todos os móveis eram meus, comprados por mim, começando pela televisão; sua única contribuição era o crucifixo, que eu teria evitado, aquele homenzinho ensanguentado e pendurado em uma cruz não era uma visão estimulante. E aqui o senhor perguntará, mister Rose, por que Greg não tinha casa própria apesar de sua pensão de policial aposentado, mais seu salário de segurança. Sim, tinha sim, uma casa de três quartos, dois banheiros, escritório, garagem e jardim em uma cidadezinha próxima, onde, segundo seus planos, iríamos viver dentro de alguns anos, agora ainda não, porque não podíamos abandonar a cidade, no povoado não havia trabalho e apenas com sua pensão não daria, sobretudo por causa da escola especial, extremamente cara, que eu pagava para Violeta, e além disso porque eu não queria deixar meu trabalho, já lhe disse que gostava muito dele. De qualquer maneira, naquela vez do *Sem lei, sem justiça* Greg saiu batendo a porta com o filme na mão e eu fiquei desconcertada. E depois voltou com sua personalidade de sempre, trazendo uma pizza da Sbarro's e umas latas de Coor's. Enquanto comíamos, me pediu desculpas e se justificou dizendo que não aguentava a morbidez da gente que tem prazer de ver histórias de maus policiais.

— Pensam que um policial corrupto é muito divertido — disse. — Comemoram que os policiais matem e se deixem matar. São uns filhos da puta, esses diretores de cinema que enchem os bolsos falando de sangue derramado, quando nem sequer sabem qual o cheiro.

— A que cheira? — lhe perguntei.

— Tem um cheiro metálico. E às vezes solta vapor, como se conservasse algo do calor da vida que acabou de escapar do cadáver.

Mas o que estava lhe contando, mister Rose, é que, trabalhando em sua *anticrime unit*, Greg aprendeu a dar valor às prostitutas. Me dizia que haviam sido suas melhores aliadas, porque eram as que sabiam, de verdade, tudo o que acontecia nas ruas, as que melhor conheciam as redes e os procedimentos dos delinquentes. Por isso as estimava. Mas, claro, não queria ter caído na rede de uma delas. Greg tinha na mais alta estima o sacramento do matrimônio, se casou na Igreja Católica com sua primeira esposa, da qual não sei muito, e depois repetiu a fórmula comigo. Suponho que calculava que as latinas, por serem muito católicas, eram menos inclinadas a colocar chifres, deveria ser algo assim, ou talvez tenha influenciado o fato de que, quando criança, cresceu em uma comunidade de hispânicos. Claro que comigo ele se enganou. Não porque o traísse, não, nem pensar, embora não me faltasse vontade.

E alto lá, porque estou mentindo para o senhor. A verdade é que enganei Greg sim, mister Rose. O enganei da pior maneira. Tenho que confessar ao senhor, embora me doa, porque se omitir esse dado não vai entender o que aconteceu depois. Eu me deitei sim com meu cunhado. E não uma vez; mil vezes. Pronto. Saiu. Já lhe disse. Entende agora por que eu duvidava da história de Corina, do assunto do estupro? Ora, porque eu sabia como era o desempenho do garoto na cama, sabia tudo de cor e salteado e não tinha queixas a respeito, mas exatamente o contrário; o problema não era esse. E, no entanto, esse assunto era um péssimo rolo, era uma coisa péssima andar com dois irmãos ao mesmo tempo, uma péssima invenção. Entende agora minhas razões para querer passar Sleepy Joe para Cori? Eu precisava me livrar dele, mister Rose, afastá-lo, tirá-lo da minha cama para sempre antes que voasse merda no ventilador. Todo esse enredo do adultério já estava me pesando muito, vivia tremendo de medo de que meu marido nos flagrasse, e isso era o de menos, o pior era a culpa que me devorava viva. Mas sozinha não podia fazer nada, me derretia só de ver o gostoso do meu cunhado, a decisão e a vontade desabavam aos meus pés assim que via o garoto entrar pela porta da minha casa. Tampouco me atrevia a contar a ninguém, por isso não me ocorreu uma ideia melhor do que ceder meu amante à minha amiga, à minha melhor amiga, como se estivesse lhe dizendo, sem dizer, me salve, Cori, me livre desta história, fique você com ele. Evidentemente, a coisa era um disparate, uma péssima iniciativa de minha parte, e, tal como era de se esperar, terminou mal para todo mundo. Primeiro Corina aparece com a história do estupro, do cabo da vassoura, todo esse horror. Mas como eu ia acreditar nela se conhecia bem o Sleepy Joe na cama? Eu e meu cunhado. Meu cunhado e eu. O que tínhamos entre a gente não era uma brincadeira de criança, tudo bem: era sexo selvagem, *hot stuff*, maiores de 18 anos, *full frontal nudity*, alta voltagem, pornografia, como quiser chamar; todas as posições e transgressões, tudo o que se possa imaginar. Mas, apesar das birras e do péssimo gênio de Joe, nossa relação na cama sempre se mantivera dentro dos limites dos direitos humanos, por assim dizer, e da violência consentida e moderada.

 O episódio do *blind date* com Cori deixou Sleepy Joe frenético, e desatou a loucura furiosa que já por si só carregava dentro dele. Greg me contou, meses depois, que era justamente isso o que discutiam em eslovaco naquele restaurante. Joe lhe jogava na cara que estava sendo desrespeitado, insultado, que aquilo era indigno, quem sabe o que mais. O que acha que sou, gritava para Greg, e enquanto isso eu e Cori ali sentadas, bem na frente, sem suspeitar sequer de que nos éramos a causa da encrenca. "O que acha que eu sou, um pobre prostituto?", gritava Sleepy Joe. "Acha que me entrego a qualquer uma? Hein? Diga na minha cara, irmão, é isso o que você acha?" Armou toda uma cena. Pobre do meu Greg, que teve de aguentá-lo. Por sorte brigaram em eslovaco; isso nos deixou de fora, a Cori e eu, que continuamos bebendo gim como se nada estivesse acontecendo. Fiquei sabendo tarde demais que Joe se sentira humilhado e ofendido com toda a história. Suponho que não lhe caiu bem que eu, sua namorada, abrisse mão dele, entregando-o a outra. Gostaria de ter explicado isto a Cori, lhe pedir desculpas, conversar essas coisas às claras, confessar minha manobra suja. Mas ela já havia ido para Chalatenango e não me deixara seu endereço. Talvez maltratar Corina tenha sido a forma que Joe encontrou para me fazer pagar pelo que eu aprontei. Talvez tivesse sido uma vingança contra mim. Muito mais cruel a vingança do que a ofensa, tal como era de se esperar de Sleepy Joe, para quem não vale a lei do olho por olho e dente por dente. Por um único dente que você arranque dele, ele arranca todos os seus com um soco e lhe arranca os olhos com um lápis. E ainda cabe mais uma pergunta. Por que esta maneira indireta de me fazer saber que estava ferido? Por orgulho, certamente. E porque assim é ele, Sleepy Joe, cheio de rancores e de mensagens cifradas.

Desde o exato dia em que comecei com esta coisa do adultério, desde aquele dia fiquei procurando uma maneira de acabar com aquilo. Imagine, mister Rose, que o senhor dispara duas flechas ao mesmo tempo e em sentidos opostos. Assim andava eu, envolvida na infidelidade e, ao mesmo tempo, sofrendo com ela. Queria me safar e não conseguia e, quanto mais tentava, mais amarrada ficava. Minha paixão por meu cunhado ia crescendo ao mesmo tempo que meu arrependimento. No começo de tudo, Greg era meu principal motivo para tentar acabar com Joe. O medo de que Greg se desse conta. A explosão de Greg, se ele chegasse a descobrir; o fim do nosso casamento; a perda do *green card*; a briga de morte entre os irmãos; o juízo final. Mas depois do que aconteceu com Corina, meu principal motivo para querer terminar com Joe passou a ser o próprio Joe, que sempre me inspirara um pouco de medo, mas, a partir desse momento, o medo foi se tornando pânico. Porque eu conhecia bem meu cunhadinho na cama, e é verdade que podia dar fé de suas habilidades, mas também de seu lado perverso.

Se Greg se enganou comigo, foi porque não fui, digamos, muito católica com ele. E muito menos fiel. Exatamente o contrário de sua primeira esposa, de quem não sei quase nada, porque ele não gostava de me falar dela. Só sei que aceitou usar a aliança de ouro branco que havia pertencido a sua sogra, a mesma que anos depois Greg daria a mim, no dia do nosso compromisso, com o acréscimo do zircônio engastado; a mesma que me tiraram aqui em Manninpox quando me trancaram e não me devolveram. Não que me faça falta, verdade seja dita. Aquela joia não era de todo minha; quando chegou a mim, já havia passado por muitas mãos.

De que outra coisa estranha eu posso falar ao senhor, de que outros sinais que me tivessem feito prever o trágico desenlace? Bem, em casa havia armas, mas em que casa de ex-policiais não há? Umas quantas pistolas, ou seriam revólveres, não sei a diferença e, de qualquer maneira, nunca toquei nem reparei nelas. Greg as mantinha bem lubrificadas e eram seu orgulho porque, segundo dizia, haviam sido suas armas de serviço. Gostava muito de ficar folheando catálogos de armas e assinava várias revistas que lia no banheiro, mas não a *Playboy* ou a *Penthouse* nem nada do tipo — meu Greg se entusiasmava com outra coisa. Trancava-se no banheiro com a *Soldier of Fortune*, a bíblia dos mercenários, ou com a *Corrections Today*, o abc em matéria de inovações em segurança carcerária, sei disso porque me mostrava as revistas, queria que compartilhasse seu entusiasmo, e, no fim das contas, esse era seu mundo, seus suvenires do ofício, suas nostalgias da juventude. Suas coisas. Cada um tem as suas. E eu respeitava as de Greg porque ele era um homem bom. Digamos que um homem que sentia por mim um amor cheio de ansiedade, ilimitado, próprio de um velho por uma mulher muito mais jovem. Me mimava como a uma filha, e eu me deixava mimar, embora o excesso de afeto me asfixiasse um pouco. Em relações anteriores com homens da minha idade eu já conhecera suficientes desplantes, e o amor de Greg me parecia um oásis. E depois de sua morte, se é que está morto, vim a me dar conta de que viver com ele foi um privilégio, porque é o único homem que me amou seriamente, ou que continua me amando, se é que está vivo. Salvo a besteira que lhe contei do *Sem lei, sem justiça*, a briga por causa desse filme, nunca tive um contratempo com Greg. As coisas andaram bem desde que nos casamos até a noite de seu aniversário de número 57.

E volto à *kapustnica*. Em uma noite de meados do outono, Greg e eu havíamos preparado o jantar em casa, um jantar muito especial porque era seu aniversário. Fazia 57 anos. Dizendo melhor, ele estava preparando o jantar, porque ele cozinhava, eu não, e, além disso, nesse dia eu tivera que trabalhar no outro lado da cidade e estava voltando tarde, muito formal e trazendo um ramalhete de rosas em uma mão e um *six pack* de cerveja Coors na outra. Fiquei agitada depois de subir os cinco andares do edifício, porque vivemos no último e não temos elevador, e, ao entrar no apartamento, Hero veio ao meu encontro e, como sempre, começou a dar voltas ao meu redor. O senhor não sabe, mister Rose, como sinto falta do meu cachorro; se pelo menos deixassem que o trouxesse, esta prisão seria mais suportável. Tenho que me segurar para não chorar cada vez que escrevo sobre Hero. Mas volto àquela noite. A noite do meu mal. Assim que entrei no apartamento, fui envolvida pela nuvem, o bafo e o cheiro que saía da panela da *kapustnica*, que estava fervendo há horas; Greg tirara um dia de folga para se dedicar a ela. Os vidros da casa estavam embaçados, aquilo era um banho turco de repolho fermentado, e no meio de uma pilha de panelas sujas estava ele, parado diante do fogão, com uma colher na mão. Estava com o avental que usava para cozinhar pratos especiais e parecia cômico, eu lhe juro, até senti ternura ao vê-lo daquele jeito, com as bochechas coradas, o pouco de cabelo que ainda lhe restava todo suado e a pança forrada com o avental, que era desses que têm pintados dois círculos no lado de cima e um pequeno triângulo mais embaixo, simulando as tetas e o púbis de uma garota curvilínea. Greg se orgulhava de seu avental, lhe parecia uma bela piada, um golpe de inteligência à altura do grêmio seleto dos machos apaixonados pela culinária.

Gosto de imaginar que o senhor cozinha, mister Rose, e que prepara para sua garota pratos antigos de sua terra, ou da terra de seus pais, ou de seus avós. Como aqui não tenho acesso à internet, não consegui pesquisar sobre a origem de seu sobrenome, Rose, mas gosto de acreditar que é de um país distante onde as rosas nascem selvagens e onde seus avós sabiam preparar uma sopa espessa de alho-poró com batatas, ou um cabrito ao forno com alecrim; um país que eles devem ter abandonado em um navio porque a guerra e a fome havia acabado com os alhos-porós, as batatas e os cabritos, só restavam rosas, só rosas, e disso ninguém se alimenta, e por isso imagino que quando o senhor prepara para sua garota uma sopa de batata, ou um cabrito ao forno, o faz em memória de seus avós e enfeita a mesa com um vaso de rosas. Não sei, gosto de imaginar isso, o senhor sabe, aqui há tempo de sobra para viajar na maionese.

— *Hi, sweetheart*, que bom que você chegou — gritou Greg da cozinha na noite de seu aniversário, e se notava que de fato se alegrava em me ver, o bom Greg, me chamando assim, de *sweetheart*, parecendo um filme da Sandra Bullock. De vez em quando fazia uma voz trêmula para me cantar uma velha canção de um tal de Nelson Eddy, segundo me dizia, e que dizia *sweetheart, sweetheart, sweetheart,* assim, três vezes, porque às vezes meu Greg tentava ser romântico.

— A *kapustnica* está quase pronta. É uma obra-prima, ficou como nunca — me disse —, e isso porque não consegui encontrar chouriço de Cantimpalos, o melhor substituto que encontrei por aqui, tive de comprar do comum, mas nem se percebe a falta. Venha cá, *sweetheart*, prove e verá. Então? Melhor com o Cantimpalos ou melhor assim? Enfim, o que vamos fazer? Algum dia a levarei ao meu país para que prove a *kapustnica* com o nosso chouriço, o autêntico chouriço defumado da minha terra. Enquanto isso, se conforme. Olhe, *sweetheart*, a mesa, vá por a mesa, você se lembrou de me trazer cerveja? Bem, então pegue as taças, para que façam honra a esta *kapustnica* prodigiosa.

— Cerveja em taças, Greg? Que grosseria.

— E então para que temos taças, se nunca as usamos?

Cerveja em taça de vinho, chouriço de Cantimpalos, chouriço defumado ou a boceta da mãe dele, para mim dava no mesmo, e se quer que lhe diga a verdade, mister Rose, para mim era melhor sem chouriço de nenhum tipo, e sem repolho, nem costelas de porco, nem cebola branca nem alho, mas, claro, não foi isso que eu disse a Greg naquela noite. Por sorte não lhe disse, pelo menos morreu convencido de que eu apreciava seus esforços culinários.

— Sleepy Joe virá? — perguntei. Sleepy Joe, como já lhe disse, é o irmão mais novo de Greg. — Coloco um prato para ele na mesa?

— Apenas dois lugares — respondeu Greg —, um para você, outro para mim e a tigela de Hero.

— Nem pense em dar *kapustnica* a Hero, você sabe que solta seu intestino — adverti enquanto arrumava as rosas em um jarro.

— Só vou lhe dar um pouquinho, para que prove. Não ponha um prato para Sleepy Joe, sempre jura que vem e no final nos dá um bolo — me disse enquanto limpava as mãos, esfregando-as no par de tetas pintadas no avental.

Essa é a última imagem de Greg que conservo na memória.

Dei um pedaço de queijo a Hero, levei-o ao terraço para que desse a última mijada do dia, tirei-o de seu carrinho, voltei a descer com ele nos braços e o coloquei em sua cama favorita que, claro, era a nossa. Depois fui à sala de jantar e estava tirando da caixa as taças de cristal, o presente de casamento que Socorro, a melhor amiga de minha mãe, havia me dado, quando ouvi tocar o telefone e Greg atendê-lo na cozinha. Alguns minutos depois, senti que, às minhas costas, vestia a jaqueta e abria a porta de entrada.

— Aonde você vai? — perguntei sem me virar para olhá-lo.

— Sleepy Joe acabou de ligar.

— Então vou por um prato para ele.

— Não. Só quer que desça por um momento.

Imaginei que Sleepy Joe queria lhe dar um presente de aniversário ou pelo menos um abraço. Não achei estranho que preferisse não subir, ultimamente as coisas andavam um pouco tensas entre eles, e embora em geral não brigassem em casa, eu sabia que lá fora se metiam em discussões cada vez mais frequentes. Bem, às vezes também discutiam em casa, mas em eslovaco, e por isso não me perguntei como estariam as coisas, porque eu não entendia nada. De qualquer maneira, Greg ficava incomodado e agitado depois desses bate-bocas, mas eu não conseguia lhe arrancar uma palavra e ficava sem saber o que havia acontecido.

— Por que discutem? — perguntava, meio que temendo que eu fosse a causa.

— Não se preocupe — respondia ele. — É uma velha questão familiar, assunto de uma herança lá na Eslováquia. Algum dia terei de ir reclamá-la e então você irá comigo. Será nossa segunda lua de mel.

Eu não tinha a menor vontade de ir à Eslováquia, a imaginava gelada e desolada e perdida no passado e, de qualquer forma, achava melhor me manter à margem dessas disputas. São passageiras, pensava, coisa de irmãos. Afinal de contas eles dois se gostavam, um não podia viver sem o outro, e até tinham o hábito de rezar em dupla, também em eslovaco, ou talvez em uma língua ainda anterior, porque entoavam o que a mim pareciam cânticos antigos e vindos de longe, como posso lhe dizer, mais guerreiros do que religiosos, ou pelo menos assim me soavam. Faziam--no todos os dias às 6h em ponto. O chamam de ângelus e, segundo me explicaram, é a celebração do mistério da encarnação. Tremendo mistério, para mim pavoroso, segundo o qual Deus, arrependido dos erros que cometeu na criação, se encarna e se faz homem, desce à terra para sofrer como qualquer ser humano, para conhecer na própria carne o sofrimento que ele mesmo impôs aos humanos e para ser humilhado e açoitado e torturado em uma cruz de uma maneira atroz, ou seja, para padecer um sofrimento ainda pior que o de qualquer ser humano, afinal Deus é Deus e sua dor é infinita porque é divina. Que mistério. E por que, em vez disso, já que pode tudo, por que em vez de se fazer homem não torna deuses suas criaturas, poupa todo mundo do sofrimento e poupa a si mesmo? Eu perguntava isso a Greg, e Greg me respondia, não pense bobagens, menina, sem sofrimento não há religião e não há religião sem sofrimento. Enfim. Mistério é mistério e não há quem o resolva. De qualquer forma os dois irmãos rezavam no terraço, nunca dentro do apartamento, que é pequenininho e de tetos baixos, digamos que acolhedor, mas apertado, porque, segundo Greg, o terraço era uma catedral que tinha o céu como abóboda. Assim dizia meu Greg, que às vezes soltava frases bonitas, não sei de onde as tirava. Uma catedral com o céu como abóboda. E não lhe faltava razão. Quando você está lá em cima, no terraço do meu edifício, acha que sopra no seu rosto um vento vindo de outro lugar, é como se saísse deste bairro desolado, o olhasse de cima, e, embora só tenha cinco andares de altura, pudesse vê-lo pequenininho, lá embaixo, porque aqui em cima você está em outro mundo e começa a sonhar com cidades distantes e desconhecidas, a sonhar que vê estrelas, embora, na realidade, não as veja, e lhe chegam o cheiro da montanha e o ruído do mar, digo, embora não seja verdade, você pode sonhar com isso, que sua vida se torna grande e se torna livre, sem um teto que o esmague nem paredes que o apertem. Acho que por isso o terraço era o lugar preferido de minha irmã Violeta, o único que a acalmava, e também o lugar que Greg e Joe usavam para rezar o tal de seu ângelus cada madrugada e depois todo santo dia durante a Semana Santa, Greg levando a voz cantante por direito de primogenitura e Joe fazendo o responsório. Na realidade, isso não me agradava. Os vizinhos vão pensar que aqui vivem só muçulmanos e vão nos olhar com desconfiança, eu advertia os irmãos, mas é que, afora suas rezas e seus cantos, tocavam uma sineta como de escola, e eu temia que fossem acordar o bairro, e para fechar, ainda acendiam velas e queimavam incensos. Mas nem me ouviam, minhas advertências entravam por um ouvido e saíam pelo outro. Seguiam com aquilo como se não tivesse nenhum problema, fidelidade a suas tradições acima de tudo, cada dia às 6h em ponto, chovesse ou trovejasse, porque eles colocavam muita paixão em suas orações, como também em seus bate-bocas. Embora mais Sleepy Joe do que Greg. Greg era um sujeito domado pelos anos e Joe, por sua vez, é um exaltado, ou, como dizem os noticiários, um fundamentalista. Quando discute, parece disposto a matar e a morrer, e quando reza... Quando reza é ainda pior. Sempre senti desconfiança das pessoas muito piedosas e rezadoras, essas que adoram Deus acima de todas as coisas. Me dão calafrios os que se ajoelham e beijam o chão, os que se flagelam, os que se arrastam e se sacrificam pelo Senhor e veneram seus santos e seus anjos. Sleepy Joe é um desses e, quando a loucura toma conta, ele se transforma; lhe sobe uma febre amena que o transforma em outra pessoa. Assim é ele, um sujeito violento e místico que sabe combinar as duas coisas sem ficar vermelho. Quero dizer que qualquer uma das duas lhe nasce espontaneamente, e às vezes as duas ao mesmo tempo. Greg não era tão assim. Compartilhava o fanatismo religioso com seu irmão, que fique claro, e faziam planos para irem juntos ao santuário da Virgem de Medjugorje, me refiro a essa espécie de fanáticos antiquados, mas pelo menos Greg, ao rezar, não ficava com a mesma cara transfigurada de louco. Joe sim, e sei porque digo isso, já lhe confessei que o vi fazer as duas coisas, fornicar e rezar. E dormir e procurar confusão, isso também, porque, sem dúvida, o homem tem lá sua bipolaridade, mas, sobretudo, gosta muito de dormir, essa é a dele, dormir desde que amanhece até o anoitecer. Na realidade, creio que nesta vida não faz muito mais. Fico com medo quando entra em transe místico, eu lhe juro, mister Rose. Imagine um sujeito de aspecto russo, todo ele musculoso, com suas tatuagens estranhas e sua camiseta arregaçada, as pernas como de pedra, áspero de cima a baixo, de cheiro ácido, imagine Viggo Mortensen em *Senhores do crime*, assim de intenso e de gostoso, digamos, pavorosamente masculino, em excesso talvez, e também muito branco, um ariano agressivo, não sei se me entende, e agora o imagine concentrado, em êxtase, rezando rosários em eslovaco àquela que chama de Santíssima Virgem Maria, mãe e senhora, rainha dos céus e da terra, que é como se fosse sua própria mãe, mas elevada à milésima potência, ainda mais temível e poderosa do que sua mãe e enorme como o universo. Deveria ver o Sleepy quando está nesse transe: saltam as veias do pescoço, a pele se eriça e revira os olhos, como se fosse um epilético. Bem, nem tanto assim, mas quase. Veias saltadas, olhos semicerrados e um estremecimento por todo o corpo: assim, obstinada, é sua devoção. Estou lhe dizendo, Sleepy fornica assim, assim discute e assim reza, e dá certo medo olhá-lo quando está fazendo qualquer uma dessas três coisas, sempre como à beira de algo mais, sempre a um passo do ataque bipolar.

 Greg o amava com amor de pai, no bom e também no mau sentido. O mimava excessivamente e suportava seus abusos, e, ao mesmo tempo, o reprovava a toda hora e por qualquer coisa, como se fosse um menor de idade. Recordo como Greg ficou descontrolado num domingo quando voltávamos da missa e encontramos Sleepy Joe sentado à mesa da cozinha, brincando com a faca de carne, passando-a com a mão direita entre os dedos da esquerda, depressa, depressa, espetando a mesa com a ponta do facão entre um dedo e outro e cada vez mais depressa, e justo quando Greg lhe ordenou que parasse com aquela maldita brincadeira, Joe perdeu a concentração e se cortou. Não muito, mas o sangue chegou a salpicar a mesa e Greg o chamou de imbecil, o chamou de maluco, que já não lhe disse, você estragou a mesa da cozinha, sem-vergonha de merda, disse, veja como a deixou com essa faca, cheia de buracos. E enquanto isso o outro calado, chupando a ferida que havia feito entre o anular e o mindinho.

 Os dois brigam muito porque são muito parecidos, eu achava e continuo achando; suponho que Greg virou policial como poderia ter virado criminoso, e que Joe virou um zero à esquerda da mesma maneira que poderia ter virado policial. Mas não, não estou sendo justa com Greg, que é um sujeito tranquilo e Sleepy Joe, por sua vez, carrega uma raiva por dentro que o devora vivo e lhe sai até pelos ouvidos. Sempre achei que se não é um assassino em série é por preguiça: prefere ficar dormindo e evitar o esforço. Nos dizia que era caminhoneiro e embora nunca o tivesse visto em um caminhão não tinha verdadeiros motivos para duvidar de sua palavra, e havia a história do sono. Se fosse mesmo motorista, já teria se arrebentado em alguma estrada ao cair em sono profundo sobre o volante. Quando estava recém-casada e Greg se mudou para minha casa, Sleepy Joe começou a nos visitar com frequência, jantava conosco e ficava para dormir no sofá da sala. Em geral dormia quase o dia inteiro. Tomava suas cervejas, arrotava longa e sonoramente, como um bebê satisfeito, se esparramava no sofá da sala diante da televisão e dormia tão profundamente, durante tantas horas, que parecia que tinha morrido. Um morto esplêndido, verdade seja dita. Eu aproveitava seu sono para observá-lo, o rosto meio oculto sob o braço dobrado e o corpo poderoso exposto, um pouco agitado pela respiração. Um jovem leão na mansidão do repouso. Claro que Greg o via de outra maneira. Dizia que desde pequeno Joe havia sido o tipo de pessoa que se não está furiosa e maldizendo é porque está dormindo, e se não está dormindo, é porque está tramando alguma maldade contra alguém. No fundo eu sabia disso, não posso afirmar que não me dava conta, mas não dizia nada em voz alta; se tivesse me escapado, Greg teria saído imediatamente em defesa do irmão.

— Deixe-o, é jovem — justificava —, pode levar a vida com calma.

Depois das rezas das seis, Sleepy dormia a manhã inteira, fazia uma pausa para devorar o que tivesse na geladeira, voltava a dormir até o meio da tarde e depois ficava acordado até que o céu ficasse claro de novo, porque, segundo ele, um homem precavido não deve dormir no escuro. Para mim era medo mesmo, acho que achava que na escuridão o coração se paralisava e não se atrevia a fechar os olhos para que não o sufocassem vá lá saber quais fantasmas. Certa vez eu lhe disse, Joe, você mata a noite com o ruído da televisão para não se sentir sozinho, e ele deve ter me respondido com alguma daquelas porcarias que soltava com sua boca roxa, e não estou exagerando, tinha as gengivas e os lábios roxos, idênticos aos de Greg, os dois irmãos eram dessa espécie de gente que anda por aí com as gengivas expostas e os lábios grossos e arroxeados, melhor dizendo, com muita boca no meio da palidez da cara, uma boca que lhe é imposta mesmo que você não queira olhá-la tanto, e, de qualquer maneira, posso imaginar os dois garotos, lá no Colorado, compartilhando uma cama com os demais irmãos como sardinhas em lata, Greg adormecido como um anjo e Joe, por sua vez, terrivelmente acordado, um eslovaquinho com os olhos abertos sob umas cobertas ordinárias e ásperas, contando o passar dos milhares de minutos e milhões de segundos que faltavam para que amanhecesse, sem se atrever a chamar a mãe, a senhora que não tomava banho, e que à primeira luz do dia os levava ao pátio, no verão ou no inverno, vestidos ou de cuecas, para que a acompanhassem rezando o ângelus. Ou talvez ela mesma fosse a fonte do pânico, o pesadelo era ela, a mãe, bem podia ser, eu pelo menos me alegro de não ter conhecido essa sogra e me deixa inquieta ter de usar a aliança matrimonial que foi dela.

O fato é que, quando estava na minha casa, Sleepy Joe se preparava para suas vigílias noturnas com latas de Coors, Marlboro light e umas balas mexicanas muito ardidas que mastigava em grandes quantidades, segundo ele para parar de fumar. Chamavam-se Pica-limón e vinham embrulhadas em uns papeizinhos vermelhos e verdes; ao voltar do trabalho, não me era difícil adivinhar se Sleepy Joe havia estado de visita, me bastava ver os cinzeiros repletos de guimbas e os papéis de Pica-limón espalhados pelo chão.

— Você come dúzias desses Pica-limón para parar de fumar — eu lhe dizia —, mas continua fumando como um demente.

— Como Pica-limón para parar de fumar e fumo para largar o Pica-limón — me respondia com preguiça e me lançava um daqueles olhares que costumava me lançar, uns olhares lentos, pastosos, que ficavam grudados no meu corpo.

A partir do meio da tarde e até a madrugada, Sleepy Joe abandonava o sofá que, segundo ele, estava aquecido, para ocupar a melhor cadeira, uma *reclinomatic* em imitação de couro que fazia massagens. Ligava a televisão e não tirava as botas ao apoiar as patinhas numa mesa de vidro que eu havia conseguido para a sala.

— Você vai quebrar a mesa, seu porco — censurava-o Greg. — Pelo menos tire essas botas, jogue-as no lixo, andar com botas de crocodilo é coisa de mafioso.

Eu, por minha vez, não lhe dizia nada, para não incomodar; gostava que Greg soubesse que fazia o possível para que o ambiente em casa fosse amável. Suportava quase tudo de Sleepy Joe; a única coisa que me tirava do sério era que desse Pica-limones a Hero. O pobre cachorrinho começava a tossir, a babar e a fazer umas caretas como de vampiro, enrugando o nariz e exibindo todos os dentes. Eu corria e lhe dava pão para que passasse a ardência, enquanto Sleepy Joe se dobrava de rir.

— O que o animal lhe fez para você atormentá-lo assim? — reclamava eu.

— O que me fez? — respondia ele, com os olhos chorosos por causa das gargalhadas. — O que me fez? Ora, passar com a porra do seu carrinho por cima de seu tapete branco, você o proibiu de sujar seu tapete e ele não liga nem um pouco, eu o castigo por isso, bem que merece, e além disso rio dele por um bom tempo, o que há de ruim em rir por um tempo?

— Você tem medo de cachorro e por isso os maltrata, é isso o que acontece... Você é um cagão, no fundo não passa de uma criança assustada, até Hero o deixa em pânico...

— Não tenho medo dessa metade de cachorro de merda, eu o detesto. Esse bicho deveria estar morto. O que me dá é raiva, entende? Me irrita muito que ande por aí com apenas meio corpo. O que Greg e você acham que são? Bons samaritanos? Será que não veem que é uma palhaçada querer salvá-lo, pois o pobre preferiria estar morto? Quando esse animal a olha assim, fixamente nos olhos, está pedindo que acabe com essa metade que por equívoco ficou viva. Um dia desses vou acabar com ele com uma porrada.

E o pior era que Sleepy Joe não falava por falar, havia alguma coisa no tom de sua voz, ou na expressão de sua cara, que fazia você pensar que acreditava de verdade em todas essas barbaridades. Sempre chamou minha atenção seu ódio pelos mais fracos. Simplesmente o irritavam, talvez porque se identificasse com eles. Conheci Sleepy Joe em um restaurante, onde Greg marcou com ele exatamente para lhe apresentar sua noiva, a mulher com quem iria se casar, ou seja, minha pessoa. E assim, ao primeiro golpe de vista, me pareceu irritantemente belo, mas meio sem graça. O sujeito que, segundo meu marido, iria ser meu cunhado, me pareceu um fanfarrão, me chocou sua maneira de olhar para o outro lado em atitude muito de macho que não tira o chapéu, como se o desafiasse dizendo: posso engolir vocês inteiros e cuspir o caroço. E, para completar, quase não falou, e quando falou foi só para me dar uma boa impressão. Como lhe disse, me pareceu um sujeito bonitinho e de cabeça oca, não mais do que isso, e aí teria ficado a coisa se ao sairmos os três do restaurante não tivesse conhecido o outro lado de sua personalidade. Naquela época, as ruas estavam inundadas de *homeless*, havia, imagine uma epidemia, *homeless* dormindo nas calçadas, *homeless* bêbados, *homeless* tocando gaita ou pedindo esmola. Então se aproximou da gente um particularmente destruído, sem dentes, fedorento, uma coisa quase sem vida e sem dignidade, melhor dizendo, uma tralha, alguém em quem a vida passara por cima deixando-o esmigalhado. O infeliz dava uma de palhaço e carregava um cartaz que dizia *Kick my ass for one dollar*. Greg e eu passamos direto, tentando não olhá-lo, mas Sleepy Joe, por sua vez, foi diretamente a ele, para negociar o chute por meio dólar. Vou lhe dar cinquenta centavos, seu lixo, você não merece mais. Foi o que lhe disse. O pobre homem aceitou o acordo, agarrou suas moedas e se agachou, ainda rindo, ou fingindo que ria, e então Sleepy Joe deu um chute brutal na bunda do homem, um chute totalmente despropositado, que o atirou de cara contra o asfalto. Greg e eu estávamos mais ou menos a meia quadra de distância, mas, de qualquer forma, conseguimos ver a cena, e eu comecei a tremer. Mas nem assim me dei conta da pérola de cunhadinho que a sorte me reservara. Depois começou a frequentar nossa casa, mas já num nível tranquilo, tirando o melhor de si mesmo, que tampouco era grande coisa, já lhe disse, mas pelo menos se continha na hora de sair dando patadas. Mas, isso sim, se perdia com as palavras. Soltava rios de monstruosidades, em geral ameaças contra qualquer um que lhe parecesse frágil, ou bobo, ou perdedor, ou pobre, ou indefeso, ou incapacitado. Este tem cara de vítima, dizia de um vizinho muito gordo que mal conseguia subir as escadas do edifício.

— Morra de infarto, cadela gorda — gritava quando o via —, faça ao mundo o favor de morrer.

Esse tipo de pessoas com defeitos ou problemas o tiravam do sério e o deixavam em um estado de superexcitação muito estranho. Uma vez desci com ele para comprar Pizza To Go na esquina e ele chamou a balconista, uma mulher lerda que não se apressava, de cadela bastarda. Assim era ele, sem medidas. Sentia um ódio cego pelos mendigos, por exemplo; acreditava que deveriam ser varridos da face da Terra. Quando começava a dizer essas coisas, se emocionava; recordo que uma vez o vi excitado, trêmulo, enquanto contava que os espartanos atiravam as crianças deformadas por uma escarpa. Outro caso: Sleepy Joe não conseguia tirar os olhos da tela quando transmitiam as Paralimpíadas. Mas não por admirar aqueles atletas tão esforçados e sim por desejo de sufocá-los, de sacudi-los e espancá-los, como se tivessem culpa de alguma coisa. Dizia até que os bebês eram insuportáveis. Havia dias em que parecia um sujeito mais ou menos normal, até simpático, sempre sedutor, que de vez em quando soltava boas piadas e era generoso na hora de me dar presentes, que encomendava com cartão de crédito nas promoções da televisão tipo *It has to be yours*. E havia outros dias em que ficava muito exaltado, muito transtornado, como se estivesse fora de si. Não sei, talvez eu o julgasse com muita severidade e, na verdade, só se tratasse de um pobre adolescente tardio, cheio de agressividade por conta de suas muitas inseguranças e medos. Não sei. De qualquer maneira, eu havia começado a vê-lo com outros olhos por causa do que acontecera com minha amiga Cori, o episódio daquele cabo de vassoura, aquela história tão estranha e tão feia. E não conseguia me esquecer da advertência que ela me fizera bem antes de partir, abra os olhos, María Paz, abra os olhos e tenha cuidado, que este garoto é doente. Isso Cori me dissera, essas haviam sido suas últimas palavras antes do adeus, e eu não as esquecia. E quando Sleepy Joe começava com sua ladainha de selvagerias, eu o odiava e batia nele com almofadas para calá-lo. Ou o deixava ali sozinho e me trancava em meu quarto.

— Volte para cá, Rabo Lindo, volte para o lado do papai. Era só era uma brincadeira! — gritava para mim da sala.

Mas eu não achava engraçado. Diante de Greg, Sleepy Joe nunca teria se atrevido a dar Pica-limón a Hero, nem a olhar para mim daquela maneira ou a falar comigo naquele tom; no fundo, tinha pavor do irmão mais velho. E não era à toa. Se tivessem saído na mão, certamente Greg teria vencido. Sleepy Joe era nada mais que enganação e embalagem, enquanto Greg, apesar da deterioração e dos males da idade, continuava sendo uma formidável besta bípede. Percebi isso em um domingo em que resolveram apostar dinheiro disputando queda de braço na mesa da cozinha. Greg o foi derrotando vez após vez com uma facilidade surpreendente, ganhou vinte dólares e o deixou com o braço direito dolorido.

Quais eram os programas de televisão favoritos do meu cunhado? Nenhum. Que eu me lembre, ele não via nenhum programa. Nem série, nem *reality*, e noticiários menos ainda. Nem sequer esportes ou pornografia. Ficava ligado durante toda a noite adivinhe em quê? Adivinhe, não é difícil, pois acabei de lhe dizer. A paixão de Sleepy Joe eram esses programas de televendas tipo "*It has to be yours*" que promovem até a exaustão toda espécie de produtos milagrosos e os enviam a sua casa não importa onde viva, Assunção, Manágua, Miami, *you name it*, não há cidade do continente que não tenha na tela o número telefônico correspondente, você só tem que anotá-lo rapidamente, porque em um piscar de olhos já estão promovendo outra coisa. Sleepy Joe ficava hipnotizado diante do queimador de gordura que o deixa como uma sílfide em duas semanas, o micro-ondas ecológico que não consome eletricidade, a faixa modeladora que lhe tira o que lhe sobra e lhe põe o que lhe falta, a escada que se transforma em cama, a cama que se transforma em closet, o creme facial que lhe faz o lift e o deixa com 15 anos sem passar por cirurgia. Às vezes eu me sentava com ele, e quando me ocorria abrir a boca para comentar que alguma coisa do que anunciavam me chamara a atenção, Sleepy Joe depois me dava aquilo de presente. Pedia para entregar, pagava com cartão de crédito e em menos de uma semana tínhamos aquilo em casa. Em geral se tratava de utensílios para o lar. Uma vez me deu um aspirador para extrair do ar os pelos do cachorro, e num dezembro encomendou um Papai Noel de luzes intermitentes que ocupou metade da sala porque vinha completo, com trenó e renas.

— Você sabe por que Papai Noel anda com tantas renas? — me perguntava. — É porque as come. Nas noites de inverno, quando o velhinho não acha nada para comer, acende a fogueira e assa uma de suas alegres renas. As outras, enquanto isso, choram pela companheira. E se o velhinho precisa de fêmea humana desesperadamente e não há nenhuma naquelas imensidões, se serve de alguma de suas alegres renas. Enquanto isso, as outras olham e riem dissimuladamente.

Sleepy Joe me intrigava. Meio me assustava, meio me fascinava. De qualquer maneira, achava estranho que um caminhoneiro tivesse dinheiro para tantos presentes, mais todas as telecompras que fazia para ele mesmo, sobretudo produtos sofisticados e caros para evitar a queda de cabelo, como óleo de castor, células de placenta e unguentos amazônicos, porque, segundo dizia, a coisa de que tinha mais medo na vida era de ficar careca. Certa vez se interessou pelo meu trabalho e eu lhe propus que respondesse a uma pesquisa de *multiple choice* para lhe mostrar do que se tratava.

— Qual dos seguintes odores o incomoda mais? — comecei e ia ler as opções a, b, c ou d, quando me cortou de repente.

— Você quer saber qual é a coisa que fede? — disse. — O que fede é minha própria vida, e a de todos que vivemos nesse lixão.

Eu fiquei chocada com a frase. Era verdade que vivíamos em um bairro de classe média baixa, em uma das zonas pesadas da cidade, e que nadávamos em lixo cada vez que os catadores faziam greve. Até aí era verdade. Mas eu havia alugado o apartamento quando ainda estava solteira, o mobiliara com meu dinheiro, mantinha-o limpo e brilhante como uma tacinha de prata e era meu maior orgulho. Lá em cima tinha o terraço com churrasqueira para os domingos e um quartinho de entulho no porão, porque o edifício era relativamente novo. Deixei passar a resposta de Sleepy Joe como se não se tratasse de nada pessoal, a anotei em meu formulário, em uma das linhas destinadas a comentários adicionais, e quando fui passar para a pergunta seguinte, ele me disse quase com raiva que ainda não havia acabado de responder a primeira.

— Fede não ter dinheiro — disse —, o dinheiro limpa tudo, a pobreza é suja, suja de uma maneira filha da puta. As pessoas como você compram detergentes, sabonetes, pomadas, achando que com isso vão viver melhor. Pura merda.

— Olhe quem fala — comentei. — É você quem fica nessa, hipnotizado pelos anúncios de televisão, lhe oferecem qualquer besteira e é como se recebesse uma ordem para comprá-la.

— Vivemos afundados até o pescoço na imundície — disse com fanatismo, e vi tanta raiva em seus olhos que até tive medo. — Tudo é porcaria, gordura, crosta, sujeira — acrescentou, apontando ao redor com um movimento circular da mão, como se estivesse se referindo a todo o universo.

— Talvez o mundo seja uma porcaria — respondi, incomodada —, mas me faça o favor de me dizer o que está sujo nesta casa, a não ser os papéis de bala, que você joga no chão sem ter a decência de colocá-los no cinzeiro, onde não cabem, é claro, porque estão cheios de suas guimbas.

— Tudo é asqueroso — disse —, onde quer que ponha os olhos você vê porcaria. Vá à rua, pegue um pedaço de pau, qualquer pedaço de pau, e faça um buraco na terra. Depois se ajoelhe, se agache bem agachadinha, cara na terra e bunda para o ar, e olhe no buraco que acabou de fazer. O que vê? Vê um oceano de merda. Esta cidade, todas as cidades, flutuam sobre mares da nossa própria merda. Todos os dias depositamos nossa cota, pontualmente. A enviamos lá para baixo pela privada, pelos encanamentos, pelos esgotos. O sistema não falha. Nós prudentemente armazenamos merda lá embaixo, assim como os bancos armazenam ouro nos cofres. Estamos há séculos armazenando merda. Vamos! Continue esfregando por cima; arrume bem seu apartamentinho, engula a mentira, limpe bem a pele com cremes e loções, use muito papel higiênico cada vez que cagar, fique muito satisfeita com sua higiene pessoal. Mas eu vou lhe dizer uma coisa, uma única: a única verdade é que embaixo de seus pés não há nada além de merda. Quando um vulcão explode, sabe o que sai?

— Rios de lava.

— *Wrong answer.* Anote aí no seu formulário, coloque que não entende nada de nada. Quanto um vulcão explode, saltam rios de merda. De merda raivosa, incandescente. Ficou claro? É como uma diarreia. É isso. Uma diarreia cósmica. A terra se irrita e explode em uma diarreia na qual nos afogamos.

— Você é repugnante — falei, me afastando com nojo de seu lado e indo me sentar na cadeira da frente. — Você é um porco, Joe, um autêntico e asqueroso porco. Basta dizer qualquer coisa para que surja em sua boca toda a imundice que ferve em sua cabeça.

— Desta vez você acertou. Sou um porco, sim. E sabe o que os porcos comem? Comem merda. Andam por aí farejando merda para engoli-la. Você se acha muito sabichona, mas há verdades que ninguém jamais lhe contou. Sabia que três quartos dos seres vivos são coprófagos?

— São o quê?

— Coprófagos. Não sabe o que é? Quer dizer que não conhece o escaravelho rola-bosta? Não me diga que em seu país não existe isso, a mim me disseram que por lá todos são rola-bostas. Anote a palavra aí, em seu pequeno formulário sabe-tudo: coprofagia. Anote para aprendê-la. Três quartos dos seres vivos: coprófagos. Quer dizer que se alimentam de cocô, assim, *munch, munch, munch, yummy, yummy, yummy,* comem e lambem os beiços, os filhos da puta. Tome nota: três quartos! Escreva isto que vou lhe dizer e aprenda de memória, *copris, heliocopris, onitis, oniticellus, onthophagus eucraniini* argentinos, *canthonini* australianos... Você já sabe: não dê descarga depois de depositar suas coisinhas na privada, porque estaria desperdiçando manjares. E não me venha com histórias, vá com suas pesquisas onde há outros mais ingênuos. Eu não sou desses. Desde pequeno sei muito bem como são as coisas. No ensino médio tive um amigo que sonhava em incendiar sua vizinhança imunda, fazia fogueiras nas latas de lixo, queimava pneus, andava sempre por aí fodendo tudo com fósforos, dizia que um dia ia fazer uma pira imensa, um incêndio universal, para dar uma boa lição ao mundo inteiro, era o que dizia, e para acabar de uma vez por todas com toda a merda acumulada durante séculos. Que se cuidem todos os malditos porcos, porque vou explodir suas bundas com um rojão. Isso dizia meu amigo.

— E esse amigo não seria você mesmo? — perguntei.

— Já lhe disse que era um amigo — respondeu —, um colega da escola.

Apesar de suas grosserias e de sua rudeza, Sleepy Joe não era uma pessoa que me desagradasse de todo. Ao contrário, tendia a me agradar. Fisicamente, quero dizer. E o que me desagradava era exatamente isso, o fato de me agradar. Como lhe disse, Greg ia ficando cada dia mais velho e Sleepy Joe era, por sua vez, como estar vendo Greg, mas jovem. Tinham estatura e feições parecidas, mas Joe exibia um corpaço em umas camisetas de lycra, que arregaçava com todo cuidado em forma de rolinho sobre os bíceps, e usava uns *jeans stretch* que convidavam a adivinhar sua bunda e suas pernas, para não falar do pacote, que ficava marcado na frente de maneira provocadora. Era evidente que se cuidava muito, devia se esforçar na academia e passar muitas horas em câmaras bronzeadoras, só Deus sabe onde fazia tudo isso, devia ser em sua outra casa, a que tinha longe da minha, embora sempre negasse; afirmava que para ele não havia outro lugar além dos motéis de estrada. "Para que quero mais?", suspirava, fazendo-se de desamparado. Eu ficava com um desejo louco de abraçá-lo, de protegê-lo, de abrigá-lo, e ele percebia, claro que percebia, e aproveitava.

— Para que quero mais? — repetia, olhando com olhos de bezerro recém-desmamado. — De dia tenho meu caminhão e de noite preciso de pouco, me basta uma televisão, uma cama e um bar aberto 24 horas e isso encontro em qualquer motel de estrada.

Mas não sabia mentir, era impossível acreditar nele, era evidente que a única coisa que de verdade tinha à mão era seu irmão Greg, que lhe dava dinheiro sempre que estava em apuros. Ou seja, sempre. Um aproveitador de mulheres, um abusador da bondade fraterna, um menino assustado que rezava para matar seus medos, um bonitão zero à esquerda, sem eira nem beira: esse era Sleepy Joe, pouco mais do que isso. E, no entanto, quando vinha nos visitar e saía do banheiro com os cabelos empapados e a toalha na cintura, eu não conseguia tirar os olhos de sua barriga de tanquinho, dourada por raios ultravioletas. Vou lhe dizer, mister Rose, de toalha era um deus, e eu tinha que morder os lábios para me conter. Para minha desgraça, a tentação era permanente porque o homem se banhava muito, pelo menos duas vezes por dia, uma de manhã e outra à noite, e quando fazia calor às vezes também no meio da tarde. As brigas entre os irmãos eram frequentes por isso; depois de quinze ou vinte minutos no chuveiro, Greg começava a bater na porta do banheiro, gritando que se por acaso ia pagar nossas contas. E até tinha razão, por toda a água e a luz que o condenado estava consumindo. E nem por essas Sleepy Joe fechava o registro, mas desde lá gritava para meu Greg que ele era um porco, um sujo imundo. E não lhe faltava razão, na verdade, porque meu Greg não gostava muito de banho.

Curioso jogo do destino, pensava eu quando via meu cunhado passar seminu e exalando vapor por todos os poros. Curioso jogo: esse corpo, exatamente esse e não outro, é o que eu gostaria de ter ao meu lado na lua de mel, quando passeava ao sol pelas praias havaianas. Sleepy Joe percebia perfeitamente a situação e tirava proveito do triângulo. Um triângulo eletrificado que vibrava perigosamente quando ele estava em casa: um homem velho, sua mulher jovem, seu irmão jovem. Mas agora que mencionei o tanquinho de Joe, tenho que falar também de sua cruz de duplo travessão, porque nessa cruz por pouco não morro crucificada. Uma vez eu e Sleepy Joe estávamos sentados na sala..., mas espere, esse capítulo ainda não, porque acontece mais adiante. Não tenho jeito, continuo dando pulos e desorganizando a história. Não importa, depois o senhor mesmo coloca em ordem, mister Rose, quando for publicar este relato.

O estranho era que Greg nem se dava conta, era ingênuo. Enfiar um adônis em casa e pensar que sua jovem esposa não iria olhá-lo. Greg, que suspeitava de todos, que tinha ciúmes de todos, que, ao chegar em casa, armava cenas se durante o dia tivesse me visto conversando com algum homem do trabalho, mesmo que fosse apenas amistosamente. E que ameaçava fazer com que tomassem meu *green card* se continuasse sendo tão puta. Nenhum homem escapava das falsas suspeitas de Greg, nem o balconista, nem o vizinho, nem o agente de seguros, nem seus próprios companheiros de aposentadoria, nem meus amores do passado, nem o médico e muito menos o ginecologista. Meu marido se torturava imaginando que eu fazia coisas com todos eles ou poderia chegar a fazê-las, com todos, salvo com um, o único que me interessava: seu maravilhoso irmão. E, no entanto, em relação a Sleepy Joe, meu Greg nunca teve suspeitas ou um mau pensamento, apenas briguinhas fraternais, afeto paternal e instinto de proteção, meu pobre Greg, só isso, e, enquanto isso, entre o garoto e eu, eram só labaredas e relâmpagos sobre os montes Tatras.

Estremecia ao sentir que Sleepy Joe me observava. Greg devia bater o cartão todos os dias às 8h em ponto na empresa, mas, como meus horários de trabalho eram flexíveis, eu me dava ao luxo de sair do apartamento um pouco mais tarde. Durante esse hiato de tempo — vinte minutos, meia hora, uma hora no máximo —, Sleepy Joe e eu ficávamos sozinhos e podia acontecer que ele ficasse parado, sem dizer nada, na porta do quarto, enquanto eu me penteava e abotoava a blusa.

— Está precisando de alguma coisa? — eu lhe perguntava, olhando pelo espelho.

— Não, não preciso de nada — me respondia com vontade e com ironia, como se dissesse preciso de você, cadela fodida.

E Greg nem suspeitava. Deve ser exatamente por isso que acabei indo para a cama com Joe, o único homem do qual podia me aproximar sem ser ameaçada de perder meu *green card*. Acabei na cama com ele, confesso desde já, me contorci de prazer e fui ao céu fazendo amor não uma vez, nem duas, nem três, mas muitas, e, para completar, ali mesmo, no mesmo quarto matrimonial que compartilhava com Greg, no mesmo colchão, nos mesmos lençóis, sob o olhar do próprio Cristo pendurado na cruz.

E já que estou mencionando meu quarto, aproveito para descrevê-lo, porque é meu maior orgulho. Desde antes de me casar tomei a decisão de decorá-lo com primor e sem me preocupar com os gastos. Escolhi o verde-

-menta para a colcha e as cortinas, teci a mão meia dúzia de almofadas de crochê branco para organizá-las na cabeceira, comprei uma resplandecente cama *full double* com colchão ortopédico, e nisso eu errei, porque era tão larga que mal restaram dois corredores estreitos em cada um dos lados, por sorte não tão estreitos para que não coubessem as mesinhas de cabeceira, de madeira branca, assim como a cômoda, e duas luminárias que proporcionavam uma luz íntima e cálida, com cúpula de cristal de cor âmbar, tipo um sino, dessas de franjas de contas por toda a borda. Em cima da cômoda, um grande espelho para poder me maquiar à luz do dia, porque o banheirinho não tinha janela e Bolivia sempre advertia que se me maquiasse com luz artificial ficaria parecendo um fantoche. Já depois, quando Greg veio morar comigo, instalou na parede, à cabeceira da cama, aquele crucifixo de que eu não gostava porque era muito realista, muito ensanguentado, um objeto de pesadelo que conflitava com a decoração, não sei se consigo explicar, uma velharia desagradável que não tinha nada a ver com a colcha e as cortinas verde-menta que eu escolhera para alegrar minha vida.

 Cruz de duplo travessão sobre monte azul de três cristas. Assim me explicava Sleepy Joe a tatuagem que tinha no meio do peito, deveria ser algum símbolo da Eslováquia, uma coisa de sua terra natal, e debaixo da cruz, em letras góticas, uma legenda, "Relâmpago sobre os Tatras". Meu Greg tinha exatamente a mesma tatuagem, cruz de duplo travessão sobre monte azul de três cristas, e a mesma legenda, "Relâmpago sobre os Tatras". Assim como a de Sleepy Joe, a dele ficava no meio do peito. Nenhum dos dois gostava de me falar daquilo, mas eu me dava conta da importância religiosa, ou patriótica, que tinha para eles. Era a marca da maçonaria, ou de uma organização rebelde? Tinha a ver com um lugar de origem ou com uma irmandade ou máfia? Fiquei sem saber. Sleepy Joe gostava de me contar que havia mandado tatuar essa mesma cruz nas nádegas de suas duas esposas, mas menor, assim, pequenininha, do tamanho de um polegar. Fanfarronices de Sleepy Joe, absurdos de caminhoneiro. Se é que ele era mesmo caminhoneiro. Dizia que suas duas noivas, ou esposas, ou amantes, trabalhavam em casas noturnas, algo como pubs, ou bares, ou antros, e me mostrava fotos delas que carregava na carteira, e eu o odiava por isso e ao mesmo tempo ficava obcecada e exigia detalhes; não conseguia me conter e lhe fazia perguntas que me atormentavam, coisas do tipo: mas uma sabe da outra? Elas sabem de mim? E das três, qual é a sua preferida? E outras besteiras do tipo.

— São melhores do que eu? Vamos, me diga, o que elas têm que eu não tenho? — Era minha inquietação mais insistente.

— Me deixam dormir de dia e não me enchem o saco por isso.

O assunto se tornara motivo de conflito permanente, tanto que às vezes parecia que me interessavam mais as namoradas de Sleepy Joe do que o próprio Sleepy Joe. Enfim, suponho que assim funcionam os ciúmes, o colocam em uma batalha às cegas com alguém que você nem sequer conhece e por isso fica com essa ânsia de conhecer cada minúcia de seu rival, com todas as letras; só assim pode calcular quais são as suas possibilidades de derrotá-lo. Por conta do meu cunhado, eu andava trocando socos em um ringue fantasma não com uma adversária, mas com duas ao mesmo tempo. Uma se chamava Maraya e era baladeira. A julgar por sua fotografia, seria bonita se não tivesse o nariz largo e os dentes da frente tortos e separados, para não falar da cara de que não dormia fazia meses, nem das olheiras de doente: para mim era uma drogada. Mas tinha um corpão, é impossível negar, era uma dessas mulheres às quais acontece o milagre de se manterem magras onde não convém engordar e serem cheinhas onde não convém emagrecer. Pelo menos era o que parecia, a julgar pela foto, onde exibia um top preto de *spandex*, *hot pants* de pele de leopardo, botas de plataforma, um gorrinho de marinheiro e nádegas enormes. Dançava no Chiki Charmers, um bar de beira de estrada frequentado por caminhoneiros, no meio do campo, a dezenove quilômetros ao norte de Ithaca, estado de Nova York. Route 68, para dar mais detalhes. Segundo Joe, essa Maraya era especializada em baladas dos anos setenta, porque o Chiki Charmers montava espetáculos temáticos de acordo com a hora da noite, e ela fazia striptease e karaokê com temas lentos como *She's got a way*, de Billy Joel, *Tonight's the night*, de Rod Stewart, ou *Three times a lady*, dos Commodores. Como eu o seduzia para que soltasse a língua e contasse detalhes, Sleepy Joe me contou que no contrato da tal da sua Maraya estava estipulado que cada noite ela tinha de se vestir de acordo com essa época, a dos anos 1970, que era a de Travolta em *Saturday Night Fever*, quando dançavam loucamente e faziam *workout* para tirar o estresse de uma semana de trabalho. Essa era a atitude que ela deveria assumir no palco, e, para exibir o corpaço, tinha que usar roupa justa de lycra e lúrex e calças de cetim elástico e era obrigada a usar sapatos de plataforma para parecer quinze centímetros mais alta do que era na realidade e fazer piruetas e macaquices no ferro de *pole dance* enquanto ia tirando as minissaias, os hot pants e os biquínis de crochê, ou pelo menos é isso o que eu acho, porque essa era a coisa dos anos 1970.

Está surpreso, mister Rose, que eu tenha gravado cada detalhe, até o mais bobo? Deve saber por experiência própria que nada fere mais a memória do que o ciúme. A segunda esposa de Sleepy Joe se chamava Wendy Mellons, falava espanhol, tinha filhos de outros homens, era muito mais velha do que Maraya e também do que eu, mais alta e mais gorda e, evidentemente, muito mais velha do que o próprio Joe, isso desde o início, embora ele se negasse a reconhecê-lo. De tetas *extreme* e bunda formidável, segundo ele; segundo eu, uma vovozinha matrona, uma diva das antigas. Trabalhava como *barwoman* em um estabelecimento chamado The Terrible Espinosas, em Canyon City, perto de Conejos County, ao sul de Colorado Springs, no estado de Colorado. Nada mais nada menos que a terra natal do par de irmãos eslovacos; deveria ser por isso que Sleepy Joe a amava tanto. Essa Wendy Mellons deveria ser para ele uma segunda mãe, de outra maneira não se entendia por que estaria apaixonado por uma vovozinha tão parecida com a da Chapeuzinho Vermelho.

— Suas duas namoradas são um par de putas — eu lhe dizia.

— O que você quer que eu faça, se as namoradas honradas como você não me dão bola? — respondia ele.

E ríamos do assunto. Como não, se, afinal de contas, eu também era casada e não estava em condições de lhe exigir uma fidelidade que não iria lhe dar? Claro que com Joe as risadas duravam pouco, eram apenas um raio de sol entre as nuvens de um dia de tormenta, porque em seguida era dominado por uma raiva que jorrava como vômito.

— Pare agora — eu lhe pedia, depois de fazer amor. — Temos que nos vestir e arrumar esta bagunça, que seu irmão está para chegar.

E quem disse que ele tinha medo? Nem que eu tivesse mencionado sua mãe. Será que ele não tinha o direito de dormir um pouco depois de uma boa foda? Que eu era uma puta triste que logo parava para lavar aquilo que os sujeitos haviam derramado entre suas pernas.

Sleepy Joe nunca teve limites para dizer coisas ofensivas. Era o que se chama um tipo rude. Mas não da espécie tipo rude, mas no fundo bom. Não. Era mais da espécie tipo rude, mas no fundo mau.

— Saia daqui! — eu gritava no meio da minha angústia, sem saber o que temer mais: se levar um tabefe de Joe ou ser flagrada por Greg.

E então começava a limpar, a limpar como louca, a não deixar nem sequer um pelo, nem uma baba, nem uma ruga nos lençóis, nem o mais minúsculo espermatozoide flutuando por ali, nem rastros do que acabara de acontecer, nem sequer a recordação de tanto desejo e tanto sexo e tanta raiva que houvera naquela cama, e corria para escancarar as janelas e borrifar a casa com aromatizador de ambiente, e a passar perfume atrás das orelhas e desodorante íntimo entre as pernas. Por último, chegava a pegar as cuecas de Joe, que ficavam penduradas nos pés do Cristo da cabeceira, ao qual pedia, ai, Jesusinho lindo, você que morreu na cruz, feche esses olhos, diga que não viu nada, me perdoe o pecadinho e me jure que vai guardar segredo.

De quando em quando, Sleepy Joe desaparecia por semanas inteiras e até meses. Durante esses períodos, não voltávamos a saber nada dele, não recebíamos uma ligação, nem um sinal de vida, nada: era como se a terra o tivesse engolido. Um dia qualquer, eu voltava para casa do trabalho e ali estavam outra vez os papeizinhos vermelhos e verdes de Pica-limón espalhados pelo chão da sala, os cinzeiros cobertos de guimbas e o próprio Sleepy Joe, em pessoa, deitado no sofá e absorto em algum programa de televendas. Onde andava? O que fez? Por que não ligou? Achávamos que estava morto! E essas coisas. As perguntas e os protestos eram inúteis, porque ele nunca respondia nem se explicava. Assim como desaparecia, também voltava a aparecer, imagine o Gasparzinho, o fantasminha camarada. Uma vez, sim, me disse uma coisa. Em um desses regressos. Vinha com uma faixa preta na manga, dessas de luto, e lhe perguntei quem havia morrido.

— Maraya — respondeu. — Estou vindo do seu enterro.

— Maraya? Sua Maraya? A Chiki Charmer, aquela que dança como Olivia Newton-John, mas pelada?

— Cale-se, porra, por que, merda, você brinca com os mortos?

— Morreu, sério?

— Ninguém morre de brincadeira.

— Meus pêsames, então... De verdade, Joe, sinto muito, não sei o que lhe dizer, que chateação, pobre Maraya, e como morreu?

— Dentro de uma jacuzzi.

— Em uma jacuzzi?

— Vivia num quarto alugado, com terraço e jacuzzi. Se enfiou na jacuzzi na noite de segunda-feira, morreu ali e só foi encontrada na manhã da quinta-feira.

— Quer dizer que ficou ali, sob jatos de água quente, durante sessenta horas?

— No final estava tão mole que a carne se desprendia dos ossos, como quando você cozinha um puchero.

— Não seja nojento, Joe, cale essa boca, não quero nem imaginar, é a pior atrocidade que ouvi em muito tempo. Até eu, que a odiava, fico aterrorizada com o que aconteceu com a pobre, sessenta horas em água fervendo é uma coisa que não desejo a ninguém, nem a minha pior inimiga. Mas como aconteceu, por que não saiu a tempo? Talvez tenha morrido dentro da jacuzzi de overdose e depois ficou ali até cozinhar, sempre lhe disse que devia ser drogada.

— Foi morta.

— Foi morta dentro da jacuzzi? E quem pode ter feito isso?

— Não se sabe, um de seus clientes.

— Você denunciou à polícia? Pegaram o criminoso?

— A polícia não se interessa por uma mulher como ela.

— E quem o avisou...?

— Suas amigas.

— Suas amigas o avisaram de que alguém a havia matado?

— Suas amigas me avisaram e eu fui e paguei o enterro.

— O enterro do que restava dela... Você fez bem, Sleepy Joe, me parece justo, afinal de contas foi sua mulher durante não sei quantos anos...

— Isso não tem nada a ver. Mas, de qualquer maneira, organizei uma cerimônia como merecia.

— Católica?

— Coloquei um dado em cada olho.

— Um dado ou um dedo?

— Um dado.

Toda a história era tão grotesca que quase dei uma gargalhada; por sorte me contive, pois ele parecia realmente afetado, ou digamos que estava mais abobalhado, falando como que para si mesmo, sem nem sequer me olhar.

— E por que você fez isso? — perguntei. — Isso de colocar um dado em cada olho?

— Coisa nossa. Ela entenderia — disse.

— Um ritual eslovaco, algo assim?

— Tirei todas suas roupas das gavetas.

— Toda a lycra e o spandex, todo o tecido psicodélico que fosforescia com a luz negra...?

— E o que isso tem a ver? Você é uma idiota, María Paz. Por isso nunca lhe conto nada, porque você não respeita, porque falar contigo é o mesmo que nada. Vá à merda.

— Me desculpe, Joe. Quer me desculpar? Foi um comentário inocente, nada mais do que isso. E agora sim, me conte.

— ...

— Não quer falar comigo? Estava dizendo que tirou as roupas dela das gavetas. Compreende-se, vivia em um quarto alugado, teria que devolver o quarto. Algo assim, não é mesmo?

Eu torrava os miolos tentando encontrar a lógica de suas histórias, mas era impossível; era como se o cérebro dele funcionasse em outra frequência.

— Dividi sua roupa em quatro pilhas — disse, depois de um tempo.

— Fez bem — disse eu, porque não soube mais o que dizer; com ele era sempre preciso andar com cuidado para não dizer alguma coisa imprópria. Imprópria segundo critérios que só ele conhecia; por isso era tão difícil entendê-lo.

— E coloquei cada pilha em um canto do quarto — disse.

— E por que quatro pilhas? Para dividir suas coisas entre suas quatro melhores amigas, talvez?

— Queimei a primeira pilha, dei a segunda de presente, enfiei a terceira junto com o cadáver dentro do caixão e rifei a quarta.

— Bem. E quem ficou com essa quarta parte que você rifou?

— Desconhecidos. Gente que nunca soube compreendê-la nem apreciá-la.

— Isso acontece, às vezes. Muito triste, sim. Não havia familiares presentes?

— Não tinha familiares.

— Você levou um pianista para tocar no enterro?

— Não seja ridícula. Não entende o significado do que aconteceu. Eu tento lhe dizer as coisas, María Paz. É sério, eu tento. Mais do que isso, preciso lhe dizer as coisas. Mas é perda de tempo, porque você nunca vai entender.

— Talvez se você me explicar... Sobretudo a parte dos dados nos olhos, é a que mais trabalho me dá para...

Mas ele desistiu de tentar fazer com que eu entendesse, e eu desisti de tentar entender. Depois, tirou da carteira as fotos de Maraya, queimou-as, atirou as cinzas na privada, deu descarga, foi dormir e dormiu três dias seguidos. Depois de um mês, parou de usar a faixa preta no braço e nunca mais voltou a mencionar sua falecida namorada. Eu decidi contar a Greg que haviam assassinado uma das namoradas de seu irmão, afinal de contas, Greg era um ex-policial, alguma opinião teria a respeito. Na realidade, eu nunca fazia isso, ou seja, nunca, ou quase nunca dizia a Greg alguma coisa que Sleepy Joe tivesse me contado, para que não perguntasse por que falávamos de tantas coisas. Mas a morte da garota me inquietava, tudo era muito estranho e escabroso naquela história e eu andava tendo pesadelos com a carne humana tão cozida que se desprendia dos ossos, com os dados nos olhos, com a rifa da roupa da pobre defunta e todo aquele horror, e por isso contei a Greg. Mas omitindo os detalhes, claro; só lhe contei que haviam assassinado uma namorada de Joe.

— Puta, no fim das contas. As putas andam com canalhas, até que um desses canalhas as mata — disse Greg, e essa foi toda a sua contribuição.

Eu sabia bem que Sleepy Joe era um louco furioso, e cada vez mais: cada vez mais louco e cada vez mais furioso. As coisas mais estranhas faziam seu sangue ferver. Era cheio de manias, e ai daquele que se atrevesse a contrariar suas manias. Não gostava de misturar as coisas. No prato de comida, por exemplo. Cada alimento tinha de estar bem separado dos demais, ou então ele os afastava para o lado com nojo. Que o arroz não se misturasse com a verdura, que a carne não ficasse untada de batata, e assim por diante. Insistia que era nojento misturar as coisas, mas nunca me explicou por quê. Um dia resolvi lhe dar de presente um suéter maravilhoso, de lã com apliques de couro nos cotovelos e nos ombros. Minha mãe, que medo! Por pouco ele não o atira na minha cabeça. Quem eu pensava que ele era, me disse, para lhe dar roupa misturada. Ousei perguntar: por que misturada, o que você quer dizer com isso? Misturada com lã e couro, idiota, você não percebe? Só a você ocorre me dar de presente essa porcaria, peça perdão a Deus por fazer coisas sujas. Eu ficava atônita quando tinha esses ataques, o que Deus tinha a ver com o maldito suéter? Pouco depois Sleepy Joe se arrependia e vinha com beijos e carícias me suplicar que o desculpasse. Dessa vez em particular acabou aceitando o presente, mas só quando lhe demonstrei que podia arrancar os apliques de couro sem que acontecesse nada. Assim está melhor, disse, mas deu no mesmo, nunca o usou.

Eu sabia muito bem, melhor do que ninguém, que andar com Sleepy Joe era brincar com fogo. Mas o que eu podia fazer? Era o meu vício. Em seu peito divino a cruz de travessão duplo era imponente, quase pavorosa, como um símbolo obscuro vá saber do que, enquanto as tetas que haviam crescido em Greg eram pouco menos do que patéticas. Sei que, quando jovem, ao mandar tatuá-la, Greg tinha o mesmo peito atlético que agora seu irmãozinho exibia, talvez ainda mais dourado, mais robusto e mais forte, porque, dos dois, Greg era o mais alto e o que tinha costas mais largas. Mas, com os anos, sua cruz de duplo travessão adquirira o aspecto de um triste poste de luz que dissimulava o vendaval entre a névoa de uns quantos pelos brancos. E o monte azul de crista tripla lhe remarcava o pneu de gordura em cima da barriga. E Sleepy Joe, por sua vez... Eu até sonhava, adormecida e acordada, com aquela cruzinha que o garoto tinha tatuada em seu peito. Merda, como gostava, e cada dia mais. Relâmpagos sobre os Tatras, que Deus me perdoe pelas vontades loucas que sentia pelo meu cunhado.

— A *kapustnica* tem de ferver mais 12 minutos, só 12 minutos pelo relógio, e baixe o fogo para o mínimo. E atenção, não a tampe porque defuma e estraga. Ou não, o melhor é você esquecer, não se meta de maneira alguma com minha *kapustnica*, que antes de 12 minutos já estarei de volta — me indicou Greg da porta, na noite de seu aniversário de número 57, como já lhe disse, mister Rose, meu Greg se dispunha a sair naquela noite pela ligação que Sleepy Joe acabara de lhe fazer. Então Greg assoviou chamando Hero para que o acompanhasse, mas o cãozinho já estava sem seu carrinho e ouvi seu queixume impotente.

— Deixe-o, já está deitado — disse a Greg, ainda parada de costas porque estava atarefada colocando os talheres na mesa. Não sei se me ouviu ou se já havia saído.

Como se passaram 12 minutos e ainda não regressara, baixei o fogo da panela sem tampá-la, tal como me dissera, e aproveitei para comer às escondidas um sanduíche de queijo suíço com maionese, porque estava morta de fome e a *kapustnica* me seduzia pouco ou nada. Comeria apenas algumas colheradas do caldo durante o jantar, colocando de lado todos os pedaços sólidos, e assim que Greg se descuidasse lhe diria que iria à cozinha procurar pão, ou água, e esvaziaria o resto do meu prato de volta na panela. Sempre havia sido assim com a *kapustnica*, salvo na primeira vez, quando ainda éramos namorados e ele me pegou de surpresa e tive que devorá-la toda para não decepcionar aquele que, dentro em pouco, bendita hora, seria meu esposo.

Passaram-se mais dez minutos e Greg ainda não voltara, por isso entrei no quarto com a ideia de me arrumar um pouco para agradá-lo, afinal era seu aniversário e fazia meses que me via sempre com a mesma roupa, uma camisa azul-marinho que a empresa nos obrigava a usar como uniforme de trabalho, pobre Greg, eu sempre com a mesma camisa, todos os dias, salvo aos sábados e aos domingos, quando ficava em casa de moletom. Aproveitaria que ele tivera que sair para lhe fazer uma surpresa quando voltasse, usaria um *strapless*, um tomara que caia preto apertado e um colar de pérolas que, embora fossem cultivadas, dariam o toque clássico que estava procurando, um *look* impecável e perfeito tipo Audrey Hepburn, e assim que pensei nisso foi me saindo *Moon river*, cantada assim suavemente como ela a cantava sentada na janela, *Moon river, wider than a mile, I'm crossing you in style someday*. E veja que coincidência, mister Rose, quem acaba contando a história de Holly é um escritor jovem, como o senhor; provavelmente não é uma coincidência, mas exatamente o contrário, e no fundo eu ande procurando o senhor sobretudo para imitar Holly.

De qualquer maneira, lhe confesso que naquela noite, enquanto me arrumava, comecei a cantar a canção de Holly, e por que não, se afinal esse também era meu sonho, *in style someday. Someday, someday,* e por que não *in style* nesse mesmo *day*, ou seja, nessa mesma *night*, a do aniversário de Greg, embora claro que meu Greg, meu pobre gordo, se parecesse mais com Sally Tomato, o gângster que paga a Holly, do que com Paul Varjak, o belíssimo escritor que escreve sobre ela depois que ela vai embora. Isso segundo o livro; no filme é diferente, porque o escritor acaba se casando com ela, e quando disse na aula que preferia esse final, o senhor pensou um pouco e depois me respondeu não sei, não sei, suspeito que para Varjak recordar Holly e escrever sobre ela era uma maneira ainda mais intensa de amá-la. *Wow*! Que bela frase, mister Rose, o senhor às vezes falava muito bonito.

Naquela noite, enquanto esperava que Greg voltasse, troquei os sapatos do dia a dia por umas sandálias de salto alto e exagerei no tom com uma maquiagem retrô, como a de Holly. Lembra aquele traço preto, grosso, que ela fazia na pálpebra? Bem, pois foi isso o que fiz e fiquei com uns olhões, e depois coloquei Anaïs Anaïs, naquela época meu perfume favorito. Prendi os cabelos no cocuruto com uma pinça, para deixá-lo cair um pouco com mechas, assim ao léu, e, afastando um pouco Hero, subi na cama para conseguir me olhar de corpo inteiro no espelho.

Que surpresa que tive! Estava igualzinha a Audrey Hepburn? Holly Golightly em pessoa? O que vi no espelho foi um palhaço ridículo, horroroso. O *strapless*, que quando solteira ficava bem em mim, agora estava apertado. Eu parecia um churro, com as coxas e a pança bem forradas e, como se não bastasse, ao se esticar na largura, o vestido se encurtava e deixava ver meus joelhos, antes lindos e ossudos e agora cheios, inapresentáveis. O decote, que antes ficava certinho em seu lugar, nem muito muito nem muito pouco, agora descia excessivamente, fazendo-me achar vulgar, muito parecida com Bolivia, embora não tão bonita como ela, talvez como Maraya ou Wendy

Mellons, ou pelo menos assim vi a mim mesma naquele momento. Que *look* clássico que nada! Um modelito atrevido, isso sim, o que eu havia aprontado. Eu já sabia que engordara durante o ano e meio de vida tranquila com Greg, mas nunca imaginara que tivesse sido tanto. Merda, disse. Sem me dar conta em que momento, deixara de ser Holly Golightly e era uma gorda *housewife*. Tirei depressa o *strapless* antes que alguém, afora Hero, me visse vestindo aquilo, o enfiei no último canto do closet e me resignei à camisa azul-marinho que estava usando, com a qual podia pelo menos disfarçar os quilos a mais. Ciao, Holly, não será agora. Mas fiquei com os saltos altos, e, no lugar das pérolas cultivadas, amarrei no pescoço um lenço de seda fúcsia que combinava bem com o tom do batom. Que droga, pensei, dá no mesmo, de qualquer forma o bom do Greg me acha estonteante.

Voltei para a sala e olhei o relógio: haviam se passado 35 minutos desde que ele saíra pela porta. Tomara que não esteja brigando com Sleepy Joe, pensei, o garoto é capaz de estragar seu aniversário. Observei com olhar crítico a mesa que havia posto algum tempo antes e achei que a toalha estava enrugada. Já lhe disse que sou fanática por passar, as rugas me exasperam, é uma mania que herdei de Bolivia e talvez também de minha avó África e que a vida na prisão não conseguiu curar. Como aqui não temos ferro de passar, umedeço o uniforme à noite e o estico bem no chão, embaixo da minha cama, para que amanheça alisado; qualquer coisa para não andar por aí com a roupa franzida e amarrotada. De qualquer maneira, pensei, talvez consiga dar uma passadinha de ferro na toalha antes que o aniversariante volte, e comecei a retirar pratos, talheres, taças, cesta de pão, tudo aquilo que colocara antes com tanta meticulosidade. Armei a tábua de passar, passei a toalha borrifando-a com Blue Violet Linen Water Spray, tal como Bolivia fazia, a estendi de novo na mesa da sala de jantar, voltei a colocar tudo como estava antes, e olhei para o relógio. Greg estava fora havia mais de uma hora. Lembrei-me de apagar o fogo da *kapustnica*, que começava a secar, desabei na poltrona reclinável da sala, ajustei-a para massagem suave e só então me dei conta de como estava cansada. Adormeci não sei a que horas, e quando acordei já eram 23h15. Onze e quinze! E nem sinal do Greg.

Liguei para seu celular, coisa que em geral não fazia porque ele não gostava que o interrompesse quando estava cuidado de suas coisas, mas dessa vez o telefonema era mais do que justificado, alguma coisa deveria ter acontecido com ele, Greg não era do tipo de pessoa que deixa abandonada uma *kapustnica* sem um motivo sério. Disquei seu número e não vai adivinhar, mister Rose, o que tocou no nosso quarto. Pois aquela musiquinha que me dá nos nervos, a *Mamma Mia*, do Abba, justo na parte que diz *I've been cheated by you since I don't know when, so I made up my mind, it must come to an end*. Greg a havia escolhido como *ringtone* de seu celular, era ridículo, o que tinha a ver com ele aquela canção melosa e as roupas brancas e brilhantes, como de anjos bobos, que os quatro Abbas usavam quando a gravaram? O senhor se lembra desse vídeo tão primitivo, o do Abba cantando *Mamma Mia*? A loura e a morena, as duas de branco, e sobretudo os dois sujeitos, não sei se eram seus maridos, com aqueles sorrisos e aqueles penteados cafonas de cabeleireiro, o que tinha a ver com tudo isso um policial rude e peludo como meu Greg? E como eu me assustava cada vez que aquilo começava a tocar! Parecia que Greg escolhera justo esse *ringtone*, não qualquer outro, para jogar na minha cara minha história com Joe. Isso de "você vem me enganando desde não sei quando, já me decidi, isto tem de terminar", já deve imaginar, mister Rose, que me parecia diretamente dirigido a mim, uma advertência, um chamado de atenção, um "eu já sei, cadela, já sei de tudo e um dia você vai me pagar tamanha traição". Por isso, cada vez que tocava o celular de Greg eu dava um pulo.

— Troque essa maldita balada, Greg — eu lhe pedia —, procure alguma coisa séria.

Mas ele sempre respondia a mesma coisa, se eu gosto, por que vou mudar? De qualquer maneira, depois das onze, digo, na noite do seu aniversário, não aguentei mais esperar e disquei o número de seu celular. Fiz isso porque já era muito tarde, alguma coisa anormal deveria estar acontecendo. Mas a única resposta foi o Abba com sua *Mamma Mia*, que tocou no meu quarto e acordou Hero, que começou a latir. Nada a fazer, Greg nem sequer se preocupara em levar o celular.

Alguma coisa deveria ter acontecido com ele. A menos que estivesse repetindo a velha história do homem que diz à esposa que vai até a esquina comprar cigarros e não volta nunca mais. Mas ninguém passa um dia inteiro cozinhando uma sopa sabendo que antes de comê-la vai abandonar sua casa.

Desci os cinco andares até o primeiro, saí à rua, lembro que soprava um vento forte, um vento frio que trazia cheiro de comida chinesa, e caminhei um par de quadras à direita do edifício e depois à esquerda, mas não vi nada. Então me ocorreu que bem naquele momento Greg poderia estar me ligando no fixo e subi ao apartamento pulando os degraus de dois em dois, porque meu edifício não tem elevador. Talvez tivesse me ligado quando eu estava fora ou enquanto dormia na poltrona? Teria adormecido tão profundamente que o telefone não me despertara? Seria muito estranho, mas poderia ser; mais estranho ainda era que Greg demorasse tanto sem avisar, não era nem um pouco esse tipo de sujeito que faz essas loucuras, e menos ainda em uma data importante. Já estava de fato angustiada quando bateram na porta e corri para abrir, certa de que era ele, embora, na realidade, não tão certa porque ele não batia. Tinha a chave e abria sem avisar, isso foi sempre um problema durante meu rolo com Sleepy Joe, porque nunca sabia quando Greg iria irromper e me flagrar, como se diz, com a mão na massa. De qualquer forma abri a porta e não, não era Greg. Era Sleepy Joe.

Estava com um gorro de lã enfiado até as sobrancelhas e usava uma camiseta regata com seus braços fortes descobertos, embora lá fora soprasse todo aquele vento. Assim era ele, já lhe contei que Sleepy Joe gostava de se exibir, de ostentar seus encantos, e por isso não achei estranho que viesse daquele jeito.

— Olá, Rabo Lindo — disse, beliscando meu traseiro.

— Me largue, cara, agora não! — respondi, dissimuladamente, convencida de que atrás dele apareceria meu Greg.

Teria sido apenas lógico, já que andavam juntos, ou pelo menos disso estava convencida. Mas não. Atrás de Sleepy Joe não vinha ninguém.

— E Greg? — perguntei.

— Greg?

— Sim, Greg, seu irmão...

— Greg, claro, Greg. Fiquei esperando por ele, mas não apareceu.

— Como não apareceu, se saiu daqui para encontrá-lo...?

— Não sei, não apareceu.

Notei uma coisa muita estranha em Joe. Esforçava-se para parecer tranquilo, para ser leve, mas estava alterado. Mais do que isso: estava transtornado. Tremia. Ele que já por si só é branco, naquela noite estava transparente, como se tivesse visto um fantasma.

— Você está me mentindo — falei. — Ficou duas horas esperando por ele?

— Esperei um bom tempo e depois me distraí por aí — me disse com um sorriso nervoso, meio de lado, que eu não soube como interpretar.

— Quieto com as mãos! — insisti, porque continuava me tocando. — Não está vendo que estou preocupada?

— Acalme-se, acalme-se já, nada de histeria. — Mais que um consolo, era uma ordem.

— Estou lhe dizendo que Greg saiu para encontrá-lo quando você ligou e ainda não voltou.

— Calma, estou dizendo, não queira me enlouquecer porque vai conseguir.

Era verdade, me dei conta de que o homem estava à beira de uma explosão, e por isso resolvi abaixar o tom. Continuava preocupada com Greg, mas não mais tanto, Joe havia começado com os chupões na nuca e frases sujas no ouvido e lhe digo a verdade, mister Rose, nunca consegui resistir ao filho da mãe, não sei o que ele tem que me faz perder a cabeça. Deve ser a testosterona, suponho, juventude e testosterona, imagine um prato suculento quando você está morto de fome. Mas, enfim, para que lhe explico se já me entendeu? Além do mais, é muito tarde, de que serve entender quando a fatalidade já desabou em cima da gente? Se me alongo em esclarecimentos é porque sinto remorsos, por essa culpa que me devora, deve compreender que não era bonito nem generoso de minha parte, meu Greg desaparecido no dia de seu aniversário e eu feliz com sua demora e aproveitando para desfrutar um pouco de seu belo irmãozinho. Mas tudo era estranho, nada se encaixava, tudo era muito estranho naquela noite. Havia algo estranho também em Joe, até na forma descuidada com que me tocava, como se tivesse a mente em outra coisa. Porque ele é vagabundo e preguiçoso para tudo, menos para o sexo, nesse campo se empenha a fundo e é muito aplicado. Mas naquela noite, não. Estava irreconhecível.

— Em que está pensando? — perguntei.

Não respondeu, entrou na cozinha e comeu algumas colheradas de *kapustnica* fria, diretamente da panela.

— Quer que a esquente? — perguntei, e ele me apertou contra a parede, apoiando o pau na minha virilha.

— Sim, quero que você me esquente — disse, mas não era verdade, porque estava mole. Ele, que sempre estava com o pau duro e em riste, essa noite estava com ele mole.

— Está acontecendo alguma coisa com você — falei —, agora sim tenho certeza. Tem a ver com Greg?

— Cale-se e se apresse — foi tudo o que disse. — Cale-se e se apresse, não temos tempo. E tire esses saltos de puta barata, ponha uns sapatos confortáveis e um bom casaco. Rápido.

— Vamos sair para procurar o Greg?

— Isso mesmo, vamos procurar o Greg. Andando! Temos os minutos contados. ¡Hola, Colorado, viva amigos míos de Rio Huérfano! — gritou, passando em segundos da depressão a uma euforia que me soou artificial, ou talvez rebuscada. Uma besteira bipolar, como chamam. Gritou assim mesmo, em espanhol, jogando a cabeça para trás e soltando um grito tipo mariachi que até me assustou.

— Diga-me do que se trata — pedi. — Você está tramando alguma coisa.

— Chegou a nossa hora, Rabo Lindo, estamos indo embora daqui para sempre! *Cucurrucucú paloma!*

— O que você está dizendo?

— Nada. Vá buscar o casaco, mas antes me dê uma Coca-Cola light. Mas já, está me ouvindo. Já, já, já, mexa essa bunda. Uma Coca light. Essa não, idiota, essa é normal. Light, estou lhe dizendo, light! Não me faça repetir cem vezes cada coisa, a normal tem açúcar, é mais pegajosa do que bala chupada. — Outra vez mudava de humor e começava a se enervar seriamente; era rápido para se encrespar quando seus desejos não eram satisfeitos imediatamente.

E tirou do bolso um canivete e me mostrou, mas o afastou quando eu estiquei a mão para pegá-lo.

— Quieta aí — advertiu —, olhe sem tocar.

— Por que você anda com isso?

— Por nada. Trouxe-o para Greg.

— De presente de aniversário?

— Isso mesmo. De presente de aniversário.

Eu detesto armas e aquele era um punhal dos piores, um lixo preto e feio, de bandido ou assaltante, mas não achei estranho nem suspeitei muito, já que era frequente que o par de irmãozinhos passasse um domingo inteiro manuseando armas, eram fascinados por elas. Há homens que ficam excitados com armas, e esse era o caso deles, por isso era normal que naquela noite Joe tivesse saído com um punhal para dá-lo de presente de aniversário a Greg. Fui até o quarto, troquei os sapatos e voltei à cozinha com o casaco em um braço e Hero no outro.

— Estou pronta — anunciei —, vamos procurar Greg.

Joe estava limpando o canivete com um lenço empapado de Coca-Cola light, depois o secou com um guardanapo de pano, o embrulhou simplesmente no mesmo guardanapo e o colocou no alto da estante.

— Eu desço logo — me disse, e começou a subir pela escada que leva ao terraço —, me espere aí e fique quieta. Não saia de onde está. E largue esse cachorro, não vai levá-lo.

Hero pareceu entender e se queixou com o olhar. Enquanto esperávamos, pensei que o presente não estava legal e que não custaria nada embrulhá-lo bem para que parecesse um presente de verdade. Foi uma dessas coisas que ocorrem às mulheres, pois somos detalhistas. Detalhistas, assim se chama essa baboseira, e resolvi pegar um par de folhas de papel de seda, tesouras e uma bonita fita azul. E embrulhei o punhal, tive esse cuidado. O embrulhei com cuidado para não tocá-lo, pois não queria sujá-lo, deixar a impressão dos meus dedos depois de todo o esmero que Joe tivera para deixá-lo limpinho. Em dois minutos estava pronto, com laço de fita e tudo. Na porta da geladeira, no meio de algumas fotos e outras recordações, havia, grudados com imãs, velhos cartões de Natal, desses que dizem "De... Para". Eu guardava todos, por ser sentimental, suponho, ou por aquela mania herdada de Bolivia de que não se joga fora nada porque um dia pode ser útil, e todo lixo é guardado e reciclado ou simplesmente deixado por aí, amontoado, enchendo cada gaveta na casa. Procurei um cartão que dissesse "Para Greg de Joe". Tinha de haver algum... E o encontrei! Justo o que procurava. "Para Greg de Joe" escrito à mão pelo próprio Joe. Greg ia ficar comovido com o detalhe, por isso colei o cartão no pacote e o escondi na prateleira mais alta, pensando que se Joe o visse ia me gozar ou se enfurecer, por isso seria melhor tirá-lo dali só na hora de entregá-lo diretamente a Greg. Nisso, Joe começa a fazer barulho lá em cima, no terraço. Batidas secas, como marteladas, então começa a praguejar, como fazia sempre que se descontrolava, e a golpear outra vez, mas com mais força, como se estivesse dando murros com um martelo. O que ele gritava enquanto isso é uma coisa que não sei, não me lembro exatamente, ou talvez não consegui ouvir bem, mas tenho plena certeza de que havia se enfurecido, algo o deixara furioso, e eu, que temia seus ataques de raiva, fui me refugiar em meu quarto. Sentei-me à beira da cama e fiquei acariciando Hero, para tranquilizá-lo. O animalzinho tremia cada vez que a cólera de Joe desabava em cima da gente. E foi então que ouvi a porta bater com violência. Não, no terraço não: no andar onde eu estava. Uma batida forte e violenta; a batida da porta de entrada quando a bateram contra a parede. A princípio achei que Joe havia ido embora, batendo a porta atrás dele. Às vezes fazia isso, assim, intempestivamente. Mas então ouvi vozes. Vozes masculinas, desconhecidas, e entendi que vários homens tinham acabado de entrar com raiva em meu apartamento.

Algum tempo mais tarde, não sei quando, talvez dois ou três meses depois de ter entrado em Manninpox, naquelas primeiras semanas em que andava tão confusa, vi, uma manhã, que durante a noite as Nolis haviam pintado um grafite na parede do corredor. Adivinhe, mister Rose, com que o haviam pintado? Não é tão difícil. Ora, com a única tinta que tinham à mão: sua própria merda. Afora seu próprio sangue, é claro, mas isso só em casos desesperadores. Este grafite dizia: "Da minha pele pra dentro mando eu". Achei que era típico delas, tentar conscientizar com coisas assim, e o que senti foi raiva, desprezei-as por serem cafonas, por andarem pregando besteiras rebuscadas. É que aqui nesse caldeirão há de tudo, desde as mais revoltadas até as mais abjetas, desde as que têm os pés no chão, que não têm onde cair mortas, até umas quantas filhinhas de papai que se permitem muitas extravagâncias. Como Tanta, uma ex-modelo cinquentona, mas ainda gostosona, que foi por um tempo minha companheira de cela. Jurava que Tanta era seu nome de batismo, e a chamávamos de Tonta porque era mais tapada que uma toupeira. Só Deus sabe o que seu amante fazia para ter tanto dinheiro, ou talvez fosse ela a rica, não sei, o fato é que lá de fora o sujeito lhe mandava de tudo, cremes, loções, esmalte de unha... E um spray com cheiro de pinho que era a minha desgraça, porque cada vez que alguém fazia o número dois na privada de aço inoxidável que temos dentro da cela — ali, sem mais nem menos, como um trono, no meio da cela e à vista —, cada vez que alguma se sentava e fazia cocô, logo depois Tanta pegava seu spray de pinho para eliminar o cheiro, borrifava jatos daquilo e, puta que pariu, que asfixia, melhor que não tivesse feito nada, parecia que alguém havia cagado na floresta. O fato é que o amante fazia chegar de tudo a Tanta, até umas benditas pastilhas de soja para aplicação subcutânea. O senhor consegue acreditar? Eu nem havia ouvido falar delas, das tais pastilhas. São superprodutos finíssimos de beleza que vêm em bolinhas e que aquela Tanta sabia colocar em si mesma com Gillette debaixo da pele, na altura das cadeiras; fazia um talho minúsculo, enfiava a pastilha, passava esparadrapo micropore e pronto. Para regenerar os hormônios, reativar o desejo sexual e rejuvenescer a pele. Cada uma custava 280 dólares, e o amante subornava as guardas para que fizessem chegar a ela sua pastilha mensal, ou bimestral, não me lembro — de qualquer maneira a coisa chegava pontualmente, para que não fosse obrigada a interromper o tratamento. E, enquanto isso, as loucas das Nolis escrevendo com merda nas paredes sandices como essa, "da minha pele pra dentro mando eu". Então tá. Da minha pele pra dentro mando eu? Nada mais falso. Aí sim, pura merda. Talvez Tanta ainda tenha pele, esteja onde estiver, talvez conserve a pele graças a seus cremes e suas pastilhas de soja. Mas minha história é outra. Minha pele já não é minha, eu fiquei sem pele, eu sou uma que anda em carne viva. Bem, é uma maneira de dizer, não me interprete ao pé da letra, o que acontece é que desde que os sujeitos foderam com minha vida ando ardida, como se tudo me queimasse. Estou me referindo aos sujeitos do FBI, que invadiram meu apartamento na noite do aniversário de Greg.

Um deles, que os outros chamavam de Birdie, se trancou comigo no banheiro. Me jogou no chão e ficou me machucando enquanto me perguntava onde estava o dinheiro. O dinheiro, gritava, o dinheiro. Queria saber onde estava não sei que dinheiro.

— O único dinheiro que há aqui é o da Virgem de Medjugorje — lhe disse.

— O quê?

— Assim, como está ouvindo, a Virgem de Medjugorje...

— Cale-se já, não diga asneiras.

— Ora, eu também não acredito nisso, mas meu cunhado e meu marido são muito católicos e andam juntando dinheiro para ir em peregrinação ao santuário da Virgem —, soltava eu atropeladamente, muito nervosa e falando por falar.

— O quê?

— O santuário da Virgem de Medjugorje, que fica na Bósnia, foi o que me disseram, meu marido e meu cunhado estão economizando para ir ver o milagre, mas se quiser pegue o dinheiro, fique com ele, não há problema, está na cozinha dentro de um vaso...

Mas não era aquele o dinheiro que Birdie procurava. Ele me calou com um tapa e ficou louco, seus olhos pularam e começou a dar na minha cara umas porradas que me deixaram vendo estrelas. Eu achava que era apenas um ditado, isso de ver estrelas quando você apanha, ou uma coisa que aparece nas histórias em quadrinhos, mas, naquela noite, descobri que era real. A cada porrada, eu ficava vendo tudo preto e nessa escuridão brilhavam pontos de luz, como se fossem estrelas. Aí soube que não era história: quando batem com força na sua cara, você vê estrelas. E o tal do Birdie continuava gritando comigo, os 150 mil dólares, *you bitch*, os 150 mil dólares, não se faça de esperta. E eu não fazia ideia de que 150 mil dólares eles falavam. Claro que os teria dado, se os tivesse.

Os sujeitos tomaram a *kapustnica* de Greg, espalhados como porcos pelos móveis da sala. Colocaram na tevê um filme de vaqueiros com o volume no máximo e enquanto Birdie me interrogava os outros vagavam, farejavam, esvaziavam gavetas, chutavam tudo, iam engolindo o que encontravam. Eu perguntava por Greg. E meu marido? Digam onde está meu marido! Gritava, ou queria gritar, mas não me ouviam, ou me ouviam e não respondiam. Não se faça de esperta, me diziam, e continuavam insistindo para que eu lhes entregasse o dinheiro. Me deixaram no banheiro com as mãos amarradas. Mas vou lhe avisar, mister Rose, que para mim essa noite foi apagada, não tem corpo nem parece real, imagine uma nebulosa que se abre só por um momento. Em minha memória ainda ressoam vozes, isso sim, os ouço rir, mas todo o resto é vago. Creio que de tempos em tempos me deixavam sozinha. Talvez porque o tal do Birdie ficasse cansado de me ameaçar, ou talvez se afastasse um pouco para recuperar as forças e começar de novo. Recordo tudo muito mal, incompreensível, como se tivesse acontecido há cem anos, ou como se tivesse acontecido com outra pessoa. A não ser o frio do ladrilho. Sei que o ladrilho molhado — talvez com a urina dos sujeitos, porque o fedor era muito forte — me fazia tremer. Cheirava a macho enfurecido e cheirava também ao meu próprio medo, e lembro que bateram meu pescoço contra a borda de alguma coisa, da privada, talvez, ou da banheira. Não gostaram da sopa, isso os ouvi dizer, mas a tomaram, e também cerveja, e eu sabia que estavam deixando tudo sujo, os pratos sujos, as taças quebradas, a toalha manchada, as marcas de seus sapatos no meu tapete branco.

Embora, pensando melhor, eu tivesse muito medo do que poderia acontecer comigo depois. Quem nada deve nada teme, dizem na minha terra, e eu nunca havia me metido em nada e, além do mais, já com os documentos em dia, não via do que poderiam me acusar, tanto era assim que nem sequer acreditava que fossem me tirar da minha casa. Eu exigia que me mostrassem um mandado, uma ordem de prisão, algum papel que os autorizasse a fazer o que estavam fazendo, e era claro que não tinham nada disso. Por isso, durante todo aquele tempo fiquei lutando para convencer a mim mesma de que deveria aguentar com serenidade. Calma, dizia a mim mesma, antes de tudo calma, este pesadelo vai passar e tudo vai voltar a ser como antes. Talvez por isso nem gritava nem chorava durante o interrogatório, não queria que o escândalo fosse ouvido pelos vizinhos do prédio. E veja como é a cabeça, no meio daquela cena minha cabeça se preocupava com o tapete da sala. Não dá para acreditar. E o pior é que ainda penso nele, no meu tapete branco. Devo estar louca. Mais louca do que aquela senhora que entrevistei certa vez, a que me disse que não suportava que bagunçassem as franjas do seu tapete, e que cada vez que alguém caminhava sobre seu tapete ela ia atrás, agachada, alisando as franjas para que todas voltassem a ficar viradas para o mesmo lado. Sem que ela se desse conta, eu a cataloguei em meu formulário como *hiper*, ou fanática absoluta pela higiene, que era exatamente o que perseguíamos, fazer uma boa lista de *hipers* que servissem de target para um aspirador multiuso que absorve as partículas de poeira do ar, e os pelos de gato, e também até o gato, se atravessar o seu caminho, o Miele S5 Callisto Canister, que era exatamente o que estava patrocinando aquela pesquisa específica. Assim estava eu, igualmente *hiper*, sofrendo por meu tapete quando a minha maior urgência era saber onde estava Greg, por que não chegava, o que teria lhe acontecido, e perguntava a eles: digam-me onde está meu marido, o que fizeram com ele? Porque minha única esperança naquele momento era que Greg aparecesse, pobre do meu Greg, tão apaixonado por mim e eu tão apaixonada por seu irmão, mas era ele que eu precisava ver naquele momento. Suplicava a meu íntimo que Greg entrasse pela porta, que mostrasse sua credencial de ex-policial e que tudo se acertasse, tudo bem de novo, a ordem reestabelecida, o erro esclarecido e ponto-final, pesadelo.

Ou não? Havia outra possibilidade, mas era muito aterrorizante. Que talvez tudo aquilo fosse obra do próprio Greg, que ficara sabendo das minhas traições e me enviara aqueles selvagens para que me dessem o que merecia. Aqueles valentões seriam seus amigos? Seus cúmplices naquilo que estava acontecendo comigo? Era esta a vingança de Greg que desabava sobre mim como castigo divino? A mera ideia congelou meu sangue. Pensei que poderia suportar qualquer coisa, menos que Greg ficasse sabendo que era corno.

E aqueles sujeitos teriam pegado Sleepy Joe? Estaria amarrado em outro lugar do apartamento? Também estaria sendo interrogado? Não me atrevia a perguntar, não me convinha fazê-lo. Talvez ele tivesse conseguido escapar, certamente pelo terraço, ou estaria lá em cima escondido e era melhor não alertá-los. Sujeitos como aqueles, melhor não alertar. Se Joe havia escapado, voltaria logo com ajuda. Ligaria para Greg, contaria o que estava acontecendo. E Greg certamente viria me socorrer, porque não saberia nada do assunto do meu adultério com seu irmão. Claro que também poderia ser que Sleepy Joe tivesse adormecido lá no terraço, e que nem tivesse se dado conta da invasão.

— Não comam o bolo, é do aniversário do meu marido — eu suplicava aos sujeitos do FBI, mas eles não me davam a menor atenção.

— Não há mais aniversário que valha a pena —diziam, comendo o bolo diretamente da bandeja e com a mão, sem se preocupar sequer em cortá-lo em fatias para servi-lo nos pratos. Muito porcos. Parecia que não tinham vontade de ir a lugar algum e iam se instalando à vontade, como se fossem os donos da casa e eu, a intrusa.

Até que Birdie me tirou, vendada, do meu apartamento e me levou a algum lugar, onde continuaram os interrogatórios, os insultos e as sacudidas, agora mais brutais do que antes. Quando terminaram comigo, acho que vários dias depois, me tiraram daquilo que deveria ser uma delegacia de polícia e me levaram de ônibus, acorrentada como cão raivoso. Pelo caminho, consegui ver árvores, extensões enormes de floresta e, em alguns momentos, pensava que iriam me atirar no meio da floresta e me lembrava da história do Pequeno Polegar, que tenta se salvar deixando o caminho coberto de migalhas de pão que depois os pássaros comem. Depois vi o letreiro que dizia Prisão Estatal de Manninpox e entendi o que me esperava. Ao chegar, fiquei não sei quanto tempo sem tomar banho, porque não me levavam ao chuveiro. Meu cabelo estava nojento, todo grudado. Haviam me obrigado a me despir e levado minha roupa. Haviam me tirado a aliança de casamento e também a correntinha com a moeda. Fui obrigada a vestir um uniforme de tecido muito fino, uma miséria de trapo para o frio que estava fazendo, e à noite me davam uma manta, uma só, tão curta que meus pés ficavam de fora. Não me deram roupa de baixo. Eu teria dado um milhão de dólares por umas calcinhas, mesmo que fosse só isso, umas calcinhas para não me sentir abandonada, despudorada, nas mãos daquela gente; eles, uns deuses, e eu, quinquilharia. Sentia o vento penetrar pela virilha e me gelar por dentro. Nenhuma das pessoas que conhecia, Greg, minhas companheiras de trabalho, o próprio Sleepy Joe, sabia que eu estava presa, nem onde, porque não me deixaram avisá-las.

Em algum momento tiraram minha foto, a famosa foto de frente e de perfil dos presos, e me deram um número, o 77601-012. Eu lhe asseguro, mister Rose, que naquele momento, senti que talvez fosse me salvar. Pelo menos já tinha um número, estava anotada em algum registro e se um dia Violeta perguntasse por mim lhe diriam que não era culpa minha que não tivesse voltado a visitá-la. Se sumirem comigo, pensava, terão de prestar contas a alguém, será aberta uma investigação sobre essa 77601-012 que está em algum lugar.

A foto que tinham acabado de tirar seria minha garantia de sobrevivência.

6

Do manuscrito de María Paz

A escuridão, como era? Aperto bem os olhos e a imagino profunda e aveludada. Tampouco me lembro de como soava o silêncio. Tapo os ouvidos para recordá-lo, mas ele se esconde atrás de um enxame de zumbidos. São coisas de que já me esqueci, porque aqui na prisão a toda hora há luz e barulho. Se sinto falta de alguma coisa, é da calma de um período longo e negro em que não soe nada na minha cabeça. O senhor nos contou que vive na montanha, mister Rose, e por isso deve conhecer a verdadeira escuridão, o verdadeiro silêncio. Contou também que de sua casa se vê Manninpox, e eu me pergunto se de vez em quando olha para cá. Se de sua casa se vê Manninpox, quer dizer que de Manninpox se vê sua casa. Bem, se veria, se houvesse por onde olhar.

O problema dos meus momentos de solidão é que estão repletos de Violeta. De minha irmã Violeta. Posso ignorar coisas decisivas que têm a ver comigo, como as acusações que pesam contra mim, e no entanto me perco em angústias que têm a ver com ela. Será que ela comeu ou deixou o prato intocado? Estará melancólica nesses dias chuvosos? Será que parou com aquela mania de arrancar mechas de cabelo? Me preocupo com ela desde que nasceu. Durante o tempo em que ficamos sozinhas na Colômbia, eu em uma cidade e ela em outra, tentei várias vezes entrar em contato por telefone, mas nunca consegui. Ficava semanas sem me lembrar dela, mas, de repente, recordava que em algum lugar tinha uma irmã pequena e desabava em cima de mim, como se fosse uma geleira, o peso desse dever pendente. Apesar de tudo, para mim a vida correra bastante bem, melhor do que se esperava. Suponho que ela chorava muito por Bolivia, e quem não choraria? Até os cães e os bezerros choram a ausência da mãe, todo mundo sabe que mãe só tem uma. Todo mundo, menos eu, que, na realidade, tinha duas, porque Leonor de Nava cumpria bem esse papel, pelo menos melhor do que Bolivia. Mas, além disso, em Las Lomitas eu era uma menina entre meninas, uma a mais ao lado de Cami e Pati, digamos que era mais irmã do que filha, e aí estava minha felicidade. Mas e ela, Violeta? Como vivia o bebê abandonado que era Violeta? Não sei e suspeito que tampouco a própria Violeta sabe e, se sabe, não vai contar.

— Violeta não esquece — diz às vezes.

— O que, Little Sis? O que é que você não esquece? Há alguma coisa que Violeta não quer lembrar? — pergunto, mas ela não responde.

Sempre que eu ligava para ela, lá na Colômbia, sua madrinha me dizia a mesma coisa: Violeta não quer atender, é pequena e o telefone a assusta, é melhor lhe mandar lembranças por mim. Caminhava, Patinava e eu falávamos no telefone o dia inteiro, se brigávamos por alguma coisa era por isso, porque alguma de nós agarrava o fone e não o soltava, e, em troca, minha irmã Violeta se assustava com o telefone. Não há nada a fazer, pensava eu para me esquecer dela ou para me livrar da obrigação de procurá-la, e, além disso, Bolivia me dizia por ligações de longa distância que a menina estava bem e que nós três nos veríamos muito em breve. Certa vez tentei adverti-la de que, com Violeta, as coisas não corriam tão bem como ela imaginava. Disse a ela, ontem quis falar com a menina e escutei a voz da madrinha a chamando. Venha, Violeta, venha, atenda sua irmã, que desgraça com esta menina, outra vez está enfiada ali, enfiada ali a tarde inteira e não há quem a tire. Está me ouvindo, Bolivia? Estou lhe dizendo que a madrinha de Violeta me disse ontem que a menina estava a tarde enfiada ali. Enfiada onde? Me perguntou minha mãe. Não sei, Bolivia, enfiada em algum lugar, ou atrás de alguma coisa, um móvel, uma porta, não sei, o problema é que passou toda a tarde lá. Nessa ocasião, como em outras semelhantes, Bolivia pronunciou sua frase favorita, a que mais me tirava do sério, a que ficou repetindo até o dia que antecedeu a sua morte. Não se preocupe, está tudo bem. Está tudo bem: essas três palavras sintetizavam a filosofia de minha mãe.

Agora também ligo para Violeta, ligo toda semana apesar das filas que se formam diante do único telefone disponível neste pavilhão. Mas com ela nada é fácil. Sei que está ressentida comigo, que não me perdoa por tê-la enviado a um internato tão longe de casa; eu mesma me odeio por ter feito isso. O fato é que vem ao telefone, mas não fala comigo. Fica calada no outro lado da linha e só me resta cantar a canção da serpente de terra quente que quando ri exibe os dentes, essa e outras de *Cri cri, o grilinho cantor* de que ela gostava quando era pequena, e assim fico dez minutos, ou doze, cantando *Três Porquinhos, Cleta Dominga* ou *Coelhos Padeiros*, até queimar todos os minutos do cartão. Mas não pense que Violeta é boba ou retardada. Pelo contrário, Violeta é incrível. Estranha, mas incrível, com a particularidade de não engolir mentiras. Ela sabe perfeitamente que se ligo não é para lhe contar as coisas como na verdade são; eu lhe escondo que estou presa, escondo o que aconteceu com Greg, coisa que, de certa forma, também escondo de mim mesma; a diferença é que as mentiras me ajudam a viver e, a ela, sufocam. Todos vivemos mentindo uns aos outros, às vezes mais e às vezes menos, umas vezes por maldade e outras por piedade. Quem disse isso foi o doutor House e ele tem razão: a verdade crua não é coisa que se diga, não faz parte dos manuais da boa educação. Mas as coisas não funcionam assim para Violeta, ela nem diz mentiras nem quer ouvi-las, as meias palavras e os duplos sentidos a deixam tonta; foi isso que me disseram os psicólogos, que Violeta não sabe interpretar evasivas ou insinuações. Por isso, quando ligo para ela de Manninpox, ela fica paralisada e calada. Ou não atende o telefone e isso é o pior, aí me derrota, me deixa mal toda a semana.

— Chega. Big Sis, cale a boca. Big Sis, cale a boca — disse quando comecei a fazer rodeios e a inventar histórias para evitar lhe revelar a verdadeira. Desde então não voltou a me dizer nada.

E, mesmo assim, não me atrevo a lhe confessar a verdade. Não é fácil dizer a sua irmã menor que você se meteu em uma confusão danada e que é possível que não consiga ir vê-la por muito tempo. Talvez não lhe diga exatamente pelo motivo contrário, porque, no fundo, estou convencida de que a qualquer momento acordarei e terá se desvanecido este castelo do horror, este lugar inverossímil, como tirado de um conto de fadas, mas dos macabros. E depois vou buscá-la em seu colégio de Vermont e a levo comigo, e vamos juntas a algum lugar, ainda não sei qual, onde vou lhe jurar solenemente que não vou ter namorados que achem que viver com ela é um inferno. Embora seja verdade: é um inferno. E mesmo assim. Violeta é um desastre, mas é minha irmã, eu a amo muito e ela me faz muita falta. Como a história se repete ou, melhor dizendo, como a repetimos estupidamente e sem nos darmos conta! Violeta e eu sempre sobrávamos em casa quando Bolivia trazia um de seus namorados para viver com a gente. Para o casalzinho de apaixonados, minha irmã e eu ficávamos segurando vela, éramos o probleminha que fodia o romance de sua bela mãezinha, tão jovem, mas com filhas tão grandes e tão intrometidas. Sempre que Bolivia vivia com um homem, nós sempre sobrávamos em casa, éramos as encostadas, as que não tinham nada a ver com o passeio, o principal obstáculo para a felicidade dos recém-casados. E depois Bolivia morre e eu fico encarregada de Violeta, e acontece comigo de ir viver com um sujeito, o trago para casa e Violeta se transforma, automaticamente, em um problema, uma seguradora de vela. A história que se repete. Já lhe disse, o problema é que não aprendemos. Vivemos muito mal e depois fazemos a mesma coisa com o próximo, como quem diz, vamos passando a bola de mão em mão. Por isso internei Violeta em um colégio especial, bem ao norte, em Vermont. Me entende? Eu queria ser feliz, e ela segurava vela. Suponho que fiz como Bolivia: também fiquei enfeitiçada pela felicidade. Esse é um grande erro, quer saber? A base de todas as confusões e das desgraças é começar a sonhar com essa bobagem. A vida não foi feita para isso e ponto. E não é que esteja lhe dizendo que fui infeliz, isso não, suponho que há muitos que viveram pior. Mas daí a tentar ser feliz há um salto que não convém dar. Ou talvez eu quisesse, simplesmente, sair da minha caixa fechada, com essa história de mandar Violeta para longe. Veja desta maneira: durante tantos anos, quem fui eu? O que recordo da minha adolescência? Na verdade, não muito, eu era uma caixa fechada. Eu era a que cuidava de Violeta, não muito mais do que isso. Enquanto Bolivia trabalhava, enquanto Bolivia apostava no amor, enquanto Bolivia fracassava no amor e voltava a apostar, eu era, basicamente, a que cuidava de Violeta. Uma vez Mike me mandou comprar cigarros. Não lhe contei quem foi Mike? Por ora não importa, digamos que um dos namorados da minha mãe. Eu devia ter 11 anos, talvez 12, Mike havia nos convidado, a Violeta e a mim, para acompanhá-lo em uma de suas viagens de negócios e isso se transformara em um grande acontecimento. Eu nunca estivera em um hotel daqueles e não sabia que pudesse existir no mundo uma coisa tão luxuosa, um hotel de duas estrelas que para mim pareceram todas as estrelas do firmamento. No último andar, havia máquinas de refrigerantes e gelo, nos alojamos em dois quartos ligados por uma porta, cada quarto com sua própria televisão e seu próprio banheiro, e, em cada um dos banheiros, frasquinhos com creme e xampu... Ou seja, o paraíso. Mas o detalhe é que o hotel ficava em uma grande avenida com muito trânsito e várias pistas, ou seja, uma autopista. Eu desci com o dinheiro que Mike havia me dado, perguntei no bar pela marca que ele fumava, mas não tinham, saí do hotel, perguntei em outro lugar e também não, em mais outro e nada. Alguém me disse que poderia consegui-los em frente e eu fiz o que o instinto de preservação me mandava que fizesse: atravessar a *highway*. Não queria aparecer no quarto sem os cigarros, não sei, suponho que, afinal de contas, eu ia com a cara de Mike, e nesse momento estava loucamente agradecida a ele por ter nos levado àquele lugar maravilhoso. De qualquer maneira, não tive problemas, atravessei a avenida ao lado de outras pessoas e não aconteceu nada. Comprei os cigarros, tentei voltar e, quando me dei conta, estava debaixo de um carro. Abri os olhos e lá estava eu, deitada debaixo de um carro, com o nariz a um palmo de sua barriga metálica e o vestido preso por uma das rodas dianteiras. Um oriental que deveria ser o motorista havia ficado de quatro, enfiara a cara, me vira e gritara. Além de sua cara oriental e a barriga preta do carro, comecei a ver pernas e sapatos e soube que ao redor ia se formando uma comoção. Ouvi uma sirene de ambulância se aproximar. *It's a girl*, dizia uma voz de mulher, *she is dead*, dizia, *she is dead*. E então entendi que essa era eu, eu era essa *girl* que estava *dead*. Mas não me doía nada, não sentia nada, e assim tirei com um puxão o meu vestido, agarrei a caixinha e as moedas, que haviam ficado atiradas ali, escapuli de debaixo do carro, me levantei o mais rápido que pude, corri o que minhas pernas me permitiam sem deixar que ninguém me parasse, e assim, correndo e sem olhar para os lados, atravessei as pistas que faltavam, ouvindo as freadas bem ao meu lado. Entrei no hotel e me escondi atrás de uns arbustos até que pararam de me procurar e fui ao banheiro do lobby. Já lhe disse, eu deveria ter 12 anos. Joguei água na cara e a enxuguei com uma toalha de papel, enxaguei a parte da minha saia que havia ficado debaixo da roda e sequei-a com um jato de ar quente, me penteei como pude e me examinei no espelho por todos os lados para me assegurar de que não tinha nada estranho. Então voltei ao quarto, entreguei os cigarros e o troco a Mike... e não disse nada. Na realidade, nunca disse nada a respeito disso, embora até o dia de hoje o episódio continue passando diante dos meus olhos com a clareza de um filme. E se agora o estou contando ao senhor, mister Rose, é para que entenda que eu não era ninguém. Eu não era ninguém e não acontecia nada comigo, porque quando você não é ninguém, não acontece nada com você. A minha história não contava e não valia a pena contá-la, simples assim. E não pense que sofri por isso; simplesmente me parecia normal.

Deve ser por isso mesmo que tampouco agora conto a alguém que estou presa, menos ainda a Violeta. Não sei. Ou talvez seja por vergonha que lhe oculto a verdade. Ela nunca gostou que eu andasse com Greg, com Sleepy Joe muito menos. Achava ridícula a farsa do meu casamento; Violeta é muito esperta, não lhe escapa nada. Era como se soubesse desde o princípio que toda a minha história com os dois eslovacos não tinha fundamento, que ia de mal a pior e que acabaria como acabou. Maldita Violeta, eu tentando ser feliz e ela sem me permitir. É uma testemunha implacável, a condenada; não a convencia a telenovela que eu estava encenando e suponho que a mim também não, e por isso me irritava tremendamente tê-la ali, presente a toda hora, me recordando. Não que me dissesse algo ou reclamasse ou advertisse, isso não; ela tem suas próprias maneiras, que são muito sacanas. Sabe encontrar um jeitinho de ir exasperando uma pessoa e de levá-la até o limite; por exemplo, começava a urinar noite após noite na cama ou andava pelada pelo terraço ou se sentava em um canto e ficava arrancando mechas do cabelo. Odiava Sleepy Joe. Creio que Greg nem tanto, pelo menos não brigava com ele, embora também não fosse fácil. Greg é policial, o senhor sabe, policial dos pés à cabeça, com uma noção rigorosa da lei, embora, por baixo dos panos, não faça mais do que violar essa própria lei que tanto apregoa. Mas esse é outro problema, o do tráfico de armas, do qual vim a me inteirar aqui, porque, acredite, antes eu não sabia de nada. Mas estava lhe falando de outra coisa. Estava lhe dizendo que, de qualquer forma, os códigos disciplinares do meu Greg eram estritos, e ele sentia que Violeta zombava deles. Por exemplo, lhe dizia:

— Violeta, pare de brincar com essa taça, pois vai quebrá-la, você se dá conta de que vai quebrar essa taça?

— Sim — respondia ela, sem parar de fazer o que estava fazendo.

Greg achava que aquilo era um desacato, quando era apenas a maneira particular com que Violeta respondia; já lhe disse, ela entendia as frases ao pé da letra, as insinuações não entravam em sua cabeça. Ou, por exemplo, tocava o telefone, ela atendia e ouvia perguntarem se Greg estava.

— Sim — dizia e desligava.

— Mas por que você não me chamou, menina? — rugia ele.

— Por que você não me chamou? — repetia ela.

— Mas perguntaram se eu estava!

— Violeta disse que sim.

Um dia Violeta estava tentando amarrar os patins e não conseguia.

— Você está fazendo tempestade em um copo de água — lhe disse Greg, e se dispôs a ajudá-la.

— Idiota — lhe disse Violeta, batendo com fúria em seu braço. — Uma tempestade não cabe dentro de um copo de água.

Greg não conseguia entender que não havia ofensa, que simplesmente essa era a linguagem dela, sua maneira de não entender comparações. Uma vez, quando Bolivia ainda estava viva, mandou Violeta comprar na esquina cravo e canela, para fazer o mingau de maisena de que a menina gostava. Esse é outro drama; Violeta só aceita comida branca: arroz, espaguete, leite, clara de ovo, pão de trigo, sorvete de baunilha, ou seja, apenas comida simples e branca; vomita se você lhe der qualquer outra coisa. Dessa vez Bolivia queria preparar para ela um mingau de maisena, que, claro, também é branco e é fervido em metade leite, metade água, com açúcar, cravo e canela.

— Vá comprar cravo e canela — disse Bolivia a Violeta, dando-lhe algumas moedas.

Violeta lhe trouxe a canela e também os cravos, mas as flores, cravos flores. Está me entendendo? Dizem a ela traga cravos e ela traz cravos. Ponto. Porque não sabe interpretar, não conhece as nuances. E Greg, meio bobo também, nunca soube interpretar que Violeta não sabia interpretar. E ela também não ajudava; se o homem chegava cansado, ela começava a gritar até deixá-lo louco ou se perdia pelo bairro e ele tinha de sair para procurá-la. Todos os dias aconteciam coisas assim. Mas vou lhe dizer, a disputa primordial de Violeta não era com Greg. Era com Sleepy Joe.

Incrível, é difícil entender por que Violeta insistia em encher o saco de Sleepy Joe, em tirar do sério exatamente a ele, que é tão ruim. O impulso dele é o de prejudicar, tem uma necessidade de fazer maldade que, provavelmente, é inconsciente, eu diria que até infantil, ou seja, sente um prazer diante da dor alheia semelhante ao que às vezes experimentam as crianças quando seu lado perverso se manifesta. Só que Sleepy Joe é uma criança com perversidade adulta. Melhor dizendo, é um adulto mau, maldoso, malvado, assim é Sleepy Joe. Ou assim era, não sei o que terá sido de sua vida; desde que estou trancada aqui não mantenho contato com ele. Talvez a distância tenha me ajudado a compreender melhor, a descobrir como funcionam os mecanismos. A coisa é assim, mister Rose, ou pelo menos é o que acho que entendo agora. Veja bem. Sleepy Joe gosta de quebrar quem já está quebrado, pela pura satisfação de levá-lo até o limite; ferir os demais lhe dá cócegas nos ovos e palpitação nas têmporas. Tinha que machucar Hero porque era mutilado, tinha que fragilizar Violeta porque já era frágil, tinha que violentar Cori porque já fora violentada. Sleepy Joe tinha que se compensar com eles, queria esmagá-los como se fossem insetos; ele, um deus, e eles, insetos a seus pés. Ele, finalmente, forte e todo-poderoso. O problema é que só consegue isso se comparando com os fracos. Há algo nele que o faz se sentir convocado a arrebentar a corrente pelo elo mais fraco de todos, talvez para não arrebentar a si mesmo, porque ele mesmo deve ser, na verdade, o elo mais fraco de todos. Assim era Sleepy Joe e assim ainda deve ser. Imagine um frango com a asa quebrada. Não um franguinho bom, mas um frango filho da puta. Com uma asa quebrada.

Não sei quando o dano foi feito; certamente na infância, como todos os danos irreparáveis. Parecia um garoto muito ferido. E não só na alma, também no corpo; se visse quantas cicatrizes tem nas costas!

— O que são essas marcas? — perguntei muitas vezes. Sempre que estávamos na cama, eu acariciava suas costas, e minhas mãos topavam com todas as marcas da pele, uma ao lado da outra, como contas de um rosário. São marcas da vida, dizia ele, e disso não passava.

Às vezes Sleepy Joe dormia de bruços, sem camisa, e eu aproveitava para observá-las. Eram cicatrizes pequenas, mas muitas, uma constelação, a pele avultada, mais brilhante do que no resto das costas.

— Como você se fez isso? — eu voltava a lhe perguntar.

— São as marcas da vida — repetia e continuava dormindo.

E, no entanto, preste atenção: Violeta não o largava. Ela também inventava maneiras de martirizá-lo, como se competissem nessa coisa das maldades. Ela percebia que ele era um sujeito atemorizado e o pegava pelo ponto fraco. Sabia, por exemplo, que o grande sem-vergonha tinha medo de cachorro e, para irritá-lo, enfiava na casa vira-latas nervosinhos, animaizinhos de nada, pulguentos, com o rabo entre as pernas, mas que o amedrontavam e deixavam histérico. E também outras coisas que inventava para incomodá-lo. Como a paixão dele eram os programas de televendas, Violeta ficava parada na frente da tela e, quando o outro meio que a tocava para afastá-la, ela o mordia até lhe arrancar pedaço. Porque minha irmã Violeta é uma fera quando se enfurece e tem a força de mil demônios; assim como a vê, tão frágil e tão magra. Nunca gostou que a tocassem. Se quiser sair com ela, a primeira lei é que jamais deve tocá-la, nem sequer para acariciá-la, abraçá-la muito menos, reage como se a tivesse queimado com um cigarro. A mosquinha morta da Violeta também tinha outras formas mais engenhosas de assustar o pobre Sleepy Joe. Sabia que ele tinha pânico de dormir, embora, contra sua vontade, vivesse dormindo. Mas nunca no escuro. Não gostava de dormir na escuridão da noite e por isso ficava meio sonâmbulo de dia. Odiava o sonho ruim que chega de noite, que em espanhol tem um nome feio, *pesadilla*, que parece com *quesadilla*,[5]

---

[5] *Pesadilla*: pesadelo; *quesadilla*: tipo de tortilha. (N. do T.)

mas que, por sua vez, em inglês se chama *nightmare*, égua noturna, uma fêmea brilhante e negra que vaga solitária e apavorada pela imensidão da noite. Violeta se aproveitava disso, porque ela, no caos de seus horários, não diferencia dia e noite, e anda pela escuridão totalmente à vontade.

— Ontem à noite veio a égua negra, Violeta a viu — dizia, e Sleepy Joe ficava psicótico, porque sabia que Violeta nunca mentia, não porque fosse boa, mas por ignorar os mecanismos do engodo, e assim a visita da tal égua tinha que ter algo de verdade, e ele é um homem muito supersticioso.

E não o culpo, há algo nas incoerências de Violeta que as tornam proféticas. Corina tinha medo de que Sleepy Joe fizesse alguma coisa a Violeta, uma garota tão linda, aparentemente indefesa, e tão ignorante da sexualidade, embora já fosse uma mulher feita. Uma mulher bonita, meu Deus, porque como é linda a maldita! E que alvoroço de hormônios carrega por dentro! Eu não estava tão certa de que Violeta não soubesse o que estava fazendo quando tomava banho pelada no tanque sabendo que Sleepy Joe andava por ali. Para mim o provocava, o incitava de propósito, porque essa era outra de suas maneiras de atormentá-lo. De qualquer maneira, eu não quis ficar de braços cruzados, esperando para ver quem estava interpretando corretamente, se Corina ou eu. Fosse o que fosse, não gostava daquilo de jeito nenhum, de forma que optei por matricular Violeta no colégio de Vermont.

Também não pense que era uma tortura, mister Rose; não estava mandando a garota ao matadouro. Na realidade, trata-se de um colégio esplêndido, com professores especializados, supercaro, com instalações *full* à beira de um bosque. Por sorte, disso se encarrega Socorro de Salmon, a amiga de Bolivia; que paga as mensalidades de Violeta e diz que é um compromisso que tem com minha mãe, uma dívida pendente. Em muitos sentidos, acho que minha irmã está melhor lá, em seu colégio, ela que sempre odiou a cidade. Imagine o que é, para alguém que não suporta o contato físico, ter que andar no meio da multidão comprando tíquetes de metrô, aguentando as filas, o *transfer*, a viagem em pé, os percursos eternos, o barulho, os túneis hediondos, a gente que sobe, a gente que desce, que a empurra ou roça nela. Em vez disso, no colégio tem todo o verde, o céu, as árvores e a paz do mundo, e ali a ensinam a não ser tão egocêntrica e a conviver com os demais; melhor dizendo, a compreender os demais, que é uma coisa que ela não sabe fazer e que, além disso, não lhe interessa saber. No fundo, não foi uma má opção, não foi ruim de jeito nenhum, esse colégio especial de Vermont. É especializado em casos como o de Violeta, e lá a compreendem e vão levando. Isso é muito importante, leve em conta que ela nunca suportou as escolas normais, onde arranhava e mordia suas colegas e de onde às vezes ela mesma voltava toda machucada. Seja como for, porém, não perdoo a mim mesma por tê-la enviado como interna àquele lugar; o remorso me come viva.

Não sei se já está entendendo, mister Rose, por que fui tomada por essa revolta tão enorme contra Violeta. Eu queria viver minha vida... É pedir muito? Por fim uma vida própria, com direito a cuidar de outra coisa que não fosse Violeta, Violeta, Violeta. O meu sentimento em relação a ela sempre foi de angústia. Angústia e amor ou amor e angústia, não sei o que vem primeiro. De qualquer maneira foi assim desde o começo; eu com minha vela ao lado desde o avião que nos trouxe à América. Percebi algo estranho desde o primeiro dia, depois de cinco anos sem vê-la, mas pensei que talvez só fosse uma menina malcriada. Eu já sabia que as pessoas muito lindas, como ela, se davam ao luxo de serem caprichosas. Para começar, ela apareceu no aeroporto com uma girafa de pelúcia e isso me pareceu terrível. Naquela idade já havia despertado em mim o senso do ridículo, e percebi, ao entrar no avião, que os demais passageiros nos lançavam olhares de ah, meu Deus, que não venham se sentar ao meu lado estas meninas com a girafa, o senhor sabe, aquele olhar, o que recebem os que voltam do México com sombrero de mariachi ou da Disney com orelhas do Mickey. Por sorte não ficamos ao lado de ninguém. Ela deixou que eu afivelasse seu cinto de segurança, mas não me respondeu quando quis lhe contar que Bolivia havia comprado um carro novo.

— Você sabe quem é Bolivia? — perguntei.
— Você sabe quem é Bolivia? — repetiu ela.
— É sua mãezinha, que está esperando por você na América.
— É sua mãezinha, que está esperando por você na América.
— E a você também.
— E a você também.

— Isso, muito bem. Bolivia é sua mãe e minha também e está esperando por nós duas. Com muitos presentes. Na América.

Não era verdade que Violeta estivesse assustada por ser a primeira vez que viajava de avião, como advertira dona Herminia; Violeta simplesmente não estava, nem assustada nem nada, era uma pessoa ausente que me ignorava, até que tentei lhe tomar a girafa e então começou a gritar.

— Temos que colocá-la lá em cima! A girafa, Violeta. Você não pode levá-la na poltrona, a aeromoça já disse que os pertences pessoais devem ser guardados nos compartimentos de cima, são as leis da aviação — tentava lhe explicar eu, que antes de Manninpox sempre respeitei as leis, sem entender por que ela não largava aquela bendita girafa de pelúcia, como estava claro que precisávamos colaborar com a segurança do voo.

Eu sabia bem o que era um acidente aéreo porque, uns anos antes, quando tinha 10 anos, um DC4 caíra em cheio no nosso bairro. Os passageiros haviam morrido, além de muita gente que estava embaixo, sobretudo os que almoçavam em uma lanchonete que se chama Los Alegres Compadres. Nossas vidas ficaram marcadas por esse acidente, a única coisa importante que havia acontecido em toda a história de Las Lomitas. Alguns dos mortos eram pessoas conhecidas, inclusive uma menina da nossa própria escola, e, durante meses, ficamos vivendo como em um filme, com os cães treinados procurando corpos entre os escombros e o cordão da polícia ao redor da zona do sinistro, uma palavra que não havíamos ouvido antes, sinistro, e que de repente ficou na moda. Tudo havia sido uma grande comoção, a Cruz Vermelha, os enterros, as novenas, os noticiários de televisão; fomos transformados durante alguns dias no centro de atenção do mundo; mas, acima de tudo, estava a nossa sensação de triunfo, éramos pessoas que quase morreram e, no entanto, haviam sobrevivido por milagre.

Nós que vivíamos em Las Lomitas éramos da classe média baixa, ou seja, só viajávamos pela estrada, e, em outros bairros menos decadentes, começaram a fazer piada, dizendo que aquela fora nossa única oportunidade de morrer em um acidente aéreo. Quem poderia saber naquele momento que uns anos depois eu seria a primeira pessoa da vizinhança que voaria de avião? Por isso não podia permitir que Violeta estragasse minha festa por se negar a colocar sua girafa no compartimento de cima, como ordenava a comissária.

— Ouça o que lhe dizem, Violeta, ou por acaso não está ouvindo? — eu a censurava. — Pode ser muito perigoso!

Já naquela época fazia parte da minha personalidade obedecer à autoridade, uma mania que perdi aqui em Manninpox, e, sobretudo a uma autoridade uniformizada, como provei mais adiante ao me casar com um ex-policial. E a aeromoça do meu primeiro voo, com seu uniforme azul-anil e um lenço vermelho no pescoço, deveria me parecer exatamente a dona do céu. Seu estilo seguro e severo de andar pelo corredor trazendo sucos e dando ordens me fascinou, tanto que jurei que algum dia eu também seria aeromoça. Por sorte meus sonhos não se cumprem, porque um tempo depois vi *Uma linda mulher*, com Julia Roberts, e jurei que seria prostituta. Lutei por um bom tempo com minha irmã por causa da girafa, mas ela armou tal escândalo que acabei desistindo.

— Quando era bebê você não chorava, quando aprendeu a dar esses gritos? Ninguém a ensinou a falar? — falei, até a sacudindo um pouco.

Afinal, eu era superior a ela; era mais velha, havia aprendido inglês no colégio e usava um sutiã Ensueño de tamanho PP, além de sapatos de verniz de salto alto que Leonor de Nava me permitira estrear para a ocasião. Para não falar da coleção de histórias em quadrinhos do Pateta que Alex Toro me dera de presente na tarde anterior, quando nos despedimos, mas que eu tivera de deixar para trás porque não coubera na minha mala. Cheguei à conclusão de que não conseguia gostar daquela irmã tão histérica que a sorte me dera e, em troca, sentia muita falta de Caminhava e Patinava.

Mas como não gostar de Violeta, tão branca e tão linda, com seus cabelos longos e ondulados e olhos verdes que pareciam joias, como se naquela carinha perfeita alguém tivesse incrustado um par de pedras de luz, que não olhavam para fora, mas para dentro? Imagine uma Alice perdida em suas próprias maravilhas; assim era e assim continua sendo minha irmã Violeta, e logo me arrependi de ter sido rude com ela. Mau começo para uma vida nova vida, pensei, tentando conversar sobre outros assuntos, mas ela nada, nem soltava a girafa nem soltava palavra, afastava imediatamente seu braço quando o meu chegava a roçá-lo e eu estava muito cansada para lidar com tantas susceptibilidades. Para pegar o avião, que saía ao meio-dia para a capital, eu tinha sido obrigada a me levantar antes do amanhecer e viajar várias horas de ônibus com Leonor. Somando a isso a comoção pela despedida e a expectativa pelo que me esperava, acabei adormecendo e, por um momento, não soube mais nada de Violeta.

Fui despertada por um futum ácido, desagradável. Era cheiro de urina, e saía dela. Abri os olhos e vi que apertava a girafa entre as pernas, mas levei um tempo para compreender que vinha se arrebentando de vontade de urinar e que, em vez de perguntar pelo banheiro, havia urinado na girafa. E agora a girafa estava imunda, era um asqueroso bicho de pelúcia que gotejava um líquido amarelo, e por isso a tomei dela com um tapa, e ela voltou a gritar.

— A tripulação inteira vai ficar sabendo que você fez xixi nas calças e vai fazer um escândalo, se você não se calar o avião cai, cale-se já, histérica, mijona.

Eu a insultava, e ela gritava mais.

— Vamos ao banheiro, menina — falei, tentando a opção persuasiva. — Aqui dentro do avião tem banheiro com água e tudo, vamos lavar você e sua girafa, olhe que vão nos devolver se chegarmos assim na América, lá tudo é limpo e você está cheirando a urina; Bolivia me disse que lá não aceitam gente suja.

Por sorte, ela estava incomodada em sua poltrona molhada e se deixou convencer, caminhamos até o final do corredor e entramos as duas no mesmo banheiro, onde ficamos tão apertadas que quase não consegui fechar a porta. Milagrosamente, Violeta parara de gritar. Abaixou as calças e se sentou no vaso sanitário, apesar de eu tê-la advertido que não o fizesse, porque Leonor de Nava havia me ensinado que em banheiro alheio as mulheres devem urinar em pé e sem tocar no vaso. Mas Violeta parecia tranquila ali dentro, aquele espaço tão pequeno não lhe pareceu ruim, instalou-se no vaso como se fosse um trono e pela primeira vez me olhou nos olhos.

— Feche bem a porta — me ordenou, e foi nesse momento que entendi que ela conseguia falar direito quando queria.

Lavei a girafa na pia com sabão líquido e depois tentei tirar seu cheiro com o creme de mão e a colônia que havia ali para os passageiros, em frasquinhos bem arrumados sobre uma prateleira, tudo pequenininho, como na casa dos três ursinhos na história da Cachinhos Dourados. Gostei muito daqueles frasquinhos e se não os enfiei no bolso foi por ter medo de ser presa como ladra na América. Li no espelho um letreiro que dizia "Por cortesia para com o próximo passageiro, procure deixar o banheiro tão limpo quanto o encontrou", e isso me pareceu muito civilizado e americano. Depois que espremi a girafa o melhor que pude, "por cortesia para com o próximo passageiro" limpei e sequei com papel higiênico todo o banheiro até deixá-lo "tão limpo quanto o havia encontrado", e ainda mais limpo do que antes. A menina parecia finalmente tranquila, ali resguardada como em uma caverna, nós duas uma apertada contra a outra, sem que ela protestasse, sem que sua pele se ressentisse ao entrar em contato com a minha. Aí comecei a entender que Violeta ficava desconcertada com os espaços grandes, abertos e que, pelo contrário, sua personalidade se suavizava quando estava em lugares pequenos onde se sentisse protegida por todos os lados.

Depois voltamos aos nossos lugares, trouxeram a comida em bandejas individuais e eu fiquei maravilhada diante de como tudo era bem organizado, era incrível ver cada coisa separada em um pratinho coberto com papel-alumínio; o copinho de plástico em um canto e, no outro, os talheres, o guardanapo numa bolsinha de celofane, e o melhor era o hambúrguer que deveria vir dentro com batatas fritas e leite maltado, porque essa seria nossa primeira refeição americana de verdade, verdade. Qual não foi minha decepção quando vi que era apenas frango com verduras, salada e gelatina, o mesmo, idêntico, que me davam quase todos os dias lá em Las Lomitas, na casa das Nava. Mas não, nada iria apagar minha ilusão: me consolei pensando que, se era frango americano, deveria ser um frango extraordinário.

Essa foi a primeira vez que me deram comida em uma bandeja; na última vez, já estava em *solitary confinement*. Às vezes alguém, ou algo, reaparece como do nada, cai do céu e faz você sentir que um ciclo está se fechando, que algo que começou há tempos já está terminando, ou seja, que algum *maktub* está se cumprindo, como diz meu amigo Samir. Mesmo que seja algo tão bobo como uma bandeja de plástico. Eu era mantida trancada em uma cela onde tudo era cinza, sem luz do dia. As paredes, a porta metálica, a cama, o chão de cimento, a privada de aço inoxidável, tudo cinza, cinza, cinza, sem noção do tempo, porque haviam tirado o relógio, e sem ver absolutamente ninguém, nem a mim mesma, porque não havia espelho. Nem sequer podia ver a cara do ser humano que abria a escotilha para me entregar a bandeja com a comida. A bandeja entrava, a bandeja saía. Três vezes por dia. Só me davam uma colher de plástico, suponho que para eu não pensar em cortar minhas veias. Precauções inúteis; depois fiquei sabendo que é possível fazer um estilete com uma colher, inclusive com uma de plástico; é o que as internas latinas chamam de *chuzo*, ou *manca*. Colheres, lápis, pinças para os pelos e outros objetos inofensivos do cotidiano aqui se transformam em armas.

    E a bandeja entrava e a bandeja saía, mas eu não via quem a entregava. No começo me esgoelava, tem alguém aí? *Somebody there*? Meu marido é policial, gritava, me deixem ligar para meu marido. Mas ninguém respondia. Comecei a pensar que provavelmente eu já havia morrido e que a morte era esse lugar cinza onde eu não sabia de ninguém e ninguém sabia de mim. Dia e noite com um tubo de néon que zumbia e que eu gostaria de poder apagar para conseguir descansar, ou pelo menos para afastar dos olhos aquele cinza tão insistente, trocá-lo por uma escuridão bem negra. Mas não. Quando fechava os olhos, via uma luz suja e rosada penetrando pelas pálpebras, e quando os abria, ali estava o cinza, tudo cinza em torno de mim. Sempre me traziam a mesma comida, exatamente a mesma, três vezes ao dia: um copo de isopor com café com leite e um *donut*. Antes eu gostava muito de *donuts*, mas acabei odiando-os. Café com leite e *donut*, café com leite e *donut*. Até que uma manhã na bandeja do café da manhã veio também uma laranja. Uma laranja! Não conseguia acreditar. Achei que era um milagre, como se, de repente, o sol tivesse entrado na minha cela. Aquela laranja brilhava como se estivesse viva, eu lhe juro, mister Rose, e me fez saber que eu própria também estava viva. Por essa laranja pude me lembrar de como era a cor amarela, que estava se apagando. Eu pensei, o sol é como esta laranja e brilha lá fora. Não posso vê-lo, sua luz não me ilumina nem me aquece, mas isso não quer dizer que o sol não continue lá, e a qualquer momento eu também vou estar lá fora, vou me sentar ao sol e me livrar de toda esta umidade e de todo este isolamento. Nunca mais voltarei a comer nem um único *donut*. É que, na prisão, onde você não tem nada, cada objeto que cai nas suas mãos se torna sagrado, como se fosse uma medalha ou um escapulário, mesmo que se trate apenas de um lápis ou de um pente. Você o aperta na mão, se agarra a ele, o trata como se tivesse alma. Foi o que aconteceu com minha laranja. Ficava com água na boca só de olhá-la, mas, se a comesse, iria perdê-la, e ela era minha única companhia naquele buraco. Conservei-a inteira até que ameaçou apodrecer e então sim, a comi antes que fosse tarde. De qualquer maneira guardei a casca, que continuou exalando cheiro durante um tempo e depois o perdeu. Mas não perdeu a cor e por isso guardei aquele pedacinho de amarelo.

Depois viria minha primeira noite fora do *solitary confinement*, já em um pavilhão com outras presas. Fui transferida tarde da noite e fiquei muito tempo olhando, através da grade, o corredor iluminado e longo para o qual davam as grades de todas as celas. Era agradável poder ver mais além da parede da frente, uma alegria para os olhos poder olhar longe e até o fundo, uma boa coisa comprovar que o mundo era maior do que um quadrado. Então me deitei, adormeci em seguida e sonhei com aquele mesmo corredor, que me pareceu uma estação de metrô, e as celas, vagões que passavam depressa. Acordei com um gosto bom na boca. Pensei, se estou no metrô e este é um dos vagões, quer dizer que vai começar a andar e me levar a algum lugar.

No dia seguinte me deixaram tomar banho, pela primeira vez em sabe--se lá quanto tempo. Foi uma chuveirada curta, mas com água quente e sabonete. Não era Heno de Pravia, o favorito de Bolivia, mas, debaixo do chuveiro, fiquei me lembrando delas duas, melhor dizendo, de nós três naquele tempo, quando esse momento ainda durava. Fiquei me lembrando do corpo redondo e bonito de minha mãe, o corpinho de lagartixa do bebê Violeta, e meu próprio corpo moreno e miúdo, quase nada ao lado de Bolivia. *Maktub*, pensei, *maktub*, melhor assim, muito melhor, melhor que Violeta estivesse em Vermont, que tivesse sido poupada da invasão, dos gritos dos sujeitos, da insistência de suas perguntas e das porradas que me deram e que certamente também teriam lhe dado; que bom que não vira os caras trazendo do terraço, em sacos pretos, seus objetos favoritos. Que bom. No meio daquilo tudo, havia sido uma sorte que Violeta estivesse onde está, lá em seu colégio de Vermont, a salvo, sentada em um jardim onde ninguém poderia alcançá-la nem feri-la, tecendo cestos de vime na aula de trabalhos manuais e aprendendo o que quer dizer risada e o que são as lágrimas e os abraços: todas essas inconveniências que as outras pessoas chamam de emoções e que tanto a confundem e perturbam.

Quando falo de Samir me refiro ao homem que vendia, na minha vizinhança, *baklaba, halvah, mamoul* e outros doces árabes, o mesmo que me contou que eles acham estranho que nós, os ocidentais, nos limpemos com papel higiênico. Greg desconfiava desse Samir, mas eu gostava dele porque era doce como as guloseimas de mel que ele mesmo preparava e porque cada vez que eu passava por sua loja me chamava de *Ai-Hawa, you are my Ai-Hawa*, me dizia, você é o ar que respiro. Samir me contou que em sua língua existe essa palavra, *maktub*, que quer dizer que tudo já está decidido e escrito, tudo, tudo, desde o princípio. Naquela manhã sob o chuveiro, na primeira vez que me permitiram tomar banho em Manninpox, tentei não pensar em nada, salvo nos dias bonitos de minha infância, os da minha primeira infância, a de antes da viagem de Bolivia. Pensar em nada, deixar que meu corpo pensasse por mim, que se concentrasse na água quente. Mas não pude evitar que minha cabeça voltasse a Samir e seu *maktub*. Pensei que talvez tudo já estivesse *maktub* desde então, desde aquele dia em que Bolivia se despediu da gente, quando éramos crianças. Tudo já desde então *maktub*, tudo o que agora estava se cumprindo.

Este é um capítulo escrito às pressas, mister Rose, certamente o senhor se deu conta disso. Mas acontece uma coisa: este capítulo será o último. E não porque tenha esgotado tudo o que tenho para lhe contar, não, estamos apenas no começo da história de nós três na América, a história de Bolivia, Violeta e eu, o drama que em meu diário batizei de *Mulherzinhas no Queens*, pois assim que mudamos para aquele bairro, o colégio me fez ler *Mulherzinhas*, de Louisa May Alcott. Se agora estou escrevendo contra o relógio é porque, como hoje é sábado, Socorro Arias de Salmon, a amiga da minha mãe, vem me visitar, e decidi lhe entregar isto para que me faça o favor de enviá-lo ao senhor pelo correio. Foi uma decisão desesperada e de última hora, só ontem me avisaram que ela havia pedido autorização para me visitar e me perguntaram se aceitava. Será a primeira visita que recebo aqui em Manninpox e provavelmente será a última, pelo menos por muito tempo, por isso me ocorreu a ideia, um pouco suicida, de enviar este texto ao senhor por ela. Entendo que é como jogar cara e coroa, um tudo ou nada: ou chega ao destino ou se perde para sempre. E então todo este esforço chegaria até aí, para não falar do sonho de ver minha história transformada em romance. Espero que seja um bom lance, mister Rose, e que Socorro consiga encontrar seu endereço. Quem sabe. Cruzemos os dedos e... vamos em frente! De qualquer maneira, também não há muitas opções. Anda correndo o boato de que em outros pavilhões já começaram as batidas de segurança e que vão de cela em cela pegando tudo o que encontram. Dizem que desta vez estão muito susceptíveis e mais severos do que nunca. E só uma coisa é certa: não vou esperar que caiam em cima de mim e tirem meus papéis. Qualquer coisa, menos isso. Prefiro correr o risco com Socorrito. Isso está decidido. *Maktub* também nisso.

    Agora, neste momento, só me restam duas horas e tenho que decidir o que vou escolher para lhe contar. Como pode caber todo o resto da minha vida em duas horas enchendo às pressas algumas folhas? Acho que o melhor será continuar seguindo a ordem, como se nada fosse acontecer, como se tivesse todo o tempo do mundo pela frente. Digo, continuar com a história de nossa chegada à América, e depois parar onde for, quando meu tempo se esgotar. Será o melhor.

    Havíamos parado no ponto em que Violeta e eu comíamos frango com verduras no avião que nos trouxe, dizendo melhor, em que eu comia tudo, o dela e o meu, porque ela não experimentava nada. Enquanto isso, Bolivia estava mal, sei disso porque depois me contou muitas vezes a história de como teve de enfrentar o inferno na nossa chegada. Alguns meses antes, digamos oito meses antes, ela percebera uma coisa. Na realidade, uma coisa evidente, que, se não tinha visto antes, era porque não queria vê-la: com o pouco que ganhava, enviando muito dinheiro à Colômbia para suas filhas e pagando teto e comida para ela mesma, nunca iria conseguir juntar o suficiente para nos trazer. Simples assim. O que foi que a levou a se dar conta disso de repente? Não sei. O fato é que um belo dia deixou de se enganar com cálculos otimistas e caiu na realidade, e essa realidade era dura, era uma verdade filha da puta. Estava havia quatro anos trabalhando como escrava em Nova York, sem economizar o necessário e vivendo de esperanças, feito louca, deixando os anos passarem, e de repente a realidade lhe deu uma bofetada, ela disse que se sentou na pracinha de Alice no Central Park, aquela em que ela está com seus companheiros de *tea party*, o chapeleiro, a lebre e tal. Era o lugar aonde ela queria nos levar no primeiro dia da nossa chegada, lugar muito lindo que eu também conhecia, pelo menos de fotografia, porque Bolivia havia me mandado uma que tirara lá. Atrás da foto dizia e ainda diz: "A minhas filhas, vamos nos reencontrar aqui." No mesmo dia em que a recebi, guardei-a na carteira, onde ainda deve estar e, embora a tenham tirado de mim quando entrei aqui, ela será devolvida algum dia e continuará lá a foto de uma Bolivia muito jovem, com gorro e cachecol de lã vermelha, parada ao lado de um gato que sorri. O fato é que ali, naquele mesmo lugar, voltou a se sentar em algum momento e se deu conta de que não, não conseguiria, poderia trabalhar outros quatro anos, e mais quatro, guardando cada centavo, e nem assim conseguiria. E enquanto isso o tempo continuaria passando, suas meninas continuariam crescendo e o que no começo era uma separação provisória se transformaria definitivamente em abandono. A perspectiva de nos deixar sozinhas era aterrorizante, nós, suas filhas, e, embora isto que vem a seguir ela nunca tenha me contado, eu suspeito de que, mais do que a ideia em si mesma, assustava Bolivia a possibilidade de vir a se acostumar com ela. Ou seja, me pergunto se naquele momento, ali sentada ao lado do gato, Bolivia não compreendeu que estava em um dilema: ou voltava para a Colômbia ou desistia da gente. E me dói pensar que pelo menos por um momento deve ter optado pela segunda alternativa, a de ficar sem a gente na América. Se aconteceu assim, de qualquer maneira mudou de ideia em seguida e começou a considerar opções intermediárias. Como boa colombiana que era, sabia dançar, era uma craque da salsa, do mambo e do merengue. E nas tardes dos domingos ia com suas amigas, duas dominicanas que se chamavam Chelo e Hectorita, ao Palladium Ballroom, na West 53 com a Broadway, onde não faltava quem lhes pagasse na bilheteria a entrada e talvez algumas bebidas lá dentro. Ali havia conhecido alguns sujeitos que se encantaram com ela. Minha mãe continuava linda, embora a vida de assalariada já naquela época tivesse marcado suas pernas com varizes e colocado pés de galinha ao redor de seus olhos e avermelhado a pele de suas mãos e despelado seus dedos. Mas continuava uma mulher atraente e cheia de vida, que sabia se arrumar para não passar despercebida e que tinha exatamente o necessário para brilhar ali, no Palladium Ballroom: Bolivia sabia dançar. No meio dos cavalheiros que iam a esse salão aos domingos, havia um venezuelano rico que se chamava Miguel e se tornara célebre por uma frase que vivia repetindo: não me chame de Miguelito, me chame de Mike. Este Miguelito, ou Mike, cismou com Bolivia e pouco a pouco foi se aproximando com o que ela chamava de propostas sérias, leia-se levá-la para viver com ele no Spanish Harlem. E tinha um bom apartamento, esse Miguelito que fazia se chamar de Mike — sei disso porque um tempo depois eu e Violeta também fomos parar em sua casa. Era um apartamento amplo e iluminado, com *wall to wall carpet* cor de vinho tinto, móveis caros e até um piano de cauda branco que haviam enfiado lá vá saber por onde e além disso para quê, já que ninguém o tocava. Mike era um sujeito alto que vivia com falta de ar porque não parava de fumar embora padecesse, desde criança, de asma, uma asma severa que parecia asfixiá-lo a todo momento. Usava um chapéu panamá de palha fina e aba larga, calças e sapatos brancos, camisa de palmeiras e tinha uma pança espantosa.

— Por que você tem que andar disfarçado de litorâneo? —perguntava Bolivia cada vez que saíam juntos à rua.

— Não se engane — respondia ele. — Não me disfarço, me visto do que sou.

No fundo sempre gostei desse Miguelito chamado Mike; de qualquer maneira, melhor do que tanto troglodita que tivemos de aguentar depois. Não se pode negar que este tinha personalidade. Era dono de um negócio de embalagens, e suponho que tenha sido esta a razão principal pela qual Bolivia caiu em si, num desses domingos do Palladium Ballroom. Depois me explicaria qual fora seu raciocínio: se este homem me sustentar, vou conseguir economizar todo o meu salário e, aí sim, juntar o necessário para trazer minhas filhas. E dito e feito, ou seja, *maktub*. O novo apartamento lhe pareceu um sonho, mais lindo do que imaginara, mas, no entanto, a convivência com seu novo namorado foi mais difícil do que suspeitava. Até que durma ao lado de um asmático grave, você não pode imaginar como as noites podem ser um tormento, tanto para o doente quanto para seu acompanhante. Ou seja, quando o trato já estava selado, Bolivia descobriu que para aquele Mike a cama não era um móvel para se deitar; sentava-se nela com as costas em ângulo quase reto contra uma pilha de almofadões, roncando como uma morsa quando conseguia dormir e assoviando de asfixia quando respirada acordado, ou seja, uma serenata cortada por roncos ou assovios, por uma coisa ou outra, e ela às vezes sentia compaixão por aquele homem e sua falta de ar e tentava ajudá-lo colocando para ferver folhas de eucalipto, oferecendo-lhe o inalador, massageando suas costas e suplicando que parasse de fumar. Outras vezes, a maioria, segundo me disse, o via como uma grande e incômoda máquina de fazer barulho e até sentia vontade de sufocá-lo de uma vez por todas com o travesseiro. Não perdoava que, por culpa dele, passasse noites tão ruins e tivesse que lutar, no dia seguinte, na fábrica, contra uma sonolência que por momentos fechava seus olhos apesar de ela estar com o ferro quente nas mãos. Em suma, minha mãe suportou durante sete meses o drama respiratório do venezuelano e em troca conseguiu economizar tudo de que precisava, mais outro tanto que lhe veio de gorjeta. Enviou as passagens, disse por telefone que nos esperava, e dez dias antes abandonou o Miguelito chamado Mike, sem lhe dar muitas explicações. Conforme a versão da própria Bolivia, quando servia o primeiro cafezinho da manhã lhe disse, tchauzinho, Mike, não voltarei esta noite, vou viver com minhas filhas, que estão para chegar. Ela já o avisara de que o trato duraria apenas até que o avião de suas filhas aterrissasse no aeroporto de Nova York. E adeus para sempre, assim, sem mais; nessa mesma tarde Bolivia sublocou dois aposentos com banheiro em um apartamento de colombianos, longe do Spanish Harlem, lá pelos lados do East Village, que naqueles tempos era onde ficava a barra pesada nova-iorquina.

Seus companheiros de apartamento eram rapazes solteiros e simpáticos, estudantes, segundo lhe disseram, e ela acreditou, ou lhe conveio acreditar, porque, de qualquer maneira, seu dinheiro não teria sido suficiente para nada melhor. Assim era a mentalidade dela, da minha mãe; se não tenho dinheiro para um lugar melhor, este é o melhor lugar que tenho. Não era grande nem bonito nem seguro nem tranquilo, não tinha *wall to wall carpet* nem piano de cauda e tampouco ela era independente, pois compartilhava a entrada e a cozinha com aquela gente, mas estava feliz, me disse depois, porque finalmente tinha um lugar próprio para viver com as filhas. Além disso, com o dinheiro que havia guardado, conseguiu comprar em um leilão de móveis usados três camas simples com colchões, uma mesa, quatro cadeiras, uma televisão em preto e branco e uma peça inteira de pano quadriculado. Com esse tecido ela mesma costurou, a mão, colchas para as camas, fronhas para os travesseiros, cortinas para as janelas, uma toalha e guardanapos.

— Meus dois quartos ficaram bem alegres — me disse —; pareciam uma casa de bonecas. E eu estava feliz, muito feliz de ter um lugar bonito para recebê-las. Só faltava um grande vaso no meio da mesa, além dos lençóis e toalhas que havia deixado na casa de Mike.

Nosso avião chegava às 20h de uma segunda-feira e Bolivia tirara licença no trabalho por toda a semana, para poder nos levar para passear e nos mostrar nossa nova terra americana. Naquela segunda-feira, enquanto nós nos preparávamos para pegar o avião em Bogotá, ela se levantava às 6h para terminar de costurar as colchas. Depois limpou o lugar até deixá-lo reluzente, foi ao mercado, comprou biscoitos, frutas, ovos, cereais, maisena colombiana, refrigerantes e um buquê de flores e, já perto do meio-dia, foi até sua velha casa no Spanish Harlem pegar sua bagagem, porque até então não tivera tempo para fazer a mudança. Quando voltava ao Village de táxi, carregada de tralhas e caixas, percebeu de longe um escândalo de sirenes no seu quarteirão e, ao chegar mais perto, viu que o alvoroço de radiopatrulhas era justamente em frente ao seu edifício. Ela, que sempre foi espertinha, pediu ao taxista que parasse na esquina, desceu e entrou em uma mercearia para perguntar o que estava acontecendo. Todos os empregados da vendinha eram chineses, salvo um colombiano com quem fizera amizade.

— Desapareça, amiga — disse-lhe o conterrâneo —, desapareça, pois estão revistando seu apartamento.

— Mas por quê?

— Ora, por que seria? Pelo de sempre, pelas drogas. Desapareça, minha filha, mas já, antes que também peguem você. Deixou os documentos lá dentro, alguma coisa que a identifique?

— Não, carrego os papéis aqui, na carteira. Mas lá dentro estão meus móveis, as coisinhas que comprei para as meninas, vou entrar para ver se recupero o que é meu, e explico à polícia que não tenho nada a ver com esse negócio de drogas — resolveu Bolivia, que sempre foi audaciosa.

— Não, minha filha — segurou-a o conterrâneo. — Só por cima do meu cadáver. Eu não vou deixar você dar as caras por lá.

— E as minhas coisas? E as minhas meninas?

— Suas filhas têm a sorte de que alguém estará esperando por elas esta noite no aeroporto, por pouco chegam e não encontram ninguém porque mamãe foi levada para o xilindró. Dê graças a Deus e desapareça, minha filha, mas já, o que está esperando?

Seus outros pertences estavam dentro do táxi, e o taxista, que não parava de xingar por causa da demora, já estava desocupando a mala do carro e deixando as coisas de Bolivia jogadas na calçada.

— E o que faço agora? — perguntou ela ao conterrâneo. — Me diga o que faço com minhas coisas, jogadas aí e sem ter onde enfiá-las?

— Venha, deixe-as aqui embaixo enquanto se ajeita em algum lugar, temos espaço no porão.

Bolivia não sabia como lhe agradecer, Deus lhe pague, é assim que se agradece na Colômbia, e arrumou suas coisas em um canto da loja e saiu a pé para procurar alojamento, pois em algumas horas, nós, suas filhas, chegaríamos, e ela não tinha aonde nos levar; acabara de ficar sem casa. E como iria nos confessar que não tínhamos onde dormir, depois de nos prometer tanto uma vida boa na América, de tanto nos fazer esperar pelo grande momento? Mas onde minha mãe iria encontrar alguém que lhe abrisse a porta? Nessa cidade imensa tinha de haver uma pessoa, uma única, pensava ela, que se compadecesse e lhe dissesse: venha, comadre, instale-se e traga suas meninas que aqui todos vamos ficar bem, onde cabem dois cabem três, cabem quatro, trata-se apenas de colocar mais água na sopa. Essas são as coisas que se dizem na Colômbia para dar as boas-vindas. Mas em Nova York ninguém disse nada, chegaram as seis da tarde e Bolivia ainda não encontrara um lugar e por isso teve de parar de procurar e correr ao aeroporto para nos receber.

O avião aterrissou pontualmente e Bolivia de repente nos viu, suas meninas ali paradas e quase irreconhecíveis depois de cinco anos, uma muito diferente da outra, eu mais morena do que ela se lembrava, já quase uma adolescente, mas ainda menina, e com muitos cabelos, muitos cabelos, indômitos e revoltos, isso ela me diria depois — que à primeira vista me achara mais cabelos do que menina e que me viu observando o que havia ao meu redor com os olhos foscos e cara de poucos amigos. Isso era o que ela dizia, mas para mim era mais cara de recém-acordada depois de ter dormido durante quase todo o voo.

— Olhei para Violeta do outro extremo do *Gate* e não sei o que vi — diria Bolivia anos mais tarde —, mas vi alguma coisa nela. Muito linda a minha menina, isso sim. Mas estranha.

Vou amá-las da mesma forma, jurou Bolivia a ela mesma enquanto se aproximava, tenho que amá-las da mesma forma, nem uma gota a mais uma ou a outra. E não sei vou conseguir. Acho que não. Sempre senti que minha mãe gostava mais de Violeta. Talvez para protegê-la, mas não só por isso; a menina tinha alguma coisa que eu não tinha, uma magia no meio daquela birra, que fazia com que, apesar de tudo, fosse mais fácil para Bolivia ser mãe dela do que minha mãe. Quem sabe? De qualquer forma, entre nós nada seria espontâneo, tudo teria que ser aprendido aos poucos; depois de cinco anos cada uma em um lado, Bolivia teria que se acostumar a ser nossa mãe, nós a sermos suas filhas, e Violeta e eu a nos reconhecermos como irmãs. Tínhamos muito a aprender, às vezes penso que demais, ou talvez tarde demais. De qualquer maneira, não seria fácil.

Nesse ponto, a história daquele dia coincide com minhas próprias recordações: um fervedouro de gente e de malas naquele aeroporto, muito calor, Violeta descontrolada e eu com um humor terrível, talvez devido ao cansaço e ao atordoamento. María Paz! Violetica! María Pacita! Violeta! A senhora de cabelos ondulados e lábios vermelhos que vinha correndo em nossa direção, gritando nossos nomes, era nossa mãe, e caiu de joelhos para nos abraçar e nós a abraçamos, embora ache que Violeta não quisesse. Suponho que eu sim, mas com estranheza. Cinco anos sem ver Bolivia, cinco anos falando com ela pelo telefone, a haviam transformado para mim em uma voz sem rosto e, no momento do encontro, ali no aeroporto, senti que a voz que me era tão familiar estava saindo do rosto errado; eu não conseguia fazer com que a voz e o rosto coincidissem, não sei se consigo explicar.

Por sua vez, Bolivia, que havia lutado como uma leoa para poder reencontrar suas filhas, vivia aquele instante como uma vitória pessoal, no final de um longo caminho, uma espécie de meta impossível que se tornava realidade depois de um esforço interminável e monumental. Uma vitória sim, mas uma amarga, porque, agora que ali estavam as meninas, para onde levá-las? Até aquele momento, cada vez que Bolivia se dera por vencida, cada vez que caíra rendida de cansaço, ou que não aguentava mais porque não lhe restava uma gota de força no corpo, cada vez que isso acontecia, voltava a se animar com a ideia de que algum dia iria nos ver, assim, tal como estava nos vendo naquele instante, ali no *Gate* do John F. Kennedy. Salvo que não imaginara Violeta tão estranha e não conseguia me reconhecer naquela menininha de pele escura e muito cabeluda que não se parecia em nada com ela, como se não fosse sua filha, e que, em troca, devolvia a lembrança do homem que a engravidara e que, segundo soube por Socorro de Salmon, como minha mãe nunca falava disso, era marinheiro de um barco pesqueiro de bandeira peruana, tinha metade de sangue de índio e a outra metade de negro, chegara à costa colombiana do Pacífico perseguindo um cardume de atum, havia se perdido e embriagado com Bolivia dia e noite durante uma semana e depois partira, atrás de outro cardume de atum, para nunca mais voltar. Esse era meu pai, e Bolivia pensou nele assim que me viu, ali no aeroporto.

— Você se parece com seu pai — me disse naquela vez, e não voltou a mencioná-lo.

Assim, tal como estava acontecendo, Bolivia imaginara o momento do reencontro com suas filhas, assim, tal e qual, salvo que em seus sonhos as três saíamos do aeroporto de mãos dadas, como em um filme, e íamos para uma casa bonita com colchas e cortinas de pano quadriculado e flores na mesa, onde as duas meninas se surpreenderiam com novidades fantásticas, como um aparelho de ar condicionado e uma televisão com controle remoto. Mas, na realidade real, não tinha nada a nos oferecer, nem sequer isso, e não encontrava palavras para nos confessar o que estava acontecendo. Antes de tudo, quis que não percebêssemos e, fazendo cara de que nada estava acontecendo, parou um táxi sem ter a menor ideia de que endereço indicar. Enquanto o motorista acomodava nossa bagagem na mala, ela pensava, me restam dois minutos para decidir aonde vamos, me resta um minuto, me resta meio minuto. Me enchia de beijos e abraços e tentava abraçar e beijar Violeta, que não deixava, e o taxista se apressava e ela não sabia o que lhe dizer.

— Aonde está indo, senhora?

— O que disse?

— O endereço, lady, não me disse o endereço. Aonde quer que a leve?

— Siga por aqui, que já lhe digo. Siga, siga por aqui, que eu vou lhe indicando, cruze aquela rua, siga direto mais um pouco — respondia Bolivia, só para dizer alguma coisa, para manter o carro em movimento, para matar o tempo até que tivesse alguma ideia, e enquanto isso rezava, me ajude, meu Deusinho lindo, me ajude, me ilumine, me diga aonde devo levar estas meninas para passar a noite.

— Aqui! — disse, finalmente, diante de um hotel.

Melhor dizendo, um hotelzinho, um buraco de má fama que cheirava a coisa velha, com lençóis sujos, tapete manchado, móveis com marcas de cigarro e uma única janela que dava para uma parede preta. O que eu sentia, a esta altura? Não me lembro, suponho que cansaço. Devo ter achado aquilo muito abaixo das expectativas. Já fora por si só uma decepção descobrir que Bolivia não tinha carro nenhum, mas aquele hotel de merda foi a gota d'água para a pré-adolescente pretenciosa em que eu me transformara vivendo com as Nava. De qualquer maneira, quando Bolivia acordou no outro dia, bem de madrugada, eu já estava pronta, aprontara Violeta e fizera e fechara as malas.

— Vista-se, mamãe, estamos indo embora daqui — anunciei a Bolivia.

— Mas para onde, filha?

— Para a América — falei. — Ainda não chegamos.

— Mas isto é a América, minha linda — disse ela.

— Não minta para mim, mamãe, isto não é a América.

Então ela fez uma ligação e um pouco mais tarde as coisas já haviam melhorado, porque estávamos tomando o café da manhã em um apartamento grande e elegante, com tapete cor de vinho tinto e um piano branco, onde um senhor barrigudo que falava espanhol e se chamava Miguelito, mas nos pedia que o chamássemos de Mike, nos oferecia broas de milho, feijões-pretos, um queijo típico venezuelano ralado e café com leite. Então fui à janela do apartamento e vi na rua alguns letreiros que diziam, em espanhol, Chalinas Bordadas, Pollos a la brasa, Cigarrillos Pielrroja y Las Camelias, Prendas e Accesorios para Dama. Havíamos chegado e passaríamos ali, com Miguelito, naquela rua do Spanish Harlem, os nossos primeiros anos na América.

Então, mister Rose, já está quase na hora. Estou lhe mandando isto, vamos ver se chega, como uma mensagem que se lança no mar em uma garrafa. Estou com a mão dormente de escrever correndo e sinto tristeza, não pense que não, porque é como se estivesse me despedindo do senhor. Obrigada por sua companhia, contar-lhe tudo foi uma forma de tê-lo por perto, até tenho vontade de lhe dizer que nestes últimos tempos o senhor foi para mim como *aquela* laranja, porque me faz lembrar de que lá fora brilha o sol e que possivelmente também vou estar lá, lá fora, e que tudo vai passar, como passam os pesadelos quando você acorda. São 11h40, de acordo com o relógio do corredor. A contagem regressiva está terminando. Às 14h começam as visitas; a partir das 13h30, nós, as detentas, temos que estar na sala esperando os visitantes; às 11h45 chamam para o almoço e eu tenho que ir, embora não tenha apetite. Me restam apenas cinco minutos para lhe dizer as últimas coisas. Cinco minutos; uma linha por minuto e seria pelo menos um parágrafo, um último parágrafo para dar um bom final ao nosso romance. Mas minha mão não aguenta mais e minha cabeça ficou vazia. Se encontrar Violeta algum dia, se vier a conhecê-la, lhe diga que a primeira coisa que farei ao sair daqui será ir buscá-la. Diga-lhe que vou sair daqui, de qualquer maneira, para cumprir minha promessa. Diga-lhe que, apesar de tudo, eu a amo. Diga-lhe que sinto muito, que me perdoe e espere, que vou buscá-la. E o que mais, meu Deus, o que mais posso lhe contar, mister Rose, no minuto que me resta? Coloque o senhor um final nesta história. Mas que seja bonito. É o que lhe recomendo, o senhor sabe que odeio os finais depressivos. Invente alguma coisa; afinal é seu ofício. Não me faça ficar mal perante meus leitores, não permita que lhes inspire pena. Tchau, mister Rose, acaba de tocar o sinal chamando para o almoço. Foi, de verdade, bom conhecê-lo. É possível que tornemos a nos ver algum dia, embora eu não tenha ilusões a respeito. Tudo dependerá do *maktub*, ou seja, do que está escrito. E agora sim, tchau.

7

Entrevista com Ian Rose

Rose ainda não acabara de tomar banho quando a campainha tocou e teve de sair molhado e de toalha para abrir a porta para Pro Bono, que estava chegando ao apartamento da Saint Mark's antes do combinado. Claro que "combinado" não é a palavra certa, me disse Rose. Na realidade, até aquele momento não haviam combinado nada — Rose estava dormindo quando o telefone tocou às 4h ou 5h da madrugada e ouviu de longe Pro Bono lhe dar uma ordem. Esse é seu estilo, dar ordens, eu não combinei nada com ele, esclarece Rose. Pro Bono lhe dissera que se aprontasse porque tinham que sair. Mas não havia lhe esclarecido aonde iam. E tinha desligado. De qualquer maneira, me levantei, me diz Rose, suponho que para ver o que estava acontecendo, e depois abri a porta, eu ainda de toalha e ele, por sua vez, vestido feito um almofadinha.

Àquela hora Pro Bono já estava tão elegante ou mais do que no dia anterior. A camisa, branca e *crispy*, impecável; a gravata Hermès de seda pesada; terno cortado à sua medida peculiar de *flannel* escuro com riscas de giz; toque clássico e limpo de colônia Equipage; Cartier Panthere no pulso; aliança de casamento no anular esquerdo e anel com brasão de família no mindinho da mesma mão. Muito elegante, conforme os critérios de Rose. Nisso, só nisso, dava para notar que a corcunda diminuía sua personalidade, por demais avassaladora. Era como se tivesse que vestir todo o seu armário e proteger-se atrás de grandes grifes para compensar a deformação. Rose o fez entrar, ofereceu um chá e, como no dia anterior, sentiu que o personagem o intimidava. Pro Bono era prepotente, me explica, um sujeito irritadiço e, ao mesmo tempo, paternal, ou paternalista, não sei, de qualquer maneira uma mistura com que Rose não sabia lidar.

— Trata-se de María Paz — lhe disse Pro Bono, evitando as saudações e fulminando-o com seus olhos amarelos.

— Foi o que supus — disse Rose.

— É grave.

— Grave como?

— Grave.

— Alguma coisa que aconteceu ontem à noite?

— Vem acontecendo há tempos, mas fiquei sabendo ontem à noite.

— O que o leva a pensar que posso ajudá-lo?

— Temos que estar em Manninpox às 9h15. Você conhece o caminho porque mora ao lado.

— Como sabe que moro ao lado? — perguntou Rose, que, no dia anterior, havia dado a Pro Bono o telefone e o endereço do apartamento da Saint Mark's, mas nenhuma indicação da casa da montanha.

— Em meu escritório averiguam tudo.

Rose tentou explicar que não estava pensando em voltar naquele dia às Catskill porque tinha assuntos pendentes na cidade, mas Pro Bono, que não era pessoa que aceitasse um não como resposta, simplesmente não o ouviu, deu por certo que Rose anteciparia a viagem e cortou a discussão.

— Me disse simplesmente isso, antecipe sua viagem, amigo — me conta Rose —, assim sem mais nem menos, como se eu fosse seu empregado e, para completar, me chamando de amigo cada vez que queria me dar uma ordem. Pro Bono era desse tipo de pessoa. E eu ficava muito chocado com o fato de me chamar de amigo, por que me chamava de amigo se não éramos amigos? Um dia me mandava plantar batatas e no dia seguinte já estava se fingindo de Paris Hilton e me nomeando seu *New Best Friend Forever*. Era essa espécie de sujeito, acostumada a manipular os outros a seu bel-prazer.

Pro Bono o informou de que havia recebido um telefonema de Mandra X, e Rose compreendeu logo de quem estava falando. María Paz a mencionava em seu texto e esse nome ficara ecoando em sua cabeça. Mandra X. Uma homenagem a Malcolm X? Uma homenagem a Mandrake? De qualquer maneira, uma criatura de arrepiar, à qual, no entanto, María Paz dizia ser grata e por quem, aparentemente, nutria até carinho.

— Mandra X não é uma pessoa que fale por falar — disse Pro Bono.

— E o que Mandra X disse? — perguntou Rose.

— Disse que é urgente encontrar María Paz, caso contrário vai morrer.

— Todos vamos morrer.

— Isto é sério.

— Assunto de vida ou morte, hein? E pretende que eu acredite que o senhor não sabe onde está María Paz? — disse Rose.

— Faz muito tempo que eu não sei nada dela. Por isso preciso de você.

— A única coisa que sei é o que li no manuscrito que entreguei ontem ao senhor.

— Pare de se fazer de louco, Rose, María Paz me falou de você. Embora saibamos que a garota fantasia, me fez acreditar que você era jovem.

— E me fez acreditar que o senhor era bonito.

— Ajude-me a ajudá-la, Rose, essa garota é sua amiga e deve estar metida em confusão. Em uma nova, quero dizer. Não a decepcione agora. Ela confia em você, me disse isso várias vezes.

— Ela confia em mim? Mas nem me conhece... A menos que... Já entendi. Ou acho que começo a entender. O senhor veio aqui pensando que eu sou Cleve Rose.

— Você me disse que era Cleve Rose.

— Eu não lhe disse que era Cleve Rose.

— Cleve Rose, o professor de redação de María Paz...

— *Sorry, wrong guy.* Parece que no seu escritório nem sempre averiguam direito. Eu lhe disse que era Rose, mas não que era Cleve.

— Não estou entendendo.

— Cleve Rose se matou, senhor. Eu sou Ian Rose, pai dele.

— Cleve Rose se matou?

— O senhor, que sabe de tudo, não sabia disso?

— E você é pai dele?

— É o que acabo de dizer: não sou Cleve e sim Ian. E não conheço María Paz.

Pro Bono ficou desconcertado com essa notícia e pareceu perder por um momento o controle da situação, ele, que era tão loucamente seguro de si.

— Má notícia, senhor — disse-lhe Rose. — Meu filho não pode mais ajudá-lo.

— Então você...

— Eu menos ainda.

— Mas você me procurou ontem para perguntar por ela... E, além disso, está com os papéis que ela escreveu...

— Porque a cadeia de equívocos já chegou longe. Os papéis eram destinados a Cleve e não a mim. Mas Cleve já estava morto e eu os recebi.

Sabendo de antemão que não tinha saída, Rose tentou, de todas as maneiras, estabelecer um par de condições antes de ir a Manninpox com Pro Bono. Uma, que lhe explicasse de que se tratava. E a outra, que parasse de chamá-lo de amigo.

— Uma, não posso lhe explicar, porque nem eu mesmo sei — disse Pro Bono. — E a outra, de acordo, amigo, vou parar de chamá-lo de amigo. Estou esperando por você lá embaixo.

Já dentro do automóvel de Rose e saindo de Manhattan pelo Lincoln Tunnel, Rose quis saber por que iam em seu carro e não no de Pro Bono.

— Fiquei sabendo por aí que o senhor tem um muito melhor — disse Rose. — Um vermelho, esporte, que o torna muito popular com as mulheres.

— Não é vermelho, é preto.

— Socorro disse que era vermelho. Socorro, aquela senhora de Staten Island, a amiga da mãe de María Paz.

— Um bicho ruim, essa Socorro. Tome cuidado com o que o que ela lhe diz. Meu carro é preto. Um Lamborghini preto.

— E se tem um Lamborghini preto, o que, diabos, está fazendo neste Ford Fiesta azul?

— Digamos que cassaram minha carteira de motorista. Por reincidência em excesso de velocidade.

— E só por isso precisa que o leve a Manninpox? Não poderia ter contratado um motorista?

— Então o famoso mister Rose que dava aulas de texto a María Paz era seu filho... — Pro Bono mudou de assunto.

— É isso.

— E alguém o matou.

— Não disse isso, disse que se matou.

— Tem certeza?

— A única certeza é a morte, como dizem.

— Como sabe que se matou e que não o mataram?

— Quem iria querer matá-lo? Cleve não tinha inimigos, senhor. Meu filho era um bom rapaz.

— Todo mundo que se mete com María Paz ganha inimigos.

— Cleve foi apenas professor, nunca se meteu com ela.

— Isso é o que o senhor acha. Olhe, Rose, é melhor se concentrar na direção. Ninguém lhe explicou que quando a faixa branca é contínua não se deve ultrapassar?

Rose abaixou as janelas para ver se o vento frio ajudava um pouco. Tantas ordens o deixavam nervoso; era enervante não saber do que se tratava aquilo e era enervante a colônia do sujeito, que impregnava o carro com cheiro de cavalo. Assim como seu escritório, a pessoa de Pro Bono estava impregnada de um cheiro supostamente aristocrático que tinha a ver com cavalos, mas não cavalinhos daqueles que pastam por aí no campo — ao contrário, o cheiro do couro da sela de um cavalo de salto. Rose tinha um amigo rico apaixonado pelo hipismo que lhe confessara o que gastava mensalmente para manter seu campeão. Ele havia achado um escândalo; era mais do que despendia consigo mesmo. E, agora, o tal senhor Pro Bono que cheirava a esse tipo de cavalo e dava muitas instruções sobre o trânsito: pare, cuidado com aquele carro, atenção que o semáforo está vermelho, mantenha-se à direita, cuidado.

— Qual carteira foi cassada, a sua ou a minha? — protestou Rose. — Me deixe dirigir.

— Você não dirige bem.

— Prefere descer? Ainda dá tempo. Eu o deixo em um ponto de ônibus e volto para minha casa para continuar dormindo. Se dirijo mal é por culpa sua, com seus comentários que me deixam alterado.

— Tudo bem, eu me calo e você se concentra.

— Façamos o contrário, o senhor se cala e me ouve — disse Rose, pegando um desvio da *highway*, estacionando o carro, largando o volante e encarando Pro Bono. — Olhe, advogado, não está claro para mim o que o senhor está procurando, mas posso lhe dizer o que eu procuro. De tudo isto, a única coisa que me interessa é saber o que aconteceu com meu garoto. Entenda isso. O senhor, María Paz, essa Socorro, todos os demais me deixam cansado. Meu único interesse é saber o que aconteceu com Cleve. Não sei o que isso tem a ver com María Paz, possivelmente nada, mas, por ora, ela é a única pista que posso seguir. E agora me diga o que o levou a mudar de comportamento comigo de ontem para hoje.

— Hoje preciso de você para encontrar María Paz.

— Eu o levo até Manninpox e aí termina minha colaboração.

Seguiram o caminho em silêncio e, um par de horas mais tarde, abandonaram as vias principais e pegaram uma estrada velha que serpenteava pela montanha atrás das árvores. Naquele final de outono, lá fora tudo parecia esplêndido. As revoadas de gansos contra o céu azul profundo, o ar fino no meio dos troncos já quase desnudos, as cores queimadas da paisagem, o cheiro de terra molhada. É a mesma coisa todos os anos, Cleve, exatamente a mesma coisa, e no entanto você deveria ver, filho, impressiona como se nunca tivesse havido um tempo tão brilhante, pensou Rose, que, como não pôde evitar se sentir melhor, tentou fazer um pouco as pazes com o sujeito que estava adormecido ao seu lado, dolorosamente encolhido embaixo de sua corcunda e, no entanto, agradável, despojado, por fim, de sua couraça de altivez, reduzido a sua verdade de pobre velho que durante quem sabe quantas décadas, oito pelo menos, tivera que andar pelo mundo com aquele peso extra nas costas.

— Quer inclinar um pouco o banco? — perguntou Rose quando o outro abriu os olhos — À sua direita, embaixo, há uma alavanca, talvez fique mais confortável.

— O conforto não foi feito para mim, amigo — disse Pro Bono, voltando a fechar os olhos. Mas, pouco depois, já mais desperto, perguntou a Rose: — Você sabe qual é a melhor coisa do meu Lamborghini?

— Tudo — disse Rose. — Em um Lamborghini tudo deve ser bom.

— O melhor é o assento do motorista, feito sob medida. De *carbon fiber fabric*. A Casa del Toro o preparou especialmente para mim. Um verdadeiro Lamborghini Aventador LP 700-4, *the relentless force*, feito para que um aleijado como eu pudesse andar por aí a trezentos quilômetros por hora. O que acha?

— O que quer eu ache? Que tiveram motivos para lhe tomar a carteira. Ouça, advogado, eu estava pensando... Mandra X, ou seja, Mandrax. Está vendo? Mandrax, o barbitúrico. Aquelas pequenas cápsulas azuis e brancas que há mil anos ficaram na moda nas discotecas, lembra-se delas, não? Está bem, o senhor não é do tipo que frequenta discotecas.

— Filicídio com Mandrax? Talvez. Bem, Rose! Parece que você é mais vivo do que parece.

— Não espere muita vivacidade de mim. Eu sou um sujeito debilitado pela dor, isso é tudo.

Mandra X, na verdade Magdalena Krueger, cumpria prisão perpétua em Manninpox e era de fato de origem alemã, como suspeitava María Paz: havia nascido no ponto onde se juntam dois rios menores para dar lugar ao Danúbio. Como aconteceu com Cristo, de seus primeiros trinta anos de vida não se sabia nada, até que fez sua aparição na história ao se entregar às autoridades de Idaho depois de ter assassinado a sangue frio seus três filhos. Na época, o caso provocara polêmica e escândalo na imprensa, o repúdio da opinião pública e a mobilização em seu apoio de certas organizações humanitárias favoráveis à eutanásia. Foi condenada três vezes à prisão perpétua e, portanto, a ficar atrás das grandes durante esta encarnação e as duas seguintes. Que piruetas legais a levaram de um tribunal de Idaho a uma prisão no estado de Nova York? Isso Pro Bono não explicou a Rose, só lhe disse que Mandra X fora parar em Manninpox e que ali permanecia desde sempre e para sempre. Um atenuante a salvara da pena capital: segundo os autos, as vítimas, seus filhos trigêmeos, padeciam de uma conjunção espantosa de malformações de nascimento, como cegueira, surdez e retardamento mental. A mulher se dedicou a eles até que completaram 13 anos de idade e então tomou a decisão de eliminá--los por meio de uma overdose de entorpecentes. Os três no mesmo dia, todos ao mesmo tempo, tomando as precauções necessárias para que não sofressem nem entendessem o que estava acontecendo. Simplesmente os coloquei para dormir, dormir para sempre, declarou depois à imprensa, com uma serenidade que um repórter qualificou como espantosa.

Mandra X declarara perante o juiz que desde que os meninos nasceram sabia que chegaria o momento em que para eles a vida deixaria de ser viável. Ela, pessoalmente, era forte, e contava com uma herança familiar que lhe permitia mantê-los sem precisar trabalhar fora de casa, mas os meninos não podiam frequentar nenhuma escola e, como não distinguiam o dia da noite, sempre havia pelo menos um acordado e exigindo atenção. Cuidar deles era um trabalho extenuante, o dinheiro da herança foi acabando e o subsídio do Estado não era suficiente. No ano em que os meninos fizeram 12 anos, diagnosticaram câncer de bexiga na mãe. Curou-se com um tratamento intensivo, mas ficou obcecada pela ideia de que o câncer viesse a reincidir. Acima de tudo, não queria morrer e deixá-los sozinhos.

Não fez nenhuma tentativa de encobrir seu crime nem de ocultar os cadáveres. Pelo contrário. Colocou os meninos devidamente amortalhados em suas respectivas camas e, antes de se entregar às autoridades, tratou de que os serviços funerais ficassem pagos. Previu tudo e trabalhou para deixar tudo acertado de antemão, os caixões de tamanho adequado, carro fúnebre, velório com círios e coroas, cremação, acordos e permissões para que as cinzas fossem transportadas à Alemanha e lançadas no Danúbio de uma certa ponte de seu povoado natal. Uma vez condenada e na prisão, Mandra X estabeleceu contato com Pro Bono e com as organizações humanitárias que a haviam apoiado, e, em sua cela, se dedicou aos exercícios físicos e a estudar o direito penal norte-americano.

— Mandra X. Medeia X — disse Pro Bono a Rose. — Medeia, a colérica, a feroz, a traída. Sabe o que Eurípides a faz dizer? A faz gritar: "Morram, filhos malditos, pois nascestes de mim, uma mãe funesta!" No começo meus joelhos tremiam quando estava diante dela.

— Como acontecia com Clarice Starling diante de Hannibal Lecter — disse Rose.

— Quem?

— Nada.

— Depois nos tornamos cúmplices; suponho que os monstros se entendam.

— De qualquer maneira, há uma coisa que não entendo. Essa sua amiga...

— Atenção, não disse amiga, disse cúmplice — corrigiu Pro Bono. — Mandra X não cultiva amizades.

— Tudo bem. Essa sua cúmplice matou seus filhos temendo morrer ela mesma de câncer e não poder cuidar deles...

— Mas isso foi há vinte anos e continua viva. — Pro Bono completou a frase. — Essa é sua crítica?

— Crítica não, quem sou eu para julgar?

— Entendo seu ponto, suponho que ela deveria ter morrido imediatamente depois, para que as notícias sensacionalistas ficassem perfeitas. Mas não aconteceu assim, o câncer não voltou, ela cometeu esse erro de cálculo. Acha que deveriam reconsiderar e condená-la à morte por isso?

— Matá-la porque não morreu? Não me parece sensato.

Mandra X apoiara María Paz e lhe ensinara a sobreviver na prisão. María Paz se tornara outra pessoa desde que Mandra X a acolhera em seu grupo, Las Nolis. As chamavam de Las Nolis, mas o nome completo do grupo, da seita, vinha do latim: *Noli me tangere*.

— Soa estranho, latinismos na prisão — me diz Rose —, mas o nome é esse, e por que não vão falar latim em um castelo medieval, por que não? De qualquer forma, *Noli me tangere* quer dizer não me toque, é uma coisa bíblica. Parece que no princípio Las Nolis se enganaram com María Paz, a acharam meio tola, debiloide, uma coisinha à toa. Segundo Pro Bono, ela mesma se encarregou de lhes provar que tinha talento.

As seguidoras do *Noli me tangere* se guiavam por um credo elementar de sobrevivência e respeito. Até aí, tudo certo. Mas Mandra X era uma raposa velha e sabia que o assunto não funcionaria se não o revestisse de mistério religioso, se não lhe conferisse uma cerimônia e uma retórica. Na prisão, como também fora dela, mas sobretudo na prisão, a forma era indispensável para que houvesse conteúdo. Sem atitude não havia significado, e sem ritualismo não havia compromisso.

— Uma militância política? Ou uma seita religiosa? — perguntou Rose a Pro Bono.

— Mais simples do que isso.

Mandra X inventara uma maneira de unir mulheres de várias idades, classes sociais, níveis de educação, religiões, cores de pele, perfis psicológicos e éticos, inclinações sexuais, todas elas com uma única coisa em comum: estavam presas. Eram inquilinas do último gueto. Mandra X lhes propunha algo semelhante a um pacto de escravos para que não deixassem de ser humanas em condições desumanas de vida. E, além do mais, todas eram latinas, esse era outro fator em comum. Sendo ela própria ariana, se transformara em líder de um clã latino. Pro Bono não sabia bem como chegara a se consolidar nessa posição, mas sim que havia se imposto na marra, à base de força e carisma, e porque vivera muitos anos na América Latina e falava espanhol. Além disso era veterana, mais antiga do que quase todas as outras em Manninpox, onde aprendera a lidar com as questões dos direitos humanos, de acordo com um estilo muito pessoal. Circulava uma lenda maldita em torno do seu crime, além de também de sua filosofia e seus métodos.

— María Paz escreve sobre sacrifícios coletivos em Manninpox — disse Rose. — Fala de orgias entre as Nolis...

— O que sabe de tudo isso a linda María Paz? — disse Pro Bono.

— Sacrifícios sangrentos — insistiu Rose — Diz que corre sangue.

Segundo Pro Bono, todo o assunto era difícil de entender se você não se colocasse no contexto de impotência, solidão e privação extrema daquelas mulheres, para quem suas próprias feridas eram a única coisa que lhes pertencia verdadeiramente. Infligiam a si mesmas sem que ninguém pudesse impedi-las. As cicatrizes eram marcas, suas marcas, a que elas próprias escolhiam, à diferença do número que lhes atribuíam, da cela em que as trancavam, dos horários que lhes impunham, do uniforme com que lhes vestiam. Havia uma coisa que ninguém podia lhes tirar: seu próprio sangue, seu suor, sua merda, suas lágrimas, sua urina, sua saliva, seu fluxo vaginal.

— Já é alguma coisa — disse Rose.

— Tudo isso me lembra de uma mística holandesa do século XIV, Liduvina de Shiedam — comentou Pro Bono.

— Não conheço — disse Rose, pensando que certamente Cleve saberia sim de quem se tratava.

— Liduvina de Shiedam. Uma mulher estranha, meio mística e meio louca. Divertia-se com sua própria degradação, aplicava castigos a si mesma e se entregava com prazer às doenças e às infecções, até que se transformou em um dejeto, em uma tralha. Teve que se transformar em lixo vivente para encontrar sua própria identidade. Ler sobre ela me ajudou a entender Mandra X e suas Nolis. Veja, Rose, as coisas lá dentro têm outra intensidade — ia dizendo Pro Bono, enquanto Rose observava o arco sob a luz do outono dourar a paisagem. — Ouça isto, amigo, se vai me acompanhar lá dentro, tem que mudar de códigos. Lá dentro é outro mundo, que exige que se pense de outra maneira.

— Não sei se vou acompanhá-lo até lá, advogado. É melhor que me fale de María Paz.

— María Paz é outra coisa. María Paz é uma pessoa normal, se é que isso existe. Sua passagem por Manninpox foi uma grande experiência, que a endureceu, sem dúvida, e que a fez amadurecer. Eu fui testemunha desse processo que, no entanto, não chegou a transformá-la em uma delinquente.

— Ou seja, María Paz não é como a tal da Liduvina — disse Rose.

— Na realidade, as outras tampouco, não de todo, não se deve forçar a comparação. Mandra X e suas garotas reivindicam sua própria dor, mas também sua alegria. Querem se sentir vivas porque sofrem e choram, mas também porque cantam, se masturbam, escrevem, fazem amor. No fundo, o que Mandra X prega é que elas podem levar uma vida plenamente humana na cadeia, quando se luta por isso com suficiente obstinação.

— María Paz disse que fazem talhos na pele e cortam as veias.

— Isso também, e por que não, se se trata de livre-arbítrio?

— Disse que sujam as paredes com excrementos.

— Pintam grafites com merda. Ou com sangue. E com que mais vão fazê-lo? Elas não têm pincel e tinta à mão. Estou lhe dizendo, não as julgue fora do contexto. O que pode parecer asqueroso para você e para mim para elas tem outro valor. Pesquise um pouco sobre Sade e Pasolini, falam do círculo da merda e do círculo do sangue.

Círculos de merda e de sangue, isso tinha sentido para as Nolis, que, em troca, rejeitavam a água sanitária e a creolina, que apagavam a marca humana, reduzindo-as a uma existência de fantasmas. Era necessário partir do fato de que nem sequer a roupa ou os lençóis que usavam lhes pertenciam; eram lavados, desinfetados e distribuídos a quem coubesse. Mas as Nolis não eram umas doçuras, disse Pro Bono. Tinham suas manhas e ganhavam algumas batalhas, sempre conseguiam lambuzar uma parede com sua merda, atirar no chão a comida e cantar aos berros quando as luzes já estavam apagadas. Ou armar um inferno lá dentro, queimando colchões e insultando a mãe de quem passasse na frente.

— Leia Jean Genet — disse Pro Bono. — Foi um criminoso e escreveu sobre essas coisas como ninguém, ouça o que disse: "Os piolhos eram valiosíssimos para a gente, porque haviam se transformado em algo tão útil para testemunhar nossa insignificância como são as joias para testemunhar o êxito."

— Começo a entender — disse Rose. — Então os piolhos... Vou ler esse Renet.

— Genet — corrigiu Pro Bono, começando a falar como se fosse para si mesmo, um velho que se entrega à velha mania de dizer o que quer sem se importar se o ouvem ou não, e foi direto, levado por seu próprio impulso, citando Sade, Sacher-Masoch, Roudinesco, e contando histórias de Isabel, a Condessa Sanguinária, Gilles de Rais e o do Conde de Lautréamont, da Santa Liduvina, das demais mártires do cristianismo, da seita assassina dos nizaríes, das viúvas negras, dos gênios do obscuro, dos exegetas da autoflagelação e dos príncipes da perversidade.

Do caderno de Cleve

Procurando alguma coisa sobre a história das prisões norte-americanas, me deparei com este livrinho, reimpresso em 1954 pela Yale University Press, e o li de uma vez só. Trata-se da biografia de uma criatura estranha, Edward M. Branly, o arquiteto que entre 1842 e 1847 construiu Manninpox, um dos primeiros grandes presídios do país, ao lado de Sing Sing, da Auburn Prison, da Cherry Hill Penitentiary da Filadélfia e da New Jersey State Prison — todos com o denominador comum de serem imponentes e chamativos por fora e vexatórios por dentro. Ali mesmo o devorei todo, as

156 páginas, sem parar nem para tomar um café. Tinha urgência de saber que tipo de animal podia ser aquele que, com sangue frio e ao longo de cinco anos, planejara meticulosamente a maneira mais eficaz de mortificar as duas mil mulheres que permaneceriam trancadas em Manninpox. Queria saber quem era o homem que, com zelo profissional e fruição de artista, concebera cada miserável detalhe. Como as ranhuras alongadas que fazem as vezes de janelas, calculadas para deixar passar a duras penas um fio de luz. Como a ausência de ventilação, que obriga as presidiárias a viverem sob a permanente sensação de sufocamento. Como a deficiente rede de esgotos e bueiros, que faz com que flutue no ar o fedor da urina e da merda que vão se acumulando ano após ano. Como as jaulas desenhadas para duas presas e que, no entanto, têm o tamanho de um closet. Como a grande ideia de fazer as jaulas parecerem vitrines, para que qualquer movimento possa ser observado do exterior e cada presidiária saiba que em todos os momentos é objeto de escrutínio. Como a adição de celas de isolamento, para o caso de o comportamento das detentas nas celas comuns deixar a desejar, e de outras ainda piores, as de castigo, para o caso de a presidiária não se comportar direito nas de isolamento. Como a batida forte e seca das grades quando se fecham, pensada expressamente para que retumbe nos corredores, como se dissesse a todas que estão fodidas, que se esqueçam do mundo de fora, porque a prisão é irreversível. Ou como os banheiros, sem portas nem divisórias para que fique à vista o uso das duchas e das privadas, com o objetivo de evitar, segundo palavras do próprio Branly, "atos de violência ou sexuais, ou qualquer outro tipo de ações proibidas ou imorais". O lado mais peculiar da mentalidade desse arquiteto, o que mais me surpreende, tem a ver com a mesquinhez e a tenebrosidade do interior da construção e a ostentação de grandeza de seu exterior. Ou, para dizê-lo com suas próprias palavras, "a recompensa estética de um conceito arquitetônico sublime". Usar o adjetivo sublime para se referir a um lugar de abandono e sofrimento? Que tipo de imbecil pode se sentir confortável com a ideia de um presídio sublime?

No entanto, o tal do Edward Branly não foi propriamente um imbecil; entre projeto, construção e comissões, o sujeito ganhou com Manninpox uma quantia generosa, que hoje equivaleria a uns 12 ou 13 milhões de dólares. E, se não era imbecil, então tinha que ser sádico. Vamos imaginá-

-lo criança, tendo que crescer ao lado de um pai abusador e de uma mãe boa que o pai bêbado espancava até deixar sem sentidos, algo tortuoso desse tipo, ou talvez o pai obrigasse a mãe a se prostituir para lhe pagar a garrafa de uísque que consumia a cada noite; de qualquer maneira, um menino maltratado que, na adolescência, se divertia trancando o gato em um baú e, adulto, se transformaria em um torturador de mulheres, mas um medroso, incapaz de fazê-lo diretamente e que, portanto, se contentava em ser o autor intelectual das mil maneiras de mortificá-las, confinando--as, degradando-as, reduzindo-as a farrapos. Algo assim. Para mim, só essa espécie de degenerado poderia conceber uma aberração moral como Manninpox. O livrinho cinza me mostrou que eu estava muito equivocado.

Edward Branly foi, pelo contrário, um homem ilustre, respeitado e admirado na sua época, filho, por sua vez, de outro cidadão exemplar. Possuidor do que chamam de "costumes impecáveis", Branly Jr. se transformou em mentor do progresso e da reforma segundo um modelo justo e liberal, e seu presídio foi acolhido em sua época como uma obra memorável e uma contribuição decisiva para "manter elevada a dignidade, a autoestima e o sentimento de poder de uma sociedade", para citar o adulador que escreveu o livro. Ou seja, Manninpox não foi visto como uma aberração, mas exatamente o contrário, como uma instituição punitiva, mas, ao mesmo tempo, reformadora e, inclusive, redentora, pilar de uma democracia que dá o merecido castigo a quem se desvia. E Manninpox tampouco foi excepcional; apenas um de uma série de castelos de horror, decisivos, monumentais, impossíveis de esquecer, sempre presentes na consciência de uma nação que deve ter claro o que a espera se optar pelo caminho errado. *This is progress, this is civilization. We have arrived!*, proclamou, textualmente, o funcionário que inaugurou Manninpox na presença do próprio Branly, a quem foi entregue uma garrafa de champanhe para que a quebrasse contra a pedra fundamental.

Desde que conheço Manninpox por dentro, desde que o frequento todas as semanas, não consigo deixar de pensar naquele mundo de isolamento que coexiste como uma sombra com o nosso, o das portas abertas e ao ar livre, onde os demais vivemos sem nos darmos conta do que isso ao menos significa. E, desde que conheço María Paz, não consigo parar de me perguntar que voltas do destino fazem com que pessoas como ela tenham de viver daquele lado das grades, enquanto uma pessoa como eu pode viver deste lado. Tudo parece tão dolorosamente arbitrário. Por momentos, só por momentos, sinto que a distância desaparece e que os muros não existem. Outro dia, ela se aproximou de mim com duas folhas de papel arrancadas de um bloco amarelo nas quais havia escrito um exercício que lhe pedi na aula. No momento em que as entregou, minha mão roçou a dela e uma descarga elétrica percorreu meu corpo. Achei que o contato se prolongara mais do que o estritamente necessário, que o instante parara no tempo e que durante esse instante ela e eu estávamos juntos, nos tocando, nos sentindo, nos comunicando. E também nos excitando um pouco, é preciso dizer — pelo menos eu estava. Mas o decisivo foi que, enquanto durou esse roçar de mãos, ela e eu estivemos juntos e do mesmo lado da grade. Ou melhor ainda, juntos em um mundo sem grades. Apenas por um instante. Não sei se ela terá sentido a mesma coisa, talvez nem se tenha dado conta, mas não, não foi assim, claro que percebeu, sim; aquela grande perversa deve ter flagrado meu estremecimento e aproveitou para me transformar no motivo de zombaria do grupo.

— Ai, mister Rose, seu raio ficou vermelho — disse a respeito da cicatriz que tenho na testa, mas dando um duplo sentido à frase, essa ridícula brincadeirinha safada tão popular entre as detentas, que se contorcem de rir como colegiais quando alguém diz "parafuso" porque entendem "falo" ou quando alguém diz "porca" porque entendem "vagina" etc. etc., e assim até a exaustão.

— Ficou vermelho, sim — tentei sair bem da gozação. — E cuidado, porque queima, como o de Harry Porter.

Entrevista com Ian Rose

— E o senhor, que leu todos os livros, conhece este? — perguntou Rose a Pro Bono, tirando do porta-luvas do automóvel um livrinho de capa cinza e pedindo que o folheasse. — Eu o achei na biblioteca do meu filho. É a biografia de Edward Branly, o homem que...

— Edward Branly... me parece... — interrompeu Pro Bono. — O inventor do telégrafo sem fio?

— Outro Edward Branly, o inventor de novas maneiras de atormentar mulheres.

— E o que acha estranho? — disse Pro Bono, depois de ler um pouco o livro, assim por alto. — Com esta mentalidade se construiu a América de então, e nesta mesma mentalidade se apoia a América de hoje.

— E o senhor não sente repugnância? — lhe perguntou Rose.

— Eu? Sim. Por isso sou defensor e não promotor.

Manninpox era um presídio antigo. Mais tenebroso do que os novos, certamente, mas também mais difícil de controlar. Isso dava às detentas espaço para protestarem e para se agruparem em torno de certas ideias; como, por exemplo, que o sujo é humano e nos pertence, que o limpo é desumano e é ferramenta de nossos captores. Eis, na realidade, um credo ancestral que rebeldes como os militantes do Sinn Fein souberam reviver, transformando as greves sujas em ferramenta. Pro Bono era autor de um bom pacote de teorias a respeito, que havia publicado em vários artigos. Segundo ele, as chamadas pessoas de bem têm pânico da sujeira, do sangue e da morte. As consideradas decentes fariam o jogo de uma civilização que lhes oferece a imortalidade como utopia, e daí sua obsessão pela segurança, pessoal e nacional. Daí sua obsessão pela juventude, a dieta, o *keeping fit and active*, a cirurgia plástica, a saúde, a limpeza extrema, os antibióticos, os desinfetantes, a assepsia. Estão convencidas de que a América pode torná-las imortais e escondem a doença, a sujeira, a velhice e a morte, para negar sua existência. A utopia americana, segundo Pro Bono, seria nada mais nada menos do que a imortalidade. Em que tipo de gente nos transformamos, pretendendo viver ignorando a morte?, perguntava em seus artigos. Era lugar-comum dizer que o sonho americano consistia em viver para ter. Errado, segundo Pro Bono. Era necessário inverter a equação: ter para viver. A imortalidade seria a verdadeira utopia americana. À diferença das pessoas comuns, as Nolis aceitavam a morte com todos seus rituais. Essa era sua lucidez, sua superioridade sobre os demais.

— Quer dizer que María Paz não participava disso? Digo, dessas coisas de sangue — perguntou Rose.

— María era em si mesma um sacrifício vivo. Em um ambiente onde se valoriza e se exalta a imolação, que melhor símbolo do que María Paz, a inocência personificada e destinada a sangrar?

— Por este desvio se chega a minha casa. — Rose apontou para a esquerda quando chegaram à interseção com um caminho estreito e inclinado, escurecido por uma vegetação mais densa. — Entrando por ali, a uns quinze minutos mais acima, se chega a uma pequena lagoa que chamam de Silver Coin Pond. Na margem há uma pedra grande, e, ao lado, um bordo mais alto do que os outros. Há algum tempo, apareceu ali, grudado, o rosto de um homem chamado John Eagles. Arrancaram seu rosto e o colaram no tronco daquela árvore. Sua morte deixou algo nesta montanha que pesa sobre a gente. E também sobre a paisagem; não é possível arrancá-la com nada.

— Quem fez isso? — perguntou Pro Bono.

— Não se sabe. As autoridades dizem que foi gente de fora que estava drogada, mas os vizinhos dizem que foram as fugitivas. As pessoas daqui acreditam que as presidiárias de Manninpox escapam e ficam rodando pela floresta fazendo maldades. Uma galinha desaparecida, um incêndio em um estábulo, um barulho na noite, uma bicicleta roubada... Atribuem tudo às fugitivas. Por aqui elas são um mito. Alguém tenta argumentar, explicar que não há quem possa escapar daquela fortaleza blindada, mas não adianta. As pessoas acreditam que elas escapam e ficam com medo.

— Quando aconteceu isso? O do sujeito da cara arrancada?

— Alguns dias antes da morte do meu filho.

Pouco depois, a imensidão de Manninpox se assomou à frente. O lugar indesejável por excelência, o pesadelo das noites dos bons moradores do lugar, a nuvem em seus dias ensolarados, o ponto negro em sua esplêndida paisagem. Rose, que vinha hesitando se deveria entrar ou não, soube naquele momento que não havia escapatória: se houvesse alguma pista sobre a morte de Cleve, estava encerrada lá dentro. Pro Bono, que se fazia de íntimo e conhecia os procedimentos, lhe entregou um crachá de visitante profissional, fazendo-o se passar por seu assistente, e o avisou de que o apresentaria a Mandra X como o que era, o pai de Cleve Rose, ex-professor de uma das oficinas literárias. Aquela não seria uma visita comum; Mandra X gozava de regime especial, podia receber interlocutores no meio da semana, inclusive representantes da imprensa, em recinto privado e sem a presença de guardas, segundo determinação do Senado para certos detentos com reconhecida liderança na questão dos direitos humanos da população carcerária.

Foram trancados a chave no que chamavam de Conference Hall, um recinto de teto opressivamente alto que tinha como mobiliário cinco mesas metálicas com quatro cadeiras cada uma, suficientemente afastadas para que as conversas não se cruzassem. A única mesa ocupada era a sua, e Rose sentiu que não podia existir no mundo lugar mais desolado. Para mitigar a angústia, quis saber onde estaria sua casa, em que direção, mas aquele recinto não tinha janelas, nenhuma janela, não era possível se orientar. Deveriam estar abaixo do nível do solo — pelo menos, Rose tivera a impressão de que haviam descido pela longa rampa de acesso. Estremeceu de frio, lamentou ter deixado seu casaco no automóvel, e, à falta dele, levantou a gola do paletó e o abotoou. Estranhou ao sentir correntes de ar. Por algum lado elas deveriam penetrar naquele lugar hermético, tornando a solidão insuportável. A brisa entrava, mas não a luz do dia, nem um grama de luz do sol; o lugar era iluminado por tubos de neon pendurados no teto, de onde se espalhava uma espécie de fluorescência granulada que partia o espaço em uma variedade de pontos vibrantes. Rose tentou detectar algum ruído humano, uma tosse, passos, qualquer rastro de vida que pudesse perceber, mas não conseguiu. Ouviu somente campainhas urgentes e pancadas metálicas que chegavam aos seus ouvidos de diversos ângulos, sem parar, batidas secas e surdas de grades se fechando, ou talvez apenas o eco de velhas batidas. Meu Deus, pensou. E enfiou as mãos geladas nos bolsos para tentar aquecê-las.

— Não sei o que me deu naquele lugar — me diz Rose. — Suponho que um ataque de claustrofobia. Comecei a sentir meu peito se fechar. Era uma opressão fodida e, pior, do lado esquerdo, tanto que me perguntei se não seria o coração. A única coisa que queria era sair dali. Como lhe disse, o salão era espaçoso, mas eu sentia que todo aquele espaço tão frio e tão vazio se encolhia sobre mim. E não vinha ninguém, ninguém abria a porta, nada. Continuávamos ali sozinhos e trancados a chave no que me parecia uma eternidade, embora, na realidade, tivessem sido só quinze ou vinte minutos. Mas eu sentia que haviam se esquecido da gente.

Finalmente Mandra X apareceu, escoltada, de ambos os lados, por guardas que não a tocavam; era evidente que mantinham certa distância. A julgar pelo que lhe haviam dito sobre a personagem, Rose esperava que irrompesse cuspindo fogo e quebrando as tábuas, como um touro bravo na arena. Mas não foi assim. Mandra X entrou lentamente, fria e majestosa como uma rainha de gelo, calculando cada passo, balançando o corpo musculoso, medindo distâncias e varrendo o lugar com o olhar, com a boca apertada e os braços flexionados, ligeiramente afastados do tronco.

Embora Pro Bono lhe tivesse aconselhado a ser discreto e lhe advertido que, antes de tudo, não ficasse a olhando fixamente e boquiaberto, como costumava acontecer, Rose não conseguiu evitar manter os olhos cravados nela desde o começo até o fim. Uma criatura totêmica, isso era Mandra X. Um ser superior à natureza, ou inferior a ela, de quem não era possível saber se era deus ou demônio, homem ou mulher, templo sem estátuas ou estátua sem templo. Nisso conseguira se transformar, ano após ano trancada em uma cela, sem um projeto melhor do que reinventar a si mesma, ferindo-se, cortando-se, pintando-se, espetando-se com agulhas e se perfurando, em versão contemporânea das Liduvinas de outros séculos. Havia metamorfoseado a si mesma através de todas as modalidades do que chamam de intervenção voluntária em seu próprio corpo, e as tatuagens a riscavam de cima a baixo sem perdoar um palmo de pele, como se uma criança armada com lápis de cera azul a tivesse atacado. Tinha os lóbulos das orelhas alongados e afastados do rosto. As pestanas ausentes e as sobrancelhas apagadas lhe davam o aspecto desumano de um robô. E também os cabelos cortados no estilo escovinha e atravessados por linhas de barbeador elétrico, como linhas de Nazca em miniatura. Mais as narinas perfuradas; o lábio superior bífido e a língua bifurcada; as bochechas, o pescoço e as mãos marcadas por escarificações. E se isso era o que aparecia, o que não haveria embaixo do uniforme? Rose não quis nem imaginar, mas não conseguiu evitar lembrar que Mandra X, segundo María Paz, havia injetado os mamilos com tinta e tatuado uma coroa de raios ao redor de cada um, como dois sóis negros no meio do peito. E o cheiro que exalava... Não propriamente cheiro de santidade, pensou Rose, ao contrário, era como esses *homeless* que o derrubam com seu futum quando passam ao seu lado. Administrava bem sua montagem e sua teatralidade e tinha muita consciência do efeito que causava, como de pitonisa délfica, mas bestial, e não boa moça de olhos verdes, como Michelangelo a pintou no teto da Capela Sistina, mas uma pitonisa medonha, grotesca, mas de alguma maneira sublime, como deveriam ter sido realmente as pitonisas.

— E lhe digo que tinha na testa tatuada uma frase "*I have a dream*" — me diz Rose. — Imagina? Ali, naquelas masmorras, vive uma criatura que se atreve a sonhar, a levantar as bandeiras do velho sonho. Francamente. Não sei, horripilante. Mesmo. Outras usam camisetas com slogans como "*Solteirito y a la orden*", "*I love NYC*", "*Fuck y'all*", "*Ban nuclear now*". Ela não, aquele monstro tatuou "*I have a dream*" em toda a testa. Pro Bono me dissera com razão que Manninpox parecia existir só para contê-la, conter Mandra X, o Minotauro daquele labirinto de pedra. E o fato é que não chegou sozinha. Estava acompanhada por outra detenta do mesmo tamanho que ela, ou talvez ainda maior, não sei, mas lhe juro que não me dei conta, só conseguia olhar para aquele... ser, aquela espécie de touro listrado de azul. Nem sequer notei que havia entrado com outra, até que as duas ficaram sentadas na nossa frente. Em silêncio. Pro Bono tinha se esquecido de me avisar que Mandra X não fala diretamente com pessoas de fora, mas sempre através de uma intermediária. Talvez para que não a incriminem, não soube o motivo, o fato é que nunca cheguei a ouvir sua voz. De quando em quando sussurrava alguma coisa no ouvido da outra detenta, que era quem se comunicava conosco. Depois Pro Bono me disse que ela era chamada de Muñeca, boneca em espanhol. Exatamente por isso, porque é, imagine, como um boneco de ventríloquo. E, como lhe disse, da boca de Mandra X não saiu nem uma palavra. Nada. O Minotauro só nos olhava. Não havia se sentado à mesa, mas a certa distância, e nos olhava. Assim, como que para começar, Muñeca fez uma pergunta a Pro Bono, referindo-se a mim. Perguntou: o senhor confia nesse sujeito? "Esse sujeito" era eu. E sabe o que Pro Bono lhe respondeu? Pro Bono respondeu, na realidade não o conheço. Incrível, foi isso o que disse, na realidade não o conheço, o sujeito era assim, *my new best friend forever* me negava diante do monstro, assim sem mais nem menos, e eu ali, querendo que a terra me engolisse. Se quiserem eu saio, falei, como se pudesse sair por aquela portinha fechada à chave, mas, de qualquer maneira, disse se quiserem eu saio e fui me levantando, então Pro Bono explicou que eu era o pai de Cleve Rose e, a uma ordem de Mandra X, Muñeca me indicou que ficasse onde estava.

Rose supôs que aquilo significava uma espécie de batismo; Mandra X o estaria aprovando e ele, em reciprocidade, deveria seguir sua ordem. Impossível não fazê-lo, além do mais, pois estava claro que, dos quatro presentes, ela era o alfa, o macho dominante, a que indicava por onde e até quando. Então Muñeca começou a falar de María Paz. A lhes contar uma história dos dias que María Paz havia passado em Manninpox. Disse que quando as presidiárias antigas a viram pela primeira vez o que disseram foi "esta não vai suportar".

Em Manninpox vão parar dois tipos de pessoas. Ao primeiro grupo pertencem aquelas que assumem a responsabilidade por seus atos, as que reconhecem que sim, que cometeram um crime, foda-se, e soltam na cara um "eu fiz sim, e daí? Fiz e estou aqui pagando e, quando acabar de pagar, irei embora e não voltarão a me ver". Esse é um tipo. O outro diz "não, eu não fiz isso, sou inocente, isto é uma injustiça e os desgraçados que a cometeram vão acabar pagando". Estas se mantêm vivas e ativas pela indignação e a vontade de matar e comer o morto. Mas María Paz fazia parte de uma terceira categoria, a das condenadas por sua própria cabeça, a das que não cometeram delitos, mas, de qualquer maneira, se sentem culpadas. Estava fodida desde antes de começar, porque a arrasava o pequeno promotor que carregava dentro, um acusador implacável que não a deixava dar um passo.

— Você logo reconhece uma vítima. Há alguma coisa que a delata; é como se estivesse marcada — disse Muñeca, sempre sob a supervisão de Mandra X, que contemplava a cena como se estivesse em um pedestal, congelando o sangue de Rose com seu silêncio.

— Quanto mais sinais de que é uma vítima possui um indivíduo, mais possibilidade tem de atrair o raio para sua cabeça. A frase não é minha — disse Pro Bono —, mas do mestre René Girard.

Rose ouvia tudo e não dizia nada. Não se atrevia a olhar Mandra X nos olhos, mas não parava de observar as linhas azuis que percorriam seus braços, perguntando-se o que queriam dizer. Devem ser veias, pensava, veias tatuadas em cima das outras veias. Mas então viu que cada linha tinha um nome, um nomezinho escrito paralelamente em letra diminuta, como nos mapas, e, embora não tenha conseguido lê-los, porque teria sido obrigado a colocar os óculos, recordou que María Paz contava em seu texto que o enxame de linhas azuis que percorria o corpo de Mandra X era a rede hidrográfica da Alemanha.

— A teoria do raio é correta, tem gente que anda por aí com o raio na cabeça — me diz Rose e me fala de Luigi, um menino que fora seu vizinho na infância.

Esse Luigi, magrinho e alguns anos mais novo do que ele, era claramente uma vítima reconhecível, um pobre cagão, um pirralho triste que vivia recebendo gritos e bofetadas da mãe. E de Rose também, claro que de Rose também; assim que ouvia Luigi chorar, era invadido por um estímulo para a crueldade que antes não conhecia, algo como chutar cachorro morto, uma estranha exacerbação, ou, melhor dizendo, excitação, que tomava posse de sua pessoa cada vez que ouvia os berros do outro menino. E isso porque Rose jamais havia sido um *bully*, mas exatamente o contrário; os valentões do colégio caçoavam dele até a exaustão, de forma que Rose podia fazer suas as palavras que Obama dissera a respeito, "eu não saí ileso". E, no entanto, uma pulsão quase sexual o levava a chutar Luigi, a fazê-lo berrar, a também contribuir para fodê-lo simplesmente porque já estava fodido, simplesmente porque sua mãe, ao bater nele, lhe dava o garoto de presente, colocava-o à disposição de sua superioridade. Luigi era um *loser*, um desprezível sofredor, e Rose sentia que maltratá-lo era lícito e além disso inevitável: os lamentos eram um convite à maldade.

As outras presidiárias achavam que María Paz atraía a desgraça com sua propensão a baixar a guarda, sua maneira de se refugiar num repetido não sei, não lembro, não entendo, sua forma pudica de esticar a saia do uniforme como se a achasse curta. As presidiárias antigas comentavam entre elas, esta tem cara de mártir e se sente grata: um julgamento que quase nunca erravam. Manninpox reconhecia as fracas, as perplexas, as derrotadas. E se aproveitava delas. Bebia seu sangue. E, no caso de María Paz, isso não era de todo uma metáfora: seu sangue gotejava quente naquelas pedras geladas.

No princípio, María Paz vivia nas nuvens e era incapaz de contar a si mesma sua própria história, incompetente na hora de juntar as peças do quebra-cabeça para armar um quadro completo. Nas primeiras semanas em Manninpox, nem sequer conseguia elucidar qual havia sido seu ponto de quebra. Falava de suas próprias coisas como se tivessem acontecido com outra pessoa. Na primeira vez que Mandra X conversou com ela em particular, María Paz se queixou de que não lhe deram calcinhas. Ao entrar na prisão, quando tiraram sua roupa e lhe deram o uniforme, não lhe deram calcinhas. Deixaram-na sem roupa de baixo e isso a mortificava terrivelmente; ela se queixava disso como se fosse seu único drama, o principal, andar por aí sem calcinhas, exposta e violentada. Talvez de calcinhas esta mosca-morta volte a ser uma pessoa, havia pensado Mandra X e então lhe conseguira duas, para que lavasse uma enquanto usava a outra. Isso pareceu acalmar um pouco a novata, que já tinha aguentado muita coisa; depois de uma acareação à base de porrada, fora confinada no calabouço por vários dias, vá saber quantos, a própria María Paz não sabia, havia perdido a conta. Compreendia-se que andasse abobada depois do que suportara, mas afundaria se não reagisse.

— Nem sequer a informaram do assassinato do marido e, se a informaram, ela não registrou — me diz Rose. — Pro Bono teve de lhe contar, mais de um mês depois de ocorrido.

— O senhor sabia, advogado, que María Paz estava grávida? — perguntou Muñeca a Pro Bono. — Não sabia, não é mesmo? Grávida, entende? Ou como quer que lhe digamos, embuchada, prenhe, com o bonequinho dentro. Boquiaberto com a notícia? Pois sim, estava grávida para caralho, *fucking pregnant*.

— Na verdade eu não sabia — reconheceu Pro Bono depois de alguns segundos de silêncio, e, pelo tom, Rose entendeu que o fato de não saber o fazia se sentir mal. — Ela nunca me disse.

Ah, não, o que diria, se María Paz nunca disse nada, nem ao menos se sentia dor. Mas era verdade, estava grávida. Embora falasse pouco disso, porque era incapaz de reconhecer, inclusive de reconhecer para ela mesma.

Segundo a visão que se tinha dela na prisão, María Paz era uma pilha de confusão, um fodido nó de nervos. Mas cada vez menos isso lhe era atribuído, pouco a pouco fora despertando, adquirindo experiência, porque em Manninpox quem não desperta morre, camarão que dorme a onda leva, mas no começo a viam como uma criança, pura negação e tremedeira.

— Suponho que o senhor tampouco sabe que ela perdeu a cria durante a surra que os caras do FBI lhe deram — disse Muñeca a Pro Bono. — Não faz nem ideia, não é mesmo? E sabia que a hemorragia começou por isso? Não, o senhor não sabia. Essas coisas a princesa não lhe conta. Porque doem. Então é melhor fechar a boca.

Melhor não contar, por exemplo, que as guardas não queriam mais lhe dar nem absorventes, jogando na sua cara que havia esgotado sua cota e a de todo o pavilhão. Mas María Paz era daquelas que acreditavam que bastava não mencionar as coisas para que não tivessem acontecido.

—Tonto eu, por não ter suspeitado — me diz Rose. — María Paz bem podia ter engravidado, claro, com tanta atividade de cama e tanto namorado. E, claro, a surra que lhe deram quando a detiveram tinha que ter provocado um aborto, tudo era tão óbvio, como pude não intuir? Creio que deveria lhe doer aquela criança pessimamente abortada, vá saber em que porão de que delegacia, nas mãos de que sádico. Ela, tão incapaz de formular um raciocínio do tipo é culpa deles, daqueles que me maltrataram, conheço bem o quadro, eu também pertenço a esse grupo de gente. Ela deve ter feito desse filho malogrado um novo motivo de batidas no peito, uma ladainha de por minha culpa, por minha culpa meu filho não pôde nascer, por minha culpa não pude ser mãe, por minha culpa meu filho não era de Greg e sim de Joe, ou ao contrário, por minha grandíssima culpa não era de Joe e sim de Greg.

Rose disse ter percebido uma característica geral no manuscrito de María Paz: se detém no presente ou se estende no passado, deixando no ar, como uma neblina, o que é mais comprometedor e complicado. Mas, claro, também era possível que María Paz tivesse, sim, falado de sua gravidez e que esse fragmento tivesse se perdido com as páginas que faltavam.

— O senhor sabia, advogado, que, como a hemorragia não parava, mandaram María Paz para um hospital anexo a Manninpox, onde foi submetida a uma curetagem? — continuou lhe perguntando Muñeca. — Supostamente uma curetagem, senhor, foi o que disseram. Não, o senhor não sabia, María Paz não lhe contou; ela não é capaz de montar o quadro completo, ela vê sua própria vida cheia de buracos, como uma porra de um queijo gruyère. As pessoas pensam coisas, certo? As pessoas têm ideias. Iniciativas, como chamam. E ao filho deste senhor aqui presente, ao professor Rose, ocorreu colocar María Paz para escrever suas coisas. Para que tomasse consciência, como dizem. Ingênuo seu filho, senhor Rose. Boa pessoa, mas ingênuo.

— Meu filho era um excelente professor e fez aqui o que pôde — soltou Rose, que, diante da ofensa ao seu garoto, deixou a inibição de lado.

Os problemas de María Paz não haviam parado por aí. Segundo Muñeca, ou segundo Mandra X através de Muñeca, os cuidados médicos que eram prestados às prisioneiras de Manninpox eram humilhantes, sobretudo os ginecológicos. As internas doentes eram levadas a um pavilhão especial de um hospital público próximo, onde, por supostas medidas de segurança, eram segregadas em uma ala, custodiadas e acorrentadas em uma maca. Eram obrigadas a esperar horas ou dias até serem atendidas de um jeito bem meia-boca e submetidas a um diagnóstico tosco e a tratamentos inadequados. Ninguém se preocupava em lhes explicar nada. De que padeciam? Que remédios lhes estavam dando? A própria detenta nunca ficava sabendo de nada; agiam com ela como se fosse um objeto. E María Paz não fora exceção. Fizeram-lhe uma curetagem e ela aparentemente se recuperou; o sangramento parou e a presa foi devolvida a sua cela. Umas semanas mais tarde, a hemorragia reapareceu, embora não tão forte como antes. Mas a cada dia apareciam em sua roupa manchinhas grená, como um lembrete de que o problema continuava ali. Mandra X a pressionava para que se concentrasse no julgamento que a esperava, que se preparasse, que repassasse os argumentos de sua defesa, que tivesse clara a cronologia dos fatos, que não caísse em contradições, que não abaixasse a cabeça. Mas María Paz se negava a aterrissar, se fazia de louca e se perdia em sonhos alheios às evidências, fantasias sobre a casa com jardim que, segundo dizia, iria comprar.

Rose comenta que o retrato de María Paz que pintaram na prisão não o convenceu de todo; ficou achando que aquelas mulheres não haviam conseguido entender sua psicologia. A coisa não é bem assim, me diz. Por conta do que havia lido, acreditava saber um pouco como ela era, embora, naturalmente, em Manninpox não tivesse se atrevido a contradizer ninguém, porque não se desafia um par de dragões bem diante deles. Não se deveria esperar ideologias de María Paz, acreditava Rose; ela não poderia ser censurada por não ser combativa, nem altiva, nem arrojada, como certamente Mandra X esperava que suas militantes fossem. María Paz se ajeitava com outros métodos, segundo Rose mais discretos, mas não menos eficazes. Rose começava a entender no que exatamente deveria consistir o código pessoal de María Paz. Ela era como os cães, e ele conhecia bem os cães, pudera observar sua maneira peculiar de ir suprindo pouco a pouco suas carências com doses infinitas de humildade e paciência e, ao mesmo tempo, com uma astúcia e uma convicção que os transformavam nos mais espertos dos animais. Assim ia María Paz pela vida, sem ter asco de nada e, ao mesmo tempo, sem morder nem latir, ou seja, sem declarações nem trejeitos; ao contrário, avançando em diagonal. Nadando cachorrinho. Rose havia visto seus cães nadarem. Não era nado livre, nem borboleta, nem de costas, mas um movimento sem estilo, apenas o necessário para avançar mantendo a cabeça fora d'água, mas tão efetivo e perseverante que lhes permitiria atravessar o Canal da Mancha se tivessem vontade. Rose via María Paz como um contraponto da atitude desafiadora e guerreira de uma Mandra X. Achava-a pragmática, comedida, habituada a não pedir nada além da conta, a não se expor mais do que o necessário, a movimentar-se melhor por debaixo dos panos, lenta, mas segura, ocupando-se de uma coisa a cada vez, sem desgastar seus neurônios em filosofias nem dilemas. Mandra X era uma agitadora, uma líder, uma rebelde com causa. María Paz não. Uma sobrevivente, havia dito ela mesma a respeito de Bolivia, sua mãe, e Rose pensava que o mesmo poderia ser aplicado também a ela; María Paz também era uma sobrevivente, e, ao longo de sua vida, devia ter se tornado especialista exatamente nisso, em se ajeitar para se manter na superfície da água sem fazer ondas, como os cães.

    Um dia as guardas haviam ido buscar María Paz na cela para levá-la ao tribunal. Chegara o momento decisivo do julgamento. Mandra X a visitara minutos antes e a vira se benzendo e rogando aos santos que lhe devolvessem a liberdade para ir atrás de sua irmã Violeta. À merda os santos, disse Mandra X, pare de rezar e esqueça por ora essa Violeta, quem deve salvar a pele é você, vá lá xingar a mãe dos desgraçados que a mantêm presa, os santos não têm nada a ver com isto, aqui o negócio é confiar em suas próprias forças. E quando María Paz já se afastava pelo corredor em direção ao ônibus que iria levá-la, acorrentada como Houdini, à sala de audiências, Mandra X ainda conseguiu lhe gritar mais uma coisa: você vai sair daqui porque é inocente, está me ouvindo, é inocente e vai ficar livre.

Mas não foi o que aconteceu. María Paz havia voltado a sua cela com uma condenação de quinze anos nas costas. A tragédia se aliviara um pouco algumas semanas depois, quando Pro Bono solicitou ao Tribunal Superior a anulação do julgamento, que, segundo suas palavras, não havia lhe garantido o direito de uma defesa correta. Posto em palavras de Rose, fora uma merda de julgamento, uma paródia infame, uma sequência de canalhices. E o que acontece? Pro Bono atinge seu objetivo e o tribunal determina um novo julgamento. O outro é invalidado, de forma que agora é esperar pelo novo. Virar a página e começar do zero, como se nada tivesse acontecido, recomeçamos. Pro Bono solicita que, nesse meio tempo, seja concedida liberdade condicional a sua cliente, mas nisso não tem o mesmo êxito e sua petição é negada. María Paz deve permanecer na prisão; Manninpox vai mantê-la resguardada para evitar uma possível fuga.

Nessa época se opera a grande mudança, e suas companheiras de prisão presenciam como de dentro dela vai surgindo outra pessoa. Veem María Paz ir amadurecendo, fortalecendo-se, afastando-se de sua versão distraída e derrotada que havia enfrentado o primeiro julgamento em condições lamentáveis de entrega e indefensibilidade. O apoio de Pro Bono e a solidariedade de Mandra X, somados à expectativa de uma segunda oportunidade, lhe infundem presença de espírito, energia e até senso de humor. Dorme à noite com a esperança de ser declarada inocente e acorda de manhã com a sensação de que logo à frente está a liberdade. Começa a ler tudo o que cai em suas mãos e se entusiasma com a oficina de texto de Cleve. Só de quando em quando lhe vem uma depressão, o que as internas latinas chamam de *causa*, sobretudo quando sua irmã Violeta se nega a falar ao telefone. Quanto ao resto, María Paz permanece ativa e com bom espírito e vive consultando o dicionário, aprendendo as conjugações dos verbos e as regras gramaticais, empenhada em melhorar seu inglês escrito para deixar testemunho do que teve de viver.

Mas nem tudo está correndo às mil maravilhas. O Tribunal Superior, que deve determinar a data do início do novo julgamento, o adia uma e outra vez. Por que motivo? Rose não entende direito. Pro Bono tentou lhe explicar uma série de razões que ele seria incapaz de repetir, não se lembra das minúcias. O problema tem a ver com impedimentos legais, com putarias do promotor, com condições insuficientes, com idas e vindas nas negociações entre Pro Bono e a parte acusadora. Os meses vão passando e o novo julgamento vai virando miragem. E ainda que a mente de María Paz pareça resistir à incerteza e à tensão que aquilo implica, não acontece o mesmo com seu corpo, que começa a falhar de novo. María Paz somatiza o problema, e a hemorragia, que reaparece mais forte do que antes, vai minando severamente seu ciclo vital.

Mandra X e as Nolis tentam fazer o pouco que está ao seu alcance para deter sua queda definitiva: remédios caseiros que, diante da anemia crônica, são inúteis e insuficientes; coisas como relaxamento com ioga, alimentos frescos, oito ou dez copos d'água por dia, chá de ervas aromáticas, suplemento de ferro, supressão de café, banhos de assento frios.

— Muitas presidiárias achavam tudo aquilo uma baboseira e prefeririam outros métodos — disse Muñeca. — Estou me referindo a feitiços, superstições, essas besteiras.

Umas se inclinavam pela magia branca e outras pela magia negra, mas havia de tudo lá dentro: candomblé, vodu, conjuros, palo mayombe,[6] missas e até exorcismos — um sabá completo, segundo Muñeca. Mandra X travava uma guerra contra essas fantasias porque abominava tudo o que era irracional. Nada de rezas nem de defumações nem de velas acesas para as virgens e os santos — travava guerra contra tudo isso. Mas o ambiente estava agitado. O pavilhão aprendera a gostar de María Paz. Aquela menina tinha alguma coisa que lhe permitia conquistar as pessoas, era uma sedutora natural, e começaram os boatos de que Mandra X a estava

---

[6] Religião africana, mais especificamente de origem bantu. (*N. do T.*)

deixando morrer. E, segundo Muñeca, a própria Mandra X reconhecia que de alguma maneira aquilo era verdade — o que ela fazia era somente colocar panos quentes em algo tão grave. Daquele jeito, iam mal.

Entre as latinas havia uma velha, Ismaela Ayé, que se coroava como rainha-mãe de toda bruxaria. Era a única ali que tinha ingressado em Manninpox antes de Mandra X, de forma que as duas rivalizavam em antiguidade e também no resto: eram inimigas declaradas desde o primeiro dia. Mas essa Ismaela Ayé já estava aposentada havia anos. Segundo sua própria versão, seu declínio começara quando as guardas lhe confiscaram um vaso com terra santa, terras do Gólgota, afirmava, sua fonte de poder sobrenatural.

— Besteiradas — disse Muñeca —, Mandra X foi afastando Ismaela Ayé, essa é a verdade, a ela e toda a feitiçaria terceiro-mundista, todo o catolicismo de caverna e outras devoções de araque, que vaso o que, que terra do Gólgota e que menino envolto o que, Mandra X tinha dado um chega para lá em Ismaela, convencendo as demais a tomar consciência, a agir racionalmente, a não se deixar foder nem pelas autoridades nem por sua própria ignorância.

Com as crises de saúde de María Paz, Ismaela volta a crescer, a ganhar presença fazendo piadas contra Mandra X, convertendo-se em fonte de maledicência e fazendo com que de sua cela partam ordens. Como que uma assassina de seus próprios filhos não consegue entender o valor sagrado do sangue? Ismaela começa a citar o Êxodo e os Hebreus para culpar Mandra X e aproveita as circunstâncias para ir promovendo a glória do sangue derramado, o sangue do Calvário que cai em taça celestial e outras extravagâncias do tipo, que no fundo são acolhidas e ficam ecoando no pavilhão.

Por sua vez, Mandra X sabe que por ora parece que ela vai perder, porque a crise de María Paz expõe suas limitações. As outras presidiárias a julgam, duvidam de seus resultados, esperam o desenlace. Provavelmente Mandra X teria conseguido reconquistar a supremacia desfazendo-se de Ismaela Ayé, o que não lhe seria difícil — bastaria um cascudo, pois a velha não passa de uma pilha de ossos envoltos em pele ressecada. Mas o tiro sairia pela culatra, seria como admitir a derrota, então Mandra X opta por uma linha conciliatória e tenta apaziguar Ismaela. Mas entenda, vovó, diz a ela, entenda que María Paz não é nenhum Jesus Cristo, apenas uma criatura doente. Mas a velha não cede, sabe que está com a faca e o queijo na mão. Nada a fazer, as teorias de Mandra X e as práticas das Nolis sobre a dor como redenção e as feridas como palavras de ordem soam mal diante do fato real de que María Paz está morrendo. Mandra X fica entre a cruz e a espada: entre a negligência da administração do presídio e o fanatismo que se desata entre as detentas. Tem que se amansar até o ponto de receitar chás de ervas, exercícios de ioga e banhos de assento, e isso vai minando sua imagem e sua influência. Em troca, a popularidade da velha Ayé continua aumentando, e o pavilhão das latinas dá ouvidos aos seus sermões, que afirmam que todos somos Cristo e que todo sangue é sagrado, que Moisés borrifou o livro com sangue, que o sangue de Iemanjá vem das sombras, que o cordeiro selou o pacto, que o sacrifício abre as portas de não sei que e de não sei quanto. Uma mistura grotesca, disse Muñeca a Pro Bono e a Rose, Ismaela tinha miolo mole e não se lembrava de nada, remexia e juntava tudo, inventava o que não sabia e, o que não inventava, sonhava. E, no entanto, da noite para o dia conseguira vender suas histórias a muitas, arrastando-as a uma bebedeira de superstições e esperanças sobrenaturais.

— Um retrocesso de décadas — disse Muñeca —, um retorno à porra da Idade Média, era isso o que se vivia no pavilhão. María Paz moribunda no centro das atenções e Mandra X impotente, vendo a garota morrer em suas mãos e sem poder fazer nada, porque todos os seus recursos haviam se esgotado.

María Paz cada vez pior, física e moralmente. Mandra X a via entregue, falando sem parar de sua irmã Violeta com um sorriso bobalhão nos lábios, como se ela mesma fosse a primeira a compreender que tanto fazia, porque a esta altura nem o divino poderia salvá-la. Até que a pressão levara Mandra X a ceder e teve de permitir que Ismaela Ayé tomasse posse da enferma e praticasse seus truques com ela.

— O último recurso de Mandra foi permitir que a velha tentasse suas coisas, pois não podia fazer mais nada — disse Muñeca.

A primeira coisa que Ismaela ordena é que tirem María Paz da cama e a coloquem no chão, em forma de cruz. De barriga para cima, o corpo reto e esticado, os braços perpendiculares ao torso. Para lhe cruzar a sorte, essa é a fórmula que a velha tira da manga porque, segundo ela, a cruz é um umbral, uma porta, um cruzamento de caminhos, e, diante do poder da cruz, a má sorte muda de rumo, segue por outro lado e deixa de se alimentar da vítima. E o método funcionou?

— Funcionou, como não? Para merda nenhuma — disse Muñeca. — Depois de ficar ali meia hora, esticada no chão, María Paz teve um faniquito e apagou. Caiu em um estado comatoso, e parecia praticamente morta. Não reagia. E nisso, a velha estava arrependida? Confessando publicamente seu erro e sua ignorância? Reconhecendo sua culpa? Nada disso. Ismaela Ayé continuava tranquila, orgulhosa, dizendo a torto e a direito que seus métodos haviam começado a surtir efeito, que a má sorte de María Paz fora truncada e que de agora em diante andaria por um bom caminho. Mandra X a encarava, mas você a matou, velha podre! Mas ela, como se nada estivesse acontecendo, afirmando, tranquila, que assim tinha que acontecer, primeiro a enferma chegava ao fundo para depois começar a subir, a sair do poço; tinha que vislumbrar as trevas para depois se regozijar na gloriosa luz do Todo-poderoso. Esse era seu discurso. E María Paz parecendo uma morta.

A coisa era séria e a direção do presídio por fim reagiu; não teve outro remédio senão levá-la de novo ao hospital, desta vez em coma. Depois de cinco dias, María Paz voltou caminhando com seus próprios pés. Superara o coma e, embora viesse abatida, estava viva e desperta, até sorridente, e contou às demais que lhe injetaram antibióticos e anti-inflamatórios em doses cavalares. E só se passaram 48 horas a partir do momento de seu regresso do hospital quando aconteceu a coisa que menos esperava: a direção do presídio a notificou de que o tribunal lhe concedera liberdade condicional até o novo julgamento. Podia ir para casa.

Dizendo de outra maneira: concederam a María Paz o benefício de ser julgada em liberdade, uma coisa que acontece raramente, salvo diante de condições extraordinárias, como quando se trata de um preso notável que esteja na mira dos meios de comunicação por seu prestígio e tradição na comunidade. Ou de um indivíduo considerado de conduta irrepreensível e, sobretudo, de alguém que demonstre solvência e ofereça garantias financeiras. María Paz não atendia a nenhum desses requisitos — seu perfil era exatamente o contrário. E, no entanto, simplesmente disseram que podia sair.

Ir embora? Para sua casa? Sim, para sua casa. Poderia sair de Manninpox, livre, sem nenhuma acusação? Assim também não. Concedem-lhe liberdade condicional e fica sob regime vigiado até o novo julgamento. Mas pode sair, ir embora, *out*, pernas para que te quero. María Paz não consegue acreditar no que ouve; como é possível que de repente lhe venham com essa notícia? Que recolha suas coisas imediatamente, ordenam. São sete da noite e as detentas já se recolheram quando as guardas a apressam para que saia dali. Mas ela não reage. Senta-se em sua cama, os pés descalços no chão de pedra, e fica ali, com o olhar atônito, enrolada em sua manta como se fosse um escudo.

— É para você ir embora, caralho! — grita Mandra X da cela da frente. — Então não está ouvindo? Estão lhe dizendo que é para sair.

— Mas como assim? — María Paz não entende nada. Não sente nada. E, se sente alguma coisa, é pânico. Não se atreve a se mexer, como se aquilo se tratasse de uma armadilha que tivesse o objetivo de declarar que ela fugira e lhe dar um tiro pelas costas.

— Não pergunte — diz Mandra X —, não pergunte nada, apenas vá embora.

María Paz mal se veste, coloca algo em uma caixa que lhe deram, não consegue recolher todas suas coisas, restam os recortes que colou na parede, não lhe dão chance de recuperar os pertences que emprestou a outras, não permitem que se despeça, dê um abraço em ninguém. Levam-na pelo corredor atordoada pela notícia e mantida em pé pela imensa quantidade de remédios que lhe injetaram. Ela vira a cabeça e olha para trás, como se estivesse perguntando ou suplicando; como se mais que à liberdade, a levassem a alguma espécie de castigo. Ao vê-la passar, suas companheiras de cativeiro se alinham contra as grades de suas respectivas celas e aplaudem. Aplaudem sua passagem. Primeiro timidamente, umas poucas. Depois todas, em uma grande ovação. *You made it!*, gritam. Você conseguiu! Você fodeu os caras! *You made it, kid!*

A respeito da maneira particular como María Paz viveu aquele momento inesperado e decisivo de sua vida, o instante fulminante em que abrem as grades e lhe dizem vá embora, Rose acha que aquilo teve a ver com a palavra "despertar". Em seu texto, ela repetia uma e outra vez que todo o capítulo de seu encarceramento não era real, mas, possivelmente, uma alucinação, um parêntese improvável que mais cedo ou mais tarde teria de ser fechado para que a normalidade pudesse seguir seu curso. Rose me diz que, a seu entender, justamente por isso ela não ligara da cadeia para suas amigas, para suas companheiras de trabalho nas pesquisas de limpeza, aquelas que considerava cúmplices e confiáveis. Não ligou para elas, nem sequer as colocou a par da sua situação, para não alarmar ninguém e nem concentrar a atenção naquele episódio para ela ilusório e passageiro. Dia após dia, lá em Manninpox, hora após hora, María Paz estivera esperando que o pesadelo acabasse. Se, de repente e por conta de nada, haviam-na arrancado de sua casa e a levado presa, assim também, de repente e por conta de nada, lhe avisaram que estava livre e podia voltar para casa. Embora a liberdade que lhe ofereciam fosse frágil, porque o verdadeiro julgamento continuava pendente, ela deve ter vivido aquele instante como o fim do pesadelo, o tão esperado instante do despertar. Rose me faz notar que é assim que acontecem as coisas nos sonhos: arbitrariamente, de repente, sem sequência lógica, sem causa nem consequências. Simplesmente assim.

A partir do dia em que María Paz saiu de Manninpox, passaram-se vários meses sem que Mandra X e as Nolis voltassem a saber dela. Até agora. De novo tinham notícias, e as notícias não eram boas. Por isso haviam ligado para Pro Bono, e Pro Bono, por sua vez, havia recorrido a Ian Rose, ou, talvez, a Cleve Rose, e, em seu erro, arrastara o pai. E ali estavam eles, e Mandra X lhes dizia, através de Muñeca, que as notícias eram más. Voltou a insistir que as autoridades não informavam às presidiárias de Manninpox sobre as doenças de que padeciam, não lhes mostravam os exames laboratoriais, se é que eram submetidas a algum exame, nem lhes diziam qual era seu diagnóstico médico, se é que existia, para não falar de radiografias, se é que as tiravam.

E agora chegavam ao centro da história. Alguns dias antes, haviam deixado certa presidiária paralítica sozinha e desacorrentada na enfermaria apenas por alguns minutos, suficientes para que ela pegasse a pasta com seu histórico médico que, por descuido, haviam deixado ao seu alcance. Rapidamente, se sentou em cima da pasta com os papéis e deixou-a escondida na cadeira de rodas, debaixo da bunda. Junto com sua pasta, vieram outras tantas, que pertenciam a outras presas, e uma dessas pastas foi parar nas mãos de Mandra X; quem a ofereceu a ela foi a presa paralítica em troca de vinte dólares, porque sabia que ia lhe interessar. Era o histórico clínico de María Paz que, por acaso, estava entre os outros. Mandra X abrira aquele envelope e encontrara um relatório médico, o mesmo que agora Muñeca tirava do seio e o entregava por debaixo da mesa a Pro Bono, pedindo que o lesse, coisa que Pro Bono fez e depois o passou a Rose.

— Mas, se as revistas são tão rigorosas — pergunto eu a Rose —, como foi possível que Muñeca tivesse escondido esse relatório no meio dos seios?

— Dizem que Netuno está cheio de diamantes — responde ele. — Não ficou sabendo disso?

— Até onde eu sei, em Netuno só sopra o vento — digo.

— Mas agora se sabe que em Netuno há montanhas de diamantes.

— E então?

— Vá você extrair um diamante de Netuno, para ver se consegue. A mesma coisa acontece com os peitos de Muñeca, que são como um par de montanhas. No meio daquelas montanhas é possível esconder qualquer coisa, pois ali ninguém vai encontrá-la.

Segundo o relatório, o quadro do aborto da interna 77601-012, ou seja, María Paz, não fora solucionado corretamente, e, em consequência, se apresentara uma infecção progressiva do trato genital. Uma endometriose decorrente de uma prática não asséptica quando da curetagem. Essa endometriose fora tão grave que produzira um choque séptico, ou seja, uma infecção grave. A diminuição do fluxo sanguíneo, somada à pressão arterial baixa, levara à má irrigação, em consequência da qual os órgãos vitais começaram a funcionar mal, e era improvável que a paciente pudesse voltar a engravidar.

— Mas isso não é tudo; ainda não ouviram o pior. Dentro do envelope também havia uma radiografia. Uma radiografia datada. Segundo a data, foi tirada na última vez que María Paz passou pelo hospital, ou seja, poucos dias antes que a tivessem deixado sair de Manninpox. Vejam isto — disse Muñeca, pedindo a Pro Bono o lápis que tinha na mão para desenhar alguma coisa na mesa. — O que estão vendo aqui?

Rose tentou interpretar aquele desenho, mas não conseguiu; para ele era apenas um garrancho, uma espécie de vasilha invertida com umas coisinhas nos lados, que lhe recordou a jiboia constritora que devorou um chapéu e foi desenhada por Saint-Exupéry em *O Pequeno Príncipe*, o livro favorito de Cleve quando era criança.

— O que é isso? — insistiu Muñeca. — Digam o que estão vendo aqui.

— Uma mariposa? — perguntou Rose, timidamente.

— Não. Não é uma mariposa. E o senhor, advogado? Diga-nos o senhor o que está vendo aqui.

— Talvez uma... flor? — arriscou Pro Bono.

— É um útero, senhores — disse Muñeca. — Aqui estão os ovários. E aqui, lado a lado, as trompas de Falópio.

— Estes dois confundem as trompas de Falópio com as de Eustáquio — disse Mandra X e riu, assustando Rose e Pro Bono, que se agarraram a suas cadeiras diante da frase que, de improviso, quebrava o grande mutismo da pitonisa, e ficaram pasmos diante da risada incompreensível, porque a piada não era lá muito boa. Segundo me afirma Rose, essa foi a única coisa que Mandra X disse durante toda a entrevista, sua única contribuição, que, por alguma razão, ela havia achado engraçada; quando abriu a boca para rir, Rose conseguiu ver direito a língua bífida, que esvoaçava, elétrica, no fundo de sua caverna.

— Então não estão vendo? — insistia Muñeca. — É um útero.

— Um útero, claro — disse Rose, envergonhado de sua própria amabilidade.

— Se isso é um útero, minha avó é uma bicicleta — disse Pro Bono.

— Sua avó é uma bicicleta e sua mãe também, mas o que estou lhes mostrando é a porra de um útero. O útero de María Paz. E agora prestem atenção — disse Muñeca, desenhando com o lápis uma coisinha minúscula no meio do suposto útero. — Vejam aqui, onde estou apontando com a ponta do lápis. O que estão vendo agora?

— Um feto? — disse Pro Bono.

— Nenhum *fucking* feto.

— Um tumor? — perguntou Rose.

— Nem uma merda de tumor. É uma pinça. Assim como estão ouvindo. Na radiografia se vê perfeitamente, aí está a porra da pinça, mais clara que a *fucking* luz do dia, mas a radiografia teve que desaparecer. A direção não gosta que saqueiem sua enfermaria. Aí no útero, clarinha, com a silhueta perfeita, sem dar margem a confusões, ali está como estou dizendo: uma pinça cirúrgica. Das pequenas, uma coisinha de nada, assim, em forma de U, a porra de um U metálico, pequenina, mas traiçoeira, assassina, ali enfiada no meio da xereca, fodendo María Paz por dentro. Olhem-na, então. Vou desenhá-la de novo. Essa pinça está no útero de María Paz, e é isso que tínhamos urgência de lhe dizer, advogado, para que a faça saber. Não pode andar mais tempo com isso lá dentro, porque deve ser isso que a está sangrando.

— E como isso foi parar ali, porra? — perguntou Pro Bono.

— Como foi parar ali? — repetiu Muñeca. — É essa a pergunta. Como acha que foi parar ali? Vamos ver, senhor. — Virou-se para Rose. — Diga-me como a pinça foi parar ali. Não faz ideia? Bem, no começo nós também não entendíamos. Foi difícil compreender até Mandra X conseguir armar a sequência completa.

Segundo a cronologia exposta por Muñeca, María Paz sofreu um aborto espontâneo por causa de sua prisão, e as bestas de Manninpox a levaram ao hospital para fazer uma curetagem. Fizeram-na mal, com negligência, e então vieram todos aqueles meses de hemorragias intermitentes que foram se agravando até que ela entrou em coma. Aí a levaram de novo ao hospital e a devolveram em menos de uma semana sem terem feito muito, afora um bombardeio massivo de antibióticos que detiveram temporariamente o processo infeccioso. Porque, embora não o digam, também tiraram uma radiografia... e na radiografia descobriram a pinça. A pinça que eles mesmos haviam deixado lá dentro, por relaxamento, por descuido, meses antes, quando lhe fizeram a curetagem. O que fazer? Ora, operá-la para tirar o objeto que a estava matando, que era a origem de seus males e estava havia meses ali dentro por estupidez deles; é isso que tinha que ter sido feito, porque isso era o lógico. Mas em Manninpox nada é lógico, ou é, mas de acordo com uma lógica infame. Naquele momento, María Paz já estava tão mal, em um estado tão crítico, que eles devem ter calculado que poderia morrer na operação. E como iriam se justificar?

Quando a detiveram e a interrogaram, a maltrataram até fazê-la abortar, depois a submeteram com descuido a uma curetagem deixando uma pinça lá dentro, e agora podia morrer na mesa de operação quando tentassem tirá-la. E, se viesse a morrer, estariam expostos a uma denúncia e a um escândalo. E, diante disso, o que fizeram as autoridades do presídio? De alguma maneira acertaram as coisas com a justiça e a deixaram sair. Deixaram-na em liberdade. Foi essa a solução que encontraram. Se ia morrer, ou se pretendia denunciar, pois que fosse lá fora, quando a responsabilidade não cairia em cima deles.

— Por isso María Paz saiu de Manninpox — disse Muñeca. — Por isso estes filhos da puta a deixaram sair. Para que não morresse aqui dentro.

— E eu que estava quase acreditando que o milagre havia sido feito pela cruz de Ismaela Ayé — disse Pro Bono, mas ninguém riu.

— O que fez o milagre foi a pinça, senhor... — lhe disse Muñeca.

— Sim, sim — disse Pro Bono. — A pinça é a única explicação.

— Tem que procurar María Paz. — lhe disse Muñeca. — Ela tem de saber disso e ser operada imediatamente.

— Vai ser difícil — suspirou Pro Bono.

— Dê um jeito, advogado. Daqui de dentro não tem muito o que possamos fazer. A vida de María Paz está, basicamente, nas suas mãos.

Com a vida de María Paz basicamente nas mãos, como sentenciara Muñeca: assim Rose e Pro Bono saíram naquela manhã de Manninpox.

— É praticamente impossível — disse Pro Bono.

Mesmo sendo impossível, não lhes restava outro remédio além de encarar a tarefa imediatamente ou pelo menos tentar; no mínimo, começar a discutir sobre possíveis contatos, sugerir lugares, procurar de alguma maneira fazer com que recebesse a mensagem. Mas a nenhum deles ocorria muito; nada diferente do que recorrer à senhora Socorro de Staten Island.

— Haverá de tentar, embora seja uma velha mentirosa — disse Rose.
— Talvez María Paz tenha voltado a procurá-la...

Ainda lhe doía a mão que Muñeca havia triturado quando se despediu, e Rose a levou ao nariz para cheirá-la, essa velha mania sua que Edith criticava tanto, a de cheirar a mão depois de apertar a de alguém. Da parte de Mandra X não houvera despedida de mão; não houvera sequer despedida. Assim como não falou com eles, também não se aproximou em nenhum momento. Quando considerou a entrevista terminada, levantou-se e saiu do recinto tal como havia entrado: solene, imponente, impenetrável e fedorenta, como a Rainha de Sabá.

De repente desabou em cima de Rose um imenso cansaço, e ele propôs a Pro Bono que fossem até sua casa, a poucos minutos dali, para comer alguma coisa antes de voltar a Nova York, e assim, de passagem, saudaria seus cães e checaria se estavam bem. Mas Pro Bono preferiu tomar um café no Mis Errores; não temos tempo, disse.

— E se colocarmos um anúncio nos jornais? — sugeriu Rose.

— Ah, é? — brincou Pro Bono. — Algo como "Há uma pinça dentro de você, garota" nas manchetes do New York Times?

E aí Rose explodiu. Se queria contar com ele, teria que começar a lhe explicar as coisas. Que porra havia acontecido com María Paz? Por que não conseguiriam encontrá-la? O que havia acontecido no tal do julgamento? Rose não mexeria um dedo até que tudo lhe fosse esclarecido. Ali havia alguma coisa muito estranha, disse, algo definitivamente confuso e turvo. Não permitiria que continuasse brincando com ele. Ou Pro Bono lhe explicava ou cairia fora.

— Vou lhe explicar, Rose, claro que sim — assegurou o advogado, dando palmadinhas em suas costas. — Tem toda razão. Se você está envolvido nisto, merece todas as explicações do caso. E vou lhe esclarecer tudo, bem, na medida do que eu saiba, que tampouco é grande coisa. Mas sim, se tranquilize que eu lhe explico, só que com calma, amigo — tem de ser pouco a pouco. Vamos como o estripador: por partes. Não queira que eu explique em duas frases uma história diabolicamente complicada. Primeiro esclarecimento: se vamos procurar María Paz, tem de ser com discrição absoluta. Caso contrário, lhe causaremos um grande problema. Nada público, nada escandaloso. Precisamos encontrar uma maneira de fazer com que ela seja a única a receber a mensagem.

— Isso não é nenhum esclarecimento — protestou Rose — isso é uma advertência.

— Tudo bem. Vamos tentar de novo. Mas nos coloquemos *in loco*. É preciso ambientar este assunto. Vamos ver: são 11h15 da manhã, ainda há tempo. Faça-me um favor, Rose, me leve por um momento em seu carro a um lugar que deve ficar aqui por perto — pediu Pro Bono, enquanto pagava o par de cafés ao dono do Mis Errores.

— Vá por aqui, pela esquerda! — ordenou a Rose pouco depois, já dentro do carro e a caminho.

— Onde?

— Aqui, neste motel. Só um momento. Creio que sim, era este. Bem... Deixe-me ver... Sim, deve ter sido este. Blue Oasis Motel, aí está, não lembrava o nome, não sei como pude esquecê-lo. Blue Oasis, pronto, era isso.

— Precisa tomar banho? Quer comer alguma coisa?

— Não, homem, não. Volte, me leve outra vez a Manninpox.

— Não entendo o que estamos fazendo.

— Eu o estou esclarecendo, não era isso que você queria? Passei por esse Blue Oasis Motel com María Paz quando a soltaram de Manninpox. Eu era o único que a esperava na saída do presídio, sabia disso? O único.

Estava chovendo na tarde em que libertaram María Paz e Pro Bono já a esperava havia um bom tempo em seu carro. Haviam lhe dito que sairia às 17h, e ele cuidara de toda a papelada, já havia escurecido e nada ainda. Os guardas da entrada estavam envoltos em capotes de borracha preta e se movimentavam como sombras contra os feixes de luz, projetando silhuetas brancas no pavimento molhado. Protegido em seu Lamborghini e à luz de uma lanterna de leitura de recarga solar, Pro Bono tentava, sem sucesso, se concentrar no último romance de Paul Auster. Nunca estivera em Manninpox depois das três ou quatro da tarde e não conhecia a dimensão sobrenatural que a prisão adquiria no silêncio imenso da noite. As figuras encapuzadas lhe pareciam frades, e o bloco de pedra, um monastério macabro. Eram quase oito da noite quando foi aberta uma pequena porta lateral. E então a vira sair, solitária e frágil, sob a negrura embranquecida pelos refletores.

— Foi um momento inesquecível — confessou a Rose. — Vi María Paz se aproximar no meio de milhares de gotas d'água que lampejavam ao atravessar os feixes de luz, como se estivessem caindo em cima dela confetes de prata.

Já com ela a seu lado no carro, Pro Bono lhe perguntou se gostaria de ir jantar para comemorar a liberdade. Ela não o ouviu, tampouco o olhou, parecia ter todos os sentidos fechados, salvo o tato, e passou a ponta dos dedos pelas superfícies como se estivesse reconhecendo a textura de um mundo suave, amável, morno, já quase apagado de sua memória. Pro Bono repetiu a pergunta e ela assentiu com a cabeça. Mas assim não, disse, não quero chegar a Nova York toda molhada e cheirando a presídio. Então ele lhe propôs que parassem em um hotel da estrada para que se banhasse e se arrumasse um pouco, não levaria mais de vinte minutos, conseguiriam chegar à cidade para um belo jantar de meia-noite. Mas o que ela queria de verdade era tomar um bom banho, ficar embaixo de uma catarata de água quente que a livrasse do pesadelo, que a batizasse de novo, a limpasse, lhe tirasse de cima toda aquele monte de prisão; que não ficasse em cima dela nem uma única partícula de Manninpox, nem sequer nas unhas. E como se, de repente, tivesse recuperado a voz, começou a dizer coisas, ela mesmo achava graça de estar falando tanto, mais do que um sequestrado recém-libertado, disse, recordando um ditado de sua terra. Confessou ao advogado que não via a hora de se trancar em um banheiro, estava havia meses tomando banho coletivo e naquele exato momento o que mais desejava no universo era se trancar em um banheiro limpo, mergulhar em uma boa água quente, sem olhos mórbidos em cima nem guardas que a ficassem cutucando, e dizendo adeus para sempre àquele triste fiozinho de água fria a que tinha direito apenas duas vezes por semana, com as costas grudadas no ladrilho gelado. Que sorte não ter que tomar banho nunca mais como o Homem-Aranha, ou seja, grudada na parede. Quer, entretanto, água quente e nuvens de vapor e depois se enxugar com boas toalhas, grandes e felpudas, e poder jogá-las no chão e pisá-las, toalhas brancas e sem buracos, suaves, grandes, secas, sobretudo isso, que não estivessem úmidas — não conseguia acreditar que no mundo existisse uma coisa chamada toalha seca. Disse também que gostava dos frasquinhos de xampu, de condicionador e de creme que havia nos banheiros dos hotéis. E por isso pararam em um qualquer, o primeiro que surgiu no caminho.

— O Blue Oasis Motel... — disse Rose. — Para o senhor era importante se lembrar do nome, não é mesmo, advogado?

— Decisivo. Acontecem coisas fora de série nos motéis, amigo. Nabokov faz com que Humbert Humbert leve Lolita a um que se chama The Enchanted Hunter. Número do quarto? 342. Inesquecível. E onde acontece *A noite do iguana*, de Tennessee Williams? No Costa Verde Motel.

— Que hotel aparece em uma canção dos Eagles? — animou-se a perguntar Rose, por sua vez. — O Hotel Califórnia, *this could be heaven or this could be hell*. E, em *Despedida em Las Vegas*, em que hotel Nicolas Cage se tranca para beber até morrer? No Desert Song Motel. E esta que vem é sua, advogado, lhe dou de presente: no banheiro de que hotel Alfred Hitchcock monta o assassinato de uma secretária em *Psicose*?

— No do Bates Motel?

— Correto, no do Bates Motel. O que é a memória! Guarda o Bates Motel e apaga o Blue Oasis...

— Sou um homem casado, amigo.

— Compreendo.

— Embora, na realidade, naquela noite não tenha acontecido nada que fosse digno de ocultar.

— Salvo que esteve em um motel com uma garota que, além do mais, era sua cliente.

— Estive e não estive. Estive, sim, mas não como você está pensando. Digamos que eu fiquei vendo um pouco de televisão enquanto ela tomava banho. Trancada no banheiro. Nada além disso.

— Onde o senhor se sentou para ver televisão? Na cama?

— Sim, na cama, onde mais? Aquilo era um quarto, não uma sala de cinema.

— E ela, também se sentou nessa cama?

— É possível, não posso jurar que não, talvez tenha se sentado na cama, sim.

— E os dois ficaram em posição horizontal na cama?

— Ouça, eu nunca poderei ficar em posição horizontal, o horizonte é uma linha reta e... Não está me vendo? Eu sou torto. Mas sim, nos deitamos juntos na cama, e sim, eu a abracei, e sim, inclusive nos cobrimos com as mantas.

Mesmo assim, Pro Bono ficara vestido. Nunca se despia diante de ninguém, nem sequer de Gunnora, com quem está casado há 42 anos. Na realidade, nem sequer se despe diante de si mesmo: agora, na velhice, evita se olhar de corpo inteiro no espelho, para se poupar do desgosto.

— Quer que acredite que se enfiou naquela cama com seu terno de lã e seu relógio caro e seus sapatos finos? — perguntou Rose.

— Bem, algumas coisas terei tirado, mas outras certamente não.

María Paz precisava conversar, precisava que a amasse, que a aprovasse, que lhe assegurasse que tudo correria bem. Estava maravilhada com o bom colchão, abria e fechava a cortina com o controle remoto, aumentava e abaixava a luz com o *dimmer*, andava descalça pelo tapete macio, se estirava na cama *king size*, beijava os lençóis novos, abraçava a pilha de almofadas que cheiravam a limpeza, contava a Pro Bono que em Manninpox tinha que dormir apoiando a cabeça no braço porque durante meses não haviam lhe dado um travesseiro e quando, por fim, conseguiu um, preferiu não usá-lo porque era nojento e fedia muito a gordura. Pro Bono insistia muito em levá-la a um bom restaurante de Nova York, para festejar as primeiras horas de liberdade com um jantar estupendo e uma garrafa de champanhe. Mas ela dizia que se sentia bem ali, tinha preguiça de sair, para que ir a outro lugar se lá fora estava chovendo e aquilo era tão bom? Seja bonzinho, advogado, fiquemos aqui onde estamos.

— Aposto que nesse momento o senhor a convidou a encostar a cabeça em seu ombro — disse Rose.

— Não me lembro.

— Não se lembra? Isso quer dizer que sim.

— Na televisão estavam passando um velho episódio de seu programa favorito.

— Então foi ela quem ligou a televisão e não o senhor...

— Ela ligou a televisão, eu não.

— E o que viram? *House*?

— Não sei o que ela viu. Alguma coisa sobre médicos.

— *House*. Diz em seu texto que gosta do doutor House. Ela via *House* e o senhor acariciava seus cabelos, que estavam molhados, primeiro por aquele assunto dos confetes de prata e segundo porque acabara de lavá-los com os frasquinhos de xampu do motel.

— Estavam secos, havia usado o secador. Se sua próxima pergunta é se fizemos amor, a resposta é não.

— É a mesma coisa que Clinton disse, *I did not sleep with that woman*.

— Não desçamos tanto; sou corcunda, como Ricardo III, mas não vilão. E, além disso, tenho meu orgulho; não me exponho a situações nas quais me sentiria mais grotesco do que sou. Estou lhe contando o que aconteceu, Rose, nem mais nem menos. Isto é uma confissão voluntária, entende? De repente senti necessidade de contar a alguém uma coisa que nunca contei a ninguém e por isso não teria sentido mentir para você. A respeito disso que você está pensando, não fiz nem a menor insinuação e ela muito menos.

Pro Bono não conseguia relaxar dentro daquele quarto ordinário. Sua consciência se angustiava, não parava de pensar em sua esposa, o incomodava o cheiro de desodorante floral que inundava o ambiente, o aterrorizava a possibilidade de que aquela linda garota lhe pedisse que fossem para cama e ele não estivesse à altura. De qualquer maneira, não conseguia se sentir à vontade e por isso falou a María Paz do Balthazar, o bistrô francês aonde gostaria de levá-la; a verdade é que a corcunda o deixava agora mais complexado do que nunca e precisava se colocar a salvo — sempre fora um homem de brilhar mais na mesa do que na cama, sabia que era mais um gourmet do que um Dom Juan. O nome do restaurante que ele sugeriu lhe pareceu mais o de um Rei Mago. "O que se come lá?", perguntou ela, e ele respondeu que, pessoalmente, se inclinava pelo *filet mignon au poivre*. Ela: o que é isso? Ele: um bom pedaço de carne na brasa com molho de pimenta. Ela: é muito picante? Não gosto de comida picante. Ele estava lhe dizendo que podia pedir qualquer outra coisa quando a rodada de comerciais terminou, *House* recomeçou e ela ficou absorta na tela. Quando o programa terminou, ela estava morta de fome e disse que não seria capaz de esperar por aquela carne com pimenta, por que não pediam alguma coisa ao *room service*? Então Pro Bono já conseguira relaxar e se permitiu, por que não? Pensando bem, era um momento único e a ocasião valia a pena: a garota era jovem e bela e encantadora, vinha do inferno e agora estava feliz, por que não lhe dar prazer com uma coisa tão simples? Toda a situação era de uma candura deliciosa e, além do mais, era verdade que lá fora chovia a cântaros. Está bem, peçamos alguma coisa ao *room service*, vamos, María Paz, escolha o que quiser. Pouco depois apareceu uma mesa com rodinhas coberta com uma toalha branca e repleta de coisas: canja de galinha, sanduíches com batatas fritas, saladas caprese e tortas de maçã com sorvete de baunilha. Pro Bono sugeriu vinho, mas ela preferiu Coca-Cola gelada e brindaram com Coca-Cola gelada a sua liberdade. Liberdade condicional, observou ela com a boca cheia de sanduíche. E, segundo Pro Bono, isso foi, basicamente, o que fizeram naquele quarto de motel, ela comendo e ele a olhando comer.

— Nem que a tivesse levado ao Maxim's de Paris — contou a Rose. — Ela devorou tudo aquilo, o dela e o meu, eu quase não provei; depois se ajeitou entre as cobertas e dormiu, como um animal na toca. Um sono profundo, sem sobressaltos. Assim poderíamos ter ficado até a noite seguinte, quem sabe até a semana seguinte; não sei se você compreende, amigo Rose, mas ali estava acontecendo uma coisa parecida com a felicidade.

E como não há felicidade que dure para sempre, Pro Bono precisava voltar para casa, onde, certamente, já disparara o alarme; afinal de contas, era um sujeito casado, pai de uma filha e avô de uma neta e por isso ligou para sua Gunnora, *hello, dear*, estou com um probleminha aqui, tentando soltar um preso, mas estou bem, não se preocupe, depois lhe explico, você sabe como são estes trâmites. E, antes do amanhecer, estava voando com María Paz no Lamborghini preto rumo a Nova York. Ela estava alegre e ele também.

— Conversaram muito durante o trajeto? — perguntou Rose.

— Pouco, porque parara de chover e ela quis abaixar as quatro janelas do carro e eu fiz sua vontade, embora o clima não estivesse bom.

María Paz soltou os cabelos ao vento e ligou o rádio no volume máximo. Vamos, Thelma, a garota incentivou o advogado e, como ele não a entendeu, explicou que se tratava de um filme. O senhor é Thelma, disse ela, e eu sou Louise. Pro Bono a levou a Staten Island e a deixou na frente da casa daquela senhora Socorro, uma espécie de tia dela, segundo explicou María Paz. Depois veio um momento difícil. Um duro final de festa.

— O momento da despedida? — perguntou Rose.

— O do segundo parto. Sair da cadeia e voltar à vida real é, para qualquer preso, um parto mais difícil que o do nascimento. A cadeia infantiliza, torna você dependente, lhe tira tudo e ao mesmo tempo resolve tudo.

Ainda no carro, María Paz lançou, com o olhar, um SOS para Pro Bono. Apenas com o olhar, sem dizer uma palavra, disse que a aterrorizava a ideia de que a deixasse sozinha, abandonada ali, no meio do nada. Mas a ele não restava mais remédio do que se fazer de louco e desviar o olhar para outro lado. Ajeite-se, pequena, pensou. Iria ajudá-la no julgamento, faria o possível para levá-la adiante durante o processo, mas por ora não poderia fazer mais. María Paz tinha de entender que para ele a relação com ela era apenas um *sideline*, sua verdadeira vida corria em outro lado, a vida que construíra tijolo a tijolo e a salvo de qualquer contingência, uma vida bem-sucedida apesar da corcunda, apesar disso um bom casamento, uma bela família, uma trajetória profissional brilhante. Estava claro que um homem como Pro Bono não podia se arriscar passando dos limites, nem sequer com uma garota inocente e bela como María Paz. Antes de partir, ficou por um momento olhando-a caminhar até a casa. Da porta, María Paz lhe deu adeus com o braço, *Bye, Thelma*, gritou, e ele respondeu, adeus, Louise!

— Não voltou a vê-la depois? — lhe perguntou Rose.

— É claro que a vi depois, várias vezes, mas nenhuma como naquela noite do Blue Oasis. Eu era seu advogado de defesa, amigo, e, se ela seria julgada, como não a veria?

A liberdade lhe fazia muito bem e estava radiante, dizia Pro Bono a Rose, parado ali, aparentemente sem pressa, diante do Mis Errores, como se não tivesse que ir a lugar nenhum, em uma situação de segurança, trocando confidências, e Rose não conseguia entender onde aquilo ia dar, o velho petulante de repente lhe contando seus segredos e se comportando como um colega de escola. Ou por acaso não tinham que sair para investigar, como em *The Wire*, porque havia uma garota prestes a morrer com uma pinça no útero? E, no entanto, Pro Bono simplesmente estava ali, parado em seu Ford Fiesta e contando histórias, como se tivesse resolvido viver naquele carro.

Depois de sair da prisão, María Paz se dedicara a visitar religiosamente o *parole officer*, o agente da condicional, e depois seu advogado, sempre carregando seu cãozinho em uma mantinha que cruzava nas costas. Conseguira recuperá-lo milagrosamente: Hero fora encaminhado a uma sociedade protetora de animais e lá ela o encontrou, são e salvo, esperando-a. Como o animal não caminhava, ela não se atrevia a deixá-lo em casa, temendo não conseguir voltar e abandoná-lo de novo; já acontecera uma vez, poderia acontecer de novo.

Pro Bono não só a prepara para o julgamento, mas, além disso, cumpre a promessa de acompanhá-la pessoalmente para comprar boas roupas, para que se apresente como uma princesa perante o júri. Afirma que a aparência é decisiva nesses casos porque os juízes não ouvem argumentos, estão fartos de ouvir argumentos e tomam suas decisões, sim, a partir de uma passada de olho ou inclusive do olfato. Pro Bono a leva à Sacks Fifth Avenue. María Paz protesta, não está nem um pouco convencida, queixa-se de que naquela loja tudo é caríssimo e pouco juvenil. Muito de senhora, diz. É assim que você deve se ver, tenta lhe explicar Pro Bono, como uma senhora, uma senhora bonita e elegante. E, sobretudo, uma senhora inocente; os juízes tendem a achar que as senhoras inocentes são as que vestem roupas caras. Finalmente consegue convencê-la e compra um tailleur de boa lã escura, uma blusa branca, sapatos de saltos moderadamente altos e uma bolsa Gucci que lhe custa uma dinheirama. Segundo ele, a garota ficara muito bem, mas, por sua vez, ela, que se observa no espelho de frente e de perfil, diz que, como não se trata de ir a um velório, sente falta de um pouco de cor. Não posso me apresentar assim, diz a Pro Bono, olhe como me vestiu, de luto fechado, como se do julgamento fosse diretamente à forca.

Pro Bono ouve aquilo e fica com um nó na garganta.

— Não era um caso tão fácil — disse a Rose. — Não estava tão claro que fôssemos ganhar no julgamento. Mas fiquei calado e lhe comprei um belo lenço Ferragamo, para que o usasse no pescoço naquele dia. Sabe de que cor?

— O quê?

— O lenço que lhe comprei.

— Não tenho a menor ideia. É importante?

— De tudo o que lhe contei, é o que mais importa. Era um lenço rosa. Mais exatamente cor-de-rosa da França, esse é o nome exato do tom. Ela o colocou no pescoço e ficou linda, sua pele parecia mais suave e morena contra a seda clara, e seus cabelos negros brilhavam admiravelmente. Ela tinha razão, o toque de cor fazia toda a diferença.

Quando se despedem, Pro Bono dá a María Paz dinheiro suficiente para que vá a um bom salão de beleza e peça que prendam seus cabelos para trás, porque soltos podem ser contraproducentes. Muito chamativo, explica. E aconselha que não se maquie muito, que não pinte os lábios de vermelho, nem as unhas, nada. Discrição antes de tudo, diz; não basta ser inocente, também precisa parecer que é.

— Mas chega de histórias — disse de repente Pro Bono, endireitando-se em seu banco e olhando para o relógio, como se recuperasse o sentido do tempo e despertasse de seu sonho.

— Sim, de acordo — disse Rose —, vamos direto ao ponto: me diga agora mesmo como está María Paz.

— Tenho que lhe dizer uma coisa, Rose, espero que não me leve a mal. Vamos ver: o que acontece, amigo Rose, é que não vou estar em Nova York nas próximas duas semanas.

— O que está querendo dizer com isso?

— Tenho que ir a Paris.

— A Paris! E o que tem que fazer em Paris, justo neste momento?

— Vou a Paris... De lua de mel.

— Lua de mel? — Rose não conseguia acreditar no que estava ouvindo. — De que lua de mel está falando?

— Bem, na realidade é nossa segunda lua de mel. Vou com Gunnora, minha esposa. Juro que a ideia não foi minha. Ela se empenhou nisto; quer que a leve a Paris em uma segunda lua de mel.

— É brincadeira, não é mesmo?

— Infelizmente, não.

— Mas não tem que procurar María Paz?

— Você vai ter que procurá-la, Rose. Nestas duas semanas. São apenas duas, e então retomo a tarefa e continuamos juntos. Além disso, não o deixo sozinho; o senhor vai estar acompanhado por um profissional no assunto, uma pessoa da minha inteira confiança.

— Ainda não estou entendendo. Primeiro me convence e depois me deixa de lado? E acha que eu vou dar conta disso tudo? *Fuck you*, Pro Bono. Agora entendo por que me chamou, agora sim entendo. Ninguém lhe tomou nenhuma carteira de motorista. Isso era mentira; você só precisava de um idiota que o substituísse para poder lavar as mãos e ir para Paris. Melhor dizendo, eu caí do céu para você, era justamente o imbecil de que você precisava. Foda-se, Pro Bono. Não vou cair na sua armadilha.

A indignação de Rose era tanta que seu coração batia com fúria, as veias de suas têmporas palpitavam e as palavras ficavam engasgadas em sua garganta. Deu as costas para o velho e ficou olhando pela janela. Precisava se acalmar, entender a história em que estava metido. Antes de mais nada preciso pensar, pensou, mas nada claro chegava a sua cabeça. As palavras de Pro Bono continuavam desabando em cima dele como uma catarata, deixando-o cada vez mais atordoado.

— A última coisa de que eu gostaria neste momento era ir para Paris, acredite em mim — dizia Pro Bono. — Eu estimo María Paz, está me entendendo, Rose? Me angustia o que possa lhe acontecer. Mas são só duas semanas. Duas semanas é tudo o que lhe peço, e depois procuraremos juntos. Acalme-se, Rose. Deveria tê-lo advertido no começo, me desculpe. Olhe, eu quero bem a María Paz e a respeito, a apoiei mês após mês sem abandoná-la nunca. Quando tudo parecia perdido, eu estava ao seu lado. Você é novo nesta história, Rose, mas eu não. Me arrisquei por essa garota, mais do que você pensa. E agora só peço duas semanas de recesso.

— Está negando que me chamou porque precisa ser substituído, sabendo que ia me deixar sem saída?

— Duas semanas, Rose. É bem possível que não aconteça nada durante estas duas semanas; não acredito que consigamos encontrar María Paz em menos de um mês. Se é que a encontraremos. Mas por ora preciso dar atenção a minha mulher. Faz dois anos que venho adiando este compromisso com ela. Dois anos é muito tempo para uma mulher quase tão velha como eu. O que mantém Gunnora em pé é a fantasia dessa viagem. Já está com as passagens de avião, já pagou o hotel parisiense, já comprou as entradas para *As bodas de Fígaro*, sua ópera favorita, já...

— Sente tanta culpa diante de sua mulher? Que pecado está pagando, advogado? A noite que passou no motel com María Paz? Ou houve outras noites como aquela? Ou será que naquela noite aconteceu mais do que me contou? O que está acontecendo? Está apaixonado por María Paz? É isso? Sim, deve ser isso, o senhor está apaixonado por María Paz e, para compensar, vai levar sua esposa a Paris.

— Não continue, Rose, não diga coisas sem sentido. Está muito alterado, eu compreendo, não podia ser de outra maneira. Mas são duas semanas; me ajude. — Pro Bono deixou apoiado no para-brisa do carro um cartão com o número de seu celular. — Me ligue quando quiser, quando precisar, de dia ou de noite, vou estar atento. Além disso, não vai ficar sozinho, vou deixá-lo nas melhores mãos. William Guillermo White, o melhor investigador do meu escritório, tem instruções para acompanhá-lo 24 por sete.

— 24 por sete?

— São 24 horas por dia, sete dias por semana.

— Então para que me envolver? Por que não deixar que seu investigador investigue sozinho?

— Porque só você tem certas pistas que podem nos levar a ela.

— Eu? O que eu tenho a ver com María Paz?

— Você nada, mas seu filho, sim.

Nesse momento, Rose ouviu o barulho de um motor e se virou para olhar. E ali estava, como se fosse uma miragem. Poderoso, elegante, negro azeviche e reluzente como sua cadela Dix: um carro esporte, que acabara de chegar e estacionara logo atrás deles. Um Lamborghini. O de Pro Bono? Outro movimento friamente calculado da porra do velho? Do Lamborghini desceu um sujeito alto e gordo, de uns 30 ou 35 anos, feições agradáveis, barba por fazer e com cabos que saiam de suas orelhas e o conectavam a alguma i-coisa que estava em seu bolso. Vestia um terno convencional de executivo de boa lã escura, cabelos desajeitados batendo nos ombros, zero gravata, *t--shirt* do Nirvana sob uma camisa branca aberta e, aparecendo sob a bainha das calças, um par de *sneakers* de sola dupla de borracha que impulsionavam seu passo e acrescentavam uns centímetros à sua já considerável estatura.

— William Guillermo White — disse o homem, estendendo a mão a Rose.

— Quem?

— William Guillermo White, trabalho como assistente na firma do advogado. Se quiser, pode me chamar de Buttons; é como todo mundo me chama.

Rose se distraiu por um momento com o recém-chegado e quando voltou a si, Pro Bono já havia descido do Ford e saíra disparado em seu Lamborghini, afastando-se como um raio e deixando para trás uma esteira de ar inquieto.

— Não... posso... acreditar... — disse Rose, com pausas entre uma palavra e outra, e mais para ele mesmo do que para o sujeito que estava parado ao seu lado. — Não posso acreditar. Então eram mentiras, não deram a esse sem-vergonha nenhuma multa por excesso de velocidade...

— Multa por excesso de velocidade? — riu Buttons. — Não seja ingênuo. A única coisa que meu chefe ganhou foram entradas para a ópera e só. Lição número um: nunca confiar em um burguês que tenha entradas para a ópera no bolso.

— Não me diga que você veio até aqui, dirigindo duas horas e meia, só para trazer o carro do seu chefe; não fode, irmão, você sim está muito fodido, isso é o que se chama de puxa-saco — grunhiu Rose, descarregando a raiva contra Pro Bono no pobre recém-chegado, que estava muito sorridente.

— Um pouco puxa-saco, admito, mas a oportunidade de dirigir um Lamborghini deste não aparece todos os dias e, além disso, vim, basicamente, para conversar com o senhor, prezado Rose. Por ordens do meu chefe, claro. E vou dizer ao senhor, sou apenas um puxa-saco, ou mero baba-ovos, se preferir.

— E, além disso, permite que o chamem de Buttons... Por que porra o chamam de Buttons?

— Vivo puxando os botões da camisa, até arrancá-los. Tenho essa mania. Entre muitas, claro. E depois enfio os botões na boca. Gosto de chupá-los, está vendo? Assim. — Buttons retraiu os lábios para mostrar um botãozinho branco que apertava com os dentes dianteiros. — Boa coisa essa de chupar botões. Acalma os nervos. Além disso, conheço uma porção de piadas sobre botões. Quer ouvir uma? Um sujeito pede a outro: poderia chamar o elevador? E o outro grita: elevador! Então o primeiro lhe diz: assim não, idiota, use o botão. E o outro aproxima da boca um botão da camisa e sussurra: elevador!

— Não é uma piada de botões, é uma piada de autistas.

— Boa. É melhor irmos comer uns hambúrgueres naquele antro, que estou morto de fome.

Pediram para viagem e acabaram comendo os sanduíches com batatas fritas e Budweisers na casa de Rose, cercados por cães.

— Você acha que seu chefe se enrabichou por essa María Paz? — perguntou Rose, na realidade sem saber para que, talvez para evitar que Buttons contasse mais piadas sobre botões. Tinha acabado de passar por várias coisas, todas contraditórias entre si, e sua cabeça entrara em estado de curto-circuito e ficara vazia.

— Enrabichado não — disse Buttons —; eu diria que meu chefe está apaixonado, *at his old age*. Há um amor explícito ao qual se atribuem palavras, um amor que é dito e feito. Não me refiro a esse. Mas há outro amor que não se sabe, nem se diz, nem se faz, simplesmente acontece, sem que o apaixonado sequer se dê conta, nem faça muito a respeito. Estou me referindo a esse tipo de amor.

— E, no entanto, vai para Paris quando ela mais precisa dele.

— Se ele quer ir para Paris, então vai para Paris. Os ricos são assim, senhor Rose. Têm prioridades, entende? Têm isso no DNA.

— E por acaso Pro Bono não defende as indígenas bolivianas, os sem água, e não sei quem mais?

— Sim, e também María Paz. Mas Gunnora é Gunnora. Gunnora, sua filha, sua neta, sua casa de campo, sua biblioteca, Paris, seu Lamborghini, seu jardim de rosas..., para ele, tudo isso pertence a outra esfera da realidade. À esfera prioritária da realidade.

— Não sei, não entendo. Eu começava a ter outra imagem de Pro Bono. Até cheguei a pensar que era um advogado diferente dos outros.

— E não está enganado, senhor, isso também é verdade. Lembre-se de que o homem vai ficar fora apenas por duas semanas; não é como se tivesse desertado para sempre. Em duas semanas já estará aqui, outra vez com a cabeça na cruzada pró-María Paz. E voltaremos a perdê-lo quando Gunnora fizer aniversário ou quando montarem *As bodas de Fígaro* no Scala de Milão.

— O que aconteceu naquele julgamento, Buttons? É isso o que quero saber.

— Eu também, senhor Rose. Gostaria de saber e não sei, lhe asseguro que não. Para que acredite em mim, posso lhe contar o que vi pessoalmente naquele dia; dali em diante, não sei nada.

O julgamento seria realizado às 11h30, na Bronx Criminal Division, na 161 Leste, aonde Buttons chega acompanhando seu chefe duas horas antes. É hábito de Pro Bono se apresentar com muita antecedência; não é daqueles que se arriscam apostando contra o relógio. Nem Pro Bono nem Buttons tomaram o café da manhã, por isso descem à cafeteria. De passagem, Pro Bono compra os jornais e depois pede um café no balcão, algumas frutas e um *muffin*. Buttons pede pizza e refrigerante. Sentam-se a uma mesa afastada e comem em silêncio, o chefe não gosta que conversem com ele nem que o distraiam nos momentos que antecedem um julgamento, precisa se concentrar. Mal trocam um par de frases, pelo que se lembra Buttons. Pro Bono diz que dormiu bem, que está bem-disposto e descansado, que a luta dessa manhã vai ser mortal, mas está confiante de que poderá vencê-la. Buttons tem mais dúvidas, mas basicamente está de acordo: as acusações contra María Paz são bastante vagas. E então se despedem. Buttons tem de sair para tratar de outras coisas e deixa Pro Bono naquele lugar, lendo os jornais. Nesse momento, María Paz ainda não chegara. Mas não é para se preocupar, há tempo de sobra.

— E isso foi tudo — disse Buttons a Rose.

— Não é muito — disse Rose.

— Na realidade, quase nada. Mas é tudo o que sei. Voltei a ver meu chefe à tarde, já no escritório. Ali me contou que María Paz não aparecera. Estava tão desorientado como eu a respeito; não tínhamos a menor ideia do que poderia ter acontecido.

— E não voltaram a vê-la...

— Até o dia de hoje, não.

— Muito estranha toda a história da garota. Incrível, também. Ou seja, à sua maneira ela conseguiu escapar de Manninpox. Incrível. Digo, com a história da pinça e tal. De qualquer maneira. Afinal de contas, conseguiu escapar.

— É possível dizer que escapou, sim — disse Buttons. — Mas quem sabe? A partir do momento em que evita o julgamento, ela se torna foragida da justiça e começam a persegui-la a polícia estadual, o FBI, a Interpol (como é estrangeira), a DEA (como é colombiana) e a CIA. Para não falar da matilha faminta e inescrupulosa dos caçadores de recompensas. Isso se estiver viva, claro. Sabe quantos presos conseguiram fugir nos Estados Unidos de 2011 até o dia de hoje? Um total de 27. Nada além disso. E desses 27, sabe quantos foram recapturados?

— Não tenho a menor ideia.

— Diga.

— Doze?

— Vinte e seis. De um total de 27, 26 foram recapturados. Isso quer dizer que, em uma década, só um conseguiu fugir para sempre.

— Dois, com María Paz — disse Rose; então brindou por ela levantando sua lata de Bud.

— Meu chefe me pediu que eu investigasse... — disse Buttons, já acabando de comer, enquanto limpava a boca com um guardanapo de papel e jogava o último pedaço de seu hambúrguer para um dos cães.

— Não! — gritou Rose —, não lhes dê comida assim. Foram ensinados a só comer em sua tigela, não devemos deseducá-los.

— Ouviu o que lhe disse? Meu chefe me pediu que investigasse.

— E daí?

— Tenho algumas coisas. Quentes. Sobre a morte do seu filho.

— As autoridades competentes disseram que havia sido um acidente de trânsito. Assunto morto e enterrado.

— São burocratas. Não têm interesse. Acho que sei de algo.

— Não sei se estou preparado — disse Rose, que vivia ancorado na morte de seu filho, atento a qualquer sinal que o ajudasse a entender aquele fato insondável e irreversível, e, no entanto, fechava os olhos e recuava, apavorado, cada vez que se aproximava de uma pista concreta. — Entenda, é muita coisa para um único dia. Por ora vou dar uma volta com os cães. Sinta-se em casa, Buttons, faça o que quiser. Conversamos depois — disse Rose, saindo.

Ficou sentado durante algum tempo na varanda da casa, acariciando os cães e sem pensar em nada. Skunko se deitou aos seus pés, Dix mordiscava a barra da sua jaqueta e Otto coçava uma orelha. Por que este cachorro está se coçando assim? Tomara que seu ouvido não tenha voltado a infeccionar, pensou, agradecendo pelo frio vento do outono que batia em seu rosto e desanuviava sua cabeça. Ou talvez fossem os efeitos do Effexor que acabara de tomar.

— Quer que falemos da morte de seu filho? — perguntou naquela noite Buttons, enquanto atiçava o fogo da lareira. Como estava sem carro para voltar a Nova York, aceitara o convite de Rose e ficara para dormir.

— Fui correndo ao necrotério quando me chamaram para reconhecer o cadáver — foi dizendo Rose. — Ia rezando, que não seja ele, que não seja ele, ainda convencido de que não podia ser Cleve. E de alguma maneira tinha razão, aquele que estava ali morto não era Cleve, não podia ser, estava tão machucado e tão quieto... Aquele não podia ser o meu garoto. E ao mesmo tempo era sim, apesar de seu estranho rosto desfigurado, quase irreconhecível pelas pancadas e as feridas, ali estava a cicatriz em forma de z no meio da testa. Aquele era Cleve, meu único filho, e aquele corpo maltratado e machucado era a única coisa que me restava dele. Não consegui mais sair de seu lado. Precisavam fechar o lugar, ir para suas casas ou guardar os mortos, o que fosse, mas não conseguiam se livrar de mim. Eu queria ficar com Cleve. Em algum momento Edith havia entrado. Não soube quando, não a senti. Fazia alguns anos que voltara do Sri Lanka e se radicara com Ned em Chicago. Cleve estava indo para lá com sua moto quando acabou morto, queria estar presente na festa de aniversário de sua mãe e de Ned, não sei quantos anos de casado comemoravam, nem sequer se haviam se casado de verdade, suspeito que não, porque eu e Edith nunca chegamos a nos divorciar. E ali diante de mim estava Cleve, meu filho Cleve, coberto por um lençol. À sua direita estava parada Edith. E à esquerda eu. Uma coisa posso lhe dizer, Buttons. Uma única: a partir desse dia, os mortos éramos três. Você me vê caminhar, trabalhar, comer hambúrguer. Continuo fazendo isso, mas não quer dizer nada. Ficou muito claro para mim durante o enterro, quando eu e Edith finalmente conseguimos nos olhar nos olhos e os dois soubemos que os três havíamos morrido. Eu cheguei até esse ponto, o que veio depois não tem importância, foi uma questão de suportar e deixar o tempo passar. E cuidar dos meus cães, isso sim, eles precisam que eu viva. Na realidade, o que veio depois foi a culpa, montanhas de culpa, de arrependimentos, de açoites contra mim mesmo por ter permitido que acontecesse o que aconteceu. Uma culpa enlouquecedora, eu lhe juro; até comprimidos o psiquiatra teve que me receitar para que eu não perdesse os parafusos de vez.

— Quer me falar disso?
— É uma longa história.
— Temos a noite inteira.

Rose não sabia por onde começar. Talvez pelo dia em que Cleve, com 10 anos, havia pulado em uma piscina vazia após a separação dos pais.

Aparentemente havia pulado sabendo que estava vazia, deslocara o ombro e fraturara o úmero e abrira a testa com uma batida forte na cabeça. Não era possível dizer que fora uma tentativa infantil de suicídio, a piscina não era suficientemente funda, até um menor de idade podia se dar conta disso. Mas, sim, havia sido um claro pedido de atenção, que dizia aos pais que tinham um filho sensível, mais vulnerável do que haviam percebido. Daí em diante, um z na testa do menino fora o sinal de que naquela família destruída havia um elo fraco por onde a resistência poderia se quebrar. Anos depois, quando um Cleve já adulto manifestou sua decisão de ir viver com o pai nas Catskill, Rose soube que recaía sobre ele uma responsabilidade enorme, que entrou na contramão com a história da moto. Para a geração de Cleve, motocicleta talvez quisesse dizer transporte, diversão, esporte, garotas bonitas e, com sorte, um pouco de sexo. Para Rose, no entanto, dizer motocicleta era o mesmo que dizer perigo extremo, risco de perder a vida, acidente garantido, esse tipo de histeria paterna. E disse isso ao filho até a exaustão, suscitando discussões e maus humores de ambas as partes, desde que Cleve aparecera em casa com aquela Yamaha até o dia em que se matou com ela.

— Era um animal de quatro cilindros e quatro carburadores, com motor de 16 válvulas — disse Rose a Buttons. — Bebia gasolina como uma besta e era imbatível na estrada, mas zero manobrável em emergências porque era comprida e pesada e tinha pouco raio de giro. Eu dizia isso todos os dias a Cleve. No entanto, ele não via nenhum porém, venerava a moto, estava loucamente apaixonado por ela. A tal da Yamaha o hipnotizava. A limpava, abraçava, vivia checando o filtro de ar, os carburadores, o óleo, as velas. Gastava uma fortuna em gasolina de alta octanagem. Aquilo era amor cego, dedicação total do homem à máquina. E agora, ponha-se no meu lugar. Minha única tarefa importante nesta vida era impedir que Cleve reincidisse naquilo que havia tentado aos 10 anos. Antes a piscina, agora a motocicleta. A única coisa que eu tinha de fazer era impedi-lo, e falhei. Ponto. Não há mais o que dizer.

— Não foi culpa sua, senhor Rose, não se martirize assim. Quem dera fosse tão fácil. Estive investigando. Cleve morreu em uma estrada secundária paralela à Interestadual 80, quando faltava uma hora para chegar a Chicago... Naquela tarde chovia e...

— Sei muito bem de tudo isso — cortou-o Rose. — Chovia e Cleve saiu da estrada com moto e tudo.

— Me disseram que seu filho era um motorista experiente, não era nenhum novato que não soubesse lidar com um pouco d'água caída do céu. O fato é que não está claro se o acidente aconteceu porque a estrada estava molhada ou se foi forçado a sair da estrada. Pense assim: mesmo no caso de que Cleve tenha perdido o controle da moto, pode ter sido porque estivesse fugindo de alguém que o perseguia. Teria se dado conta de que queriam pegá-lo... — disse Buttons. — É impossível saber; não havia testemunhas nem radar nem houve investigação criminal. O caso só mereceu a atenção da polícia rodoviária e dos paramédicos, já que o laudo médico-legal indica morte instantânea por vários traumatismos devido à perda de controle da moto, por uma combinação de excesso de velocidade e chuva. Sabe-se que a chuva aumenta enormemente as possibilidades de perda de controle de uma motocicleta, por isso não queimam muito os neurônios nesses casos, o laudo sai quase automaticamente, como se tivesse sido um simples acidente. Não isolaram nem cuidaram da cena do crime, pisotearam o barro, deixaram guimbas, eliminaram provas sem se dar conta... Porque não levaram em conta que aquilo poderia ter sido um crime.

— Não foi um crime. E pare de mascar o botão, Buttons, o barulhinho me dá nos nervos.

— Tudo bem — disse Buttons, e cuspiu o botão. — Não tomaram nenhuma precaução... mas tiraram fotos. Muitas fotos. Estão aqui, no meu Mac. Quer vê-las? São difíceis de ver. Se quiser lhe sirvo uma bebida primeiro.

— Está bem assim.

— Preste atenção nesta. Nos permite ver claramente o corpo, tal como foi encontrado. Tem certas feridas de espinhos...

— Mas claro que tem feridas de espinhos, pois rolou no meio do matagal e de arbustos espinhosos — disse Rose, mal passando o olhar pelas imagens que apareciam na tela, como fingindo que as via sem, na realidade, vê-las. — Vou lhe pedir um favor, Buttons. Não me faça reviver isso se não for algo que valha a pena.

— Tudo bem. Vamos passo a passo. Olhe aqui. Cleve está sem capacete. O capacete aparece mais abaixo, aqui pode vê-lo, nesta outra foto.

— Você está me torturando com coisas óbvias. Não tem capacete porque o capacete caiu, que outro motivo pode haver?

— Que alguém o tenha tirado.

— E para quê? Para roubá-lo não, o deixaram ali. Caiu, homem, pare de ficar dando voltas nisso.

— É um bom capacete, um Halo Helmet Full Face de segurança máxima, de amarrar com correia dupla e duplo anel; quando amplio a imagem se vê claramente. Um capacete desses não se solta assim sem mais nem menos, e seu filho não era uma pessoa de andar com o capacete solto e menos ainda em uma estrada e na chuva. Para mim, depois do acidente alguém tirou o capacete.

— Ele mesmo pode tê-lo tirado — disse Rose, agarrando a cabeça com as duas mãos. — Se não morreu imediatamente, ele mesmo pode tê-lo tirado, sempre me disse que o capacete o apertava.

— Pode ser. Há muitas coisas que nunca saberemos, muitas. Mas voltemos às feridas dos espinhos. Olhe-as aqui, na testa de Cleve. São dezenove, dezenove feridas pequenas que vão marcando sua testa de lado a lado, quase equidistantes, quase em linha reta. E agora olhe este galho de acácia espinhosa que aparece ao lado do corpo. Vê que está curvado? Se aumentarmos o tamanho trezentos por cento, poderemos ver que em algum momento esse galho teve as extremidades amarradas uma na outra; olhe, aqui neste extremo ainda se vê o fiapo de casca com que deve ter sido amarrado.

— Em forma de anel?

— Ou de coroa. E agora veja o que acontece quando usamos o Photoshop — disse Buttons, transferindo na tela certo segmentos do galho até colocá-lo na testa de Cleve. — Combinam, está vendo? Os espinhos do galho casam exatamente com as feridas que seu filho tem na testa. Se tivéssemos hoje em dia acesso a esse galho, certamente encontraríamos nele rastros de sangue de Cleve.

— Uma coroa de espinhos? — perguntou Rose, que ficara muito pálido.

— Está passando bem, senhor? Venha, deite-se um pouco. Respire. Espere aqui. Acho que de qualquer maneira vou lhe trazer uma bebida — disse Buttons e, quando voltou à sala com um dois copos de uísque nas mãos viu que Rose ficara em pé; não estava mais tão frouxo e sua expressão não estava desfigurada. Pelo contrário, parecia total e assustadoramente tranquilo.

— Responda-me umas perguntas, Buttons. Diga apenas sim ou não. Meu filho não se matou, foi morto?

— É o que temo, senhor.

— Sim ou não, Buttons!

— Sim.

— E foi torturado.

— Acho que tiraram o capacete para lhe enterrar na cabeça essa coroa de espinhos.

— Ainda estava vivo quando fizeram isso?

— Impossível saber, a esta altura. Mas eu diria que não, ao que parece morreu instantaneamente ao cair e alguém teria encaixado depois a coroa de espinhos em sua cabeça. Uma espécie de ritual, algo assim, não sabemos com certeza. Mas sei de outras coisas, senhor Rose. Enquanto o senhor passeava com seus cães, eu andei por aí, olhando um pouco a casa e os arredores. Peço-lhe perdão por isso, mas acho que era necessário. Telefonei para a viúva de Eagles, o homem da cara arrancada. O número do telefone estava nos sacos de ração para cachorro. Ela me disse algumas coisas. E depois procurei no sótão. Era onde Cleve vivia, não é mesmo? Isso está claro. Ali encontrei uns artigos femininos. Maquiagem, um pouco de roupa...

— E por que não? Meu filho tinha namoradas, ou amigas, que vinham visitá-lo.

— Também poderiam ser de María Paz. Vai dizer que estou forçando a barra... Mas há mais. Lá fora, em uma clareira da floresta, atrás da casa, está cravada uma cruz de madeira, o senhor talvez saiba a que me refiro... Nunca a viu? E com razão, na verdade passa despercebida, é uma cruz alta feita a mão, se diria que às pressas, apenas dois paus amarrados com uma corda. Mas supus que poderia estar apontando um túmulo, ou algo do tipo, e escavei um pouco por ali. Só encontrei isto, esta caixinha que parece conter cinzas. Mas também isto — disse Buttons e entregou a Rose uma medalha de bronze pendurada em uma fita suja e atacada por fungos.

— O que quero que saiba, senhor Rose, é que o perigo está por perto. Tem estado vagando por aqui. E talvez tenha entrado nesta casa.

Rose observou um lado e o outro da medalha de bronze.

— Acho que já sei como encontrar María Paz — disse.

8

De folhas soltas escritas por María Paz

Aqui estou, mister Rose, já fora de Manninpox, mas ainda dando voltas pela América, evitando valentões. "Evitando valentões" era uma das muitas frases de Bolivia, eu nunca teria dito algo assim, mas os dias passam e acontecem coisas e eu cada vez falo mais como ela. Evitando valentões, no meio de tudo, vem bem ao caso porque é isso o que justamente ando evitando, valentões, mas me entenda: daqueles que matam. E, apesar de tudo isso, continuo fazendo suas tarefas, cada vez que posso me sento e escrevo, como se quisesse colocá-lo a par de tudo, mister Rose. Como se fosse verdade que algum dia voltarei a vê-lo e lhe entregarei essas folhinhas soltas, para que as acrescente às muitas que lhe mandei de Manninpox. Como está vendo, não me esqueço do senhor, e olha que não tem sido fácil. Digo, sobreviver. Não tem sido fácil desde que saí do presídio.

Não me atrevi a voltar de uma vez a meu apartamento porque ali aconteceu tudo aquilo, o senhor sabe. Minha alma se encolhia quando pensava em voltar a entrar naquele lugar, mas, ao mesmo tempo, tinha que buscar Hero. Decidi espiar meu bairro pouco a pouco, ir chegando por etapas, sempre temendo o que poderia encontrar, ou mais exatamente quem poderia encontrar, e com isso quero lhe dizer que não estava pronta para dar de cara com Sleepy Joe. Comecei a caminhar por ali, pelos arredores do meu edifício, mas sem me aproximar muito, para ver se encontrava algum conhecido a quem pudesse perguntar. Sobretudo por Hero, me entende? A primeira coisa era saber onde estava meu cachorro. Achava que as pessoas apontavam, ali está, olhem para ela, a recém-saída da cadeia, a assassina do marido, a amante do cunhado, vá saber que outras histórias se espalharam por ali. Mas o extraordinário foi que uma vizinha me deu notícias de Hero, e eram notícias alentadoras. Me disse que a polícia o havia recolhido e encaminhado a uma instituição defensora de animais, onde eu possivelmente poderia recolhê-lo, se algum dia ficasse livre. Teriam se apiedado do meu cachorro ao ver que era aleijado? Talvez soubessem que era herói de guerra, e o mundo não está tão ruim a ponto de deixarem um patriota reconhecido e condecorado morrer de fome.

Meu principal problema era (continua sendo) a falta de dinheiro e por isso à noite ficava na casa de Socorro de Salmon, a amiga de mamãe. Eu havia entregado a ela em Manninpox o manuscrito para o senhor e ela me confirmou a entrega, me disse que o colocara corretamente no correio, coisa que me alegrou muito, e comecei a sonhar que o senhor o leu todo e por isso sigo com a tarefa, escrevendo onde posso para completar minha história, já lhe disse certa vez que não gosto de romances com finais aguados, ou, o que é pior, de romances sem final, que deixam o leitor decepcionado.

Mas o lugar onde Socorro vivia não era nada agradável, e parece que seu marido não queria saber de mim. Se chama mister Salmon, ele também imigrante, e é um grande idiota desses que ainda acreditam que na América chegaram aos céus e fazem de tudo para fazer um bom papel e evitar que os expulsem do paraíso; estou falando de um desses puxa-sacos superagradecidos que são mais papistas do que o papa, não sei se estou me fazendo entender. De qualquer forma, Socorro me hospedava, mas às escondidas do marido e também, é claro, dos vizinhos e do mundo inteiro, porque a senhora sofria dos nervos e tinha problemas de pele só por eu estar ali. Tinha soluços, alergias e não sei mais o quê. Pânico, chama-se, ou cagaço. Bunda enrugada ou bunda franzida, são chamados na Colômbia aqueles que andam cagados de medo, e assim são esses dois, o casalzinho Salmon, ele com seus adultérios e sua moral dúbia, ela com seus surtos e seus pruridos, e eu encurralada no porão da casa, encostada na máquina de lavar como se fosse roupa suja. E a pobre mulher se virando com todos os absorventes que eu sujava, porque continuo sangrando, não tanto como antes, mas sempre um pouco, e imagine, no fim das contas a pobre Socorro, realmente, pense só, tinha que jogar tudo aquilo na lixeira das casas vizinhas, porque o que diria ao marido se visse aquilo, como lhe explicaria sendo que havia anos ela era a menopausa em pessoa, melhor dizendo, uma menopausa de cabelos encaracolados, erupções na pele e unhas pintadas de vermelho. Essa é ela, a senhora Socorro.

Não senhor, aquilo não era vida, plano corajoso, sair de uma cela para ir parar em um esconderijo, e o pior de tudo era que não podia levar meu cachorro para a casa de Socorro, já não via a hora de ir reclamá-lo, mas aonde iria levá-lo? Melhor me armar de coragem e me instalar de uma vez por todas em minha própria casa, eu e meu cachorro e algum dia também minha irmã. Mesmo que minha casa estivesse danificada, ou isolada, ou mesmo que a tivessem queimado como na vez passada, não me importava, poderia entrar por alguma janela e que acontecesse o que tivesse de acontecer. Pelo menos já haviam me informado que continuava vazia, o dono não voltara a alugá-la, não é tão fácil encontrar inquilinos decentes nos dias de hoje na porcaria desses bairros. Não ache que a estou expulsando, me disse Socorro, a velha esperta, e por baixo do pano ficava feliz de se livrar de mim. De despedida me deu de presente um tremendo casaco de *mink*, isso eu preciso reconhecer, meio corroído e tal, isso sim, super fora de moda e com o forro solto, uma velharia de casaco que cheirava muito a mofo, imagine Grace Kelly quando partiu de transatlântico para virar princesa de Mônaco. Mas, caramba, estou me queixando muito, afinal *mink* é *mink*, ou talvez não. Suponho que a pobre Socorro tenha me dado o casaco para acalmar sua consciência, para não me jogar na rua com as mãos vazias. Me disse que era para o frio ou para que o vendesse e ficasse com o dinheiro. Para o frio? Como não, queridinho, eu iria andar muito por aí como Cruella Cruel e veria se os ecologistas me manchariam com spray por andar tirando a pele dos animaizinhos do Senhor. E vendê-lo? Isso sim, muito menos. Quem iria comprá-lo se não fosse o príncipe Rainier? Imagina a figura? Eu, voltando da cadeia sem um centavo e coberta de peles? No meio de tudo aquilo, era engraçado. *Maktub*, já sei que a sorte está *maktub*, ou seja, escrita em algum lugar, mas o filho da puta que a escreveu tem mesmo senso de humor. E de qualquer maneira cheguei à minha vizinhança com meu Hero e tudo, meu pedacinho de cãozinho divino do meu coração que ficara alegre ao me ver, não se sabia quem uivava mais no reencontro, se ele ou eu, uma ceninha para partir o coração de qualquer um.

Não foi fácil voltar, puta merda, até senti pânico, agora a bunda franzida era a minha. Eu lhe juro, mister Rose, que me sentia um lázaro recém--ressuscitado e ainda fedendo a morte. Ficar trancada na prisão é duro, mas também é duro voltar a mostrar a cara. Já ia me dando conta de como seria difícil voltar ao meu mundo, que não deveria ser mais o mesmo de antes. E que, além disso, não era mais o meu, e como poderia ser, se tudo o que era meu havia acabado? E então vem um dia que nunca vai se apagar da minha memória, eu com meu Hero bem abraçada, eu tremendo e ele também, como se ele se desse conta, ou talvez esperasse encontrar Greg e tremesse de emoção, no fundo comigo acontecia a mesma coisa, e como não, se só nesse dia vim me dar conta de sua morte? Tudo o de antes fora tão irreal, começando por isso, por sua morte, apenas uma notícia na qual eu não soubera se deveria acreditar ou não. E lá vou eu, subindo lentamente as escadas do meu velho edifício e reconhecendo os velhos cheiros que desde sempre flutuavam em cada andar. Cheiro de coisa queimada no primeiro, desde os tempos em que o dono queimara o imóvel para receber a indenização da seguradora. Cheiro de urina de gato no segundo. Cheiro de desinfetante de pinho no terceiro e de guimbas apagadas no quarto. Eu havia optado por chegar tarde da noite para evitar o contato, não tinha vontade de encontrar os outros inquilinos, ver seus olhares de acusação ou de interrogação, lá vai a mulher do quinto, a do escândalo, a do morto, a da invasão, a que esteve presa e agora volta. Não queria que me olhassem com desconfiança e muito menos com pena, não queria ser essa pessoa, a do drama, e na realidade também não queria ser nenhuma outra, dizendo melhor, não queria ser ninguém — o melhor teria sido isso, não ser ninguém, me fazer de invisível e entrar como um espírito. Por sorte, por ali não apareceu nem uma alma, nem aquele menino que sempre se sentava no lance da escada entre o segundo e o terceiro andar, nem aquele sempre calado estava lá naquela noite, já deveria estar dormindo, ou sua família havia se mudado, e o edifício estava desolado. E eu também, outro fantasma, e meu Hero meio fantasma, os dois voltando para casa. Só que voltando não, apenas chegando; não se pode dizer que voltávamos porque para que, para quem, se não restava nada do que tínhamos, apenas ruínas, escombros, farpas, uma dor funda no peito e umas alfinetadas de desilusão? Embora, na realidade, tudo estivesse igual, e até ia me parecendo estranho constatar que, a não ser eu, todo o resto continuava como sempre. As lajotas pardas do chão, os corrimões metálicos de cor cinza descascados, a pobre luz dos poucos focos que não estavam queimados. Paro no último lance da escada antes de chegar ao quinto andar, para tirar as chaves da bolsa. Vou entrar no meu território. E quem aparece para me receber? Um frio úmido que abraça minhas pernas e um sopro de ar que penetra por algum vidro quebrado, e é então que percebo que não preciso de nenhuma chave, chaves para que, se as fechaduras de minha casa foram arrancadas e a porta bate contra o portal, permitindo que o vento entre e saia? Imagine a porta de uma cantina. Isso mesmo.

E o que se via lá dentro? Ora, um buraco. Um verdadeiro *shit-hole*, como dizem por aqui. Sem água, nem eletricidade nem telefone porque, claro, tinham sido cortados por falta de pagamento. Os móveis destroçados, bolor e mau cheiro por todos os lados. Como as fechaduras estavam arrebentadas, não havia como trancar a porta por dentro e isso me deixava à mercê do que acontecesse, como se estivesse no meio da rua. Incrível, em Manninpox todas aquelas grades e chaves e cadeados para que não se abrisse nenhuma porta e agora nem um triste ferrolho para poder fechar a da minha casa. Estou lhe dizendo, o autor do *maktub* gosta de fazer piadas. Meio deprê tudo aquilo, ou deprê e meio, mas o que quer? Não ia me sentar e chorar, estava vindo de um lugar pior e se supunha que agora começaria o capítulo bom, como quem diz "vão para o céu e vão chorando", e aqui lhe deixo de presente outra frase de Bolivia.

Vire-se como puder, ordenei a mim mesma e, então, comecei a trabalhar. Encontrei um cabo de extensão e fiz minha instalação, roubando a eletricidade de uma tomada do corredor comum e levando-a a meu apartamento. Fazia um frio do caralho, sem um pingo de calefação, mas eu sabia que o porão do edifício era um depósito de coisas imprestáveis e algumas nem tanto; ali estavam acumuladas montanhas de quinquilharias, o senhor sabe como são os gringos, e mesmo os gringos pobres, que usam as coisas por um ano e depois as jogam fora. Por isso desci para ver o que encontrava e achei um aquecedor que não parecia tão estragado; carreguei-o até lá em cima, e pronto: o filho da puta funcionava. Digamos que não muito bem, não que fizesse um calor asfixiante, mas o suficiente para sobreviver, embora só à noite; de dia tinha que desmontar a tomada pirata para que os vizinhos não reclamassem.

E a água, como? Ora, com um balde, meu filho, como nas visitas à família no campo: o que vai cagando vai descendo ao rio e subindo com o balde até a privada. Era o que me cabia, só que, na falta de um rio, tirava água de uma torneira que havia lá embaixo. Não ache que por aqui isso é uma coisa do outro mundo, as pessoas vivem mal nesses bairros sem ter dinheiro para os serviços, aqui você passa direto e vê tudo mais ou menos normal, mas se anime a entrar, dê uma olhadela atrás das fachadas para ver o que é a miséria. E quer saber como me virava com a comida? Nada mais do que caridade, nos refeitórios comunitários: boa sopa quente, uma fruta, às vezes massa, uma caixinha de leite... Na verdade, não era ruim: comparando com Manninpox, eu estava bem confortável. E dormir? Bem, para dormir eu e Hero nos instalávamos em um colchonete de espuma de borracha que eu tinha conseguido lá embaixo, no porão; tive de improvisar nesse item porque os canalhas do FBI haviam destruído o colchão e todos os móveis.

Agora o cheiro. Era o mais difícil de suportar. Comida apodrecida dentro e fora da geladeira, desligada por falta de eletricidade. Não havia maneira de afastar o futum, embora tenha passado um dia inteiro esfregando com esponjinhas de aço e um pote *king size* de Ajax que tive de comprar, porque os que tínhamos os caras haviam espalhado pelo chão; achavam que era cocaína, suponho. Me entenda, mister Rose, não quero me queixar, não cabe, seria um erro enorme e imperdoável, mas lhe juro que às vezes sentia saudade de Manninpox, lá pelo menos tinha luz, água e comida garantida. E se começar a me queixar agora, o que vou deixar para depois? Para tudo aquilo que veio depois e foi muito pior que o de antes?

Uma noite estou chegando tarde em minha casa e solto Hero, que levava a todo canto comigo no meio de uma mantinha cruzada sem desampará-

-lo, por via das dúvidas, nem de noite nem de dia. Deixei Hero no chão e procurei tateando a extensão elétrica, para instalar a luz. Faltavam poucos dias para o meu julgamento e queria acreditar que tudo correria bem, que iria conseguir recuperar minha identidade de pessoa livre, voltaria a trabalhar como pesquisadora de hábitos de limpeza, ganharia um salário, reativaria meu cartão de crédito, pagaria os serviços cortados, substituiria ou consertaria um pouco os móveis destroçados, afastaria daquele lugar a gordura e as recordações. Faria limpeza e me disporia a esquecer. Quando menos esperava haviam me deixado sair de Manninpox, a vida estava me dando uma segunda oportunidade, não era questão de desperdiçá-la, e se o destino havia me perdoado eu também ia ter que perdoar a mim mesma. Talvez me animasse a pedir um empréstimo para comprar o apartamento. Com sorte me concederiam — algum programa para a reabilitação de ex-presidiários tinha de existir em um país democrático como este. Claro que naquela casa ninguém apareceu, nem sequer a polícia; era como se o lugar tivesse sido apagado do mapa, nem o dono passava para cobrar o aluguel, talvez tivesse morrido ou dera o imóvel por perdido e o abandonara. Quantos lugares abandonados não havia nessa vizinhança abandonada por Deus; depois do *white flee*, ali foram ficando só pessoas de cor, melhor dizendo, de todas as cores. Então podia ser apenas uma questão de tomar posse do meu apartamento e voltar a colocar tudo em ordem, quem dera fosse fácil organizar para mim um lugarzinho humano onde pudesse levar uma boa vida, uma vida organizada, decente, independente. E chamaria minhas amigas, minhas companheiras de pesquisas, daria um jantar para elas e lhes contaria as coisas muito estranhas que estavam acontecendo comigo ultimamente, mas ia ser como quem conta um velho filme, desses que por acaso foram vistos alguma vez na televisão e quase não são lembrados e de repente são esquecidos totalmente. E depois sim. Iria buscar minha irmã Violeta; esse seria o verdadeiro começo de nossa nova vida. Tiraria Violeta do internato, e que vontade de saber que cara ela iria fazer quando lhe mostrasse como havia arrumado o quartinho do sótão para ela, que sempre gostara dele, seu refúgio lá no alto, e a levaria pela mão ao banheiro que teria construído só para ela, de repente até com uma jacuzzi e tudo. Você não vai mais tomar banho no tanque, eu diria. E quem dera que Violeta me ouvisse e não armasse um escândalo — Violeta que odiava tomar banho no banheiro e, em troca, tinha a mania de se lavar a céu aberto no tanque, sem tremer de frio e sem se importar em ficar passeando nua onde podiam vê-la, embora eu me cansasse de lhe repetir: você não é mais uma menina, e sim uma mulher, uma bela mulher, tem que se cuidar.

Mas tudo isso seria depois, tudo isso era apenas o sonho que eu ia construindo, até o alto da Lua, enquanto aqui na Terra vivia no meio de escombros. Por ora teria de me resignar e dar tempo ao tempo, sem me desesperar nem ficar deprimida nem esquecer a ordem das prioridades; por ora tinha de sobreviver da melhor maneira possível naquela casa desfeita, e concentrar todas as minhas energias no julgamento, que cada dia estava mais perto.

E assim estava naquela outra noite em que entro em minha casa, deixo o cachorro no chão e estou procurando uma vela, tateando, quando tropeço naquele colchonete, o que havia trazido do depósito porque os sujeitos do FBI haviam destroçado o colchão da minha cama, meu pobre colchão que para completar fedia a mijo, os gatos teriam urinado nele, e os próprios sujeitos do FBI também, aquela cambada de grosseiros. Eu tropeço no colchonete e me pergunto o que esta porcaria está fazendo aqui, de manhã eu o havia deixado no quarto e não assim, como estava agora, atravessado diante da porta de entrada, de verdade era estranho, e meu primeiro impulso foi agarrar Hero e sair correndo. Quem me dera o tivesse feito, mister Rose. Quem me dera.

Mas não fiz, por essas coisas da vida não obedeci à voz do instinto. Agora que reconstruo, não entendo por que não saí correndo, se estava tão claro que havia alguma coisa estranha. Suponho que não fiz porque, afinal, tudo era muito estranho naqueles dias, e uma coisa estranha a mais entre tantas nem tirava nem punha; já estava vacinada contra estranhezas e surpresas. Devo ter pensado que os gatos haviam entrado para perambular e remexer à procura de comida, em suma, já andavam à vontade nessa terra de ninguém. Hero também se assustou e começou a grunhir. Para bom entendedor, meia palavra basta, ou devo dizer, meio grunhido, e, no entanto, eu não captei a mensagem. Na verdade acho que, se não saí correndo foi, basicamente, porque não tinha aonde ir. Correr para onde? Melhor ficar ali.

Com um chute afasto o colchonete, pego uma vela e saio tateando, procurando os fósforos para acendê-la, quando um braço me agarra por trás e me imobiliza. Forte, feio. E uma mão grande tapa a minha boca. Alguém sopra na minha nuca um bafo quente e agitado, e minhas nádegas são pressionadas por uma... coisa de homem. Horrível? Desagradável? Aterrorizante? Claro que sim, foi um momento atroz, no começo muito atroz e depois nem tanto, nem tanto nem de tudo, porque eu já começava a reconhecer aquela mão, aquele cheiro, aquela respiração, aquilo outro. Já adivinhou de quem estou lhe falando? Se apostou em Sleepy Joe, acertou.

Ao que parece já estava lá, me esperando no escuro, acocorado em algum canto e em silêncio. Não sei há quanto tempo estava ali. É até possível que visitasse o lugar com alguma frequência e que ficasse para dormir ali de vez em quando. E eu entro naquela noite e ele cai em cima de mim e me imobiliza. No começo quase tive um infarto, mas depois me acalmei. Entenda, mister Rose, afinal de contas Sleepy Joe havia sido meu desespero e essas coisas não se apagam, você pode afastá-las, inclusive completamente, ou enterrá-las sob uma montanha de esquecimento, mas quando menos espera, voltam e assaltam. E foi assim neste caso particular, tal e qual, meu antigo amor me assalta por trás e ali estamos outra vez na mesma, tenho até vergonha de confessar. Não lhe digo que ainda o amasse, não era para tanto, talvez o contrário. Eu sabia melhor do que ninguém como Sleepy Joe podia chegar a ser safado. Um vagabundo, isso era, um desgraçado, um péssimo sujeito, mas não havia feito nada a seu irmão. Sleepy Joe adorava o irmão, mister Rose, eu tinha certeza de que não havia movido um dedo contra Greg. Sleepy Joe não era o assassino. E, no entanto, continuava sendo um belo garoto, não tenho por que negar, e eu com aquele desejo contido que trazia desde Manninpox, aquela seca tão prolongada, aquela abstinência prestes a explodir. Eu com sede e o garoto ali, digamos, como água no deserto. Mas a coisa não foi como o senhor está imaginando, porque antes havia muito a dizer. Estava claro que a única coisa que ele queria era cama, que andava à procura de um bom amasso, assim de cara, mas eu precisava falar. Tinha urgência em saber o que havia acontecido com Greg, o que Sleepy Joe sabia sobre seu assassinato, e da confusão em que eu estava afundada até o pescoço. Qual era o papel de Sleepy Joe em tudo aquilo? Até que ponto estava envolvido? Estava inteirado do infeliz tráfico de armas? Sabia quem havia matado Greg? Por que, caralho, nunca fora me visitar na cadeia? Como era possível que tivesse me abandonado no pior momento da minha existência? Como era a história tão obscura do punhal, eu que acabei embrulhando-o para presente como uma idiota? Melhor dizendo, um mar de perguntas, de desconfianças, de rancores, de receios... e de ódio. Porque, no fundo, era ódio o que sentia contra ele, um ódio terrível e cheio de reprovações e é apenas normal que até o pior fogo se esfrie nessas circunstâncias. Apenas normal. Mas normal não é uma palavra que combine com Sleepy Joe. Ele queria cama, o colchonete de espuma de borracha na falta de cama; isso e nada mais. Mas eu não.

E um pouquinho sim também. Porque Sleepy Joe era muito mau, mas, minha mãe, como estava bem. Venha cá, Rabo Lindo, me dizia, venha cá que depois conversamos, lhe juro que depois conversamos e eu lhe conto tudo o que sei, mas agorinha não, Rabo Lindo, o que está acontecendo? Não desperdice este presente que trago aqui pronto e a postos, me dizia o grande sedutor, e eu podia perceber que suas palavras eram extremamente verdadeiras. Ele começa a devorar meu pescoço aos beijos. E eu fui me perdendo em seu corpo e em seu cheiro, queria e não queria um pouquinho. Cada vez mais sim do que não.

E nisso me faz uma pergunta estranha. Digo estranha para alguém que está no meio de um ataque de paixão.

— Você está com os 150 mil, não é mesmo? Me diga que sim, meu amor, diga que estão com você — diz Sleepy Joe no meio das carícias.

— Quais 150 mil? — respondo, afastando-o de mim com um empurrão. — Não fode, Joe, quase me mataram por isso, por uma porra de uns 150 mil que eu não tenho nem sei do que se trata. Vamos ver se você me explica de uma vez.

— Tudo bem, Rabo Lindo, tudo bem. — Ele recua, tentando me acalmar para voltar ao que fazíamos antes. — Fique tranquila, meu amor, não se altere, vamos continuar e conversamos depois.

Eu precisava pensar um pouco, fazer uma pausa para assimilar o que estava acontecendo, esfriar a cabeça para não cometer uma grande insensatez. E como ainda estávamos às escuras e fazia frio, consegui convencê-lo de que saíssemos um instante ao corredor para ligar a extensão elétrica. Mas ele continuava me assediando, disposto a não me deixar refletir, e por isso minha cabeça não esfriou, pelo contrário, esquentou mais alguns graus. Embora não; acho que me lembro de que as coisas não foram bem assim, acho que estou mentindo para o senhor, mister Rose. Talvez o texto não seja um bom recurso para contar coisas íntimas, ou talvez eu não devesse estar contando isso justamente ao senhor; de qualquer maneira, esta história não está ficando clara. A confusão de sentimentos que se carrega por dentro faz com que nunca sejam o que parecem, sempre são outra coisa diferente, e eu estou aqui lhe afirmando que os meus naquele momento por Joe eram desejos carnais e, claro, isso é um pouco verdade, mas a outra parte é mentira, porque no fim das contas, o que eu sentia era urgência desesperada de voltar a alguma coisa ou a alguém depois de uma longa viagem, e o corpo conhecido e certa vez amado de Sleepy Joe podia se parecer com uma casa, com um lugar onde a recebem com um abraço.

Mas não deixe que eu o confunda com minhas confusões psicológicas, mister Rose, de qualquer maneira isto que estou lhe contando é uma cena erótica. E agora vem outra confissão, ainda mais difícil, ainda mais ridícula. Tem a ver com uma fraqueza feminina. A verdade é que eu estava com um terrível complexo por estar magra. Na última vez em que havíamos feito amor eu pesava uns bons vinte quilos a mais, e Sleepy Joe não era um sujeito que valorizasse o raquitismo, não era dos que gostam de levar sílfides para a cama, e sempre havia dito a respeito do meu corpo que gostava dele porque tinha muito o que pegar. E agora eu estava que era só pele e osso e não queria que ele percebesse, que fosse sentir que meus principais atrativos haviam sumido. E me ocorreu uma ideia. Não sei se naquele momento ou um pouco depois; de qualquer maneira, tive uma ideia. Digamos que não tão boa. Me espere aqui, disse a Joe com voz sensual, assim, sedutora, me espere aqui, volto logo.

Sleepy fica na sala enquanto eu me enfio no meu quarto e tiro a roupa. Toda a roupa. Meu espelho grande está quebrado; também o destruíram, até ele, durante a invasão. Mas ainda resta um bom pedaço pendurado na moldura e me olho ali. Onde havia antes um corpo cheio e agradável, como alguém me dissera certa vez, agora há um corpo magro, muito magro.

Mas o pior é que isso não é pior. O pior não é a perda dramática de peso. Presto mais atenção em outra coisa: percebe-se que sofri. Talvez seja isso o que Sleepy Joe não deve perceber: que eu sofri. O que preciso esconder dele não é tanto a magreza, mas a dor e o cansaço que carrego. A pessoa que aparece no espelho foi atropelada por um caminhão ou passou por um moedor. Tudo o que aconteceu comigo deixou minha alma feito gelatina e algo me diz que Sleepy Joe não deve perceber. Por quê? Não sei direito, acho muito antiafrodisíaco, digo, quem iria querer foder com alguém tão maltratado? Creio que nesse momento pensei que eu não estava, digamos, muito sedutora; pelo menos vestida o abatimento era menos notável, e sem roupa todas minhas verdades saltavam aos olhos. Mas agora que estou contando, mister Rose, agora penso diferente, estou certa de que o verdadeiro motivo foi outro: eu não queria que Sleepy Joe notasse minha decadência, porque ia me cobrar caro. Ia se enfurecer comigo. Ia aproveitar minha debilidade para me machucar. Mostrar-me nua diante dele seria como abandonar minha couraça e me expor. Mas estou lhe dizendo, isso penso agora, naquela noite estava com outra coisa na cabeça, e o passo seguinte foi soltar o cabelo, abaixar a cabeça e escová-lo todo para frente, todo, todo, para a frente, e depois de um só golpe atirá-lo para trás, para que caísse nas minhas costas com bom volume e ficasse esponjoso, se é que me entende. E depois vesti o casaco de *mink* que Socorro me dera de presente, para o qual finalmente encontrava uma utilidade, e o joguei sobre a pele nua, assim escorrendo os ombros, bem peladinha embaixo. Velho truque feminino, esse de impressionar um sujeito aparecendo *nude in fur*, como Marilyn Monroe: sobretudo muito convincente na hora de camuflar defeitos físicos, neste caso minha magreza excessiva, não queria que Sleepy Joe notasse que eu estava magra como um palito. Para não falar da hemorragia, claro: antes de tudo que não percebesse esse detalhe, que não fosse suspeitar de que eu estava menstruada, porque aí sim, todo meu *sepsapil* iria à merda; não havia nada que o horrorizasse mais do que o sangue menstrual. Já disse que desse homem ninguém ganhava em matéria de manias e preconceitos. Então me despi, joguei em cima o *mink* e saí para tentar a sorte. Meu Greg, com sua paixão pelas canções de outrora, guardava um vídeo em que Eartha Kitt cantava *Santa Baby*. Nesse video Kitt está pelada, ou é o que parece, e veste um *mink* branco, e o pobre do meu Greg a imitava com uma toalha no lugar da estola e bancando o palhaço, mostrando os ombros enquanto montava um numerozinho de karaokê com a canção, que fala de uma garota que seduz São Nicolau para que lhe traga um conversível azul: *Santa baby, I'll wait up for you dear, so hurry down the chimney tonight*. Bem, então imagine. Mas primeiro me deixe espantar Greg da memória, mister Rose, e já continuo com a história. É que não sabe o quanto me pesa a recordação de Greg, sua morte triste, e todos esses chifres que lhe pus; não há justiça, pobre do meu velho. E pobre de mim também, agora sem seu amor e sem sua companhia.

Enfim. Vamos lá de novo. Eu estou me aproximando de Sleepy Joe com meu *mink*, me fazendo de grande sedutora, tananan, uma gatinha sexy que avança suavemente, passo a passo pelo corredor, cantarolando a canção de Eartha Kitt e deixando o casaco deslizar bem devagarzinho pelas costas... E o que acontece é que a besta do Sleepy Joe, em vez de prestar atenção em mim, de repente percebe que estou usando um casaco de *mink*. Veja minhas palavras, mister Rose: Joe percebe que eu estou com um casaco de *mink*. E vira o demônio.

— Cadela! — grita. — Você está com o dinheiro! Pegou os 150 mil! De onde tirou esse casaco? Comprou-o com o dinheiro, cadela maldita, confesse!

Incrível: para Sleepy Joe aquele casaco era a prova de que eu estava com o dinheiro e o desperdiçava em luxos; mais, que estava mentindo para ele. E aí começou a ficar violento, a me sacudir para que dissesse onde o escondia. Abria muito a bocarra bem perto da minha cara e gritava, onde você colocou o dinheiro, vadia? Já gastou todo? Não deixou nem um pouquinho para mim? Só me chamava de cadela e vadia. Não deixou nem um pouquinho para o seu paizinho? Ah, cadela! Nem um pouquinho? Agarrava meus cabelos e puxava tanto que me machucava. Não pode ser, pensava eu, não é possível que a vida se repita, antes havia sido Birdie, o sujeito do FBI, agora era Sleepy Joe, os dois me maltratando pela mesma coisa, com a diferença de que Sleepy Joe não chegava a me esbofetear, me xingava, mas não me batia, que isso fique claro, mister Rose: Sleepy Joe, o bandido, o malandro, não chegava a me bater, enquanto os do FBI, que eram supostamente *Law & Order*, tinham me dado uma imensa surra. Mas é necessário reconhecer que as duas cenas tinham lá suas semelhanças, e pensar que tanta confusão, antes e agora, era por um dinheiro que nunca vira em minha vida, benditos 150 mil dólares, puta que pariu, se eu tivesse no bolso 150 mil dólares nenhum desses estúpidos teria voltado a ver nem minha sombra, já teria partido há mil anos para Sevilha, Sevilha toda florida de laranjeiras na primavera, a cidade que eu nunca havia visto, mas com a qual sempre sonhara, eu em Sevilha, onde esses brutos não poderiam mais colocar a mão em cima de mim, e tentava pensar nisso, só nisso, tentava me concentrar em Sevilha e em suas laranjeiras enquanto Sleepy Joe me sacudia e gritava, inflando o peito e alardeando superioridade, me levantando aos gritos para que eu tremesse diante de sua voz grossa e poderosa. Toda aquela exibição de hombridade para que eu me diminuísse a seus pés como um verme, me encolhesse até desaparecer. O que queria o filho da puta, que lhe pedisse perdão? De acordo, então lhe peço perdão, dou para você se é isso o que quer, qualquer coisa para que não quebre minha cara, e já estava prestes a lhe pedir perdão de joelhos. Mas perdão de quê? Perdão de nada, caralho, se não fizera nada, nem sequer havia visto aquele dinheiro e tocado muito menos. Pedir perdão por puro cansaço, para me salvar, para que a besta sentisse que havia vencido, que o *round* era dele, que acabara de ser coroado campeão, que eu era um nada a seu lado e que não valia a pena continuar me agredindo. Pedir perdão para que o macho parasse de me atacar.

Mas não, eu não queria chegar a esse ponto, pedir perdão seria me entregar, me dobrar, me humilhar, e não, não tinha vontade, não acabara de sobreviver ao próprio inferno? Lá tivera que aprender a me defender de feras de verdade, não era coisa de permitir que agora me derrotasse um pobre babaca de merda. E se lhe desse um *swiss kiss* e arrancasse seu lábio para ver se parava de gritar? A verdade era que em Manninpox eu nunca havia praticado o *swiss kiss*, só o conhecia de ouvir falar, mais certo tentar uma manobra mais fácil, e por isso lhe encaixei uma cabeçada brutal em todo o nariz, que fez crec, como um galhinho se quebrando, e quando vejo o desconcerto com o qual o idiota leva as mãos à cara banhada de sangue, me digo, agora, María Paz, agora ou nunca. E fujo, digamos, facilmente:

assim, fraca e pelada como estava, consegui me safar com suavidade, escorregando, deslizando do casaco como uma cobra de sua velha pele. E lá ficou o sujeito com aquelas peles podres na mão, mais surpreso do que qualquer outra coisa e com a cara banhada de sangue, até que jogou o casaco para o lado e saiu correndo atrás de mim, mas se enrolou na extensão elétrica e caiu de cara no chão e, como é imenso, caiu como uma jaca, fazendo um barulhão e deixando o apartamento de novo às escuras. Deveria ter visto a pancada, mister Rose, a forma ridícula como caiu, no meio daquilo tudo deu para rir, pena não ter uma câmera para filmar. Inesquecível seu uivo quando levou a segunda porrada da noite naquele pobre nariz que estava amassado feito panqueca. Isso me deu tempo de correr até meu quarto e ali me esconder atrás do colchão fedorento, que estava encostado na parede, deixando embaixo uma fresta onde eu mal cabia. E ali fiquei esperando, protegida pela escuridão e ouvindo o sujeito andar pela casa me procurando às apalpadelas e berrando. Mas nenhuma noite é eterna e a luz começou a entrar pela janela. Estava amanhecendo. Uma espécie de bruma pálida invadiu o quarto e, como era espessa, no primeiro momento não conseguiu penetrar no meu esconderijo, mas pouco a pouco foi ficando líquida, até que me deixou exposta; bastava Sleepy Joe aparecer para me descobrir, ali escondida atrás do colchão, como um triste rato cagado de medo.

    Mas não, a coisa não vai ser assim. Em vez de entrar em pânico, vou me enchendo de calma. Se não há nada a fazer, digo a mim mesma, tampouco há nada a temer. Se Joe vai me encontrar, melhor que me encontre em pé e preparada. Então deixo o esconderijo, tiro do closet o taco de beisebol que Greg conservava desde a adolescência, agarro com força, com as duas mãos, e me coloco estrategicamente atrás da porta, firmando os pés no chão. Eu me planto bem plantada, para poder descer o taco em sua cabeça assim que atravesse o portal. Já ouço o sapateado de suas botas amarelas. Já se aproxima. Se vai me machucar, então que aguente todo o dano que eu posso lhe causar. Greg havia me mostrado mil vezes seu vídeo favorito, o dos *Vinte melhores home runs de todos os tempos*, que trazia, entre outros *highlights*, a tacada gloriosa de Kirk Gibson no Dodgers Stadium, e a corrida incrível de Bill Mazeroski na World Series, e a atuação mais estelar de todas, uma que de tanto olhar até eu aprendera de memória, a de Robert Bobby Brown Thompson em 3 de outubro de 1951, quando disputou pelos Giants e contra os Dodgers o título da Liga Nacional, e rebateu o lançamento do *pitcher* Ralph e bateu na bola com alma, vida e colhões para mandá-la lá na casa do caralho, e assim é o *home rum* mais célebre de todos os tempos... Pois assim, igualzinho, me via a mim mesma, ali, atrás da porta, com meu taco bem firme e pronta para desferir a tacada filha da puta que vai atirar o cretino do Sleepy Joe voando pela janela e cravar sua cabeça no asfalto, para que fique como o que é, um merdinha, uma tralha que vai ser pisada por todos os que passarem, como se fosse mais um dejeto nas ruas do meu bairro.

Mas que fracasso! Sou um desastre de jogador de beisebol. Sleepy Joe entra e em dois minutos toma o taco de mim.

— Hora de rezar, Rabo Lindo — diz com a cara toda enlameada de babas e sangue, e, como sua voz sai fanhosa por causa do nariz quebrado, o pobre parece mais abatido do que furioso.

— Então tudo bem — digo —, suba ao sótão e faça suas rezas, eu fico esperando aqui.

Só faltava me ouvir. Ali mesmo me agarra pelo braço, o dobra às minhas costas com uma chave de jiu-jítsu e me obriga a subir ao terraço pela escadinha. Óbvio, está amanhecendo, a hora em que os irmãozinhos eslovacos rezam. Uma vez lá em cima, Sleepy Joe tira o cinto e me amarra com ele no corrimão, assim, pelada como estava e com as mãos atrás das costas.

— Vamos ver se você me deixa rezar tranquilamente, cadela traidora — me disse.

— Estou com frio, Joe — me queixei.

— Cale-se, cadela, ou a aqueço a bofetadas.

— Mas por que me amarrou...?

— Para que não vá embora.

— Não vou embora, quero ficar com você.

— Cadela enganadora.

Na verdade, nunca vira antes o que o par de irmãos fazia no terraço na hora das rezas, porque não me deixavam subir, diziam que era coisa de homens. Desta vez pude ver Joe acender círios, estender panos, andar com um sininho, pegar a Bíblia, incenso, não sei que outros objetos, e ir colocando tudo meticulosamente em um tecido vermelho que estendera no chão, como se fosse um piquenique. Vem aí uma missa muito incrível, digo a mim mesma.

— Pare de brincar, Joe — peço. — Venha, querido, solte minhas mãos. Pelo menos me cubra com alguma coisa, não me deixe assim que está ficando frio. E não se aproxime tanto da borda, *baby*, não vá cair — digo, com voz melosa para ver se o comovo, mas está tão absorto em sua cerimônia que já nem me ouve. — Venha, Joe, me dê um beijo. — Já não sabia mais o que inventar. — Vamos, me solte, não seja ruinzinho, me deixe fazer um curativo nesse nariz, *baby*, pobrezinho, está doendo muito? E por que não voltamos lá para baixo...? Estávamos tão bem...

— Cale-se, puta, que estou em outra — me diz sem nem sequer me olhar.

E é verdade, está, definitivamente, em outra coisa, em uma viagem ou quem sabe em que merda, é como se de repente fosse um habitante de outro mundo. Agora está unha e carne com Deus e nada mais lhe importa. Enquanto isso, a cidade ainda dorme lá embaixo, e eu tremo de frio. O que posso fazer? Gritar, despertar a vizinhança, pedir ajuda, armar um alvoroço? Grande ideia. Só que Joe também pensa a mesma coisa, interrompe sua missa, se aproxima e me amordaça com um lenço, e lá se vai meu plano de emergência. Depois o louco se afasta uns trinta metros e se ajoelha bem na beira do abismo, porque os terraços de cimento dos edifícios pobres como o meu não têm parapeito: o despenhadeiro é o limite. Um vento vindo de longe varre o palco, apaga os círios e sacode meus cabelos. Lá embaixo a cidade vai acordando pouco a pouco, e eu tenho dificuldade de reconhecer meu cunhado. Pouco tempo atrás era um macho que ardia de testosterona, e agora quer parecer uma espécie de anjo que arde na luz divina. Movimenta-se em câmera lenta, algo entre um bispo e um mestre de yin ioga, e começa a entoar salmos, primeiro em voz baixa, com a cabeça baixa e recolhido sobre si mesmo, como um grande feto que flutua no líquido amniótico da primeira manhã. Depois vai aumentando o volume. Ele se endireita e deixa a cabeça cair dramaticamente para trás e começa a ter uma convulsão, ou algo parecido, como se estivesse recebendo descargas elétricas. Uma espécie de epilepsia sacode seu corpo, mas é moderada, digamos, melhor do que um *petit mal*, e eu não vou saber disso, com todos os institutos de saúde mental aos quais tive de levar minha irmã Violeta?

E então Sleepy Joe começa a cantar em dois tons, primeiro um e depois o outro. No primeiro, tira da garganta uma voz enorme e grave, como a de Greg, talvez: quando fecho os olhos posso sentir que é o próprio Greg quem está ali, com o canto gregoriano. Puta que pariu, penso, este incenso já está me deixando alucinada, não é à toa que tem cheiro de maconha. O que este homem pretende com tudo isto? O que significa este teatro amargo? Sente falta do irmão morto? O convoca? Não é por nada, mas começo a sentir calafrios. E depois já não é mais a voz de Greg a que sai de sua garganta; agora é uma vozinha fina, quase infantil, a que vai salmodiando as respostas. A voz do próprio Sleepy Joe quando era criança? Os dois irmãos outra vez juntos e rezando? Ai, mamãezinha, o que é isto tão pavoroso, esses lamentos me deixam arrepiada, não sei, devem ser cantos muito antigos e vindos da Eslováquia, mas tão incompreensíveis... Puta que pariu, relâmpagos sobre os Tatras? E, apesar de tudo, a cena tem lá sua imponência, não vou dizer que não: se vê a poderosa silhueta de Sleepy Joe recortada contra a cidade. Notável, o idiota do meu cunhado transformado em um sacerdote obscuro e seminu, com a cara ensanguentada e o sangue lhe escorrendo até o peito e banhando o crucifixo que tem tatuado. Estende os braços como se quisesse abraçar o universo e joga a cabeça para trás, e já nada mais tem graça, isto está me apavorando.

Suas costas se esticam, tão arqueadas que no peito as costelas estão marcadas como uma abóbada. Começou a enlouquecer, não sei, de qualquer maneira por um instante até me parece que Sleepy Joe emana calor e brilho. Talvez arda; dá a impressão de que o ar ao seu redor se tornou inflamável. As veias de seu pescoço saltam e aperta tanto os punhos que posso adivinhar que enterra as unhas nas palmas das mãos. Será verdade que ele tem poderes sobrenaturais? Greg às vezes me dizia que seu irmãozinho tinha poderes, que estava imbuído do Espírito, mas eu, naturalmente, nunca lhe dei bola, pois eu sabia melhor do que ninguém que o verdadeiro poder de seu irmãozinho era bem outro. Mas agora que o vejo nestes desplantes místicos, até dúvidas me surgem. Não pode ser, me digo, deixe de besteiras, María Paz, que poderes que nada, se é apenas o babaca do seu cunhado fazendo macaquices no meio de alguns baldes sem fundo, tinas enferrujadas e lâminas de latão. Mas a verdade é que esse homem com a cara banhada de sangue que celebra um rito antigo por momentos me parece que é algo mais do que um homem.

Claro que não, eu sei que não. Não é mais do que um louco de merda. *He's not the devil, he's just a man.* É uma frase que ouvi em algum filme e que agora me vem à cabeça. Essa frase me faz bem, me acalma um pouco, *not the devil, just a fucking man*, me digo e repito, esse Sleepy Joe é como o coiote, misterioso, mas sem-vergonha. Um pobre miserável, fodido e arrebentado. Mas, assim como está, sacudido por uma espécie de orgasmo cósmico, com os olhos revirados e voltados para o céu, minha mãe, assim inspira respeito. Eu lhe juro, mister Rose: *more than a man.* Como se umas vibrações de alta voltagem o tivessem transformado, assim começa a me parecer em certo momento, e nesse certo momento vou entendendo certas coisas. Sinto que Corina está ao meu lado e de repente a compreendo, agora sim acredito em você, Corina da alma, me perdoe a lerdeza. Foi isto o que você viu, Cori? Por isso fugiu, para salvar sua vida? Foi isso que matou você de susto? Este medo que sinto agora foi o que você sentiu? Estes gritos que me engasgam são semelhantes aos seus? Ai, Bolivia, mãezinha linda, você que está nos céus, e ai, Corina, minha boa amiga, você que está em Chalatenango, tenham piedade de mim, me salvem deste demente.

Alguma coisa acontece, posso perceber que o sujeito vulgar que foi meu namorado agora é dono de uma força horrenda. É um ser pavoroso, por dentro e por fora: infunde pavor e ao mesmo tempo o pavor o devora, sua fé não é outra coisa além de pânico elevado a uma potência enlouquecedora. É a primeira vez que o vejo assim, em plena metamorfose. Mas já conhecia os indícios. Percebia-os cada vez que fazíamos amor. O normal era que Sleepy Joe andasse pela vida meio adormecido, sem iniciativa, sem objetivos, indiferente e entediado, um pacote de músculos subutilizados. Mas na cama, no entanto, era capaz de arrancar de dentro uma voltagem surpreendente.

— Se você colocasse no trabalho a mesma quantidade de energia — eu sempre lhe dizia —, já estaria milionário.

É que em matéria de sexo tudo nele era muito e muito grande e durava uma eternidade; havia nele uma espécie de excesso que me levava a pensar em um bode macho, um animal no cio, um fauno, algo não de todo humano, uns macacos altamente voltados para o sexo e hiperativos em um zoológico ao qual levei uma vez Violeta, que tocavam punheta ali na sua jaula e fodiam como loucos, e que deixaram minha irmã boquiaberta. Vamos, eu lhe dizia e a puxava pelo braço, vamos, Violeta, vamos ver outros animais mais bonitos. Mas Violeta não se movia dali, vá você, me respondia, eu quero ver isto.

Eu também pressentira nos ataques de raiva que de tempos em tempos levavam Sleepy Joe a querer acabar com todos e com tudo, este outro Joe que agora, por fim, estava vendo claramente. O monge do terraço não era mais meu cunhado, nem meu namorado, nem meu amante, nem o irmãozinho de Greg, nem tampouco o pobre Joe, o zero à esquerda, o adormecido, o solitário, o falso caminhoneiro. Isto de agora era outra coisa, um possuído febril, um lunático, um sacerdote sinistro, um palhaço assassino. Este grande filho da puta é capaz de me matar, pensei; de repente vi tudo claro. No mínimo me empala com uma vassoura, como fez com Corina.

Havia uns pregos atirados por ali e comecei a tentar puxar algum com o pé, pouco a pouco, disfarçando bem. Até que consegui pegar um e comecei a afrouxar o nó do cinto, fazendo com manha, com paciência, aos poucos. Era o momento de apostar em tudo ou nada: Sleepy Joe estava voando, digamos *stoned* com a presença divina, e, como o nó já estava cedendo, dei um bom puxão na correia, consegui me safar e me atirei como pude escada abaixo.

Não ia cometer o erro de antes, não ia mais fazer a besteira de me esconder dentro do apartamento, isso seria me prender na ratoeira; desta vez agarrei meu casaco de *mink* e meus sapatos, que estavam no chão da sala, e também a carteira de Joe, que em um golpe de esperteza consegui tirar do bolso de sua jaqueta, e corri diretamente para a porta de entrada. Saí ao corredor, desci voando os cinco andares... e rua! Me protegi bem em meu casaco para que ninguém notasse que estava nua por baixo, e em pouco tempo estava me perdendo nos labirintos do metrô.

Mas Hero! Caralho, tinha deixado de novo Hero para trás, não o tinha visto quando saí em disparada, e começar a procurá-lo naquele momento teria sido suicídio. Mas acontecesse o que acontecesse, desta vez estava disposta a resgatá-lo. Algumas estações mais adiante, abandonei o metrô e peguei um táxi. O senhor deve estar se perguntando, mister Rose, porque não chamei a polícia e denunciei Sleepy Joe. Quer saber por quê? Porque a polícia é o inimigo, é a principal diferença entre as pessoas como o senhor e as pessoas como eu: os senhores têm a autoridade ao seu lado, e nós sempre a temos contra. Se tivesse recorrido à polícia, assim em condicional, como estava, *ex-con*, ex-presidiária, descabelada, nua e de *mink*... Pode imaginar onde eu teria ido me aquecer, mister Rose?

— Leve-me para longe.

— Aonde?

— Longe.

Depois de dar várias voltas nem sei por onde, dou ao taxista o endereço da minha casa e lhe indico que estacione ali perto, escondendo-se atrás de uns contêineres de lixo, a meia quadra do meu edifício. Observo um pouco o sujeito. É um malandro saído da África profunda, de poucas palavras e de mau humor. Este é dos meus, me digo. É safo, penso, este não foge da raia. E o dinheiro não será problema, pois acabei de encontrar trezentos dólares na carteira do meu cunhado.

— Se não o incomoda, vou me esconder aqui — digo ao taxista, afundando entre o banco traseiro e o encosto do dianteiro e entregando-lhe uma nota de cem. — O senhor vai subir ao quinto andar daquele edifício e me dizer se há alguém lá. Entre no apartamento, olhe por todos os lados, no banheiro, na cozinha, tudo. Se não encontrar ninguém embaixo, suba ao terraço. Só tem que dar uma olhada, depois venha e me diga.

— Como faço para entrar?

— A porta não tem chave. É que não quero me encontrar com o bêbado do meu marido, sabe? Quando bebe, me bate. Não é nada difícil, não se preocupe...

— Não estou preocupado — me corta o homem; aparentemente, esse tipo de pequenos trabalhos faz parte de sua rotina.

— Se cruzar com ele, só lhe peça desculpas e diga que se enganou de apartamento.

— Eu sei me cuidar, *miss*.

— Tudo bem. Fico esperando aqui.

Em dez minutos, o taxista desce, leve como uma pluma. *He's in there alright*, me diz, está lá no terraço, é um louro alto.

— Então vamos esperar que saia. Eu continuo aqui embaixo e você fica de olho. Tenho outros cinquenta para você, é fácil ganhá-los, só me avise quando vir o loiro sair.

— *There goes the son of a bitch* — disse o taxista, 45 minutos depois, apontando a porta do meu prédio. — Aquele é o sujeito que vi lá em cima.

E sim, era ele. Com as mãos nos bolsos e a cabeça afundada na gola da jaqueta, Sleepy Joe saiu caminhando e desceu a avenida até sumir de vista.

— Me espere aqui — peço ao taxista.

Meu plano é entrar voando no apartamento, resgatar Hero, pegar alguma roupa, sobretudo a que Pro Bono me deu de presente para meu julgamento, que já está lá em cima, e sair dali para sempre.

Hero?, começo a chamá-lo. Hero? Hero!, grito, venha cá, cachorrinho, onde você está, meu querido, onde se meteu, venha com mamãe, não tenha medo, Joe já foi embora, a fera não está mais aqui. Mas nada de o meu cachorro aparecer. Procuro-o embaixo do sofá, atrás da geladeira, no banheiro, nos closets, e nada. Tem que estar em algum lugar, sempre se perde e se esconde bem escondido quando Joe está por perto. Mas não o vejo em nenhum lugar e meu apartamento não é tão grande assim, não há muitos lugares onde procurar, minhas possibilidades se esgotam rapidamente. Então subo ao terraço, já achando muito estranho e só por desencargo de consciência, sei que lá não pode estar, aleijadinho como é Hero não consegue subir escadas.

O sol já se instalou em cheio na chapa de concreto e vejo espalhados por ali os restos da tal cerimônia que Sleepy Joe celebrara há um tempo. Tocos de vela, resíduos de cera, alguns panos que o vento arrasta, um fiozinho de fumaça do que resta do incenso. Pouco mais. Agora que estou lhe contando isto, mister Rose, me vem à cabeça a imagem de uma discoteca fantástica onde estive uma vez. Com Sleepy Joe, uma noite que Greg passou fora porque teve de viajar ao povoado onde ficava sua casa para resolver um problema de goteiras que haviam arruinado seu tapete. Sleepy Joe e eu aproveitamos sua ausência e fomos dançar. A iniciativa foi minha, eu entrei com o dinheiro e escolhi o lugar, uma discoteca que se chama Le Palace e era o lugar mais espetacular que eu havia visto em toda minha vida. Juro que nessa noite me sentia em outro mundo, com aquela música a todo volume que me penetrava e vibrava por dentro, e aquela garotada extravagante que viajava com ecstasy e bebia água sem parar, as mulheres exibindo os seios, as travestis envoltas em plumas e lantejoulas, os casais flutuando em uma onda incrível de raios laser e jogos visuais *high tech*. Quatro andares de música ao vivo, risadas de pessoas despreocupadas, e eu nadando na luz como se estivesse dentro de um tanque e debaixo d'água, sem saber se estava vivendo de verdade aquilo ou se estava sonhando. Não é preciso dizer que estava feliz, embora Sleepy Joe estivesse de péssimo humor e fosse uma porta para dançar. Mas perdi um brinco. Eram umas argolinhas de ouro de que gostava muito e no meio da agitação uma caiu, mas só percebi ao chegar em casa. Por isso, na manhã seguinte tive de voltar à discoteca, sozinha, para ver se conseguia recuperar minha argola. O lugar estava fechado, mas os empregados me permitiram entrar enquanto procuravam minha argola e eu fiquei abobalhada. Não podia acreditar no que estava vendo. À luz do dia, todo o feitiço da noite anterior havia virado migalhas — imagine o mundo da Cinderela quando chega a meia-noite. O tal do Le Palace era apenas uns galpões vazios muito sem graça, na verdade um lugar meio sério, todo silencioso e desengonçado, com os móveis cobertos de poeira, as paredes mal pintadas de preto, as cortinas rasgadas, um cheiro asfixiante de guimbas e lixo pelos cantos. À luz do dia, meu paraíso ficava reduzido a isso.

Agora, no terraço do meu edifício, eu olhava com a mesma inquietação o que restara da grande cerimônia do meu cunhado. Que desolação, que pouca coisa — imagine pedaços de brinquedos quebrados. Foi a sensação que tive: restos de uma brincadeira de crianças. Toda a cena não havia sido mais do que um arremedo pobre e absurdo de um verdadeiro ritual. E esse havia sido o horror? Esse, o pesadelo tenebroso? Eu lhe juro que me senti ridícula, mister Rose, envergonhada de tanto fantasma que alimentara em minha cabeça. De onde havia saído esse medo injustificado, que me paralisara apenas um par de hora antes?

Até que descubro aquilo, e meu sangue congela nas veias. O que vi foi tão aterrorizante que minhas pernas ficaram bambas e caí no chão. Tive que tapar a boca para abafar o grito que, no entanto, ainda me escapou, quebrado, quase cômico, um desses berros femininos de filme de terror ruim. E então sim, o que experimentei foi um terror visceral, absoluto.

Vi Hero. Sleepy Joe o havia pregado na parede. O cachorrinho. Sleepy Joe pregara meu cachorrinho na parede, lá em cima, no terraço. Ali estava Hero cravado, sem sangue, já morto.

Fiquei despedaçada, como se tivessem me acertado uma porrada no estômago. Não aguentava a dor, o horror, a angústia, e tremia, mister Rose, tremia de ódio. Quando consegui reagir, despreguei meu animal, lavei suas feridas, beijei seu focinho, o acariciei durante muito tempo, chorando, e depois enfiei seus restos na fronha de um travesseiro.

Do caderno de Cleve

Não voltara a saber nada de María Paz desde que haviam me pedido para desistir da oficina de texto de Manninpox. Mas pensava muito nela, ou, melhor dizendo, o tempo todo. Andava preso em seu cheiro, enrolado em seus cabelos, sonhando com seus olhos, desejando loucamente suas pernas. Quem sabe se conseguiria voltar a vê-la? A dúvida estava me matando. Quando procurei uma maneira de visitá-la na prisão, me informaram que não estava mais lá. Suas antigas companheiras não souberam me dizer nada; aparentemente não tinham notícias. E de repente um dia, de manhã cedo, estou no Facebook e pula na minha tela um desses pedidos de amizade. Sempre os recuso, me incomodam essas intromissões de estranhos, mas este dizia "Juanita quer ser sua amiga" e eu não tinha a menor ideia de quem poderia ser Juanita, mas, de qualquer forma, seu nome era latino e logo pensei que atrás dessa Juanita poderia estar María Paz. Instinto? Não. Premonição? Nada disso, simplesmente amor desesperado. Quantas vezes antes eu atendera o telefone certo de que era ela, e nada. Quantas vezes seguira uma mulher pela rua pensando que poderia ser ela, e nada. E agora de novo. Chegou esse pedido de amizade e logo senti que ali por trás ela podia aparecer. E foi assim. Desta vez sim. Era ela.

Andava me procurando através de uma amiga, a tal da Juanita que me contatava. Por essa via marcamos um encontro naquela mesma tarde no Central Park e, como eu andava pelas Catskill, saí voando cheio de ilusão e de nervosismo como um adolescente de 15 anos e quase me matei na estrada para chegar a tempo. O reencontro foi em um lugar sugerido por ela, a pracinha de Alice, a do País das Maravilhas, no coração do parque.

Não posso dizer que aquele primeiro momento foi efusivo. Nada a ver com um encontro de filme romântico. Alguma coisa não funcionava, algo se quebrara e as coisas não eram mais como em Manninpox. Eu estava havia semanas repassando na memória, como um disco arranhado, cada um daqueles momentos de sedução proibida que acontecera na prisão entre a gente. E aqui nada disso, nem remotamente. No meio do parque e em plena luz do dia, naquele lugar de brincadeiras infantis, ela tão livre como eu, sem guardas, impedimentos nem regulamentos, a coisa havia perdido sua magia. Éramos um par de estranhos, ela agora sem seu uniforme, bem arrumada, com os cabelos mais longos, uns brincos vistosos e muita maquiagem, provavelmente mais linda do que antes, não sei, de qualquer forma muito mais magra. E, de qualquer forma, estranha, como se aquela beleza crua que me atraíra tão intensamente em Manninpox tivesse se apagado. Ausente, essa seria a palavra; era como se estivesse ali sem estar. Uma pessoa abobalhada, ou meio adormecida. Tive a sensação de estar vendo um recém-ressuscitado, um ser que provém de outro plano da realidade e não consegue aterrissar completamente neste. Eu tentava me convencer de que a mulher dos meus sonhos e esta desconhecida que estava agora na minha frente eram a mesma pessoa, mas não, não combinavam. Tentei lhe dar um abraço para ver se o contato físico quebrava o gelo, mas ela não permitiu, me cortou e eu me senti péssimo, equivocado, ridículo, fora de lugar. Depois me contou a maneira surpreendente e quase milagrosa como saíra de Manninpox, e então consegui entender qual era a história. Esta mulher conseguiu voltar de um lugar sem retorno, pensei; acaba de voltar do submundo e o mundo ainda lhe é estranho.

E qual foi a primeira impressão que eu terei causado nela? Também não muito boa, suponho. Deve ter me achado muito comum, já sem a aura de professor de escrita, com minha jaqueta de couro puído e minhas botas de enduro, que são brancas porque as comprei de segunda mão e tive de me resignar com a péssima cor, e que, além de serem brancas, são gordas, como se tivessem sido fabricadas pela NASA para andar na lua. Para não falar da feia listra vermelha que o capacete deixa em minha testa, porque é um pouco apertado. Há motociclistas que assim que tiram o capacete afofam os cabelos com as mãos e pronto, ficam fantásticos. No entanto, eu não sou desses, assim que tiro o capacete pareço úmido e distraído, como um pintinho recém-saído do ovo.

A primeira coisa que María Paz me perguntou, assim que me viu, foi se eu recebera seu texto. E eu não tinha a menor ideia. Que texto? Um longuíssimo, me disse, passara dias e dias em Manninpox trabalhando nele para mim. O fato de eu não saber do que estava falando a decepcionou profundamente — notava-se que colocara a alma no esforço de escrever sua história e a notícia de que desaparecera lhe caiu como um golpe baixo, uma nova perda depois de tantas, e eu me senti como um tolo insistindo que poderíamos procurá-lo, reclamá-lo a essa senhora de Staten Island através da qual, segundo me disse, o enviara. "E por que o mandou por essa senhora e não por seu advogado?", perguntei, e ela me respondeu que iam fazer uma revista, corria o boato de que estavam varrendo tudo, tinha pavor de que confiscassem seus papéis e não teve opção senão recorrer à primeira pessoa que aparecera.

De qualquer forma, a coisa estava tensa lá no parque. Talvez houvesse muita expectativa de ambas as partes e, na hora da verdade, poucos resultados. Ou talvez minha dose de expectativa não fosse compartilhada por ela; de qualquer maneira, era como se o anticlímax houvesse se precipitado antes que acontecesse o clímax. Logo pareceu que não restava muito da velha empatia. A conversa andava na contramão, cada frase era um parto, uma extração a fórceps, e isso de minha parte; eu fazia todo o esforço e a puxava, e, enquanto isso, ela destemida: calada e ausente. E eu ali, soltando os bofes, como se estivesse jogando pingue-pongue sozinho e contra mim mesmo. Que diferença daqueles momentos depois das aulas, a contenção diante das outras internas, o susto diante das guardas, as indiretas entre a gente, os joguinhos de palavras, a sedução camuflada, a desordem das energias, a tensão sexual em circunstâncias extremas. Melhor dizendo, uma paquera ilícita do caralho ali naquele presídio, ou pelo menos assim eu havia vivido, e, em troca, agora tudo era normal, tristemente brochante. Por fim tínhamos a oportunidade de nos dizer tudo o que antes tivéramos de calar, mas era como se já não quiséssemos dizer mais nada. María Paz estava definitivamente estranha. Havia tanto abatimento em sua expressão, tanta tristeza. Eu tentava abrir caminho com o interrogatório de rigor: quando você saiu de Manninpox? Foi declarada inocente? Está em liberdade condicional? Como tem passado desde então? Conseguiu reencontrar sua irmã? Mas perguntas elementares como essas pareciam atordoá-la ou irritá-la, não sei; de qualquer maneira, ela as deixava passar sem sequer tentar respondê-las. E se lhe perguntava por sua estadia na cadeia depois do meu afastamento, ela me respondia com um gesto displicente, tudo isso eu já lhe contei, em meu texto, o que sumiu, ali estava tudo.

Amanhã é meu julgamento, disse de repente, e então a lâmpada se acendeu, véspera do julgamento, claro, essa é a raiz do problema, impossível um momento pior para tentar uma *romantic connection*. Disse-lhe que tinha motivos para estar preocupada, como não, não era para menos.

— Não é pelo julgamento — respondeu.

— Então é o quê?

— O meu texto sumiu, acha pouco? Sabe quantos dias passei escrevendo? Sabe quantas horas, com uns lapisinhos de merda do tamanho de uma guimba? Eu escrevia até no escuro, não fode, mister Rose. Fiquei sonhando que o senhor ia ler isso algum dia, fiquei lambendo as guardas para que me dessem qualquer pedaço de papel, e agora essa merda vai e desaparece, todo esse trabalho para nada, e o senhor vem e me diz para eu não me preocupar.

— María Paz, eu lamento de verdade, eu mais do que ninguém, mas não fique assim comigo, a culpa não é minha.

— Mas a culpa é sua, sim. De quem mais seria? Foi o senhor quem me enfiou essa besteira na cabeça — disse, dando as costas, e então tirou da bolsa umas folhas escritas, rasgou-as em pedaços e atirou-as na lixeira.

— O está fazendo? — gritei. — O que rasgou?

— Os novos capítulos que trouxe para o senhor. Ora, para que, se tudo já está fodido?

Que cenazinha ela estava armando. Ali em pleno parque, uma birra inesperada de menininha malcriada destroçando o manuscrito em um gesto teatral como de Moisés quebrando as Tábuas da Lei. Se eu mesmo não fosse escritor, ou aspirante a isso, não teria compreendido a inquietação de quem havia deixado a alma em cada uma daquelas páginas e por que digo em cada página? Em cada parágrafo, em cada linha... E mais ainda, nas condições extremamente adversas em que ela as escrevera, a grande esperança em relação ao que fizera. Por isso me fez o desaforo de destruir aquilo ou, melhor dizendo, fez a si própria, e os dois ficamos murchos, estremecidos, como se estivéssemos de luto.

Precisei de uns minutos para reagir, mas reagi. Corri para a lixeira como um voluntário da Cruz Vermelha para resgatar os pedaços sobreviventes daquele texto. Alguns estavam lambuzados de iogurte orgânico, outros de taco turco, os mais sortudos de sorvete Van Leeuwen.

—Deixe como está, mister Rose — dizia ela —, não faça isso.

Mas nada me detinha. Continuei escarafunchando sem nojo e sem medo até que consegui recuperar quase todos e, ainda que retalhados, pegajosos e amassados, os capítulos da minha garota saíram da lixeira basicamente vivos e passíveis de cirurgia reconstrutiva. Então os enfiei em uma bolsa de plástico, também encontrada na lixeira, e guardei no bolso da minha jaqueta. Teria gostado de que, depois de minha proeza, ela tivesse me olhado com reconhecimento e admiração, como Lois Lane para o sem graça do Kent quando descobre, finalmente, que é o Super--Homem. Não foi bem assim. Na realidade, María Paz não se mostrou muito emotiva a respeito.

— Para que fez isso? — Foi tudo o que me disse, mas suspeito de que, no fundo, o gesto deve tê-la comovido.

Depois de um tempo, perguntei se queria ir embora e ela me disse: para onde? Onde quiser, María Paz, gostaria de acompanhá-la... E ela aceitou, sem paixão, mas aceitou, e continuamos ali, como dois estranhos, eu proveniente de um mundo bom e fácil, ela vinda de uma cadeia de dramas; eu com um futuro garantido, ela com o destino por um fio; ela sentada no cogumelo de bronze que está ao lado do Chapeleiro Maluco, eu em pé, olhando-a por entre as orelhas do Coelho Branco. E os dois emaranhados naquele diálogo de surdos. Ou de mudos, suponho, porque não conseguíamos articular muito. De qualquer forma, eu já estava exausto. Dizendo melhor, derrotado, a esta altura quase certo de que havia inventado tudo e que nosso joguinho lá em Manninpox havia sido unilateral, apenas um produto da minha fantasia. E para não deixar de lado, me ocorreu lhe perguntar *qual a semelhança entre um corvo e uma escrivaninha?*, a charada sem resposta que o Chapeleiro Maluco apresenta no livro de Carroll. Suponho que disse isso porque, afinal de contas, estávamos exatamente naquele lugar. E María Paz soube me responder. Disse *Não faço a mínima ideia*, como Alice. Tinha que ter lido o livro pelo menos umas duas vezes, porque soube logo do que se tratava e deu a resposta exata, *Não faço a mínima ideia*. Bingo! Aquilo foi mágico, essa foi a conexão, a chave da porta até aquele momento fechada.

    E então sim, rimos, como se de repente nos reconhecêssemos. E nos abraçamos. Deus do céu, que abraço aquele que nos demos, aquilo sim foi um abraço, dos bons, dos longos, duas pessoas que por fim são uma só por conta de quatro braços que se estreitam, que apertam, que não querem mais soltar. Seu rosto afundado no meu peito, meu rosto afundado em seus cabelos, um abraço pressentido e por muito tempo esperado, um abraço desde sempre e para sempre. O que quero dizer é que nos demos o abraço da vida, não sei se consigo explicar.

    E então tudo entre a gente começou a andar como antes, mas muito melhor do que antes; seria possível dizer que entrávamos na segunda etapa de uma trama, a que nós, quadrinistas, chamamos de *Things go right*, e que vem depois de *Conflict begins* e antes de *Things go wrong*. Por ora começávamos a voar juntos na maravilha do *Things go right* e ela me disse que queria conhecer algo meu, algo do meu mundo, porque eu havia compartilhado o seu nos dias de Manninpox e, em troca, ela não sabia nada do meu, salvo o que havia conseguido imaginar a partir dos poucos dados que eu soltava naquela época.

— Podemos fazer isso depois — falei. — Por ora o urgente é que você descanse e se prepare...

— Talvez não haja um depois — respondeu ela —, quero fazer agora.

Então lhe perguntei se gostaria de visitar Dorita e ela ficou chateada, porque pensou que me referia a minha namorada. Expliquei que Dorita não era minha namorada, mas a do Poeta Suicida, e que os dois eram os protagonistas da minha série de quadrinhos, e lhe sugeri que visitássemos juntos a Forbidden Planet, na Broadway com a 13, uma loja de mangá e anime, histórias em quadrinhos retrôs e modernas, objetos da cultura pop, figuras japonesas, *T-shirts* e *hoodies*, onde tanto os vendedores como os clientes habituais eram meus amigos e entusiastas das minhas histórias. Expliquei que a Forbidden Planet era o paraíso dos *nerds*, um lugar nostálgico com cheiro de infância perdida, onde as crianças que não éramos mais conseguiam brinquedos. É um dos meus lugares de culto e uma bela vitrine para meu *Poeta suicida e sua namorada Dorita*, expliquei, e ela aceitou sob a condição de comermos alguma coisa antes.

Entramos na primeira cafeteria do Upper East Side que encontramos no caminho, pedimos omeletes de espinafre com salada e ela começou a me contar, agora com todas as letras, a maneira inverossímil como saiu de Manninpox e o monte de coisas que vinha acontecendo com ela desde então. Tudo aquilo era muito forte e achei que ela ia chorar enquanto falava, mas não foi assim, minha garota estava mais além das lágrimas. Não falamos nada sobre o julgamento que seria realizado no dia seguinte, nem uma palavra, como se mencioná-lo fosse desafiar a sorte. Mas o assunto tinha de aparecer, não era saudável continuar evitando-o.

— A única coisa importante neste momento é o julgamento — falo, consciente de que não era uma grande frase. Mas ela se manteve firme e não respondeu.

No entanto, falou muito de Sleepy Joe, seu cunhado, e me confessou que também havia sido sua amante. Insistiu tanto naquele sujeito que fez com que me sentisse mal, por momentos parecia que só se interessava por ele. E que história a que me contou, uma versão folclórica do drama de Paolo e Francesca, o par de cunhados que se tornam amantes e são lançados ao inferno por Dante. Só que esses dois haviam sido mortos pelo marido, enquanto aqui o morto era o marido. Segundo a descrição que María Paz ia me fazendo do cunhado, eu podia imaginá-lo como um machista que maltratava as mulheres, ultracatólico, inculto, violento... e nada além disso. Enfim, um valentão ordinário. Até que o vi. Falando do rei de Roma, eis que ele aparece.

No primeiro momento o vi nos olhos de María Paz, melhor dizendo, vi a cintilação de pânico em seus olhos; ela estava sentada do lado da mesa de frente para a porta da cafeteria. Eu do outro lado, olhando para o fundo do estabelecimento. De repente ela vê essa coisa, ou esse alguém, que surge às minhas costas e lá se vão as cores do seu rosto. Eu me viro para olhar na direção da porta e vejo entrar um fanfarrão bonitão e mal-encarado, esquivo e hostil, de raça ariana e estrutura musculosa e elástica, ostensivo, grotesco, embutido em jeans justos, desses tão grudados nas pernas que é preciso enfiá-los com lubrificante, ostentando um cinto de fivela pesada com atitude de que quer tirá-lo para espancar todo mundo. O sujeito evita nos olhar, mas é evidente que já nos viu, passa direto e se senta a uns vinte passos de nossa mesa, nos dando as costas.

— É ele — diz uma María Paz que já está agarrando sua bolsa para sair correndo. — Está me seguindo.

— Ele? — pergunto, embora já tivesse adivinhado. — Qual ele?

— Ora, Sleepy Joe — sussurra seu nome como se fosse uma maldição, e eu, que fico muito nervoso, só consigo lhe recomendar que se acalme. Sugiro que disfarce, que antes de tudo não permita que ele perceba seu medo.

— O que esse cara lhe fez para que você fique assim? — pergunto várias vezes, mas ela não me responde, finge que continua comendo, mas não consegue engolir nada, é evidente que não está bem. Eu observo o sujeito do meu ângulo de visão e só consigo ver suas costas. Vejo que passa, de quando em quando, a mão pelos cabelos cinzentos e sujos, como que para se certificar de que seu penteado James Dean, armado e antiquado, não se desmanchou. Usa uma jaqueta retrô de corrida, dos anos 1960, de nylon acetinado e punhos abotoados, com remendos bordados da Castrol e da Pennzoil nas mangas. Bate nervosamente no chão com o salto de sua bota e todo seu ser trepida com o sapateado, como se estivesse ligado na corrente elétrica. Não posso ver sua cara nem estudar sua expressão porque o ângulo não deixa, até que ele vira o rosto para mim, como se estivesse procurando meu olhar. E aí encontro aqueles olhos, inexpressivos, terrivelmente frios. Uns olhos sem afeto. Nesse momento compreendo que há nele algo mais do que pinta de valentão de bairro ou de imprestável: percebo uma força interior muito obscura. Esse pobre diabo pode vir a ser o próprio Diabo, penso.

— Que vibração tenebrosa a desse desgraçado — começo a dizer a María Paz, mas ela se levanta e vai embora sem esperar que eu termine a frase.

Comigo atrás, tentando alcançá-la, ela sobe quase correndo até a Lexington, atravessa as portas giratórias de uma mega loja, a Bloomingdale's, vai até o fundo como um diabo fugindo da cruz e, quando estamos atravessando a seção de sapatos femininos, consigo agarrá-la pelo braço e pará-la para perguntar o que está acontecendo.

— Por que ele está perseguindo você? — pergunto.

— Porque quer um dinheiro que acha que eu tenho e eu não tenho. Em parte por isso, em parte porque me quer.

O que vem depois é buscar minha moto e tentar nos perder daquele bárbaro: uma sequência rápida e aflitiva. María Paz e eu dando voltas frenéticas de moto pela cidade, sentindo que a besta pisa em nossos calcanhares e entrando entre becos e corredores para apagar os rastros. E enquanto isso eu tentando que María Paz me explique, me coloque a par de tanta ameaça e tanto mistério. Agora desabava em cima de mim, como um balde de água fria, a compreensão de que, à diferença do que acontecia entre os muros de Manninpox — onde os crimes que ela tivesse cometido não me diziam respeito —, aqui fora, nas ruas de Nova York, eu estava me encontrando com o pacote completo: a garota e suas circunstâncias. A garota e seu passado. A garota e sua verdadeira história, a que não quisera me contar nos exercícios escritos que me entregava na sala de aula. E eu querendo chamar a polícia para denunciar o tal de Sleepy Joe e ela querendo que não.

—Se este filho da puta a está ameaçando — dizia eu, quase com raiva — por que, caralho, você não o denuncia de uma vez por todas?

Mas ela se negava, sem me explicar nem se justificar, e eu tentava, sobretudo, convencê-la de que passasse a noite comigo no meu apartamento, onde poderia cuidar dela. Propus que eu dormisse no chão e ela na cama para que descansasse direito, que na manhã do dia seguinte lhe prepararia o café da manhã, lhe falei de uma boa chuveirada que a deixaria como nova, me ofereci para levá-la na minha moto ao Bronx Criminal Division, onde, segundo me disse, seria realizado o julgamento, e escoltá-la sã e salva até a porta da sala de audiências. Mas, por algum motivo, ela se negava.

É incrível como são as mulheres. Segundo acabou me confessando, a razão pela qual não podia ficar comigo naquela noite era a mais insólita: em síntese, só se tratava da roupa nova que estava guardada em outro lugar e que queria vestir durante o julgamento. Vamos pegar essa roupa e depois a levo para minha casa, suplicava eu, mas ela colocava muitas dificuldades e muitos problemas e não havia maneira de convencê-la. Estava decidida que não.

— Se amanhã tudo correr bem, vamos depois do julgamento em sua moto aonde tivermos vontade — prometeu. — Mas se tudo correr mal..., bem, isso, tudo correu mal.

Essa frase ficaria ecoando a noite inteira, e eu não conseguia pregar os olhos por ficar sonhando com os lugares aonde ia levá-la se tudo corresse bem, desde praias secretas e cabanas nas montanhas até Praga ou Istambul ou Santorini ou Buenos Aires. Embora todos esses sonhos tivessem a sombra do merda do Sleepy Joe e da ameaça que representava; logo eu teria de pedir explicações a ela, exigir que me pintasse o quadro completo, para não andar por aí às cegas no meio da grande confusão que parecia ser sua vida.

Como me garantiu que tinha onde passar a noite a salvo, acabei deixando-a, mesmo que a contragosto. Tive que me contentar em lhe garantir que no dia seguinte estaria ali sentado, na primeiríssima fila, para lhe servir de apoio moral, porque não pude impedir que descesse de minha moto e fosse pelas escadinhas da estação do metrô em direção às entranhas da cidade. Não me deixara um número de telefone ou endereço, nenhum sinal para poder buscá-la em caso de urgência. Mas para que, havia me dito, se em algumas horas vamos nos ver no tribunal?

No dia seguinte, cheguei antes de todo mundo na sala de audiências. Cheguei feito um mauricinho, de paletó e gravata, e me sentei na primeira fila, tal como tinha prometido. Um par de funcionários entraram para instalar um microfone, deslocar umas cadeiras e, quando voltaram a sair, seus passos ficaram ecoando no recinto vazio. María Paz ainda não chegara. Então foram aparecendo outras pessoas: guardas, o juiz, o promotor, um velho muito curioso que supus que seria seu advogado... todos, menos ela. Os minutos passavam e ela não chegava. Eu estava só nervos, enquanto os outros, inquietos, consultavam seus relógios. E nada de ela chegar. Eu roía as unhas e me agoniava, e ela não chegava.

Nunca chegou. Embora pareça incrível, María Paz não chegou. Por alguma razão, não deu as caras. Não compareceu a seu próprio julgamento, obrigando o juiz a declará-la ré ausente, a ordenar sua captura e mandar todas as forças públicas em sua perseguição.

Que merda havia acontecido? Era a coisa mais insólita que me acontecera na vida. Eu batia com a cabeça nas paredes, fritava os miolos imaginando hipóteses e tentando encontrar justificativas para aquele desastre: 1) Sleepy Joe encontrara María Paz e a havia matado; 2) Sleepy Joe encontrara María Paz e a tinha sequestrado; 3) María Paz se afastara de mim e procurara Sleepy Joe porque, no fundo, continuava apaixonada por ele e juntos, tinham optado por fugir do país; 4) Alguém mais queria evitar a todo custo que María Paz testemunhasse e a liquidara; 5) Como nos filmes, María Paz batera com a cabeça e perdera a memória. Enquanto deixava a sala de audiências, essas e outras explicações davam voltas e voltas em minha cabeça, levando-me à loucura.

Até que me lembrei das folhas escritas que no dia anterior ela havia rasgado e atirado no lixo e voltei voando a Saint Mark's, entrei correndo no meu apartamento, tirei os retalhos do bolso da minha jaqueta de couro, limpei-os da melhor maneira que pude, espalhei-os na minha escrivaninha e comecei a combiná-los e a colá-los com fita adesiva como quem monta um quebra-cabeça, mas um de vida e morte. Por pouco não consegui, pois minhas mãos tremiam de maneira desastrosa. Passei o anoitecer organizando mais ou menos aquilo, apenas o suficiente para meio que ler. A história que estava escrita ali era alarmante, como tudo o que era relativo a essa mulher, mas na hora da verdade não esclarecia de fato o que a teria levado a evitar o julgamento.

Nada a fazer. Havia ficado sem pistas. María Paz me mergulhara de novo no universo mudo, e eu não tinha outra opção a não ser esperar, dia e noite, que chegasse uma nova mensagem de Juanita no Facebook ou talvez algum outro sinal de vida. Se é que María Paz ainda estava viva. Nos momentos de otimismo, a imaginava transformada em fugitiva, escondida vá saber em que buraco e procurando entrar em contato. Contato comigo, ou pelo menos era essa a minha esperança, embora também fosse possível que a esta altura ela já estivesse passeando de biquíni e tomando margueritas em Puerto Vallarta, abraçada ao criminoso do Sleepy Joe. E enquanto isso eu, desesperado, checava a correspondência de tempos em tempos e examinava os jornais para ver se apareciam notícias de sua prisão ou de sua morte. Qualquer coisa era possível, e eu estava mal, desconcentrado, sem apetite e consumido pela ansiedade.

Do caderno de Cleve

Escrevo isto às pressas e já nas Catskill. Hoje à tarde tenho de ir a Chicago e antes quero anotar a sequência dos fatos recentes, agora que, por fim, consegui reconstruí-los. Não quero deixar passar nem mais um dia, para não esquecer os detalhes. O que vou fazer? Devem ser perversões do ofício, mas não posso evitar de ver María Paz como heroína de minha próxima série de quadrinhos; antes de tudo a poesia, como disse Hölderlin. Mas, enfim, o que aconteceu foi o seguinte.

Depois do nosso encontro na pracinha de Alice no dia anterior ao julgamento, María Paz desce da minha moto e se dirige a algum lugar do Queens, onde fica a salvo de Sleepy Joe na casa de sua amiga Juanita, ex-companheira de pesquisas, que guarda a roupa que quer vestir para se apresentar no tribunal. Esta Juanita a atualiza nas histórias passionais e profissionais, garante que durma bem e que tome um belo café da manhã, ajuda-a a se arrumar e se despede dela na porta com um abraço. Boa sorte, minha rainha, lhe diz. Não irá acompanhá-la ao julgamento porque não pode faltar ao trabalho, mas à noite vai esperá-la no Estrella Latina, *best place in town*; vão chutar o pau da barraca para comemorar a vitória.

— Posso levar um amigo? — pergunta María Paz.

— Então existe um amigo? Que bom! E como se chama?

— Se chama Rose.

— Ora! Muita colação de velcro nessas prisões femininas... Então o amigo é amiga...

— É gringo, sua boba. Rose é seu sobrenome.

— *Is he cute?*

— Você mesma vai julgar. Se é que não vão me trancar outra vez.

María Paz chega à 161 Oeste com alguma antecedência. Ao descer do táxi, sua saia justa sobe e percebe que o taxista, um sujeito de turbante, aproveita para olhar suas pernas. Uma vez fora, ajeita o tailleur, dá um toque de saliva com a ponta dos dedos em uma mecha que se esforça em cair na sua testa como não deve, porque, seguindo as instruções de Pro Bono, penteou os cabelos para trás, prendendo-os na nuca em um coque simples. Está muito distinta, lhe disse Juanita, parece uma andaluza. Uma andaluza orelhuda, diz María Paz, apontando as orelhas que se destacam dos dois lados, segundo ela como barbatanas de tubarão. É um belo dia, de sol frio e céu azul, mas ela sente que uma nuvem escura paira sobre sua cabeça. Isto não é um bom sinal, pensa, mas de qualquer maneira se lança com passo decidido através da praça que leva ao edifício central da Bronx Criminal Division. Caminha até lá corajosamente, embora suspeite de que se trata de uma valentia absurda, porque a leva à perdição. E mesmo assim não para. O que tiver de ser, será; ela está preparada. No fundo, para ela dá no mesmo. Hoje teria de ser seu dia. Se há justiça neste mundo, tudo teria de correr bem, mas quem disse que há justiça neste mundo? Pensou muito a respeito e concluiu que isso de justiça é uma má invenção, apenas uma pantomima que a sociedade encena para se livrar do problema, uma espécie de teatro que não tem nada a ver com esclarecer a verdade. Gostaria de se sentir forte, otimista, bonita, segura de si mesma. Seu advogado é o melhor da cidade e o tailleur escuro que veste é maravilhoso, ela mesma se espanta ao ver o reflexo de sua silhueta esbelta nas janelas. Incrível, pensa, finalmente estou parecida, mesmo que seja só um pouquinho, com Holly. Tive de passar pelo inferno para ficar um pouco parecida com ela. Aferra-se a sua bolsa Gucci de 2 mil dólares como se fosse um escudo protetor e pensa que o lenço rosa que está em seu pescoço é parte da vitória. No peito tem pendurado a moeda que Bolivia lhe deu de presente quando partiu para a América e no anelar esquerdo o anel de casamento que lhe dera o falecido Greg; ambos lhe foram devolvidos quando saiu da prisão. Mas sente que hoje seus amuletos não irradiam boa fortuna, estão apagados, por mais que os esfregue não têm poder. Deseje-me boa sorte, Gregorio, diz a Greg, você sabe que eu não o matei, não vá se desforrar agora pelos chifres, veja como já paguei caro por isso. Me ajude, mãezinha linda, vai dizendo a Bolivia enquanto atravessa a esplanada, se você está aqui comigo tem de me ajudar. Preparou-se tanto como sua mãe se preparou anos atrás, quando se apresentou ao comissário da imigração que lhe concedeu o *green card*, e gostaria de acreditar que também desta vez as coisas correriam bem. Seria apenas justo que corressem bem, tanto esforço não pode ter sido em vão, tanta luta para conquistar a América não pode acabar em tragédia. Vamos, Bolivia, me dê sua força, me ajude, mãezinha, esse é seu desejo, não me desampare agora, não permita que seu sonho acabe em pesadelo.

Mamãe? Greg?

Nada.

Mamãe? Greg?

Ninguém responde.

Hoje meus mortos estão mortos, pensa María Paz.

Está há dias estudando conscienciosamente o dossiê que Pro Bono lhe passou com indicações sobre o que tem que dizer e o que tem que calar. Poderia repetir de memória todas aquelas palavras que, no entanto, não são suas. Nada do que vai dizer na corte é o que pensa de verdade. Pro Bono lhe explicou que o resultado depende, em boa medida, dela mesma, de sua atitude, de sua capacidade de irradiar uma luz clara, transparente, confiável. Vai ser difícil, pensa ela, difícil isso de irradiar luz clara com este desânimo sombrio filho da puta. Porque no fundo sabe que vão arrebentá--la. O que pode esperar do veredito de pessoas que não a conhecem, que não gostam dela, a quem ela não importa? Por conta de que vai esperar que se faça justiça, ela, que experimentou na própria carne a arbitrariedade? Deveria estar otimista, disse Pro Bono e repeti eu, ou seja, Cleve Rose, também conhecido como mister Rose. E, no entanto, ela só sente cansaço, um cansaço enorme, pesado, sem solução.

— Faz tanto tempo que não decido nada por mim mesma... — queixou--se a sua amiga Juanita. — Outros decidem tudo por mim. A vida vai me empurrando sem me consultar, me leva por onde quer sem me dar opção de escolha.

Hoje sua sorte vai ser jogada no cara ou coroa, e ela sabe que saia cara ou saia coroa o mundo vai continuar igual. E, afinal, o que tem a ver esse julgamento com ela, se ela vai apenas desempenhar o papel de espectadora do que acontecer ali? Serão os outros que decidirão e ela terá de acatar. Por ora, continua atravessando a esplanada em direção à porta principal. Depois de cruzar a entrada, terá de passar pelo detector de metais, submeter-se à revista, mostrar a intimação, atravessar o grande vestíbulo e procurar a sala que lhe corresponde. Mas, antes de chegar lá, tem, de repente, a impressão de que a olham do alto.

O que sente é apenas um leve sobressalto, uma intuição vaga, e por isso não lhe dá atenção e segue em frente. Mas persiste a sensação de que alguém a olha, alguém que crava nela um olhar intenso, proposital, algo como um chamado mudo que a obriga a virar o rosto para cima. E vê Pro Bono, seu advogado, que se inclina sobre a balaustrada do segundo ou terceiro andar. Ela está prestes a saudá-lo com a mão, mas se contém. A expressão do advogado não é familiar, é mais pétrea, premeditada, urgida, como se estivesse há um tempo fazendo força para que ela se virasse e o olhasse. Por que não a chamou, se nem sequer teria de gritar para chamar sua atenção? Não, Pro Bono só a olha, mãe do céu, como a olha, um olhar que assusta, e quando vê que, por fim, atraiu sua atenção, lhe faz um certo gesto mínimo que dura apenas um segundo e congela seu sangue. Disfarçando para que ninguém mais note, porque só ela no meio da multidão deve perceber o sinal, Pro Bono passa depressa o indicador direito pelo pescoço, da esquerda para a direita na garganta, em sinal de degolação. A mensagem é contundente e María Paz a capta imediatamente: você está fodida, está lhe dizendo, não há nada a fazer. Agora Pro Bono nega com a cabeça. Com um imperceptível vaivém da cabeça está lhe dizendo que não, que não se aproxime mais, e executa com a mão um gesto seco e minúsculo que ordena que se afaste: vá, está lhe dizendo com a mão, vá antes que seja muito tarde, vá embora daqui imediatamente. E de novo a advertência imperativa, que não deixa lugar a dúvidas: o indicador cortando a garganta. Tudo está perdido, está lhe dizendo Pro Bono. Vá, María Paz, fuja, é agora ou nunca.

Enquanto, lá em cima, Pro Bono disfarça afrouxando o nó da gravata, como se simplesmente essa tivesse sido sua intenção ao levar a mão ao pescoço, lá embaixo na praça o estômago de María Paz se revira, como se todo o café da manhã que Juanita lhe servira estivesse lutando para sair, Rice

Krispies incluídos, suco de laranja e torradas e ovo quente também. Sua cabeça fica quente, seu coração pula, suas pupilas se dilatam, suas pernas enrijecem. Vai ter que dar meia-volta e marcha a ré no meio daquele lugar que é um fervedouro de espiões, agentes secretos, dedos-duros, guardas, policiais. Ela desacelera, mas evita parar de repente, isso seria se entregar e por isso se controla, endireita as costas e enche os pulmões de ar, relaxa a expressão e se obriga a dar alguns passos mais adiante, como se nada estivesse acontecendo. Depois improvisa um gesto teatral dirigido ao público: dá uma batidinha na testa com o dorso da mão, como se de repente tivesse percebido que havia esquecido alguma coisa. Procura dentro da bolsa algo que não acha e faz cara de sou uma idiota, como pude deixar isso no carro, vou agora mesmo buscá-lo. Aparenta confiar em si mesma e até sorri um pouco, como se dissesse vejam, como sou boba, não trouxe essa coisa que era fundamental. Percebe que está abrindo e fechando as narinas, essa mania de hiperventilar que pegou em Manninpox e que repete cada vez que a angústia a deixa sem ar. Esforça-se para respirar normalmente e vira 180 graus, dá as costas ao edifício e começa a se afastar, consciente de que qualquer movimento em falso será sua perdição. Antes de tudo não deve se virar e olhar para trás. Ordena a si mesma: não olhe para trás ou, como a esposa de Ló, vai virar uma estátua de sal.

Ao contrário do que poderia esperar, é invadida de repente por um entusiasmo irracional e uma onda inusitada de energia percorre todo seu corpo. Agora sim, diz para si mesma, agora sim dependo inteiramente de mim. Não terá mais que jogar em campo alheio, por fim está entregue a suas próprias forças, e nelas, sim, pode confiar. Sente que acabaram de lhe abrir a porta para um novo plano da realidade, sente de repente uma sede de vida e uma ânsia de liberdade que há muito tempo não conseguia experimentar. Vamos ver, safados, desafia o mundo, vamos ver quem pode mais, vocês ou eu. Atenção, filhos da puta, não vão voltar a me tomar o que é meu.

Tranquilidade e controle, essa é a combinação chave naqueles momentos decisivos em que deixa a praça para trás e se dirige ao estacionamento. Aperta mais um pouco as passadas, mas sem começar a correr, tentando um passinho mais rápido e altivo, como de top model na passarela. Deve parecer alguém que simplesmente deixou alguma coisa em seu carro e se apressa para recuperá-la. Já está no estacionamento. Isso significa que superou a parte mais difícil; o terreno minado ficou para trás.

E justo nesse momento sente uma vontade inusitada de voltar para casa. De repente sente saudade das Nava, sente falta de Bolivia, precisa de Mandra X, gostaria de abraçar Violeta, acariciar Hero, ter uma moeda para ligar de um telefone público para Corina. Ou estar segurando na mão grande e segura de Greg. Ou pela mão de seu pai, quem quer que tenha sido; até aquele desgraçado marinheiro peruano que deve ser seu pai passa de repente pelo filme paralisante. Se bastasse fechar os olhos para voltar para casa! É invadida por uma repentina onda de nostalgia, uma queda traiçoeira de adrenalina, um gol contra que a deixa sem forças e com pernas bambas. Onde alguns minutos antes havia determinação, agora penetra uma suavidade sentimentaloide que não contribui para nada. Mas o transe crítico só dura um instante, porque em seguida desaba como um raio uma revelação: Casa? Qual casa? A que porra de casa quer voltar se há muito tempo não tem casa, se na realidade nunca teve?

Essa humilhação não a derrota. Muito pelo contrário, afasta todo o melodrama e a baboseira que a atordoam e debilitam. Na sua cabeça, começa a tocar, no lugar, uma canção de Juanes cujo videoclipe ultimamente passam muito, Juanes de macacão laranja, como um presidiário gringo que lhe canta ao ouvido "não tenho mais o que explicar, não tenho mais quem me julgue". Sim, pois sim, pensa María Paz, esse *baby* tem toda razão, eu tampouco tenho nada a explicar, melhor dizendo, nada e a ninguém, e quantos Juanes você é se só estou vendo um, e vou atrás de você, Juan ou Juanes, e estão loucos os que acham que vão me julgar, até me fazem rir, que fiquem lá sentados, esperando, e que metam a porra da sua sentença onde lhes caiba, porque o que sou eu, eu não tenho mais nada a explicar. Nada nem a ninguém. Nem tenho que prestar contas. Não há amor que me detenha nem ódio que me feche as portas, já posso ir soberanamente para o caralho porque, aconteça o que acontecer, saio ganhando. Caia cara ou caia coroa: eu ganho.

Já tem todos seus poderes outra vez sob controle e vai seguir em frente, para a frente que atrás vem gente, como dizia sua mãe; abram passagem que lá vai María Paz, a *Colombian Wonder Woman, fucking them all and blasting them into pieces*. Tira da bolsa as chaves da porta inútil de sua casa e agita-as como se fossem a do carro que está prestes a abrir. As filas de automóveis alinhados diante dela parecem obstáculos que tem de transpor, que pode transpor, que já está transpondo. Passa direto pela primeira fila, pela segunda, pela terceira. Às suas costas alguém se aproxima, um homem, a julgar pela batida forte de seus passos. Vem pegá-la? Cada vez está mais perto, já quase em cima. María Paz escolhe um carro vermelho cereja. Decide que esse vai ser o seu porque gosta dessa cor, lhe inspira confiança, e age como se o carro lhe pertencesse. Deixa a bolsa cair despreocupadamente no capô, abre, pega uns óculos escuros, coloca-os, dá meia-volta para encarar o sujeito que vem por trás.

— Teria um cigarro? — lhe pergunta.

O sujeito tira do bolso uma caixinha de Marlboro, lhe oferece um, acende-o com um Zippo e segue em frente.

Então, e só então, enquanto finge fumar tentando não tossir, María Paz se atreve a olhar pela primeira vez o seu relógio: ainda faltam dez minutos para as 11h30, a hora em que seria julgada. Ainda não terá soado o alarme, ainda não soltaram os cães, faltam pelo menos vinte minutos até que sintam sua falta e comecem a procurá-la. Fica onde está enquanto espera que seu coração recupere o ritmo normal. Não importa que arda por dentro em brasa desde que por fora pareça calma, sem pressa, esbanjando atitude de mulher bonita, bem-vestida e de óculos escuros que fuma tranquilamente um cigarro no estacionamento encostada em seu automóvel, afinal o que tem isso de estranho, é apenas natural que não queira fumar dentro do carro para não impregná-lo de cheiro de tabaco, aqueles que passarem em frente não verão nada fora do normal, apenas uma mulher que agora esmaga com desenvoltura a guimba no asfalto, uma mulher como outra qualquer, talvez uma secretária, ou uma advogada, alguém que provavelmente trabalha em um dos escritórios do tribunal; de maneira alguma uma ex-presidiária de Manninpox, essas não são tão bonitas nem carregam bolsas Gucci de 2 mil dólares.

Em um canto de sua memória, se ilumina por um instante a recordação escorregadiça de um sonho que teve na noite anterior: uma vagina grande, de tecido, desprendida de qualquer corpo, costurada sobre si mesma e redonda como uma bola. Pela ranhura dessa vagina brotam várias criaturas felpudas, como coelhos, embora não sejam coelhos. Alguém a adverte que uma dessas criaturas está doente e ela imediatamente a reconhece, porque é a que palpita mais forte. Aninha-a entre as mãos e se tranquiliza sabendo que o animalzinho, ou o que for, está seguro ali onde está. Dá-lhe por nome uma palavra de três letras que nunca ouvira, AIX. O animalzinho responde quando ela o chama por esse nome. E ela só se lembra até essa parte do sonho, que explode em seguida e se desvanece, como uma bolha de sabão. Mas María Paz retém o nome e, antes de abandonar o estacionamento para se atirar na rua, escreve com um dedo sobre a camada de sujeira do carro de cor cereja: AIX.

No último momento descobre que a certa distância está estacionado o Lamborghini de Pro Bono. Tem de ser esse, é inconfundível, seria muita coincidência que houvesse outro igual por ali. Sua primeira reação é alcançá-lo e se esconder embaixo até que o advogado apareça, então perguntar o que aconteceu, o que o motivou a desconvocá-la, saber o que vai acontecer, contar com ele para escapar, apoiar-se nele, amparar-se debaixo de suas asas. Mas desiste imediatamente: não precisa perguntar nada a Pro Bono, só acreditar nele e escapar. Ele teria suas razões, e suas razões deveriam ser suficientes. Tampouco pode comprometê-lo — o velho já se arriscou muito, não pode envolvê-lo mais. Não, ordena a si mesma; daqui em diante estou sozinha, daqui em diante tudo depende de mim. A única coisa que tem de fazer, por ora a sua única responsabilidade, é se perder na cidade de Nova York, que se abre diante dela como um mar.

Abandona o estacionamento, vai se misturando aos transeuntes da Melrose Avenue e pega o primeiro ônibus que para em um ponto. Desce várias quadras mais adiante, não sabe onde, e caminha com a pressa que lhe permitem a saia justa e os sapatos de salto alto. Antes de tudo precisa de pés ligeiros e quando passa diante de um quiosque de bugigangas chinesas, não hesita em perder alguns minutos comprando um par de sandálias de pano que calça ali mesmo, guardando os sapatos na bolsa para o caso de precisar deles depois. Viu filmes em que o mocinho troca depressa de roupa para não ser reconhecido pelos bandidos que o perseguem e por isso tira o blazer escuro e fica de camisa branca e depois solta os grampos que prendem o coque e deixa que caia sobre as costas todo aquele seu cabelão, longo e preto como o da Virgem do Carmo. María Paz conhece bem os habitantes de Nova York, sabe que uns quantos vão por suas ruas apressados, elegantes, magros, vestidos de preto ou cinza grafite e falando um bom inglês, enquanto todo o imenso resto anda por aí como na feira: uma grande baderna de terceiro-mundistas disparatados e escandalosos. E se até algum tempo atrás ela precisava aparentar que pertencia ao seleto grupo dos elegantes, agora lhe convém se perder na multidão anônima. Por isso, em outra barraca experimenta um conjunto de gorro, xale e luvas de lã preta, uma aberração de mistura, o tipo de coisa que só usam certos caribenhos, curiosamente só quando está fazendo calor. Olha-se no espelho que o camelô lhe entrega e ri só de pensar no que Bolivia teria dito se a visse assim, Bolivia sempre tão comedida em sua aparência, tão de cores claras para não ofender, sem falar do que teria opinado Socorro de Salmon, sempre tão morta de medo de não se enquadrar, e sobretudo o que teria opinado ela mesma uns anos antes, a própria María Paz, quando o terror do mau gosto não a deixava nem respirar e seu principal esforço era não parecer *you-latina*, disfarçar o sotaque, esconder a nacionalidade, viver explicando que nem todos somos narcotraficantes, nem todos terroristas, nem todos ladrões nem integrantes da Mara Salvatrucha ou das FARC. E com aquele gorro colorido espalhafatoso enfiado até as sobrancelhas e aquele cachecol companheiro em vez do lenço de seda que já tirou, nas mãos aquelas luvas tão ridículas e nos pés aqueles chinelos chineses e nas costas aquela ordem de prisão e aquela má fama e aquele passado judicial, que caralho, com tudo isso em cima a quem vai convencer ou impressionar? Já não tem a obrigação de satisfazer ninguém, nem de obedecer a ninguém, nem de chegar a tempo em nenhum lugar, nem de se comportar bem, nem de comprar nada, nem de cancelar crediários, nem de estar em dia com as prestações, nem de rezar aos domingos, nem de ser boa esposa, nem de ser a mais bonita nem a mais magra, nem de comparecer diante do juiz nem passar por nenhum teste: nada disso, nada de nada. Puta que pariu, pensa, enfiar este gorro espalhafatoso na cabeça foi o ato mais livre da minha vida. Embora, claro, reste a Gucci, que destoa horrivelmente, não tem nada a ver com o novo *look* que as circunstâncias exigem. Deveria deixá-la jogada por aí, se fingir de louca e abandoná-la, ou dá-la de presente a alguém que passar. Mas aí sim, toda Nova York se viraria para olhá-la. Seria um tremendo escândalo, até mesmo em uma cidade habituada a tudo, mas não a pessoas que andem desprezando bolsas Gucci. E, além disso, caramba, por que iria se desfazer desse presentão que Pro Bono lhe deu, e não, não senhor, não vai fazê-lo, quando mais em sua vida vai ter uma coisa tão preciosa, com esse couro de manteiga e esse cheiro de Itália, essas fivelas pesadas e esse tamanho perfeito, que combina com seu corpo tão amorosamente?

Em um dos vários metrôs que pega nesse dia, alguém ao seu lado lê o *Daily News*, e ela consegue ver as fotos e ler as manchetes. Grande operação. No lado direito de uma das páginas centrais, Greg muito jovem, louro, elegante, com seu uniforme da Polícia. À esquerda, Greg feito merda, atirado em uma esquina em uma grande poça de sangue. Mais embaixo outra foto de Greg, desta vez com Hero: comovente. E há mais uma foto, escura e pequenininha: a da própria María Paz. A que tiraram em Manninpox, descabelada, com pinta de leoa no cio, com ficha e tudo de presidiária no peito. Basta dar uma olhada geral para compreender a mensagem: Colombiana Perversa vs. *Good Cop* Americano. Pro Bono sempre lhe disse que os jurados são susceptíveis aos vaivéns da opinião pública e esta grande operação publicitária deve ter exacerbado seu espírito patriótico. Não é difícil para María Paz ligar os pontos, e acredita intuir por que seu advogado soubera de antemão que o veredito seria adverso. Deve ter se alarmado com o que viu nos jornais, pensa, e preferiu me avisar. Possivelmente foi melhor assim. Ou talvez não, mas pelo menos já tem uma hipótese.

Depois passa um bom tempo perdida entre as montanhas de pechinchas de uma loja de quinquilharias, pega outro ônibus e ao descer se enfia em um cinema. Ao entardecer, deixa-se atrair por uma música andina que sai das janelas de uma escola pública. Trata-se de uma quermesse com degustação de pratos típicos, e María Paz compra sua entrada. No meio de quenas, charangos, anticuchos, ceviches, pisco sours e danças incas, ela se mistura com o público até bem tarde da noite. Ali mesmo, no meio da comunidade peruana, conhece uma família que acha que ela é recém-chegada à cidade e lhe oferece hospedagem por aquela noite. Com a orquestra já exausta, o público dança mais umas quantas valsinhas e brinda com os últimos piscos sours, porque os organizadores estão prestes a anunciar o fim da festa. Os músicos guardam seus instrumentos e se retiram, e María Paz olha seu relógio. São 23h20. Dentro de dez minutos vai completar suas primeiras doze horas como foragida da justiça.

Nessa mesma hora, em outra esquina da cidade, eu me desespero sem saber nada dela. E terão de se passar quase sete semanas para que minha incerteza encontre paliativo, na manhã de um sábado, quando recebo uma mensagem de Juanita. A louca da María Paz finalmente se manifesta; pelo menos está viva.

A mensagem diz o seguinte: "Dois patinhos diante de Dorita." Merda. Não é fácil decifrar. Dois patinhos diante de Dorita. Nada mais. Dois patinhos diante de Dorita. Trata-se de algum reservatório com patos do Central Park? Do Two Ducks Hostels, uma pousada encardida da 35 Oeste? A sede da Ugly Ducking Press, na rua 3 do Brooklyn, porque mencionei alguma vez em Manninpox que faço parte dessa casa editorial? Ou será então a Peking Duck House, de Chinatown? Nada faz muito sentido, até que ouço uma flauta. Essa coisa de "dois patinhos" pode se tratar provavelmente da maneira colombiana de se referir ao número 22, que parece dois patinhos que avançam em fila para a esquerda. Talvez não se trate de um lugar, mas de uma hora, as 22. "Diante de Dorita" é mais fácil de adivinhar, só existe uma Dorita que eu e ela conheçamos. Aparentemente, María Paz está marcando comigo às 22h no Forbidden Planet, na Broadway com a rua 13, aonde ia levá-la na noite do reencontro, antes que Sleepy Joe atravessasse nosso caminho, para lhe mostrar a coleção de edições da minha novela gráfica *O poeta suicida e sua namorada Dorita*. Tem que ser isso e, se não for, não sei o que mais poderia ser. Ou será que é uma data? O dia 22 deste mês? Opto por acreditar que se refere mesmo à hora. Então, no Forbidden Planet às 22h. Mas de que dia?

Naquele sábado a esperei ali das 21h30 até quase a meia-noite, e nada. No domingo tampouco apareceu, nem na segunda. Na terça-feira cheguei um pouco tarde, eram 22h20 quando achei que a vi parada na porta do lugar. Mas usava um gorro inverossímil enfiado até os olhos e o resto do rosto enrolado em um cachecol, por isso só quando estava ao seu lado pude constatar que de fato era ela. Havia tomado de antemão a decisão de escondê-la na minha casa da montanha; era, de longe, a melhor opção. Tinha que tirá-la imediatamente do perímetro urbano, por onde a estariam procurando com lupa, e nem pensar em hotéis, lugares vigiados onde lhe exigem documentos e o denunciam à menor suspeita. Nem sequer a consultei, apenas lhe fiz sinais para que subisse atrás de mim na moto e ali mesmo arrancamos. Só lhe revelei nosso destino quando já estávamos na estrada. Ela não disse nem que sim nem que não, só perguntou onde ficavam minha casa e minha montanha e não soube se ria ou se chorava quando lhe disse que justamente ao lado de Manninpox.

Não sei como explicar o que vem acontecendo desde então. Digamos que estamos vivendo como num sonho, os dois escondidos no meu sótão, encarando a coisa de uma maneira bastante infantil, como duas crianças em sua casinha da árvore, porque não ligamos para o que acontece no mundo lá de baixo, que anda cheio de ameaças. Digamos que por ora cagamos para as ameaças. E que as ameaças cagam na gente, porque nos mantêm encurralados como formigas fumigadas. Todas as fúrias da nação apontam para María Paz; eu ainda não entendo como esta maravilha de garota conseguiu se transformar em alvo de tanto macho enfurecido, agentes da CIA e da DEA, tiras, policiais da imigração e *bounty hunters*, todo um pelotão encabeçado pelo animal do Sleepy Joe, que neste momento deve andar rugindo em sua caverna porque lhe arrebataram sua presa. Mas María Paz não quer falar de nada disso. Não menciona seu passado e menos ainda seu futuro; creio que a reconforta se sentir acalantada como em um barco no meio de um mar fora do tempo. De novo ela e eu flutuamos no *bliss* de um *Things go right*. Sete meses atrás passamos por um muito efêmero, que durou apenas umas horas; depois caímos em um longo e angustiante *Things go awfully wrong*, e agora voltamos à alegria dos dias felizes. Como heroína de quadrinhos, María Paz é complicada: com ela a trama não corresponde a nenhum esquema previsível.

Tudo isto é extraordinário, ultramundano, muito intenso. E, ao mesmo tempo, é tão irreal, isso de encarar os dias sem se importar com o que acontece, ignorando voluntariamente as consequências, deixando que ao nosso redor o mundo se acabe. E quem dera que isso fosse só uma maneira de dizer. Mas começa a haver sintomas; um novo *Things go wrong* vai se anunciando com sinais feios — porra, muito feios. Há quatro dias foi cometido aqui na montanha um crime horrendo, uma coisa de verdade inominável; não só mataram o homem que nos trazia ração para os cachorros, como também lhe arrancaram o rosto. A polícia continua procurando os culpados e mantém a região patrulhada dia e noite; boa coisa por um lado, pois reestabelece a segurança, e coisa ruim por outro, porque nos deixa reclusos aqui em cima de uma maneira ainda mais claustrofóbica do que antes; agora sim é verdade que María Paz não deve mostrar nem um fio de cabelo por aí, ou toda a operação de segurança vai se voltar contra ela.

Mas não quis falar de nada disso com ela. Para quê? Por ora não vejo motivos para deixá-la alterada. Aqui em cima está protegida, longe de qualquer ameaça, sem saber do alvoroço que mantém o mundo lá de fora em comoção. María Paz precisa de repouso. Antes de tudo tem que se recompor do que teve de suportar, viver bem, ser mimada, comer muito, dormir mais, se permitir um pouco de paz. Por isso, guardo as conjecturas e os temores só para mim.

Por hora não quero que esta bolha de felicidade cega, surda, excludente e autossuficiente na qual flutuamos estoure. Como estou de férias, não tenho que sair para nada, aqui no sótão ninguém nos incomoda e passamos as 24 horas do dia juntos, sete dias por semana, salvo umas horas à noite, quando desço para jantar e conversar com meu pai, mais para disfarçar. E depois volto a subir, levando comigo uma boa quantidade comida e bebida.

María Paz é efusiva e generosa na hora de fazer amor, mas não consegui fazer com que durmamos abraçados. Depois do amor se entrincheira, me dá as costas, encolhendo-se como um caracol, e não me resta mais remédio do que me contentar com a companhia, essa sim incondicional, de Skunko, que deu para ficar entre nós dois, e me resignar a ficar olhando para ela durante horas. Espantam-me sua floresta de cabelos negros, que invade os travesseiros, e suas pestanas longas e sedosas como aranhas; detenho-me na curva de seu ombro, na orelha de abano que ela tanto odeia, no resplendor suave de sua pele, no véu de sua nuca, nas ondulações de sua respiração, nas calcinhas brancas de algodão que usa, maiores do que as de qualquer outra garota que eu conheça, umas maxicalcinhas carcerárias, na verdade, ou talvez de orfanato, que estão longe de ser *sexy* e que, no entanto, me excitam, como tudo o que é dela. Agora sim posso fazer minhas as palavras de Boris Becker, que disse que só percebeu como sua mulher era escura quando viu pela primeira vez seu corpo desnudo contra os lençóis brancos.

Nem María Paz nem eu nos perguntamos o que vai acontecer no dia de amanhã, quando, forçosamente, tivermos que descer daqui para enfrentar a realidade. Quando lhe pergunto como conseguiu sobreviver a partir do momento em que fugiu da Bronx Criminal Division, me diz que graças à gente de boa vontade. E me fala dos peruanos que conheceu na quermesse; de um templo budista de Hunts Point, onde a acolheram; de um chefe mafioso de Mott Haven que lhe deu um salvo-conduto para transitar por seu território; de um solteiro rico de Park Slope que lhe permitiu ficar em sua *penthouse*. Fala também de momentos de pânico, de noites de solidão, de ocasiões em que se salvou por um triz, de esquinas de mau agouro, da traição de uma amiga. E também de um par de irmãs de El Barrio que fazem tamales para venda em domicílio e que em troca de teto e comida a contrataram para amassar farinha de milho.

— Eu nunca havia comido tanto tamal — diz.

— E por que não saiu do país...? — faço a pergunta óbvia.

— Por causa de Violeta. Por causa da minha irmã Violeta. Não posso deixá-la aqui. Não posso ir embora até que consiga levá-la comigo.

Na realidade, soube de tudo isso durante as primeiras noites que passamos juntos aqui no meu sótão, quando ela falava pelo cotovelos até bem de madrugada, emendando episódios desconexos de sua epopeia. Em uma noite particularmente fria, me revelou, por fim, as circunstâncias da morte de Greg, seu marido. Falou longamente, sempre depressa, aparentemente sem rodeios, e não sei como chegamos a uma cena gótica na qual sua amiga teve de lidar contra um cabo de vassoura. Disso também me falou, mas fazia rodeios cada vez que nos aproximávamos da participação de Sleepy Joe nos vários episódios, como se quisesse minimizar a culpa do sujeito. Por isso tive que ser enérgico e exigir clareza com relação a esse assunto, afirmando que não conseguia me enganar porque eu sabia mais do que ela acreditava; confessei que havia recuperado aquele texto que ela rasgara no Central Park e que por isso estava a par de fatos claramente brutais cometidos por Sleepy Joe, de como a interpelava e da morte do seu cachorro. Como única resposta María Paz permaneceu calada, e desde então não quis mais me fazer confidências, como se seu impulso tivesse minguado, ou como se preferisse esquecer. Conversamos muito, sim, mas sempre superficialmente e evitando o lado pessoal. Ela me faz perguntas sobre o divino e o humano, e, em troca, não permite que lhe pergunte nada. Vejo-a flutuando em uma espécie de estado de graça e inocência, como uma ninfa da floresta, não sei, ou como uma vitória-régia, um filhote de cervo, uma odalisca. Ela passou por muitas coisas, muito graves, em muito pouco tempo, e é compreensível que não queira se atordoar decifrando os maus lances do destino. Suponho que prefira deixar a mente limpa, desconectada de suas vontades, algo assim como se hibernasse para recuperar as forças e se preparar para o que vai desabar em cima dela. Na realidade não sei, prefiro não saber, eu também não quero pensar nisso. Mas ao mesmo tempo me inquieta muito o que ela possa estar me escondendo.

Enquanto ela dorme fico pensando, acordado para caralho. Sinto ao meu lado seu hálito doce e me pergunto quem será na realidade esta mulher tão cheia de coisas obscuras e de segredos. Balanço seu ombro para acordá-la, porque sinto urgência de lhe fazer uma pergunta. Uma só.

— Será que você está mentindo para mim? — lhe digo.

— Precisa acreditar em mim, mister Rose — responde, meio adormecida.

— Me diga por quê. Por que tenho que acreditar em você?

— Porque se deve acreditar nas pessoas — diz. Então se enrosca mais apertadamente em torno de si mesma e continua dormindo.

Não consigo parar de pensar em sua relação distorcida com seu cunhado/amante. Tirei a limpo uma breve lista das inclinações desse personagem, como dormir de dia, as namoradas de prostíbulo, sua obsessão por María Paz, as balas picantes, as compras inúteis pelos canais de televenda e, sobretudo, a orquestração de rituais sangrentos. Li que se o não sangrento é meramente simbólico, ou substitutivo, o cruento, pelo contrário, implica derramamento do sangue de uma vítima sacrificial. Salvo os touros no âmbito hispânico, e no resto dos *fight clubs* e nos campeonatos de *ultimate fighting*, hoje em dia no Ocidente esse tipo de degolas concebidas como espetáculo é pouco praticado, tipo circo romano, porque as pessoas ficam aterrorizadas e enojadas com o sangue só o aceitam quando aparecem na tela, onde não fedem, não sujam nem contaminam. O peculiar em Sleepy Joe era o retrocesso, a volta ao rito primitivo e brutal. E assim. Pouco a pouco vou compreendendo outra coisa. O problema é que minha investigação não passa de amadora e na realidade não se atém mais que à metodologia sugerida em um *blog* que encontrei por acaso e que se chamava *Killing softly and serial*. Por isso pensei que seria conveniente uma opinião mais qualificada e deixei María Paz sozinha em meu sótão por um dia para passar por Nova York, supostamente para entregar um material a Ming, meu editor, mas, na verdade, para lhe perguntar por Sleepy Joe, a quem, naturalmente, não conhece, nem sequer de ouvir falar. Mas tinha urgência em saber que caracterização podia armar a partir dos dados que eu lhe fornecesse.

O fato é que Ming coleciona de tudo e é especialista em mil coisas, preferivelmente coisas extravagantes. É *connoisseur*, por exemplo, das variedades do caviar, de antigos penteados nupciais africanos, e desses suntuosos e ferozes guerreiros que são os peixes betta. Mas, de todas as suas paixões, aquela a que dedica mais tempo é sua paixão pelos quadrinhos *noir*. Afora ser editor de um bom número deles, Ming possui uma coleção espantosa de exemplares *cult* que foi encontrando pelo mundo. E o que sabe disso, sabe de assassinos. Os quadrinhos *noir*, originalmente inspirados em *Sin City*, de Frank Miller, e frequentemente desenhados em preto e branco, constituem um gênero arrepiante e eletrizante, como se injetado com anfetaminas, em geral misógino e escatológico e centrado em criminosos sádicos, maníacos e asquerosos e em detetives decadentes e viciados. Não é meu gênero, naturalmente: meu poeta suicida e sua garota são irmãzinhas de caridade perto dos monstros do *noir*.

Contei a Ming mais ou menos o que fora conhecendo de Sleepy Joe, seus delírios de queimar e destruir massivamente, os dados nos olhos do cadáver de uma ex-namorada, o ritual com o cabo de vassoura com Corina, o ritual com punhal com seu irmão morto, o episódio arrepiante do cachorro.

— Não acho que seja um assassinão — me disse Ming —, talvez um assassininho. Um tímido, indeciso. Pelo menos por ora, embora talvez se anime mais adiante. A execução de sua cerimônia é rude, mas, à falta de fineza no detalhe, lhe sobra convicção. Por ora ameaça e agride, mas não mata, ou mata animais, mas não humanos. Mas atenção, que pode ir alçando voo à medida que seus impulsos ficarem mais fortes. Deve haver um pouco de necrofilia, suponho. Este Sleepy Joe manipula cadáveres, executa ritos com eles: o da ex-namorada, o do irmão. É possível que tenha pendurado o cachorro só depois de tê-lo matado.

— Você quer dizer que tortura os cadáveres?

— Não creio que ele entenda seus rituais como tortura, mas provavelmente como purificação ou até glorificação. Talvez faça as pazes com o morto através do ritual; pode ser sua forma de lhe pedir perdão. Veja que cortou com um punhal o pescoço do irmão, com quem certamente se identificava. Greg, o irmão mais velho, possivelmente o único ser que cuidava e se preocupava com ele desde que era criança. Sleepy Joe deveria adorá-lo

— Sim, o adorava, mas comia sua esposa, um amor corajoso.

— Aí está, o adorava até esse ponto, veja o detalhe, puro mecanismo de substituição. Ao se apropriar de sua mulher, se coloca no lugar do irmão, se transforma no irmão. E faz de María Paz o objeto ardente de seu desejo. E depois María Paz não quer saber mais dele. Ao se afastar, ela o está privando de coisas que são fundamentais: o castra ao deixá-lo sem sexo, lhe nega a identificação com o irmão e, para completar, tira seu dinheiro, esses 150 mil que devem ser uma soma incrível para ele, porra, para ele e para qualquer um. Ele a agride, mas não a mata. Porque isso seria acabar com aquilo que ele deseja, e o sujeito não é bobo. Mas a agride até o limite, e vai destruindo os seres que ela ama. Vai deixando-a sem ninguém, você entende? Aí está a mensagem que lhe envia: "Neste mundo você só tem a mim." Você não me disse que anda com ela, Cleve, mas pressinto. E se é assim, tenha cuidado. Você está atravessando o caminho do tal do Sleepy Joe, um animal complicado.

— Você pode me traçar um esboço do seu *modus operandi*? — perguntei.

— Porra, *modus operandi* deveria ter Jack, o Estripador; esse babaca só tem manias — disse Ming.

Então lhe contei de Eagles e lhe disse que suspeitava de que aquilo também havia sido obra dele.

— Tem a marca registrada dele: ritual com um cadáver — disse Ming, enquanto alimentava com larvas de mosquito o iridescente e azulado Wan--Sow, o melhor de seus peixes betta. — Devo lhe dizer que o impulso o está levando a um patamar superior. Devo lhe dizer também que o sujeito está se aproximando, Cleve.

Se Sleepy Joe é o assassino de Eagles, isso quer dizer que está atrás da gente. Embora seja muito improvável que continue vagando por aqui; desde a tarde do crime, o lugar é um fervedouro de radiopatrulhas. Os policiais aparecem em nossa casa pelo menos duas vezes por dia; vão batendo de porta em porta para perguntar se tudo está em ordem. Isso tem sido para a gente uma barreira de proteção contra Sleepy Joe e, ao mesmo tempo, a pior das ameaças, porque se descobrirem María Paz, acabarão com ela. Ou seja, quem nos protege são aqueles que podem nos liquidar, que porra de situação a nossa, tão ambígua e tão complicada. Como os irmãos Cohen fazem George Clooney dizer: *"Damn, we're in a tight spot!"*

Por ora María Paz está aqui ao meu lado, neste refúgio que é o sótão, e ela é a minha única realidade. Devora sanduíches de queijo enquanto folheia meus livros e os deixa sujos de gordura, passa muito tempo sem fazer nada, acaba com toda a água quente do chuveiro, escova Skunko, pinta as unhas dos pés. Depois escuta meus discos, deita-se na minha cama e fica vendo uns *reality shows* que eu acho terríveis, mas que ela não perde por nada e depois me conta os detalhes, episódio por episódio. Ao se levantar, faz exercícios aeróbicos seguindo as instruções que uma tal de Vera dá em um programa que se chama *Em forma com Vera*; depois toma café da manhã com porção dupla de sorvete; mais tarde veste minha roupa, quando não fica o dia inteiro de pijama, e se entretém xeretando minhas gavetas e bagunçando minhas coisas. Senta-se ao lado da janela, escondida atrás da cortina, para espiar os veados que destroem nosso jardim e os alces que viram a lata de lixo procurando comida. E parece serena, leve, eu diria até radiante, mas, de qualquer maneira, muito bonita. E eu ando loucamente apaixonado por ela.

Mas vivo em estado de alerta e com os cabelos em pé. Dedico muitas horas a analisar o tal cunhado, a dissecar sua personalidade. Por motivos óbvios, desde o começo me interessou mais sua história do que a do próprio marido de María Paz, mesmo que o marido é que tenha sido assassinado.

Mas tráfico de armas me parece um assunto vulgar, mais um capítulo da corrupção de sempre, de qualquer maneira não gosto de tiras e qualquer porcaria que me digam a seu respeito me parece possível e até provável. Em troca, cheguei a algumas conclusões interessantes sobre Sleepy Joe. Por exemplo, que deve ter passado toda a infância se cagando de medo. Em geral, essa espécie de valentão foi, por sua vez, vítima de abuso, abusam porque foram abusados etc., isso sabe qualquer um que leia quadrinhos. Imagino que no seu caso, velhos terrores da infância devem ressurgir no adulto, levando-o a praticar rituais doentios e distorcidos, certamente como uma forma de exorcizar seus próprios pânicos. María Paz me contou que quando Sleepy Joe era criança, a mãe o obrigava a rezar uma oração chamada os Mil Jesuses, que consistia em repetir esse nome mil vezes, Jesus, Jesus, Jesus, Jesus. É claro que não deveria ser o melhor plano, mil jesuses são uma quantidade exagerada de Jesuses, qualquer um enlouquece se fica de joelhos repetindo Jesus em eslovaco. Também me contou que no quarto desses meninos, Greg, Sleepy Joe e os outros irmãos, ficava pendurado na parede um quadro grande do Menino Jesus cravado em uma cruz branca. Não o Jesus adulto, não, mas o Menino Jesus. Crucificado. Uma coisa tão doentia como um menino crucificado. Eu não teria conseguido pregar o olho com aquele quadro no meu quarto, no mínimo, mas provavelmente não teria me tornado um monstro por causa disso. Quem sabe o que mais ele terá passado, e por isso tenha nascido nele aquela paixão pelo mal, tem que haver algo mais, afinal ser filho de uma mãe que reza muito não o transforma automaticamente em um sujeito que pendura cães na parede. O mais óbvio seria procurar as raízes cristãs de suas perversões, mas talvez o drama tenha menos a ver com o cristianismo e mais com os Cárpatos, sua região de origem, umas cordilheiras que eu imagino sombrias e ameaçadoras, maciços de rochas cortados a picareta e abismos vertiginosos, com paragens geladas e uma história encravada de crueldade e carnificinas cotidianas. Na realidade, não sei nada da Eslováquia, nem sequer conseguiria localizá-la com precisão no mapa, mas é assim que a imagino durante minhas insônias. E começo a pensar que até lá estendeu seus domínios Vlad Tepes, o conde Drácula, empalador insaciável que gostava de jantar no meio da agonia de dúzias de turcos que mandava espetar por trás. E por acaso Sleepy Joe não tem certa vocação a Drácula? Corina e o cabo da vassoura, não é fácil fazer associações?

Mas essas são apenas especulações sonâmbulas, influências de filmes de terror. A única coisa certa é que dia após dia vai crescendo o asco que o tal do Sleepy Joe me provoca. Sou do tipo de pessoa que não suporta o sofrimento dos animais. Confesso que às vezes me sinto um pouco como Brigitte Bardot, com sua obsessão maníaca e exclusiva pelo bem-estar das focas. Não compactuo com aqueles que maltratam os animais, não suporto nenhuma das formas de maus tratos e por isso sou vegetariano. Agora, pregar um cachorrinho na parede? Tem que ser um desgraçado muito safado para fazer uma coisa dessas. Seria suficiente para disparar meu ódio, e isso é só a ponta do iceberg. Se há uma coisa que não suporto nesta vida é um homem que maltrate uma mulher. Grau de tolerância zero, ainda mais se for a mulher que amo. Esse é o limite da minha paciência.

E, no entanto, há um lado dele que me chama a atenção, um traço de sua personalidade, um único, que me causa certa inveja: seu dom para os rituais, aparentemente autêntico. Esse pobre sem-vergonha, analfabeto e brutal, mantém intacto o senso arcaico do sagrado. Ou, no mínimo, é um filho da puta muito inspirado. Nesse infeliz vibra a corda esticada de uma convicção, pensei outro dia, e corri para escrever a frase a fim de não esquecê-la; de tanto trabalhar em novelas gráficas, adquiri a mania de pensar assim, em vinhetas. Vou traduzindo tudo em expressões impactantes que caibam no balãozinho. Algo arrasta Sleepy Joe para além de si mesmo. Alguma coisa o arrancou de sua circunstância empurrando-o para épocas mais obscuras, mais densas, de alguma maneira mais verdadeiras. Na segurança de minha cama, intuo à noite o que María Paz teve de constatar à força naquele terraço, amarrada e aterrorizada, nua e tremendo de frio, enquanto observava seu cunhado realizar aquela cerimônia.

Ela sabe bem como é a coisa. E depois de tantos dias de silêncio sobre isso, esta madrugada me soltou uma frase que eu não soube como interpretar. Não sei se era em defesa de seu cunhado e contra mim, ou vice-versa: disse que eu não deveria subestimar Sleepy Joe.

— Odiá-lo, sim, desprezá-lo também, o que quiser, mister Rose — falou —, mas não o subestime.

— Tudo bem — respondi, bastante incomodado. — Vou ter cuidado, não me agrada a ideia de ficar pregado à parede. Muito menos a de um cabo de vassoura no rabo.

Anteontem à noite a avisei de que teríamos de nos separar por alguns dias, muito poucos, porque está chegando o aniversário da minha mãe e de Ned e eu prometi aos dois que irei a Chicago para estar presente em sua festa. Aterroriza-me a ideia de deixar María Paz aqui sabendo que Sleepy Joe está rondando tão perto e, ao mesmo tempo, me parece ainda mais arriscado tentar tirá-la daqui no meio do cerco policial. Mas não posso deixar de comparecer à comemoração da porra desse aniversário, ou minha mãe me mata. Ela já anda bastante irritada desde que resolvi vir morar com meu pai e não ir à sua festa seria o fim. No meio de tudo isso, aqui María Paz está segura; esta é uma casa de brancos mais ou menos ricos ou, no mínimo, de classe média para cima e, portanto, livres de suspeita. Os patrulheiros sabem que devem nos proteger e não nos importunar; não vão se meter com ela a menos que ela resolva mostrar a cara. Eu a adverti mil vezes de que não deve fazê-lo, por mais que queira, não deve fazê-lo, não, não, não. Não aparecer na janela, não descer jamais a escada, não se deixar tentar pelo jardim, nem pensar na porta da rua, ou estaria sob um risco mortal.

— Me olhe nos olhos, María Paz, me prometa que não vai fazer nenhuma loucura enquanto eu estiver ausente — digo, então tento tranquilizá-la. — Só vão ser 48 horas contadas no relógio, 48 horas de sensatez de sua parte, só peço isso, em um piscar de olhos vou e volto na moto, pense que só vou estar ausente nesta tarde, no dia de amanhã e depois de amanhã, apenas o tempo da ida, o da comemoração e o da volta, você não enlouqueça enquanto isso e não faça coisas desesperadas. Só me espere, María Paz, está me ouvindo?

— E se acontecer alguma coisa com você? — pergunta ela, arregalando seus imensos olhos negros nos quais eu gostaria de pular de cabeça. Gostaria de me perder na água profunda e escura desses olhos, esquecer Edith e Ned, que fosse à merda o aniversário, depois comemorarão outro no ano que vem, mas não, impossível, não posso. Edith me mata; se me perguntarem de quem tenho mais medo, de Edith ou de Sleepy Joe, teria de reconhecer que minha mãe ganha de longe.

— Não vai acontecer nada comigo — garanto a María Paz.

— Motos são bichos traiçoeiros.

— Assim você parece até meu pai.

Vou deixar comida suficiente e uma resma de papel para o caso de se animar a escrever de novo. Como se fosse uma despedida temporária, ontem à noite fizemos amor e depois tomamos banho de chuveiro juntos, eu lutando para abraçá-la debaixo do jato d'água, ela escapulindo dos meus braços, molhada e escorregadia como uma lontra.

— Então AIX? — perguntei.

— O quê?

— AIX. Você disse que assim se chamava a criatura do seu sonho, essa que saía de uma vagina de pano. Por acaso não era AIX? — disse, escrevendo as três letras com o dedo no vidro embaçado pelo vapor.

— E se o pai do senhor subir? — pergunta ela, ainda me chamando de senhor porque se nega a adotar o você, ou, inclusive, a me chamar de Cleve; apesar de tanta intimidade, eu continuo sendo para ela basicamente mister Rose, seu professor de redação criativa.

— Meu pai vai passar esses dias em Nova York. Além disso, ele nunca sobe, como você sabe. Você vai ficar entediada?

— Como vou ficar entediada se estou no céu?

Sua frase não poderia ser mais amorosa e risonha e, no entanto, me dá angústia. Embora a própria María Paz não se dê conta, aqui está tão trancada e privada de liberdade como em Manninpox, só que alguns quilômetros mais abaixo.

— E por que você não começa de novo com suas memórias? — sugiro. — Posso lhe deixar meu laptop, já sabe usá-lo, e temos papel suficiente se preferir escrever à mão.

— Ah, não, mister Rose, repetir minhas memórias não, são muito longas. Isso já se perdeu e é melhor que continue assim. Uma coisinha sim, antes que vá embora. — Então me entrega uma pequena caixa de madeira que tira de sua mochila e que contém as cinzas de seu cachorro Hero, misturadas com a medalha à bravura que lhe outorgaram no Alasca.

María Paz quer enterrar as cinzas e ficar com a medalha, mas a medalha pende de uma fita azul e a fita azul está toda suja de cinzas e por isso lhe sugiro que é melhor enterrarmos tudo junto, dentro da caixa. Ela aceita, com a condição de que o faça em uma clareira da montanha que pode ser vista da janela do meu quarto. Então mais tarde vou fazer sua vontade, antes de partir para Chicago. Vou organizar para Hero um funeral de herói de guerra, com música de Wagner e tudo. Vou gravar a fogo seu nome em uma tabuinha e vou assinalar o lugar de seu R.I.P., *requiescat in pace*, com uma cruz que farei amarrando dois pedaços de pau. Mas, pensando bem, é melhor não gravar nenhum nome em nenhuma tabuinha — seria uma estupidez andar deixando pistas por aí para que logo a polícia venha averiguar ou que meu pai veja e comece a perguntar quem é esse Hero, de que herói se trata? Nada disso; só enterro a caixinha, monto às pressas sua cruz e pronto, nada de Wagner nem de primores. Estou sem tempo, prometi a minha mãe que não viajaria de moto à noite e, se continuar assim, essa é uma promessa que não vou poder cumprir.

PS.: acaba de acontecer uma coisa lá embaixo que quero deixar registrada. Já havia me despedido de María Paz, dos três cães e também do meu pai. Vou até a garagem buscar uma pá, para cumprir a promessa do enterro que fiz a María Paz. Mas passo por um instante pela cozinha para pegar um Gatorade e aí vejo Empera, que está preparando a comida dos cães. Está com os fones de ouvido de seu minúsculo iPod nas orelhas, com a música tão alta que não se dá conta de que estou ali, e por isso me detenho por um momento para observá-la um pouco; sempre suspeitei de que os cães não são seres de que ela goste. Tal como eu suspeitava, não lhes faz nenhuma festa, nem muito menos os acaricia, mas, em troca, prepara sua comida com cuidado e coloca as vitaminas e os suplementos alimentares de cada um na tigela que lhe cabe. Não sente afeto pelos animais, isso está claro, e eu já sabia, mas tampouco os maltrata ou negligencia, isso era o que eu queria saber, e fico tranquilo com o que vejo.

— Bom dia, Empera — digo, às suas costas, quando ela ainda não me viu, e por pouco tem um enfarte com o susto que lhe dou. — Fico feliz em saber que você não prega cães na parede.

— Meu Deus do céu, menino, mas o que é isso está dizendo? E por que eu iria fazer uma barbaridade dessas? Cães são fedorentos, mas são criaturas de Deus.

— Ouça, Empera, a senhora que sabe tanto da vida poderia me dizer o que tem na cabeça um sujeito que mata um cachorro pregando-o à parede?

— Um sujeito que mata um cachorro pregando-o à parede?

— Exatamente.

— Bem, isso é uma atrocidade. O que este sujeito tem na cabeça é loucura da pior, e é melhor que o tranquem num manicômio. Pregar com pregos um cachorro, como fizeram com meu Senhor Jesus? Isso é heresia, jovem Cleve. Como vão pregar uma besta suja como se fosse o Filho de Deus? Morrer pregado é privilégio do Altíssimo, isso não está reservado a qualquer mortal, menos ainda se é irracional. Isso que o senhor está me contando é heresia, tenha certeza. Para mim o sujeito que fez isso acha que é Deus.

— Obrigado, Empera! É o que eu queria ouvir — digo. Em seguida, volto aos pulos ao meu sótão. Preciso ver uma coisa, de repente sinto urgência de consultar certo livro, e tem de ser já, embora minha mãe vá me matar se chegar à noite.

— E então? — pergunta María Paz, que está grudada na janela, esperando o funeral de seu Hero. — Ainda não?

— É o próximo passo — digo, beijando-a. — Primeiro tenho que anotar uma coisa.

Sei exatamente onde está cada um dos meus livros em minha estante, poderia encontrar qualquer um quase de olhos fechados, e mais ainda quando se trata de Borges, que estou sempre lendo e voltando a ler. Mas, merda, não está onde deveria estar e em seguida suspeito de certa pessoa. Pergunto a María Paz e ela tira o livro de debaixo da cama. Trata-se do segundo volume das obras completas de Borges e, já com ele na mão, não fica difícil encontrar a passagem que estou procurando. Dou com ela rapidamente, toda sublinhada como está, com minhas anotações à margem. Página 265. Trata-se de um comentário de Borges ao *Biathanatos*, de John Donne. Leio com cuidado a nota que eu mesmo coloquei à margem há uns anos e que diz o seguinte: "*Biathanatos*, um desses livros improváveis e malditos que de quando em quando lançam sua sombra sobre a humanidade, como o Apocalipse do falso João Evangelista ou o *Necronomicon* que Lovecraft inventou, mas nunca escreveu." Segundo Borges, o objetivo do

Biathanatos é revelar que a morte de Cristo foi, na verdade, um suicídio. Em consequência, toda a história da humanidade, a.C. e d.C., seria nada mais que a espantosa colocação em cena de um deicídio autoinduzido e espetacular, aceito pelo Filho e propiciado pelo Pai, que havia criado céus, terras e mares com o único objetivo de ambientar o tormento da cruz em um imponente patíbulo cósmico. E se é verdade que Cristo morreu de morte voluntária, segundo disse Borges que disse Donne, então, e aqui vem a citação textual de Borges: "Isso quer dizer que os elementos, o orbe, as gerações dos homens e Egito, Roma, Babilônia e Judá foram tirados do nada para destruí-lo. Talvez o ferro tenha sido criado para fazer os pregos e os espinhos para a coroa de espinhos e o sangue e a água para a ferida." Aí está. *Old man* Borges acerta na mosca, como sempre, e, atrás de Borges, Donne. Estão me presenteando com o corolário, a cereja do bolo. A partir deste parágrafo só tenho que enterrar o cachorro e voltar a Sleepy Joe.

O resultado é surpreendente. Mais que surpreendente, deslumbrante. Se Borges tiver razão e, se antes de Borges, John Donne teve razão, cada um desses pequenos crimes rituais, ou arremedos de crimes, deve significar para Sleepy Joe um passo a mais em direção ao grande ritual, o definitivo, a culminação de toda sua ansiedade, a liturgia apoteótica que está perseguindo com tanta insistência: a de sua própria imolação. O homicídio de si mesmo, isso deve ser o que, em última instância, o tal do Sleepy Joe procura. Como você consegue despistar, safado, digo, como sabe se disfarçar bem, seu grande estúpido, analfabeto, rudimentar, vil valentão suburbano, fanático do *indoor tanning*, andando exibindo esse abdômen de tanquinho ao mesmo tempo em que estertores sublimes o sacodem por dentro. Peguei você, maldito desgraçado, agora sei que com seus minicrimes você aspira à perfeição. O que você fez com o cabo de vassoura a Corina, os cortes *post mortem* a seu irmão, o martírio do cachorrinho Hero, quem sabe quais outras perversões das quais ainda não me inteirei... Isso, filho da puta, continue em sua subida, ânimo, que ainda faltam muitos degraus, adiante, companheiro, supere a si mesmo, não se detenha até a vitória, vá com vontade, continue como está. Sua última vítima vai ser você mesmo.

9

Entrevista com Ian Rose

Na floresta, ao lado da casa, Buttons havia encontrado e desenterrado uma caixa com uma medalha e algumas cinzas, me diz Rose. E sabe de quem eram? Não de um ser humano, mas de um animal: de Hero, o cachorro de María Paz. A medalha lhe fora outorgada vá saber por quais ações heroicas, supostamente no Alasca.

Rose ficou sabendo por Buttons quem havia matado o cachorro e como, e as peças começaram a se encaixar diante de seus olhos. A verdade era que estava envolvido em uma história de horror desencadeada por um lunático. O assassinato de Cleve era um fato, e não um fato isolado: Rose não podia continuar negando, não depois disso. Ia ter que agir e, além disso, agir sozinho. Era um assunto muito profundo e pessoal, me diz, não da polícia, não de Pro Bono nem de ninguém, só meu, de minha única incumbência, porque Cleve era meu filho e eu devia isso a ele. Ali estava Buttons e sua oferta de ajuda, mas Rose não estava convencido e começou a se esquivar, afinal de contas não sabia quem eram eles, Pro Bono e seu assistente, e qual realmente era seu papel. Desconfiava de todo mundo, achava que via conluios por todos os lados.

A medalha desenterrada deixava uma coisa clara: María Paz tinha que ter estado em sua casa pelo menos em uma ocasião, sem que Rose se desse conta, em algum momento entre a morte do cachorro e o assassinato de Cleve. Se é que ainda não estava ali... Rose se dedicou a procurá-la por toda a propriedade. Foi atacado por uma obsessão doentia por sua presença, que pressentia aqui e acolá, como se fosse um fantasma, e revistava uma e outra vez os mesmos lugares, embora tudo indicasse que a pista estava fria. Mas ela tinha que ter estado ali, quem sabe por quanto tempo, certamente com a cumplicidade do próprio Cleve e dos três cães, que nunca a delataram. Já não era possível contar com a versão de Cleve — era muito tarde para colocá-lo contra a parede, e os cães se mostraram testemunhas mudas. Mas María Paz teria precisado do apoio de mais uma cúmplice, alguém a quem sua visita não teria passado despercebida, porque esse alguém metia o nariz em cada canto da casa.

— Emperatriz, a mulher da limpeza — digo a Rose.

— Empera tinha que ter conhecido María Paz. Quando vi aquela medalha, tive a certeza de que havia uma conexão entre elas; era impossível que María Paz tivesse estado ali, permanecido ali, comido ali, sem que Empera ficasse sabendo. Comigo a coisa era diferente; por respeito a meu filho, eu nunca quis me meter em seus assuntos, o sótão era território dele e eu não aparecia por ali. Mas Empera? Empera sempre fora muito enxerida. E você sabe como são as coisas com vocês, os latinos, digo isso sem querer ofender, quando vivem no estrangeiro se comportam como clã, se relacionam todos com todos, se abraçam, se beijam e se tornam íntimos à primeira vista. Mantêm um pacto de solidariedade com os da terrinha, embora a terrinha se estenda do Rio Grande à Patagônia, me diga se não é assim? Empera tinha de saber algo sobre o paradeiro de María Paz, pouco ou muito, muito ou bastante, e, fosse o que fosse, eu precisava arrancar isso dela. Mas tinha que ir com tato porque, como lhe digo, não sabia quem poderia estar envolvido na morte do meu filho, diretamente ou como cúmplice, desde María Paz até a própria Empera. Também era possível que eu estivesse na lista das próximas vítimas, e não apenas eu como também meus cães, e por que não, se o assassino matava pessoas e cães, e eu ficava me debatendo entre sair dali com eles para colocá-los a salvo ou ficar na casa até acertar as contas. Optei por ficar. Me sentia capaz de suportar qualquer coisa, menos a ideia de deixar escapar quem havia machucado tanto o meu garoto.

Durante anos Rose havia ignorado a presença de Emperatriz em sua casa, sem lhe perguntar mais coisas nem se virar para olhá-la enquanto ela fazia seu trabalho. Apenas a ouvia ir e vir pelos quartos, sempre acompanhada pelo som de seus risinhos e o tilintar de seus brincos escandalosos. Não tinha nem ideia do que Empera poderia pensar da vida, se teria 40 ou 60 anos, se era casada ou viúva ou quantos filhos havia parido. Na realidade, a seu respeito só se interessara em saber se era atenciosa e responsável e se alimentava Otto, Dix e Skunko quando ele se ausentava. Chamava sua atenção como era meticulosa em matéria de limpeza. Empera via gordura por todos os lados, até em lugares onde a ninguém ocorreria olhar, e não ficava tranquila até erradicar a última partícula de pó. Tomava aquilo como um desafio pessoal, como se não quisesse se deixar derrotar pela sujeira do mundo, e sempre andava pedindo dinheiro a Rose para produtos de limpeza. Sabia de cabeça os comerciais de televisão, tinha fé cega neles e se Rose se descuidasse começava a recitá-los para convencê-lo de que tinha de correr para comprá-los, tal líquido para limpar, tal alvejante para roupa, Mr. Clean, Tide, Cottonelle *toilet paper*. Uma vez aparecera com um produto que tirava manchas de amora, alegando que uma das camisas brancas de Rose tinha manchas de amora.

— Mas Empera — dissera ele —, eu devia ter 25 anos na última vez em que comi amoras.

— Pois essas manchas devem estar em sua camisa desde essa época — respondeu-lhe ela.

Rose me diz que a barreira entre ele e sua empregada tinha a ver com a ladainha que ela repetia quando falava dos cães. Queixava-se todo dia de que sujavam e soltavam pelos, soltavam peidos tóxicos, estragavam os móveis com sua baba e, além disso, carregavam no intestino parasitas que cegavam os seres humanos.

— Mesmo que fique cego não vou desistir dos meus cães — retrucava Rose, evitando se virar para olhá-la.

Empera certamente teria lido todas as cartas que encontrava nas gavetas do patrão, sem contar que deveria controlar seus recibos e estar a par de seus gastos e dívidas. Deveria medir na garrafa quantos dedos de uísque consumira na noite passada; pelas manchas nos lençóis, perceberia seus sonhos eróticos; ficaria inteirada de suas doenças ao examinar o estojo de remédios e não seria estranho que soubesse até sua senha de e-mail. Nem sua mãe, nem a própria Edith, e talvez nem ele mesmo, sabia a respeito de Rose tudo o que Empera deveria saber. Mas quem era, na realidade, aquela mulher? Podia confiar nela?

— Lembrei que Empera tentara me avisar da presença de um estranho em nossa casa, ou pelo menos viera contar a história de que Cleve subia com uma amiga para o sótão — conta Rose. — E me lembrei também de que naquela vez eu mesmo havia lhe ordenado que se calasse. Isso de alguma forma a isentava, mas eu continuava desconfiando e não queria dar um passo em falso. Existia uma pessoa fora de qualquer suspeita, essa sim, e, além do mais, unida à família por laços de afeto, a quem Rose poderia consultar: Ming, o editor.

— Não se enrole com muitas hipóteses, senhor Rose — disse Ming quando Rose o visitou em seu apartamento de Chelsea pela segunda vez desde a morte de Cleve, agora para lhe apresentar o mapa angustiado e confuso de suas especulações. — Esta é uma história asquerosa, mas simples e com um assassino óbvio: Sleepy Joe. Cleve achava o mesmo que eu.

— Você falou disso com ele? — quis saber Rose.

— Sim, de fato sim. Ele tinha esse Sleepy Joe na mira.

— Tudo bem — disse Rose. — Sleepy Joe. Mas quem são seus cúmplices?

— Se me permite uma opinião, é mais razoável acreditar que as pessoas são inocentes até que se prove o contrário. Vá passo a passo, não se deixe envolver pela história toda. Por ora tem de encontrar María Paz. Quer que o acompanhe em suas investigações, senhor Rose? Eu poderia ajeitar umas coisas, procurar quem cuide dos meus peixes e...

— Não, Ming. Esta é uma coisa que devo enfrentar sozinho. Mas obrigado, é bom saber que posso contar com você.

— Jure que vai me procurar se as coisas ficarem muito feias.

— Acho que vou precisar de uma arma, Ming. Não estou pensando em matar ninguém — meio que mentiu —, mas... só por precaução.

— Tenho algumas, mas são, basicamente, peças de colecionador... — disse Ming, tirando de um armário uma pistolinha que entregou a Rose. Explicou que se tratava de uma Remington Double-Derringer calibre 44.

— Parece de brinquedo — disse Rose, constatando que cabia no seu bolso. — E funciona?

— Duvido — disse Ming, apontando o nome que estava gravado no tambor, Claro Hurtado, um dos guarda-costas de Pancho Villa. — Não deve ter funcionado muito para Claro Furtado naquele 23 de julho de 1923, quando o crivaram de balas em El Parral, Chihuahua, ao lado de seu chefão. Também tenho isto — acrescentou, tirando do armário uma katana que, segundo afirmou, era a Hattori Hanzo usada por Beatrix Kiddo em *Kill Bill*.

— É verdadeira ou cenográfica? — perguntou Rose.

— Tem o gume afiado e é ultraleve, para que Uma Thurman conseguisse brandi-la.

— Parece de fibra de vidro...

— Mas fere do mesmo jeito — disse Ming, colocando outras raridades em cima da mesa.

Rose prestou atenção em uma arma preta, sólida, sem enfeites nem pretensões, que lhe inspirou confiança. E esta? De quem era?, perguntou.

— Não tem uma grande história; só para minha família, porque a herdei de meu pai, e meu pai por sua vez de seu pai, e assim por diante até mais ou menos mil novecentos e lá vai bolinha. É uma Glock 17, calibre 9. Um animal severo e sereno. De gatilho duro, isso sim, mas, em troca, carrega dezessete cartuchos e dispara rápido. Para esta posso lhe dar munição, pois tenho meia caixa, e, se quiser posso ensiná-lo a carregá-la.

Rose guardou a Glock e a caixa de cartuchos no porta-luvas de seu carro e voltou para sua casa da montanha, decidido a convocar Empera a um tribunal da Inquisição. Pediu-lhe que se sentasse diante dele e começou a bombardeá-la com perguntas, mas, como era de se esperar, Empera era osso duro de roer e, quanto mais a apertava, mais dissimulada se mostrava. Não admitia nada e revirava os olhos quando mencionava María Paz, respondendo de maneira altiva que disso ela não sabia nada, que não se metia em nada, que não era assunto dela. Rose não conseguia tirá-la dessa ladainha, embora lhe jurasse que não se tratava de prejudicar María Paz nem de metê-la em confusão com a justiça, exatamente o contrário. Só quando lhe expôs detalhadamente o drama da pinça no útero, Empera pareceu amolecer um pouco e sussurrou um indolente "vou ver o que posso fazer".

— Mas não prometo nada — avisou — e aproveito para lembrar, senhor Rose, que há dezesseis meses não reajusta meu salário.

— Vamos acertar isso, não se preocupe com o reajuste — ofereceu Rose. — Mas posso contar com a senhora?

— Não garanto nada, só estou lhe dizendo que vou ver.

Rose me diz que se tornara imperativo para ele encontrar María Paz, por causa da pinça, sim, mas, sobretudo, porque acreditava que mais cedo ou mais tarde ela o levaria a Sleepy Joe. Porque algo bem forte e desconhecido começava a crescer dentro dele, algo que já não era tanto a dor pela perda, mas, pelo contrário, de uma maneira estranha, um substituto dessa dor. Uma espécie de consolo, talvez o único possível.

— Não sei se já comentei com você que nunca chamou minha atenção toda essa história de vingança — conta. — Sempre me pareceu um sofisma de distração, um equívoco dos mais pegajosos, um esporte nacional odioso e absurdo. Milhares de filmes, séries de televisão, montanhas de romances, propaganda e venda de armas, toda uma indústria multimilionária que se alimenta da ânsia de vingança que obceca a população deste país. A mim não. Nunca me interessou. E, no entanto, alguma coisa dentro de mim começou a ter esse apelo a partir do momento em que pude colocar uma cara no canalha que havia torturado e matado meu filho. Aí comecei a sonhar em fazê-lo pagar. Tim-tim por tim-tim. Queria vê-lo feito merda, matá--lo de porrada com minhas próprias mãos, queria vê-lo sangrar, gritar de dor, pedir perdão. Queria cuspir nele, cagar nele, acabar com a raça dele.

Noite e dia, sempre ali: uma lava movediça que desenhava e apagava a imagem incandescente de seu filho Cleve. Cleve cravado de espinhos, como um Nazareno ou um porco-espinho. Cleve, alvo de uma trama macabra. Cleve, bode expiatório de algum ritual asqueroso. Em algum lugar deveria andar seu assassino, aquele louco possuído por um senso atroz da liturgia, o imbecil com uma mania de sacrifício tirada das profundezas de sua demência. Onde quer que se escondesse, Rose iria encontrá-lo.

— Entenda — diz —, trata-se de uma reviravolta estranha que bateu de repente em minha cabeça. A morte de Cleve se transformara em um tormento sem nome que estava me comendo vivo, uma culpa permanente e inexplicável. E, de repente, aquilo adquiria um nome, um nome, um só: Sleepy Joe. Por fim havia alguém que não era eu a quem culpar, alguém diferente de mim em quem podia descarregar a raiva. Recuperar Cleve não era possível, porém, poderia, sim, arrebentar o tal do Sleepy Joe. Ia ser um pelo outro. Era uma coisa tão irracional como uma necessidade fisiológica, tão urgente como comer ou respirar. Naquele momento não me dava conta, mas hoje sei que, depois de certo ponto, não teriam me detido mesmo que tivessem me apresentado provas fidedignas de que Sleepy Joe não tivera nada a ver com a morte de Cleve. Me entende? Esses dados teriam sido irrelevantes para mim. Quando o mecanismo da vingança dispara, nada mais o detém. Como disse, a vingança não precisa ter certeza do que faz, só precisa de um objetivo, de qualquer objetivo para o qual possa apontar. Você recebeu um golpe mortal e, para continuar vivendo, precisa devolver um golpe equivalente. Já escolheu seu alvo, vai atrás dele. A vingança não é reflexiva nem flexível; é implacável e cega. E não tem nada a ver com fazer justiça, quem acha que faz justiça ao se vingar só está enganando a si mesmo. Trata-se de uma coisa mais primária, mais animal: você se transformou em um touro tomado pela ira e acabam de balançar o pano vermelho na sua frente. Na Colômbia ouvi uma frase que chamou minha atenção: "matar e comer do morto". Estou que mato e como do morto, assim dizem lá quando se enfurecem, é apenas um dito popular, uma hipérbole como outra qualquer. E, ao mesmo tempo, não. Esta frase me dava calafrios porque me soava a sabedoria antiga, vinda de tempos ancestrais, quando a vingança canibal era a forma suprema da vingança. E quando já nem me lembrava disso, alguém mata Cleve de uma maneira horrenda. E a partir do momento em que consegui identificar seu assassino, essa frase voltou a ecoar na minha memória: matar e comer do morto, matar e comer do morto.

 Teve pesadelos na noite em que Buttons, depois de deixá-lo trêmulo com suas descobertas, adormeceu no sofá da sala de sua casa. Rose se retirou a seu quarto com uma inquietação terrível e acordou ao amanhecer, doído por dentro e por fora, como se lhe tivessem dado uma surra. Achou que havia sonhado com corpos mutilados. No meio da carnificina, uma mulher lhe soltava uma ladainha de coisas irritantes que ele teria preferido não ouvir, mas que, de alguma maneira, tinha significado: revelava alguma coisa. Quem era ela? Alguém conhecido, mas não próximo, ou próximo mas não de todo, talvez alguém que compreendesse algo no meio da hecatombe. Mais tarde Rose ofereceu o café da manhã a Buttons, levou-o em seu carro até a estação de trem, lhe pediu uns dias para assimilar tudo o que fora dito e lhe assegurou que assim que se recuperasse um pouco do golpe, telefonaria para que começassem juntos a procurar María Paz. Mas não o fez, nunca ligou para ele, nem respondeu a seus e-mails nem a seus telefonemas. Supôs que por ordem de Pro Bono o próprio Buttons começaria a procurá-la sozinho e a partir de seus próprios contatos.

— Melhor assim — diz Rose. — Cada um com seus problemas.

O pesadelo da noite anterior ficara dando voltas em sua cabeça. A princípio pensou que a mulher do sonho era Mandra X, mas depois achou que talvez pudesse se tratar de Edith, sua ex-mulher. E resolveu ligar para ela, pegar o telefone e ligar, ainda sem saber direito o porquê: a esta altura, Edith continuava convencida de que a morte de Cleve havia sido acidental, e Rose não tinha intenção de convencê-la de que estava enganada.

— Você se lembra daquele álbum de Roma? Por acaso ainda está com você? — lhe perguntou, e ela logo entendeu que se referia às fotografias que haviam tirado durante uma viagem à Itália cerca de 35 anos antes, quando estavam casados havia pouco e Cleve ainda não nascera.

Edith lhe disse que achava que sim, que deveria estar em algum lugar de sua casa, e Rose suplicou que o enviasse para ele assim que pudesse. Ela concordou sem perguntar por que e, naquela mesma noite, às 22h, o álbum chegava à casa das Catskill pelo FedEx SameDay.

— Esse álbum tinha algo a ver com a morte do seu filho?

— Olhe, naquele momento minha obsessão eram os instrumentos da Paixão de Cristo. Ali estava o centro de tudo. Eu o intuíra desde o princípio, quando encontrei aquela velha notícia de jornal sobre o assassinato do ex-policial. E depois tive a confirmação com a história do cachorro pregado na parede, e mais ainda quando me contaram como meu filho havia morrido. Mas faltavam pedaços, e eu tinha urgência de saber exatamente qual eram esses objetos, além dos óbvios, ou seja, a cruz, os pregos e a coroa de espinhos. E aí me veio a lembrança de Roma, daqueles dias com Edith em Roma, e de um lugar em particular que havíamos visitado naquela vez: a ponte Sant'Angelo, que cruza o Tibre em direção ao Castelo Sant'Angelo, o antigo mausoléu de Adriano. Ao longo dessa ponte, há uma série prodigiosa de anjos esculpidos em mármore por Bernini, e cada um desses anjos sustenta um dos instrumentos da Paixão. Na realidade, eu poderia ter encontrado a informação que procurava em qualquer lugar, a começar pelo Google; a representação que Bernini fez da Paixão de Cristo é apenas uma das milhares que existem sobre o tema. Mas essa em particular tinha a ver comigo. A ponte Sant'Angelo me trazia recordações agradáveis e ao mesmo tempo odiosas, de qualquer maneira muito intensas, talvez excessivamente. Suponho que justamente por isso botei na cabeça a ideia de que precisava do álbum.

Rose havia imposto a si mesmo a tarefa de se colocar na pele de Sleepy Joe para saber como procedia. A primeira coisa era parar de odiá-lo, suprimir o ódio, que é cego; não podia se permitir cegueiras, tinha que observar e tirar conclusões. Partindo do fato de que até o mais louco ou ruim dos homens tem suas razões, Rose poderia chegar a entender quais eram as de Sleepy Joe. Queria trocar de mente com o assassino, como havia visto Will Graham fazer com o Fada dos Dentes em *Dragão Vermelho*. Dizendo assim parece infantil, reconhece Rose, ele metido nessas coisas, tão ignorante no assunto e guiando-se por filmes de terror; ele, que de criminalística não sabia absolutamente nada, pois, afinal, não era nenhum detetive nem investigador, apenas um pai destroçado pela morte do filho. Era provável que tudo fosse muito infantil, me diz, salvo uma coisa: minha decisão de encontrar o criminoso. Fosse como fosse, iria encontrar aquele homem e iria destruí-lo.

Eu sou Sleepy Joe, começou Rose a repetir a si mesmo, lá em cima, no sótão de Cleve, o lugar que lhe pareceu o mais apropriado. Eu sou Sleepy Joe e vou matar esse garoto, o tal de Cleve. Quais são meus motivos? Por que estou fazendo isso? Em primeiro lugar, porque me deu na telha. Sou um valentão e ando pela vida fazendo o que tenho vontade, ou não fazendo nada, e se mato é porque quero e posso. Em segundo, vou matá-lo porque está se metendo com María Paz, minha namorada. (Pro Bono dizia que Cleve e María Paz andavam juntos, e, se Pro Bono ficara sabendo, Sleepy Joe também poderia ter se inteirado.) Cleve e María Paz se amam, ou se gostam, ou pelo menos se procuram, e, como eu agonizo de ciúmes, mato o cara e fico com ela. Mas como vou matá-lo? Fácil. Sou caminhoneiro e ele anda de moto: parece que é mole. O próprio Cleve me facilita a tarefa ao cortar caminho por uma rota pouco transitada; o persigo, obrigo-o a acelerar, jogo o caminhão em cima dele, ele despenca pelo barranco e morre. Dito e feito. Liquidei o rival e fiquei impune, porque não houve testemunhas. Até aí tudo coerente. E depois lhe prego espinhos na testa? Quer dizer, desço do caminhão embora esteja chovendo, corro ladeira abaixo, encontro seu corpo... e armo um ritual. Preciso realizar um ritual, esse é o meu lance, justificar meus crimes com uma vocação mística, ou ao contrário, deixar que minha vocação mística me leve a matar. Vejo que por ali há muita acácia espinhosa e corto alguns galhos bem carregados de espinhos. No total são dezenove espinhos. Conto um por um ou não me importa quantos sejam? Conto: são dezenove. Esse número significa alguma coisa? Nada. Só me sugere a sigla M-19, o nome do movimento guerrilheiro que operava na Colômbia quando vivia por lá. Nada a ver, esqueço o dezenove, me interessam as associações que ele possa fazer, não as minhas. Estou me dispersando, preciso voltar à pele dele. Escolho esse galho de acácia, o manuseio com cuidado, tem espinhos longos e duros e posso me machucar. E se alguém vir meu caminhão, parar e me descobrir? Que seja, bem vale a pena correr o risco. Faço com o galho uma coroa para minha vítima. Por descuido firo meus dedos com os espinhos? Não. Uso luvas, estou protegido e não deixo pistas (que de fato não deixou, isso Buttons lhe confirmara). Sou Sleepy Joe e tenho razões poderosas para fazer o que faço. Castigo minha vítima porque estou enciumado? Esta é a minha vingança? Não. Os ciúmes não explicam minha conduta, tem de haver algo mais. Não posso hesitar, o que faço não é grotesco, nem louco, nem ridículo. Muito pelo contrário, sou imensamente pedante e condescendente comigo mesmo e sei que minha ação é transcendental e tem significado, embora os demais não vejam assim. Eles são ignorantes, eu sou iluminado. O momento é sublime, sou o sacerdote e escolhi esse jovem como bode expiatório, ele é o objeto da minha cerimônia. O Cristo da Paixão que vou recriar? A figura da vítima resplandece diante de meus olhos com um fulgor sacro que clama ao sacrifício. Os Cristos estão aqui para morrer, me digo, seu destino é limpar com sua própria morte este mundo sujo de pecado. (Nesse ponto, Rose relê um trecho do texto de María Paz para confirmar:

ela também sabia que seu cunhado era obcecado pela limpeza ritual.) Sou de novo Sleepy Joe e tremo de fervor, talvez até me excite, experimento uma ereção, estou em transe e ereto, a vítima me chama, me convida, está ali para mim, se oferece a mim com uma docilidade e uma aquiescência que me estimula e me enerva. Em meus colhões vibra o chamado de Deus, que exige a imolação do cordeiro. Obedeço porque sou seu profeta, seu executor, seu anjo exterminador. Javé me responde, me faz saber que conta comigo, o castigo divino será cumprido através de mim, e toda a porcaria deste mundo será purificada. À merda! É realmente importante e grande isto que estou fazendo, sinto um calor tão grande que preciso me conter, o orgasmo não pode chegar antes do próprio instante da consumação.

Até aí, era Sleepy Joe. Mas o crime acontecera de fato assim? De qualquer maneira me falta muito, pensa Rose, sou lerdo para isto, como estou longe de um verdadeiro frêmito, de uma convicção cega, de um arrebatamento tão profundo que me leve a torturar e a matar, que enorme vantagem o caminhoneiro leva em relação a mim, ele me derrota apenas com o dom de sua fé. Ele é capaz de acreditar e eu não: isso faz a diferença, isso vira o jogo a seu favor. Ele tem clareza sobre a sequência ritual, vibra com cada uma das etapas que o vão levando ao auge da dor. Seus atos obedecem a uma concatenação milenar que eu desconheço. Ele se crê profeta, enquanto eu sei que sou um sujeito qualquer. Ele conta com a iluminação, enquanto eu me atenho às minhas pobres razões de engenheiro hidráulico. Por isso não consigo compreendê-lo; só consigo desprezá-lo. Na minha cabeça a lava volta a ferver, o ódio se impõe e me impede de continuar vendo.

Stay put, ordena Rose a si mesmo, não se disperse. Com o que Sleepy Joe oficia ou tortura? No primeiro caso, feridas de punhal nas mãos, pés e costas, ou seja, os estigmas de Cristo na cruz. Inflige-as a seu próprio irmão, o ex-policial. Reserva os pregos, mais vis, para o cachorro. Acrescenta a Cleve a coroa e o escárnio dos espinhos. De alguma maneira o coroa rei; deve considerá-lo sua vítima principal, sua maior vitória, pelo menos até aquele momento. Ou talvez não, talvez improvise conforme as circunstâncias, e tenha escolhido os espinhos simplesmente porque estavam ali. Arma que corta e lacera, pregos, espinhos: degraus da ascensão ao sofrimento máximo. Cada uma das vítimas foi sacrificada, ou purificada, com um desses objetos. Sleepy Joe odeia suas vítimas? Não necessariamente, pode ser o contrário: parece que gostava do irmão. Como as escolhe, de acordo com que critério? Talvez o determinante não seja tanto a vítima, e sim a provação em si. Mas, por outro lado, o denominador comum é María Paz, o vínculo entre todas elas é María Paz. A menos que o sujeito andasse por ali sem que Rose soubesse, impondo suas cerimônias também a desconhecidos que não tinham nada a ver. Buttons e Ming estavam convencidos de sua mania sacrificial, e também Corina, a amiga salvadorenha de María Paz. Rose volta ao manuscrito original, que é seu guia, seu mapa, e encontra e relê os parágrafos sobre Corina: "Abra os olhos, María Paz, abra os olhos e tenha cuidado, que esse garoto é doente." E também o seguinte:

— Acho que rezava — me contou (Corina), em um dia desses.
— Rezava? Quem rezava?
— Seu cunhado.
— Quer dizer que rezava naquela noite, em sua casa? Antes de lhe fazer o que fez? Ou depois?
— Ao mesmo tempo. Era como uma cerimônia.
— Uma cerimônia?
— Aquilo que ele estava fazendo. O que estava fazendo comigo. Parecia uma cerimônia.

Mas o que é exatamente o que Sleepy Joe faz contra ela, contra a própria Corina, por que a agrediu com um cabo de vassoura? Rose desce à cozinha para pegar uma vassoura, volta ao porão e começa a brandir a vassoura contra um inimigo invisível. Agita-se com o exercício e sua. Ou será febre? Sente sua cabeça arder, que está cruzando um limite, que está prestes a se libertar "Se eu fosse Sleepy Joe, que dano poderia causar com isto?", se pergunta. Poderia bater ou espetar, e até estuprar, como foi o caso de Corina. Poderia cravar a cabeça de um adversário no cabo da vassoura, como em uma estaca. Ou atravessar a vítima. Um pau. Uma lança? Uma lança longa e penetrante, pré-histórica, temível. A lança, arma rainha entre os chineses, brasão de Palas Atena, com ponta afiada de aço, de âmbar, de bronze, de obsidiana, e acaso não atravessaram as costas do Cristo com uma lança? Lança, dardo, lance, *spear*, Britney Spears. Se eu fosse Sleepy

Joe acaso não teria penetrado, violado Britney, Atena, Corina, com esta lança, dardo, vassoura, lance, *spear*?

As peças se encaixam em um esquema rebuscado, mas razoável. E se realmente é assim, o que resta a fazer? A criatividade de Sleepy Joe recorrerá a que outros instrumentos de tortura? Quais ainda não usou ou já usou, mas Rose ainda não sabe? Quer dizer, o que espera suas próximas vítimas? E o que já fez com outras, anônimas? Em primeiro lugar, falta a cruz: o tormento maior e derradeiro, o clímax da expiação. E, naturalmente, deve haver outros; Cristo teve de suportar todo tipo de horrores a caminho do Calvário. Mas quais foram? É aí que entra o álbum de fotografias que Edith acaba de lhe enviar.

Roma, um entardecer de verão, anos atrás. Edith e Rose caminham de mãos dadas e estão apaixonados — pelo menos Rose está apaixonado por Edith, que usa um vestido claro, decotado, por onde se insinuam seus peitos bronzeados pelo sol mediterrâneo. Estão atravessando o Tibre pela ponte de Bernini, e a presença imponente dos anjos os inquieta: sua beleza violenta, andrógena e sombria; suas asas de aerodinâmica improvável, sua compaixão agônica diante do sofrimento do Filho de Deus. Mais que criaturas gloriosas, são porta-vozes de um duelo cósmico, e cada um deles sustenta nas mãos um determinado objeto iniciático, ou arma mortal, dependendo de como se olhe. No *duty free* do aeroporto, Rose comprou uma Canon AE-1 e, em seu entusiasmo por estreá-la, tira muitas fotografias de Edith das quais guardaram apenas nove no álbum, uma diante de cada anjo, sem contar uma décima que em algum momento se desgrudou e da qual só restam rastros de cola. Voltar a olhar aquilo depois de tantos anos incomoda Rose, ou talvez tenha que dizer que o transporta. Assegura-me que reviveu ao mesmo tempo o abandono por parte da mulher e a morte do filho, e que o abraço brutal dessa dupla perda foi arrastando-o sem que ele soubesse para onde, ameaçando destroçá-lo. Até que optou por soltar as rédeas, afrouxar a resistência e se deixar levar, docilmente, em uma viagem alucinada por uma torrente de imagens violentas. Agora que vê aquilo em perspectiva, o sente como uma imersão profunda, que por pouco não o afoga dentro de sua própria cabeça.

Começou a olhar as fotos detidamente, uma por uma, tentando se concentrar nos anjos e abstraindo a figura de sua mulher. Afaste-se, Edith, me diz que lhe dizia, saia daí, que isso não é com você. Ela havia escrito de próprio punho a data da viagem, o nome do lugar, as informações pertinentes. Edith é assim, me diz Rose, tem que documentar e especificar tudo; os livros que lê também ficam cheios de anotações nas margens.

O primeiro anjo sustenta uma pequena coluna, provavelmente a versão reduzida de uma verdadeira, e a legenda que lhe corresponde é *"Tronus meus in columna"*, *meu trono sobre uma coluna,* conforme a tradução que Edith anotou no pé da foto. Bravo, Edith, diz Rose, você sempre foi tão sistemática e organizada em tudo, menos no nosso casamento. Arquivou-me como se eu fosse um traste velho e nem sequer sabe onde. Mas precisa se concentrar. Trata-se da coluna da flagelação. Rose o sabe bem, se lembra de que nessa mesma visita a Roma viram a original, ou seja, a própria coluna, em Santa Prassede, à sombra da basílica de Santa María Maggiore. Assim como a réplica que o anjo da ponte sustenta, a relíquia original é achatada e curta, como se o Cristo que amarraram nela fosse um pigmeu. "*Tronus*", escreve Rose com um marcador de texto na cabeça do anjo, *Tronus meus in columna*, você se chama Tronus, lhe diz, e você fez mal, extremamente mal, açoitando esse pigmeu.

O anjo seguinte sustenta um chicote e sua inscrição reza *"In flagella paratum"*, *preparado para o flagelo.* Rose pega o marcador e escreve em cima a palavra *"flagella"*, com letra de forma. Flagella, esse será seu nome, diz ao anjo. Arrebentar a vítima, o Cristo da vez, com uma surra de chicote de sete pontas, porque é isso o que você faz: amarra o eleito em uma coluna e bate até arrebentá-lo a chibatadas.

Aparece outro anjo com um par de pregos na mão; pregos grandes, pesados. *"Quem confixerunt"*, *os que me perfuraram*. Rose lhe dá um nome e o escreve em cima: "Clavus". Crava o anjo com seu nome: Clavus. Cravar a vítima na parede, atravessá-la e, se for um cachorro, perfurá-lo: deixá-lo ali crucificado até que morra. Pegar um pobre cachorro e convertê-lo em Deus, ou pegar um Deus e tratá-lo como se fosse um cachorro.

O anjo da página seguinte sustenta a cruz: "... *a sanguinis ligno*", *da árvore que sangra.* Cruz, cruze, cruzar, cruzeiro. A cabeça de Rose dispara

para o cruzeiro que fez com Edith pelas ilhas gregas — naquela noite em Santorini você me amava, Edith, ou será que nem sequer naquela noite? —, mas, em seguida, corrige o rumo e abandona essa recordação. Voltemos ao ponto, ordena a si mesmo, é preciso seguir em frente. Este anjo poderoso e levemente estrábico sustenta em seus braços a cruz, essa é sua Fragmenta Passionis, ou pelo menos é o que esclarece Edith, ora, ora, Edith, que latinismos! O imenso zarolho alado sustenta a cruz sem esforço, como se não pesasse, como se a própria cruz também fosse alada, a madeira da morte, que, curiosamente, vem sendo a própria árvore da vida, a confluência dos quatro pontos cardeais, a rosa dos ventos, *rosa rosa rosam rosae rosae*, como não, *a rose is a rose* e assim se chama ele, justamente Rose, rosa-cruz, a rosa que abraça a Cruz, que é interseção, desvio; cruzar os dedos para que a sorte fique a seu favor. Cruz: lugar de perigo e risco; porta para mundos diferentes do nosso; encontro vertiginoso de realidades confrontadas, a vida e a morte, o dia e a noite, o céu e o inferno, o homem e Deus. Ponto onde a fronteira entre o cume e o abismo se estreita. Não era isso, mais o menos, o que dizia a velha Ismaela Ayé, lá entre os muros de Manninpox? E se Ismaela Ayé podia dizê-lo, Rose também podia. Ele pega o marcador e batiza esse anjo de Crux. Olá, Crux, lhe diz, você se chama Crux, lá vai você com seu nome.

A inscrição do anjo que sustenta a lança que cravaram nas costas de Cristo diz "*Vulneratis cor meum*", *você feriu meu coração*. Boa frase, deve-se reconhecer, o senhor Cristo não era mau poeta. Ou talvez o crédito devesse ser dado a Bernini. Rose decide que vai chamar esse anjo de Cor — o próprio anjo lhe revelou seu nome, *cor, cordis*, coração, e, além do mais, as três letras são simpáticas, C, O, R, colocadas assim na largura da foto, e Rose até ri um pouco porque com o O cobriu o rosto de Edith, que aparece na foto parada ao lado do pedestal. Vamos ver como vai escapar dessa, diz a Edith, me mostre como se safa e voa com Ned para Sri Lanka. Fora, Anjo!, ordena Rose a esse anjo, vou deixá-lo aí com Edith, que é uma garota má, cuide dela. E agora continuemos, que tudo vai andando, comecei a puxar a ponta do fio e agora todo o novelo se desenrola. Cor: o nome vale também para Corina. Atravessaram seu coração com essa lança, Cori? Não. Atravessaram sua vagina, ou seja, o *axis mundi*: o coração do coração.

Surge uma fotografia difícil, porque o anjo seguinte sustenta na mão uma esponja. Muito estranho, uma esponja, uma coisa tão prosaica e desprovida de inspiração. Que mal alguém pode lhe fazer com uma esponja? A não ser cócegas nas axilas, a Rose não ocorre nada. Mas basta ler, idiota, diz a si mesmo, a inscrição revela tudo: *"Portaverunt me aceto"*, *me deram vinagre*; como Edith era metódica e limpa, como traduziu tudo direito! Estou vendo, estou vendo, diz Rose, o Cristo agonizante tinha sede, deve ter pedido água e em troca lhe deram vinagre. *Well, that's gross.* O que chamam de mal-intencionado. Mergulharam a esponja no vinagre e queimaram seus lábios, sujaram sua garganta, riram dele. Mal, lhe diz Rose, muito mal, pá, pá, pá na mãozinha, como castigo você vai se chamar Bob Esponja. Escreve o nome com o marcador: Bob Esponja. Claro que Edith diz outra coisa; como sempre, ela discorda. "Posca": Edith anotou ao pé da foto essa palavra que Rose não conhecia, tendo o cuidado de acrescentar ao lado a explicação: "Posca, bebida popular na Roma antiga, mistura de água, vinagre e ervas aromáticas." Será verdade? Algum ser caridoso aproximou a esponja embebida em posca da boca sedenta do moribundo? Tudo bem, Edith, então vamos chamar esse anjo de Posca. Posca Esponja. O que acontece é que o assunto não para por aí, há algo mais; na foto não é você, Edith, quem está parada ao pé do Posca, mas eu, Ian Rose, e estou vestindo uma camiseta do James Dean; o rosto de James Dean está estampado ali, bem visível. No entanto, não é possível ver o rosto do anjo, porque, ao tirar a foto, você, Edith, o deixou fora do quadro. Decapitou o Posca com a Canon AE-1. Não importa. Anjo Decapitado, você não vai se chamar mais Bob Esponja, tampouco Posca: teve uma sorte danada e agora seu nome é James Dean.

— Foto após foto, minha febre ia aumentado — conta-me Rose. — Era como se meu cérebro ardesse. Olhe, eu sou uma pessoa simples, não sei muito desses estados alterados. Mas no dia do álbum, eu voava. E, ao mesmo tempo, tudo era tão real, como lhe explicar, os anjos, Edith, a ausência de Edith, Cleve, a morte de Cleve, seu assassino, a sombra de seu assassino, eu mesmo, Roma, as Catskill, Bernini, tudo adquiria a mesma realidade, o mesmo peso, tudo existia por igual e ao mesmo tempo; a febre misturava tudo e colocava aquilo bem diante dos meus olhos, ao alcance de minha mão.

Depois faz sua aparição o anjo que Rose mais teme, o que estava esperando, o que de fato lhe diz respeito, o da coroa de espinhos. Este é o anjo de Cleve, pensa Rose, e estremece. Sua legenda lhe parece atroz. "*Dum configitur spina*", *enquanto os espinhos penetram*. Edith, sem saber que um dia seu filho vai sofrer com os espinhos, Edith, sem saber sequer que um dia vai ter um filho, Edith anotou ao pé da foto que aquele anjo tem a particularidade de ter sido esculpido pelo próprio Bernini, que deixou a execução dos demais nas mãos de seus discípulos. Obrigado pelo esclarecimento, Edith, diz Rose, agradeço a você, que sempre foi tão estudiosa. Este anjo atrai a atenção de Rose como nenhum dos anteriores; não consegue parar de olhá-lo, ou, ao contrário, a criatura não para de olhar para ele. É um anjo terrível, compreende Rose. Cleve, meu filho, que espécie de pai sou eu, que não estava lá para protegê-lo do ataque? É, ao mesmo tempo, o mais aflito dos anjos: Bernini conseguiu que um grito abafado seja percebido em sua boca entreaberta. Isso, mais a tormenta que ameaça do fundo de seus olhos, o transformam em uma presença macabra. Você se chama Spina, Spina, Spina, apunhala o anjo com o nome, o risca com o nome, risca toda a foto até que não se pode ver nada. Só riscos. A ponte desaparece, só restam rabiscos. Desaparece o Tibre, desaparecem Roma, o anjo, a coroa e, sobretudo, Edith. Só restam rabiscos de cima a baixo; Rose atravessou Spina com um milhão de riscos perfurocortantes, ou seja, de espinhos.

A página seguinte traz uma figura quase feminina que exibe um lenço com doçura: "*Respice faciem*", *olhe seu rosto*. "Como devo chamar este anjo?", se pergunta Rose, já menos exaltado, menos agressivo, recuperando o fôlego. Fácies, é claro, é assim que você vai se chamar, olhe como escrevo seu novo nome delicadamente em um canto, com letra gótica. Trata-se do anjo que sustenta o lenço de Verônica, o lenço em que ficou estampado o rosto de Jesus quando uma mulher chamada Verônica quis enxugar seu sangue e suor. Mas com a letra de Edith aparece uma advertência clara: basta prestar atenção na etimologia para deduzir que a tal Verônica não existiu, que não é mais do que Vera Icono, verdadeira imagem do Cristo estampada no lenço de Verônica, ou seja, o lenço da verdadeira imagem. Porra, como você é inteligente e sabichona! Mas a coisa com este anjo também não acaba aí, pelo contrário, começa aí. Primeiro: com um lenço, ou pedaço de pano, alguém limpa o rosto de um homem. Segundo: o rosto desse homem fica ali registrado, como em uma fotografia. O rosto. Um rosto. Um rosto em um pano. Em um trapo? Um trapo vermelho? John Eagles, o vendedor de comida para cães, com sua cara grudada em um trapo? Por fim resolvido o assassinato inexplicável de John Eagles? Mas se John Eagles não tem nada a ver com Sleepy Joe, a quem não conhecia e com quem nunca havia cruzado em sua vida. Ou por acaso conhecia?

Rose está exausto; seu cérebro reaquecido não aguenta mais e exige repouso. Mas ainda falta, a tarefa não terminou, resta mais uma. O último anjo do álbum sustenta em uma mão a túnica que arrancaram de Cristo antes de crucificá-lo e na outra guarda os dados com que os soldados romanos a rifam entre si. "*Miserunt sortem*", lançaram a sorte. Centuriões filhos da puta, rifaram a camisola de Cristo. Você se chama Alea. *Alea jacta est*? Pois aí está. Tampouco aqui brilha o senso comum; Rose não consegue entender quem iria querer se alçar com uns farrapos ensanguentados. Em *O manto sagrado*, um filme que viu na adolescência, superaram a incongruência trocando a túnica tosca por um manto púrpura mais apresentável, evidentemente caro, e Richard Burton, o afortunado centurião que o ganhou nos dados, se afastou dali satisfeito, exibindo o flamante manto, porque não era necessário ser Richard Burton para saber que púrpura é a cor imperial, exclusiva e suntuosa. Deixa para lá.

Mas rifar um triste trapo, tecido no tear por algum artesão pobre da Galileia e depois arrastado montanha acima, rasgado pelas pedras e os açoites, transformado em miséria, todo cheio de barro e imundo? Não faz sentido. Não importa. Não é preciso se perder em debates teológicos, a urgência não está ali, o que importa é juntar as peças, queimar a mufa juntando as peças, ligar as coisas, somar dois mais dois. A balança se inclina para o lado de Maraya, a amante *number two* de Sleepy Joe. Um Rose embriagado de revelações consulta o manuscrito de María Paz. Quer encontrar o que é dito ali a respeito de Maraya, *teibolera*, *stripteaser* de *table*, de mesa, do Chiki Charmers, a que ferveu em uma *jacuzzi* até que sua carne se desprendeu dos ossos, a pobre Maraya, que, quando virou cadáver, teve um dado encaixado em cada uma das cavidades dos olhos enquanto suas amigas brigavam por suas roupas, e tudo por causa do maníaco obsessivo que é este Sleepy Joe, um desgraçado com umas porras de umas fixações.

Muito óbvio, pensa de repente Rose. Tudo isto, tudo, muito fácil. Que nojo, diz, e sente crescer nele um grande cansaço diante desse assassino tão previsível em suas coisas. Você é um filho da puta, Sleepy Joe, que arma seus enigmas lendo Paulo Coelho e Dan Brown, você é um místico de araque, repugnante, vai seguindo o padrão ao pé da letra, sua audácia chega só até aí, vai matando as pessoas com as ferramentas da Paixão de Cristo, uma depois da outra, como quem sobe umas arquibancadas. É sua grande invenção. Você não passa de um assassino comum, no fim das contas.

Rose passa da alucinação ao tédio, da comoção ao desencanto, do ardor ao frio. Já terminou tudo, já sabe do que se trata, pelo menos mais ou menos, forçando a mão aqui e ali, é verdade, forçando alguns fatos, isso deve reconhecer, mas, de qualquer maneira, armando um quadro geral com suficiente apoio na realidade para sentir que, basicamente, conseguiu desemaranhar o enredo. Sua febre se aplacou e, com ela, o estado de exaltação. O parto já passou e agora a depressão pós-parto quer tomar conta dele. Fugindo disso, se dirige à cozinha para preparar um chá, mas não encontra leite e tem que se resignar a tomá-lo sem nuvem, *sorry, mother,* diz, *no cloud this time.* Procura o Effexor e está prestes a engoli-lo com um gole de chá para dar um xeque-mate na crise, mas se arrepende. Nada de paliativos, diz, ao inferno o Effexor, de agora em diante preciso de todas as minhas ferramentas, inclusive da dor, da ansiedade e do pânico, tudo que faça parte do meu sistema de alerta. Enterra os antidepressivos no meio de um vaso de samambaias, sobe de novo ao sótão e se deixa cair, esgotado, na cama que fora de seu filho.

— Estou me fazendo de detetive, de vingador, de vítima e de carrasco... Me perdoe, filho. Que monte de besteira estou fazendo para dar sentido ao nonsense feroz de sua morte! — diz em voz alta, não tanto a Cleve, mas à montanha de objetos de Cleve que se amontoam no sótão.

Dois dias mais tarde, o inverno já tomara conta dos arredores. Não parara de nevar nas últimas 24 horas e Rose se deixava levar por uma sensação sonolenta de ausência de gravidade, enquanto observava pela janela a neve cair com suave e sedosa lentidão. Vista assim, no calor da lareira e através dos vidros, parecia bela e inofensiva, e até carinhosa, pensava Rose, que, no entanto, a conhecia o suficiente para saber que desta vez não iria se deter enquanto não cobrisse pessoas, animais e coisas, abafando todos os sons, borrando as cores, nivelando os volumes e deixando a terra transformada em uma bola branca, desumana e luminosa, como a lua. Estático diante da serenidade congelada da paisagem, Rose mal colocara as mãos em sua xícara morna de chá quando Empera irrompeu como um furacão para lhe entregar o telefone sem fio.

— Atenda, é do seu interesse — lhe disse.

— Ligo por causa das grades. — No outro lado da linha soou uma voz feminina.

— Que grades? — disse Rose, que não conseguia aterrissar.

— O senhor sabe que grades, aquelas que encomendou.

— Não encomendei nenhuma grade — disse Rose, incomodado com a insistência, mas Empera o fulminou com um olhar que o fez compreender que poderia se tratar do intermediário, de alguma coisa que teria a ver com María Paz, provavelmente "grades" era uma espécie de senha... Por causa da cadeia? Rose ficou mudo e veio um silêncio tenso que depois não soube como quebrar; tampouco não poderia soltar um "É você, María Paz?", quando aquilo bem podia ser um contato clandestino através de telefones interceptados, com gravadores e esse tipo de coisas.

— As grades, o senhor sabe quais são as grades — disse a voz.

— A senhora é a amiga das grades?

— Não, eu sou uma amiga dessa amiga.

— E está em contato com ela?

— Por isso estou ligando, para lhe dizer que ela já está com o catálogo.

— O catálogo de grades para o jardim...

— Exato, as grades para o jardim.

— E quando posso vê-la?

— Ela manda lhe perguntar se podem se encontrar hoje mesmo, às 15h, no *food court* de um shopping, sua *housekeeper* lhe dirá qual é, ela sabe. Se o senhor não puder hoje, falaremos mais adiante para combinar outro encontro, amanhã ou depois.

— Diga-lhe que vou estar lá, bebendo uma Coca-Cola light — disse Rose, enfatizando Coca-Cola light pois lhe pareceu uma contribuição, pois como María Paz e ele não se conhecem, não poderiam se reconhecer no meio da multidão.

— Não deveria.

— O quê?

— Beber Coca-Cola light. Se não consegue evitar a Coca-Cola, pelo menos evite a light, que é puro veneno — disse a voz, e ele não soube se tratava-se de uma informação decisiva ou se ela só estava lhe dando um conselho saudável.

— Tudo bem, então lhe diga que estarei bebendo Coca-Cola normal.

— Como todos que estiverem lá.

— Tem razão. Diga-lhe que estarei com três latas de Coca-Cola normal. Diga-lhe que estarão colocadas em triângulo sobre a mesa — disse, e se sentiu ridículo, como se estivesse brincando de espião.

— Então, o que prefere?

— A Coca-Cola normal, já lhe disse.

— Estou me referindo ao encontro. Será hoje ou outro dia?

— Claro, me perdoe, não a entendi. Diga-lhe que hoje mesmo. E que traga as amostras.

— O quê?

— Nada, as amostras das grades, diga-lhe que as traga. Por favor, lhe diga que é urgente, extremamente urgente — disse Rose, e ia acrescentar que era caso de vida ou morte, mas se conteve para que aqueles que grampeavam a linha não o tomassem por terrorista. Vida ou morte, pátria ou morte, vencer ou morrer, morte ao infiel: antes de tudo evitar qualquer coisa que soasse como um lema extremista.

Ao meio-dia, Rose já estava colocando as correntes antideslizantes nas calotas de seu carro. Em seguida, começou a afastar, com uma pá, a neve da entrada para poder sair. Ia perdendo o fôlego com o esforço e no meio da tarefa se deteve, rígido e suado como um Papai Noel, debaixo de várias camadas de roupa. A distância, os três cães o observavam resignados e imóveis, sentados em fila do maior para o menor, como faziam sempre que o viam partir. Ao terminar com a pá, Rose se despediu deles muito carinhosamente, como sempre, ou como sempre não, mais que sempre, dando, a cada um, uma salsicha Scheiner's e um abraço apertado, sentido, quase definitivo, como se fosse fazer uma viagem sem volta. Empera lhe dera a informação que o contato omitira ao telefone: o shopping onde se daria o encontro era o Roosevelt Field Mall, em East Garden City, com acesso pela Meadowbrook State Parkway. Ou seja, no fim das contas, Empera estava colaborando, talvez grata pelo aumento de salário, e, além disso, aceitara ficar de plantão na casa até que Rose voltasse, para cuidar do lugar e dos cães.

No momento em que ligou o motor do seu Ford Fiesta, Rose confessou a si mesmo que teria preferido mil vezes ir ao compromisso no *food court* acompanhado por Ming e se arrependeu de não ter aceitado sua oferta. Não era agradável a ideia de que María Paz estivesse sendo perseguida pela justiça, pelos caçadores de recompensa e pelo cunhado, e, naturalmente, Rose não queria se meter em confusão com tanta gente; afinal de contas, ele não era nenhum herói de epopeia, ou, para usar os termos de Cleve, o *epic wind* não soprava para ele. Mas não havia mais nada a fazer, não podia deixar passar aquela oportunidade porque, certamente, não haveria outra. Havia um engarrafamento no *parkway* e, além disso, Rose estava tão nervoso que saiu três vezes pela *exit* errada, mas, mesmo assim, conseguiu chegar ao Roosevelt Field Mall com tempo de sobra.

O *food court* está entulhado de gente, de enfeites e luzes, de aromas e músicas: a humanidade se prepara para o Natal. Rose, que vive há meses fechado na penumbra solitária de sua dor, é pego de surpresa por este bazar multitudinário que o envolve em sua agitação e sua gritaria. É estranho, pensa ele, agora festejamos o nascimento de Jesus em uma manjedoura, mas mais adiante no ano vamos celebrar sua morte em uma cruz. Pobre humanidade perplexa, que inventa tanta macaquice para ocultar o fato de que não entende nada, mas por que meu filho? O que Cleve tem a ver com tudo isto, quem pretende esclarecer coisas a si mesmo confundindo Cleve com o rei que nasce para morrer coroado de espinhos?

Ao redor de Rose se movimentam dúzias de mulheres jovens com olhos e cabelos cor de *coffee* e, a julgar pela semelhança com a foto de María Paz, várias delas poderiam ser ela. Faltam quinze minutos para a hora combinada e Rose compra as três Coca-Colas. Tem dificuldade de conseguir uma mesa, mas por fim consegue, e o passo seguinte é se sentar e colocar as três latas em triângulo. Mas que estupidez foi dar essa indicação! Agora percebe, pela via experimental, que não há maneira de colocar três latas em três lados da mesa a não ser em forma de triângulo, não importa como as movimente sempre formam um triângulo, para que a informação fosse relevante teria que ter especificado que tipo de triângulo, se equilátero, isósceles ou escaleno, conforme a longitude de seus lados, ou retângulo, obtusângulo ou acutângulo, de acordo com os graus de seus ângulos. Coloca as três latas de qualquer maneira; em suma, aquelas três gotas de Coca-Cola são invisíveis no meio do mar desse produto que corre pelo lugar. Que estupidez, realmente. Como teria sido prático ter mandado explicações sensatas, dito, por exemplo, que estaria de casaco cinza e cachecol preto. Mas, enfim, a culpa não era toda dele, ainda não publicaram *Táticas conspiratórias para leigos*.

Já são 15h15 e nada de a garota das grades chegar. E, se já chegou, é difícil que consiga localizá-la no meio daquela multidão. Rose começa a pressentir o fracasso e não sabe o que fazer, salvo esperar e bater na mesa com uma das latas. E se tudo isso não passar de uma armadilha e ele mesmo acabar trancafiado em uma Manninpox para homens? O barulho do lugar o atordoa e, para completar, a música ambiente também troveja: Pavarotti se esgoela nos alto-falantes cantando *Holy Night* e *White Christmas*. Rose sorri ao se lembrar de Cleve que, quando criança, chamava Pavarotti de Passarotti: gosto muito dos discos de Passarotti, dizia, como se se tratasse de uma grande ave canora pançuda. Enquanto espera, Rose medita um pouco sobre uma coisa que ouviu dizer tantas vezes, que Plácido Domingo era um tenor admirável, enquanto Pavarotti fracassara em Milão com as notas altas no segundo ato de *Dom Carlos*. Talvez você tenha cagado no Scala, diz Rose a Pavarotti, mas aqui, neste *food court*, o triunfo é todo seu, gordo magnífico, descanse em paz; você sozinho grita mais do que todos nós juntos. Mas já são 15h30 e nada de María Paz aparecer.

Rose se levanta para ficar mais visível e observa dissimuladamente as mulheres que circulam por ali, carregadas de filhos e pacotes. Seria María Paz aquela magra melancólica que espera alguma coisa ou a mulher sentada sozinha a uma mesa diante de um copo descartável? É morena, mais ou menos bonita, tem os cabelos escuros e longos... mas logo chega seu homem, a beija e se senta ao seu lado. Então não, não pode ser essa. Será que María Paz pintou seus cabelos de louro para fugir da justiça? Será aquela loura que está há um tempo concentrada em seu celular, apertando as teclinhas com uma agilidade demoníaca? *Wrong again.* Sem parar de teclar, a loura se levanta e vai embora. Atenção, alguém se aproxima. É uma senhora de idade vestida de diva invernal, com casaco cor-de-rosa, botas brancas e um excesso de maquiagem que se adere a sua cara como uma máscara. A velha só quer saber se poderá usar os cupons de desconto que tem nas mãos na liquidação da Macy's. Rose se desculpa dizendo que não sabe e nem lhe pergunta pelas grades do jardim; é claro que esta não é a sua garota.

Às 16h30 se dá por vencido e desiste. Está esperando há noventa minutos; a esta altura se pode deduzir que o encontro fracassou. Ou Empera lhe deu informações erradas e ele veio parar no lugar errado ou aconteceu alguma coisa com María Paz e ela não pôde aparecer. *Maktub*, como dizia ela mesma. O que fazer. Rose começa a se retirar, mais aliviado do que contrariado. Quase que fugindo, afasta-se da praça de alimentação e resolve que por ora vai relaxar e se desligar do problema; já teve suficiente atividade clandestina por hoje. Tchau, María Paz, será na próxima, por ora vai ter que se virar sozinha com sua pinça, *sorry*, eu fiz a minha parte, não posso fazer mais por você. O relaxamento traz uma fome feroz, afinal de contas lá fora está escurecendo e Rose ainda não almoçou e por isso pergunta no balcão de informações por um restaurante mais ou menos de verdade. Nada de *food court* nem de *junk food*; desde a morte de Cleve, há meses, está se alimentando mal e pouco e de repente sente desejo de comer bem e muito. É informado de onde fica o Legal Sea Foods, se dirige para lá e pede sopa de mariscos e pastel de lagostim. Bem, já pode voltar para casa; seus cães devem estar esperando por ele. Paga a comida e volta ao pátio central, onde Pavarotti continua soltando aqueles dós de peito que, segundo seus detratores, não consegue dar. Alguns minutos depois, Rose vê que está vindo rapidamente em sua direção uma mulher com uma gravidez avançada que está usando um gorro multicolor e cachecol *matchy-match*, espalhafatoso. Rose quer sair de seu caminho, temendo que, se baterem de frente, a garota parirá em cima dele, mas ela se planta na sua frente com as mãos na cintura e o encara.

— O senhor é o pai de mister Rose?

— E você... a das grades?

— Suponho que sim. E o senhor, o outro mister Rose. O pai de mister Rose.

— Como descobriu?

— Ai, Ave-Maria, eu o conheço há algum tempo.

— E eu também a conheço, mais do que acredita — diz Rose e, nesse momento, compreende que é verdade, que de tanto ler o manuscrito dessa garota, uma e outra vez na solidão noturna, se familiarizou com o personagem mais do que ele próprio acreditava, e agora, de repente, ela está ali, de corpo presente, e a conhece, e, mais do que isso, é quase próxima. Além disso há algo amável nela que o faz baixar a guarda, talvez seu sorriso franco ou seu olhar alegre. Ou, talvez, o que sente por ela seja compaixão pela pança enorme que sai do casaco, de qualquer maneira uma compaixão um tanto incômoda diante do gorro extravagante, do cachecol, da desenvoltura com que a garota administra sua presença vistosa e fora de lugar. Mas a confusão de sentimentos contraditórios cede de repente diante de uma emoção mais forte, e o coração de Rose dispara ao ritmo de uma insensata esperança que se acende em seu peito. Será o bebê filho de Cleve? Essa garota carregaria nas estranhas um filho de seu filho? Será possível esse prodígio?

— É meu neto? — pergunta, com a voz entrecortada pela emoção.

— Como pode lhe ocorrer uma coisa dessas, mister Rose? As contas não bateriam. Seria lindíssimo, mas não. Nem os embriões dos dragões são chocados durante tanto tempo — ri María Paz.

— Então essa pinça que você carrega é imensa — diz Rose, tentando fazer uma piada para disfarçar a viagem de sentimentalismo interplanetário da qual acabara de aterrissar de barriga, apressando-se a enxugar as lágrimas com a manga do casaco.

— Esta gravidez? — pergunta María Paz, a quem a palavra "pinça" ainda não diz nada. — Esta gravidez é mais falsa do que uma nota de três.

— Um disfarce... — suspira Rose. — Mas você exagerou, menina, parece que vai arrebentar, a qualquer momento vai aparecer uma ambulância para levá-la.

Ela lhe pede para esperar e se dirige ao banheiro feminino, se tranca em um dos cubículos, se desfaz de parte do recheio e volta com um par de meses a menos de gravidez. Rose pergunta se está sendo seguida e ela responde que acha que não, que tomou precauções.

— Vamos sair daqui, agora mesmo — diz ele. — Meu carro está no estacionamento. Fujamos daqui, temos que conversar sobre o assunto de uma pinça.

— Uma pinça?

— É complicado.

— Não é melhor ir ao cinema?

— Cinema? Você está louca?

— Faz muito tempo que não vou ao cinema, de verdade gostaria de ir. Há vários cinemas aqui mesmo...

— Você não está entendendo... Toda a polícia está atrás de você e, além disso, carrega uma pinça na barriga. Precisa extrair essa pinça, é mais do que urgente, quem me contou foi sua amiga Mandra X, ela viu a radiografia...

— Esse barulho não me deixa ouvir direito. Ânimo, senhor Rose! Vamos ao cinema, está tudo bem.

Rose achava que via inimigos por todos os lados e estava com a paranoia a mil, mas a garota insistia com a história do cinema com um entusiasmo tão despreocupado, adolescente, que ele começou a ceder, não sabia bem por quê; talvez porque no cinema estariam mais escondidos. Qualquer coisa era melhor do que continuar ali, expostos, naquele lugar tão cheio de gente.

— Mas que filme...? — fez a pergunta para lá de boba.

— Não importa. O que estiver passando. Vamos.

E então vão, atravessam de ponta a ponta o imenso *mall* procurando os cinemas e ela o pega pelo braço, com a naturalidade de uma filha que caminha com o pai, e essa atitude acaba de limar a distância e a desconfiança que pudessem restar nele. Está muito nervoso, mas vai, aguenta, de alguma maneira se sente respaldado, acompanhado pela primeira vez em meses, e até seria possível dizer que consegue sorrir apesar da carga de tensão. Para checar se parecem muito suspeitos, procura no reflexo das vitrines a imagem que devem estar exibindo aos demais. E o que vê? Me diz que viu a si mesmo ao lado de uma mulher jovem, mais ou menos da idade que seu filho teria, ou seja, uma garota que poderia ser sua filha, bem, se Edith tivesse sido de outra raça... No caso, teria de ter havido um cruzamento racial meio estranho para justificar um pai tão branco e uma filha tão morena, essa parte não ficava clara, de qualquer maneira poderiam pensar que tinha sido adotada, se o pai fosse engenheiro e trabalhara na Colômbia era possível que tivesse adotado uma orfãzinha pobre e a trazido para viver com ele. Suponho que pareço um pai que ama sua filha adotiva e a leva ao *mall* aproveitando os últimos dias antes do parto para fazer umas compras natalinas, pensou Rose; quem está nos olhando deve pensar que vamos comprar roupinhas para o bebê, que se for homem terá de se chamar Jesus, porque vai nascer no dia 25, como o Menino da manjedoura, e sabe-se que os hispanos fazem coisas como essa, batizam o filho com o nome de Deus, que é como se um grego o chamasse de Zeus ou um muçulmano de Alá.

— Deveríamos estar carregando pelo menos uma sacola — sugeriu. — Todas as pessoas estão, menos a gente.

— Boa ideia — disse ela. — Se quiser, pode me comprar um presente de Natal.

— Que tal alguns chocolates? Olhe aquela chocolateria...

— Tudo bem, com recheio de cereja, meus favoritos. Para comer no cinema.

Tudo tão normal, na realidade, no meio daquela anormalidade crescente. No meio da loucura, tudo tão espantosamente *standard*. Rose muito seu pai, ela muito sua filha e o bebê por nascer muito seu neto, até ternura poderiam inspirar. Talvez, algum dia, minha vida seria assim se não tivessem me tirado Cleve, pensou Rose.

Como as entradas para os outros estavam esgotadas, se enfiaram em um filme de terror, *O ritual*, e ali, tendo Anthony Hopkins e vários demônios como coadjuvantes, às escuras e aos sussurros, no meio de um cinema quase vazio, Rose fazia esforços para convencer María

Paz de que tinha que se operar por causa de uma pinça, enquanto ela, mais interessada no filme, gritava cada vez que Asmodeus ou Belzebu possuíam Hopkins, caracterizado de *father* Lucas. Não tinha jeito. Na cabeça de María Paz, toda aquela confusão da pinça se parecia com história para boi dormir, simplesmente não conseguia acreditar, ou não lhe convinha, não queria nem ouvir falar de uma operação que ia se colocar como um obstáculo no caminho de sua grande fuga. Já tinha um plano desenhado e decidido, estava disposta a atingir seu objetivo de qualquer maneira, sussurrou a Rose que estava de saco cheio de andar se escondendo e que a única coisa que queria era pegar sua irmã Violeta, voar para fora dos Estados Unidos e irem juntas a Sevilha, a tempo de ver florescer as laranjeiras. Para María Paz estava claro que não voltaria a ver este mister Rose depois que saíssem do shopping, porque a qualquer momento, a partir daquela noite, ela e sua irmã iriam por sua conta apostar no tudo ou nada.

— A sorte está lançada — disse.

— Já sei. *Maktub*.

— Isso mesmo, totalmente *maktub*.

— Mas para onde você vai...? — perguntou Rose, que não conseguia imaginar que tipo de país aceitaria receber uma criatura como ela, sem dinheiro e sem documentos, cheia de problemas e de inimigos, e, para completar, com uma irmã perturbada. Isso sem falar da pinça.

— Vou para a casa do caralho, mister Rose. Até aqui chegou meu *American dream* — disse ela, e lhe contou que já estava em contato com o atravessador que ia cruzar com elas a fronteira norte, para levá-las ao outro lado.

— A qual outro lado, María Paz?

— Ao outro lado do mundo. À terra prometida, *milk and honey on the other side*. Estou falando desse tipo de outro lado.

— Geralmente se supõe que isso seja a América.

— Creio que *not any more*.

— E quem é o Caronte?

— Quem?

— O patife que está lhe dizendo que pode passá-la para o outro lado.

— Um coiote que contratei, mister Rose, um superprofissional desse negócio de passar gente para o outro lado, por isso o chamam de cibercoiote, faz todos seus contatos pelo Blackberry.

— Você está louca, María Paz.

— Tão louca e cheia de sonhos como minha mamãezinha linda quando veio da Colômbia para cá.

— Você não pode ir embora assim, sem mais nem menos. Primeiro precisa se operar para tirar a pinça e, assim que se recuperar, tem que me ajudar a encontrar Sleepy Joe.

— Sleepy Joe! Para que Sleepy Joe? Sleepy Joe é um canalha, senhor Rose, um nojento, um podre, o melhor é esquecer esse cara. Além disso, não tenho a menor ideia de onde possa estar, já que também estou fugindo dele.

— Disso falaremos depois. Por ora precisamos acertar sua operação.

— Esqueça, senhor Rose, não vai haver operação — disse María Paz, taxativa.

O cibercoiote não marcou uma data precisa; disse que partiriam para o Canadá a qualquer momento e que tinha que estar atenta, disponível a qualquer hora, com os cinco sentidos em estado de alerta, com a mochila pronta, com as botas para a neve, a roupa térmica, as meias de *snowboard*, as luvas forradas North Face e as *ski jackets*, além dos 3500 dólares por cabeça que terão de entregar pessoalmente a ele por seus serviços.

— E já tem o dinheiro? — pergunta Rose.

— Já tenho. Meus amigos são generosos, me emprestaram para o coiote e as roupas e, depois, quando sair do aperto, verei como poderei lhes pagar. Só falta passar pelo colégio da minha irmã, pegá-la e seguir caminho com ela. Estaremos vestidas como se fôssemos para as Olimpíadas de Inverno — ri-se María Paz —, já tenho tudo pronto em dobro, para ela e para mim, e por isso em pouco tempo terei que me despedir do senhor, mister Rose. Não posso ficar mais, gostaria de ficar, mas não posso, tudo isto é muito complicado, extremamente atropelado, o senhor sabe, são circunstâncias de vida ou morte. O bom é que Violeta vai gostar de Sevilha, pois, afinal, foi ela, minha irmã Violeta, quem disse que, na primavera, o lugar cheira a laranjeiras em flor. E não me diga que não devo me iludir, senhor, eu já sei que não devo, eu já sei que não vai ser fácil, isso está muito claro para mim.

Daqui até a primavera enfrentaremos um inverno filho da puta. *Winter is coming*, assim diz o lema da Casa Stark em *Game of Thrones*; o senhor viu essa série, não é? Diga se não é máximo. *Winter is coming*. Suponho que seja o meu lema também. A coisa vai ser séria, isso eu já sei: muito frio, muito medo e muito filho da mãe no meu encalço. De qualquer forma quis vir lhe agradecer, senhor Rose, e dizer que a morte de seu filho me dói muito, não sabe quanto; seu filho foi a pessoa mais linda que conheci na vida e hoje vim até aqui só para lhe dizer isso.

— Como você soube da sua morte?

— Eu estava na sua casa quando aconteceu o acidente, senhor Rose, e fiquei sabendo pelos cães, que começaram a se comportar de uma maneira muito estranha, subindo e descendo as escadas como loucos, e pensei, o que aconteceu com esses animais para andarem nessa aflição? Então tirei os fones de ouvido, porque naquele momento deveriam ser 21h ou 22h e eu estava vendo televisão com fones de ouvido e não ouvia nada, melhor dizendo, eu estava lá em cima, no sótão do seu filho, às escondidas do senhor, mister Rose, peço desculpas atrasadas por esse detalhe, deveríamos tê-lo avisado e não fazer a coisa às suas costas, já lhe disse, me perdoe por isso, e seu filho havia partido para Chicago às 16h e já era de noite e eu andava preguiçosa, vendo alguma bobagem na televisão com os fones de ouvido que seu filho instalara para mim para que na ausência dele não se ouvisse lá embaixo a televisão ligada e o senhor não resolvesse subir para desligá-la ou algo do tipo. Em todo caso, eu tiro os fones e ouço seus gritos. Os do senhor, senhor Rose. De repente o senhor está berrando e eu entendi imediatamente que alguma coisa horrível estava acontecendo porque, me entenda, se o estivessem matando eu iria ter que descer para socorrê-lo ainda que fosse matá-lo de novo de susto com minha presença. Fui descendo a escada devagarinho, devagarinho e com o coração a mil, e consegui ouvir o senhor falar ao telefone com a sua ex. Foi aí que fiquei sabendo o que havia acontecido com seu filho, e o meu mundo caiu. Me sentei nos degraus e quis morrer. Pensei, se parar de respirar morro aqui mesmo e acaba por fim isso tudo. Tudo podia ter acontecido comigo, tudo, menos isso, que mister Rose morresse, mister Rose, a minha tábua de salvação, na realidade meu único amigo. Juro que naquela noite queria morrer, ali mesmo no sótão, e que algum dia me encontrassem mumificada lá em cima. Quase desci para lhe dar um abraço, mister Rose, para lhe dizer que como era possível uma desgraça filha da puta dessas e chorar com o senhor, mas, claro, não me atrevi, o senhor sequer sabia quem eu era nem que porra estava fazendo em sua casa. No dia seguinte Empera subiu e me contou tudo. Me disse que o senhor andava como louco porque seu filho havia se matado na moto um pouco antes de chegar a Chicago. Me perguntou o que eu estava pensando em fazer e eu lhe disse que ir embora dali. Ela me trouxe uma aguinha de camomila para me acalmar e me disse que estaria me esperando às 15h30, porque ela trabalhava até esse horário naquele dia. Depois Empera enfiou seu carro na garagem, me escondeu direito no assento de trás, debaixo de umas mantas, e assim atravessamos sem problemas toda aquela barreira de patrulhas e policiais. Não esqueço a tragédia dentro daquele carro, senhor Rose. Depois da morte da minha mãe, aquele foi o momento mais triste e desesperado da minha vida: Empera chorando enquanto dirigia, eu chorando ali encolhida debaixo daquelas mantas, esperando que o carro parasse para descer, vá saber em que esquina de que povoado ou em que curva da estrada, outra vez como cachorro vadio, ali atirada à sorte de Deus e naquele perigo. Nos dias seguintes não fiz nada além de chorar, sentindo falta do seu filho e também de seus cães, sobretudo do pequenininho, Skunko. Que cachorrinho amoroso, se visse como conversávamos... Eu o achava muito parecido com Hero, às vezes até me esquecia de que não era Hero e achava estranho quando o via sair correndo sem o carrinho, eu chamava Skunko de Hero e ele meio que se acostumou com esse nome porque vinha correndo quando eu o chamava assim. E até mesmo do senhor comecei a sentir falta também, senhor Rose, embora talvez não acredite eu tinha carinho pelo senhor, sem que me visse eu o observava pela janela quando descia ao jardim para brincar com seus cães ou levá-los para passear e me inspirava ternura. Eu o via fazendo isso e pensava: um homem que gosta tanto de seus cães tem que ser um homem bom, como gostaria de ter tido um pai assim. Mas agora outra vez, senhor Rose, já chegou a hora da despedida, assim vai a vida, de adeus em adeus, o que quer que eu faça?

— Por ora não vai haver adeus, María Paz. Você não pode partir — diz Rose, e no timbre de sua voz há uma ordem. — Não antes que tirem a pinça de você. E antes que me ajude a encontrar o assassino de Cleve. Diga-me quem matou Cleve.

— Ninguém o matou, senhor. — María Paz, surpresa diante do rumo indesejável que as coisas estão tomando, começa a caminhar em sentido contrário, afastando-se de Rose. — Cleve se matou sozinho, senhor, foi morto pela sua moto... Adeus, senhor Rose, quem sabe algum dia a gente volte a se ver.

— Está precisando de dinheiro? — pergunta Rose, como uma desculpa para fazê-la ficar. — Posso lhe dar dinheiro, se estiver precisando.

— Não, senhor Rose, muito obrigada, não está me faltando nada — começa a dizer ela, afastando-se cada vez mais, mas ainda virada para ele e sustentando seu olhar.

Bem nesse momento o clima fica tenso no shopping e as pessoas se afastam para os lados, intuindo a comoção que se aproxima. A princípio é apenas uma percepção tosca e sem detalhes: o lugar é inundado por um cheiro ácido de debandada e violência em flor, ainda não definida. Segundos depois, María Paz vê aparecerem vários policiais que vêm em sua direção como um raio, abrindo caminho aos empurrões. Estão vindo pegá-la? Batidas loucas de tambores se desatam em seu peito. Sim, vêm por sua causa, e desta vez está frita. Quantas vezes nos últimos meses não tivera essa mesma sensação de ter chegado ao fim da linha? Depois de tanta imobilidade forçada e trancada em Manninpox, desde que estava fora não conseguira parar de correr. E agora a polícia está em cima dela, o medo a paralisa e por um instante atravessa sua mente a imagem de Violeta. Não vai conseguir ver sua irmã Violeta, justo agora tinham que foder com tudo, quando só faltavam alguns dias. Mas estão vindo de fato pegá-la? María Paz não vai esperar para ver: vence o pânico e resolve sobreviver. O seu alarme dispara e, em questão de segundos, sua anatomia se transforma na de um veículo de fuga, reforçando sua capacidade cardíaca, aumentando a pressão arterial, intensificando o metabolismo e incrementando a glicose no sangue, que flui para seus músculos maiores, em particular as pernas, que ficam irrigadas e prontas para começar a correr. María Paz está prestes a disparar quando alguma coisa a detém, uma mão a agarra com força pelo braço, como um alicate que a imobiliza.

— Não corra, seria um erro. — Ouve Rose lhe dizer, apertando-a contra ele.

Assim, abraçada, protegida, Rose a vai levando até que os dois ficam na primeira fila, no meio da gente que se amontoa para observar a ação da polícia como se aquilo se tratasse de televisão ao vivo, um espetáculo de domingo para uma massa sedenta de excitação, que olha ao redor tentando descobrir quem é o perseguido — um *shoplifter*? Um *child molester*? Um ladrão de cartões de crédito? —, que a qualquer momento vai ter a cabeça partida por uma pancada ou ser derrubado por um tiro na perna e depois será levado algemado e humilhado diante dos olhares de todos, diante das câmeras de vídeo dos celulares e das câmeras de segurança, ao longo daquele corredor da infâmia que se formou ali. E na primeira fila, como em uma plateia, estão Rose e María Paz, alinhados com os espectadores que se divertem com o show. Desde os tempos de Cleve, ou de Greg, ela não voltara a contar com um braço protetor de um homem branco que lhe servisse de refúgio, a tirasse da zona de risco e a colocasse no lado seguro da sociedade.

— Tire esse gorro — sussurra Rose, sem afrouxar o braço. — Chama muita atenção.

Ela o obedece e ele se arrepende imediatamente de seu pedido: a floresta indômita de cabelos pula, ainda mais chamativa do que o gorro multicor.

— Vai ter que cortá-los — diz Rose ao seu ouvido. — Ou tingi-los.

— Isso nunca — diz ela. — Nem morta.

Os policiais passam correndo direto e se perdem de vista. Frustrado o espetáculo, a multidão se dispersa. Depois de comprovar que não estavam atrás dela, María Paz sofre uma queda de adrenalina que a deixa mole como uma boneca de pano e Rose aproveita para ir levando-a ao estacionamento.

— De agora em diante você vai ficar comigo — diz, quando os dois já estão se afastando dali no Ford Fiesta.

— Quase me borrei de susto quando vi os policiais se aproximarem correndo — me confessa Rose. — Mas tirei forças de onde não tinha e abracei María Paz para protegê-la, sabendo que, diante dos olhos da lei, aquele gesto poderia me mandar para o inferno. E não que ela tivesse me agradecido muito depois; na realidade, nem sequer me disse nada. Mas então as coisas mudaram, porque a partir daquele momento passou a me considerar um aliado. Afinal, eu tinha acabado de demonstrar o que era capaz de fazer por ela.

Fogem de Garden City e, como María Paz se queixa que está morrendo de fome, param em um restaurante qualquer mais ou menos escondido do Deer Park, do tipo "tudo o que você conseguir comer por apenas...", onde Rose toma apenas um café porque almoçara pouco antes, enquanto ela devora ovos fritos com bacon, salada verde e batatas com queijo derretido, mais uma fatia obscena de torta de chocolate e duas Coca-Colas light.

— Que bárbara, menina, você estava faminta! — comenta Rose quando retiram os pratos.

— É melhor aproveitar. Você nunca sabe quando vai voltar a comer.

— Está satisfeita?

— Sim, "satisfeita", se isso quer dizer cheia como se fosse arrebentar.

— Então vamos falar sério. Você precisa entender que deixaram na sua barriga uma pinça e que essa pinça é a causa da hemorragia.

— Não se preocupe com a hemorragia, diminuiu muito, talvez porque não me reste mais sangue por dentro. Além disso, não há pinça que não possa aguentar até Sevilha.

— Não está acreditando em mim? — Rose pega uma caneta e desenha na toalha de papel um croqui semelhante ao que viu Muñeca traçar na mesa do Conference Hall, em Manninpox. — Aqui está. Este é seu útero e esta é a pinça. Veja. É metálica e está fazendo muito mal a você.

— Mas é pequenininha... — diz María Paz. — Uma merdinha de pinça. Na verdade, senhor Rose, de todos os problemas que tenho, essa pinçazinha me parece o menor.

— Mas não é, e vamos tirá-la. Você não se preocupe com nada, eu já planejei tudo, só me dê uma semana para a recuperação. O cibercoiote que espere, ligue imediatamente para seu Blackberry daquele telefone público e lhe diga que é preciso adiar. Você já lhe entregou todo o dinheiro?

— Só metade.

— Então sem problemas. Esses caras fazem tudo por dinheiro.

María Paz vai até o telefone público, que fica ao lado dos banheiros, e, da mesa, Rose a vê discar e depois discutir e gesticular.

— Diz que nos dá oito dias — informa María Paz a Rose ao voltar à mesa. — Fico oito dias, mister Rose, e, aconteça o que acontecer, dentro de oito dias, *I'm out*.

É verdade que Rose já planejara tudo. Dentro do carro estão os documentos de sua ex-mulher, Edith, e a caderneta do plano de saúde dela, a mesma que mantém em dia, nem um mês de atraso no pagamento das mensalidades, na realidade não sabe bem para que: fixação doentia, se preferir, essa coisa de continuar pagando ano após ano o plano de saúde da mulher que o abandonou, talvez porque ainda acredite que mais dia menos dia a mulher pode voltar a precisar do plano, possivelmente essa é a razão, ou, mais simples ainda, deixar de pagar as mensalidades poderia significar se despedir para sempre de Edith, de certo modo enterrá-la. Qualquer que seja a explicação, o bom é que agora esse esforço inútil vai servir para María Paz ser operada — Edith estava jovem quando tiraram a foto da carteirinha e as duas têm cabelos e olhos escuros, embora o nariz de Edith seja mais pronunciado e o rosto de María Paz seja mais redondo e moreno. Apagando, porém, a data de nascimento com borra de café e forçando um pouco a barra, em geral poderia fazê-las passar pela mesma pessoa. E não é que Rose não quisesse pagar a operação, faria isso de bom grado; tratava-se de razões de segurança. Encoberta pela identidade de Edith, quem iria encontrar María Paz na sala de operações de um bom hospital?

Rose lhe conta seu plano de mestre e ela discorda, enfurecida. Que é uma ideia louca e absurda, diz, que é um risco que de maneira nenhuma vai correr, que vão descobrir e delatá-la, que ela não se parece nem um pouco com a mulher da foto, que não há a menor possibilidade.

— Deixe isso para lá, senhor Rose. Eu conheço uma maneira melhor. Nunca se perguntou como os milhares de ilegais que vivem neste país vão ao médico? — pergunta a Rose e ele é obrigado a reconhecer que não. — Acha que nós não adoecemos?

— Suponho que sim.

No dia seguinte, depois de terem passado a noite em Nova York, no apartamento da Saint Mark's, María Paz e Rose entram em uma certa rua do Queens, num edifício que parece comercial. Não se vê nada de muito estranho por ali, um par de porteiros mal-encarados e sem uniforme, gente que entra e sai, certo cheiro de frio ou de mistura de cloro com vinagre. Rose vê, basicamente, imigrantes ao seu redor, essa talvez seja a única nota dissonante, a excessiva proporção de gente escura, embora também circule por ali um ou outro branco. Em um lobby meio sombrio há um caixa eletrônico, uma máquina de refrigerantes em lata, banheiros para homens e mulheres no fundo, nada que chame a atenção.

— Comadre! — diz María Paz à recepcionista, e as duas se abraçam e são muito efusivas na hora de dizer que não se veem há muito tempo. E o que aconteceu com sua irmã? E seu marido ainda está desempregado? E você se lembra de Rosa, aquela de Vera Cruz, não sabe da tragédia? E que isto e aquilo, e blá-blá-blá, até que a recepcionista leva María Paz até outra comadre, que também a abraça e a faz preencher um questionário. "E o que foi que aconteceu com você?", lhe pergunta, e María Paz explica a história da pinça, sempre evitando mencionar Manninpox, pois imagine que me fizeram uma curetagem e tal e tal. "E o gringo que a acompanha, quem é?", querem saber outras duas enfermeiras, ou secretárias, ou comadres que andam por ali. Poderia dizer que é meu sogro, diz María Paz. Ah, bom, OK, de total confiança, então? Sim, fiquem tranquilas, é muito boa gente, me ajuda em tudo, com ele não tem problema. Ah, bem, pronto, então não tem boi na linha? Não, nenhum boi na linha, tudo OK.

María Paz já está sendo levada pela patota de comadres e Rose é acomodado em uma sala de espera que tem uma velha televisão com imagem difusa e um tapete cinza muito encardido. Tudo está ajeitado, mister, lhe dizem, o senhor não se preocupe que vamos tratá-la como uma rainha, entre amigos não há problemas, ela é como de casa, é como se fosse uma irmã nossa. E sua mercê, María Paz, fique tranquila, filhinha, fique leve, minha menina, que o doutorzinho Huidobro opera isso em um instante. "O doutorzinho Huidobro?", pergunta ela. É novo, você não o conhece, um uruguaio ótimo, você vai ver que gracinha.

Vamos embora daqui antes que seja tarde, Rose consegue dizer a María Paz, na verdade suplica, tudo aquilo lhe provoca uma desconfiança terrível. Afinal de contas, que lugar é este? Uma clínica clandestina em plena Nova

York? Melhor sair correndo dali, estão acrescentando mais uma ilegalidade às muitas que já carregam nas costas. Mas já tiraram sua roupa, lhe vestiram uma bata verde amarrada atrás que deixa suas nádegas expostas e a levam à radiologia. Rose fica ali sentado, incomodado e assustado, os olhos cravados nas manchas do tapete, sem saber em que terreno está pisando e sentindo que suas apreensões se multiplicam como se fossem coelhos. Nunca na vida estivera em um buraco mais suspeito. Deus do céu, pensa, isto sim é o terceiro mundo em seu apogeu, que diabos estou fazendo metido aqui? E está nesse dilema quando María Paz volta acompanhada por um sujeito alto e esguio, um bonitão de telenovela de terno, gravata e gorro branco de cirurgião que fala espanhol e se apresenta como doutor Huidobro. A julgar pelo sotaque, deve vir do Cone Sul.

— O senhor é argentino? — pergunta Rose, e María Paz arregala os olhos para ele, indicando que está enfiando os pés pelas mãos, porque ali não se faz esse tipo de pergunta.

— Mais ou menos — diz o homem que aperta a mão dela com a esquerda, pois a direita está levantada e segura uma radiografia.

Sem largar a mão de María Paz, o tal do Huidobro lhes mostra a pinça, que na radiografia se vê claramente e justo no lugar indicado por Muñeca, e comunica que no dia seguinte, às 7h30 da manhã, fará a intervenção, que é indispensável, mas simples; será feita com anestesia local e, embora não vá ser no ambulatório, a paciente terá alta depois de 24 horas.

— É o senhor quem vai operá-la? — pergunta Rose em um tom agressivo, porque o que na verdade quer lhe dizer é solte a mão dela, filho da puta, que tipo de demônio é você?

— Eu mesmo vou operá-la, claro, não se preocupe, vou fazê-lo pessoalmente, assegura Huidobro sem se sentir ofendido, e logo em seguida lhe cobra 2.500 dólares, que Rose se vê obrigado a sacar no caixa eletrônico e desembolsar ali mesmo, à vista. Sem entregar sequer um recibo em troca, Huidobro agarra o maço de cédulas e, em um piscar de olhos, a grana desaparece no bolso de suas calças.

Porco, pensa Rose, embora não diga nada, duas vezes porco, pelo menos lave essas mãos sujas de dinheiro antes de operar, e vamos ver se é tão rápido com o bisturi como com a grana. Rose não confia nem um pouco naquele sujeito, que tem mais pinta de cantor de tango ou de jogador de futebol do que de cirurgião. Mas não há nada a fazer: María Paz já tomou a decisão de se colocar incondicionalmente em suas mãos e se comporta com docilidade de vaca que está indo ao matadouro.

— Você vai ficar bem, vamos cuidar de você — diz Huidobro, ainda segurando sua mão, e ordena que coloquem o soro, verifiquem sua pressão, tirem sangue.

— Não se preocupe, mister Rose — diz María Paz a Rose, se despedindo, quando por fim os deixam sozinhos —, o doutor Huidobro é excelente.

— Excelente? Excelente esse jogador de futebol com gorro de padeiro? Ouça-me, María Paz, isto aqui é um antro. Não tem as mínimas condições de assepsia, não vejo, em lugar nenhum, equipamentos médicos apropriados, estamos cometendo um erro gravíssimo, por aqui zumbe o estafilococo dourado, você vai pegar uma infecção que vai matá-la. Que doutor Huidobro o quê! Este cara é um impostor, um abusador de mulheres; peço pela última vez: vamos a um hospital decente, um lugar para seres humanos, com atendimento profissional.

— O doutor Huidobro tem todos os títulos e especializações, senhor Rose, não se preocupe, o que acontece é que como é sul-americano não lhe dão licença para exercer a medicina neste país. Fique tranquilo, senhor Rose, é verdade o que lhe digo, também muitos gringos vêm aqui, vêm cada vez mais cidadãos norte-americanos para serem operados, mais do que o senhor suspeita, inclusive brancos como o senhor, só que sem plano de saúde e sem dinheiro para pagar um médico normal.

Rose não se atreve a voltar ao East Village, tem, por via das dúvidas, de estar por perto, e por isso pernoita em um hotel ao lado do suposto hospital. Mas não consegue pregar o olho, hora após hora fazendo todo tipo de elucubrações tenebrosas: e se a polícia der uma batida e levar todo mundo, ele inclusive? E se María Paz morrer na mesa de operações, que, na realidade, não deve passar de uma mesa de cozinha? Que garantias iam oferecer naquele buraco, que seguros ou permissões? Rose não entendia como admitira aquilo, como chegara tão baixo, e o pior é que iria afundar ainda mais se alguma coisa chegasse a acontecer com ela, diriam que era corresponsável pela sua morte e já via a si mesmo compartilhando o *death row* com o impostor uruguaio e com Sleepy Joe. Bem cedo se veste sem tomar banho e vai àquele lugar decidido a tirar dali, de qualquer maneira, sua suposta filha, ou esposa, ou nora; na realidade, não tem como provar que tem parentesco com ela. A título de que vai ordenar que a deixem sair?

— Se quiser pode entrar para acompanhá-la, a operação correu muito bem, ela está muito tranquila e já em recuperação — diz uma das comadres do dia anterior, que está vestida de secretária, mas, na realidade, deve ser enfermeira, e um Rose simpático e desconfiado a segue por um corredor estreito levando à convalescente um *macchiato* e uns *cookies* do Starbucks.

Quando atravessa a porta dos fundos, desaparecem os escritórios, as escrivaninhas e o tapete cinza. As paredes divisórias foram suprimidas e, de repente, Rose se vê no meio de um espaço amplo, com aspecto de cozinha ou de banheiro, branco e limpo e bem iluminado, com uma fileira de macas atrás de suas respectivas divisórias. Um verdadeiro hospital clandestino em plena cidade de Nova York. Deus do céu, pensa Rose. Quem acreditaria, o país se transformara em uma grande torta de mil folhas com camadas e camadas escondidas sob a superfície; bastava escavar um pouco para descobrir realidades insuspeitadas. Aonde iriam parar? A sociedade norte-americana, até ontem sólida e inquestionável, era agora uma viga carcomida pelo caruncho. Rose se aproxima de María Paz, que descansa em uma das macas. Ainda usa a bata verde descartável e está um pouco pálida, mas sorridente.

— Olhe para ela, senhor Rose! Aqui está! — lhe diz ela, fazendo soar dentro de um frasco a pinça que acabaram de lhe extrair, mostrando-a com orgulho de criança que exibe um inseto estranho.

Rose me conta que levou María Paz a sua montanha para que se recuperasse da operação e que, quando entraram, Empera a recebeu com um abraço e os cães deram pulos e fizeram festa para ela. E como não fariam, se a conheciam de sobra? Veja como é a vida, me diz Rose, eu a procurando e ela já me encontrara; eu achando que estava perdida em algum lugar do planeta, sem saber que estivera dentro de minha própria casa. Assim que entramos, quis conhecer o andar térreo e me pediu que acendesse a lareira. Disse que percebia cada vez que eu a acendia na sala, durante as semanas em que ficou escondida lá em cima, porque o cheiro do pinho que queimava chegava ao seu nariz. Então a acompanhei em uma caminhada, com seus passinhos de convalescente, até o lugar onde haviam estado enterradas as cinzas de seu cachorro Hero, e ali lhe confessei que eu as encontrara e desenterrara. Depois concordamos que deveríamos enterrá-las outra vez, naquele mesmo lugar, e foi o que fizemos. Para que ela não tivesse que ficar subindo e descendo escadas, lhe propus que se instalasse em meu quarto, e que eu me mudaria para o de Cleve, mas ela não aceitou. Disse que preferia ficar lá em cima, porque ali tinha guardado muitas recordações.

Passaram juntos alguns dias sem maiores contratempos, ele cuidando dela e ela se deixando cuidar, os dois sozinhos na casa com os cães, porque Empera havia feito sua visita anual a Santo Domingo para passar as festas com a família, acreditando que conseguiria voltar aos Estados Unidos nos últimos dias de janeiro, certamente violando pela enésima vez em sua vida os rígidos controles de fronteira contra os ilegais. Além disso, desabaram na região umas nevascas tão fortes que os isolaram quase que por completo; ninguém podia entrar nem sair da casa das Catskill sem correr um risco considerável na estrada. Nesse sentido, María Paz se sentia segura e conseguiu descansar, se acalmar, se recuperar. Para o Natal, lhe sugeriu preparar um *ajiaco* colombiano e se alegrou ao saber que Rose o provara durante a estadia em seu país e gostara o suficiente para se animar a desafiar a natureza e sair para comprar os ingredientes. Pelo menos na medida do possível, porque o milho local era muito doce, e nem pensar nos três tipos de batata andina, que tiveram que substituir pela batata Chieftain, a Dakota Rose e a pálida de Idaho. Tampouco havia como conseguir as ervas que chamam de *guasca*, e usaram em seu lugar folhas de marijuana, das plantas já maceradas e amareladas que Cleve cultivava na garagem e que desde sua morte ninguém cuidava.

— Por algum motivo, fazer aquela sopa foi muito importante para ela — me diz Rose. — Não ficou como a original bogotana, apenas remotamente parecida, mas María Paz não se importou. Estava realmente feliz quando a servimos na noite de Natal.

Os dias em geral foram aprazíveis, me diz Rose, e até agradáveis, porque a garota era de fato inteligente e encantadora, e tinham um assunto em comum que servia de ponte: Cleve. Rose ficava comovido até as lágrimas ao ver a admiração e o afeto com que María Paz se referia a Cleve. Mas havia outro assunto que os desunia, que os colocava em polos opostos e não permitia que nenhum dos dois conseguisse baixar definitivamente a guarda, gerando entre eles uma espécie de jogo duplo, por momentos atenuado, mas nunca resolvido, que levava cada um a oscilar diante do outro da familiaridade à desconfiança, e vice-versa. E esse outro tema era Sleepy Joe. Qualquer insinuação sobre sua natureza criminosa se voltava contra Rose; María Paz tapava os ouvidos, defendendo seu cunhado com uma teimosia irracional que ele não conseguia compreender. Tentara de muitas maneiras fazê-la ver que Sleepy Joe era o responsável pela morte de Cleve, mas não tinha provas contundentes e ela se recusava a aceitar a possibilidade; quando muito chamava o cunhado de canalha, ou malandro, eufemismos que descompunham e feriam Rose, porque o faziam entrever uma solidariedade no fundo intacta de parte de María Paz em relação a Sleepy Joe, coisa que se assemelhava muito a uma traição.

Rose se dava conta de que ela fazia seus contatos, com sussurros e mistério, em ligações estranhas e breves por um celular pré-pago. Rose a vigiava, pode-se dizer que a espionava, e por essas ligações ficava sabendo que, apesar de ela ter adiado sua viagem, de nenhuma maneira a cancelara, e, através do celular pré-pago, se mantinha em contato com os sujeitos que a ajudariam a fugir do país pela fronteira com o Canadá. Rose não lhe perguntava nada, a deixava agir, mas ela de vez em quando lhe fornecia algum dado, que a ele soava mais do que delirante e disparatado. Como, em pleno inverno, cruzariam as florestas do território indígena, atravessariam de lancha os lagos? Que aborígenes da região os guiariam e lhes dariam comida e alojamento? De qualquer maneira, Rose se mantinha atento, acreditando que, mais cedo ou mais tarde, ela o levaria até a pessoa que lhe interessava: Sleepy Joe. Tinha certeza de que o sujeito estava seguindo seus passos: podia pressentir sua proximidade e perceber que estava à espreita.

— E nisso Pro Bono volta de Paris — me conta Rose — e começa a me ligar querendo saber se eu tinha notícias de María Paz. Eu o despachava sempre, fazendo-me de magoado por conta de sua deserção. Mentia, afirmava que não sabia nada de María Paz nem queria saber. Veja, eu tinha meus planos em mente, meus próprios planos. Eu ia seguindo minha rota, bastante inseguro, sim, mas, em todo caso, obstinado, e não me convinha que Pro Bono atravessasse o meu caminho. Era melhor despistá-lo, mantê-lo a distância. Em uma dessas ligações, Pro Bono me contou que há alguns dias haviam matado em Nova York um ex-policial na rua 188 com a Union Turnpike. O interessante, segundo Pro Bono, era que o morto pertencera à mesma unidade de Greg, o marido de María Paz, e estava sendo investigado por suposta participação em uma rede de tráfico de armas dentro da instituição. Deveria ter alguma coisa a ver o caso com o assassinato de Greg, isso parecia mais do que evidente, mas Pro Bono não sabia exatamente o quê. Perguntei como havia sido o crime, se apresentara características especiais, ou seja, se parecia um ritual. Me disse que achava que não; o boletim de ocorrência mencionava dois tiros na cabeça disparados de uma moto, nada que parecesse muito estranho. Não disse nada a María Paz acerca do reaparecimento de Pro Bono e de suas ligações, em particular dessa última, não lhe disse nada. Não sei se me entende, a cada dia sentia mais carinho pela garota, e, certamente, ela por mim também. Mas não conseguia achar que era confiável; não a sentia exatamente como uma cúmplice.

 O dia da partida chegou depressa e, na época, María Paz já parecia recuperada, ou pelo menos isso lhes dissera Huidobro, o cirurgião pirata, que procuraram para que a examinasse. Mas, antes de abandonar os Estados Unidos, ela precisava passar em Vermont para pegar sua irmã. Então pediu a Rose um novo favor, o último, segundo lhe garantiu: que a levasse até lá. Dali em diante as duas irmãs continuariam por conta própria, já nas mãos do cibercoiote, e Rose voltaria para casa. Isso, segundo os planos de María Paz; os de Rose eram outros. Enquanto se mantivesse ao seu lado, pensava, teria possibilidades de saber do paradeiro de Sleepy Joe. Queria encontrar o sujeito de qualquer maneira; antes de tudo precisava acertar as contas com ele. E, no entanto, alguma coisa lhe dizia que não era o momento de se aventurar, não agora, quando começava a se tranquilizar e a fazer as pazes com sua memória. A dor pela morte do filho, aquele punhalzinho ferino de metal polido, fora perdendo o fio de tanto espetar sua carne e cortar seus ossos e, em troca, ganhara lugar uma presença menos intensa, mas mais verdadeira: a recordação de Cleve quando Cleve estava vivo. Cada dia chorava um pouco menos e se lembrava dele um pouco mais, como se, por fim, o estivesse recuperando. Cleve aos 8 anos com um velho suéter de Edith que ficava enorme nele; Cleve aos 15, montado em um camelo durante um passeio pelo vale do Nilo; Cleve saindo para seu primeiro baile em companhia de Ana Clara, uma vizinhazinha filha de portugueses; Cleve lendo o *Zaratustra* de Nietzsche em uma espreguiçadeira, num dia muito quente; Cleve muito pequeno, brincando em um canto da sala com seus bonecos Esqueleto e He-Man; Cleve na adolescência com o rosto empastado de creme Clearsil contra a acne; Cleve aos 3 anos, escapando milagrosamente ileso de uma vitrine que caía em cima dele; Cleve lançando-se em um *snowboard* pelos despenhadeiros de Aspen Highlands; Cleve fugindo de bicicleta da casa de sua mãe depois de uma briga com Ned. E, sobretudo, Cleve adormecido em sua cama com seu cachorro, e o que Edith dissera ao vê-los: este garoto nunca vai ser tão feliz como neste momento. À memória de Rose voltavam aos montes essas e outras cenas da vida de seu filho, todas com um elemento decisivo em comum: nelas, Cleve estava limpo de sua própria morte; a morte ainda não tinha nada a ver com ele. Inclusive aquele episódio do salto na piscina vazia começara a ter para Rose um aspecto mais benévolo, o da tragédia que pôde ter sido, mas não foi. Não, definitivamente não era um bom momento, precisamente aquele não era um bom momento para acompanhar María Paz em sua louca aventura, embora fosse a porta para uma retaliação que Rose achava necessária.

— O que tinham feito com meu filho fervia meu sangue e não via a hora de pôr as mãos em cima do culpado. Mas, ao mesmo tempo, nem tanto, nem tanto, não sei se estou sendo claro, como se não visse a mim mesmo perseguindo um assassino com aquela pistolinha do guarda-costas de Pancho Villa, não sei, a cada dia que passava via um quadro mais contraditório, e, naturalmente, eu não era nenhum vingador profissional, sofria meus *ups and downs*. Tenho que lhe confessar, embora tema que não seja isso que você anda procurando. Possivelmente está esperando obter de tudo isso uma tremenda história de assassinos em série e superdetetives, como essas que aguentam cinco temporadas na televisão, onde cada qual tem seu papel bem definido e o resto é pura ação. Provavelmente é isso o que você espera, e eu vou decepcioná-la. Esta é uma história real, de gente comum e corriqueira, cheia de dúvidas, erros, improvisações. Aqui há datas que não fazem sentido e fios soltos que não chegam a ser unidos. Um pobre pai e um pobre assassino; não há muito mais. No entanto, esta não é uma história fria; nós que fazemos parte dela fomos abandonando a vida a cada passo.

Rose exibiu a María Paz um inconveniente incontornável para ir a Vermont: os três cães. Como deixá-los em casa se Empera andava para sua terra e não havia quem pudesse cuidar deles?

— Muito fácil — disse María Paz —: vamos levá-los conosco. Será um passeio com os cães e tudo.

— Você está mal da cabeça? — disse Rose. — Em pleno inverno?

— Vai ser bonito demais, com toda essa neve.

— Impossível. Nem de brincadeira cabem em um Ford Fiesta duas pessoas e três animais.

— Ei, Ave-Maria, senhor Rose, o senhor sim tem um problema para cada solução. Não caberemos no carro pequenininho, mas no jipe sim.

— No Toyota? Não! O Toyota é de Edith.

— Era de Edith. E, de qualquer maneira, ela vai emprestá-lo.

— Mas esse carro é uma velharia...

— Para mim e para os cães, tanto faz.

Nada a fazer contra a teimosia da mulher. Rose acabou levando o Toyota à oficina para trocar a bateria e os pneus, revisar o lubrificante dos freios e trocar o óleo, e partiram na madrugada de um sábado, levando um pacote de ração Eukanuba, alguns garrafões de água e mantas grossas sobre as quais Otto, Dix e Skunko puderam dormir na parte de trás. E, claro, a Glock 17 do avô de Ming, escondida dentro de uma malinha com roupa. O colégio de Violeta ficava quase na fronteira com o Canadá, nas proximidades de Montpelier, Vermont, e, embora María Paz tivesse pressa de chegar, Rose, na realidade, nem tanto, e por isso aproveitou para levá-la até lá pelas florestas das montanhas Adirondack, em uma travessia em direção ao norte do país da neve, no meio dos cumes e dos lagos de uma paisagem que a névoa tornava azul, parando de quando em quando para contemplar aquela maravilha, caminhar um pouco e deixar que os cães corressem à vontade, como selvagens por território primitivo.

Era impossível não conversar, não soltar a língua e cair na confissão da maneira que estavam María Paz e Rose, um sentado ao lado do outro e protegidos das imensidões geladas pelo vapor morno e cheiroso que se condensava dentro do jipe, motivando María Paz a desenhar com os dedos iniciais nos vidros embaçados.

— E que iniciais eram essas? — pergunto a Rose; é uma pergunta muito tentadora para deixá-la passar.

— Bem, na verdade eram três letras que formavam uma palavra, ou pelo menos foi isso que ela me disse, porque eu também lhe perguntei. Lembro porque me fixei nisso e fiquei curioso, como você. A palavra era AIX. María Paz disse que se tratava de uma coisa entre ela e Cleve, uma espécie de senha entre os dois. Não disse mais nada.

Rose quis saber que espécie de destino ela achava que a esperava no Canadá. Os canadenses são temíveis, disse; os caras da Real Polícia Montada têm fama de ser uns grandes safados, ainda mais animais do que os cavalos que montam. María Paz respondeu que não se preocupasse, que para elas o Canadá seria apenas um lugar de passagem, o importante era entrar lá sem documentos, indocumentadas totais, nenhum rastro de sua verdadeira identidade nem de seu histórico nos EUA. Que não se soubesse que Violeta era louca e ela, *bail jumper*.

— E se as pegarem?

— A ideia é essa, deixar que nos peguem, mas já em Toronto ou em Ottawa, quando estivermos zeradas e tivermos nos livrado do passado. Antes disso não, nem pensar. A coisa é assim, espere e verá. O Canadá segue umas convenções das Nações Unidas, o coiote me explicou tudo divinamente, e, segundo essas convenções, os refugiados devem receber proteção, teto e comida.

— E se não cumprirem a palavra?

— Melhor ainda, porque então seremos deportadas. Não será ruim se nos deportarem, poderemos ir parar em qualquer lugar, isso é o de menos, de lá seguiremos caminho para Sevilha e pronto. Melhor dizendo, qualquer coisa vale, desde que não me devolvam para cá, porque aí seria meu fim.

— E se ficarem sabendo quem você realmente é?

— Não vão ficar sabendo. Vamos fazer cara de pobres latinas que não falam inglês e sonham em entrar nos EUA, vai ser fácil, estão convencidos de antemão de que todo latino dá a vida por isso e o contrário não entra em sua cabeça. Andam caçando gente desesperada para entrar, não desesperada para sair.

Uma vez estacionados nos arredores do colégio, María Paz deu instruções a Rose. Era ele que teria de entrar para perguntar por Violeta; ela própria não se atrevia; e se no colégio tivessem sido informados de suas confusões com a justiça e a delatassem ou a impedissem de levar sua irmã? Quem sabia o que poderia acontecer? Disse que o melhor era não arriscar. Era um internato de regime semiaberto e aqueles que viviam ali não eram considerados pacientes, e sim hóspedes, e, como eram hóspedes, tinham liberdade de receber visita de quem quisessem e até de ir passear no povoado vizinho. Administravam seu próprio dinheiro e podiam comprar coisas na farmácia ou na loja de conveniência, ou almoçar em algum dos restaurantes locais. Podiam sair do colégio para passar fins de semana e férias com seus familiares, desde que avisassem. A tarefa de Rose consistia em perguntar por Violeta na recepção e trazê-la.

— Mas ela não me conhece — objetou ele. — É uma ideia absurda, como todas as outras. Ela não vai querer vir comigo...

— Mostre isso a ela — disse María Paz, tirando do pescoço e lhe entregando a corrente com a moeda —, será como uma senha. Ela tem uma igual e sabe do que se trata. Diga-lhe que estou esperando por ela aqui do lado de fora.

— Nem sequer sei como devo tratá-la, acho que entendi que é um pouco estranha...

— Um pouco não, é muito estranha. Vá com cuidado. Não fale muito e, sobretudo, não toque nela. Às vezes morde quando a tocam.

— Como Dix; a isso estou acostumado. Mas vamos ver. Me explique direito qual é doença que sua irmã tem.

— Parece que é autismo, mas na verdade não sei. Ninguém sabe, nem ela mesma. Se sabe, esconde dos médicos. Vive brincando de confundi-los, não é culpa deles se não conseguem fazer o diagnóstico. Que doença mental minha irmã Violeta tem? Todas e nenhuma. Às vezes todas, às vezes nenhuma.

— Me fale mais dela. Me conte coisas que me ajudem a não fazer nada errado.

— O quer que lhe conte? Violeta gosta que sua cama fique perfeita, sem nenhuma ruguinha nos lençóis, como se estivesse no quartel, e de noite nem se mexe para que não saiam do lugar. Sua pele é muito sensível e por isso detesta que a roupa a espete ou aperte. Só come comida branca, ou seja, leite, massa, pão, essas coisas, e vomita se a fazem provar comida de qualquer outra cor. Fale com suavidade, melhor dizendo, não eleve a voz, porque também é hipersensível aos barulhos. Ela me chama de Big Sis e eu a chamo de Little Sis. Vamos ver... vamos ver... O que mais poderia lhe dizer? Não tente se fazer de simpático com ela nem faça piadas, porque ela nunca as entende. Não lhe diga coisas exageradas, como estou morrendo de fome, porque ela vai pensar que o senhor está morrendo de verdade. Não lhe pergunte coisas como o que você fez ultimamente, porque ela se sentirá na obrigação de lhe contar tudo, tudo o que fez todos os dias, da manhã à noite, durante os últimos meses. Se ela começar a falar, não lhe diga para se calar, nem lhe diga, por exemplo, que está falando pelos cotovelos, porque vai ficar perplexa, tentando entender como alguém pode falar pelos cotovelos. Uma vez mamãe a estava chamando para que fosse comer e ela não lhe dava atenção. Minha mãe chamava e chamava e nada de ela responder e por isso disse, essa menina está surda como uma porta. Então Violeta respondeu, ofendida, que as portas não tinham orelhas. Entende a que me refiro?

— Mais ou menos. Já sei o que não devo fazer, mas ainda não sei o que devo fazer.

— Não faça muito, essa é a melhor forma de lidar com ela. Só lhe mostre a moeda que lhe dei e lhe diga que estou esperando por ela aqui fora.

Rose aceitou a contragosto cumprir a missão encomendada, ou pelo menos tentar, mas quando já ia descer do jipe, María Paz segurou seu braço.

— Espere, senhor Rose. Espere um minuto — suplicou. — Deixe-me respirar um pouco. Faz muito tempo que não vejo Violeta, percebe? Desde antes de Manninpox. Meu coração está a mil, espere eu me tranquilizar um pouco. Espere, preciso de um pouco de água. Assim está melhor. Me ajude, mãezinha linda, me ajude, Bolivia, você que está no céu, faça tudo correr bem, lhe peço, pelo amor de Deus. Bem, pronto. Suspirou, depois de passar alguns minutos com os olhos fechados. — Já estou pronta. Vá, senhor Rose. Vá buscá-la e a traga para mim.

Rose ficou surpreso com a primeira visão do colégio. Imaginara um lugar deprimente e cinza e, no entanto, deu de cara com uma casa de estilo georgiano no meio de um bosque de bordos e coníferas com teto holandês coroado pela chaminé da lareira, fachada de tábuas de pinho pintadas de branco, dupla fileira de janelas de guilhotina e porta centralizada. Não se via ninguém no exterior, como era de se esperar diante do frio que estava fazendo, mas Rose pôde imaginar que, em climas mais amenos, visitantes e visitados poderiam passear tranquilamente pelos arredores. O interior era amplo e limpo, mais para vazio, salvo o indispensável: haviam preferido o funcional. Tudo bem, pensou Rose; sem dúvida um bom lugar, deve custar os olhos da cara manter alguém aqui. Tudo bem, embora, naturalmente, não totalmente. Havia alguma coisa que não fazia sentido, como se a promessa do exterior não se cumprisse lá dentro, onde pesava um ambiente de expectativa frustrada. Cada detalhe denunciava um esforço para dar uma aparência de familiaridade e normalidade, mas, por alguma razão, esse objetivo não era atingido. Apesar da estupenda construção, lá dentro se respirava um vazio como de escola pública depois do horário das aulas; tinha-se a sensação de que o mundo ficara lá fora, enquanto um tempo paralisado tomava conta do que estava dentro.

Foi atendido logo, com cordialidade, e lhe ofereceram uma cadeira e alguns folhetos para o caso de querer se sentar e ficar lendo enquanto esperava a pessoa solicitada. Assim pôde se inteirar dos programas de reabilitação que eram propiciados ali, das terapias de inverno e verão, dos cursos especiais para familiares de garotos e garotas autistas. Tudo isto parece muito civilizado, pensou Rose. E, no entanto, não deixava de ser uma espécie de isolamento. Uma Manninpox benigna, um resguardo, um gueto, um orfanato. Um sanatório. O par de irmãs colombianas, María Paz e Violeta, não parecia destinado a ter o privilégio de viver em espaços livres e abertos, pelo menos não aqui, na América. Enquanto permaneceu na recepção, Rose se esforçou para se manter mergulhado na leitura e não levantar a cabeça dos folhetos, para não ter de olhar para aqueles que se moviam ao redor. Não queria parecer intrometido nem curioso, mas não podia deixar de perceber o ar agitado que acompanhava o passo das crianças enfermas, a sensação de estranheza e harmonia quebrada, o timbre metálico e impessoal de suas vozes, o cheiro ácido de seus medos. Rose ainda estava ereto e rígido em sua cadeira, intimidado como quem entra no templo de uma religião alheia, quando a encarregada da recepção lhe anunciou que Violeta estava ali.

— Uma presença muito impactante, a daquela menina — me diz Rose. — Creio que nem sequer prestou atenção em mim. Não me olhou nos olhos, melhor dizendo, evitou meu olhar, e não respondia ao meu cumprimento nem me dizia nada. Mas, ao ver a medalha que lhe mostrei, compreendeu imediatamente que se tratava de sua irmã. Aí não teve dúvidas, saiu em seguida do colégio e se dirigiu ao carro, sem que eu tivesse de lhe pedir duas vezes. Nem sequer se cobriu com um bom casaco para se atirar no frio; saiu assim, sem mais nem menos, tal como estava, de jeans e suéter de lã. Na realidade, não exibiu maiores emoções ao saber que María Paz viera buscá-la. Melhor dizendo, nenhuma. Nenhuma emoção, nem boa nem má, nada. Nunca vi na vida um rosto tão belo, mas tão inexpressivo como o daquela menina.

— Pode descrevê-la? — peço a Rose. — Violeta. Pode me dizer como é, como o senhor a viu nesse primeiro momento?

— María Paz havia me falado de seus cabelos longos, quase até a cintura, mas não eram assim, pelo contrário, eram desafiadoramente curtos, quase rentes, com só uns centímetros de comprimento. Imagine uma recruta. Mas isso não a deixava feia; talvez o contrário, porque deixava brutalmente à mostra suas feições e o tremendo tamanho de seus olhos verdes. De fato grandes e de fato verdes, como de gato, ou não muito humanos. Enormes e verdes, mas não profundos, não sei se estou sendo claro... A menina tem, digamos, um olhar plano, eu diria que interrompido, se é que esse termo faz sentido. Um olhar sem eco. Isso mesmo. Sem retorno, sem eco. Não saberia lhe dizer como é o seu nariz, ou a sua boca, porque, na realidade, pude vê--la muito pouco. É alta e esbelta, isso sim, e não morena, como María Paz, mas de pele clara; em um primeiro momento, você não diria que são irmãs, só um pouco depois começa a perceber as semelhanças, o ar familiar. Se quiser posso falar mais de seus olhos, porque prestei muita atenção neles. O branco de seus olhos é um branco muito límpido, um branco puro e líquido, e suas íris são feitas de círculos concêntricos que vão do limão ao verde e do verde ao ouro; um par de botões psicodélicos, dolorosamente inexpressivos e, no entanto, extremamente belos, semelhantes aos de uma boneca antiga. Eu diria que é uma garota de uma beleza perturbadora, mas também perturbada. Sensual, isso sim; isso até eu notei, eu, que de nenhuma maneira queria olhá-la sob esse ângulo. Uma virgem lúbrica, talvez, ou então uma fada jovem e um pouco má, algo desse tipo, e algo me dizia que aquela era uma criatura perdida para o mundo, mas lúcida mais além ou mais aquém da inteligência dos demais mortais.

Rose não quis se aproximar das irmãs na hora do reencontro — achou que era uma coisa muito íntima, carregada de emoções, para se intrometer. Estava claro que naquele momento María Paz estava apostando tudo, que o que era decisivo para ela estava se decidindo ali, naquela cena que, de uma distância prudente, ele via desfocada através da viscosidade do ar gelado. Conta que não houve abraços entre elas, nenhum contato físico; Violeta não olhava de frente nem sequer a própria irmã, e María Paz parecia ter o cuidado de não se aproximar muito, nem para colocar em seus ombros a manta que tirara do carro ao vê-la tão desprotegida. Tentou, sim, lhe entregar a manta, me diz Rose, mas Violeta não a aceitou e, no entanto, puxava as mangas do suéter para cobrir as mãos, que deveriam estar congelando. María Paz chorava, coisa que Rose percebeu depois, e, por sua vez, Violeta parecia hipnotizada pelos cães, toda sua atenção concentrada nos três. Então María Paz lhe deu uma sacola com alguns presentes que levava para ela, na realidade bastante inúteis, pois se tratava de uns jogos de prendedores para os cabelos, desses que vêm montados em um cartãozinho e são comprados na farmácia. Mas que cabelo, se Violeta o havia cortado e não quis saber nada de prendedores! Voltou a enfiá-los na sacola depois de mal olhá-los e devolveu-os à irmã.

— Olhe, Violeta, lhe apresento ao senhor Rose — disse María Paz, fazendo um sinal para que ele se aproximasse —, é um amigo querido, vai nos ajudar em tudo, cumprimente-o, diga como se chama.

— É seu namorado.

— Não é meu namorado, juro que não, é um bom amigo, mas não vai viver com a gente, não, Violeta, não se preocupe que não é meu namorado.

— É seu namorado velho. Como Greg, velho.

— Não, Violeta — disse Rose —, pode ficar tranquila, eu vou embora daqui a pouco e você vai ficar com sua irmã. Só as duas.

Então Violeta por fim pareceu percebê-lo e lhe disse uma frase que pareceu decorada; sem olhá-lo diretamente, mas se dirigindo a ele, recitou algo como uma ladainha decorada.

— Sou autista — disse. — Às vezes pareço grosseira, mas só sou autista. Não dou pontapés nem cuspo nas pessoas, só tenho autismo. Autismo. No colégio estão me ensinando a lidar com minha enfermidade. E a rir quando cabe. Também me ensinam música e matemática. Música e matemática.

— Vá pegar suas coisas e volte — disse então María Paz, porque achou que chegara o momento.

— Vá pegar suas coisas e volte — repetiu Violeta.

— Só uma maleta pequenininha, bem pequenininha, e tem que ser depressa.

— E tem que ser depressa.

— Estamos indo embora, meu amor, você me entende? Vou levá-la comigo. Prometi e estou cumprindo. Vamos juntas! Só as duas, sem Greg, sem este senhor, sem ninguém. Você e eu, ninguém mais: Big Sis e Little Sis. Não vamos mais ficar sozinhas, nenhuma das duas. Você me entende, Violeta?

— Minhas coisas não cabem em uma maleta pequenininha.

— Traga só aquilo de que mais gosta, que aqui tenho roupas para você. Roupas novas, você vai ver, vão ficar muito bem em você.

— As roupas novas não vão ficar muito bem em mim.

— Corra, Violeta, que temos pouco tempo. Traga suas coisas. Eu a espero aqui.

— Era tudo muito estranho — diz Rose —, uma cena difícil, surreal, de máxima tensão, e eu ali, no meio daquilo. Violeta demorou mais ou menos uns quinze minutos para sair de novo, mas quando apareceu não trazia nenhuma bolsa nem maleta, só um boneco de pelúcia. Algo semelhante a uma girafa. María Paz depois me disse que era a mesma girafa que Violeta havia trazido, quando bebê, no avião para a América, quando sua mãe mandara buscá-las.

— Muito bem, Little Sis — María Paz parabenizou a menina. — Você trouxe sua girafa! E agora suba no carro, que vamos passear com os cães.

— Vamos passear com os cães — repetiu Violeta, mas não saiu de onde estava.

— Vamos, Little Sis — apressava María Paz —, venha, vamos ficar juntas de agora em diante. Eu lhe prometo. Sempre juntas.

— Sempre juntas.

— Não sentiu a minha falta, durante todo este tempo?

— Todo este tempo?

— Me ouça, Violeta, eu lhe imploro.

— Me ouça, Violeta, eu lhe imploro.

— Vim buscá-la, Violeta! Venha, suba no carro que estamos indo.

— Big Sis vai — disse a menina. — Little Sis fica.

— Mas você não quer ir para Sevilha?

— Mas você não quer ir para Sevilha?

— Vamos juntas, minha vida, juntas para sempre, não é isso que você quer?

— Big Sis vai para Sevilha. Big Sis vai para Sevilha. Little Sis fica aqui. Little Sis está bem aqui — disse, com uma voz metálica e entrecortada que parecia o barulho de uma máquina de escrever. Depois entregou a girafa à irmã, começou a correr para o colégio e desapareceu pela porta de entrada, sem se virar nem sequer para olhar para trás.

— Eu nunca havia visto María Paz derrotada — me diz Rose. — Até esse dia. Era como se tivessem dado uma cacetada na cabeça dela, como se todas as luzes tivessem se apagado para ela. Eu tentava consolá-la, dizendo que o dia seguinte seria domingo, também dia de visita, e poderíamos tentar de novo. Mas, segundo ela, não havia chance, Violeta era o ser mais teimoso do planeta, uma vez que enfiava alguma coisa na cabeça não havia quem pudesse arrancá-la dali. Ela já tinha tomado sua decisão e isso não tinha volta, me dizia, e eu sabia que era verdade. Então tentei lhe dizer o que eu realmente pensava, o que ficara pensando durante todo aquele tempo, o que para mim era o mais óbvio. Tentei falar honestamente e lhe disse que achava que Violeta tinha razão, que, naturalmente, estaria melhor ali, no colégio, um lugar apropriado para ela, onde sabiam cuidar dela e protegê-la e fazer com que se sentisse bem, do que dando voltas pelo mundo com uma irmã fugitiva e devedora. Perguntei se Violeta tinha pensão garantida naquele internato, que devia ser caro para cacete, e me respondeu que sim, que Socorro de Salmon era responsável por isso, que se comprometera com sua mãe a pagar uma pensão vitalícia para a menina, e até agora vinha cumprindo. Então lhe prometi que, se em algum momento, Socorro de Salmon deixasse de cumprir, eu estaria disposto a me responsabilizar por Violeta: eu pagaria as mensalidades pontualmente e por isso María Paz não precisava se preocupar. Insisti que sua irmã estava muito bem naquela instituição, protegida da dor que as mudanças provocam nas pessoas com aquela síndrome, e com a confiança em si mesmas que adquirem com uma boa rotina, e de seu desassossego e descontrole diante de situações novas e imprevistas.

— Vá à merda — disse María Paz —, e de onde tirou tudo isso, senhor Rose, se nesta mesma manhã o senhor nem sequer sabia que essa doença existia?

— Ora, veja. Li os folhetos que me entregaram na recepção. Até trouxe um para você, pegue — disse Rose, entregando-lhe um livrinho de capa amarela chamado *Interested in learning and sharing about Autism?*, reiterando que não precisava se preocupar com a pensão de Violeta.

— Obrigada, mas não. — María Paz foi taxativa. — Não posso deixar minha irmãzinha para trás, porque Sleepy Joe vai lhe fazer mal.

A partir desse momento voltaram a cair na eterna discussão entre eles, a respeito de quem era realmente Sleepy Joe e que tanto mal poderia fazer a Violeta.

— Você não afirmou que era inofensivo?

— Nunca disse que era inofensivo, disse que não era assassino; é diferente. Mas está mordido porque acha que lhe tomei aquele dinheiro, o senhor consegue entender isso, mister Rose? Sleepy Joe vai ficar frenético, mais frenético ainda, quando souber que eu fui embora, segundo ele com o dinheiro. E, se não me encontrar, vai se vingar em Violeta, pode assinar. Hoje me dei conta de tudo desde o princípio. De que as coisas não iam funcionar, me dei conta desde o princípio de que não poderia contar com

Violeta. Ela sempre arma escândalo por tudo, me entende? Sempre. Um escândalo infernal por qualquer coisa. Faz umas birras insuportáveis cada vez que alguma coisa a contraria ou a angustia, ou quando sente que a estão forçando a fazer uma coisa que não quer fazer. E desta vez não, desta vez ficou tranquila. É um péssimo sinal. Não protestou, não gritou, não começou a fazer o montão de perguntas enlouquecedoras que sempre faz, sem parar, até que você acha que sua cabeça vai explodir. Desta vez não fez nada disso, porque sua decisão estava tomada. E lhe digo: não há neste mundo ninguém tão cabeça-dura como ela. Só me deu a girafa. A girafa, que é seu pertence mais querido, seu fio-terra. Como o cobertorzinho para Linus, que não consegue se desapegar dele; assim é esta girafa para minha irmã. E, no entanto, a deu para mim, e isso queria dizer que estava falando sério, que estava muito claro para ela o que estava fazendo. Pensou em tudo muito bem, a danada da Violeta, e resolveu não vir comigo. Não ache que não a entendo, não sou tão cega. É verdade o que dizem seus folhetos, senhor Rose; ela tem pânico do desconhecido, se refugia em suas rotinas, e eu estava lhe oferecendo a mais incerta e perigosa das aventuras. O pior para ela. Só que pensei que se animaria a ficar comigo. Eu achava que para Violeta o bem-estar era andar comigo, estar ao meu lado. Até hoje, era isso o que sentia. Sempre foi assim, desde pequena Violeta estava bem enquanto estivesse com sua irmã mais velha, sua Big Sis. Mas, pelo visto, não mais. E não posso deixá-la aqui, entenda isso, senhor Rose. Tenho que levá-la comigo, mesmo que tenha que sequestrá-la.

 Rose tentou lhe insinuar que essa não era a melhor ideia, mas o desespero de María Paz era uma muralha sem fissuras onde o senso comum não penetrava. Pelo menos conseguiu convencê-la a alugar um par de quartos em um motelzinho escondido dos arredores, onde os recebessem apesar de tantos animais e sem lhes exigir documentos para o registro. Apesar de ser humilde, o lugar ostentava um nome cósmico, North Star Shine Lodge, Rose se lembra muito bem; aprendera com Pro Bono a importância do nome dos motéis. Sentaram-se na cafeteria, María Paz e ele, onde chamaram muito a atenção dos poucos presentes, por causa dos três cães, deitados ao redor e/ou embaixo da mesa, e porque María Paz não parava de chorar em cima da girafa de pelúcia. De qualquer maneira, ali a clientela era suspeita, percebia-se que estavam no centro de sabe-se lá de que operações ilegais. Sem ir mais longe, no outro extremo se sentaram três orientais vestidos de preto, com óculos escuros e gravatas finas e escorregadias, que traziam uns maços de cédulas forradas com plástico que colocaram na mesa, assim sem mais nem menos, à vista.

— Devem ser da Yakuza — sussurrou Rose a María Paz, mas ela não tinha cabeça para nada que não fosse sua própria tragédia, o obstáculo inesperado e intransponível que jogava por terra todo seu projeto de sobrevivência.

Lamentavelmente, nesse momento estávamos sim de acordo, me diz Rose; ele também sabia que Violeta seria presa de Sleepy Joe, que já lhe tirara Cleve e agora tiraria a menina, isso estava mais claro do que água. Mas Rose também não encontrava uma maneira de sair do atoleiro nem de consolar María Paz. O melhor seria deixá-la descansar, sozinha em seu quarto, para que pudesse se tranquilizar e tirar aquilo da cabeça. Estavam nessa quando se aproximou o gerente do motel, um gordo solitário e de boné; para convidá-lo a jogar uma partida de minigolfe, o único entretenimento por ali, tirando o bar e o bilhar do casario vizinho.

— Não, obrigado — disse Rose —, vou dar uma volta com os cães.

— Nem pense nisso — lhe disse o sujeito —, lá fora vão morrer de frio, não aguentarão nem dez minutos, o nariz fica gelado e a garganta congela por dentro. Anime-se com o minigolfe, amigo, não vou lhe cobrar o aluguel dos sapatos. Nunca jogou minigolfe? É melhor do que parece. Se ficar mais tempo por aqui, vai acabar se viciando, pode escrever.

— Insistiu tanto que aceitei — me diz Rose —, melhor isso do que me trancar com a televisão. Lá ia eu atrás do gordo, com meu taco de brinquedo. Aquilo não era minigolfe, era apenas mini-mini. O gordo disse que poderíamos jogar meio redondo, nove buracos completos.

— Mas só há três buracos — disse Rose.

— Mas faremos três vezes cada um — disse o gordo.

Como o sujeito era conversador, pouco depois Rose perguntou dos orientais da cafeteria.

— O que tem eles? — disse o gordo, tirando o boné para enxugar o suor da cabeça e do rosto.

— Não seriam da Yakuza? — perguntou Rose.

— Pergunte você a eles. E fique de olho nessa garota bonita que trouxe. Eu me faço de louco, nem indago nem pergunto, mas dá para ver que não tem documentos. Que esses orientais não a peguem para o tráfico de brancas.

— Muitos negócios estranhos por aqui?

De buraco em buraco, um, dois e três e começando de novo, o gordo foi contando a Rose que o tráfico global de migrantes era um dos negócios mais milionários do mundo, e falou dos nandarogas, da reserva de Hawkondone, sujeitos-chave desse negócio, capazes de fazer passar ilegalmente pela fronteira até uma manada de elefantes, através do Saint Lawrence River, de barco. Na noite mais fechada, no inverno mais severo. Aí é quando se dão melhor, disse, porque o rio está mais livre. Como eram bons remadores, os nandarogas não ligavam o motor para evitar o barulho, mas isso não queria dizer que não estivessem aparelhados, tinham até binóculos de visão noturna. No fundo do bote amontoavam ilegais chineses, paquistaneses e até muçulmanos que beijavam o chão. De todas as partes chegava gente para atravessar a fronteira, e ali estavam os nandarogas, esperando, com sua reserva bem na linha divisória, trinta hectares de ilhas e enseadas escondidas no meio da floresta. Antes eram chefões do comércio de peles, depois do contrabando de cigarros, e agora usavam aquelas mesmas rotas para traficar seres humanos. Imagine, disse o gordo a Rose, 2 mil dólares por cabeça e atravessam até seis cabeças de uma só vez. Às vezes um deles ia ao North Star tomar umas. Chamava-se, ou se fazia chamar, Elijah, e era tão esperto que até havia colocado um piso falso no Buick LeSabre de sua tia, para acomodar ali até seis pessoas.

— Não cabem seis pessoas embaixo do piso falso de um Buick LeSabre — disse Rose.

— Cabem, se forem orientais. Orientais não são muito grandes.

— E como enfia o Buick pelos atalhos, com tanta neve?

— Quando há muita neve, usa o *snowmobile*. Aí o problema tem sido o frio; todos seus clientes vêm do calor, com roupas de algodão. Mas ele prevê tudo e cobre as pessoas com mantas, para que não morram. O homem é um tremendo *snakehead*.

— *Snakehead*?

— Aqui, coiotes. Lá, *snakeheads*.

— *Cybersnakeheads* — disse Rose.

— Se visse a gentalha que se infiltra neste país! Atravessam o arco do McDonald's e se sentem no céu.

Rose já está cansado, tão entediado com o minigolfe como com as histórias dos nandarogas, e ainda faltam muitas voltas para completar os nove buracos. Não vê como se livrar do compromisso com esse amigo suarento, que, se sua tanto no inverno, o que deixa para o verão? E, além do mais, como fala, esse sim fala pelos cotovelos. E então Rose vê María Paz vir correndo e brandindo a girafa de pelúcia.

— Aconteceu uma coisa, senhor Rose! Venha ver o que aconteceu! — grita ela.

— Shhhhh! — Rose lhe pede que seja discreta, mas ela está muito agitada para perceber, em um estado de excitação realmente notável.

— Venha, Rose! Venha ao hotel, venha, venha, mas depressa homem, rápido!

— Vou lhe explicar — me diz Rose —, para que entenda o que estava acontecendo ali, ali naquele hotel miserável.

Umas horas antes, María Paz, desconsolada, havia se deitado vestida na cama, abraçada à girafa de pelúcia que sua irmã acabara de lhe entregar na frente do colégio. Agora sim, a vida ficara impossível. Era uma encruzilhada intransponível. Suportar tanto, caminhar tanto só para chegar a isto. Se não sair agora mesmo dos EUA, a pegam; se partir, deixa sua irmã para trás, à mercê de Sleepy Joe. Nenhuma das duas coisas presta, e não vislumbra saídas intermediárias. María Paz nem sequer consegue chorar, nem esse recurso lhe resta, porque chora de coração partido e dentro dela não há nada, nem sequer isso — apenas um coração seco, uma falta de respostas e uma desesperança. Às escuras, porque não tem ânimo para acender a luz, se enrosca como caracol na cama de hotel, a cama pela qual tantos passam e nenhum fica, que ideia tão bonita e tão triste, pensa, a cama pela qual tantos passam e nenhum fica, em momentos assim uma pessoa até vira poeta. E aperta contra o peito a girafa que, a propósito, fede muito, é puro mijo; se nota que Violeta continua fazendo xixi e usa a girafa como esponja. María Paz lamenta que sua vida dê voltas, andando em círculos, e a coloque de novo no ponto de partida... Por que será que não a deixa avançar? Tem outra vez nas mãos aquela girafa, assim como tivera anos antes, no voo para a América, quando a tomara de Violeta, que acabara de urinar na pelúcia. Só que agora nem parece mais uma girafa aquele brinquedo tão desbotado, sujo e manuseado, pesado e sem forma, com o recheio endurecido, sem olhos nem orelhas, apenas um bicho pelado, meio descosturado e patudo e, isso sim, tão fedorento como antes.

Coincidência espantosa, ou melhor, aterrorizante: o boneco de pelúcia, que antes marcou a viagem que fizeram juntas, a de chegada, volta a aparecer justo agora, às vésperas de outra viagem, a de partida, que vai ser a do adeus. María Paz até sente medo de repente do objeto que tem mania de aparecer e reaparecer em momentos críticos: deve ser feitiço ou coisa de magia. Tudo isso quer dizer alguma coisa, pensa María Paz, mas o quê? O destino está lhe mandando alguma mensagem, mas qual? Não é possível que ela vá morrer na praia, planejou tanto a fuga para que tudo dê errado a uns passos do Canadá. E não há nada a fazer, ela já está se afogando, se debatendo, e não haverá nenhuma viagem, nem para a frente nem para trás, e só resta ficar assim, quieta e no escuro, abraçada à girafa imunda.

E pensar que Violeta lhe entregou o objeto que mais ama, o que sempre carregara com ela desde que era um bebê, um *security blanket*, como teria dito Linus, seu mais forte vínculo emocional, a ponto de sentir tontura quando alguém o toma dela, como acontece com Linus quando sua irmã Lucy lhe arranca o cobertor. E, apesar de tudo, Violeta lhe deu sua girafa. A ela, a María Paz, em uma declaração de amor que nunca havia recebido dela e que não voltará a se repetir. E logo depois veio aquela separação sem abraços, porque Violeta não gosta que a toquem, e aquele até logo que soou tão definitivo e tão longo, mais como um até nunca mais.

Lá fora já é noite fechada e o quarto continua às escuras quando María Paz se levanta e vai ao banheiro, para ver se pelo menos dá uma lavada na girafa. Se todo este episódio é, realmente, uma espécie de ritual, se Violeta quis sugerir isso, se o tempo de suas vidas é de fato circular e Violeta de alguma maneira sabe disso e quis expressar através desse presente o que não soube dizer com palavras, se isso é assim, então María Paz vai fazer um esforço, e vai se comportar à altura das circunstâncias. O North Star Shine é um hotel opaco e simples, sem nenhuma estrela brilhando em seu letreiro, nem frasquinhos de xampu no banheiro, apenas uma pasta rósea de sabão duro e gasto, sem marca nem embalagem, desses que não fazem espuma. Mas a água sai morna da torneira e María Paz tapa o ralo da pia para mergulhar a girafa e lhe dar uma boa esfregada.

— Ali mesmo deixei o gordo do minigolfe e corri atrás de María Paz, esperando o pior — me diz Rose. — E agora vou tentar lhe descrever a surpresa que tive ali, naquele quarto de hotel de quinta, no inverno mais rigoroso dos últimos cinco anos, a 159 milhas de Montreal e a quatrocentas de Nova York. Lá dentro estava escuro, salvo pelo banheiro. Quero dizer que a luz estava apagada quando María Paz me fez entrar e, quando quis acendê-la, ela me impediu. Foi a primeira coisa que me ocorreu, acender a luz, diga-me se você não faria a mesma coisa, acender a luz é o de praxe. Mas ela não me deixou. E, no entanto, o que havia ali brilhava. Juro. Brilhava como fogo fátuo, ou seja, emitia o resplendor que os tesouros emitem, desde os peitoris de Moctezuma até a Câmara Âmbar de Catarina, a Grande, passando pela Arca da Aliança e a caverna de Ali Babá. Assim também brilhava o que vi ali, com meus próprios olhos, em cima da cama de María Paz. Aquilo resplandecia, estou lhe dizendo, como um ninho de salamandras ou uma pilha de moedas de ouro. Pelo menos é como vejo, quando me lembro. Não sei se brilhava de fato nesse dia, mas pelo menos brilha nas minhas recordações.

— Quanto acha que tem aí? — María Paz perguntou a Rose, verificando se as persianas do quarto estavam bem fechadas e passando a chave na porta. — Diga-me, Rose, quanto acha que tem aí?

Rose me disse que era impossível calcular. Quanto poderiam somar todas aquelas notas de cem, ali amontoadas em cima da cama, algumas amassadas, outras empilhadas, outras emboladas? E todas úmidas, isso sim!

Rose não conseguiu dizer nada, nem uma palavra, nem sequer um grunhido; a surpresa o deixara sem fala. Então María Paz respondeu por ele.

— São 150 mil — lhe disse, muito baixinho, para que ninguém a ouvisse. — Pode acreditar? São 150 mil dólares, senhor Rose. CENTO E

CINQUENTA MIL, já os contei um por um. Estavam dentro da girafa da Violeta. Ali, metidos na pelúcia. Eu os encontrei quando fui lavá-la.

— Cento e cinquenta mil, hein? — conseguiu dizer Rose.

— Só podem ser os que Sleepy Joe anda procurando — disse María Paz.

— É, a cifra coincide, mas como foram parar aí?

— A menina os encontrou, não há outra explicação. Ela fuça em tudo. Procura nas gavetas e esconde as coisas. Muitas vezes houve brigas por isso. Greg ficava puto com ela porque escondia suas coisas ou as pegava. Sleepy Joe jura que havia 150 mil dólares em minha casa e que eu os encontrei e fiquei com eles. Mas veja, Rose, foi a menina, a menina os encontrou e os escondeu dentro da girafa. Não há outra explicação.

— Dizem que as mulheres são imprevisíveis — me diz Rose —, e que um homem não consegue entender sua lógica. Não sei se isso é verdade, assim, de maneira geral, mas posso lhe assegurar uma coisa, nada tão endemoniado como a lógica de María Paz. Quando me levou a seu quarto para me mostrar a montanha de cédulas, já tinha pensado em tudo, tudo perfeitamente resolvido lá dentro, no labirinto da sua cabeça. Imagine algo duro como cimento armado, assim era a conclusão a que ela havia chegado, e nem Deus seria capaz de fazê-la mudar de opinião.

"Você sabe o que é um silogismo, não é mesmo? — me pergunta Rose, e responde por mim. — Claro que sabe, é escritora, deve saber. Bem, pois eu também sei, aprendi nas aulas de lógica, na universidade. Pois veja, lhe conto o silogismo fodido que María Paz havia armado. Como lhe disse, não sei em que hora, porque quando me levou a seu quarto, já tinha tudo muito definido. Aqui vai. Não me culpe se não soar aristotélico, é a maneira dela de pensar, não a minha.

"Primeira premissa: se Sleepy Joe matou, matou por esse dinheiro.

"Segunda premissa: se María Paz tem esse dinheiro em seu poder, pode entregá-lo a Sleepy Joe.

"Conclusão: se Sleepy Joe tiver esse dinheiro, não vai fazer mal a Violeta.

"Daí se desprendia suavemente, como as notas de uma valsa, outra série de conclusões igualmente disparatadas, a saber: se Sleepy Joe não ia fazer mal a Violeta, então María Paz poderia ir para o Canadá, certa de que Violeta ficaria bem e segura lá em seu colégio, onde preferia estar, segundo ela própria dissera com toda clareza. Conclusão? Bastava fazer o dinheiro chegar a Sleepy Joe e estariam resolvidos todos os dramas da humanidade. Rose me diz que a cena que veio a seguir foi coisa de louco, eles dois ali, às escuras naquele quarto de hotel, secando o dinheiro com um secador de cabelo, contando-o e voltando a contar, enfiando-o na Gucci de María Paz, que por sorte era das grandes, e ao mesmo tempo envolvidos em sua eterna discussão sobre se Sleepy Joe era assassino ou se só andava descontrolado porque tinham lhe tirado um dinheiro.

— Me ouça, senhor Rose — dizia María Paz —, que desespero com o senhor, é mais teimoso do que uma mula. Eu conheço Sleepy Joe e o senhor não, eu sei mais que o senhor: Sleepy Joe não mata. É um sujeito mau, mas não mata. Doente da cabeça sim, isso é certo, superdoente, isso não discuto. Mas não mata.

— Matou meu filho Cleve.

— Isso é apenas uma suposição.

— E por acaso não matou seu cachorro, María Paz? — Já havia indignação e raiva na voz de Rose. — Por acaso você não leva em consideração que matou seu cachorro? O que é isso, outra suposição?

— Shhhhh — disse ela. — Não se irrite. Sim, matou meu cachorro, sim. E eu adorava meu cachorro. E eu sei que o senhor adora os seus, senhor Rose, mas, perdoe que lhe diga, um cachorro não é gente. Matar um cachorro é uma filha da putice que se paga com o inferno, mas matar um cachorro não é a mesma coisa que matar gente.

— Bem. Então o caso do cachorro não é suficiente para você. Aqui vai outro mais grave. Para mim Sleepy Joe teve a ver com a morte de Greg. Ainda não sei como, mas tenho certeza de que teve algo a ver.

— E por que iria fazer isso, se adorava seu irmão?

— Por que, María Paz? Ora, para se desfazer dele. Assim ficaria com o dinheiro e, de quebra, também com você. Não consegue ver?

— Não tenho certeza.

— Não tem certeza de que não foi ele?

— Quem sabe, provavelmente sim.

— Está dizendo que foi ele sim?

— Estou dizendo que não acredito. Ele me disse que não teve nada a ver.

— Quem lhe disse isso?
— O próprio Sleepy Joe.
— E você acreditou?
— É preciso acreditar nas pessoas.

Era impossível, me diz Rose, argumentar com María Paz era simplesmente impossível, começando pelo fato de que ela não demonstrava nenhum interesse em conhecer a opinião que ele pudesse ter a respeito. Já tinha sua própria ideia feita na cabeça, se agarrava a ela com unhas e dentes e Rose não conseguia tirá-la dali. A única coisa que o preocupava naquele momento era não saber do paradeiro de Sleepy Joe. Se María Paz não sabia por onde Sleepy Joe andava, não iria poder lhe entregar o dinheiro. Rose me diz que sempre suspeitara de que ela mentia a respeito do paradeiro do sujeito; deveria sabê-lo perfeitamente, embora afirmasse o contrário.

— Naquele momento me dei conta de que realmente não sabia — me diz Rose —, ali ficou claro que ela não estava mentindo, pelo menos nesse ponto. E o que se propunha, então, qual era seu plano? Ora, encontrar Sleepy Joe. Encontrá-lo para lhe entregar o dinheiro e neutralizá-lo. Esse era seu plano. A mim parecia uma estupidez do tamanho do mundo, mas, de alguma maneira, me convinha. No meio de tudo, por fim estávamos indo bem, curiosamente, pelo menos do ponto de vista de meus interesses; agora sim, sairíamos diretamente atrás da pista de Sleepy Joe.

No dia seguinte, Rose madruga e entra em campo. Quer aproveitar a solidão daquelas terras de ninguém e deixar os cães correrem por um bom tempo, mas, sobretudo, praticar um pouco de tiro ao alvo, ali no meio da floresta, onde ninguém o ouviria. "Avante, Claro Hurtado, esta será sua vingança!", grita ao ar e dispara uns quantos tiros contra troncos de árvores, boa arma esta Glock, excelente! Clarito, *my friend*, se despreocupe, sua Derringer era lixo, mas minha Glock é o máximo, agora sim vamos acabar com os maus.

Agora sim vai chegando a hora de Rose acertar contas com o assassino de seu filho. Agora sim, e a sua adrenalina está a mil, e uma espécie de euforia vingadora, uma excitação com cheiro de pólvora vai tomando conta dele e ele começa a encher de chumbo uma pobre árvore fazendo de conta que é Sleepy Joe. Agora sim, estou atrás de você, bandidinho de merda, playboy do caralho, agora sim a dama da foice veio buscar você! Cuidado, grande filho da puta, e pá pá, pá, vai Rose atirando contra a árvore.

Me conta que depois teve de procurar e chamar os cães até recuperá-los porque Otto, Dix e Skunko haviam fugido em disparada, cada um para um lado, aterrorizados com o tiroteio. Naquela mesma manhã, algumas horas mais tarde, Rose caminhava com María Paz e os três cães por uma travessia pelo estado de Nova York. Levavam com eles uma novidade: 150 mil dólares dentro de um Toyota vermelho.

— Este carro está como a famosa carruagem de Napoleão — disse Rose a María Paz e logo se arrependeu, não era o tipo de coisa que pudesse dizer à garota sem desatar uma saraivada de perguntas, nisso se parecia mais com sua irmã Violeta do que ela mesma reconhecia. O que é carruagem? E por que Napoleão? E quem ganhou em Waterloo? E assim por diante, sem dar trégua, até que Rose se colocou em um plano didático e lhe contou a história de como, diante da ofensiva prussiana, Napoleão tivera de bater em franca retirada no lombo de seu cavalo, deixando abandonada a carruagem em que sempre viajava, ou seja, sua carruagem pessoal, que pouco depois seria confiscada e saqueada pelos prussianos, que encontraram dentro dela o mais precioso butim de guerra, entre outras coisas o mítico chapéu de três pontas de Napoleão, seu característico capote cinza, a prataria que usava para comer e suas muitas condecorações, que eram peças de ouro e pedras magníficas, preciosíssimas.

— Ou seja, havia um tremendo tesouro naquela carruagem — suspirou María Paz. — E há outro dentro deste Toyota. O senhor está metido em confusão, senhor Rose, rodando pelas estradas com uma criminosa procurada e um tesouro roubado...

— Eu até ria — me diz Rose —, quando você queria escovar os dentes, o tubo de pasta saía da Gucci com um punhado de cédulas.

— Estavam voltando ao estado de Nova York... Regressavam às Catskill? —pergunto.

— Não. Por disposição de María Paz, íamos procurar um bar de striptease chamado Chiki Charmers, onde trabalhara uma namorada de Sleepy Joe. Uma que havia morrido derretida em uma jacuzzi.

— Maraya — digo. — A do corpo magro onde não convém engordar e cheio onde não convém emagrecer.

— Sim, bem, isso havia sido antes, segundo vim a me inteirar lá. No final de seus dias, já andava magra como um palito. Era viciada, a mulher.

— Cocaína? — pergunto.

— Heroína. Parece que enlouquecia de tanto tomar pico e só encontrava alívio na jacuzzi. María Paz supunha que as companheiras de trabalho dessa Maraya poderiam saber do paradeiro de Sleepy Joe e por isso fomos para lá. Ela, para entregar o dinheiro ao sujeito. Eu, para arrebentar o fígado do cara com um chute.

Entretanto, as relações com o cibercoiote haviam se complicado. Cada vez que María Paz adiava a data de saída, o homem lhe dava um sermão danado e a penalizava com quatrocentos dólares adicionais, pela nova modificação do plano inicial. De tempos em tempos, em plena estrada, María Paz pedia a Rose que parasse e descia para captar o sinal do celular. Rose a via discutir pelo telefone enquanto caminhava pelo acostamento para cima e para baixo, e depois voltava ao carro enfurecida, porque voltara a brigar com o sujeito.

— Deve ser verdade o que dizem do coiote — resmungava María Paz —, que é uma criatura misteriosa e covarde.

— E se não for tão covarde? E se seu cibercoiote for um caçador de recompensas? — perguntava Rose. — E se já descobriu quem você é e quer colocar a mão em cima de você para entregá-la?

— Caçador de recompensas, quem sabe, talvez — suspirava ela —, mas ladrão, com certeza. O senhor imagina? Agora quer que lhe dê mais quatrocentos dólares.

— Dentro da bolsa você tem dinheiro de sobra para lhe pagar.

— Como o senhor pode pensar isso? O dinheiro é de Sleepy Joe.

— De Sleepy Joe, *my ass*. Agora essa grana é sua, e antes era de sua irmã, e ainda antes de seu marido, e antes disso da Polícia, e antes do Estado e, em última instância, dos pobres contribuintes, ou seja, minha e de outros milhões de imbecis como eu. De Sleepy Joe? *My ass*. Não vejo Sleepy Joe em nenhum lugar dessa cadeia. Sua fidelidade a ele me dá nos nervos, María Paz, me faz suspeitar de seus valores.

— Meus valores! Quem o senhor acha que é, senhor Rose, para ficar me passando sermões? Meu pai?

— De certa maneira, sim.

O Chiki Charmes devia ficar em algum ponto da autoestrada 88, entre Ashbourne e Buxton. Rose havia confirmado pela internet os dados que María Paz achava que lembrava. Mas, como estavam envolvidos numa discussão acalorada, passaram mais de uma vez diante dele sem vê-lo, e, antes de encontrá-lo, ficaram mais um menos uma hora indo e vindo por um mesmo trecho de trinta quilômetros, de cá para lá brigando, e de lá para cá também.

A julgar por sua aparência externa, tratava-se de um bar de caminhoneiros, mais um inferninho com estacionamento na frente, o estacionamento quatro vezes maior do que a própria construção. Como chegaram de dia, o estabelecimento estava fechado e deserto e, obviamente, não conseguiram falar com suas funcionárias; tiveram de se contentar com a informação fornecida pelo letreiro de neon apagado, onde as silhuetas de uma dupla de dançarinas despidas, mas de botas, anunciavam o seguinte:

CHIKI CHARMERS. CORPOS EXÓTICOS EM MOVIMENTO. ABERTO DAS 8 DA NOITE ÀS 3 DA MANHÃ. PROIBIDO TOCAR NAS BAILARINAS. PROIBIDO BEBER. PROIBIDO FUMAR. PROIBIDOS CELULARES, CÂMERAS OU EQUIPAMENTO DE VÍDEO. É OBRIGATÓRIO DEIXAR AS GORJETAS NO TABLADO. SE A NUDEZ OFENDÊ-LO OU VOCÊ NÃO ESTIVER DE ACORDO COM NOSSAS REGRAS, NÃO ENTRE. TRANSGRESSORES SERÃO DENUNCIADOS OU EXPULSOS A PONTAPÉS, OU AS DUAS COISAS. OBRIGADO POR SEU APOIO.

Rose e María Paz tinham pela frente um longo dia de inverno sem muito a fazer além de esperar dali até às 19h ou 19h30, quando o pessoal já tivesse chegando ao Chiki Charmers para preparar o show e eles, se tivessem sorte, poderiam entrar e perguntar por alguém que tivesse conhecido Maraya e, mais especificamente, o namorado de Maraya, um tal de Sleepy Joe, um louro alto e bonito, embora um pouco acabado, que costumava mascar balas picantes e usar uma jaqueta retrô de nylon acetinado com remendos da Castrol e da Pennzoil nas mangas. É o que diria María Paz, fazendo-se de louca para obter a informação. E se lhe perguntassem para que o procurava, diria que vinha lhe pagar um dinheiro, saldar uma velha dívida. É o que diria para que lhe dessem o recado e o homem saísse logo da toca.

Por ali já não viam bosques, embora estivessem na zona rural, e quase nem sequer árvores, só traileres meio engolidos pela neve, campos empobrecidos, cercas caídas, míseras fazendas abandonadas à crueza do inverno. De quando em quando, algum estábulo de madeira apodrecida, com marcas de terem, algum dia, abrigado vacas e ainda pintados de vermelho.

— Antigamente pintavam os estábulos com sangue de animais — disse Rose a María Paz, e ela fez uma careta de repulsa.

Viram uma cafeteria e decidiram parar para almoçar, mas Rose só precisou observar um pouco para saber que estavam pisando em território inimigo. Desde que notara tanta pick-up estacionada na entrada, e ouvira a música country que saía do juke-box e vira cenas de caça nos quadros baratos que enfeitavam o interior do local, desde esse momento ficara na defensiva. Reconhecia o ambiente. Depois farejou a tensão que a presença de María Paz desatou entre os *rednecks* que se agrupavam lá dentro, fazendo-os disparar jatos de adrenalina racista até as orelhas. Eram típicos brancos pobres, trabalhadores do campo com a nuca queimada de sol por passarem muitas horas à intempérie, ultraconservadores que odiavam imigrantes: Rose conhecia bem essa espécie de gente, não era a primeira vez que lidava com ela e sabia que eram pessoas que não olhavam no seu olho quando você falava com elas, mas diretamente na boca, como se estivessem avisando de entrada que tivesse cuidado com suas palavras. Qualquer um daqueles homens que se congregavam, dobrados em silêncio sobre suas canecas de cerveja, seus pratos de salsicha e seus biscoitos de aveia, qualquer um deles, pensou Rose, estaria mais do que disposto a denunciá-lo às autoridades por andar com uma ilegal, *alien, feijoeira, molhada, wetback, fucking brown bitch*. E isso quando não optavam pela agressão direta, que também podia acontecer; bastava uma fagulha para que se desatasse um inferno. Daí que Rose tivesse sugerido a María Paz que seria melhor que ela voltasse ao jipe, para evitar confusão; ele pediria uns cachorros-quentes para viagem e poderiam comê-los longe dali, onde o ar era menos pesados. Além disso, era bom que ela vigiasse a Gucci; não era bom deixar aquela montanha de dinheiro ao alcance de uma conspiração branca.

— Ou prussiana — disse ela.

— Desci com os cães, isso sim — me conta Rose —, e, na porta do antro, lhes dei a ordem de *stay*. Por via das dúvidas. A presença dos meus cães era muito intimidadora, não pense que não, não são propriamente cachorrinhos de salão, têm um aspecto bandido e ruim, sobretudo Dix, que pode ser muito simpática, mas também é tenebrosa, forte e preta como é, e cruzada por cicatrizes que são troféus de combate. Sabem olhar feio, meus três cães, isso posso lhe assegurar, e, se alguém chega a me tocar, atiram-se em cima e o destroçam. Aqueles *rednecks* não eram bobos e logo captaram a mensagem, ou simplesmente não estavam interessados em procurar briga. Talvez fosse só minha apreensão que estivesse me pregando uma peça. Na verdade, não sei qual havia sido a razão. De qualquer maneira, não se meteram com a gente e pudemos ir embora.

Pegaram um quarto em um motel que lhes ofereceu desconto de promoção mais um extra por cada cachorro. Rose insistia que fossem dois quartos separados, mas María Paz achou que era um desperdício de dinheiro e disse que o mais prático era um só com duas camas de solteiro; afinal de contas, eles eram uma equipe, estavam em missão e deviam adotar uma atitude mais ágil e guerreira. Ali se refugiaram durante toda a tarde de tormentas de neve que, segundo o Weather Channel, estavam desatadas, açoitando as estradas com tempestades de vento e visibilidade zero. María Paz aproveitou para lavar o cabelo e fazer o *blower*, os cães farejaram cada canto e Rose ocupou uma escrivaninha com velhas queimaduras de guimbas nas bordas, onde espalhou deliberadamente suas anotações, os artigos do Google que trazia impressos, um número da revista *Muy Interesante* que acabara de comprar na farmácia, uma Bíblia e outros textos que havia compilado. Sua intensão era unificar tudo o que estava elucidando sobre o comportamento criminoso de Sleepy Joe para tentar chegar a algumas conclusões gerais. Dedicou-se a isso naquela tarde, apesar do barulho do secador de cabelo e do alvoroço dos cães, que começaram a latir feito loucos. Com letra nítida de homem organizado, lógica de engenheiro, redação impecável, esforço de objetividade, sabedoria popular e fórmulas de manuais de criminologia, Rose conseguiu passar a limpo aquele primeiro *insight* produzido pelas fotos de Sant'Angelo até deixá-lo transformado em algo parecido a um informe técnico sobre a resistência de materiais. Registrou suas observações em um bloco de papel amarelo, que me emprestou para que eu pudesse transcrevê-las:

Primeira constante: como Sleepy Joe mata? Atem-se a um cânone estrito. Por x razões, ele saberá quais, vai fazendo as estações da via-crúcis de Cristo em seu caminho ao martírio. É de supor que escolheu esse padrão ritual como poderia ter escolhido qualquer outro, desde os treinamentos para as Guerras das Flores dos povos centro-americanos até os símbolos do Helter Skelter de Charles Manson & Família. Qualquer sequência preestabelecida funcionaria da mesma maneira, desde que significasse para ele uma dificuldade sequencial, uma espécie de escada que lhe permitisse empreender a ascensão pelo que poderíamos chamar de degraus condutores. Sleepy Joe deve ver a si mesmo como o executor de um mandato organizado que o leva a matar. No entanto, nem sempre mata; às vezes considera suficiente torturar a vítima, como no caso de Corina. De vez em quando, como no do episódio do meu filho Cleve, a vítima morre sem que ele queira; digamos que perde a mão ao martirizá-la, ou que já está morta quando a tortura.

Segunda constante: como escolhe suas vítimas? Quando sente que precisa matar ou ofertar um sacrifício, procura ao redor e escolhe os elos mais fracos da corrente: aleijados (Hero); violentadas (Corina); indivíduos insignificantes (John Eagles); drogados (Maraya). Os inválidos e os fracos são seus alvos prediletos, porque exacerbam seus instintos criminosos e aguçam sua perversão.

Mas, atenção, que aqui se dá um cruzamento, ou plano paralelo, que deve ser considerado, porque suas vítimas atendem a um duplo requisito. Além do que foi dito acima, elas estão relacionadas de uma ou outra forma com María Paz. Pode-se dizer que são pessoas que se interpõem em seu caminho para chegar a ela, e, portanto, precisam ser eliminadas. Por isso combina o sacrifício à antiga com o extermínio de um rival. Ou seja, de um adversário, como deve ter sido para ele meu filho Cleve — um macho rival que despertava seus ciúmes.

Terceira constante: que armas utiliza? Várias. Também nisso se guia pela via-crúcis, mas se permite improvisar. É criativo: lança mão de punhais (Greg), pregos (Hero), cabos de vassoura (Corina), espinhos (Cleve), ou pode até mesmo afogar a vítima em uma jacuzzi (Maraya).

Quarta constante: por que o faz? Possível resposta: para se sentir Deus. Pelo menos é o que diz Edward Norton em *Dragão Vermelho*.

As notas de Rose no bloco amarelo terminam aí. Ele me conta que naquela tarde quis se concentrar particularmente em Maraya, segundo ele uma das primeiras vítimas, e a quem, também de acordo com ele, coubera no sorteio o ritual do Santo Sudário. Quis se informar mais sobre essa relíquia para chegar naquela noite ao Chiki Charmers melhor preparado, mas, além de muita polêmica sobre a autenticidade da peça, na hora da verdade não encontrou nada de novo, a não ser a citação direta do Evangelho Segundo João, que até aquele momento desconhecia e dizia textualmente: "Quando os soldados haviam crucificado Jesus, pegaram suas vestes e fizeram quatro partes, uma para cada soldado. Pegaram também sua túnica inconsútil. Então disseram entre si, não a partamos, mas joguemos a sorte sobre ela, para ver de quem será."

Quando a hora estava se aproximando, Rose sacudiu María Paz pelo ombro; ela, com os cabelos já limpos, havia escolhido uma cama e caído como uma pedra, desforrando-se da noitada da noite anterior. E como continuava cochilando, ou ainda não estava inteiramente desperta, foi fácil convencê-la de que teria de ir ao Chiki Charmers investigar sozinho.

— Você sabe quem vai estar lá? — advertiu Rose. — Ora, aqueles mesmos que vimos hoje na cafeteria e outros iguais a eles, só que excitados e bêbados. E, além disso, não acredito que mulheres frequentem aquele lugar. Sua presença seria um escândalo; acredite em mim que não serviria para nada.

Apesar da recomendação dos noticiários locais de que não se devia circular devido ao clima, Rose se aventurou no Toyota pela estrada envernizada de gelo. Mas como seu hotel ficava perto do bar, só se passaram alguns minutos até que avistasse, em algum ponto no meio da cerração da névoa, o anúncio de neon do Chiki Charmers, agora com as letras iluminadas em rosa e verde e o par de dançarinas, antes estáticas, animadas pela eletricidade e agitando espasmodicamente braços e cadeiras. Três horas depois, Rose voltou ao quarto do motel, e assim que abriu a porta se queixou do cheiro de cachorro que se concentrava lá dentro.

— E o que queria? — perguntou María Paz, que estava vendo *Doutor Jivago* na televisão, justo na cena em que Pasha é ferido no rosto por um sabre. — Queria que eu tivesse deixado os cachorros lá fora para congelarem? Veja o pobre do Omar Sharif, como está com gelo até as pestanas. Além disso, o senhor está com um cheiro de bebida capaz de derrubar qualquer um, então nem venha me falar de cheiros.

— Hoje era A Noite do Oriente — disse Rose do banheiro, lavando com fúria a boca e as mãos.

— Mãe do céu! — disse ela, sem afastar os olhos da tela. — Noite do Oriente? Lá, no Chiki Charmers? E o que as *charmers* usavam, os sete véus?

— Sim, justamente. Sete véus. Eram cinco mulheres, cada uma enroscada em sete véus. Tive de soltar um dólar por cada véu que tiraram no tablado, mais as cinco *table-dances* que contratei depois para poder ter as garotas por perto.

— Jesus Cristo! Nossa vida está repleta de *teiboleras*.

— Você sabe, uma *table-dance* cada uma. Para poder falar com elas, ter uma pequena conversa cara a cara.

— Xoxota a cara.

— Mas o dinheiro não foi o mais grave, e sim o desconto que me fizeram, vinte por cento porque sou da terceira idade, você acredita? Muito humilhante.

— Mas e aí? Conseguiu o endereço de Sleepy Joe? Seu telefone?

— Basicamente dançaram em cima de mim, isso foi tudo. Nenhuma delas sabia nada do paradeiro do sujeito. Das cinco, só três conheceram Maraya. Esse pessoal roda muito, as bailarinas não são mais as mesmas de antes. Dessas três que conheceram Maraya, só duas a viram alguma vez com Sleepy Joe. Dessas duas, uma me disse que não estava naquele lugar para ficar conversando com velhos, e a outra me contou algumas coisas.

— Que coisas?

— Se chama Olga e é de origem russa, acho, ou, em todo caso, faz um número cossaco.

— Não era uma noite do oriente?

— Sim, hoje sim, e Olga usava aqueles véus, como as outras. Só dança como os cossacos aos sábados. Ela sim conheceu Sleepy Joe, e diz que está louco. Que é um filho da puta louco, foi o que disse, e eu estou totalmente de acordo. Olga diz que nunca voltou a vê-lo depois da morte de Maraya e jura que não sabe nada a seu respeito. E eu acredito, porque é evidente que o detesta. Perguntei pela rifa das roupas, você sabe, as roupas da falecida, e pelo assunto dos dados nas órbitas dos olhos, toda aquela confusão que Sleepy Joe armou no velório. Olga diz que foi um fiasco. Primeiro, porque ninguém queria as roupas, coisas fora de moda de lycra e *spandex*, e que, além disso, não cabiam em ninguém porque Maraya estava magra feito um esqueleto. E, segundo, porque no Chiki Charmers não apresentam mais números dos anos 1970. Foram eliminados por falta de receptividade e, além disso, porque a recessão acabou com as fantasias, que eram caras. Olga diz que Sleepy Joe fez sua cerimônia muito contra sua vontade, ou seja, contra a vontade de Olga, que se opôs em respeito à falecida e, sobretudo, porque era contra a vontade do dono da funerária, que só queria enterrar Maraya o mais rápido possível, porque a pobre ficara em péssimas condições depois da história na jacuzzi. Ou seja, nem um pouco apresentável. O que o homem queria era sair de uma vez por todas daquele episódio de mau agouro, que ia desprestigiar seu estabelecimento e provocar muitas piadas. Mas não conseguiram impedir que Sleepy Joe fizesse o que queria, afinal de contas era o único familiar, ou achegado, que aparecera quando se espalhou a notícia da morte. Eu perguntei a Olga se ela achava que Sleepy Joe tivera a ver com aquilo, quero dizer, com a morte da garota.

— O que você está me perguntando, paizinho, se ele a matou? — dissera Olga, em cima da mesa com seus saltos altos e se acocorando na frente dele até colocar o umbigo na altura de seu nariz, enquanto fazia esvoaçarem os véus que ia tirando — Não, vovô, isso não. Ela foi morta pelo vício, meu rei, engoliu um coquetel de cana e coca que a fritou como se fosse um frango. *Smack*, vovozinho, *smack*, vá se beliscar. Cavalo, meu bem, cavalo a todo galope. Isso foi num domingo da manhã, da noite do domingo ela estava de folga e, como este bar fecha às segundas, só na noite da terça notamos sua ausência. Só fui procurá-la ao meio-dia da quarta e ainda tive de esperar até de tarde para que a polícia fizesse o levantamento do cadáver, ou melhor dizendo, tirasse Maraya da jacuzzi. Não, papi, aquele namorado que Maraya tinha era um grosseiro dos piores, uma criatura obscura, desses tirânicos, o que chamam das trevas. Aparecia por aqui de quando em quando, cada vez em um caminhão diferente, e ficava cercando Maraya até lhe tomar algum dinheiro. O de rotina com esses caras. Até que apareceu concorrência. Não me refiro a outro homem, me refiro ao cavalo. O cavalo de galope longo, está me entendendo, *old man*? Me refiro à heroína, à dama branca, meu rei, a dos caninos longos e da mordida no pescoço. Prazeres que você desconhece, vovozinho tarado, pedófilo, meu pobre velho. É a história é esta: o namorado da Maraya não gostava da dama branca. Mais: a condenava e tinha proibido Maraya, terminantemente, de se aproximar dela, mas não porque fosse puritano, isso não, nem moralista, mas porque o cavalo estava lhe roubando dinheiro, entende? A defunta estava gastando com droga a grana que deveria entregar a ele. Quando o homem chegava para recolher o dele, não sobrara nada. A garota foi morta pelo vício, vovô, o desencadeador disso tudo, não sei se está me acompanhando. A contribuição do namorado foi apenas a palhaçada final, a última pá de cal, aquela coisa dos dados nas órbitas e da profanação do cadáver. Mas, que eu saiba, ele não teve a ver com sua morte. Mas quem é você, papi, um tira? Por que pergunta tanto?

— Não estou lhe dizendo, senhor Rose? — disse María Paz mais tarde, naquela mesma noite, no quarto do motel. — Ele não mata.

— Há quanto tempo aconteceu a história da Maraya, dois anos? Três? — perguntou Rose.

— Três, talvez.

— Tudo bem, três. Sleepy Joe estava começando. Apenas aquecendo os motores. Hoje a história é outra.

— Já estou entendendo, senhor, já estou entendendo — disse María Paz com um gesto displicente de mão, enquanto cravava de novo o olhar na tela. — Em síntese, não serviu para nada vir até aqui.

— Bem, Olga diz que se quisermos pode nos levar ao túmulo de Maraya...

— Incrível! É verdade que alguém pode se suicidar com iodo?

— O que você disse?

— A mãe de Lara — disse María Paz, apontando o que estava acontecendo na televisão. — Olhe para ela, vai se suicidar, diz que tomando iodo porque sua filha Lara se tornou amante de Komachosky, ou Komarosky, sei lá o nome desse advogado...

— Assim é impossível conversar. Além do mais, é uma porcaria de filme, um dramalhão sem rigor histórico. Desligue isso já, María Paz, e conversemos.

— Não posso desligar, é pay-per-view, custou sete dólares. Além disso, é sobre médicos.

— Quem me dera que você me dissesse o que vem por aí. Digo, gostaria de saber o que nos espera; a você, a mim e a estes cães. Posso saber o que você tem em mente agora?

— Wendy Mellons. Assim se chama a outra namorada de Sleepy Joe, talvez ela saiba de alguma coisa. Vamos procurá-la e lhe perguntar. O ruim é que vive no Colorado.

— Colorado? Você ficou louca? Sabe onde fica o Colorado? Na outra ponta, porra! Este país não é Mônaco, garota, não pode ser percorrido de um lado a outro em uma hora!

10

Entrevista com Ian Rose

— O capítulo do Colorado foi simplesmente caótico — me disse Rose quando já estávamos conversando há mais de três horas. — Milhas e milhas de estrada e voltas e voltas pelo último dos infernos, no sul profundo do estado, com a neve caindo em diagonal, como se fosse uma batucada de moedas contra o para-brisa. Os três cães atrás, já bêbados de tanto dormir, e eu no timão seguindo as instruções de María Paz, que, por sua vez, se guiava pelas histórias que Sleepy Joe lhe contara de seus outros amores.

Eram confidências às vezes truculentas e às vezes pornográficas, umas reais e outras inventadas, que prendiam María Paz em uma espiral de ciúmes e vontade de saber mais. Um dos personagens recorrentes dessas histórias de alcova era uma tal de Wendy Mellons, dona de uma taverna chamada The Terrible Espinosas. Procurando essa mulher, Rose e María haviam ido de bar em bar pelos casarios de Cangilones, no velho leito do Huérfano River: Ánimas, Santo Acacio, Ojito de Caballo, Purgatorio e García Mesa, pouco mais que aldeias fantasmas banhadas por um rio seco, até que chegaram à profundeza onde algum dia se assentou a mítica Chavez Town.

De Chavez Town só encontraram as cinzas, uns quantos pratos quebrados e um silêncio gelado. Silêncio gelado, mas sonoro, segundo María Paz, que logo percebeu que por ali ressoavam coisas, e, embora não soubesse que coisas, soube sim, claramente, que sua pele ficava arrepiada e lhe saltavam as lágrimas. "Ecos?", pensou. Provavelmente um fio de fumaça que vinha de longe e chegava ao seu coração.

— Estou sentindo vontade de rezar — disse.

— Era só o que nos faltava — disse Rose.

As poucas pessoas que cruzaram seu caminho os advertiram de que naqueles lados seria difícil encontrar alguém, porque os mortos eram os únicos que não haviam partido um bom tempo antes. E, junto com os mortos, circulavam as sombras dos Penitente Brothers, que em outra época haviam moído as próprias costas com chibatadas, em sua ascensão à via-crúcis por aquelas lombadas semeadas de pedras que eles mesmos haviam batizado de Serranias do Sangue de Cristo. María Paz começou a suspirar. Dizia que gostava muito daqueles nomes tão velhos e tão hispânicos. Alamosa, que bonito! E Bonanza, como na tevê! E Rio Navajo, Candelaria, Lejanías, Ánimas Perdidas e Culebra Creek. Começou a dizer que quando tivesse um filho o batizaria de Íñigo ou Blas. Rose a ouvia e se lembrava da predição de Muñeca, segundo a qual María Paz não poderia ter filhos pelos danos que lhe haviam feito por dentro na prisão. Não há mal que não venha para o bem, pensava Rose; se essa criança não nascer, pelo menos não terá de carregar um nome de espadachim.

Sleepy Joe é daqui, dizia María Paz, parada sobre um promontório e olhando para o nada. Seus cabelos ao vento, que seguravam os flocos de neve como uma rede, lhe davam o aspecto de uma cerejeira que florescera na estação equivocada. Esta é a terra dele, a terra de Sleepy Joe. Nasceu e cresceu por aqui. Tem motivos para ser do jeito que é.

— Que motivos? — perguntava Rose aumentando a voz, como sempre fazia quando ela mencionava o cunhado em um tom nostálgico. — Que motivos, María Paz?

— Ele tem motivos para ser como é, sempre perseguindo ecos.

Depois a noite começou a cair sobre os picos do Sangue de Cristo e eles se viram com dificuldade em conseguir um hotel que aceitasse recebê-los com os cães, embora, na realidade, cair a noite não caíra, cair teria sido coisa de um só golpe de guilhotina, mas a escuridão chegava aos poucos e desde cedo. Segundo Sleepy Joe, a fama do The Terrible Espinosas era tão extensa que chegava até o Novo México, porque não havia taverna mais incrível e tão alegre, nem melhor farra em todo San Luis Valley, com música ao vivo de Los Tigres del Desierto e, já de madrugada, serenata do trio de outrora Los Inolvidables. Contando essas histórias, María Paz tentava evitar que Rose desfalecesse, eles não podiam deixar escapar um lugar com tanto prestígio e tanta fama, era coisa de continuar perguntando até que alguém lhes mostrasse o caminho.

— Um bordel exclusivíssimo, segundo María Paz, mas ninguém ouvira falar dele — me diz Rose. — No entanto, acabamos encontrando Wendy Mellons no consultório de uma praticante de *reiki*, onde esperava no meio de outras pacientes que a atendessem. Segundo nos explicou depois, ia àquele lugar a cada quinze dias, para fazer um alinhamento energético e massagear suas pernas inchadas.

Em outros tempos devia ter sido linda, mas a velhice já espreitava e estava enfiada em um casaco que tornava impossível adivinhar seu físico, a não ser o volume, um volume imenso e ainda consistente que em outra época devia ter feito estragos, não à toa adotara como nome de guerra Wendy Mellons. Mas os anos passam, a lei da gravidade se impõe e, quando começou a cair tudo, Wendy Mellons abandonou o apelido, retomou seu nome verdadeiro e mudou, aparentemente, de hábitos: aposentou-se do ofício e se mudou para Cañon City, onde viveu durante anos vendendo entradas na bilheteria do cinema Rex. Rose dizia que Sleepy Joe tivera motivos para se apegar tanto àquela mulher, que devia ser para ele uma espécie de segunda mãe. A segunda mãe, a apetecível teta, a terra natal, a infância, os dias idos, as recordações, a primeira paisagem, provavelmente também o primeiro coito; a longo prazo, a única garantia. De fato, a própria Wendy Mellons lhes confessou que tinha a idade que a mãe de Sleepy Joe teria se já não tivesse morrido. Recebeu-os em sua nova casa, fora do casario de Santo Acacio.

— Eu achei que ia entrar em uma espécie de alcova de madame, mas aquilo era mais um cemitério de pneus — me diz Rose.

Atravessando pilhas de pneus, se chegava a um quarto habitável com um alpendre anexo, no qual a neve penetrava por uma fresta do teto, e a um pátio traseiro com um pequeno forno de fundição, uma ou outra seringa descartável jogada por ali e um par de cães magros que perseguiam ratos. Wendy Mellons vivia com um filho, Bubba, provavelmente drogado e ladrão de tampas de bueiro, as mesmas que fundia para fabricar panelas de ferro que depois martelava, espancava, sujava com cinza e vendia como se fossem antigas aos turistas. Uma estufa à lenha ardia na parte habitável da construção. As roupas se amontoavam em cima de uma cadeira de balanço desconjuntada, pilhas de pratos com restos de comida repousavam sobre uma mesa, e um rifle de ferrolho estava pendurado à cabeceira de uma cama de bronze. Pelos cantos via-se objetos velhos e variados, amassados, esfumaçados e gordurentos, e, no meio deles, Rose detectou um par de armadilhas para caçar cervos, um triciclo, uma máquina de lavar sem porta, uma caixa cheia de limpadores de para-brisa usados, uma maça de ferreiro e outras ferramentas.

Como Wendy Mellons os recebeu de camisola, desta vez puderam ver todos os detalhes: olhos pintados com khol, como puta babilônica; anéis tão incrustados nos dedos que não deviam sair nem com sabão; unhas com esmalte vermelho descascado; pele cor de azeitona e corpo *heavy duty*. Não havia nela sequidão por desuso, mais uma maceração oleosa, cheirando a incenso, que fazia pensar em missas solenes. Rose não conseguia tirar os olhos das ondulações de sua pele, que formavam dobras antigas e nutritivas onde o musgo poderia germinar. Impossível não associá-la a Mandra X. Segundo Rose, as duas eram pesos pesados, cada uma ao seu estilo, e, se fossem colocadas frente a frente em um quadrilátero, o melhor a fazer seria apostar no empate.

As paredes da casa estavam cobertas de jornais velhos, certamente para conservar o calor, e de uns pregos pendiam fotografias.

— A família da minha comadre — disse Wendy Mellons apontando uma pequena, desbotada pelos anos e a luz.

— Tratava-se do clã eslovaco de Sleepy Joe — me diz Rose. — Ali, no meio do grupo familiar, naquela velha fotografia, estava Sleepy Joe; ali, o sujeito que havia assassinado meu filho. Era a primeira vez que o via retratado. É um golpe forte, acredite, esse de conhecer por fim a cara do homem que matou seu filho. Mas havia alguma coisa incongruente: o que vi ali não era um homem, mas um menino, na verdade o menor de sete irmãos. Não me pergunte por que, mas a imagem do menino se confundia em minha mente com a do próprio Cleve, quando meu filho era pequeno. Um amálgama emocional muito perturbador para mim. Não conseguia dirigir contra o menino da fotografia todo o ódio e a urgência de vingança que carregava por dentro havia meses. Não sei se estou sendo claro. Meu ódio rebatia contra aquele menino e voltava, como um bumerangue, me obrigando a engolir minha própria amargura. Então afastei o olhar da figura do menino e o concentrei na do pai, que estava atrás. Um tipo sombrio, de olhar intoxicado e nariz de couve-flor. Esse homem sim, eu odiei, e desejei que estivesse morto. Nesse homem sim consegui descarregar minha ira, talvez porque vi nele um Sleepy Joe já adulto. Mais: naquele momento consegui também desejar a morte do próprio Sleepy Joe menino, com o único objetivo de ferir seu pai. Haviam me deixado sem meu filho e, no fundo de minha alma, eu quis deixá-lo sem filho.

Sem que María Paz e Wendy Mellons vissem, Rose tirara uma foto daquela foto, e agora a mostra para mim. Seguro-a e observo com atenção, sabendo que contém o início de tudo o que aconteceria depois: o germe daquela história. A foto da foto mostra uma família grande, camponesa, mergulhada na pobreza e alheia à alegria. O pai domina o grupo com seus ombros largos e a dureza de sua expressão. Usa uma camisa de gola alta e uma barba bíblica, digamos, um Liev Tolstói, mas brutal e irascível. A mãe está sentada no primeiro plano. O lenço escuro que esconde os cabelos e o pescoço a transforma em uma figura quase monacal. Ao redor do casal e sem contar Sleepy Joe, se agrupam seis crianças já vividas, endurecidas pelo trabalho. Mais do que crianças, são adultos baixinhos; a infância não fora feita para eles. Têm o olhar esquivo e os cabelos cor de areia partidos no meio, as meninas de trança e os meninos com corte de cuia.

Duas pessoas se destacam no grupo, a mãe e o filho menor, que parecem isolados, como se uma bolha invisível os acolhesse. Há um toque de beleza neles, tanto na mulher como no menino: isso os afasta do resto. Onde está a diferença? Em quase nada, ou em algum detalhe ínfimo; apenas o arco das sobrancelhas, um pouco mais elevado; ou as maçãs do rosto, um pouco mais marcadas; ou uns milímetros a mais de testa e uns a menos de queixo. Talvez o que se perceba como beleza seja apenas uma questão de contraste; incompatibilidade com os rostos planos e sem graça dos demais, que não conseguem disfarçar o vazio interno; o pai, um fóssil irado, os filhos, fósseis derrotados.

Outro detalhe sugestivo, que aponta na mesma direção. Para que todos pudessem sair na foto, os membros da família se concentraram num ponto específico. E, no entanto, não se tocam entre eles; uma distância de alguns centímetros entre cada um transmite uma clara sensação de solidão. Com exceção, novamente, do menino Joe, que se apoia com confiança nos joelhos maternos. Aquele menino não teme sua mãe, mas o contrário; era possível afirmar que se apoiava nela contra os demais.

— Parecia uma mulher bonita — me diz Rose. — Bonita, mas acabada. O marido a arrebentava de porrada. Fazia a mesma coisa com os filhos.

Segundo María Paz, a mulher era apenas uma pessoa que não parava de rezar e nunca tomava banho, mas seu perfil se enriquece à luz dos dados fornecidos por Wendy Mellons. Agora se sabe que se chamava Danika Draha, que usava uma trança dura como uma corda e que vivia sentindo saudades das montanhas que deixara para trás em sua terra natal e que, segundo ela, eram florestas que chegavam ao céu. Não se tem notícia de que sentisse falta de seus pais ou irmãos, e, no entanto, as saudades de suas montanhas a faziam chorar, impedindo-a de criar raízes na geografia do Colorado. Desde que chegara ao Novo Mundo, tudo em sua vida havia sido rude, triste e feio. Tudo, salvo seu filho menor, aquele menino claro e bonito a quem ela não batizou de Joe (esse apelido viria depois e ela nunca o aprovou), mas de Jaromil, que, em sua língua, queria dizer primavera. Dirigiu àquela criatura todos seus esforços e mimos. Segundo Wendy Mellons, o pequeno Jaromil era o único galho verde da árvore seca em que Danika Draha se transformara.

— Jaromil. Esse era o nome verdadeiro de Sleepy Joe — me diz Rose. — E assim devia figurar em arquivos e documentos de identidade.

Mãe e filho rezavam juntos, visitavam a igreja todos os dias, jejuavam, na Páscoa pintavam ovos, em dezembro montavam o Presépio e na Semana Santa ficavam em pé na primeira fila diante da Crucificação ao vivo que a população hispânica representava. E assim, de liturgia em liturgia, foram fazendo da religião uma espécie de pátria comum, à margem do resto da tribo; um mundo próprio feito de círios, silícios, sotainas, confessionários, santos prodigiosos, sacrifício e redenção, sangue e milagres, esmolas e cânticos. A mãe era tão apegada ao filho que lhe deu de mamar até os nove anos. "Você a está secando!", gritava o pai ao pobre Primavera cada vez que o via pendurado na teta, afastando-o na marra. Quando a mãe morreu, o pai fez toda a culpa desabar em cima do filho mimado, o favorito, o malcriado. O caçula. A secou, dizia para quem quisesse ouvi-lo, este menino desgraçado foi secando minha esposa até que a matou.

— Para Jaromil, a tragédia começou quando a mãe morreu — disse Wendy Mellons a Rose. — Imagine a solidão daquele menino, que era a luz dos olhos dela e virou a pessoa mais insignificante da casa. Que nem casa era mais, porque ali ninguém voltou a prover, nem de comida nem de nada. Os filhos foram partindo, um por um, para trabalhar fora ou correr o mundo: nenhum continuou suportando as bebedeiras e as iras do pai. As filhas também desertaram à medida que foram se casando, trabalho não lhes faltou, porque a carne firme e branca era desejada e havia demanda. Greg, o mais velho, ficou e cuidou do menino, até que também foi embora. Virou policial e durante anos não voltou a aparecer. E Jaromil? Embaixo da cama, em uma valeta, na copa de alguma árvore. Aprendeu a se esconder cada vez que o pai voltava para casa, para evitar as broncas e os pontapés.

Em algum momento de sua infância, Sleepy Joe compreendeu que poderia tirar vantagem se se fizesse de místico, ou, provavelmente, se tornou místico de verdade, de qualquer forma ficava como se estivesse privado de sentido cada vez que elevavam a hóstia na missa. Nesses transes de amor a Deus, revirava os olhos. Durante alguns minutos não voltava a si, por mais que o chamassem ou beliscassem, daí o apelido de Sleepy Joe. E, de desmaio em desmaio, foi construindo sua fama. O físico ajudava: desde criança havia sido bonito e bem-formado, igualzinho a Jesus, segundo as pessoas diziam, sobretudo pelos cachos louros que caíam em seus ombros. No entanto, os cachos não impressionavam seu pai; por conta deles, tornava sua vida impossível, tratando-o como se fosse uma mulherzinha. O povo começou a ter reações opostas. Uns começaram a dizer que era um menino santo, e os outros, que era um menino doente. Mas a maioria foi se afastando, porque acreditava que trazia má sorte.

— Uma coisa é certa — disse Wendy Mellons —: se não tivessem frustrado a carreira religiosa do garoto, certamente teria chegado a papa, pois fervor e vocação ele tinha. E continua tendo. Mas bloquearam seu destino e o desgraçaram. Quando os brancos o deixaram de lado, quis se encostar nos hispânicos, que tampouco o acolheram. Em suma, só restamos nós, as putas, e ele cresceu ao nosso lado.

O bordel se transforma em seu refúgio e ali ele volta a ser rei. Como é lindo, as garotas brigam por Joe, o penteiam, lhe dão de comer na boca, não lhe cobram na cama e até lhe passam dinheiro para suas despesas, porque ele é seu menino, seu boneco, seu garoto bonito. O resultado? Joe se habituou a viver delas, a lisonjeá-las para que fizessem suas vontades, a ficar enfurecido quando não as faziam, sempre sabendo que acabariam tolerando tudo. Segundo explicou Wendy Mellons, o dom de Sleepy Joe era foder como se fosse morrer no dia seguinte.

Mas com o tempo as coisas vão se complicando. As garotas começam a se queixar da sua brutalidade e das brincadeiras cruéis, se cansam de serem chamadas de puta e porca, de cadela podre. Ele as acusa de viver em pecado e as odeia porque o fazem pecar. Ao mesmo tempo as ama e as abomina, e resolve na porrada a mistura de sentimentos. O ponto sem volta chega quando aproxima um fósforo do batom translúcido e sintético de uma prostituta que se faz chamar de Tinker Bell, e não a queima viva porque Deus é grande, mas lhe deixa cicatrizes para sempre.

— É um garoto mau e ao mesmo tempo bastante arrependido — tentou explicar Wendy Mellons a Rose. — Ele não queria pecar, mas não por amor ao próximo, e sim pelo terror do castigo eterno. Sempre muito raivoso, sim, contra tudo e contra todos. Tem seu ladinho doente. Perturbado desde pequeno. Mas mesmo assim eu o amo como se fosse meu filho.

— Mas vocês continuam próximos? — sondou Rose, como que para se assegurar de que aquela mulher poderia, de fato, servir de ponte.

— Próximos? É claro que sim — disse ela — Próximos à medida que ele deixa alguém se aproximar.

— Mas mantêm contato? — insistiu María Paz, provavelmente enciumada.

— Se refere a contato físico? — contra-atacou Wendy Mellons, e, para exibir a prova cabal, tirou de uma gaveta uma foto, muito recente, segundo disse.

Havia sido tirada com uma Polaroid e, de fato, devia ser recente, porque Wendy Mellons não parecia mais jovem do que agora, embora na foto usasse um chapéu florido tipo da realeza britânica. Aparecia de corpo inteiro, abraçada a um valentão de jeans, camiseta regata e meio rosto oculto por óculos Ray-Ban e chapéu de cowboy. A outra metade do rosto exibia uns lábios muito grossos e um queixo feroz, quadrado. Rose não conseguia associar o pequeno Joe que haviam lhe mostrado minutos antes com o manequim focinhudo de óculos escuro e chapéu que lhe exibiam agora. No entanto, María Paz disse imediatamente: é ele. O casal aparecia recostado no capô de um caminhão amarelo de tamanho médio, talvez um Dogde Fargo ou um Chevrolet Apache, com uma frase em letras furta-cor na parte superior do para-brisas que rezava: "Presente de Deus".

É a evidência de que Rose e María Paz precisam. Ainda não confessam a Wendy Mellons o objetivo de sua visita — querem ir aos poucos, não se precipitar. Já que vão exibir aquela montanha de dinheiro, o mínimo que podem fazer é ter certeza de que vai chegar às mãos de Sleepy Joe. Por ora, observam a mulher e lhe fazem perguntas, averiguando sua vida e obra, endereço, nome e sobrenome verdadeiros, dados do filho. Precisam de tempo para discutir a coisa, os dois a sós, e por isso se despedem e avisam que voltarão no dia seguinte.

— Impossível pensar em uma situação mais absurda — me diz Rose. — Eu jamais teria imaginado que ia terminar numa dessas. Tremenda mulher, a María Paz. Acho que foi ali que comecei a admirá-la de verdade. Que clareza de propósitos, delirantes, em minha opinião, mas com que firmeza os perseguia! Estava certa de que assim garantiria a segurança de sua irmã, e nada iria detê-la. E não estamos falando de uma milionária, visualize a situação, mas de uma foragida da justiça, prestes a atravessar a fronteira mais protegida do mundo para se atirar no desconhecido sem um centavo no bolso. Admirável, à sua maneira. Acho admirável, não sei.

Descendo à aldeia com o objetivo de conseguir alguma coisa para comer, María Paz parou diante de um cartaz colado em um muro: "SHOW DE MOLOTOV. ESTA NOITE, EM MONTE VISTA", leu. Genial. E não parecia longe.

Foram deserto adentro até Monte Vista, Colorado, e estacionaram diante de uma barraca imensa que havia sido montada nos arredores para a ocasião. Desde o momento em que descemos do carro, me diz Rose, não voltamos a ver um branco e nem a ouvir falar em inglês. Como se brotassem do chão, foram surgindo pencas de gente, gente morena a dar com o pau, como se não fosse suficiente, quase só homens entre os presentes, quase todos pés-d'água, maciços, tatuados, com o cabelinho durinho e negro bem armado com gel, proletários, pulando e dando socos para todos os lados, de blusão de brim e ainda em manga de camisa apesar do frio filho da puta, astecas, nauatles, tepehuanos, maias, chilangos, poblanos, melhor dizendo, a Raça, mano, a de Benito Juárez, a de Cuauhtémoc, toda a bêbada raça em convocatória geral, os filhos da puta da racinha de bronze de porre, *one hundred* por cento chicanos, caminhoneiros, cortadores de cana nem daqui nem de lá, *meshikas, chikos* cabelos lisos, *costas molhadas*, supercamaradas, *mazahuas, maquilas, mariachis, chavos banda*, não foda, comanches, sensacionais, chincheiros, bacanas, enfurecidos e chumbados, doidos, sacanas, boias-frias, bacanas, fantásticos. A raça pois, toda ela, ali, simplesmente, naquela tenda, viva a Virgem Morena e viva o México, filhos da puta!

María Paz e Rose compram suas entradas e se apertam com a gente bêbada, que vem no agito e na exaltação, fedendo, e atenção atrás, porque começa a luta de todos contra todos, a socos ombro contra ombro e em pura gargalhada, e a zombaria contra os músicos da banda que abre o show não para até que irrompem no palco os donos da festa, os melhores de todos, os reis da foda e do humor depravado, os garotos maus da fronteira, com *fusion* explosivo-expansiva de alterlatino, rock, cúmbia, rap, funk e tudo o mais, e agora sim, com vocês, Molotov! E eles aparecem sob um bombardeio de aplausos e raios laser e, para começar, soltam o abracadabra: "Olá, horda de indocumentados!" Lá embaixo a raça ruge. A resposta à saudação são puros uivos: a manada se empolga. E a tenda reverbera de calor e tensão, e troa como se todos os tímpanos fossem arrebentar e toda a libido se liberar e todas as gargantas rugindo, feridas, e lá em cima Gringo

Loco espanca a percussão, e Miky Huidobro no baixo, e Paco Ayala no outro baixo, e Tito Fuentes a voz, e agora sim todos em pé que está vindo o hino pátrio: *"Eu já estou de saco cheio que me coloquem sombreiro, não me chame de feijoeiro babaca gringo punheteiro"*. E também: *"Don't call me gringo, you fucking beaner, stay on your side of that goddamnn river"*, e María Paz fundida com a massa, descabelada, marinada em adrenalina, sacudida na dança, batida vai, batida vem, e ela estremecida de *power* mexicano. Sentem-se! Sentem-se! Todos juntos como irmãos! E Rose não consegue entender nem acreditar no que seus olhos veem. María Paz, que pressente seu espanto, lhe dá uma cotovelada e grita no seu ouvido, fique tranquilo, meu mister, não entre em pânico, que aqui o senhor não é o único branco, veja o baterista! E lá em cima está ele e é louro e rosadinho, nascido em Houston, Texas, e apelidado de Gringo Loco, autor da célebre canção *Gúacala qué rico*. É idolatrado pela multidão de fanáticos latinos. Já vai se aquecendo e vai tomando corpo esta sopa indigesta, ritual de duros, batismo de molhados, os de lá de fora aguentam e abaixam a cabeça e os daqui cavalgam a explosão e a revolta, *"me dê, me dê todo o* power *para que a gente pegue sua mãe, gimi gimi gimi, todo o poder"*, e no palco Tito Fuentes agarra o microfone e grita, mas de brincadeira "Pro chão que a polícia de imigração está vindo!" e a multidão vai parar no chão, mijando de rir, se esconde debaixo das cadeiras brincando como crianças porque aqui só cabe a raça insurrecta, brincalhona, poderosa. Isto é território livre e um céu lindo! Já não há quem possa parar esta missa endemoninhada, nem há melhor lema do que estes mantras grosseiros, e aqui chegam muito alto os que nunca chegam a lugar nenhum, aqui vão mais além do Alien Registration Number. O Migration Control, os Border Patrol, os Minute Men e toda a laia de racistas está indo muitíssimo para o caralho, e, junto com eles, toda a merda politicamente correta. E abaixo os muros, como já disse o Pink Floyd. O Muro de Berlim, a muralha da China, o muro da Palestina e o muro de Tijuana. "E abaixo também os muros de Manninpox!", grita María Paz, embora ninguém a ouça no meio do barulhaço, e, sem parar de pular, solta uma lágrima por Mandra X e as demais companheiras de cativeiro. Porque isto sim é vida, garotas, e esta noite todas vocês estão comigo!

Lá fora, o deserto brilhava sob a lua cheia.

— Pode imaginar um golpe de mestre arquitetado pelos Três Patetas? — me pergunta Rose. — Bem, então imagine. María Paz, Wendy Mellons e eu ficamos dois dias inteiros nessa, brigando e discutindo a entrega do dinheiro a Sleepy Joe. Sim, não, onde, quem e como.

Não parecia uma operação complicada, era mais uma loteria: estavam chamando um sujeito para lhe entregar 150 mil dólares em troca de nada. Mas, como diz Rose, o baralho era um só, e cada um apostava em sua própria carta. Finalmente Wendy Mellons consegue entrar em contato com Sleepy Joe, faz a ponte e María Paz se comunica com ele pelo telefone público, oferecendo-lhe o dinheiro com a condição tácita, subentendida, de que não fará nada contra sua irmã Violeta. Sleepy Joe, que não tem por que entender o subentendido, começa a suspeitar que se trata de uma armadilha, coloca todo tipo de condições e exige, antes de tudo, ver María Paz: quer o dinheiro e a garota. Em duas ocasiões consecutivas, María Paz se vê obrigada a desligar antes de chegarem a um acordo. Em um novo diálogo, curto e taxativo, o coloca contra a parede no que diz respeito ao dinheiro: é pegar ou largar. Ele prefere pegar, não é idiota. Sucumbe ao tilintar das moedas: passe isso pra cá. Se for necessário, renunciará a María Paz, e aceita que Wendy Mellons faça a entrega. Sem problema, diz, confio nela de olhos fechados, Wendy Mellons é minha alma gêmea. Ao ouvir isso, María Paz sente uma pontada de despeito. Mas se contém, não está ali para flertar, há muito em jogo. Acertam um último ponto: Sleepy Joe deve escanear e enviar a María Paz por e-mail um recibo escrito e assinado com seu próprio punho e letra, como prova de que Wendy Mellons havia de fato feito a entrega.

— Como você quer que seja o nome do endereço? — Rose pergunta a María Paz.

— Qual endereço?

— O endereço de e-mail que vamos criar para que esse sujeito escreva para você... algumacoisa@gmail.com...?

— Bem, pode ser assim.

— Como?

— Assim, algumacoisa@gmail.com — diz ela, sem pensar muito porque está com pressa, precisa ir ao povoado comprar alguma coisa.

— Não fode — se altera Rose — justamente neste momento você quer ir às compras? O que quer comprar?

— Uma coisa.

— E por que agora, você está louca? Este não é o momento nem o lugar para fazer compras...

Mas ela teima, consegue o que quer e parte no Toyota para fazer suas compras, deixando Rose, durante meia hora, naquele antro com Wendy Mellons, o que, afinal de contas, não é tão ruim, porque fica sabendo de muitas coisas que mais adiante lhe serão úteis.

— Uma experiência forte para mim — me diz durante a entrevista. — Essa aproximação por etapas do assassino do meu filho. Muito duro, muito difícil ir conhecendo as pessoas que cercavam o sujeito depois de vê-lo nas fotos, saber que estava no outro lado da linha telefônica, quase ao alcance da minha mão...

Quando já estão outra vez sozinhos no carro, Rose pergunta a María Paz o que foi aquele escândalo, que raios tinha de comprar com tanta urgência num momento como aquele.

— Uma bolsinha barata, qualquer sacola, algo do tipo. E consegui o que preciso, uma bolsa vermelha. Ou o senhor achava que eu ia deixar minha Gucci com a velha? Nem louca! Deixei o dinheiro na bolsa vermelha e estou aqui com minha Gucci.

O que Wendy Mellons espera tirar de tudo aquilo? Basicamente, fazer um favor a um amigo íntimo e talvez ganhar alguma comissão em troca de seus serviços. Quanto a Rose, seu objetivo, inconfessável, é usar o dinheiro como isca para varrer Sleepy Joe a tiros. Até aquele momento seguiu docilmente María Paz, cedendo-lhe a iniciativa e se fazendo de bobo, o "babaca gringo punheteiro" da canção do Molotov. Mas esse papel já se esgotou. Agora precisa garantir o seu e dar passos firmes. Para começar, leva María Paz às escondidas de Wendy Mellons a Monarch Mountain, a uma distância prudente dali, uma estação de esqui que ele já conhece porque a frequentou no passado, com Edith e Cleve.

— Escolhi aquele lugar por várias razões — me diz Rose. — Primeiro, estava até de saco cheio de dirigir o dia inteiro e passar as noites em péssimos hotéis. A problemática dos indocumentados e das classes baixas é muito interessante, mas para mim já tinha dado. Agora queria descansar, dormir à vontade, comer bem, desfrutar a paisagem. Fiquei com vontade de passar muito bem os últimos dias, algo simples assim.

— Não entendo — digo. — Você estava prestes a matar um homem...

— Exatamente.

— Exatamente?

— Vamos por partes. Você me perguntou por que Monarch Mountain, e já lhe dei uma primeira razão. Segunda: precisava manter María Paz entretida e desatenta enquanto eu cuidava das minhas coisas. Ela já tinha me dito várias vezes que sonhava em esquiar e eu ia realizar seu sonho; não queria que fosse embora da América sem uma boa recordação, pelo menos uma. Terceira razão: você sempre está mais bem protegido e guarnecido em um hotel cinco estrelas do que exposto por aí em qualquer antro de beira de estrada.

Instala-se a todo vapor no San Luis Ski Resort, um grande hotel de ambiente alpino com fondue de queijo, relógios cuco e tudo; lareira a lenha nos chalés individuais; iodelei e acordeão para animar as noites de sábado. Há um micro-ônibus que vai até as pistas a quinze minutos de distância. Vista estupenda da própria cama da cordilheira de Sangue de Cristo e bosque circundante atravessado por caminhos, que lhe permite sair para passear com Otto, Dix e Skunko. Ali, naquele arremedo de rincão alpino, María Paz e Rose ficam esperando o momento da entrega do dinheiro, que acontecerá não sabem quando; terão de esperar Sleepy Joe chegar ao Colorado, de onde quer que esteja.

— O hotel tinha, digamos, uma creche canina — me diz Rose —, detalhe importante para mim, porque me permitia deixar em boas mãos meus animais enquanto cuidava dos meus assuntos.

Rose aluga para María Paz traje completo e equipamento de esqui, providencia aulas com um instrutor particular e enquanto ela dá seus primeiros passos no Tapete Mágico, entre crianças de quatro a sete anos, ele a observa do terraço da Los Amigos Cantina, sentado ao lado de um braseiro, bebendo *michelada* e beliscando quesadillas de linguiça com molho vermelho, porque, se o hotel é suíço, o shopping da estação de esqui é *totally american-mex*. (*"How fake can we get"*, teria dito Cleve.)

— Nunca havia visto María Paz tão feliz — me diz Rose. — Naqueles espaços sem limites e com os cabelos ao vento, devia ter sentimentos totalmente opostos ao que sentira em Manninpox.

— E você, também se sentia bem? — pergunto. — Tinha desistido, por acaso, de liquidar Sleepy Joe?

— Não disse isso. O que acontece é que os aspectos práticos já estavam resolvidos e era questão de esperar.

— Não estava se contorcendo de medo, de escrúpulos, de dúvidas?

— Nada disso. Na realidade, nada de nada. Mais uma calma cínica, aí sim espantosa, como diziam os jornais sobre Mandra X quando cometera o filicídio.

Rose volta a me afirmar que aqueles dias foram tranquilos para ele. Folheava os jornais, se divertia com as piruetas que María Paz fazia lá embaixo no meio dos principiantes, desfrutava gole a gole suas cervejas. Hoje, um par de anos depois, quando o entrevisto na cafeteria do Washington Square Hotel, na cidade de Nova York, peço que me explique, por favor, essa história de sua calma cínica, porque é uma afirmação meio grosseira na qual me custa acreditar. Responde que a coisa era simples: Sleepy Joe tinha que morrer, ia morrer, e o próprio Rose não sentia nada a respeito. Nada que não fosse alívio, como se o ar tivesse ficado leve. Chegou até mesmo à conclusão de que o desagradável de matar estava no ato físico, não no fato moral. Na hora da verdade, era quase natural matar o próximo, quase irrelevante: alguns dias antes, ele mesmo não teria suspeitado, e aquilo na verdade lhe foi uma grande descoberta. Apesar do frio, os céus de Colorado estavam radiantes. Sobre sua cabeça se elevava uma abóboda esplêndida, de um azul puríssimo, e me diz que se lembra de ter pensado, ali na placidez daquele terraço sobre as pistas de esqui, que se bastasse apertar um botão vermelho para eliminar tudo o que fosse ruim, a raça humana já teria acabado.

Eu tento acompanhar seu raciocínio, anotando textualmente cada frase em meu bloco, para não atrapalhá-lo. Está me custando caro seu pedido para que não use o gravador; minha mão dói e está dormente de tanto rabiscar. Mas não posso parar, não quero deixar escapar uma única palavra. Estamos entrando em terrenos delicados, comprometedores, e, embora Rose saiba que neste livro não aparecerão nomes próprios nem informações que possam delatar nada, começa a se mostrar evasivo e inquieto. Suas respostas, até agora generosas e fluidas, surgem a conta-gotas. Tenho que extraí-las a fórceps. Os papéis quase se invertem, ele pergunta e eu respondo; é a fórmula que encontramos para que possa dizer sem ter que dizer.

— Vamos ver — volto ao ponto. — Você tinha resolvido matar um homem, encontrara um método que achava eficaz e era como se sua consciência não tivesse nada a ver com isso. É por aí? Agora falta saber qual era esse método eficaz. Suponho que planejava disparar contra ele à queima-roupa assim que o encontrasse...

— Isso não era assim tão fácil. Já lhe disse, a parte física é a complicada. Como eu iria fazer para saber onde e quando Sleepy Joe e Wendy Mellons se encontrariam? E, caso ficasse sabendo, como chegar até lá sem que percebessem?

— Que tal escondido no porta-malas do carro dela...?

— A princípio fiquei fantasiando essa possibilidade. Bolava filmes nos quais me metia em seu carro ou me camuflava no meio do lixo amontoado no pátio de sua casa e dava um pulo de super-herói, com a pistola de Ming na mão, enchendo o sujeito de tiros. Imaginei dúzias de variantes, todas igualmente infantis. Até que me deixei enlouquecer e apostei no seguro, que neste caso coincidia com o mais fácil.

— Apostou no botão vermelho — digo. — É isso? Não me diga que... Você subornou Wendy Mellons?

— Foi você quem disse — me responde.

— Então foi isso, não é mesmo? Wendy Mellons não é uma pessoa que vacile. A ideia de suborná-la não parece descabida.

— Não, não parece descabida.

— Posso imaginar que pelas costas de María Paz o senhor disse a Wendy Mellons ouça, Wendy, elimine esse sujeito e fique com o dinheiro, 150 mil dólares só para você...

— Os 150 mil iniciais não estavam completos — esclarece Rose. — María Paz só havia deixado 133.500 na bolsinha.

Dos 16.500 que retirara, uma pequena parte era para ela mesma e o resto para o Coiote. Já adiara a data várias vezes e agora aparecia o problema de desistir da fuga pelo Canadá e improvisá-la pelo México; o homem tinha motivos para andar irritado e cobrando a torto e a direito quantias adicionais. Seis mil dólares eram para compensar Rose pelo que gastara de seu próprio bolso para ajudá-la, mas ele se recusou a aceitá-los.

— Está bem — digo a Rose. — Não seriam mais 150 mil, mas 133.500 não eram uma quantia desprezível. Wendy Mellons não iria se negar...

— Está enganada. Wendy Mellons tinha dignidade. Teria se negado.

— No primeiro momento, talvez. Talvez no princípio teria, inclusive, se indignado e gritado com você: mas como pode pensar isso? Eu matar Sleepy Joe? Está louco? Amo esse garoto como se fosse meu filho! É isso, senhor Rose?

— Você é quem sabe — me diz —; você, a romancista.

— Então, continuando. O senhor teria convidado Wendy Mellons a refletir, a não se recusar de primeira, veja, Wendy, teria lhe dito, seu filho verdadeiro é este garoto, o Bubba. Sleepy Joe é, na verdade, seu amante, vamos chamar as coisas pelo seu nome. E quantas tampas de bueiro Bubba não teria de roubar para juntar semelhante quantia? Quantas panelas antigas não teria de falsificar? Para não mencionar que seu pequeno Bubba corria o risco de acabar na prisão por roubou e falsificação...

— Wendy Mellons teria sido sensível a esse argumento — admite Rose.

— Qualquer um é sensível diante da dolorida verdade. Mas ainda faltou resolver um detalhe, senhor Rose. O detalhe do recibo, o que María Paz exigia como prova da entrega. Se Wendy Mellons matasse Sleepy Joe, como lhe arrancaria o recibo?

— Boa pergunta.

— Eu diria que o senhor emprestou a Wendy Mellons a Glock de Ming lhe dizendo tome, Wendy, faça com isso o que tenha de fazer, mas antes faça o homem assinar. E depois me traga o recibo junto com a pistola, mas, isso sim, por favor, nem uma palavra a María Paz sobre nosso acordo.

— Quer vê-lo? — me diz Rose, entregando-me um papel.

— O que é isso?

— Ora, o recibo. Bem, é mais que um recibo. Leia-o, se conseguir decifrá-lo. Vale a pena. Na verdade, esclarece muitas coisas.

A seguir, a transcrição do famoso recibo. Para torná-lo compreensível, a ortografia foi corrigida, um mínimo de pontuação foi intercalado, e linhas nas quais a letra era indecifrável foram omitidas. Rabo Lindo é o apelido que Sleepy Joe dá a María Paz, e Cuchi-Cuchi, o que usa para se referir a si mesmo.

Amado Rabo Lindo:

Eu não queria matar seu cãozinho fraquinho embora merecesse morrer de verdade eu não queria matá-lo só queria fazê-lo berrar um pouco para que você confessasse onde guardava esse caralho de dinheiro que hoje atenciosamente me faz chegar por intermédio de nossa amiga comum Wendy Mellons, mas que antes de maneira arbitrária se negava a dividir comigo sem razão para isso e sem compreender que há uma quantidade suficiente para nós dois com isso poderíamos viver juntos em um lugar seguro se você não fosse tão cruel e ressentida. Como seríamos felizes se você soubesse perdoar em troca você é uma cadela traiçoeira, prefere outros em vez de aceitar a promessa que lhe faço de irmos juntos aonde sabemos para vivermos juntos como merecemos e o amor nos espera embora não possa ser hoje nem amanhã porque tenho pendências por estes lados. O que só será possível se você me perdoar, e para isso precisa saber que eu não matei meu irmão, você sabe bem que eu amava meu irmão e tinha uma dívida com ele pois foi a única pessoa que cuidou de mim durante minha dura infância com uma mãe morta e um pai que não soube me dar afeto.

Eu vi os assassinos de Greg os vi com estes olhos que Deus me deu você precisa acreditar e ter fé em mim eu os reconheci porque já os conhecia. Eles eram ex-policiais assim como Greg melhor dizendo eram seus sócios no negócio das armas e ficaram sabendo quem sabe como que ia entregá-los, certamente a informação lhes foi passada pelo próprio FBI você sabe como são esses safados que não são fiéis a nada nem a sua própria mãe, dizendo em outras palavras são uns filhos da puta. O que quero lhe dizer é que quando os sócios de Greg ficaram sabendo que Greg estava fazendo papel duplo ali mesmo resolveram dar o troco e eu vi quando o mataram Rabo Lindo eu os vi porque naquela noite eu ia me encontrar com ele, era a noite do aniversário dele você sabe muito bem que ele saiu para se encontrar comigo naquela noite e eu até lhe levava de presente um canivete Blackhawk Garra II que havia conseguido de segunda mão, mas que parecia novo, estava o levando de presente quando vi que os tipos iam disparar no meu irmão querido em seguida pensei em impedi-los não ia deixar que cometessem um vil assassinato contra meu próprio sangue e menos ainda contra um homem desarmado como Greg estava naquele momento como você bem sabe melhor do que ninguém. Mas se adiantaram, eles estavam bem armados e eram três e eu era um só e só tinha o canivetinho Blackhawk Garra II que era apenas um brinquedo motivo pelo qual não consegui ou se pode dizer que falhei dolorosamente e diante do meu próprio nariz os desgraçados mataram meu próprio irmão, motivo pelo qual esperei até que fossem embora, saí do meu esconderijo e me aproximei do meu irmão, pelo menos queria impedir que morresse como um cachorro, mas já estava bem morto e só consegui honrar sua morte e lhe permitir que morresse em Cristo como ele teria desejado e fechei seus olhos e lhe dei a extrema-unção ao estilo da gente antes de me afastar dali. Quis lhe contar tudo isso na noite do nosso reencontro depois que você saiu da prisão para que você ficasse a par e não me culpasse quis lhe contar tudo naquela noite que começou tão bonita uma noite de amor que lamentavelmente terminou na desnecessária morte do cachorrinho. Tudo por sua teimosia Rabo Lindo porque a pessoa lhe pede uma coisa e você faz outra, é assim que você tira o pior de mim e acaba com minha paciência e fica impossível que as coisas terminem de maneira correta, muito pelo contrário tudo vai à merda motivo pelo qual respeitosamente lhe peço que mude sua conduta.

Os safados que mataram meu irmão Greg ficaram me devendo lágrimas de sangue e é provável que você saiba que dois já pagaram muito caro. Mas restam por aí alguns animais que andam se escondendo como covardes, ou seja, tenho muitas pendências que devo acertar antes que partamos juntos com esse dinheiro eu e você para onde sabemos se é que por acaso você ainda me ama. Mas precisa saber que esse sonho ainda não será possível porque já lhe disse que tenho assuntos pendentes. Eu sabia que você havia encontrado esse dinheiro lá entre os tijolos da churrasqueira onde Greg e eu o mantínhamos escondido, você se lembra Rabo Lindo quando meu irmão e eu lhe dissemos que precisávamos de tijolos e de cimento para aumentar a churrasqueira e que poderíamos fazer mais hambúrgueres e assar mais espigas de milho nos domingos em família, mas na verdade o que queríamos era armar um esconderijo na churrasqueira para esconder o dinheiro e no domingo seguinte ainda me lembro e começo a rir você quis que fizéssemos um assado e quase queima o dinheiro, achamos que você estava fazendo aquilo de inocente porque não estava a par, mas agora vejo que não era verdade, que você se havia dado conta de onde escondemos o dinheiro e ficou calada, por que você é tão puta e tão teimosa Rabo Lindo e na noite do assassinato de Greg eu quis tirar o dinheiro da churrasqueira para fugir com você para viver a bela vida que nos esperava juntos, mas você havia se adiantado cadela ou seja me traído e não estavam mais ali os 150 mil, embora tivesse voltado a colocar os tijolos como se nada tivesse acontecido maldita cadela bastarda, e depois apareceram os caras do FBI e foderam com tudo. Menos mal que se arrependeu da sua má conduta e de sua ingratidão comigo e através da presente dou recibo da soma de cento e trinta e três mil e quinhentos dólares ($ 133.500) os mesmos que acabo de receber por intermédio de Wendy Mellons. Foi uma delicadeza generosa de sua parte Rabo Lindo, que não ignoro e levarei em conta também que você me garfou os 16.500 que faltam. Tudo isso não significa que me esqueci de você minha amada Rabo Lindo nem dos belos momentos que apesar de tudo passamos juntos e que foram os mais belos da minha vida, embora reconheça que houve momentos não tão belos e se a fiz sofrer precisa me perdoar e me desculpo por isso, o que vamos fazer se a vida é assim um tempo doce e um tempo amarga. Mais uma vez obrigado pela delicadeza, mas não se esqueça de que o dinheiro não é tudo nesta vida e que o amor está em primeiro lugar. Agora conto com o necessário para acabar de acertar as contas com os que me fizeram mal, lhes dar uma lição que nunca esquecerão, já vão caindo um a um, mas por aí restam passarinhos voando. Segundo dizem até no inferno lhe perseguem as recordações e eu lhe juro por minha mãe Rabo Lindo que até lá vão atormentá-los eternamente as consequências de seus atos. E no que lhe diz respeito, já sabe o que vai acontecer se não vier ficar comigo, amado Rabo Lindo, não frustre todos os meus sonhos e minhas aspirações, lhe entreguei meu coração e você não vai conseguir nada se o desprezar, se há uma coisa que eu não admito é a traição, você sabe, Rabo Lindo, já experimentou, recorde que eu conheço bem seus pontos fracos e também os não tão fracos, tenho muitas saudades dos seus beijos e de todas suas delícias de fêmea na cama. Já está avisada, não recuse o amor que a espera em meus braços.

Yours forever, Cuchi-Cuchi.

PS.: Perdão outra vez Rabo Lindo pela história do cachorro de verdade não era minha intenção, quando estivermos juntos onde sabemos lhe comprarei outro bichinho melhor e mais bonito *yours forever*, att. Cuchi-Cuchi. Teria preferido lhe dizer tudo isso pessoalmente mas por causa de sua ingratidão isso não foi possível.

— Minha hipótese não faz sentido — digo a Rose, quando termino de ler essa peça de antologia. — A da cumplicidade de Wendy Mellons. Não funciona. Ninguém escreveu essa epístola com uma arma na têmpora. Na verdade, estou perdida. Alguma pista?

— Wendy Mellons não vive sozinha.

— Bubba! Não devemos ignorar Bubba. Em algum momento Bubba enfia a cara na caverna. Ou anda escondido na montanha de pneus se picando com as seringas. O senhor o vê e diz a si mesmo, este é o meu homem.

— Não é uma má hipótese — me incentiva Rose.

— O senhor precisava saber quando e onde Wendy Mellons e Sleepy Joe iriam se encontrar. Por isso levou Bubba para um canto e lhe ofereceu dinheiro em troca da informação. Duzentos dólares. Até quinhentos.

— Bubba sabe que Sleepy Joe sempre volta àquela casa.

— Que é como se fosse sua casa materna. Tarefa fácil para Bubba. O senhor combina com ele algum mecanismo de comunicação, um encontro diário, ou a cada dois dias, em uma determinada hora, em um certo bilhar, ou bar, ou até mesmo em uma esquina.

Dois dias depois, Rose aparece na hora combinada naquele bilhar, ou bar, ou esquina. Bubba também chega pontualmente, mas não traz notícias; por ora não sabe nada de Sleepy Joe, nem tampouco de sua própria mãe, que saiu de casa e não voltou. Perfeito, Wendy Mellons e Sleepy Joe já estão juntos, deduz Rose. A fera se aproxima; já ouve sua respiração.

— Não subestime Bubba — adverte-me Rose. — É um viciado, mas não é tolo.

— Bubba não é tolo? Bem, isso quer dizer que é perspicaz. Se dá conta das coisas. De que coisa Bubba se dá conta? Deixe-me pensar. Já sei. Ele descobre que o senhor quer matar Sleepy Joe; se não fosse assim, não se entende por que o anda assediando dessa maneira.

— Bubba é perspicaz, mas também é drogado.

— E faria qualquer coisa em troca de uma grana. Então, nesse primeiro encontro, nessa primeira aproximação, Bubba diz ao senhor, poupe-se do trâmite, mister, por X dólares a mais eu liquido o sujeito. O senhor aceita a oferta e deixa a execução nas mãos de Bubba. E, talvez, lhe empresta a pistola de Ming para facilitar o trabalho... Não, espere; passo em falso. Vamos rebobinar. O senhor não lhe empresta a pistola de Ming, isso seria uma besteira e, além disso, para quê, se Bubba vive no meio de objetos homicidas, no mínimo uma carabina, duas armadilhas para cervos, uma maça, várias ferramentas...

— Bubba transformava tampas de bueiro em panelas — recorda Rose.

— Correto. Tem braço de ferreiro. Uma maçada de Bubba pode ser terrível. Suficiente para que o senhor se despreocupe e fique desfrutando suas micheladas.

Desfrutar as micheladas, sim, mas não por muito tempo. Rose tem de estar atento também a um segundo ponto: o Business Center do seu hotel, onde checa duas, três e até quatro vezes por dia uma caixa de e-mail, a que María Paz abriu com o único objetivo de receber o recibo que Sleepy Joe teria de lhe enviar e que, efetivamente, lhe envia: é a famosa Epístola a Rabo Lindo, que Rose imprime e leva ao chalé, para que ela a leia. Primeira meta: superada. Sleepy Joe já tem seu dinheiro e María Paz já tem seu recibo. Agora terão de acontecer duas coisas: que cibercoiote dê o sinal verde para que cruze a fronteira e que Bubba o acerte com a maça. Rose passa a ir diariamente ao bilhar, ansioso para conhecer o desenlace, levando no bolso os 6 mil dólares que ofereceu ao sócio para que executasse seu trabalhinho. Mas uma semana se passa, e Bubba não aparece. Semana e meia, e nada.

Nesse meio tempo, María Paz fez progressos em suas aulas de esqui. Conseguiu superar o nível infantil, coisa que Rose não esperava, e agora se atira sem avisar nas pistas verdes das 9h às 17h, hora em que desligam o teleférico. Com uma audácia nada elegante, mais suicida, atira-se na ladeira de novo e de novo, como a Formiga Atômica, como se estivesse fugindo de alguma coisa; tem o estilo frenético de quem, de fato, está fugindo de tudo e de todos. No começo da noite volta ao hotel, radiante e exausta, onde se livra das luvas, de uma bota, da outra, tirando o macacão, o suéter e a roupa de baixo térmica, deixando tudo jogado em um canto, como devem fazer os astronautas quando finalmente aterrissam. Depois aceita a xícara de chocolate quente que Rose lhe oferece, toma uma ducha demorada, aplica pomada nos hematomas que as pancadas deixaram em todo seu corpo, engole duas aspirinas, atira-se descadeirada na cama e dorme sem sonhar até o dia seguinte, só a tempo de estar nas pistas outra vez às 9h.

— Que bom, María Paz, estou vendo que você gosta muito de esquiar! — sonda Rose, suspeitando de que nela a hipercinesia é apenas uma camuflagem para o rio de águas revoltas que carrega por dentro. — De fato te devo uns parabéns; é incrível como você avançou.

— Sim — diz ela —, já sei descer à toda.

O cibercoiote, por sua vez, pensa que a tal da María Paz é uma cliente briguenta, insuportável e imprevisível, chatíssima. Vinga-se lhe pedindo sem qualquer escrúpulo mais dinheiro pela reprogramação do cruzamento da fronteira, e a faz saber que está reunindo seu rebanho em algum ponto próximo a Sunland Park, Novo México, EUA, defronte de Ciudad Juárez, Chihuahua, México. Deverá estar lá dentro em pouco, tão logo receba o sinal. Vai tentar a travessia junto com outros foragidos e fugitivos como ela e, como quase todos que atravessam clandestinamente a fronteira, já não no sentido do sul ao norte, mas do norte ao sul.

— O que você sabe realmente desse tal de cibercoiote? — pergunta Rose a María Paz.

— Realmente? — responde ela. — Nada. Só que é evangélico e que tem um Blackberry.

— E mesmo assim se coloca nas mãos dele?

É preciso ser cara de pau para pronunciar esta última frase. O que o próprio Rose sabe de Bubba, em quem depositou toda sua confiança? Nada, ou pior que nada: sabe o pior. Que é uma víbora astuta, que faz qualquer coisa por dinheiro. E que não compareceu aos últimos encontros. Algo muito estranho deve estar acontecendo. A preocupação tira o sono e o apetite de Rose; o velho fica sombrio, calado, de mau humor. Pelo fato de estar com a cabeça voltada para o *physical*, María Paz não percebe sutilezas como uma mudança de espírito, mas os cães sim, e se mostram inquietos. Sondam o dono com o olhar e lambem suas mãos como se quisessem consolá-lo: eles também farejam que algo não vai bem. Rose visita mais uma vez o bilhar, de novo sem resultados, e, na madrugada seguinte, depois de horas de insônia, lembra que não apagou a mensagem eletrônica de Sleepy Joe. Erro imperdoável, deixou flutuando no ciberespaço aquela prova comprometedora. Como é possível semelhante descuido? Sem esperar que o céu clareie, veste uma roupa em cima do pijama e corre ao Business Center para dar um sumiço naquela prova com um apertar de tecla. Ao abrir o e-mail, constata que chegou uma segunda mensagem de Sleepy Joe. Vacila por alguns segundos, dando tempo a seu coração para se aquietar, e se atreve a olhá-la.

Desta vez é apenas uma imagem. Em uma difusa fotografia instantânea, alguns pneus amontoados ardem em torno de um poste. As chamas não passam de um pequeno resplendor que o vento inclina para a esquerda. No entanto, a fumarada é grande, e sobe tão espessa e negra que embaça o resto da foto, obrigando Rose a colocar seus óculos de aumento e a se aproximar mais da tela. Amarrada ao poste e no meio dos pneus, distingue a figura de um homem nu meio queimado, talvez ainda vivo.

Rose consegue dominar a tremedeira de suas mãos o suficiente para ampliar a imagem. A pele enegrecida e empolada desfigura as feições, mas não há dúvida de que se trata de Bubba. O lugar da execução é o pátio de sua casa. Em um pedaço de madeira pregado no poste um pouco acima de sua cabeça traçaram as iniciais *INRI*.

Uma onda de febre banha Rose de suor. Sleepy Joe está vivo. Não apenas está vivo, como já sabe que pretendiam matá-lo. Só de pensar na magnitude do desastre que ele mesmo provocou, Rose afunda dentro de seu próprio corpo. Seus olhos ficam nublados, o sangue escapa de seu cérebro e seus músculos se afrouxam. Vou morrer, pensa, e essa sensação o deprime, sente um alívio. Mas não morre; fica suspenso e consciente em uma região insuportável. O sofrimento extremo daquele homem que agoniza se transforma em um som que quer arrebentar os ouvidos de Rose. Sente que Bubba arde como gás mostarda em todos seus terminais nervosos. A culpa o desconcerta, saber que é responsável pelo horror do que aconteceu e do horror que virá o priva do pensamento. Cego pela estupidez, ingênuo como uma criança, foi atiçar a fera, cravar-lhe bandeirolas, e agora a fera responde. Rose aperta o rosto com as mãos para não ver; precisa se colocar a salvo de sua própria angústia. Mas o martírio de Bubba se enfiou dentro dele e agora adquire a forma de outros: os daqueles que estão enfileirados esperando sua vez. A garota Violeta, que será a próxima. E María Paz. E também ele mesmo, o próprio Rose, embora essa última possibilidade não o inquiete — pelo contrário.

Mas as garotas estão ali. Por culpa de Rose, ficaram expostas e agora ele precisa fazer um esforço sobre-humano para pensar, pensar bem e com seriedade, agir, tentar impedir que a cadeia de atrocidades prossiga. Mas como, se não consegue recuperar o controle de si mesmo? Se nem consegue se afastar da cadeira? Não consegue digerir e expulsar de si esse ser calcinado que irradia pânico e dor com uma intensidade insuportável, obrigando-o a cruzar os limites de sua própria resistência. A vítima sacrificial está crua, em carne viva; é venenosa e contagiosa. E já não se encarna no miserável Bubba. Agora é Cleve, coroado de espinhos, quem se grudou na membrana interna das pálpebras de Rose, impedindo-o de abri-las. A névoa sufoca seus pensamentos antes que nasçam.

— Preciso pensar — diz em voz alta, e a frase vem de fora, como um eco. — Preciso pensar — volta a dizer, mas sente que está adormecendo.

Não sabe como conseguiu, mas já está diante de seu chalé. Com a chave na mão. Está prestes a abrir, mas não se atreve. Os cães, que continuam trancados, percebem sua presença e enlouquecem, arranham a porta por dentro, querem que os deixe sair. Mas Rose não se atreve. Precisa alertar María Paz, mas não sabe como. É culpa minha, pensa. Só pensa nisso, em sua própria culpa. Aconteceu o que aconteceu por sua culpa, e também o que vai acontecer. E ele terá que impedi-lo, agora mesmo, voltar a Vermont para proteger a menina. Mas antes precisa enfrentar María Paz, mostrar--lhe a foto do homem que arde, explicar-lhe tudo; ela precisa saber. Mas como Rose pode lhe confessar uma coisa tão inconfessável como a de ter mandado matar Sleepy Joe pelas suas costas, e que, para completar, o assassino falhou? Teria que revelar seu erro, sua manipulação, seus equívocos sistemáticos, seus planos egoístas, sua infinita estupidez, sua ingenuidade de velho imbecil, sua lamentável inutilidade, seu papelão de vingador enganado. Sleepy Joe não sabe do paradeiro de María Paz, por mais que a procure para matá-la demoraria a encontrá-la, se é que a encontraria. Mas, no entanto, Violeta está tranquila e ao alcance de suas garras. Naquele momento teriam de estar partindo para Vermont, mas Rose sente as pernas mortas, a vontade morta, a alma enterrada. Os cães vão destroçar a porta se continuarem arranhando, e Rose a deixa entreaberta. Eles a empurram por dentro e saem em disparada, pulando encima dele para saudá-lo. Então param, os três ao mesmo tempo, como se estivessem ofuscados pela brancura absoluta que se espalhou pelo campo ao longo da noite. Depois se afastam devagar, cada qual por seu lado, farejando e urinando aqui e acolá. Sem entrar no chalé, Rose volta a fechar a porta. Encosta-se na parede e fica absorto nas linhas divergentes, retorcidas, depois misturadas que as pegadas dos cães vão deixando na neve.

— Às vezes a pessoa faz coisas... — me diz Rose. — Quando não sabe o que fazer, faz coisas estranhas. Reconheço que cheguei a ouvir que dentro do chalé María Paz fechava o chuveiro. Depois ouvi seus passos, para um lado e para o outro. O chão era de madeira e as tábuas rangiam. Naquele momento eu tinha que ter lhe dado a cara para bater. E, no entanto, me afastei daquele lugar. Fui me refugiar na lavanderia; praticamente me escondi no meio das máquinas. Sentei-me no chão, ao lado de uma secadora que alguém tinha ligado. Ainda me lembro do calor e da vibração no meu antebraço. Acho que não pensava em nada, ou só nas pílulas de Effexor. Fazia muito tempo que as abandonara, mas naquele momento senti vontade de tomar duas, três, o frasco inteiro.

Rose consegue escalar o poço de angústia e voltar ao chalé, mas não encontra mais ninguém. O serviço de atendimento aos cães deixou um bilhete avisando que os levara para passear e María Paz partira com o equipamento de esqui nas costas. Já estaria nas pistas? Não podia ser, ainda não haviam sido abertas. Procura-a no restaurante e a encontra, mas ela está tomando o café da manhã com amigas que foi fazendo e Rose não se atreve a interrompê-la. Por mais pressa que tenha, não convém fazer escândalo nem chamar a atenção; que não dê bandeira, que ninguém suspeite, que a polícia se mantenha na linha. Rose decide esperar que María Paz saia do restaurante; a pegará pelo braço, a levará a um canto, e então lhe dirá o que está acontecendo. Embora, pelo menos por ora, talvez ainda não diga tudo. Só o essencial: dirá que aconteceu uma coisa extremamente grave que depois lhe explica, agora é necessário voar, têm dez minutos para recolher a tralha, pagar a conta e se atirar na estrada.

No fundo do corredor, inteiramente inocente, María Paz ri com suas novas amigas. Rose consegue ver que toma suco de laranja, passa manteiga no pão, leva os talheres à boca. De repente, se levanta e caminha em direção ao bufê. É agora, pensa Rose, preparando-se para abordá-la, mas as amigas também se levantaram e já estão ao seu lado. María Paz se serve uma tigela de granola com leite e volta à mesa. Isto vai demorar, pensa Rose, meu Deus santíssimo, quantos horrores podem acontecer até que a mulher acabe de mastigar toda a granola. Melhor ir ganhando tempo, decide, e procura o zelador para lhe perguntar pelo cuidador de cães.

— Não se preocupe, senhor, voltarão ao meio-dia — conta o funcionário. — Hoje foram levados para fazer *mushing*.

— Fazer o quê?

— *Mushing*.

— E o que é *mushing*?

— Um esporte com trenó.

— Colocaram meus cães para puxar trenó?

— Não, senhor, como pode imaginar uma coisa dessas? Eles vão correndo ao lado do trenó.

Quando Rose está tentando descobrir aonde tem de ir para recuperar seus animais, María Paz sai do restaurante com suas amigas e todas sobem no micro-ônibus que as levará às pistas. Rose corre atrás, em vão: o micro-ônibus se afasta pelo caminho e se perde de vista.

Rose volta ao chalé. Não cuida da barba nem de seu hálito de defunto, não dá atenção ao pijama que aparece debaixo da roupa; só tem cabeça para trocar os sapatos por botas, enfiar a carteira no bolso, pegar as chaves do carro, os documentos e colocar na bolsa o que está à mão. Voa até a recepção. Suplica a uma tranquila recepcionista que feche a conta. Diz que apareceu um grave inconveniente e precisa devolver hoje mesmo o chalé: por favor, senhorita, por tudo que for mais sagrado, entenda que estou com pressa. Por não ter avisado antecipadamente, lhe cobram uma diária extra. Rose paga sem chiar e devolve a chave. Joga as maletas no Toyota de qualquer maneira e já vai arrancar quando se lembra da pistola de Ming. Deixou-a escondida no chalé, entre as vigas do teto e o rebaixamento. Volta à recepção, pede a chave, espera uma eternidade para que a entreguem, recupera a pistola e agora sim, dirige como um louco até o centro de esqui. Pegará María Paz, terão de voltar para recuperar os cães e sem respirar sairão em disparada, no sentido contrário ao da viagem de vinda. Só que então se permitiram o luxo de dedicar cinco dias à travessia e, agora, estão contando os minutos.

Rose corre até a cantina Los Amigos e vai ao terraço: dali domina o panorama e conseguirá localizar María Paz. Mas os minutos passam e nada de avistá-la. Quem aparece é o garçom que o atendeu naqueles dias e agora está vindo para cima dele agitando o cardápio.

— Nada, obrigado — tenta dissuadi-lo Rose.

— *Sorry, sir*, mas se não pretende consumir não poderá se sentar nestas mesas.

— Então um café. — O garçom parou na sua frente e impede sua visão.

— Deseja algo para comer com o café?

— Qualquer coisa.

— Posso lhe trazer a quesadilla de linguiça?

— Está bem.

— Com molho vermelho?

— Como quiser.

A faixa sem fim formada pelos esquiadores desliza montanha abaixo ritmicamente, sem gravidade e em silêncio, como se fosse uma suave ondulação lunar. Depois sobe pelo ar e volta a descer, porque não é uma faixa linear, mas de Moebius, e todos avançam por ela como em uma procissão eterna. Todos menos María Paz, que em algum momento saiu do circuito e não aparece. E já são quase 10h30 da manhã.

— Eu estava ficando desidratado de angústia — conta Rose —, sentia que perdia peso a cada minuto. Descartei a possibilidade de pedir que fossem procurá-la com cães ou nas motocicletas de neve dos paramédicos, porque não deveria chamar as atenções para ela. Até aquele momento tudo estava em ordem, nenhum indício de que estivéssemos sendo perseguidos, nem sequer de que havíamos despertado suspeita, e era vital que as coisas permanecessem assim. E, ao mesmo tempo, cada hora que passasse poderia ser mortal.

Rose quer calcular quanto tempo o teleférico demora para subir e voltar a descer e por isso acompanha com o olhar uma senhora, claramente uma esquiadora novata que usa uma roupa laranja particularmente vistosa. Usa-a como parâmetro e cronometra. A mulher de laranja passa na sua frente, dá uma volta na pista, pega o teleférico, se perde no alto e, em exatos doze minutos, entra de novo no ângulo de visão de Rose. Na segunda vez, a mulher de laranja demora um pouco menos para fazer seu percurso. Rose faz uma média e calcula que, ao longo da hora em que está esperando, María Paz deveria ter passado umas cinco ou seis vezes por ali. E, no entanto, nada. Deve haver alguma explicação, e a Rose só ocorrem as piores. E se quebrou uma perna e foi hospitalizada? E se se estatelou contra uma árvore e rachou o crânio? A polícia a detectou e a deteve! Calma, diz Rose a si mesmo, respire fundo, ou pelo menos respire, e, antes de tudo, um mínimo de calma. Antes de tudo não se desespere, embora a situação seja desesperadora.

Para calar a máquina de predizer desastres que disparou em sua cabeça, estende um guardanapo de papel, pega uma esferográfica, desenha um mapa e tenta se concentrar no planejamento da viagem relâmpago até o colégio de Violeta. São umas 3 mil milhas do lugar onde estão a Montpelier, Vermont; 36 horas ao volante. María Paz dirige mal, Rose já pôde comprovar, e vão se ferrar se a polícia rodoviária lhe pedir a carteira de motorista. E mesmo assim terão que se revezar. Oito horas para cada um, enquanto o outro reclina o assento e dorme. É necessário, forçosamente, programar paradas para ir ao banheiro, colocar gasolina, tomar um bom *shot* de *espresso* e deixar que os cães se espreguicem um pouco, e Rose marca em seu mapa escalas técnicas de uma ou duas horas em Winona, Kansas; Topeka, Kansas; Caseyville, Illinois; Dayton, Ohio; Harborcreek,

Pensilvânia. E uma última antes de chegar, em Wells, no estado de Nova York. E mesmo assim, exigindo-se ao máximo e esperando que não surja nenhum inconveniente, vão demorar dois dias e duas noites. E até três dias, se algum momento sentirem cansaço. Não quer nem pensar em tudo o que poderia acontecer com Violeta durante dois ou três dias mais suas longas noites. Impossível correr esse risco. E se María Paz fosse na frente de avião? Teria que apresentar documentos às autoridades. E se Rose se adiantasse? Também não serviria; não pode deixar María Paz e os cães jogados por aí.

Como ela continua perdida, Rose toma uma decisão — temerária, mas pelo menos uma decisão: ligará para a polícia, a avisará do perigo, dirá que um *serial killer* ronda por Montpelier. Pedirá que vigiem o colégio durante as 24 horas do dia, alertará sobre uma garota doente, terrivelmente exposta, que se chama Violeta e que corre um risco mortal. Violeta o quê? É a primeira coisa que vão querer saber. E Rose nem sequer conhece seu sobrenome, para não falar de tudo o que teria de omitir, ou justificar, se chegassem a interrogá-lo. Mas, sobretudo, quem vai lhe dar ouvidos? Por que vão acreditar nele? E se chegarem a acreditar, ainda pior; com a região cheia de policiais, María Paz não poderia se aproximar da irmã.

Mas você não aprende, idiota?, repreende-se Rose. Por nenhum motivo deve continuar tomando decisões por conta própria, impondo seus critérios, tomando as rédeas sem consultar ninguém. É assim que vinha fazendo, e o resultado foi infantil, criminoso, imperdoável. Não. Não pode impor uma volta dessas pelas costas de María Paz, e menos ainda uma dessa envergadura, que poderia salvá-los, mas também poderia acabar de afundá-los. Nesse ponto, volta a se aproximar da mesa do Los Amigos o garçom, que a esta altura já é quase um ator coadjuvante pela insistência em que interrompe a cena. Desta vez oferece a Rose um jornal: já sabe que o senhor tem o hábito de ler o New York Times e o entrega, embora não a edição daquele dia, pois o jornal ainda não chegou aos confins do Colorado. E Rose que, naturalmente, não tem ânimo para começar a ler nada; ameaça folhear o jornal transnoitado, vira as páginas com displicência, e o faz mais do que tudo por condescendência com aquele bom homem que se esforça para atendê-lo e agora lhe oferece mais um pouco de café.

— Não — diz Rose —, agora sim, não de verdade, não quero mais nada.

E é então que vê a notícia, em letras garrafais: PROEMINENTE ADVOGADO ASSASSINADO NO BROOKLYN DE MANEIRA BRUTAL. De uma fotografia que ocupa duas colunas, Pro Bono o olha diretamente nos olhos, ainda bem vivo e com ar brincalhão. Não é uma foto do crime, mas uma de estúdio, e deve ter sido tirada anos atrás, enfocando-o só do pescoço para cima. Ninguém diria que é corcunda, pensa Rose, e perde a vista em um ponto branco e vazio, que a mulher de laranja atravessa uma vez, e depois outra, e mais uma, e talvez uma quarta, antes que Rose emerja de muito fundo, quebre a camada de gelo que o aprisiona em seu ensimesmamento e deixe escapar dois fios de lágrimas, que enxuga com o guardanapo no qual desenhara o mapa. Adeus, bacana, diz ao amigo.

Depois de falar com Buttons, o assistente de Pro Bono, para quem ligou pelo telefone público, Rose volta à sua mesa do terraço, e se senta de novo. E você, por onde andava?, recriminou Buttons, e ele mentiu: longe, disse, longe de tudo. O garçom se aproxima e lhe pergunta se está passando bem. Ele responde que sim, mas sabe que carrega agora cinquenta anos a mais do que os que tinha cinquenta minutos antes. De repente o ar quieto se rarefaz e mãos enluvadas desabam em cima dele, agarrando-o por trás.

— Não me surpreendi, nem me assustei — me diz. — Simplesmente pensei que a minha hora também havia chegado. E me pareceu apenas lógico.

— Onde se meteu? Estou há muito tempo procurando por você! — A voz é de María Paz, que, de brincadeira e sem que ele se desse conta, veio por trás e tapou seus olhos com suas meias-luvas de esqui.

Logo em seguida desabou ao seu lado em uma cadeira, tirou aos puxões o gorro, o cachecol e as meias-luvas, abriu o zíper do macacão até a cintura para se livrar do sufoco, soltou os cabelos e os sacudiu, e, com cara radiante e voz brincalhona de pura alegria, pediu ao garçom uma Coca-Cola com muitíssimo gelo e começou a tagarelar sobre as pistas novas que naquela manhã andara explorando com suas amigas.

— Imagine, senhor Rose! — diz, puxando-o pela manga — Me atirei por uma azul, eu, María Paz, o Putas de Aguadas.[7] Ouviu o que falei? Mas

---

[7] Personagem popular mítico colombiano que se acha o melhor em tudo, o mais hábil, o mais esperto. Há quem diga que é o Diabo, que vive no povoado de Aguadas, Calda, na região cafeteira. (*N. do T.*)

o que está acontecendo hoje, que anda tão amedrontado? Acabei de me atirar por uma pista azul e o senhor não está nem aí, sabe que precipício perigoso é aquele? Isso é a morte, Rose, a morte de esqui!

— ...

— Ei, há alguém aí? Ave-Maria, senhor Rose, o que aconteceu com o senhor, que bicho o mordeu? Acorde!

Rose deixa uma cédula na mesa e começa a caminhar em direção ao estacionamento. Que têm que sair imediatamente do Colorado, que depois lhe explica, é a única coisa que diz a María Paz, sem sequer se virar para olhá-la.

— Ouça, seu tonto! — grita ela, que corre atrás dele sem entender bulhufas e carregando seus esquis, suas botas e seus bastões. — E não vamos devolver estas tralhas? E a roupa? Me espere, homem, me ajude com tudo isto...

Pegaram os cães no hotel — estavam exaustos depois de terem passado toda a manhã correndo atrás de um trenó — e arrancaram para o norte com Rose ao volante, a uma velocidade absurda que deixava María Paz pendurada na alça acima do banco do carona, os cães tombando uns em cima dos outros a cada curva e o velho Toyota vibrando no limite da desintegração.

— Pare, Rose — pedia ela. — Pare e me explique o que está acontecendo. Por que estamos correndo como loucos?

— Agora não, mais adiante.

— Me diga aonde vamos...

— A Vermont, pegar sua irmã, antes que a besta do seu namorado a mate — explodiu Rose e, sem dar desculpas nem tentar atenuantes, passou a María Paz a folha impressa com a foto de Bubba na pira, e a página do *New York Times* com a notícia do assassinato de Pro Bono.

Não lhe importou fazê-lo assim, sem contemplação. Pelo contrário, se sentiu bem: a morte de Pro Bono derretera sua montanha de culpa, transformando-a em ira, e não se comoveu diante da estupefação horrorizada dela, nem da sua palidez cadavérica, nem da sua crise de choro, porque a única coisa que Rose sentia naquele momento era raiva. Raiva dela.

— A morte de Pro Bono era a demonstração atroz de que eu tinha razão, aquele namorado dela era um monstro, um assassino asqueroso e eu sempre soubera disso — me diz — e, no entanto, ela insistindo que não, que o sujeito era inofensivo, meu Deus, como podia ser tão cega, e a morte de Pro Bono me deixava mal, de verdade mal, destruído, e o que sentia por dentro era raiva.

— Raiva — o reverso da culpa? — lhe pergunto. — Deixar de odiar a si mesmo e passar a odiá-la?

— É possível — me diz —, mas, sobretudo, vontade de massacrá-la com um "eu não disse?" do tamanho do mundo.

— Ai está. Olhe bem. Abra os olhos de uma vez por todas — dizia Rose a María Paz, batendo com os indicadores nos papéis que acabara de lhe entregar. — Aterrisse, menina. Isto quem fez foi seu namorado, entende? O tal do Sleepy Joe. O lobinho que não morde, o pobrezinho tão bom que até dinheiro é preciso lhe mandar, porque, pobrezinho... Já olhou bem? Queimou este aqui vivo e matou o velho, que tanto a ajudou, a chibatadas. Seu advogado. A chibatadas, o velho que tanto a ajudou. E empurrou o meu filho Cleve em um barranco e lhe espetou uma coroa de espinhos. Está vendo algo em comum entre eles? Estou falando com você, María Paz, me responda. Está vendo alguma coisa em comum entre essa pobre gente? Você, menina. Você. Você é a única coisa que essas pessoas têm em comum, afora terem sido torturadas até a morte por seu galã. Então o seu amante não mata? Não mata, hein?

— E quem é o que foi queimado, o que eu tenho a ver com ele? — tentou protestar María Paz.

Mas Rose nem sequer a ouviu, tão ocupado estava em feri-la. Dava-se conta do mal que lhe fazia com suas palavras e, no entanto, não conseguia parar, estavam guardadas havia muito tempo, e nesse momento saíam de dentro dele com um rancor que ele mesmo não sabia até que ponto fora acumulando.

— Uma justa desforra? — pergunto a Rose.

— É possível, sim — me responde. — Talvez estivesse cobrando dela o fato de ter amado mais aquele monstro do que meu filho. Ou quem sabe. Não sei lhe dizer exatamente. Só sei que comecei a falar assim, para castigá-la. Via que sua boca ficara seca e percebia as palpitações em suas têmporas, e sentia que tremia como se tivesse sido atacada por um frio muito intenso. E, no entanto, eu continuava, como se estivesse gostando.

— Então Sleepy Joe só maltrata por dinheiro, é essa a sua teoria? — gritava. — Pois assassinou Pro Bono ontem, menina, ontem, mais de uma semana depois de terem lhe entregado o dinheiro que você lhe enviou, quem diz que não o usou para isso?

— Sleepy Joe fez isso? — perguntou María Paz com um fio de voz, deixando Rose ainda mais exaltado.

— Ai, meu Deus, menina, você ainda pergunta? Desça do carro, maldita. Já, desça, não quero nem vê-la.

Depois de um tempo as coisas se acalmaram um pouco, não tinha sentido aquela briga entre os dois quando a vida de Violeta estava em jogo. Não ia lhes servir de nada matarem um ao outro quando o verdadeiro assassino estava solto.

— Quem é este homem? — perguntou María Paz, agora com mais energia. — O que foi queimado. Por que o queimaram?

— Esse homem é Bubba, o filho de Wendy Mellons. Não o reconhece? Não, claro que não, está tão queimado que é impossível reconhecê-lo, você sabe de algum maldito piromaníaco que possa ter feito isso?

— Sleepy Joe o queimou? — insiste em perguntar María Paz. — E o que leva o senhor a pensar isso?

— O que me leva a pensar, o que me leva a pensar. Não comecemos de novo. Será que você é imbecil? Sleepy Joe o queimou e enviou a foto para seu e-mail. Uma pequena mensagem para que você saiba o que vai fazer com você, e com sua irmã. E comigo, naturalmente. E por que o queimou? Que pergunta! Por que matou Pro Bono? Por que matou Cleve? Por que matou seu cachorro? Eu não tenho a resposta, mas você certamente sim.

— Acalme-se, Rose, e me responda.

— Sleepy Joe queimou vivo esse homem porque esse homem ia matar Sleepy Joe. E esse homem ia matar Sleepy Joe porque eu lhe paguei para que o fizesse. Mas as coisas saíram mal. O único mal foi isso, tudo saiu mal, e agora Sleepy Joe está furioso em vez de estar morto. E você tem de parar de falar, está me ouvindo? Cale-se, María Paz, agora mesmo. Sem discutir, sem perguntar. Pare de chorar e de abraçar essa bolsa. Concentre-se no mapa e eu me concentro em dirigir. A única coisa que temos de fazer é chegar a Vermont antes dele.

Pro Bono havia sido assassinado à noite, depois das 23h, hora em que o advogado ainda andava feito um almofadinha, como era seu costume, apesar de estar sozinho e em roupa de casa, e prestes a escovar os dentes: esse dado veio à tona porque encontraram na bancada do banheiro a escova ainda com pasta de dente. É de se supor que Pro Bono estava usando um roupão de veludo três quartos com cordão na cintura, pijama branco com monograma no bolso do peito, foulard de seda no pescoço, possivelmente cravo na casa do botão: esse tipo de elegância extravagante, à la Oscar Wilde, sob a qual ocultava seu defeito de nascença.

Como Sleepy Joe conseguira se infiltrar àquela hora no apartamento de Pro Bono? Buttons contara a Rose.

— Quer saber como foi? — pergunta Rose a María Paz, outra vez com a ira sufocando-o. — Você não vai gostar de ouvir, porque também tem a ver com isso. Buttons me disse que Pro Bono estava havia dias procurando por você. Digamos que a viagem a Paris não correra muito bem. *Le nozze di Figaro* meio que se aguou. Pro Bono não tinha cabeça para Mozart e passou sua segunda e última lua de mel telefonando a longa distância para perguntar por você. Queria saber se já tinham conseguido avisá-la da pinça. E, ao chegar a Nova York, continuou a procurar por você.

Estava tão preocupado com ela que naquela noite não teve receio de abrir a porta para um completo estranho, embora já fosse quase meia-noite. O porteiro do edifício declarou depois que tivera dúvidas; não era de ficar incomodando os proprietários e menos ainda se tratando de um sujeito como aquele, de aspecto suspeito, que chegava exigindo ver o advogado em um tom arrogante, diga-lhe que está aqui Ricky Toro e que preciso vê-lo, diga-lhe que sou primo de Paz, ele sabe do que se trata. Estranhíssimo, tudo aquilo. Mas o porteiro aprendera a ser discreto, não à toa estava no ofício havia anos, e sabia que às vezes os moradores dos edifícios tinham contato com gente estranha, um distribuidor de drogas, por exemplo, ou alguma prostituta, e quem era ele, o porteiro, para julgar? Por isso interfonou para Pro Bono, *excuse me*, sir, lhe disse com timidez, porque temia tê-lo acordado.

— Diga-lhe que suba ao meu escritório — ordenara Pro Bono. — Melhor não. Espere.

O apartamento de Pro Bono ficava no mesmo edifício do escritório e ele costumava ficar para dormir ali, sozinho, quando terminava de trabalhar até tarde demais para pegar seu Lamborghini e galopar até sua casa suburbana. Nesses casos, ligava para sua esposa Gunnora. *Sorry, darling*, lhe dizia, não vou conseguir chegar esta noite, vou ficar aqui no Brooklyn, se quiser almoçamos juntos amanhã em Manhattan, sugiro o Oyster Bar da Grand Central Station.

Por alguma razão, Pro Bono desistiu de receber o recém-chegado em seu escritório, embora ficasse apenas um andar mais acima; não teria achado apropriado se apresentar ali de roupão e pantufas, por uma simples questão de princípios, porque, na realidade, nos escritórios já não havia ninguém; fazia horas que o pessoal fora embora. Ou talvez Pro Bono não quisesse se resfriar, ou não tenha achado a chave: um desses caprichos do destino, mínimos em si mesmos, mas de grandes consequências. Qualquer que tenha sido a razão, Pro Bono não quis subir ao escritório; deve ter pensado que melhor seria atender ao homem na porta de sua casa, em suma, seria coisa de alguns minutos e poderia lhe perguntar por María Paz. Para isso devia vir o sujeito, trazer-lhe notícias dela.

— Melhor mandá-lo para cá, para o meu apartamento — respondeu ao porteiro.

Se o visitante tivesse subido ao escritório, e não à moradia particular do senhor, o porteiro teria lhe exigido documento de identidade e então teria confirmado suas suspeitas. Mas achou que se tratava de uma visita privada e o deixou ir em frente sem fazer muitas perguntas. A imagem de Sleepy Joe foi gravada pelas câmeras de segurança e, apesar de estar vestido para o inverno, no registro se vê com nitidez seu rosto e se nota, claramente, que se trata de um varão de raça branca, jovem, de aproximadamente 1,80 m de altura, que entra às 23h05 e abandona o edifício 28 minutos mais tarde.

Nesse ínterim, penetra no apartamento. Sem perda de tempo, sela a boca de Pro Bono com fita prateada e o obriga a se despir: a exibir o que jamais exibe, nem a si mesmo. O despoja de sua couraça, o deixa tão exposto como quando veio ao mundo e o obriga a se olhar no grande espelho antigo com moldura de prata que domina o hall de entrada. Ou talvez não. Naquele hall não deve haver nenhum espelho. Pro Bono não teria pretendido se submeter à tirania cotidiana daquele objeto sempre ali, como um buraco negro, esperando-o na chegada, despedindo-se na saída, atraindo-o para o vazio ao confrontá-lo com a verdade nua e crua de sua anatomia rosada e retorcida, desmoronando assim a perfeita imagem de si mesmo que conseguira construir ao longo da vida como defensor das causas justas, como esposo amante, como homem culto, rico, elegante e viajado.

O introito à cerimônia se dá, provavelmente, no banheiro que Gunnora usa, onde, sim, há espelhos, que, por ficarem vis-à-vis, multiplicam o escárnio. E isso, não o que veio depois, deve ter sido a pior parte para Pro Bono; deixar evidente aos olhos de um estranho que sua monstruosidade não estava na distorção do espelho, nem nos olhos do observador, mas dolorosamente incrustada em sua própria natureza, desde o dia em que nascera até aquela noite, que seria a de sua morte. Esse foi o verdadeiro golpe de misericórdia. Na verdade de sua nudez, Pro Bono sucumbiu diante do carrasco. De onde se deduz que faltou a Sleepy Joe sutileza em sua crueldade; não compreendeu que Pro Bono não era mais Pro Bono, apenas sua sombra, quando o dobrou e o amarrou a uma coluna, zombou de sua corcunda e de suas extravagâncias, colocou no pescoço o foulard de seda, ficou pulando por ali, agachado como um símio para arremedá-lo, e depois se cansou de macaquices e pegou o chicote que trazia escondido debaixo do casaco.

O resto foi previsível: o procedimento, afinal de contas rotineiro, de açoitar um pobre velho, dá-lhe que dá-lhe, uma e outra vez, levando-o mais além da dor e até a morte. O verdadeiro resplendor sagrado, a epifania, a fagulha mística, esteve mais no próprio chicote, aquele fetiche com vida própria que silva como um pássaro, que parte o ar ao estalar, sendo, como é, o primeiro objeto criado pelo homem a quebrar a barreira do som. Ian Rose conhecia bem, por ter ouvido de Wendy Mellons um dado que os investigadores do caso jamais descobririam: há muitos anos o assassino vinha explorando as infinitas possibilidades rituais desse instrumento, que usara pela primeira vez, ainda criança, na Morada dos Penitentes, naquela ocasião em si mesmo. Para realizar seu ritual com a pessoa de

Pro Bono, Sleepy Joe não recorrera a um látego qualquer, mas ao único e fundamental, o chamado *fragrum* romano, que fora utilizado na Judeia, no pretório de Pôncio Pilatos, para açoitar o Filho de Deus. O *fragrum* romano consta de três correias terminadas em unhas de metal e desprende a pele a cada golpe, ou seja, a abre em pedaços ou, se preferir, em sulcos, como ficou internacionalmente conhecido no dia em que Mel Gibson estreou seu filme *A Paixão de Cristo*.

O corpo de Pro Bono, ainda amordaçado e amarrado à coluna, mas já exangue, foi encontrado no dia seguinte pela mulher da limpeza.

— Estacione na primeira parada que avistar — María Paz pede a Rose, quando estão há apenas uma hora viajando desenfreadamente em direção a Vermont.

Rose protesta, não está de acordo, essa parada não está programada, não podem ficar parando toda hora, têm de esperar pelo menos até Kansas, o que é, xixi? Por acaso María Paz não pode segurar?

— Ali, a um quilômetro e meio: parada — ordena ela. — Veja a placa, Rose. Ali deve haver um telefone. Precisamos ligar para Violeta e avisá-la.

No Food Mart folheiam os jornais do dia e ouvem as notícias em uma televisão. Por todos os lados explode, como rastro de pólvora, a comoção frente ao crime do momento, que os jornalistas tiveram a brilhante ideia midiática de batizar de The Passion Killer. E não por paixão ou amor, nem sequer amor por María Paz, que, aparentemente, ainda não foi mencionada nas investigações. Nem tampouco por Maraya, nem por Wendy Mellons, nem por ninguém. Mais bem Paixão com maiúscula, como na do filme de Mel Gibson. E enquanto Rose tira os cães do carro para que urinem e María Paz vai ao banheiro, o mundo se surpreende diante da imagem de Sleepy Joe, aquele *serial killer* tão belo, incrível — como é possível que alguém tão louro e tão alto possa ser tão mau?

— Veja, María Paz — Rose lhe aponta um dos jornais —, parece que seu Hero não foi o único.

— Não me diga que esse filho da puta matou mais cães.

— Não que se saiba, mas, em troca, pregou mais gente.

Andam atribuindo ao Passion Killer pelo menos nove assassinatos em série, perpetrados em diversos pontos do país, mas com métodos similares, e a maioria dessas vítimas são pessoas que nem María Paz nem Rose conhecem, nem sequer de nome. Duas delas haviam sido cravadas ao longo do ano, uma em uma porta e a outra em um armário, com toda a parafernália de incensos e círios que já era considerada sua marca registrada.

De um telefone público, María Paz liga para o colégio de sua irmã. Vai ser uma conversa difícil, definitiva, da qual pode depender a vida da menina. María Paz terá que dizer as palavras exatas, para que Violeta as compreenda e aja de acordo. Não pode assustá-la com generalidades, nem criar inquietações abstratas, nem pretender que ela interprete. Cada frase tem de ser breve e precisa. E Violeta já está lá, no outro lado da linha.

— Little Sis, sou eu, Big Sis — lhe diz María Paz.

— Não é Big Sis, é a voz de Big Sis.

— Me ouça, Violeta.

— Me ouça, Violeta. Eu vi Sleepy Joe e me assustei. Sleepy Joe. Se chegar perto, mordo ele.

— Não saia do colégio, menina! — O sangue de María Paz congela em suas veias — NÃO VÁ A NENHUM LUGAR COM SLEEPY JOE! Está me ouvindo, Violeta?

— Sleepy Joe apareceu no noticiário.

— Pense bem, Little Sis. Pense no que vai me responder. Você viu Sleepy Joe ou viu a imagem de Sleepy Joe no noticiário...?

— No noticiário.

— Que bom, Violeta, que bom! — A alma volta ao corpo de María Paz; Sleepy Joe ainda não está lá e, além disso, Violeta já está sabendo, não será necessário dar explicações que não levariam a nada, salvo a uma terrível confusão. — Você já ouviu as coisas más que Sleepy Joe faz. Por isso não deve sair do colégio. NÃO SAIA DO COLÉGIO. Me espere aí, Little Sis, que estou indo buscá-la.

— Não venha, Big Sis. A polícia veio perguntar por você. Eu não disse nada à polícia. A diretora não deixou que me perguntassem.

Merda, pensa María Paz. Merda, merda, merda. Era só o que faltava.

— Agora você vai ficar ao lado do telefone — pede a Violeta, depois de avaliar com cuidado o que deve fazer. — Violeta, não se afaste do telefone. Big Sis vai ligar para você em cinco minutos.

— Para que duas vezes?

— Me ouça. Você fica aí. Eu volto a ligar para você.

María Paz desliga e em seguida começa a orientar Rose com o mesmo tom que usou com Violeta. Dá instruções curtas e precisas, acentuando muito cada sílaba.

— Ouça-me bem, Rose. O senhor conhece em Nova York, ou nos arredores, alguém de sua absoluta confiança? — pergunta.

— Como?

— Um amigo, ou uma amiga. Tem de ser inteligente, hábil e boa pessoa. E de absoluta confiança.

— Me deixe pensar... Creio que sim. Conheço alguém assim.

— Bem. Está com seu número aqui?

Rose lhe diz que se trata de Ming, e María sabe mais ou menos quem é; ouviu Cleve mencioná-lo várias vezes.

— E Ming seria capaz de lidar com Violeta? — pergunta a Rose.

— Ming lida com ele mesmo, ou seja, pode lidar com qualquer um.

— Bom — María Paz aprova. — Então ligue para ele. Ligue agora mesmo para Ming, que também deve ter ouvido as notícias, não vai precisar lhe explicar nada. Diga-lhe para se apresentar hoje mesmo na escola de Violeta. Dê as indicações da escola. Ensine como chegar. Hoje é sábado, dia de visita, não haverá problema. Onde Ming vive?

— Ora, em Nova York.

— Bem. Quanto tempo se leva para ir de Nova York a Montpelier?

— Quatro horas e meia, cinco?

— Bem, uma e meia agora. Mais cinco, seis e meia. Perfeito. Diga a Ming que tem de pegá-la às 18h30. Diga que pergunte por Violeta na recepção, ela vai estar avisada. Diga que a leve imediatamente e que nos espere durante dois dias, três, o que for necessário, naquele hotel onde o senhor e eu nos hospedamos quando estivemos em Vermont, o North alguma coisa...

— O North Star Shine Lodge — diz Rose, que desde que fez amizade com Pro Bono grava os nomes de todos os hotéis e motéis em que se hospeda.

— Esse mesmo. Consegue explicar a Ming onde fica?

— Sempre pela direita pela I-89, indo para Montpelier, uns quinze minutos antes de Montpelier. Vai ver um grande cartaz anunciando, indicando o desvio. A partir dali só precisa seguir as placas, não tem como se perder.

— Muito bem, Rose! — María Paz o abraça. — E eu amei seu filho, sim, ouviu? O amei muito. E também amo o senhor, quando não grita comigo. E agora, ligue para esse Ming; dê as instruções e seja muito sucinto nas explicações.

— Ming não é autista, e eu também não.

— Todos somos um pouco autistas. Diga a seu amigo que fale suavemente com Violeta, que mantenha distância, que não ponha música no carro porque ela é muito sensível ao barulho, que não conte piadas porque ela não entende e que, em troca, ria das piadas que ela vier a lhe contar. Avise-o que é para ter cuidado, pois a menina morde. E muito importante: que, para começar, lhe diga: eu sou Ming. Assim, bem clarinho, EU SOU MING. Avise-o de que não deve demonstrar que está angustiado nem apressado, porque ela fica bloqueada. Vamos, fale agora com seu amigo.

Rose faz a ligação e Ming aceita a tarefa sem chiar, feliz de saber que Ian Rose ainda está vivo. Então María Paz volta a ligar novamente para o colégio.

— São 13h, Violeta — diz.

— Não, são 13h10.

— Tem razão. Às 18h30 de hoje um senhor que se chama Ming vai pegá-la de carro.

— Se chama Ming.

— Muito bem. Como se chama?

— Se chama Violeta

— Me ouça, Violeta, não é uma brincadeira. O senhor que vai buscá-la, como se chama?

— Se chama Ming.

— Muito bem, Little Sis. Ming é uma boa pessoa. Você vai com ele. Ming vai procurá-la às 18h30. Ming vai cuidar de você.

— Que ladainha, não precisa repetir mais. Ming vai cuidar de Violeta, Ming vai cuidar de Violeta, já gravei.

— Tudo bem, me desculpe, Little Sis. Perdão por repetir. Só mais uma vez, a última: Ming vai cuidar de Violeta e Violeta vai com Ming.

— Sim, María Paz, não fale como Tarzan. Sleepy Joe vem e eu não vou com ele.

— Não! Com Sleepy Joe não, pelo amor de Deus, Violeta!

— Eu disse isso, com Sleepy Joe não.

— Com Sleepy Joe não, Violeta. Sleepy Joe faz coisas más. Com quem você vai?

— Com Sleepy Joe — diz Violeta e ri.

— Você está brincando, não é mesmo? Você está zombando da sua irmã. Você vai com Ming. Às 18h30. E não morda ele.

— Chega, Big Sis. Já entendi — diz Violeta, então desliga.

No final do terceiro dia de viagem, María Paz e Rose chegam, por fim, ao North Star Shine Lodge e concluem que no meio do descontrole geral tudo está mais ou menos sob controle. Ming cumpriu sua tarefa ao pé da letra; Sleepy Joe não atacou ninguém, sequer apareceu, e Violeta se comportou bem, dentro do possível. E agora entram em estado de espera.

Ali, naquele hotel, os caminhos desta história dão em um ponto mais ou menos morto, mais ou menos vivo, mas, definitivamente, quieto, ou falsamente quieto, como esse *winter* de seu *discontent* que atravessam. María Paz, Ming e Rose se entretêm disputando entre eles um torneio de miniminigolfe, batendo na bola com pequenos tacos e fazendo-a rodar pelo sujo piso de feltro, enquanto Violeta corre atrás dela, agarrando-a e enfiando-a com a mão no buraco. E depois comem Kentucky Fried Chicken, o que mais poderiam fazer? Eles não têm um leque de possibilidades muito aberto com o frio lá fora rugindo e a polícia por toda parte; ouvem o ulular das sirenes, embora o hotel fique afastado, quase escondido atrás de um monte, na mesma coordenada do colégio, mas na outra face da montanha. E eles sem saber a que se deve exatamente o agito, qual deles a polícia procura, de quem é a pista que está seguindo. Se a de Sleepy Joe, agora procurado universalmente. Ou de María Paz, a foragida. Ou, inclusive, a da menina, que saiu do colégio sem avisar que passaria algumas noites fora.

Parece que a vida os levou ao limite, sem lhes deixar outra saída além do minigolfe, episódios velhos de *Friends* e frango empanado. Ming anda preocupado com Wan-Sow, a prima-dona com asas de bailarina e dentes de piranha, que fica nervosa quando não lhe servem a cada doze horas suas larvas de mosquito; mas, ao mesmo tempo, como poderia voltar às suas *comics noir* e seus peixes, se teria de deixar o pai de seu amigo naquela enrascada? Violeta, por sua vez, anda em um ataque obsessivo-compulsivo de amor pelo minigolfe e se descontrola cada vez que algum dos outros se atreve a insinuar que seria conveniente colocar um ponto final no jogo. E os três cães ficam ali, simplesmente, felizes de serem cães e de estarem ali, tal como estão, ou pelo menos ignorando se seria possível estar de outra maneira.

Ian Rose começa a pensar nos canos de sua casa das Catskill, que podem ter congelado e arrebentado, como já aconteceu em outros invernos e, enquanto isso, ele por ali, tão longe e sem poder fazer nada a respeito, porque como deixar abandonadas a própria sorte estas duas mulheres que, afinal de contas e a esta altura, já são a única coisa firme, afora seus cães, que lhe resta?

María Paz está desorientada e perplexa, perdida entre o nada e o nada, sem poder ficar nos EUA e sem poder ligar para o cibercoiote e combinar um novo plano de fuga. Como vai se atirar no mundo abandonando Violeta no colégio de que tanto gosta e a deixando à mercê do assassino? E, ao mesmo tempo, o que pode fazer com ele, com o Passion Killer, se depois do fiasco de Rose como vingador já não tem esperanças de que se transformem em soldados e saiam perseguindo-o por aí, com a Glock de Ming como única arma?

Poderiam descrever sua situação atual com as mesmas palavras que Pancho Villa deve ter dito a Claro Hurtado naquela noite em El Parral, Chihuahua: "Estamos encurralados". María Paz começa a pensar em Cleve, porque sente muitíssimas saudades, e até ri ao se lembrar do conselho que ele lhe dera quando era seu professor de redação criativa e ela lhe perguntou que final podia dar a uma história que estava escrevendo, quase tão emaranhada como esta que vive agora. Coloque "e morreram todos", Cleve lhe dissera, "e saia da confusão".

Em poucas palavras: este é um momento altamente dramático e, ao mesmo tempo, estancado, em que estão com a água até o pescoço. Suspensos no olho do furacão, como se diz, ou flutuando em uma tranquila *chicha*, enquanto ao seu redor sopram ventos assassinos. Parece que nada do que fizeram até agora serviu para nada e que não sabem mais o que fazer. E assim não fazem nada.

Decidem não decidir. Tomam um bom banho e tiram o relógio, deixando a coisa nas mãos do destino, com o brilho do North Star como única estrela. Simplesmente estão. Ali. E fazem companhia uns aos outros, tentam passar agradavelmente o tempo; esse tempo que lhes resta, confortavelmente, enquanto durar.

— No dia seguinte me levantei de madrugada, ainda no escuro, para tirar meus cães do carro — me diz Rose.

Estão há três dias naquele automóvel como sardinhas em lata, todos os três aguentando com valentia, e já é hora de receberem o prêmio que merecem. Aconteça o que acontecer, Rose não vai adiar o passeio pelo bosque. María Paz, Violeta e Ming continuam dormindo no North Star, e Rose calcula que conseguirá voltar a tempo de tomar café da manhã com eles e tomar decisões, embora não esteja claro quais. Por ora, não quer pensar em nada, e pega caminho em direção à zona desabitada que percorreu semanas atrás, quando estreou a Glock atirando contra as árvores. A temperatura subiu alguns graus e está tolerável, a neve derreteu bastante e um resplendor azul de outro mundo envolve a montanha. O mundo libera cheiro de pinho e gotejar de estalactites dos galhos, e Rose está à vontade no silêncio de sua solidão recém-recuperada. Até que lhe chega de longe o uivo de uma sirene, lembrando a ele que a coisa não é tão idílica assim. Muito pelo contrário; há patrulhamento intenso lá embaixo e desta vez uma grande confusão seria armada se Rose voltasse a disparar. E, a propósito, trouxe a pistola na mochila, erro grave nestas circunstâncias — é melhor voltar para deixá-la. Mas os cães já vão ladeira acima, felizes e libertos, e Rose opta por segui-los; afinal, o movimento é lá embaixo e não vai chegar até aqui, pensa.

Formando novamente o velho clã, os quatro amigos de sempre estão há cerca de uma hora subindo por uma estradinha não transitada, respirando a todo pulmão e devolvendo baforadas de ar transformado em vapor. Rose calcula que está chegando a hora de voltar quando topa com ele: Presente de Deus.

— Mais presente do diabo — me diz. — Eu lhe juro que a única coisa que pensei foi, aí, não. por favor, aí não!

Era um caminhãozinho amarelo, já velho, estacionado à direita, com ninguém dentro dele. Zero chamativo: passaria despercebido para qualquer um que não fosse Rose, que há pouco viu a foto da velha prostituta abraçada a seu cafetão, os dois recostados contra a tromba de um caminhão amarelo, como este, com a mesma frase em letras furta-cor no para-brisa: Presente de Deus.

— Só podia ser o mesmo — me diz Rose. — Quando o vi, soube que o destino vai ao seu encontro onde quer que você esteja.

Ali estão as pegadas na neve, umas pisadas de botas grandes que vão subindo no meio da vegetação despojada; não é necessário ser nenhum *basset hound* para rastrear o dono do caminhão, e Otto, Dix e Skunko partem em seguida, agachados, ziguezagueando, com o nariz grudado no chão, tensos como cordas de violino.

— Eu não queria segui-los — me diz Rose. — Não queria me meter em nada daquilo, ou, melhor dizendo, em nada de nada, meu fracasso como *avenger* já estava comprovado e nesse momento minhas pernas se afrouxaram diante da mera possibilidade de dar um esbarrão e ficar cara a cara com aquele senhor. E, ao mesmo tempo, voltou a fagulhar em mim a ira contra aquele animal, então lancei mão da minha Glock e segui os cães. E comprovei que a vingança é algo como um hormônio, que o irrita e o arrebata e o leva a acreditar que você tem uns colhões do tamanho de uma casa.

As pegadas vão bordejando o sopé da colina, perdem-se por um bom trecho, reaparecem no outro lado de um arroio, serpenteiam, penetram cada vez mais no emaranhado de troncos, alcançam um cume que dominam a área circundante e depois descem até uma profundeza onde a floresta se abre. E ali está ele. Tem que ser ele; Rose pode vê-lo claramente da altura em que se encontra. Está nu no meio da neve, salvo pelas cuecas e por umas botas amarelas. Está de costas, cravado sobre uns trapos, ou panos, que provavelmente são as roupas que tirou.

— Um sujeito enorme, na realidade.

O que se chama de um brutamontes. E muito branco, muito, ou melhor, de pele azulada, como a neve daquele dia. Rose o reconhece imediatamente.

Sabe que é ele, Sleepy Joe, embora não veja sua cara. O ângulo é irrelevante, na realidade, primeiro porque quem mais poderia ser, com aquele caminhão e naquele transe? E, segundo, porque Rose tampouco conhece seu rosto, a não ser em fotos da infância ou de óculos escuros. O homem deve estar há algum tempo ali, no descampado, preparando sua *mise-en-scène*. Tirou um galho do alto de uma árvore grande e sobre este galho atravessou um mais fino e depois os encaixou e amarrou bem com uma corda. E então pintou toda aquela coisa de branco, tornando-a medonha; volta à memória de Rose uma das histórias de María Paz sobre o menino eslovaco que se desvelava diante de um quadro de outro menino, o de Nazaré, que carrega uma cruz branca, fabricada em seu tamanho, especialmente para ele. Merda, pensa Rose, quem esta besta está querendo crucificar? A cruz é branca, como se fosse para um menino ou uma menina. Para Violeta? Teria lógica que fosse assim; foi fabricada e cravada a uma boa distância, camuflada na mata, bem atrás do colégio dela. Mas, afora ser branca, a cruz é resistente e grande: suportaria perfeitamente o peso e a estatura de um adulto. Do próprio Jaromil?

Sleepy Joe continua de costas para eles, entregue a um mexe-mexe que vai num crescendo, como se estivesse às portas de uma revelação. Algo assim como a aura que precede a epilepsia, com a espinha dorsal dobrada para trás em um arco impossível, os olhos virados para o céu, o corpo estremecido de amor a Deus ou então de frio. Rose tenta me explicar que aquilo era pior, mais impressionante do que imaginara a partir das descrições de María Paz, porque caía em cheio no grotesco; era mais grotesco do que apavorante, ou, de qualquer maneira, uma boa mistura dos dois.

Então este é, por fim, Sleepy Joe. Ou Jaromil. O Passion Killer. O homem que torturou e matou Cleve. E Pro Bono, e tantos mais. Um gigante solitário e nu, de botas amarelas, roxo de frio, sacudido por mímicas histéricas no meio do bosque. Rose não sabe se começa a rir ou a chorar. Cleve, meu filho, quanto mal nos fez este palhaço!

Sleepy Joe reza. Ou pelo menos diz coisas, repete frases, talvez em latim, quem sabe em um dialeto inventado; aos ouvidos de Rose chega uma espécie de litania de nomes de demônios, Canthon, Canthon, Sisyphus, Sisyphus, Scarabeus, Scarabeus, assim em par, na primeira vez grave e na segunda aguda, tudo muito teatral. Pavoroso, na realidade; quanto mais Rose ouve, mais suspeita de que não são nomes de demônios, mas de besouros rola-bosta.

— O que aconteceu depois foi muito rápido — me diz Rose —, não espere um *grand finale* orquestrado e premeditado, porque, na realidade, foi um episódio gratuito e caótico. Caótico, sem dúvida. Embora gratuito quem sabe, provavelmente não, não creia que eu estava alheio ao espetáculo que Sleepy Joe estava montando; havia ali uma força que para mim era quase impossível de suportar. Leve em conta que aquele sacerdote, aquele palhaço, matara meu filho em um ritual certamente igual a este de agora, ou pelo menos um tanto parecido. E eu não era imune. A dor, ou a sensibilidade à flor da pele, me obrigavam a me conectar com aquilo. O que quero dizer é que eu tinha consciência de que aquela cerimônia obscura tinha a ver comigo. No fim das contas, era por mim que este homem estava esperando, a mim que convocara. Talvez eu não tivesse feito nada além do que acudir ao seu chamado.

Quando Rose conseguiu admitir que estava ali por vontade própria e para um objetivo definido, abriu a mochila e pegou a Glock. Antes não; só naquele momento. Sacrifício é sacrifício, disse quase em voz alta — se a coisa é matar, então vamos matar. A arma estava carregada e o objetivo, ali, de presente, aí sim o próprio Presente de Deus, abstraído, de costas, nu, como se pedisse aos gritos um tiro limpo na nuca. Mas a mão de Rose começou a tremer como vara verde, e sua convicção também. E não porque temesse as consequências de seus atos, a cadeira elétrica ou este tipo de coisa.

— Existem coisas que um homem não pode viver — me diz. — A morte de um filho é uma delas. Talvez sobreviva, mas não estará vivo. Ou seja, naquele dia, lá na montanha, estava despreocupado em relação ao que pudesse acontecer comigo. O que me travava era outra coisa.

Se a mão de Rose tremia era porque uma coisa é a decisão de matar e outra coisa é colocá-la em prática. Aí vem o complicado. Rose já passara por aquilo antes; não seria a primeira vez que sua incapacidade de executar o impediria de acabar com Sleepy Joe. Simplesmente não conseguiu apertar o gatilho, era superior a suas forças, seu dedo não obedecia à ordem que sua cabeça enviava. Dar então meia-volta, afastar-se covardemente por onde viera, deixando que a neve abafasse o ruído de seus passos? Indultar? Ou simplesmente esquecer e se fazer de louco? Talvez isso tivesse acontecido, dadas as limitações humanas, mas outra coisa são as caninas. Rose estava pensando seriamente em desertar quando seus cães pareceram fazer um acordo na direção contrária e se lançaram montanha abaixo, como matilha, cercando o homem ajoelhado. Rose, que presenciara de cima o que estava acontecendo, se refere àquilo como "uma monstruosa cena de caça". São suas exatas palavras.

As três feras derrubam a presa desprevenida e a encurralam, frias e contidas no esplendor de sua raiva. Exibem os dentes e as gengivas injetadas, o olhar cravado nos olhos da vítima, como se lessem seus pensamentos; as orelhas eretas, registrando até o mais leve de seus gestos; mais lobos do que cães e mais deuses do que lobos, nem um movimento em falso, nem um trejeito, nem um latido: a simples ameaça letal de um grunhido rouco, sustentado, saído de dentro.

— Soa estranho o que vou lhe dizer — adverte Rose —, mas, no meio de tudo aquilo, os cães haviam salvado Sleepy Joe quando me obrigaram a abaixar a arma definitivamente. Porque, com esta pontaria de merda, se tivesse me ocorrido disparar, não teria acertado nele, mas em algum dos cachorros.

O movimento seguinte de Sleepy Joe foi equivocado, mais: pavorosamente equivocado. Porque tentou sair correndo. Sabe-se que desde criança tinha fobia de cachorro, e, diante da matilha disposta a destroçá-lo, Sleepy Joe fez menção de correr. E os cães, que até aquele momento o cercavam sem morder, aí sim se atiraram em cima dele com as piores intenções.

Com o corpo mole daquele jeito, o homem oferecia de bandeja toda aquela carne branca aos caninos. Iam-no massacrando — sobretudo Dix, a cadela. Enquanto Otto o sujeitava contra o chão e Skunko mordia seu pescoço, Dix agarrou uma perna pela panturrilha e a retorceu, querendo arrancá-la. Porque há mordidas de cachorro e há mordidas de cachorro. Umas que são só por morder e outras que são carniceiras, enfurecidas, que só afrouxam depois que esquartejam; as de Dix pertenciam a essa segunda categoria, e, em coisa de minutos, a perna de Sleepy Joe ficou reduzida a frangalhos.

Rose acredita ouvir o ranger de ossos e cartilagens, e poderia jurar que chega até ele o odor do medo que paralisa Sleepy Joe, fazendo com que urine em si mesmo. Então se trata disso, compreende Rose. Quem te viu e quem te vê, Sleepy Joe filho de puta, olhe para você aí, submetido a seu próprio jogo, o que aplica a suas vítimas, fazendo com que a carne dilacerada, o sangue derramado, não sejam nada em comparação com esse lancinante grito para dentro que é o pânico.

Foi uma cena quase mítica, de uma violência sobre-humana e de uma beleza infernal, à altura da de Acteón devorado por seus cães, da tripla cabeça do Cérbero vomitando fogo, ou da saga de *Nastagio degli Onesti* pintada por Botticelli. De seu camarote de honra, Rose participou dos efeitos reveladores do sacrifício humano, da clarividência emanada pelo terror, da verdade que se esconde na morte ou, o que é o mesmo, da lucidez monstruosa da dor, e acreditou entender também o que Sleepy Joe procurava ao abrir uma asquerosa porta ao sagrado ou, ao contrário, uma porta ao asqueroso através do sagrado. E o incompreensível adquiriu para Rose outra cor, como se, de repente e por um instante, tivesse conseguido olhar de dentro, ou traspassar um umbral para entender certas coisas.

— Não me pergunte quais, porque não têm nome — me diz. — Coisas que me golpearam como uma descarga elétrica e depois se dissolveram, como as imagens de um sonho.

Pergunto a Rose se mandou seus cães pararem, que soltassem o homem que estavam prestes a matar. Responde com uma evasiva, não sei, diz, duvido que depois de certo tempo tivessem me obedecido. Insisto na pergunta, e então sim, reconhece que não, que nem sequer tentou detê-los. Pararam sozinhos, quando o sujeito se deu por vencido e ficou imóvel. E então Rose, que permanecera a distância, aí sim, se animou a se aproximar, apontando a arma sempre para a cabeça de Sleepy Joe.

— Você dirá que sou um covarde — me diz —, e não vou desmenti-la. Mesmo assim, ferido e acabado como estava, o sujeito era uma ameaça. Ainda infundia medo, talvez até mais do que antes, todo ensanguentado como estava e com aquela perna só no osso.

Os cães desistem de sua presa e recuam um pouco, sem desfazer o círculo nem esconder os dentes, e uma espécie de gorgolejo sai da garganta de Sleepy Joe. Está pedindo alguma coisa? Talvez clemência, talvez água. Rose pensa duas vezes. Dar água a esse animal? Não se convence. E acaso não é vinagre o que se usa nestes casos?

— Tenho café — diz, pegando a garrafa térmica.

Sleepy Joe toma um par de goles e se vira para olhar Rose; digamos, procura seus olhos com o olhar e tenta dizer alguma coisa, mas os cães afogam suas palavras com grunhidos. Rose não sabe quanto tempo dura o diálogo, se é que existe. Só coisas insignificantes, na realidade, enquanto o sangue corre pela perna do sujeito, e os cães o encurralam e a arma aponta para ele. Rose também não está em uma situação confortável: não se atreve a dar o xeque-mate no inimigo, e aquilo está se prolongando além da conta. Sleepy Joe ali, ferido, mas vivo, e os minutos passam, Rose matando tempo porque não se atreve a matar o sujeito. Em dado momento está prestes a lhe dizer que é o pai de Cleve, tem a frase na ponta da língua, mas por fim não diz nada, sente nojo, para que se rebaixar com uma queixa? O nome do seu filho é intocável, e pronunciá-lo perante seu assassino seria sujá-lo. Melhor dar de uma vez por todas um tiro de misericórdia naquele dejeto e sair daquilo. Mas Rose não se decide.

O silêncio da montanha, até então absoluto, é quebrado de repente pelo barulho das sirenes. Vem de longe, mas Rose estremece, porque o obriga a encarar sua verdadeira situação. Um disparo seria ouvido claramente lá embaixo, chamando a atenção da polícia.

— Como se minha covardia natural não fosse suficiente — me diz —, agora tinha mais um motivo para não disparar; atrairia a polícia. Mas em seguida percebi que esse fator era uma faca de dois gumes; jogava tanto contra mim como a meu favor. E tomei uma decisão.

A decisão era manobrar para que fossem outros os que despachassem Sleepy Joe. Rose dará uns quantos tiros para o ar e, a partir daí, a chave estará em uma administração impecável do *timing*: com a Glock e ajuda dos cães, manterá Sleepy Joe imobilizado até que a polícia esteja praticamente em cima, e logo ficará de lado para deixá-la agir. Não parece um plano muito rebuscado, e por isso dispara uma vez, duas, três.

E então começam os imprevistos e as improvisações. Primeiro: com as detonações, os cães correm e se perdem. Otto, Dix e Skunko são bons guerrilheiros, mas, à diferença do cãozinho aleijado de Greg, estes três não são heróis de guerra. Segundo: Rose percebe um detalhe. Há algo que lhe falta fazer.

Vai se aproximando de Sleepy Joe, com a pistola bem firme na direita e apontando sempre sua testa. Sente-se terrivelmente inseguro sem o respaldo de seus três cães, mas pelo menos conta com a Glock. Dá um passo, e mais outro, recuando de um salto cada vez que o moribundo se agita, e depois volta a avançar. As sirenes soam cada vez mais perto, Rose vacila, mas de qualquer maneira se arrisca. Agora estica a mão esquerda, com a delicadeza de quem joga pega-vareta. Estende-a mais um pouco, quase até tocar o sujeito, e em seguida faz a parte mais difícil da missão, que é se agachar sem que o outro aproveite para golpeá-lo. Um par de centímetros mais e a mão de Rose já consegue remexer entre as roupas que Sleepy Joe deixou no chão Vê que o blusão de inverno está aprisionado pelo peso do homem.

— Para o lado, canalha! — grita, ameaçando disparar e, como Sleepy Joe não se mexe, Rose consegue afastar a peça com um chute.

E agora sim, aparece o que está procurando: um pedaço de lona vermelha. Rose já o está roçando, agora o agarra... e dá um puxão. Já está em seu poder. É a bolsa vermelha que María Paz comprou na última hora no Colorado para guardar os dólares.

— E o senhor se lembrou disso bem nesse momento? — pergunto.

— Bem, o tal do Sleepy Joe não parecia em condições de investir em Wall Street — me diz — nem tampouco de ir depositar o dinheiro em um banco. Ou seja, devia carregar os cento e poucos mil... E dito e feito, ali estavam, ou pelo menos ali estava a bolsa vermelha. E, a julgar por seu peso, não deveria ter tirado muito dali.

E agora sim, bater em retirada, sem dar em nenhum momento as costas ao homem, e sem deixar se amedrontar pelas sirenes que se aproximam. Bem. Até aí ele ia: tão bem como quem se atira do décimo sétimo andar quando passa pelo quinto. Um passinho, tun tun, outro passinho, tun tun, para trás, para trás. Já a uma distância prudente, convém começar meio que limpar a Glock com a barra da camisa, para apagar suas impressões digitais, em uma manobra delicada, porque tem, ao mesmo tempo, que continuar apontando para o outro. E depois, atirar a Glock o mais longe possível, no meio do mato; não vá a polícia encontrá-lo armado ou ele próprio atingir-se com uma bala.

E outra vez a sirene, desta vez mais de uma, e já estão em cima: as patrulhas devem ter chegado perto do Presente de Deus. Rose sabe que dentro de alguns minutos vai ter que começar a correr. Essa é a ordem, contar até cem e correr para salvar a vida.

Terceiro imprevisto, o mais grave: em um sério erro de avaliação, Rose não levou em conta que Sleepy Joe poderia contra-atacar, apesar de seu estado lamentável. E, no entanto, pode sim. Não apenas se levanta, mas avança, irado, como um Hulk: um imenso quelônio de cuecas, ereto e ferido, com os braços maciços, a cabeça mais para pequenininha depois de um pescoço grosso que sai da carapaça, entendendo por carapaça o torso abaulado pela musculatura na altura dos ombros. Realmente a comparação não é gratuita, aquele bloco tem lá sua semelhança com Hulk, só que não verde e sim azul. Arrasta com dificuldade a perna despedaçada, mas, apesar desse desfalque e de estar desarmado, as diferenças de idade, de tamanho, de treinamento e de disposição pesam a seu favor. E Rose, que não tem mais 20 anos e já não conta com os cães nem com a pistola, começa a ver as coisas azedarem.

— Jaromil! — grita como último recurso, bastante desesperado.

Ao ouvir seu nome verdadeiro, Sleepy Joe se retorce como um verme atingido pelo sal. Quem sabe quantos anos terão se passado sem que ninguém o tivesse chamado assim?

— Onde está Danika Draha, Jaromil? Você a secou, Jaromil, você, já tão grande e preso à sua teta...

Que golpe de Rose, simples, mas certeiro, quase como a pedrada de David na testa de Golias. Ganhou alguns segundos com a estupefação que provoca em Sleepy Joe, que até aquele momento nem devia ter se perguntado quem era aquele homúnculo insignificante que lhe atirava cães em cima — tanto lhe fazia que fosse gnomo ou guarda-florestal. No entanto, agora fica atônito diante daquele ser misterioso, que conhece até o nome de sua santa mãe.

— Deve ter pensado que já estava morto e que eu era Deus — diz Rose.

Mas reconhece que sua vantagem relativa durou um suspiro, porque imediatamente Sleepy Joe ligou os pontos e o reconheceu.

— *I know who you are!* — gritou — Você é o velho safado dos cães, o das Catskill.

Depois, Rose foi juntando as peças. Acha que, no fim das contas, não foi diretamente ele quem Sleepy reconheceu, mas seus cães, e que antes seus cães tinham de ter reconhecido Sleepy Joe, que, antes de matar Cleve, por aqueles dias deveria ter perambulado pela casa das Catskill, talvez sem conseguir penetrar nela precisamente porque os cães o impediam, e daí que tivesse pegado John Eagles, que andava por perto, e arrancado sua cara. Depois teria esperado que Cleve se afastasse da casa em sua moto para persegui-lo até matá-lo.

— Faz sentido — digo a Rose. — Mas voltemos ao Hulk.

— Agora são vozes de homem o que se ouve, cada vez mais próximas. Sleepy Joe avança, cambaleando, com os braços abertos, cego pelo sangue que escorre da testa, e vem, e vem, até onde eu estou. Os policiais já vêm descendo e eu tento correr até eles, gritando está armado, está armado, e com isso os sujeitos me fazem sinais para que me afaste e me ponha a salvo do fogo supostamente cruzado. E entram disparando, em emboscada, de diferentes pontos. Sleepy Joe continua avançando, mas, ah, surpresa, não vem na minha direção; aparentemente, eu não era o seu alvo, porque passa direto, assim, dando tombos, cego e manco, como bêbado, como suicida, os braços abertos e o peito exposto, diretamente na direção da tropa que o varre a tiros.

E isso é tudo. Sleepy Joe tomba e não acontece nada. O céu não se escurece, não desaba uma chuva torrencial, a terra não estremece nem choram as estrelas. Nada.

Os policiais viram a cruz branca, naturalmente, é impossível não vê-la, e já suspeitam que caiu em suas mãos o criminoso que estavam procurando havia dias, o célebre Passion Killer, o maior troféu de caça de todos os *Iu Es Ei*. Dez ou vinte minutos depois, Rose, de novo cercado por seus cães, faz cara de bom vizinho que saiu para caminhar tranquilamente pela montanha e foi atacado a tiros por aquele homem, o qual seus animais de estimação morderam em defesa do amo. E então responde a algumas perguntas de rotina feitas por um tenente amável — mais do que amável, eufórico. Há várias inconsistências na versão de Rose, que teriam vindo à luz se tivesse sido submetido a um interrogatório meticuloso, mas as forças da lei estão muito entusiasmadas com seu próprio protagonismo no caso para se preocupar com o dos demais. Obrigado, meu tenente, diz Rose, apertando sua mão entre as dele, os senhores me salvaram, obrigado.

— Gostaria de ter lhe dito outras coisas — confessa-me Rose. — Dizer-lhe, por exemplo, não se vanglorie, tenente, os senhores mataram o homem, mas meus cães derrotaram o deus. No entanto, só falei aquilo, apertando sua mão, e creio que serviu para que me deixasse ir assim, sem mais nem menos. No fim das contas, me saí bem com aquela frasezinha de CSI.

— Todo o resto poderia ter realmente dado errado para o senhor — digo eu.

— Sim — ri-se ele. — Poderia ter dado terrivelmente errado. Mas tudo correu bem, como está vendo. Uma cadeia de equívocos levou a um grande acerto final.

Durante toda essa semana e a seguinte, as notícias só tratariam do final do Passion Killer e dos valentes homens da lei que o abateram em uma operação magistral. No meio de um matagal apareceu a Glock, pessoas dos arredores testemunharam que haviam ouvido os três tiros iniciais, e dentro do Presente de Deus foram encontrados muitos instrumentos de morte, crucificação e martírio, de forma que as autoridades alegam legítima defesa e não têm problemas para justificar o fato de terem deixado o corpo do *superserial killer* mais esburacado do que uma peneira.

— Já era quase meio-dia quando por fim consegui voltar ao North Star — conta Rose —, e por pouco não encontro ninguém por ali.

Só Ming ficou esperando por ele, já com os nervos explodindo pela demora do velho. Mas o que aconteceu com o senhor, mister Rose? Ming sai para recebê-lo com reclamações e trejeitos, me deixou de cabelo em pé, senhor, imaginei que havia acontecido o pior, como é possível que apareça a essa hora, a polícia passou por aqui, o ambiente está superpesado. O que aconteceu? O dono do hotel se acovardou, entrou em pânico por estar hospedando tanta gente estranha, nos pediu que por favor lhe devolvêssemos as chaves e praticamente nos atirou na rua, não foi grosseiro, mas de qualquer maneira nos colocou para fora.

María Paz e Violeta se adiantaram para não continuar se arriscando e esperavam por eles em um campo de trailers no lago Champlain, pelos lados de Tinderoga, a uns quarenta minutos dali.

— Saíram daqui bem a tempo — diz Ming a Rose —, María Paz e Violeta, bem a tempo, por um triz não as afundamos, mais dez minutos e se fodem, elas indo embora e a polícia chegando para fazer perguntas na recepção. Isto aqui está tenso, senhor Rose, o assassinato de Pro Bono alvoroçou o vespeiro e a polícia está enlouquecida, todos correndo atrás de Passion Killer. Parece que desde o Brooklyn seguem seus passos e estão convencidos de que chegou até aqui, a Vermont.

— Não lhes falta razão — diz Rose. — Mas não entendo, Ming, como assim... As duas garotas partiram... E com quem partiram?

— Vamos nos encontrar com elas daqui a pouco — diz Ming. — Depois lhe explico tudo, agora não, e, sobretudo, não aqui.

— Espere, Ming, tenho de lhe pedir desculpas por uma coisa...

— Depois, senhor Rose, depois — diz Ming, arrastando Rose para o Toyota.

— Preciso lhe dizer de uma vez: perdi a pistola do seu avô.

— Perdeu a pistola? Bem, o que se pode fazer? É o de menos, senhor Rose. Vamos! Já, já, já!

— Meu café da manhã, pelo menos — protesta Rose. — Se quiser não tomo banho, embora um banhinho fosse me cair bem, mas e meu café? E o dos cachorros?

— Depois — diz Ming. — Eu vou na frente no meu carro e o senhor me segue.

— Vamos os dois no meu — pede Rose —, depois voltamos para pegar o seu.

— Faça o que lhe digo, me siga.

Os ventos, que vão se intensificando à medida que se aproximam do lugar que procuram, empurram o Toyota por trás e Rose precisa se esforçar para permanecer na estrada. O cansaço pesa. Teria preferido mil vezes que Ming estivesse dirigindo; afinal, ele sabia aonde iam, e Rose não.

Rose não sabia para onde nem para que e, sobretudo, estava exausto, com urgência quase médica de voltar para casa e descansar uma semana, um mês inteiro. Não via a hora de escapar daquele inverno de fim de mundo e voltar a olhar a paisagem de sua janela, ao lado da lareira acesa, com uma boa xícara de Earl Grey com nuvem na mão, os três cachorros deitados aos seus pés. Estava mesmo exausto e, sobretudo, velho. Sou um ancião, pensa, lutando para manter o carro na estrada; agora sim, não posso fazer nada, envelheci. No compartimento traseiro, os cães dormem como pedras, eles também descadeirados: afinal, são veteranos de uma grande batalha. E disso ninguém sabe, nem vai saber, salvo eles mesmos e Rose.

— Quase que o senhor não chega a tempo, maldito seja, senhor Rose! Já estava rezando, nunca vi tanta irresponsabilidade, sumir assim, no pior momento! — grita María Paz, enquanto vai até ele pela margem do lago Champlain, tentando abrir caminho através do vendaval que a agita e a faz gaguejar. — Mas olhe a sua cara, senhor Rose, parece que voltou da guerra...

— Mais ou menos. E Violeta?

— O que disse?

Conversar não é fácil, o vento açoita seu rosto e as pancadas fazem sua pele ondular, se enfia na boca e carrega as palavras. A cada passo que avançam são obrigados a recuar dois. María Paz está embrulhada em seu *hard shell outfit*, já pronta e ataviada para atravessar os domínios do gelo, toda tapada, salvo os olhos e a floresta de cabelos, negríssima, que ondula loucamente, como uma bandeira corsária.

— Onde está Violeta? — Rose volta a perguntar, aos berros.

Logo María Paz está a seu lado e se agarra a seu braço, mas o zumbido das lufadas é tal que, apesar da proximidade, só se ouvem quando falam aos gritos.

— É o Bóreas — diz Rose.

— Quem?

— O Bóreas, o vento do norte; sopra com um maldito filhote de furacão.

— Ouça, senhor Rose, que estamos com pressinha. Violeta nos espera por ali, mais adiante, em um 4 x 4 — grita María Paz. — Soube da notícia? Violeta vem com a gente! O que o senhor acha, mister Rose? Esta manhã disse que queria vir. Decidiu sozinha, sem que eu sequer lhe sugerisse, juro, não a pressionei, não lhe disse nada, ela decidiu sozinha. Não quis voltar para o colégio. Está aqui. Eu a trouxe comigo e vou levá-la!

— Então você conseguiu se acertar com o Coiote...

— O quê?

— Com o Coiote! Pergunto se você conseguiu falar com o Coiote...

— Que coiote o quê! Eu não falei com nenhum Coiote, ele acabou comigo. Insultou minha mãe, me expulsou aos xingamentos. Sugeri que dobrasse a tarifa, contando com sua generosidade, isso sim, senhor Rose, me desculpe a confiança. Mas o sujeito nem aí, lhe implorei e implorei até que me mandou para o inferno e desligou.

— E então?

— Elijah vai nos levar!

— Quem?

— Elijah, o dos nandarogas...

— E de onde saiu esse?

— O homem do boné, quero dizer, o gerente do hotel nos colocou em contato. Não se preocupe, senhor Rose, pois já acertamos tudo. Este Elijah é uma excelente pessoa!

— E como você sabe?

— O quê?

— Que Elijah é boa gente.

— Está na cara! Mas se apresse, caminhe, Elijah disse que não pode esperar mais.

— E aonde você acha que vai com todo este vento...?

— Elijah disse que vai parar logo.

— Ou seja, escapamos do cibercoiote e agora caímos nas mãos do Elijah...

— O que está dizendo?

— Pergunto o que você vai fazer com Violeta. Ela não vai permitir que a enfie no piso falso de um Buick LeSabre...

— Buick, que é isso? Ai! Espere, senhor Rose, meu cachecol está voando. O que tem Violeta?

— Como vai fazer com ela?

— Muito fácil. Não está vendo que Violeta é gringa? Seu passaporte está em dia, sem problema por esse lado. E o senhor também. Por isso eu vou me esconder no 4 x 4 de Elijah e Violeta vai com o senhor.

— Com quem?

— Com o senhor, tonto, com quem seria?

— Comigo? E até onde?

— Primeiro até o Canadá, e depois a Sevilha.

— Você ficou louca, María Paz, eu não posso ir a canto nenhum...

— Quem está louco é o senhor. Acha que vou deixá-lo aqui, para que Sleepy Joe o transforme em picadinho?

— Sleepy Joe não existe mais: *kaput, fini*.

— Mas o que está me dizendo...?

— A polícia acaba de baleá-lo. Ficou como uma peneira.

— Não posso acreditar... E como o senhor soube? Ouviu no rádio?

— Mais ou menos.

— Em um tiroteio? Mas o chumbo não entra naquele homem. Tem certeza de que os tiros o mataram?

— Pior do que John F. Kennedy.

— Mãe de Deus. Então até melhor. Mas caminhe, Rose, me conte depois. Ande. Já sabe, o senhor no Toyota, com Violeta e os cachorros, sempre atrás de Elijah. Mas já, homem, que é para anteontem!

— Eu fico, María Paz. Não posso ir...

— Como não? E por que não?

— Estou cansado, quero voltar para casa...

— Qual casa, se você não tem mais ninguém que o receba? Bem, a não ser os cachorros. Mas sua família somos nós. Venha comigo, senhor Rose, eu vou mimá-lo, cuidar do senhor daqui para frente como o senhor teve que cuidar de mim. Não me decepcione, não seja frouxo, venha comigo, que formamos uma boa equipe...

— Eu a alcanço mais tarde, María Paz. Juro. Eu procuro vocês mais tarde, você e sua irmã, e as encontrarei onde quer que estejam.

— Jura?

— Juro.

— Jura por quem...?

— Juro por Cleve.

— Que assim seja, amém. Então adeus, senhor Rose, até logo, eu o amo muito, não se esqueça, e muito obrigado por tudo, por tudinho, o senhor foi minha bênção. Tem certeza de que não quer vir? Já está tudo acertado com estes nandarogas, ou nondaragas; eles não têm nenhum problema para levar nós três, os cachorros e tudo... Anime-se, homem, mais um pouquinho e estaremos no outro lado. Veja só aquelas árvores, as do xarope! Quer dizer que isto já é quase Canadá...

— Corra, María Paz, corra...

— Espere, tenho que me despedir de Ming, de Otto, de Dix, de Skunko! E de outros quantos que me restem por aqui.

O vento do norte nasce no lago, patina sobre a água, baila na superfície e empurra as ondas contra a margem, onde as quebra em leques brancos. Depois sai do lago e sobe até o céu, já transformado em vento planetário, chega até as nuvens, persegue-as, se aglomera entre elas e volta a descer, envolto em névoa.

María Paz se afasta alguns passos de Rose, para virada de costas para ele olhando para o lado com a ventania de frente, tão forte que deixa seus olhos orientais e seus cabelos disparados para trás. Adeus, meus mortos, diz. Adeus Bolivia, mãezinha linda, vou deixá-la aqui, mamãe, cuide-se sozinha que eu não posso voltar. Tchau, mãezinha, você está vendo como as coisas foram, a você coube o sonho e a mim o pesadelo, e agora sim, adeus mãezinha, adeus, estou levando Violeta e vou cuidar sempre dela, isso eu lhe prometo, não se preocupe, descanse muito em paz. E adeus, meu Greg, que, no final de tudo, foi uma boa pessoa e que lá em cima estará onde deve estar, tomando sua *kapustnica* com a Virgenzinha de Medjugorje. E adeus, meu belo Pro Bono, o melhor dos homens e o mais belíssimo entre os anjos. E adeus, meu professor de *creative writing*, meu *mister* Rose da alma, meu amigo e meu amor, e melhor não me despedir do senhor, porque vou começar chorar. E bem, então. Pronto. Ah, um momento! Estou me esquecendo de me despedir de Holly, Holly meu fascínio, minha linda Holly com seu vestidinho preto, tão perdida no mundo como eu. Talvez em algum ponto nos encontremos, Holly Golightly, mas, por ora, adeus! Ai, Deusinho Santo, ficou faltando Sleepy Joe. Como vou fazer para me despedir dele? Gostaria de lhe dizer adeus para sempre, até nunca, até não tê-lo conhecido nem voltar a vê-lo. Mas não posso, seria mentira, como poderia se Sleepy Joe é meu pesadelo, o que sempre carregarei dentro de mim? Assim seja, morto e contra minha vontade, levo Sleepy Joe comigo, e bem, então, o que vou fazer, nem tudo pode ser como a gente quer. Agora sim. Já me despedi de quase todos meus fantasmas e agora vou dizer adeus a meus vivos. Adeus, minhas companheiras de trabalho, adeus, amigas, desejo uma boa vida a todas. Adeus, Mandra, e minhas irmãs de Manninpox, a vocês desejo nada menos do que a liberdade. E adeus também, América, tchauzinho, América, vou para não voltar. Já nem sei, de verdade, se estou indo embora ou se, na realidade, nunca cheguei.

Agora María Paz se vira para Rose.

— Do senhor também não vou me despedir — diz —, porque mais adiante vamos nos encontrar, já me prometeu e eu acredito, porque é preciso acreditar nas pessoas. Mas vou lhe deixar um presente, para que o acompanhe. Tome, senhor Rose, venho cuidando disto até hoje, agora cuide o senhor.

— O que é...?

— O caderno de anotações de Cleve. Aqui está escrito o que viveu em seus últimos dias. Faz muito tempo que o senhor quer saber, senhor Rose; tome, leia, deixe que seu filho lhe conte.

Rose pega o caderno, acaricia a lombada com delicadeza, e o guarda no bolso. Depois se enrola em seu casaco para proteger a pele gelada do vento e passa a mão pela cabeça em uma vã tentativa de assentar o cabelo branco, que está todo desgrenhado.

— Eu também tenho uma coisa para você — diz.

E como Perseu ao oferecer a Atena a cabeça recém-cortada da Medusa, o velho Ian Rose, cerimonioso e comovido, entrega a María Paz a bolsa vermelha.

Agradecimentos

A Carlos Payán, Thomas Colchie, Pedro Saboulard, Helena Casabianca, Antonia Kerrigan, Patricio Garza Bandala, Anete Passapera, Gustavo Mejía, Juan Marchena, Antonio Navarro, Patricia Lara, Pablo Ramos, Juan González, Carlos Lemoine, Ángeles Aguilera.

E a minha irmã Carmen Restrepo.

Impresso no Brasil pelo
Sistema Cameron da Divisão Gráfica da
DISTRIBUIDORA RECORD DE SERVIÇOS DE IMPRENSA S.A.
Rua Argentina, 171 – Rio de Janeiro, RJ – 20921-380 – Tel.: (21)2585-2000